文 / 白 / 对 / 照

太平廣記

四

〔北宋〕李昉 等 编纂
谦德书院 译

團结出版社

图书在版编目（CIP）数据

文白对照太平广记 / (北宋) 李昉等编纂；谦德书院译. -- 北京：团结出版社, 2022.10

ISBN 978-7-5126-9290-9

Ⅰ. ①文… Ⅱ. ①李… ②谦… Ⅲ. ①笔记小说—小说集—中国—北宋②《太平广记》—译文 Ⅳ. ①I242.1

中国版本图书馆CIP数据核字(2022)第001044号

出版：团结出版社

（北京市东城区东皇城根南街84号 邮编：100006）

电话：（010）65228880 65244790（传真）

网址：www.tjpress.com

Email：65244790@163.com

经销：全国新华书店

印刷：北京天宇万达印刷有限公司

开本：145×210 1/32

印张：286.75

字数：8200千字

版次：2022年10月 第1版

印次：2022年10月 第1次印刷

书号：978-7-5126-9290-9

定价：880.00元（全十四册）

目 录

卷第一百二十五

报应二十四冤报

卷第一百二十六　报应二十五

卷第一百二十七　报应二十六

卷第一百二十八　报应二十七

卷第一百三十二

报应三十一杀生

卷第一百三十三

报应三十二杀生

卷第一百三十四

报应三十三宿业畜生

卷第一百三十五

征应一帝王休征

卷第一百三十六

征应二帝王休征

卷第一百三十七

征应三人臣休征

卷第一百三十八

征应四人臣休征

卷第一百三十九

征应五邦国咎征

卷第一百四十 征应六

卷第一百四十一

征应七人臣咎征

卷第一百四十二

征应八人臣咎征

卷第一百四十三

征应九人臣咎征

卷第一百四十四

征应十人臣咎征

卷第一百四十五

征应十一人臣咎征

卷第一百四十六　定数一

卷第一百四十七　定数二

卷第一百四十八　定数三

卷第一百四十九　定数四

卷第一百五十　定数五

卷第一百五十一 定数六

卷第一百五十二 定数七

卷第一百五十三 定数八

卷第一百五十四 定数九

卷第一百五十五 定数十

卷第一百五十六　定数十一

卷第一百五十七　定数十二

卷第一百五十八　定数十三

卷第一百五十九

定数十四婚姻

卷第一百六十

定数十五婚姻

卷第一百二十二—卷第一百六十

卷第一百二十三　报应二十二冤报

胡激

唐胡激者，前岭南节度使诞之子也。宰相贾悚知举，登进士第。大和中，甘露之变，北军方捕悚，有禁军牙校，利激家富，白仇士良曰："恐悚在激所。"因遣士卒理其家，既不获悚，擒激以诣士良，士良命戮于辕门外，尽没其财。时激弟湘，在河东郡。忽一日，家僮见一人无头，著绿衣，上皆流血，甚异之。及凶问至，询其由，则激死之日也。后士良死，亦破其家，盖其报也。（出《补录记传》）

秦匡谋

唐太傅汾国公杜悰，节度江陵。咸通十四年，黔南廉使秦匡谋以蛮寇大举，兵力不敌来奔。既谒见公，公怒其不趋庭，退而使吏让之曰："汝凤翔一民也，悰两为凤翔节度使，汝今靡认桑梓也。"匡谋报曰："某虽家世岐下，然少离中土，太傅拥节之日，已忝分符，实不曾趋走台阶。比日况在荆南，若论桑梓，恐非仪也。"悰怒，遣絷之，发函与韦相保衡云："秦匡谋擅弃城池，不能死王事，请诛之。"韦以悰国之元臣，兼素有旧恩，遂奏请以悰处置。

敕既降，悰乃亲临都市监戮。匡谋将就法，谓其子曰："今日之死，实冤枉无状，奈申诉非及，但多烧纸墨，当于泉下理之耳。"行刑，观者驾肩接踵，挥刃之际，悰大惊，骤得疾，遂舆而

胡激

唐朝胡激，前任岭南节度使胡诞之子。宰相贾竦知贡举（特命主掌贡举考试）时中进士。唐文宗大和年间，发生甘露政变，北军抓捕贾竦，一禁军牙校，贪图胡激丰厚的家财，告诉仇士良说：“贾竦怕是在胡激家中。”因此仇士良派士兵搜查胡家，并未搜得，将胡激擒至仇士良处，仇士良命人将胡激斩首于辕门外，并没收其家财。当时胡激的弟弟胡湘在河东郡。忽有一日，家僮看到一无头人，身着绿衣，满是血污，很是惊异，等到胡激死讯传来，询问事情原由，才知那日正是胡激死期。后来仇士良去世，也被征收了家财。这应该是他的报应。（出《补录记传》）

秦匡谋

唐朝太傅汾国公杜悰，任江陵节度使。唐懿宗咸通十四年，黔南廉使秦匡谋因蛮寇进犯，自己兵力不敌投奔杜悰。秦匡谋拜谒汾国公后，杜公不满他不听教诲，返回内室派一小吏谴责他道：“你是凤翔子民，杜悰两次任凤翔节度使，你现今颓败才想起故土。”秦匡谋说：“我虽世代居于岐下，但自幼远离中土，太傅持符节任节度使时，我忝居官位，不敢高攀奔走奉侍。那时尚在荆南，若论及故乡，怕是不合礼数。”杜悰震怒，派人缉拿秦匡谋，修书给宰相韦保衡道：“秦匡谋擅自弃城而逃，不能以死效忠国事，请将他处死。”韦保衡认为杜悰是国家元老，且杜悰旧日有恩于自己，于是上奏请求按杜悰的意见处理此事。

皇令颁布后，杜悰亲自监斩，即将行刑。秦匡谋对儿子说：“今日受死，实属无辜枉死，奈何已来不及申冤，你只需多烧纸和墨，我将在九泉之下状告他。”行刑时，围观者摩肩擦踵，铡刀抬起时，杜返。俄有旋风暴作，飞卷尘埃，直入府署乃散。是夕，狱吏发狂，自呼姓名叱责曰："吾已惠若钱帛非少，奚复隐吾受用诸物？"举体自扑而殒。

其年六月十三日杀秦匡谋，七月十三日，悰乃薨。将归葬洛阳，为束身榇函而即路。欲敛之夕，主吏觉函短，忧惧甚，又难于改易。遂厚赂阴阳者，给杜氏诸子曰："太傅薨时甚凶，就木之际，若临近，必有大祸。"诸子信然，于是尽率家人，待于别室。及举尸就敛，榇函果短，遂陷胸折项骨而入焉，无有知者。及抵东洛，长子无逸，相次而逝。岁月既久，其事稍闻于世，议者以悰恃权贵，枉刑戮，获兹报焉。（出《南楚新闻》）

韦判官

唐博陵崔应任扶沟令，亭午独坐，有老人请见应。应问之，老人对曰："某通于灵祇也。今者冥司韦判官来拜谒，幸望厚礼以待之。请备香案，屏去侍从，当为延入。"应依命，老人即出迎之。

及庭，隐隐然不见其形，自通名衔，称思穆，叙拜俟候。应亦答拜，揖让再三，乃言曰："某冥司要职也，侧闻长官宏才令器，冠于当时，辄将心事，且愿相托，故俟亭午务隙拜谒，幸无惊异。"应曰："某闻神明不昧，今乃不虚，孱劣幽薄，触事蒙鄙，何幸明灵俯降，但揣微贱，力不副心。苟可施于区区，敢不从命，幸示指南，愿效勤劳。"冥使曰："某谢去人世数载，得居冥职。自弃掷妻孥，家事零替。爱子文卿，少遭悯凶，鄙野无文，职居郑滑院，近经十载，交替院务之日，不明簿书，欠折数万贯匹，实非己用。欲冒严明，俯为存庇。"应俯然曰："噫！某扶沟令也，焉知郑滑院？"使者曰："不然，以阁下材器禄位，岂一院哉！自今已后，历悰受惊，骤然患病，于是乘车回家。很快旋风大作，飞沙走石，直到侵入府衙才散去。当晚，狱吏癫狂，喊着自己的姓名叱责道："我贿赂你的财物不在少数，你为何瞒着我收受其他财物？"说完身子扑倒在地去世了。

这年六月十三日斩杀秦匡谋，七月十三日杜悰死了。杜悰即将归葬洛阳，做好了棺材就上路了。想要装殓的那天晚上，主管官吏发现棺材短小，非常忧惧，但不好再改。便重金贿赂阴阳先生，欺骗杜氏后人说："太傅死状凄惨，入殓时若靠近，定遭大祸。"几个儿子深以为然，于是带着家人等在另一间屋中。抬起尸身装殓，棺椁果然短了，只得压陷胸腔折断脖颈装入，此事无人知晓。行至东都洛阳，长子杜无逸随后去逝。许久后，此事慢慢在坊间传开，议论之人说杜悰依杖权势，滥用刑罚，枉害无辜，得此报应。（出《南楚新闻》）

韦判官

唐朝博陵崔应任扶沟县令，一日正午崔应独自坐着，一老者求见。崔应问他所为何事，老人答："我与神灵相通。现在冥府韦判官想来拜谒您，望您厚礼接待。请你备好香案，屏退侍从，我请他进来。"崔应照办，老者立刻出门迎韦判官。

韦判官进入庭院，崔应看不到人影，韦判官自报，他名唤思穆，问安行礼后，崔应回拜，二人行礼谦让再三，韦判官说："我在冥司任要职，听闻长官您有宏才大略，冠绝时辈，我愿将心事托付给您，所以等到午时，在您办公的间隙前来拜谒，冒昧唐突望您不觉得惊异。"崔应说："我听闻神灵不会糊涂，今日一见果真名不虚传，我一介粗鄙草民，遇事不决，常束手无策，怎能劳烦神灵降临，我能力太小，心有余但力不足。若能帮您排忧，怎敢不从？望您指点，我甘愿效劳。"韦判官说："我离世多年，任职冥府。自从离开妻儿后，家事混乱。爱子文卿，幼时丧父，鄙陋粗野，就职郑滑院近十年，交接院务时，他不明白账目，亏空折算财物数万贯，他确实没有私占。我想冒犯您的严明，帮他遮掩此事。"崔应低头说："噫，我区区一扶沟县官清显，雄居方镇，位极人臣。然数月后，当与郑滑院交职，傥不负今日之言，某于冥司，当竭微分，仰护荣贵，非止一身，抑亦庆及后嗣。”应曰：“某虽鄙陋，敢不惟命是听。”冥使感泣，于是叙别而去。

应闻淮南杜相悰方求政理，偶具书启，兼录为县课绩。驰使扬州，意者以思穆之言，且于验试其事。时相国都督维扬，兼判盐铁，奏应知郑滑院事。及交割帐籍钱帛，欠折数万贯匹，收录家资填偿外，尚欠三四万无所出。初应在扶沟，受思穆寄托，事实丁宁。比及郑滑，遂违前约，且曰：“欠折数广，何由辨明？文卿虽云赃非已用，积年不申论，须抵严刑，以惩慢易。穷达既定，鬼何能移？若弃法徇神，是谄而求福。”乃拘絷文卿而白于使。文卿自度必死，乃预怀毒于衣带之间，比及囚絷，数欲服之，辄失其药，搜求不获。

及文卿以死论，是日，思穆见于文卿前而告曰：“呜呼，无信之人，陷汝家族，吾为汝上告于帝，帝许我夺崔应之录，吾之族亦灭矣。”文卿匍匐拜哭，忽失其父，乃得所怀之药，仰而死焉。于是应与巡官李擅、滑纠朱程、戎曹贾均就非所将刑之。文卿既已死，应方悔悟，乃礼葬文卿，身衣缟素而躬送之。应后加殿中，时有人自邯郸将美人曰金闺来献于应，应纳而嬖之。崔君始惑于声色，为政之心怠矣。

后二年，加侍御史，知杨子院，与妻卢氏及金闺偕行。寻除浙西院，应自至职，金闺宠爱日盛，中门之外，置别馆焉，华丽逾于正寝。视事之罢，经日不履内，前后历任宝货，悉置金闺之所。无何，复有人献吴姝，艳于金闺，应纳之，宠嬖愈甚，每歌舞得意，令，怎知郑滑院？”韦判官说：“非也，凭您的才能与官运，岂止郑滑院！从今往后，您将升任清要显达之位，镇守一方，位极人臣。数月后，您将与郑滑院交接职务，若您不负今日的嘱托，我在冥府将竭尽所能，保您荣华富贵，不止您自己，还能福泽后世。”崔应说：“我虽人微力薄，但怎敢不唯命是从。”韦判官感激涕零，又稍作交谈后辞去。

崔应听闻淮南相杜悰正寻求理政之人，崔应修书，其中言明自己任县令时的政绩，派人快马加鞭送往扬州，他心里念着思穆的话，想借此事验证一二。当时宰相督管扬州，兼管盐铁，上奏请崔应处理郑滑院的事宜。等到接交帐目时，亏空折算钱款数万贯，收缴家财偿还，还缺三四万。当初崔应在扶沟县，受思穆嘱托，此事被再三叮嘱。等他到郑滑院后，违背之前的约定，且说：“亏空数目巨大，用什么说辞才能将账目说清，文卿虽说自己并未贪污公款，但他经年不申报此事，须受严刑来偿还债务，以惩戒他懈怠渎职。我此生贫富已定，鬼魂如何能左右，若徇私枉法，就是用谄媚换得福报。”于是崔应拘捕文卿上报官使，文卿思量自己必死无疑，便事先在衣带间藏好毒药，被收监后，多次想服毒自尽，但药却丢了，四处搜寻未果。

文卿被判死罪，当日，思穆出现在文卿面前告诉他：“唉，言而无信之人，害我全家，我已为你上诉天帝，天帝允许我夺走崔应的官禄，但我韦氏一族已亡。”文卿趴在地上叩拜大哭，忽然他父亲消失不见，他却找到藏在怀中的药，服毒自尽。于是崔应与巡官李擅、滑纠朱程、戎曹贾均到监狱行刑，文卿已死。这时崔应幡然悔悟，厚葬文卿，身着丧服恭敬地为文卿送葬。崔应后来升入殿中，当时有人从邯郸带一名唤金闺的美人献给崔应，崔应纳她为妾。此后崔应被声色迷惑，松懈了理政之心。

二年后，崔应升任侍御吏，管理杨子院，他与妻子卢氏及金闺一同赴任，不久转任浙西院，崔应独自赴任，金闺日益受宠，崔应在中门外为金闺置办别院，奢华比过府宅。崔应办公闲暇时，整日不去内室，从政其间所得宝物尽数收在金闺的别院。不久，又有人献女子名吴姝，美艳远超金闺，崔应又纳为妾室，宠爱更甚，每次吴姝的歌乃夺金闺宝货而赐新姝。因是金闺忿逆，与亲弟陈行宗置毒药于酒中，夜以献应。饮之，俄顷而卒，潜迁应于大厅。诘旦，家人乃觉，莫知事实，卢氏慈善，不能穷究。金闺乃持宝货，尽室而去。诸姬分散，崔氏门馆日微。

后陇西李君知浙西院，闻金闺艳丽，求而纳之。李君与金闺白昼开筵，应乃见形于庭，叱金闺曰："汝已鸩我，又纳于李君，后不得意，复欲祸李君耶？"金闺惧而辞归。后李君方欲捕金闺，案理旧事，雪崔生之冤，金闺忽而逃去，不知所在。（出《阴德传》）

杨收

唐丞相杨收，贬死岭外。于时郑愚尚书镇南海，忽一日，宾司报云："杨相公在客次，欲见尚书。"愚惊骇，以收近有后命，安得来此，乃延接之。杨曰："某为军容使杨玄价所谮，不幸遭害，今已得请于上帝，赐阴兵以复仇，欲托尚书宴犒，兼借钱十万缗。"郑诺之，唯钱辞以军府事多，许其半。杨相曰："非铜钱也，烧时幸勿著地。"愚曰："若此则固得遵副。"从容长揖而灭。愚令于北郊具酒馔素钱以祭之。杨犹子有典寿阳者，见收乘白马，臂朱弓彤矢，有朱衣天吏控马，谓之曰："今上帝许我仇杀杨玄价，我射中之，必死也。"俄而杨中尉暴得疾而死。蜀毛文锡，其先为潮州牧，曾事郑愚，熟详其事。（出《北梦琐言》）

宋柔

唐僖宗之狩于岷蜀也，黄巾尚游魂于三辅。中和辛丑岁，诏丞相晋国公王铎，为诸道行营都统，执操旗鼓，乘三峡而下，作镇舞讨得他欢欣时，他便用先前赏赐金闺的宝物赏给吴姝，因此金闺愤懑反抗，与亲弟弟陈行宗在酒中下毒，夜间献给崔应。崔应饮下，不一会儿便毒发身亡，二人又偷着将尸身运到大厅。天亮后，家人发觉此事，无人知晓事实真象，卢氏慈悲，并未追究此事，金闺带着满室财宝逃走了，其余姬妾四散，崔氏门庭日益衰落。

后来陇西李君管理浙西院，听闻金闺艳名，求娶金闺。李君与金闺白日设宴，崔应在庭中现形，呵斥金闺道："你毒死我，再嫁与李君，还想毒害李君吗？"金闺惶恐，辞别回乡。后来李君想追捕金闺，审查旧案，为崔应沉冤昭雪，金闺忽然逃走，不知去向。（出《阴德传》）

杨收

唐朝丞相杨收，被贬后身死岭外。当时郑愚任尚书镇守海南，忽有一日，宾司上报道："杨相公等在客厅，求见尚书。"郑愚惊骇，以为杨收近日死而复生，不知他为何来此，便请杨收入内。杨收说："我被军容使杨玄价构陷，不幸客死他乡，现今已请求天帝，天帝赐我阴兵以报仇，我想托尚书帮忙犒赏将士，再借钱十万缗。"郑愚应允，但借钱一事推说军务冗杂，只能借给一半。杨收说："我借的不是铜钱，是纸钱，焚烧时切勿触地。"郑愚说："如此我定依您所言。"杨收从容地行长揖后消失不见。郑愚命人在北郊备下酒菜与纸钱祭祀阴兵。杨收有一子主管寿阳，他见杨收乘白马，臂挽红弓红箭，还有一个身着朱衣的天官牵马，杨收对儿子说："现今天帝允许我杀杨玄价报仇，我射中他，他必死无疑。"不久杨中尉暴病猝死。蜀地毛文锡，此前任潮州牧，在郑愚手下任职，他知道此事的详情。（出《北梦琐言》）

宋柔

唐僖宗在岷蜀狩猎，黄巾军的残余势力聚集在三辅。中和辛丑年，唐僖宗诏令丞相晋国公王铎任诸道行营都统，率兵沿三峡而下，南燕，为东诸侯节度。又诏军容使西门季玄为都监。

秋七月，铎至滑，都监次于临汝，郡当兵道，邮传皆焚，乃舍于龙兴北禅院。其西廊小院，即都监下都押衙何群处之。群滑人也，世为本军剧职，群少凶险，亲姻颇薄之。乃西走上京，以干中贵人，而西门纳焉。至是擢为元从都押衙，戎事一以委焉。群志气骄佚，肉视其从。尝一日，汝州监军使董弘贽，令孔目官宋柔，奉启于都监。致命将出，值群方据胡床于门下，怒其不先礼谒也，叱数卒捽以入，击以马挝而遣之。弘贽闻之大恐，笞宋柔数十，仍斥去，不复任使，驰书使谢群，群亦无怍。

复数旬，日将夕，宋柔徒行，经寺门，又值群自外将入。瞥见发怒，连叱驺皂，录之入院，候曛黑，杀而支解，纳诸溷中。既张灯，宛见宋柔被发徒跣，浴血而立于灯后。群矍起，奋剑击刺。欻然而灭，厥后夜夜见之。

暮秋月，都监迁于荥阳郡，舍于开元寺，子城东南隅之地。至是群神情惝恍，渐不自安，乃与其裨将窦思礼等谋叛，将大掠郡中，而奔于江左。都监部曲三百许人，皆畏群而唯诺。会太守杜真府符请都监夜宴，启至，群谓思礼等曰："机不旋踵，时不再来，必发今宵，无贻后悔。"思礼等遂潜勒部分。至晡时，都监赴宴。群令亲信十数人从，戒曰："至三更，汝焚六司院门，寺中必举火相应。"其夕一鼓，群假寝帐中，乃梦宋柔向群大叱曰："吾仇雪矣。"遂惊觉，召思礼语之，对曰："此乃思也，是何能为？"二鼓将半，乃令其徒擐甲，使一卒登佛殿西大梓树，瞯子城内。无何，郡都虞候游巡到僧纲，启门入，至殿隅，仰视木杪，心动，命爇炬于下，乃见介者蹲于枝间。方诘所从，群连声谓曰："走卒痁作，镇守南燕，任东诸侯节度使。又诏军容使西门季玄任都监。

秋季七月，王铎行至滑地，都监至临汝，郡守占兵道，驿站尽数被焚毁，都监只得借宿龙兴北面的禅院，禅院西廊小院住着都监下属押衙何群。何群是滑地人，世代任军中要职，何群自幼性情凶恶，亲缘浅薄。他西行进京，侍奉中贵（有权势的太监），西门季玄赏识提拔他。至今他已升任元从都押衙，军中事务全权交由他处理。他傲慢骄横，觉得部下都是肉体凡胎。一日，汝州监军使董弘赞令孔目官宋柔给都监送文书，宋柔送到后将返，碰上何群坐在门前的胡床（可以折叠的轻便绳椅）上，何群不满宋柔没有对他行礼参拜，呵斥几名士卒将宋柔拽进门内，用马鞭抽打后才放宋柔离开。董弘赞听闻此事后很是惊惧，杖责宋柔数十大板后斥责他离开，不再交付他差事，派人快马送信向何群道歉，何群对此毫无愧疚。

几十日后的傍晚，宋柔步行经过寺门，又碰上从外面回来正要进门的何群，何群见了宋柔又生不满，呵斥车夫抓宋柔进院中，直到日落，何群将宋柔杀死并肢解，弃尸粪坑。随后何群点灯，恍惚见宋柔披发赤足，满身血污地站在灯后，何群惊慌起身，奋力执剑击打，宋柔迅速消失不见，此后何群每夜都能见到宋柔。

晚秋，都监迁到荥阳郡，借住开元寺，开元寺在子城东南角。至此何群已精神恍惚，日益心神不定，他与裨将窦思礼等人密谋造反，企图大肆掠夺荥阳郡，再逃往江东，都监部下三百余人畏惧何群只得应允。恰逢太守杜真递请帖邀都监赴夜宴，请帖送到后，何群对窦思礼等人说："机不可失，失不再来，且时不我待，今夜定要起兵，切勿贻误时机而后悔。"窦思礼等人暗中布置。到申时，都监赴宴，何群派十几个亲信随行，并告诫道："三更时，你们纵火焚毁六司院门，寺中定举火呼应。"当晚一更时，何群在帐中装睡，梦见宋柔对他大声呵斥道："我将沉冤得雪。"何群惊醒，召窦思礼告诉他此梦，窦思礼说："梦只是意念，又能奈何？"二更过半，何群令部下披甲，命一士兵登上佛殿西侧的大梓树，俯瞰子城内。不久，郡都虞侯巡视到寺院中心，开门进入寺中，行至佛殿一角，抬头看树梢，心有遂逃于上，无他也。”都虞候色变，驰出戒严。群呼思礼等谓曰：“事亟矣，不速行，将为竖子所殄。”乃拥其徒，斩东门关而出奔。若走两舍，而群心荡，无所从其适。下稍稍亡去，倦憩水侧，遥闻严鼓声，乃仆射陂东北隅壖也。思礼觉乃前，请启密语，群将耳附之。思礼拔佩刀，疾斫群首坠于地。余众大嚣而散，思礼携群首，迟明，归命于都监。贳其罪，使招其散卒焉。（出《三水小牍》）

王 表

河东裴光远，唐龙纪己酉岁，调授滑州卫南县尉。性贪婪，冒于货贿，严刑峻法，吏民畏而恶之。尤好击鞠，虽九夏蒸郁，亦不暂休息。畜一白马，骏健能驰骋，竟以暑月不胜其役，而致毙于广场之内。有里长王表者，家虽富赡，早丧其妻。唯一子，可七八岁。白皙端丽，常随父来县曹。光远见而怜之，呼令入宅，遗以服玩，自是率以为常。光远令所亲谓表曰：“我无子，若能以此儿相饷，当善待汝，纵有大过，亦不汝瑕疵也。”表答曰：“某诚贱微，受制于上，骨肉之间，则无以奉命。况此儿襁褓丧母，岂可复离其父乎？设使以此获罪于明公，亦甘心矣。”光远闻而衔之。后数日，乃遣表使于曹南，使盗待诸境上，杀之而取其子。

大顺辛亥岁春，光远遘疾，逾月委顿，或时若鬼物所中，独言曰：“王表来也，当还尔儿。”又为表言曰：“某虽小吏，慎密未尝有过，反招贱贼，规夺赤子，已诉于天，今来请命。”又为己语：“今还尔儿，与尔重作功德，厚赂尔阴钱，免我乎？”皆曰：“不可。”少顷曰：“白马来也。”则代马语曰：“为人乘骑，自有年限。

所感，命人点燃火把，看到蹲在树上的士兵，正要审问他隶属什么部门，何群连声对都虞侯说："士兵患疟疾逃到树上，并无他事。"都虞侯脸色骤变，快步跑出严令封禁寺院。何群唤来窦思礼说："事态紧急，若不抓紧行动，我们将被这小子殄灭。"于是率部下闯开东门关出逃，大约跑了六十多里，何群心慌，无所适从，部下逐渐逃散，他疲累至极歇在水边，听着远处传来战鼓声，是从仆射陂东北角的空地传来的。窦思礼顿悟，上前与何群密语，何群附耳靠近，窦思礼拔出佩刀迅速将何群的首级斩到地上，其余众人惊叫奔逃。窦思礼提着何群的首级，在第二日天明返回都监处自首。被赦免，领命招纳逃散的士卒。（出《三水小牍》）

王表

河东人裴光远，于唐朝龙纪己酉年，调任滑州卫南县尉。他生性贪婪，贪污受贿、深文峻法，官吏与百姓无不畏惧厌恶他。他喜欢击鞠（马球），即便三伏盛暑也不休息。他养一白马，迅猛健硕，竟因在酷暑天不堪他的役使，死在马场。有位里长名王表，家境优渥，但早年丧妻，唯有一子，七八岁了。这孩子长得白皙端秀，常随父亲到县衙，裴光远见那孩子后心生怜爱，叫他进屋，送他衣服和玩具，久而久之习以为常。裴光远请亲信对王表说："我膝下无子，若您能将这孩子送我，我将善待您，即便您犯下大错，我也不会计较。"王表答："我一介草民，受上级约束，但事关骨肉亲情，恕难从命。且这孩子幼年丧母，怎能再离开父亲？若因此得罪明公，我也无悔。"裴光远听后记恨在心，数日后，裴光远派王表前往州南，在境外安排强盗，杀害王表夺走了孩子。

大顺辛亥年春日，裴光远患病，月余后病情加重，有时好似被鬼物附身，自言自语道："王表来了，我将孩子还你。"又变成王表说："我虽是区区小吏，但办事周密不曾有过失，反倒被贼人残害，谋划夺走了我的儿子，我已上诉天帝，现今取你的命。"又变成自己说："现今将孩子还您，为您重新置办功德，厚赠您冥府钱币，您能饶恕我吗？"答："不可。"不一会儿裴光远又说："白马来了。"他又代替至于负载驰骤，亦有常程。筋力之劳，所不敢惮。岂有盛夏之月，击鞠不止？毙此微命，实由于君，已诉上天，今来奉取。”又为己语，祈之如王表，终不听。数日，光远遂卒。（出《三水小牍》）

乾宁宰相

唐乾宁二年，邠州王行瑜会李茂贞、韩建入觐，决谋废立。帝既睹三帅齐至，必有异谋，乃御楼见之。谓曰：“卿等不召而来，欲有何意？”茂贞等洽背不能对，但云：“南北司紊乱朝政，因疏韦昭度讨西川失谋，李磎麻下，为刘崇鲁所哭，陛下不合违众用之。”乃令宦官诏害昭度已下，三帅乃还镇。内外冤之。初王行瑜跋扈，朝廷欲加尚书令，昭度力止之曰：“太宗以此官总政而登大位，后郭子仪以六朝立功，虽有其名，终身退让。今行瑜安可轻授焉？”因请加尚父，至是为行瑜所憾而被害焉，后追赠太师。李磎字民望，拜相麻出，刘崇鲁抱之而哭，改授太子少傅。乃上十表，及讷谏五篇，以求自雪，后竟登庸，且讦崇鲁之恶。时同列崔昭纬与韦昭度及磎素不相协，王行瑜专制朝廷，以判官崔铤入阙奏事，与昭纬关通，因托铤致意。由是行瑜率三镇胁君，磎亦遇祸。其子沇，有高才，亦同日害之。磎著书百卷，号李书楼，后追赠司徒。太原李克用破王行瑜后，崔昭纬贬而赐死。昭皇切齿下诏捕崔铤，亦冤报之验也。（出《北梦琐言》）

马说：“我被人乘骑，是有年限的，负载驰骋，也有里程，筋骨的疲乏不足畏惧，但怎能在盛夏时驾着我不停地打马球，以致我毙命，这些都是你导致的，我已上诉天帝，现今奉命来取你性命。”裴光远又化作自己向王表求饶，但王表始终不愿饶恕，几日后裴光远就死了。（出《三水小牍》）

乾宁宰相

唐朝乾宁二年，邠州王行瑜会同李茂贞、韩建入宫觐见皇帝，密谋废帝。皇帝见三帅一并觐见，其中必有诈，便在御楼接见，对他们说：“卿等未奉召擅自前来，意欲何为？”李茂贞等汗流浃背无言以对，只说：“南北司祸乱朝政，我等前来奏报，因此有人上疏指责韦昭度讨伐西川失策，李磎被贬麻下，刘崇鲁为李磎哀泣，陛下不应违背众臣意愿任用这些人。”皇帝命宦官下昭处死韦昭度等三人，三帅返回属地，朝廷内外为三人喊冤。当初王行瑜嚣张跋扈，朝廷任他为上尚书令，韦昭度竭力阻止道：“太宗皇帝用此官统领朝政才能荣登皇位，郭子仪作为六朝元老立赫赫战功，才得此名，但他只有此名而终身退让。如今怎能轻率地将此官名授予王行瑜？”随后请求任王行瑜为尚父，因此被王行瑜怀恨，最终被害，韦昭度死后追赠为太师。李磎字民望，拜相的诏书出来后，刘崇鲁抱着他痛哭，又改授为太子少傅。此后王行瑜等人又上奏十表，纳谏五篇，用以洗清自己，后来竟被提拔，他又揭发刘崇鲁作恶。当时同级官员崔昭纬与韦昭度和李磎一向不合，王行瑜主管朝中大事，请判官崔鋋入宫奏事，并与崔昭纬沟通，委托崔鋋向他示意。因此王行瑜率三镇统帅胁迫皇帝，李磎也被害。李磎的儿子名李沇，才华卓越，在同一日也被杀害。李磎著书百卷，号称李书楼，死后被追赠为司徒。太原的李克用击败王行瑜，崔昭纬被贬官赐死，唐昭王咬牙愤恨地下诏捕捉崔鋋，这也是冤仇得报啊。（出《北梦琐言》）

卷第一百二十四　报应二十三冤报

王简易

唐洪州司马王简易者，常暴得疾，腹中生物如块大，随气上下，攻击脏腑，伏枕余月。一夕，其块逆上筑心，沉然长往，数刻方寤，谓所亲曰："初梦见一鬼使，自称丁郢，手执符牒云：'奉城隍神命，来追王简易。'某即随使者行，可十余里，方到城隍庙。门前人相谓曰：'王君在世，颇闻修善，未合身亡，何得遽至此耶？'寻得见城隍神，告之曰：'某未合殂落，且乞放归。'城隍神命左右将簿书来，检毕，谓简易曰：'犹合得五年活，且放去。'"至五年，腹内物又上筑心，逡巡复醒云："适到冥司，被小奴所讼，辞气不可解。"其妻问："小奴何人也？"简易曰："某旧使僮仆，年在妙龄，偶因约束，遂致毙。今腹中块物，乃小奴为祟也。适见前任吉州牧锺初，荷大铁枷，着黄布衫，手足械系。冥司勘非理杀人事，款问甚急。"妻遂诘云："小奴庸下，何敢如是？"简易曰："世间即有贵贱，冥司一般也。"妻又问："阴间何罪最重？"简易曰："莫若杀人。"言讫而卒。（出《报应录》）

樊　光

交趾郡厢虞候樊光者，在廨宇视事，亭午间，风雷忽作，光及男并所养一黄犬并震死。其妻于霆击之际，欻见一道士，撮置其身于别所，遂得免。人问其故，妻云："尝有二百姓相论讼，同系

王简易

唐朝洪州司马王简易，曾忽然患病，腹中生出一块异物，随呼吸上下，撞击脏器，他因此卧床月余。一日晚间，异物逆行停在心脏，王简易昏沉晕厥，几刻钟后才清醒，对身边人说："起初我梦到一鬼使，自称丁郢，他执文书说'我奉城隍神之命，追捕王简易。'我随鬼使前行，大约走了十多里，到城隍庙。守门人对我说'王君在人世，积德行善，阳寿未尽，为何来此处？'不一会儿见到城隍神，我对他说'我不应死。'并求他放我返回。城隍神命左右近臣呈上簿书，检验后，对我说'还能再活五年，暂且放你返回。'"五年时间到，腹内异物又停留心上，停留片刻后王简易再次苏醒，说："刚才到冥府，被小奴状告，观他言辞面色，此事无法脱罪。"王简易妻子问："小奴是何人？"王简易说："我旧时差使的僮仆，那是他正是青春年少，一次因我的管教，导致他毙命。现今我腹中异物，是小奴作祟。刚才见前任州牧钟初，身负大铁枷，着黄布衫，手脚被烤，冥司查验他非法杀人一事，审讯急迫。"妻子追问道；"小奴一介卑下庶民，怎敢如此？"王简易说："人间有高低贵贱之分，冥府亦有。"妻子又问："冥府何罪最重？"王简易说："没有重于杀人罪的。"言罢去世。（出《报应录》）

樊光

交趾郡厢虞候樊光在官舍办公，正午时分，风雷大作，樊光和他的儿子还有他们豢养的一黄狗都被震死。樊光的妻子在雷击时，忽然见一道士，带着她转移到别处，才免去一死。有人问此事的缘由，牢狱，无理者纳赂于光，光即出之，有理者大被栲掠，抑令款伏。所送饮食，光悉夺与男并犬食之。其囚饥饿将死间，于狱内被发诉天，不数日，光等有此报。”（出《报应录》）

李彦光

李彦光为秦内外都指挥使，主帅中书令李崇委任之，专其生杀，虐酷黩货，遭枉害者甚众。部将樊某者，有骡一头，甚骏。彦光使人达意求之，樊吝之不与，因而蓄憾，以他事构而囚之。伪通辞款，承主帅醉而呈之，帅不复详察，光即矫命斩之。樊临刑曰：“死若无知则已，死若有知，当刻日而报。”及死未浃旬，而彦光染疾，樊则形见，昼夜不去。或来自屋上，或出自墙壁间，持杖而前，亲行鞭棰，左右长幼皆散走。于是便闻决罪之声，不可胜忍，唯称死罪，如是月余方卒。自尔持权者颇以为戒。（出《玉堂闲话》）

侯温

梁朝与河北相持之时，有偏将侯温者，军中号为骁勇。贺瓌为统率，专制忌前，以事害之。其后瓌寝疾，弥留之际，左右只闻公呼侯九者数日，颇有祈请之词，深自克责。有侍者见一丈夫自壁间出，曳瓌于地，侍者惊呼，左右俱至，瓌已死矣。昔汉窦婴、灌夫为武安侯田蚡所构而死，及蚡疾，巫者视鬼，见窦、灌夹而笞之，蚡竟卒，事相类耳。（出《玉堂闲话》）

樊光妻子说："曾有两位百姓互相上诉，都被下狱，无理者贿赂樊光，樊光放他出狱；有理者受严刑逼供，屈打成招，送给有理者的饭食，被樊光夺走给了儿子和狗，有理者即将饿死时，在狱中披发上诉天帝。"没过几日，樊光等人遭此报应。（出《报应录》）

李彦光

李彦光任秦内外都指挥使，主帅中书令李崇委任他此官，李彦光醉心杀伐，暴虐残酷，贪污受贿，被他枉害之人众多。他的部下樊某，有一骡子，品种好，跑的快。李彦光差人传达，他有意求取那骡子。樊某不舍，拒绝了李彦光。因此二人积怨，李彦光借其他事构陷樊某，将其收监。李彦光伪造罪证，趁主帅酒醉时呈上，主帅没再详查，李彦光假托主帅之命斩杀了樊某。樊某临刑时说："死后若无知无觉则罢，若死后有知，我即日定当报还。"樊某死后不足十多日，李彦光患病，樊某现形，昼夜不曾离去，有时从屋上来，有时从墙里来，持棍棒上前，亲自抽打，李彦光的左右近侍、长幼亲人四散奔逃，房中传出判决罪行之声，耳不忍闻，只说是死罪。如此月余后李彦光死了。此后手持特权之人都要以此为鉴。（出《玉堂闲话》）

侯 温

梁朝与河北对峙时，有位偏将名侯温，军中赞他骁勇。当时贺瓌任统帅，专断独行又嫉妒贤能，他寻事陷害侯温。之后贺瓌患病卧床，弥留之际，左右近侍听他一连呼喊侯九数日，其间夹杂很多祈求的语句，并狠狠地克责自己。有侍者见到一男子从墙中走出，将贺瓌拽到地上，侍者惊呼，左右侍臣聚在周围，但贺瓌已死。昔日汉朝窦婴、灌夫被武安侯田蚡构陷杀害，田蚡患病后，巫者看到鬼怪，见窦婴、灌夫二人夹着田蚡鞭打，直至打死。今日的情形与旧事相似。（出《玉堂闲话》）

沈申

湖南帅马希声，在位多纵率。有贾客沈申者，常来往番禺间，广主优待之。令如北中求宝带，申于洛汴间市得玉带一，乃奇货也。回由湘潭，希声窃知之，召申诣衙，赐以酒食，抵夜送还店。预戒军巡，以犯夜戮之，湘人俱闻，莫不嗟悯。尔后常见此客为祟，或在屋脊，或据栏槛，不常厥处。未久，希声暴卒。其弟希范嗣立，以玉带还广人。（出《北梦琐言》）

法曹吏

庐陵有法曹吏，尝劾一僧，曲致其死，具狱上州。尔日，其妻女在家，方纫缝于西窗下，忽有二青衣卒，手执文书，自厨中出，厉声谓其妻曰："语尔夫，无枉杀僧。"遂出门去。妻女皆惊怪流汗，久之乃走出，视其门，扃闭如故。吏归，具言之，吏甚恐。明日将窃取其案，已不及矣，竟杀其僧。死之日，即遇诸涂。百计禳谢，旬月竟死。（出《稽神录》）

刘存

刘存为舒州刺史，辟儒生霍某为团练判官，甚见信任。后为左右所谮，因构其罪，下狱，白使府请杀之。吴帅知其冤，使执送杨都，存遂缢之于狱。既而存迁鄂州节度使，霍友人在舒州，梦霍素服自司命祠中出，抚掌大笑曰："吾已获雪矣。"俄而存帅师征湖南，霍表兄马邺，为黄州刺史。有夜扣齐安城门者曰："舒州霍判官将往军前，马病，白使君借马。"守陴者以告，邺叹曰："刘公枉杀霍生，今此人往矣，得无祸乎？"因画马数匹，焚之水际。数

沈 申

湖南帅马希声，任职期间恣意妄为。一商人名沈申，常来往番禺一带，受主顾优待。有人请他在北方收购一珍宝佩带，沈申在洛汴一带市集上买得佩带，算是世间珍品。返程途经湘潭，马希声暗中得知佩带一事，便召沈申到衙门，招待酒食，晚间送他回客店，事先安排军队巡防，将沈申当作贼人处死，湘潭百姓听闻此事，无不叹惋。此后常见沈申为鬼作祟，有时出现在屋脊，有时出现在栏槛，不常停在一处。不久，马希声暴毙，他的弟弟马希范继任职务，将佩带还给了广东主顾。（出《北梦琐言》）

法曹吏

庐陵一法曹吏，揭发一僧人，诬陷致其死亡，定罪文书上报州府。那日，法曹吏的妻子女儿在家，正在西窗下做针线活。忽然有两青衣士兵手执文书，从厨房走出，厉声对法曹吏的妻子说："告诉你丈夫，莫要枉杀僧人。"言罢出门。妻子和女儿受惊流汗，歇了许久才走出屋子，看家门，门锁关闭如常。法曹吏回家，妻子告诉他此事，法曹吏听后惶恐难安。第二日他想偷回文书，但为时已晚，最终僧人被杀。僧人受刑那日，法曹吏在途中遇到僧人。后来法曹吏想方设法祭祀祈祷谢罪企图消灾，一月后终究还是死了。（出《稽神录》）

刘 存

刘存任舒州刺史，征用儒生霍某任团练判官，霍某深受刘存的信任。后来霍某被身边人诬告，构陷他犯罪，被关进了监狱，上报官府请求将他处死。吴帅知霍某含冤，派人将他押往杨都，刘存将霍某勒死在狱中。很快刘存迁任鄂州节度使，霍某的友人在舒州，梦到霍某身着白衣从司命祠中出来，拍手大笑说："我已沉冤昭雪。"很快刘存带兵征讨湖南，霍某表兄马邺，任黄州刺史。有一人夜叩齐安城门说："舒州霍判官要去前线，战马患病，上报此情向使君借马。"守城人将此事通传马邺，马邺长叹道："刘存枉杀霍生，今日霍

日存败绩，死之。（出《稽神录》）

袁州录事

袁州录事参军王某尝劾一盗，狱具而遇赦，王以盗罪□不可恕，乃先杀之而后宣赦。罢归至新喻，邑客冯氏，具酒请王。明日当往，晚止僧院，乃见盗者曰："我罪诚合死，然已赦矣，君何敢匿王命而杀我？我今得请于所司矣，君明日往冯家耶？不往亦可。"言讫乃殁，院僧但见其与人言而不见也。明日方饮，暴卒。（出《稽神录》）

刘 璠

军将刘璠性强直勇敢，坐法徙海陵。郡守褚仁规嫌之，诬其谋叛，诏杀于海市。璠将死，谓监刑者曰："为我白诸儿，多置纸笔于棺中，吾必讼之。"后数年，仁规入朝，泊舟济滩江口，夜半，闻岸上连呼："褚仁规，尔知当死否？"舟人尽惊起，视岸上无人，仁规谓左右曰："尔识此声否？刘璠也。"立命酒食，祭而谢之。仁规至都，以残虐下狱，狱吏夜梦一人，长大黯面，从二十余人，至狱，执仁规而去。既寤，为仁规所亲说之，其人抚膺叹曰："吾君必死，此人即刘璠也。"其日中使至，遂缢于狱矣。（出《稽神录》）

吴 景

浙西军校吴景者，丁酉岁，设斋于石头城僧院。其夕既陈设，忽闻妇女哭声甚哀，初远渐近，俄在斋筵中矣。景乃告院僧曰："景顷岁从军克豫章，获一妇人，殊有姿色。未几，其夫求赎，将

生前去，怎能免灾？”随后画了几匹马，在水畔焚毁。几日后刘存战败去世。（出《稽神录》）

袁州录事

袁州录事参军王某曾审判一盗贼，已结案却遇到大赦，王某觉得盗贼罪无可恕，便先处死盗贼后宣布赦令。王某辞官返回新喻，乡民冯氏备酒宴请王某。王某第二日赴宴，晚上夜宿僧院，遇上盗贼对他说：“我罪该万死，但已获免，您怎敢违逆皇令处死我？我向专司上诉，明日你将前往冯家吗？不去也无妨。”言罢盗贼就消失不见，院僧只见王某与人交谈但不见对方人影。第二日王某在冯家正要饮酒，突然暴毙。（出《稽神录》）

刘　璠

军将刘璠生性刚强勇猛，犯法被贬海陵。郡守褚仁规嫌恶他，诬陷他谋反，下令将他处死于海陵市集。刘璠临死时对监刑官说：“请您替我告诉我的儿子们，多备些纸笔放入棺中，我定要状告褚仁规。”几年后，褚仁规入京上朝，停船于济滩江口。半夜时分，听到岸上有人连声呼喊：“褚仁规，你知你罪该万死吗？”船上的人都受惊起身，细看岸上无人。褚仁规对身边人说：“你们能听出这是谁的声音吗？这是刘璠。”褚仁规立刻命人准备酒饭，祭祀道歉。褚仁规进京，因残害虐待被定罪下狱，狱吏晚间梦到一人，身材高大面色阴沉，随行二十余人，来到狱中，将褚仁规抓走。狱吏醒后将此梦告诉褚仁规的亲信，那人抚胸长叹道：“褚仁规必死无疑，来人正是刘璠。”当日午时使臣前来，将褚仁规绞死在狱中。（出《稽神录》）

吴　景

浙西军校吴景，丁酉年间于石头城僧院设斋。当日忽闻妇女的哀泣声，起初声音遥远，后逐渐逼近，很快声音已在斋筵席上。吴景告诉寺僧：“我昔年行军攻破豫章，俘获一妇人，姿色殊丽。不久，她的军令严肃，不可相容，景即杀之，后甚以为恨。今之设斋，正为是也。”即与僧俱往，乃见妇人在焉，僧为之祈告。妇人曰：“我从吴景索命，不知其他。”遽前逐之，景走上佛殿，大呼曰：“还尔命。”于是颠仆而卒。（出《稽神录》）

高安村小儿

高安村人有小儿作田中，为人所杀，不获其贼。至明年死日，家人为设斋。尔日，有里中儿方见其一小儿谓之曰：“我某家死儿也，今日家人设斋，吾与尔同往食乎？”里中儿即随之，至其家，共坐灵床，食至辄餐，家人不见也。久之，其舅后至，望灵床而哭，儿即径指之曰：“此人杀我者也，吾恶见之。”遂去。儿既去，而家人见里中儿坐灵床上，皆大惊。问其故，儿具言之，且言其舅杀之。因执以送官，遂伏罪。（出《稽神录》）

陈勋

建阳县录事陈勋，性刚狷不容物，为县吏十人共诬其罪，竟坐弃市。至明年死日，家为设斋，妻哭毕，独叹于灵前曰：“君平生以刚直称，今枉死逾年，精魄何寂然耶？”是夕，即梦勋曰：“吾都不知死，向闻卿言，方大悟尔。若尔，吾当报仇，然公署非可卒入者，卿明日为我入县诉枉，吾当随之。”明日，妻如言而往，出门，即见勋仗剑从之。至县，遇一仇吏于桥上，勋以剑击其首，吏即颠仆而死。既入门，勋径之曹署，以次击之，中者皆死，十杀其八，二吏奔至临川，乃得免。勋家在盖竹，乡人恒见之，因为立祠，号陈府君庙，至今传其灵。（出《稽神录》）

丈夫请求将妇人赎回，但将军严令不可放过俘虏，我便将她处死，事后很是悔恨。今日设斋正是为了此事。”然后他与僧人一并赴宴，妇人已在宴席上，僧人为她祝告，妇人说：“我来此向吴景索命，其他事我不知道。”于是快步上前追赶吴景，吴景跑进佛殿大喊：“将命还你。”随即倒地而亡。（出《稽神录》）

高安村小儿

高安村有一小孩儿在田间干活时被杀，没有抓到凶手。第二年忌日，家人为小孩儿设斋祭祀。那日，村中一小孩儿遇上被害的小孩儿，那小孩儿对他说：“我是某家去世的小孩儿，今日家人为我设斋，我与你一起去吃好吗？”村中的小孩儿跟着他同去，到了他家，二人一同坐在灵案上，食物呈上来就吃，家人看不到二人。几日后，他的舅舅前来，看到灵案就哭，小孩儿直指他的舅舅说：“此人就是杀我之人，我讨厌看到他。”于是便离开了。小孩儿走后，家人见到村中小孩儿坐在灵案上，都很惊讶。问他为何在此，小孩儿详述原由，并说是舅舅杀了去世的小孩儿。家人便将小孩儿的舅舅送官，舅舅认罪伏诛。（出《稽神录》）

陈勋

建阳县录事陈勋，生性刚正狷介，眼里容不下沙子，十个县吏合谋构陷他犯罪，判他死刑。到第二年忌日，家人为他设斋祭祀，妻子哭丧后，独自在他灵前哀叹：“您一生以耿直闻名，如今枉死一年有余，您的魂魄怎能静默无声？”当晚，就梦到陈勋对她说：“我竟不知自己已死，白日听了您的话，才幡然醒悟。若真如您所言，我理应报仇，但公署绝非我等小吏可随意进入的，请您明日替我到县衙诉冤，我随您同去。”第二日，陈勋的妻子依言到县衙，出门，便看到陈勋仗剑随行。行至县城，在桥上遇到一仇吏，陈勋用剑击打仇吏的头部，仇吏即刻倒地死了。进入县衙后，陈勋径直到官署处，依次将仇吏击杀，十个仇吏被他杀了八个，两个仇吏逃往临川得以幸免。陈勋

锺遵

江南大理评事锺遵，南平王傅之孙也，历任贪浊。水部员外郎孙岳，素知其事，密纵于权要，竟坐下狱。会赦除名，遵既以事在赦前，又其祖尝赐铁券，恕子孙二死，因复诣阙自理。事下所司，大理奏赃状明白，遂弃市。临刑，或与之酒，遵不饮，曰："我当讼于地下，不可令醉也。"遵死月余，岳方与客坐，有小青蛇出于栋间。岳视之，惊起曰："锺评事，锺评事。"变色而入，遂病，翌日死。（出《稽神录》）

韦处士

韦承皋者，伪蜀时将校也。有待诏僧名行真，居蜀州长平山，尝于本州龙兴寺构木塔，凡十三级，费钱银万计，寻为天火所焚。第三次营构，方能就，人谓其有黄白之术也。及承皋典眉州，召行真至郡。郡有卢敬芝司马者，以殖货为业，承皋尝谓之曰："某顷军中，与行真同火幕，遇一韦处士，授以作金术。适来鄙夫老矣，故召行真，同修旧药，药成，当得分惠，谓吾子罢商贾之业可乎？"卢敬诺。药垂成，韦牧坐罪贬茂州参军。临行，卢送至蟆颐津，韦牧沉药鼎于江中，谓卢生曰："吾罪矣！先是授术韦处士者，吾害之而灭口。今日之事，药成而祸及，其有神理乎！"蜀国更变，以拒魏王之师，诛死。（出《北梦琐言》）

家在盖竹，乡民常能看到他，因此为他建祠堂，起名陈府君庙，时至今日还流传着此庙灵验的传闻。（出《稽神录》）

锺遵

江南大理评事锺遵，是南平王傅之孙，在职期间贪污腐败。水部员外郎孙岳，一直知道锺遵行贿的事，便将此事密报上级权要，锺遵被下狱。正逢大赦免罪，锺遵犯法在赦令颁布前，又因他祖上曾得皇上恩赐的铁券（免死券，君主赏赐功臣的免死罪凭证），因此锺遵免受死罪。孙岳又到宫中上奏此事，专司认为大理锺遵的罪证清晰，便判处他死刑。临刑时，有人给锺遵酒喝，锺遵不喝，说：“我在冥府上诉，不可醉酒。”锺遵死后月余，孙岳与客人同坐，发现一小青蛇从柱子间爬出，孙岳看到后，受惊起身大喊：“钟评事，钟评事。”孙岳变了脸色逃进屋中，当即染病，第二日就死了。（出《稽神录》）

韦处士

韦承皋，前蜀将校。他有一待诏僧法号行真，住在蜀州长平山，曾在本州龙兴寺建造木塔，共十三级，斥资数万，但竣工后很快被天火焚毁，经三次营造才建成，人们传言他身怀黄白之术。韦承皋主管眉州后，召行真到眉州。眉州有司马名卢敬芝，经商谋生。韦承皋曾对他说：“我近日在军中，与行真同伙赚钱，我遇到一人自称韦处士，传授我冶金术，但近来我老了，所以召行真一并炼药，炼成，理当同享，您可否暂停经商？”卢敬芝恭敬地应允了，药即将炼成，韦承皋却因犯罪被贬茂州参军。临行时，卢敬芝送他到蟆颐津，韦承皋将药鼎沉入江中，对卢敬芝说：“我有罪，此前习得法术于韦处士后，我将他杀害灭口。今日，药炼成祸事随后就来，难道不正是天理昭彰吗？”前蜀政变，因出兵抵御魏王的军队，韦承皋被杀死。（出《北梦琐言》）

张进

伪蜀给事中王允光性严刻，吏民有犯，无贷者。及判刑院，本院杖直官张进，因与宅内小奴子诵火井县令蒋贻恭《咏王给事绝句》云：“厥父元非道郡奴，允光何事太侏儒。可中与个皮裈著，擎得天王左脚无。”奴子记得两句，时念诵之。允光问：“谁人教汝？”对云：“杖直官张进。”允光大怒，寻奏进受罪人钱物，遂置极法。后允光病寒热，但见张进执火炬烧四体，高声唱“索命”。允光连叱不去，痛楚备极，数日而终。（出《儆诫录》）

郝溥

伪蜀华阳县吏郝溥日追欠税户，街判司勾礼遣婢子阿宜赴县，且嘱溥云：“不用留禁，残税请延期输纳。”郝溥不允，决阿宜五下，仍纳税了放出。明年，县司分擘百姓张琼家物业，郝溥取钱二万。张琼具状论诉，街司追勘，勾礼见溥，大笑曰：“你今日来也，莫望活，千万一死。”令司吏汝勋构成罪，遂杀之。不数日，汝勋见郝溥来索命，翌日暴卒。勾礼晨兴，忽见郝溥升堂，罗拽殴击，因患背疮而死。（出《儆诫录》）

裴垣

伪蜀宁江节度使王宗黯生日，部下属县，皆率醵财货，以为贺礼。巫山令裴垣以编户羁贫，独无庆献。宗黯大怒，召裴至，诬以他事，生沉滟滪堆水中，三日尸不流。宗黯遣人命挽而下，经宿逆水复上，卓立波面，正视衙门。宗黯颇不自安，神识烦挠，竟得疾暴卒。（出《北梦琐言》）

张进

前蜀给事中王允光，生性严厉尖刻，若有犯法的官吏与庶民，他绝不姑息。等到了判刑院，判刑院的杖直官张进，他与宅中僮仆诵读火井县令蒋贻恭作的《咏王给事绝句》，诗云：“厥父元非道郡奴，允光何事太诛儒。可中与个皮裈著，擎得天王左脚无。”僮仆只记住其中两句，时常咏诵，王允光问是谁教他的，答：“杖直官张进。”王允光大怒，不久他奏报张进收受罪犯贿赂，张进被处以极刑。后来王允光患病，身体忽冷忽热，病中见张进执火把炙烤他的四肢，高呼着“索命”。王允光连声呵斥，张进不曾离开，痛苦难忍，几日后病死了。（出《儆诫录》）

郝溥

伪蜀华阳县吏郝溥每日追要欠税之人的税款，街判司勾礼派婢女阿宜到县衙，向郝溥传话：“无须囚禁阿宜，剩下的税款请求延期缴纳。”郝溥不批准，将阿宜打了五下，补齐税款后才能放出。第二年，县司瓜分百姓张琼家的财物，郝溥拿了二万钱。张琼状告此事，街司查办，勾礼见到郝溥，大笑道：“你今日来此，莫要想活着返回，你必死无疑。”随后命司吏汝勋构陷郝溥并定死罪，于是郝溥被处死。不多日，汝勋见郝溥前来索命，第二日汝勋就暴毙了。勾礼早晨起来，忽见郝溥升堂，拽着他一顿击打，随后勾礼患上背疮病而死。（出《儆诫录》）

裴垣

伪蜀宁江节度使王宗黯过生辰，部下在各自属地聚集财物作贺礼赠予王宗黯。唯独巫山令裴垣因属地百姓贫穷并未献礼。王宗黯不满，召来裴垣，借其他事构陷他，将他活着沉入滟滪堆（滟滪堆，地名）水中淹死，尸首三日没有漂走，王宗黯派人将尸首拽走，一夜后尸首又逆流而上，立于水面正视着衙门。王宗黯忐忑难安，心神不宁，最终患病猝死。（出《北梦琐言》）

苏铎

伪蜀王宗信，镇凤州。有角觝人苏铎者，委之巡警，尝与宗信左右孙延膺不协。宗信因暇日登楼，望见苏铎，锦袍束带，似远行人之状，宗信讶之。铎本岐人也，延膺因谮曰："苏铎虽受公蓄养，其如苞藏祸心，久欲逃去。"宗信大怒，立命擒至，先断舌脔肉，然后斩之。及延膺作逆，其被法之状，一如铎焉。（出《儆诫录》）

赵安

蜀郭景章，豪民也。因醉，以酒注子打贫民赵安，注子觜入脑而死。安有男，景章厚与金帛，随隐其事，人莫知之。后景章脑上忽生疮，可深三四分，见骨，脓血不绝。或时睹赵安，疮透喉，遂死。（出《儆诫录》）

苏铎

伪蜀王宗信，镇守凤州。角抵（古代两人相抵较量的一种运动）人苏铎被任巡警，苏铎曾与王宗信的亲信孙延膺不合。王宗信趁着闲暇登楼，望到苏铎身着锦袍、腰系束带，状似远行之人，王宗信讶异。苏铎本是岐人，孙延膺便诬陷道：“苏铎虽受您供养，但他包藏祸心，早意图逃走。”王宗信听后大怒，立刻下令擒拿苏铎，先割断苏铎的舌头，然后斩首。后来孙延膺忤逆，他受到的刑罚与苏铎相同。（出《儆诫录》）

赵安

蜀人郭景章，有权有势，欺压百姓。一日他因醉酒，用酒注子（长颈的酒壶）击打贫民赵安，壶嘴插入赵安脑部后赵安死了。赵安有一子，郭景章赔偿给他很多财物，此事就此平息，无人知晓。后来郭景章脑部忽生出毒疮，深三四分，可看见头骨，脓血流个不停，病中郭景章偶尔会看到赵安，最后毒疮穿透喉咙，郭景章就病死了。（出《儆诫录》）

卷第一百二十五　报应二十四冤报

榼头师

梁有榼头师者，极精进，梁武帝甚敬信之。后敕使唤榼头师，帝方与人棋，欲杀一段，应声曰："杀却。"使遽出而斩之。帝棋罢，曰："唤师。"使咨曰："向者陛下令人杀却，臣已杀讫。"帝叹曰："师临死之时，有何所言？"使曰："师云：'贫道无罪，前劫为沙弥时，以锹划地，误断一曲蟮。帝时为蟮，今此报也。'"帝流泪悔恨，亦无及焉。（出《朝野佥载》）

唐绍

唐绍幼而通悟，知生前事，历历备记，而未尝言于人，虽妻子亦不知之也。后为给事中，同里对门，有一郎中李邈者，绍休沐日，多召邈与之言笑，情好甚笃。或时为具馔，中堂偶食，中郎亦不知其所谓。其妻诘绍曰："君有盛名，官至清近，宜慎所交。李邈非类，君亟与之狎，窃为君不取。"绍默然，久之曰："非子所知，吾与李邈情好逾厚。"

唐开元初，骊山讲武，绍时摄礼部尚书，玄宗援桴击鼓，时未三合，兵部尚书郭元振遽令诏奏毕。神武赫怒，拽元振坐于纛下。张说跪奏于马前，称元振于社稷有保获大功，合赦殊死。遂释，尤恨而斩绍。先是一日，绍谓妻子曰："吾善李邈，须死而言，今时至矣。"遂为略言之："吾自幼即具前生事，明日讲武，吾其不免。吾前世为某氏女，即笄，适灞陵王氏子为妻，姑待吾甚严。

榼头师

梁朝榼头师，钻研精进，梁武帝对他敬重信任有加。一日梁武帝命使臣召榼头师，当时梁武帝正与人对弈，想杀一棋，落子时说道："杀却。"使臣立即将榼头师斩杀。梁武帝对弈后，说："请榼头师上前。"使臣答："刚才陛下命人将他处死，臣已将他斩杀。"梁武帝哀叹："榼头师临死时，说了什么？"使臣答："法师说，贫僧无罪，前世出家时，用铁锹铲地，失手截断一蟮（蚯蚓）。梁武帝当时便是那蟮，今日此事正是报应。"梁武帝听后流泪悔恨，但已悔之不及了。（出《朝野佥载》）

唐绍

唐绍自幼聪慧，知晓前世的事，事无大小详细完备，但不曾告诉他人，即便是妻儿也不知此事。后来他任给事中，对门邻居是中郎李邈，唐绍休假日，常邀李邈一起谈笑，二人交情很好。有时唐绍会准备饭菜，二人在中堂一同用餐，但李邈不知唐绍如此意在何事。唐绍的妻子责问他说："您声名显赫，居官清贵，理应审慎交友。李邈绝非善类，您屡次与他亲近，我以为您不应如此。"唐绍缄默，许久后说："这不是你该知道的，我与李邈情深义重。"

唐玄宗开元初年，在骊山讲习武事，唐绍当时代行礼部尚书一职，唐玄宗持槌击鼓，不足三合，兵部尚书郭元振骤然下令"诏奏已毕"。神武震怒，将郭元振拽到军旗下。张说跪在马前奏报道，郭元振于守卫江山社稷有功，理应赦免死罪，于是郭元振被释放，但唐玄宗气愤未消，下令将唐绍斩杀了。此前一日，唐绍对妻子说："我与李邈交好的原因，必须临死时才能说，如今时日已到。"于是大略地吾年十七，冬至先一日，姑令吾躬具主馔。比毕，吾困怠亦甚，姑又令吾缝罗裙，迟明，服以待客。吾临灯运针，虑功之不就，夜分不息。忽一犬冲扉入房，触灯，灯僵，油仆裙上，吾且惧且恨，因叱犬，犬走突扉，而扉反阖。犬周章却伏床下，吾复照烛，将理裙污，而狼籍殆遍。吾惧姑深责，且恨犬之触灯，遂举床，以剪刀刺犬。偶中其颈，而剪一股亦折，吾复以一股重刺之，俄而犬毙。诘朝持裙白姑，姑方责骂，而吾夫适自外至。询其故，遂于床下引毙犬，陈于姑前，由是少解。吾年十九而卒，遂生于此身。往者毙犬，乃今之李邈也。吾明日之死，盖缘报也，行戮者必是李邈乎？报应盖理之常，尔无骇焉。”

及翌日讲武，坐误就戮，果李邈执刀。初一刀不殊而刀折，易刀再举，乃绝焉。死生之报，固犹影响，至于刀折杀亦不异，谅明神不欺矣。《唐书》说明皇寻悔恨杀绍，以李邈行戮太疾，终身不更录用。（出《异杂篇》）

李 生

唐贞元中，有李生者，家河朔间。少有膂力，恃气好侠，不拘细行，常与轻薄少年游。年二十余，方折节读书，为歌诗，人颇称之。累为河朔官，后至深州录事参军。生美风仪，善谈笑，曲晓吏事，廉谨明干。至于击鞠饮酒，皆号为能，雅为太守所知。

时王武俊帅成德军，恃功负众，不顾法度，支郡守畏之侧目。

将此事告诉妻子，说：“我自幼知晓前世经历，明日讲习武事，我难免一死。我前世是某氏之女，成年后嫁给灞陵王氏之子为妻，婆婆对我很是严刻，十七岁那年，冬至的前一日，婆婆让我亲手准备饭菜。准备完毕后，我已很是疲累，婆婆又让我缝制罗裙，天亮后让我穿罗裙招待客人。我挑灯缝制，担心无法按时完成，深夜了也不眠不休。忽然一只狗破门进入房中，碰到灯烛，灯被扑倒，灯油泼到罗裙上，我惊惧愤恨，呵斥那狗，狗逃到门口，门却关着，狗惊恐卧在床下。我又点灯，打理罗裙上的污垢，但已满是狼藉。我害怕婆婆责备，又憎恨那狗碰倒灯烛，便抬床用剪刀刺向狗，偶然刺中狗的颈部，剪刀的一股也被折断，我又用完整的一股大力刺去，很快狗就死了。早晨我拿着罗裙将此事告诉婆婆，婆婆正责骂我，我丈夫刚好从外面回来，询问原由后，从床下拖出死去的狗给婆婆看，因此婆婆的怒气稍息。我十九岁时就去世了，转生到现在的身体中。过去被杀的狗，就是现在的李邈。我明日去世，大概是因缘报应，行刑之人定是李邈。报应乃是理所应当，你莫要害怕。”

等到第二日讲习武事，唐绍犯错被处死，果然是李邈执刀。起先砍下一刀，不料刀被折断，换了一把刀再砍，这才砍断了头。死生报应，相互呼应，刀被折断的细节也是一样，世人无法欺瞒明神。《唐书》上说，唐明皇不久后悔恨将唐绍处死，怨李邈行刑太快，所以终身不再录用他。（出《异杂篇》）

李生

唐德宗贞元年间，有人名李生，住河朔（黄河以北）一带。李生自幼身怀神力，依仗着气力喜欢做侠盗之事，不拘小节，常与轻浮放荡的少年人厮混在一起。二十多岁时，痛改前非发奋读书，他所作诗词，为人称赞。连任河朔官，后任深州录事参军。李生风姿俊美，擅长交际，深谙为官之道，廉洁谨慎，精明能干。至于蹴鞠饮酒等事，他无不精通，很受太守赏识。

当时王武俊统帅成德军，仰仗军功凌压群众，目无王法，各地郡尝遣其子士真巡属郡，到深州，太守大具牛酒，所居备声乐，宴士真。太守畏武俊，而奉士真之礼甚谨，又虑有以酒忤士真者，以故僚吏宾客，一不敢召。士真大喜，以为他郡莫能及。饮酒至夜，士真乃曰："幸使君见待之厚，欲尽欢于今夕，岂无嘉宾？愿得召之。"太守曰："偏郡无名人，惧副大使士真时为武俊节副大使。之威，不敢以他客奉宴席。唯录事参军李某，足以侍谈笑。"士真曰："但命之。"

于是召李生入，趋拜。士真目之，色甚怒，既而命坐。貌益恭，士真愈不悦，瞪顾攘腕，无向时之欢矣。太守惧，莫知所谓，顾视生，靦然而汗，不能持杯，一坐皆愕。有顷，士真叱左右，缚李某系狱。左右即牵李袂疾去，械狱中，已而士真欢饮如初。迨晓宴罢，太守且惊且惧，乃潜使于狱中讯李生曰："君貌甚恭，且未尝言，固非忤于王君，君宁自知耶？"李生悲泣久之，乃曰："常闻释氏有现世之报，吾知之矣。某少贫，无以自资，由是好与侠士游，往往掠夺里人财帛。常驰马腰弓，往还大行道，日百余里。一日遇一年少，鞭骏骡，负二巨囊，吾利其资，顾左右皆岩崖万仞，而日渐曛黑，遂力排之，堕于崖下。即疾驱其骡逆旅氏，解其囊，得缯绮百余段。自此家稍赡，因折弓矢，闭门读书，遂仕而至此，及今凡二十七矣。昨夕君侯命与王公之宴，既入而视王公之貌，乃吾曩时所杀少年也。一拜之后，中心惭惕，自知死不朝夕，今则延颈待刃，又何言哉！为我谢君侯，幸知我深，敢以身后为托。"

有顷，士真醉悟，急召左右，往李某取其首，左右即于狱中斩守不敢正视他。王武俊曾派他的儿子王士真巡视属地，行至深州，深州太守备下丰盛的酒肉，还在王士真居所安排了歌舞，大宴王士真。太守因害怕王武俊，所以侍奉王士真的礼节很是周到谨慎，太守又担心有人醉酒触犯王士真，不敢邀请任何同僚与宾客，王士真欣喜，以为其他郡守无人能与自己媲美。饮酒到夜间，王士真说："很高兴您如此厚待我，我今晚想尽情欢乐，怎能没有嘉宾？望您召宾客前来。"太守说："偏僻小郡并无名士，又畏惧大使士真当时任武俊节副大使一职。您的威风，不敢请其他宾客与宴，唯有录事参军李某，足可与您一同谈笑。"王士真说："邀他前来。"

于是召李生前来，李生叩拜行礼，王士真看见他后，脸色很是愤恨，让李生入座，李生仪态愈发恭敬，但王士真更加不快，怒瞪李生，捋起袖子，伸出手腕，毫无刚才的喜色。太守惶恐，不知原由，再看李生，惭愧流汗，难以自持，端着酒杯的手颤抖哆嗦，满座皆惊愕不已。过了一会儿，王士真厉声命令身边人将李生捆绑下狱，身边人即刻拽着李生的袖子快步离去，为其戴上刑具押入牢中，至此王士真又高兴如初。等天亮酒宴才停，太守又惊又怕，偷偷派人到狱中讯问李生道："您态度恭敬谦卑，未曾言语，绝非忤逆了王君，您可知为何得罪了他？"李生悲泣良久才说："常听释家说世间存在现世报，我如今明白此为何意。我幼时贫困，无法生存，因此喜欢与侠盗厮混，常掠夺邻里财物。骑马带弓来往在大道上，日行百余里。一日遇一少年人，鞭打驱赶一品种优良的骡子，骡子背驮了两个巨大的口袋，我贪图其中财物，环顾左右都是万丈山崖，且天色逐渐昏暗，于是我凭借大力将少年推向崖底，骑骡子疾驰到客店，打开口袋，得良绢百余段。此后家境逐渐优渥，我将弓箭折断，闭门读书，走上仕途，在此任职，此事至今已二十七年。昨日夜间君侯命我与王公宴饮，进去后我看王公相貌，正是我昔日杀害的少年，行礼后，我心间惭愧，自知死期将至，如今我引颈受戮，无可争辩！代我答谢君侯知遇之恩，我将身后事托付给他。"

过了一些时候，王士真酒醒，急召身边人取下李生的首级，身边其首以进，士真熟视而笑。既而又与太守大饮于郡斋，酒醉，太守因欢，乃起曰："某不才，幸得守一郡。而副大使下察弊政，宽不加罪，为思厚矣。昨日副大使命某召他客，属郡僻小无客，不足奉欢宴者。窃以李某善饮酒，故请召之，而李某愚戆，不习礼法，大忤于明公，实某之罪也。今明公既已诛之，宜矣。窃有所未晓，敢以上问李某之罪为何，愿得明数之，且用诫于将来也。"士真笑曰："李生亦无罪，但吾一见之，遂忿然激吾心，已有戮之之意。今既杀之，吾亦不知其所以然也。君无复言。"及宴罢，太守密讯其年，则二十有七矣，盖李生杀少年之岁，而士真生于王氏也。太守叹异久之，因以家财厚葬李生。（出《宣室志》）

卢叔伦女

长安城南，曾有僧至日中求食，偶见一女子采桑树上，问曰："此侧近何处有信心，可乞饭者？"女子曰："去此三四里，有王家，见设斋次，见和尚来必喜，可速去也。"僧随所指往，果有一群僧，方就坐，甚慰。延入，斋讫，主姥异其及时至也。问之，僧具以实告，主人夫妻皆惊曰："且与某同往，访此女子。"遂俱去，尚在桑树上，乃村人卢叔伦女也。见翁姥，遂趋下，弃叶笼奔走归家，二人随后逐之。到所居，父母亦先识之。女子入室，以床扃户，牢不可启。其母惊问之，曰："某今日家内设斋，有僧云小娘子遣来，某作此功德，不曾语人，怪小娘子知，故来视看，更非何事。"其母推户遣出，女坚不肯出。又随而骂之，女曰："某不欲见此老兵老妪，亦岂有罪过？"母曰："邻里翁婆省汝，因何故不出？"二人益怪异，祈请之。女忽大呼曰："某年月日，贩胡羊父子三人今何在？"二人遂趋出，不敢回顾。及去，母问之，答曰："某前生曾贩羊，从夏州来，至此翁庄宿，父子三人并为其害，劫其资货。某人到狱中斩下李生的首级，将其献上，王士真细看后满意地笑了。很快又与太守在郡中斋舍畅饮，酒醉，太守趁兴起身说："我不才，有幸任郡守。大使纡尊降贵审察政事，宽厚待民不曾降罪，承蒙您大恩。昨日副大使命我邀其他宾客，偏僻小郡没有什么宾客，无人足以赴此盛宴，我认为李生擅长饮酒，所以请人召李生，但李生愚笨憨直，不明礼节，顶撞了您，是我的罪过。如今您已将他处死，事已至此，我有一事不明，敢问李生何罪之有，望您悉数他的罪行，以告诫来人。"王士真笑道："李生无罪，只是我一见他，满心愤恨情绪激动，已有杀他的念头，如今既已将他处死，我也不知原由，你无须多言。"饮宴结束，太守秘密打探了王士真的年龄，刚好二十七岁，正是李生杀害少年至今的时长，那之后王士真转生到王氏。太守叹息良久，出钱厚葬了李生。（出《宣室志》）

卢叔伦女

长安城南，曾有一僧人一日午间化斋时，偶遇一女子在树上采桑，僧人问："附近何处可以化到斋饭？"女子答："距此三四里处，有户姓王的人家，正在办斋宴，见到僧人定很是欣喜，您可尽快前往。"僧人前往女子所指的地方，果然见到群僧正入席就斋，他很是高兴。僧人被请入席，吃完斋饭，女主人好奇僧人能及时赶到此处，便问僧人原由，僧人据实相告，主人夫妻二人都很讶异，便说："请您与我二人同去拜访此女子。"三人一同前往，女子还在桑树上，原是村民卢叔伦之女。女子见到老翁与老太，连忙从树上下来，丢下装桑叶的笼子奔走回家，夫妻二人紧追其后，到了女子住所，她的父母与夫妻二人是旧识。女子进屋，用床顶住门，顶得牢靠无法开门。女子的母亲惊讶地问夫妻二人，他们说："我们今日家中设斋宴，有僧人说小娘子打发他来，我们积德行善，未曾与外人说过，奇怪小娘子如何得知此事，特来看看，别无他事。"女子的母亲推门叫女儿出来，女子坚决不肯出门。母亲随即呵斥她，女子说："我不想见这老翁与老太，难道这也有错？"母亲说："邻居两位老人来看你，缘何不出？"夫妻二人越发觉得奇怪，请求她出来，女子忽然大喊道：

前生乃与之作儿，聪黠胜人，渠甚爱念。十五患病，二十方卒，前后用医药，已过所劫数倍。渠又为某每岁亡日作斋，夫妻涕泣，计其泪过三两石矣。偶因僧问乞饭处，某遂指遵之耳，亦是偿债了矣。”翁姥从此更不复作斋也。（出《逸史》）

崔无隐

唐元和中，博陵崔无隐言其亲友曰：城南杜某者，尝于汴州招提院，与主客僧坐语。忽有一客僧，当面鼻额间，有故刀瘢，横断其面。乃讯其来由，僧良久嚬惨而言曰：某家于梁，父母兄嫂存焉，兄每以贾贩江湖之货为业。初一年，自江南而返大梁，获利可倍。二年往而不返，三年，乃有同行者云：“兄溺于风波矣。”父母嫂俱服未阕，忽有自汉南贾者至于梁，乃访召某父姓名者。某于相国精舍，应曰唯。贾客曰：“吾得汝兄信。”某乃忻骇未言，且邀至所居，告父母，而言曰：“师之兄以江西贸折，遂浪迹于汉南，裨将怜之，白于元戎。今于汉南，虽缗镪且尽，而衣衾似给。以卑贫所系，是未获省拜，故凭某以达信耳。”父母嫂悲忻泣不胜。翌日，父母遣师之汉南，以省兄。

师行可七八日，入南阳界，日晚，过一大泽中，东西路绝，目无人烟，四面阴云且合。渐暮，遇寥落三两家，乃欲寄宿耳。其家曰：“师胡为至此？今为信宿前有杀人者，追逐未获，索之甚急，宿固不可也，自此而南三五里，有一招提所，师可宿也。”某因言而往，阴风渐急，飒飒雨来。可四五里，转入荒泽，莫知为计，信

“某年，某月，某日，贩卖胡羊的父子三人现在何处？”夫妻二人听后立即跑走，不敢回头。等两人离开后，母亲问原由，女子答：“我前世曾贩卖羊肉，从夏州来，借宿在老翁庄上，我父子三人一并被他害死，他盗走我们的财物。我前世投胎做了他们的儿子，聪明绝世，他们很疼爱我。我十五岁患病，二十岁去世，前后求医问药所耗钱财，已超出他们抢劫财物的数倍。他们又每年在我的忌日设斋宴，夫妻二人痛哭流涕，累计他们流过的泪水超出三两担。今日偶遇僧人向我打听化斋处，我指了路，僧人依言前往，也算是还债。”老翁与老太从此不再设斋宴。（出《逸史》）

崔无隐

唐宪宗元和年间，博陵崔无隐说他的亲友曾将讲过一事：城南杜某，曾在汴州招提院与院僧、客僧同坐交谈。忽然来了一客僧，面上鼻子与额头间横着道旧刀疤，杜某问刀疤来由。客僧沉默许久沉痛地说：“我家在大梁，家中有父母兄嫂，兄长以在各地贩卖货物谋生。第一年，兄长从江南返回大梁，获得了几倍的利益。第二年去而不返，第三年同行之人回来说兄长溺死在风浪中了。父母和长嫂服丧期未满，忽有一行商从汉南到梁，打探我父亲的姓名。我在相国讲学处应答，那行客说：“我有您兄长的消息。”我又惊喜以致说不出话，邀他到住所，将此事告诉父母，他说：“您的兄长在江西赔了钱，流浪在汉南，得副将怜悯他，对元戎说了他的事。如今他人在汉南，虽盘缠用尽，但日常用度可自给，他因贫困，没能回来看望父母，让我传口信。”父母和长嫂悲喜交加，泪流不止。第二日，父母派我到汉南探望兄长。

我在路上走了大约七八日，入南阳境，天色已晚，行至一大泽中，东西两面无路可走，看不到人烟，四面乌云聚拢。暮色逐渐漆黑，偶遇三两户人家，我想借住一晚，家说：“您为何来此？因两夜前曾有杀人犯借宿，至今没能将他擒获，现下紧急搜寻，您绝不能借宿在此。从此处往南三五里，有一招提院，您可借宿在那。”我依言足而步。少顷，前有烛光，初将咫尺，而可十里方到。风雨转甚，不及扣户而入，造于堂隍，寂无生人，满室死者。瞻视次，雷声一发，师为一女人尸所逐，又出。奔走七八里，至人家，雨定，月微明，遂入其家。中门外有小厅，厅中有床榻。卧未定，忽有一夫，长七尺余，提白刃，自门而入。师恐，立于壁角中。白刃夫坐榻良久，如有所候。俄而白刃夫出厅东，先是有粪积，可乘而觇宅中。俄又闻宅中有三四女人，于墙端切切而言。须臾，白刃夫携一衣襆入厅，续有女人从之，乃计会逃逝者也。白刃夫遂云："此室莫有人否？"以刃绕壁画之，师帖壁定立，刃画其面过，而白刃夫不之觉，遂携襆领奔者而往。师自料不可住，乃舍此又前走，可一二里，扑一古井中。古井中已有死人矣，其体暖，师之回遑可五更。主觉失女，寻趁至古井，以火照，乃尸与师存焉，执师以闻于县。县尹明辩，师以画壁及墙上语者具狱，于宅中姨姑之类而获盗者，师之得雪。南征垂至汉南界，路逢大桧树，一老父坐其下，问其从来，师具告。父曰："吾善易，试为子推之。"师呵蓍，父布卦嘘唏而言曰："子前生两妻，汝俱辜焉，前为走尸逐汝者，长室也。为人杀于井中同处者，汝侧室也。县尹明汝之无辜，乃汝前生母也。我乃汝前生之父，汉南之兄已无也。"言毕，师泪下，收泪之次，失老父所在。及至汉南，寻访其兄，杳无所见，其刀瘢乃白刃夫之所致也。

噫！乃宿冤之动作，征应委曲如是，无隐云。杜生自有传，此略而记之。（出《博异记》）

前往，阴风逐渐猛烈，不一会儿就下起了雨。走了大概四五里，转入一荒凉的大泽里，我不知如何是好，信步向前。不一会儿，看到前方有烛光，眼见只有咫尺距离，但走了十里才到。风雨转急，来不及敲门我就进去了，其中屋舍建造辉煌，但寂静无人，满屋死尸。我细细查探，一声惊雷后，我被一女尸追赶，从中逃出。奔逃了七八里，逃到一户人家，这时雨停了，月亮稍露出光亮，于是我进了那户人家。那户人家中门外有小厅，厅中有床。我还没有完全躺下，忽然出现一男子，高七尺多，手提着刀，走进门来。我很是惶恐，站在墙角。提刀男子在床上坐了许久，像是在等着什么。不一会儿，提刀男子走向大厅东面，此前这里有粪堆，可站在上面俯瞰宅院，不一会儿我听宅中传来三四个女人在墙脚窃窃私语的声音。不久，提刀男子带一包袱进入厅中，后面跟着一女子，估计是刚才逃走的。提刀男子说："屋中无人吗？"说着用刀绕着墙壁划，我贴墙站着，刀从我的脸上划过去，但提刀男子无知无觉，随后他带着包袱与女子离开了。我料想此地不可久留，便舍弃此处离开，走了一二里，掉入古井中。古井中有一死人，尸体还未凉透，我惶恐地待到大概五更时。主人找不到女儿，寻到古井处，用火照向古井，发现尸体与我都在井中，抓着我到县衙，县尹明辨是非，我将提刀男子与墙脚私语女子等供出定罪，结合宅院中姑姨等人将犯人缉拿，我才得以沉冤昭雪。我南行到汉南界，路遇巨型桧树，一老者坐在树下，打听我从何处来，我尽数相告，老者说："我喜欢占卜，试着给你算上一卦。"我笑着请他占卜，老者占卜后叹息道："你前世有两房妻子，你辜负她们二人，之前追你的行尸，是你的发妻。被人抛尸井中与你待在一起的，是你的妾室。县尹明断你是无辜的，他是你前世的母亲。我是你前世的父亲，你汉南的兄长已不在人世。"老者言罢，我泪洒当场，拭泪后，老者消失不见。到汉南后，寻访兄长，兄长音讯全无，这脸上的刀疤，是提刀男子划的。

唉！此举结下世仇，因果报应就这样，崔无隐讲述此事，杜生的传记中也有记载，此处大略记述。（出《博异记》）

卷第一百二十六　报应二十五

程普

程普，字嘉谋，吴孙权将也，领江夏太守荡寇将军。尝杀叛者数百人，皆使投火。即日普病热，百余日便死。（原缺出处，今见《三国志·吴志·普传》裴注引《吴书》）

羊聃

羊聃，字彭祖，晋庐江太守，为人刚克粗暴。恃国姻亲，纵恣尤甚，睚眦之嫌，辄加刑戮。征西大将军庾亮槛送，具以状闻。右司马奏聃杀郡将吏及民简良等二百九十人，徒谪一百余人，应弃市，依八议请宥。显宗诏曰："此事古今所未有。此而可忍，孰不可忍！何八议之有？下狱所赐命。"聃兄子贲，先尚南郡公主，自表解婚，诏不许。琅琊孝王妃山氏，聃之甥也，苦以为请。于是司徒王导启聃罪不容恕，宜极重法。山太妃忧感动疾，陛下罔极之恩，宜蒙生全之宥。于是诏下曰："山太妃唯此一舅，发言摧鲠，乃至吐血，情虑深重。朕丁荼毒，受太妃抚育之恩，同于慈亲。若不堪难忍之痛，以致顿毙，朕亦何颜自处。今便原聃生命，以慰太妃渭阳之恩。"于是除名为民。少时，聃病疾，恒见简良等曰："枉岂可受，今来相取，自由黄泉。"经宿死。（出《还冤记》）

程普

程普，字嘉谋，孙吴大将，任江夏太守，受封荡寇将军。曾击杀数百叛军，将尸首尽数焚毁。当日程普患病发热，一百多天后去世了。（原缺出处，今见《三国志·吴志·普传》裴注引《吴书》）

羊聃

羊聃，字彭祖，晋朝庐江太守，为人刚强好胜蛮横粗暴。他仗着皇室姻亲的身份，恣纵无度，即便是丝恩发怨，也必将对方处死而后快。征西大将军庾亮将羊聃用囚车押送入京，将其罪行悉数状告朝廷。右司马上书，羊聃杀害郡中大将官吏及百姓等二百九十人，囚禁流放一百余人，应当处死于闹市，但依“八议”（古代对八种特殊身份的人减刑的制度）可减刑。晋显宗下诏说：“此人所犯罪行前所未有，若这样都能宽恕，那还有什么不能宽恕？何来‘八议’，赐他在狱中自行了断。”羊聃的兄长羊子贲此前娶了南郡公主，亲自上表解除婚姻，皇帝不许。琅琊孝王妃山氏，是羊聃的外甥女，苦苦替羊聃求情。司徒王导上奏说羊聃罪无可恕，理当严惩不贷。山太妃担忧患病，晋显宗曾蒙太妃恩情，应保全羊聃性命以报恩。于是晋显宗下诏：“山太妃只有这一个舅舅，她为舅舅求情言辞恳切，以致呕血，情深意重。朕幼时凄苦，受太妃抚育之恩，太妃犹如朕的母亲。若太妃难忍哀痛，以致意外发生，朕有何颜面活在世上。今日饶羊聃一命，以慰藉太妃体恤舅父之心。”于是将羊聃贬为庶民，不久，羊聃患重病，病中常看到简良等人对他说：“含冤枉死我等岂能容忍？今日就带你下黄泉。”一宿后羊聃就死了。（出《还冤记》）

刘 毅

宋高祖平桓玄后，以刘毅为抚军荆州刺史。到州，便收牧牛寺主，云藏桓家儿庆为沙弥，并杀四道人。后梦见此僧来云："君何以枉杀贫道？贫道已白于天帝，恐君亦不得久。"因遂得疾不食，日弥羸瘦。当毅发扬都时，多有争竞，侵凌宰辅，宋高祖因遣人征之。毅败后，夜单骑突投牧牛寺僧，僧曰："抚军昔枉杀我师，我道人，自无报仇之理，然何宜来此！主师屡有灵验，云天帝当收抚军于寺杀之。"毅便叹吒出寺，因上大树，自缢而死。（出《还冤记》）

张和思

北齐张和思，断狱囚，无问善恶贵贱，必被枷锁扭械，困苦备极。囚徒见者，破胆丧魂，号生罗刹。其妻前后孕男女四人，临产即闷绝求死。所生男女，皆著肉鏁，手脚并有肉杻束缚，连绊堕地。后和思为县令，坐法杖死。

梁元帝

后周文帝宇文泰，初为魏丞相。值梁朝丧乱，梁孝元帝为湘东王，时在荆州。遣使通和，礼好甚至，与泰断金立盟，结为兄弟。后平侯景，孝元即位，泰犹人臣，颇行凌侮。又求索无厌，乃不惬意，遂遣兵袭江汉，虏系朝士，至于民庶，百四十万口，而害孝元。又魏文帝先纳茹茹主郁久闾阿那瓌女为后，亲爱殊笃。害梁主之明年，瓌为齐国所败，因率余众数千奔魏。而突厥旧与茹茹怨仇，即遣饷泰马三千匹，求诛瓌等。泰许诺，伏突厥兵马，与瓌宴会，醉便缚之，即日灭郁久闾姓五百余人。茹茹临死，仰天而诉。明年冬，泰猎于陇右，得病，见孝元及瓌为祟。泰发怒肆骂，

刘 毅

南朝宋高祖平定桓玄后，任刘毅为抚军荆州刺史。刘毅到荆州，杀害了牧牛寺寺主，诬告寺主窝藏桓家子嗣桓庆做和尚，并杀害四位僧人。此后他梦到被杀的僧人对他说："你为何枉害贫僧性命？我等已上诉天帝，怕你已时日无多。"刘毅此后患病食难下咽，日益羸弱。刘毅出兵扬都时，朝臣多有微词，他便凌辱了宰辅，宋高祖派人讨伐他。刘毅战败，夜间独自突围投奔牧牛寺，寺僧说："抚军昔日枉杀我们的主师，我等出家人虽不能报仇，但你不该来此。主师多次显灵，说天帝将在寺中取抚军的性命。"刘毅哀叹着走到寺外，在大树上自缢而死。（出《还冤记》）

张和思

北齐张和思，审讯囚犯，不论善恶贵贱，定要囚犯铐上枷锁刑具，使其痛苦至极。囚犯见他，都吓得胆破魂飞，世人称他生罗刹。张和思的妻子前后孕育子嗣四人，临产前妻子晕倒求死。产下的孩子被肉包裹着，手脚都被肉制的杻（刑具，手铐一类）束缚着，孩子被牵绊着坠地。后来张和思任县令，犯法受杖责而死。

梁元帝

后周文帝宇文泰，旧时任西魏丞相，正值梁国丧乱，南梁孝元帝受封湘东王，当时在荆州。他派使者与西魏讲和，两国以礼相待，并与宇文泰以齐力断金之心订立盟约，结为兄弟。后来平定侯景之乱，孝元帝即位，宇文泰为臣子，狂妄恣意。求索无厌，他仍不满足，于是派兵袭击江汉，俘获朝臣和百姓一百四十万人，并杀害孝元帝。西魏文帝先前娶茹茹王（蠕蠕王）郁久闾阿那瓌之女为妻，夫妻情深。宇文泰杀害梁孝元帝的第二年，阿那瓌被齐国打败，率领剩余的数千部下逃往西魏。而突厥曾与茹茹有仇，便派人给宇文泰三千匹马，求宇文泰诛杀阿那瓌。宇文泰应允，他用突厥的兵马设下埋伏，与阿那瓌宴饮，趁阿那瓌酒醉将其束缚，第二日屠杀郁久闾氏五百余人。茹命索酒食与之，两月泰卒。

窦轨

唐洛州都督酂国公窦轨，太穆皇后三从兄。性刚严好杀。为益州行台仆射，多杀将士，又害行台尚书韦云起。贞观二年，在洛病甚，忽言有人饷我瓜来。左右报之："冬月无瓜。"轨曰："一盘好瓜，何谓无耶？"即而惊视曰："非瓜，并是人头。"轨曰："从我偿命。"又曰："扶我起见韦尚书。"言毕而薨。

武攸宁

唐建昌王武攸宁，任置勾任，法外枉征财物，百姓破家者十而九。告冤于天，吁嗟满路。为大库，长百步，二百余间。所征获者，贮在其中，天火烧之，一时荡尽，众口所咒。攸宁寻患足肿，粗于瓮，其酸楚不可忍，数月而终。

崔进思

唐虔州参军崔进思，恃郎中孙尚容之力，充纲入都，送五千贯，每贯取三百文裹头，百姓怨叹，号天哭地。至瓜步江，遭风船没，无有孑遗。家资田园，货卖并尽，解官落职，求活无处。此所谓聚敛之怨。

祁万寿

唐乾封县录事祁万寿，性好杀人。县官每决罚人，皆从索钱，时未得与间，即取粗杖打之。如此死者，不可胜数，囚徒见之，皆茹王临死时，仰天控诉。第二年冬日，宇文泰在陇右狩猎，患病，见到孝元帝与阿那瓌对他作祟，宇文泰怒骂，命人呈上酒食，两个月后宇文泰去世了。

窦轨

唐朝洛州都督酂国公窦轨，是太穆皇后的三堂兄。他刚烈严苛嗜杀成性。任益州行台仆射，处死了诸多将士，并杀害行台尚书韦云起。唐太宗贞观二年，他在洛阳患重病，忽然说有人给我送瓜来。近侍对他说："冬月没有瓜。"窦轨说："那是一盘好瓜，为何说没有呢？"很快又惊恐地看着说："不是瓜，是人头。"窦轨说："这是要我偿命。"又说："扶我起来见韦尚书。"言罢就死了。

武攸宁

唐朝建昌王武攸宁，私设勾任，非法敛财，百姓被逼至倾家荡产的十中有九。百姓向上天申冤，怨声载道。武攸宁建起巨型仓库，长百步，有两百多隔间。用以储藏征收的财物，后来天火焚毁仓库，财物被烧得一干二净，百姓无不唾骂。武攸宁很快患上足肿，肿胀的脚粗得像瓮，酸楚难忍，数月后死了。

崔进思

唐朝虔州参军崔进思，依仗郎中孙尚容的权势，押运进贡的钱物入京，他押运五千贯，每贯征收三百文盘缠，百姓哀怨，呼天叫地。崔进思行至瓜步江，遭遇强风后沉船，押运的财物殆无孑遗。他将家财田产悉数变卖，用于赔偿，又被革除官职，走投无路。这就是所谓的横征暴敛招致的报应。

祁万寿

唐朝乾封县录事祁万寿，生性嗜杀。每当县官判决惩处罪犯时，他就趁机索要钱财，若要不到，就用粗木仗殴打犯人。这样被打死失魂魄。有少不称心，即就狱打之，困苦至垂死。其妻生子，或著肉枷，或有肉杻，或无口鼻，或无手足，生而皆死。

郭霸

唐侍御史郭霸，奏杀宋州三百人，暴得五品。经月患重，台官问疾，见老巫曰："郭公不可救也，有数百鬼，遍体流血，攘袂缺齿，皆云不相放。有一碧衫人喝绯衣人曰：'早合去，何因许时？'答曰：'比缘未得五品，未合放。'"俄而霸以刀子自刺乳下，搅之，曰："大快。"家人走问之，曰："御史孙容师刺我。"其子经御史顾琮讼容师，琮以荒乱言不理。其夜而卒，容师以明年六月霸死日而终，皆不知其所以。司勋郎中张元一云："自春大旱，至霸死雨足。"天后问："在外有何事？"元一曰："外有三庆，旱降雨，一庆；中桥新成，万代之利，二庆；郭霸身死，百姓皆欢，三庆也。"天后笑曰："霸见憎如此耶！"

曹惟思

唐蜀郡法曹参军曹惟思，当章仇兼琼之时，为西山运粮使，甚见委任。惟思白事于兼琼，琼与语毕，令还运。惟思妻生男有疾，因以情告兼琼，请留数日。兼琼大怒，叱之令出，集众斩之。其妻闻之，乘车携两子与之诀，惟思已辮发束缚，兼琼出监斩之。惟思二男叩头乞命，来抱马足，马为不行，兼琼为之下泣云："业已斩矣。"犹未释。郡有禅僧，道行至高，兼琼母师之。禅僧乃见兼琼曰："曹法曹命且尽，请不须杀，免之。"兼琼乃赦惟思。

的人，数不胜数。囚犯见他，都吓得魂飞魄散。他稍有不称心，就到狱中折磨囚犯，使其痛苦濒死。祁万寿的妻子生的孩子，有的带着肉制的枷锁，有的铐着肉制的镣铐，有的没有口鼻，有的没有手脚，全都生下来就死了。

郭霸

唐朝侍御史郭霸，被奏报杀害宋州三百多人，贬为五品官。几个月后患重病，台官前去探视，遇见一老巫对他说："郭公的病已无法治愈，有数百只鬼，遍体流血，捋起衣袖，龇牙咧嘴地说不能放过他。其中有一碧衫人吆喝绯衣人说：'早该抓他，为何拖延这么久？'答：'他遭的罪还不够他得到五品官时所做的恶，不应让他马上死。'"不一会儿郭霸自己用刀刺向乳下，在其中搅动，说："真是痛快。"家人跑去问他为何这样，他说："御史孙容师刺我。"他的儿子向御史顾琮诉讼孙容师杀人，顾琮说他胡言乱语不做理会。当晚郭霸去世，孙容师在第二年六月郭霸忌日时去世，都不知死因。司勋郎中张元一说："春季干旱，但郭霸死后雨水充足。"天后问："宫外发生何事？"张元一说："宫外有三庆。久旱逢甘露，是一庆；中桥竣工，福泽万代，是二庆；郭霸身死，百姓欢欣，是三庆。"天后笑道："郭霸竟被憎恨到如此地步。"

曹惟思

唐朝蜀郡法曹参军曹惟思，在章仇兼琼任郡守时，任西山运粮使，章仇兼琼对他信任有加。曹惟思将事情禀报章仇兼琼，章仇兼琼吩咐后，令曹惟思即刻起程。曹惟思妻子生子后患病，他将此事告诉了章仇兼琼，请求再留几日。章仇兼琼不满，呵斥着让他出去，聚集众人要处死他。曹惟思的妻子听闻此事，乘车带着两个孩子与他诀别，曹惟思已披头散发被捆绑着，章仇兼琼出来监斩。曹惟思的两个儿子叩首求饶，上前抱着马的脚，马不能前行，章仇兼琼为此悲泣道："已经判处曹惟思死刑。"无法释放。郡里有一禅师，道行高深，是明日，使惟思行卢府长史事，赐绯鱼袋，专知西山转运使，仍许与其妻行。惟思至泸州，因疾，梦僧告之曰：“曹惟思一生中，负心杀人甚多，无分毫善事，今冤家债主将至，为之奈何。”惟思哀祈甚至，僧曰：“汝能度两子为僧，家中钱物衣服，尽用施寺，仍合家素餐，堂前设道场，请名僧，昼夜诵经礼忏，可延百日之命。如不能，即当死矣。”惟思曰：“诸事易耳。然苦不食，若之何！”僧曰：“取羊肝水浸，加以椒酱食之，即能餐矣。”既觉，具言其妻，妻赞之。即僧二子，又如言置道场转经，且食羊肝，即饭矣，如是月余。

晨坐，其亡母亡姊皆来视之，惟思大惊，趋走迎候。有一鬼子，手执绛幡前引，升自西阶，植绛幡焉。其亡姊不言，但于幡前下舞，僛僛不辍。其母泣曰：“惟思在生不知罪，杀人无数，今冤家欲来，吾不忍见汝受苦辛，故来视汝。”惟思命设祭母，母食之。其姊舞更不已，不交一言。母食毕，与姊皆去。

惟思疾转甚，于是羊肝亦不食，常卧道场中，昼日眠觉。有二青衣童子，其长等僬侥也，一坐其头，一坐其足。惟思问之，童子不与语。而童子貌甚闲暇，口有四牙，出于唇外。明日食时，惟思见所杀人，或披头溃肠，断截手足，或斩首流血，盛怒来诟惟思曰：“逆贼与我同事，急反杀我灭口，我今诉于帝，故来取汝。”言毕升阶，而二童子推之，不得进，但谩骂曰：“终须去。”惟思知不免，具言其事。如此每日常来，皆为童子所推，不得至惟思所。月余，忽失二童子，惟思大惧，与妻子别。于是死者大至，众见惟思如被曳状。坠于堂下，遂卒。惟思不臧人也，自千牛备升为泽州相州判司，常养贼徒数十人，令其所在为盗而馆之。及事发，则杀之章仇兼琼母亲的师父，禅师去见章仇兼琼说：“曹惟思寿命将尽，无须你动手，请免除他的死罪。”于是章仇兼琼释放了曹惟思。

第二日，派曹惟思代办卢府做长史的差事，赐他绯鱼袋，专任西山转运使，且允许他妻子同行。曹惟思行至泸州，患病，梦到一僧人告诉他：“曹惟思此生，有违良心杀害多人性命，不曾行善，如今冤家债主将至，做什么都没有用了。”曹惟思百般哀求，僧人说：“你若让两个儿子出家为僧，将家财衣物尽数布施寺院，全家食素，在堂前设道场，昼夜诵经，恭敬忏悔，寿命可延长百日。若不能，将当即毙命。”曹惟思说：“这些事情都很容易，难在不能食素，这如何是好！”僧人说：“羊肝用水浸泡，佐椒酱食用，即可。”曹惟思醒后，把梦中的事告诉妻子，妻子赞同，立即让两个儿子出家，又依言设置道场不停诵经，且用羊肝当饭，如此月余。

一日他晨间静坐，他的亡母与姐姐前来探视，他很是惊讶，上前迎接。有一小鬼，手执赤色旗帜在前引导，从西面登上台阶，将旗子插起。他故去的姐姐没有说话，只是在旗下跳舞，醉舞攲斜不止。亡母哭着说：“曹惟思你在世时不知罪责，杀人无数，如今冤家想来寻仇，我不忍心见你受苦，特来探望。”曹惟思命人呈上祭品祭祀亡母，母亲吃了，他姐姐越发跳舞不止，不说一句。母亲吃罢与姐姐离去。

曹惟思病情急转直下，于是不再吃羊肝。他常歇在道场中，整日昏睡。有两位青衣童子，身材娇小，一人坐他头上，一人坐他脚上。曹惟思问他们为何来此，童子不答话。童子表情悠闲，口中有四颗牙，露在唇外。第二日用早餐时，曹惟思看到被他杀害的人，有的披散着头发，肠子溃烂，手脚被截断，有的被斩首流着血，都愤恨谩骂曹惟思道：“逆贼与我等共事，危机中反杀自己人灭口，我等现已上诉天帝，特来取你性命。”言罢登上台阶，两童子拦着他们，不让进去，他们谩骂道：“你终将偿命。”曹惟思知死罪难免，承认自己做过的恶事。冤魂每日都来，都被童子拦住，不能靠近曹惟思。月余后，两童子忽然消失，曹惟思惊惧，与妻儿道别。于是冤魂靠近，众人见曹惟思像被拽着走似的，坠落堂下后死了。曹惟思不是善类，从千牛备升以灭口，前后杀百余人，故祸及也。

邢 璹

唐邢璹之使新罗也，还归，泊于炭山。遇贾客百余人，载数船物，皆珍翠沉香象犀之属，直数千万。璹因其无备，尽杀之，投于海中而取其物。至京，惧人知也，则表进之，敕还赐璹，璹恣用之。后子縡与王鉷谋反，邢氏遂亡，亦其报也。

万国俊

唐侍御史万国俊，令史出身，残忍为怀，楚毒是务。奏六道使，诛斩流人，杀害无数。后从台出，至天津桥南，有鬼满路，遮截马足，不得前进。口云："叩头缓我。"连声忍痛，俄而据鞍，舌长数尺，遍身青肿。舆至宅，夜半而卒。

王 瑶

会昌中，有王瑶者，自云：远祖本青州人，事平卢节使。时主公姓李，不记其名，常患背疽，众医莫能愈。瑶祖请以牲币祷于岱宗，遂感现形，留连顾问，瑶祖因叩头泣血，愿垂矜悯。岳神言曰："尔之主师，位居方伯，职在养民，而虐害生灵，广为不道，淫刑滥罚，致冤魂上诉。所患背疮，盖鞭笞之验，必不可愈也。天法所被，无能宥之。"瑶祖因拜乞一见主公，洎归青丘，主公已殂殁矣。瑶祖具以泰山所睹之事，白于主公夫人，云："何以为验？"瑶祖曰："某当在冥府之中，亦虑归之不信，请谒主公，备窥缧绁。主公遂裂近身衣袂，方圆寸余，以授某曰：'尔归，将此示吾家。'具衣袂见在。"夫人得之，遂验临终服之衣，果有裁裂之处，疮血犹任泽州相州判司，常豢养着数十贼人，让他们四处偷盗作乱，事发之际将贼人杀了灭口，前后共杀百余人，所以招此报应。

邢 琦

唐朝邢璹出使新罗，返回时，停泊炭山。偶遇百余行商，载着数船货物，都是珍珠翡翠沉香象牙犀牛角等珍宝，价值数千万。邢璹趁商人没有防备，将其杀害，沉尸海中，盗走财物。他返京后，怕此事泄露，就上书将珍宝进献给皇帝，皇帝下诏赏赐了邢璹，邢璹恣意挥霍。后来他儿子邢縡和王鉷谋反，邢氏被灭门，这便是他的报应。

万国俊

唐朝侍御史万国俊，令史出身，生性残忍，处事狠辣。他奏报六道使一事，诛杀被流放的人，丧生者无数。此后一日万国俊从衙门外出，往天津桥南，一路上满是鬼，拦着马腿无法前进。他口中说：“叩首求饶。”一连呻吟数声，强忍着痛，不一会儿按着马鞍，舌头伸出数尺，浑身青肿。驾车返回宅院，半夜就死了。

王 瑶

唐武宗会昌年间，一人名王瑶，自言：祖上本是青州人，在平卢节度使麾下当差，那时的主公姓李，不知姓名，主公背上常年生着疮，群医束手无策。王瑶的先祖带贡品在泰山祈祷，山神感动后显形，问他所为何事，王瑶的先祖叩首泣血，求山神悲悯。山神说：“你的主公身为地方长官，职责在安土息民，但他残害生灵，恶贯满盈，滥用刑罚，招致冤魂上诉，他患的背疮，是受了鞭刑法，无法痊愈，他受上天责罚，罪无可恕。”王瑶的先祖行礼求见主公，等他返回青丘，主公已病死。王瑶的先祖将泰山的见闻详细告诉了主公夫人，夫人说：“如何验证您所言不假？”王瑶的先祖说：“我在冥府中，也担心返回后不受信任，求见主公后，见他全身被绑，主公撕下贴身衣物的袖子，一寸多大，交给我说：‘你回去，将此物给我家人

在，知其言不谬矣。（出《耳目记》）

陈岘

闽王审知初入晋安，开府多事，经费不给。孔目吏陈岘献计，请以富人补和市官，恣所征取，薄酬其直。富人苦之，岘由是宠，迁为支计官。数年，有二吏执文书诣岘里中，问陈支计家所在。人问其故，对曰："渠献计置和市官，坐此破家者众，凡破家者祖考，皆诉于水西大王，王使来追尔。"岘方有势，人惧不敢言。翌日，岘自府驰归，急召家人，设斋置祭，意色慞惶。是日，里中复见二吏入岘家，遂暴卒。初审知之起事，其兄潮首倡，及审知据闽中，为潮立庙于水西，故俗谓之水西大王云。

萧怀武

伪蜀有寻事团，亦曰中团，小院使萧怀武主之，盖军巡之职也。怀武自所团捕捉贼盗多年，官位甚隆，积金巨万，第宅亚于王侯，声色妓乐，为一时之冠。所管中团百余人，每人各养私名十余辈，或聚或散，人莫能别，呼之曰"狗"。至于深坊僻巷，马医酒保，乞丐佣作，及贩卖童儿辈，并是其狗。民间有偶语者，官中罔不知。又有散在州郡及勋贵家，当庖看厩，御车执乐者，皆是其狗。公私动静，无不立达于怀武，是以人怀恐惧，常疑其肘臂腹心，皆是其狗也。怀武杀人不知其数，蜀破之初，有与己不相协，及积金藏镪之夫，日夜捕逐入院，尽杀之。冤枉之声，闻于街巷。后郭崇韬入蜀，人有告怀武欲谋变者，一家百余口，无少长戮于看。’现今袖子仍在。”夫人拿到衣袖后，查验就是主公临终时穿的衣服，果然有破损，背疮遗留的血仍在，便知王瑶的先祖所言非虚。（出《耳目记》）

陈岘

闽国王审知初占晋安，开府后事务繁忙，资金匮乏。孔目吏陈岘献计，让富人充当和市官（官府出价向市民收购货物，带有强行摊派、掠夺民财民物的性质），财物任他恣意征用，出价低廉。富人愁苦，陈岘因此受器重，升任支计官。数年后，两官吏带文书到陈岘老家拜谒，问陈岘家住何处，乡民问他们所为何事，答：“陈岘献计设和市官，以此倾家荡产之人众多，这些人的先祖向水西大王上诉，大王派我们查办。”陈岘称霸一方，乡民都害怕他不敢说什么。第二日，陈岘驾马从府衙回家，急召家人，备下贡品祭祀，神色慌张。这日，乡民又见两官吏到陈岘家，陈岘突然暴毙。起初王审知起事，是他的兄长王潮首倡的，王审知占据闽中后，为王潮在水西建庙，世人称他为水西大王。

萧怀武

伪蜀设立寻事团，也称中团，由小院使萧怀武主持，大致负责防卫巡逻等职务。萧怀武带人捕贼多年，官位显赫，家财万贯，宅院制式仅次于王侯，府中聚集当时一流的歌舞艺伎，麾下中团百余人。每人豢养着十多个部下，这些人时聚时散，百姓无法辨别，便称其为“狗”。深坊僻巷、马医酒保、乞丐佣人，以及做小生意的儿童等都可能是中团的“狗”。坊间偶有谈论此事的人，官中无人不知。还有“狗”分散在州郡达官贵人家做厨师、马夫、车夫、乐师。不论公事私事任何动静，无不即刻传到萧怀武处，因此百姓常惴惴不安，疑心自己身边的人是“狗”。萧怀武杀人无数，伪蜀即将覆灭时，萧怀武日夜不停地追捕与自己政见不合的人，以及家底丰厚的人，并将其尽数处死，喊冤叫屈声充斥街巷。后来郭崇韬入蜀，有人告发萧怀武意

市。（出《王氏见闻》）

李龟祯

乾德中，伪蜀御史李龟祯久居宪职。尝一日出至三井桥，忽睹十余人，摧头及被发者，叫屈称冤，渐来相逼。龟祯慑惧，回马径归，说与妻子。仍诫其子曰："尔等成长筮仕，慎勿为刑狱官，以吾清慎畏惧，犹有冤枉，今欲悔之何及。"自此得疾而亡。

陈 洁

伪蜀御史陈洁，性惨毒，谳刑定狱，尝以深刻为务。十年内，断死千人。因避暑行亭，见蟢子悬丝面前，公引手接之，成大蜘蛛，衔中指，拂落阶下，化为厉鬼，云来索命。惊讶不已，指渐成疮，痛苦十日而死。

图谋反，萧怀武一家百余口，不分老少悉数被处死于集市。（出《王氏见闻》）

李龟祯

伪蜀乾德年间，御史李龟祯久任宪职。一日他外出到三井桥，遇上十几人，头部受伤，披散头发，喊冤叫屈，逐渐向他靠近。李龟祯惊骇，调转马头径直回家，与妻儿讲起此事，并警戒孩子说："你们长大后初出做官，切勿做刑狱官，我这般清正廉直、谨小慎微地当职，还是有被冤枉的犯人，如今已追悔莫及。"此后李龟祯就得病死了。

陈洁

伪蜀御史陈洁，生性残酷狠毒，判刑定罪，常以严刑为准。十年间，被他判处死刑的有上千人。一日他因避暑，到亭子中，见一小蜘蛛掉着丝悬在面前，他接在手上，蜘蛛忽然变大，咬住他的中指，他将蜘蛛拂到阶下，蜘蛛化成厉鬼，对他说，自己是来索命的。陈洁惊骇不已，伤处逐渐生疮，痛苦十日后去世。

卷第一百二十七　报应二十六

苏娥

汉何敞为交趾刺史，行部苍梧郡高要县，暮宿鹊奔亭。夜犹未半，有一女从楼下出，自云："妾姓苏名娥，字始珠，本广信县修里人。早失父母，又无兄弟，夫亦久亡。有杂缯帛百二十匹，及婢一人，名致富，孤穷羸弱，不能自振，欲往傍县卖缯。就同县人王伯赁车牛一乘，直钱万二千，载妾并缯，令致富执辔。以前年四月十日，到此亭外，于时已暮，行人既绝，不敢前行，因即留止。致富暴得腹痛，妾往亭长舍乞浆取火，亭长龚寿操刀持戟，来至车傍，问妾曰：'夫人从何所来？车上何载？丈夫安在？何故独行？'妾应之曰：'何劳问之。'寿因捉臂欲污妾，不从，寿即以刀刺胁，妾立死，又杀致富。寿掘楼下，埋妾并婢，取财物去，杀牛烧车，杠及牛骨，投亭东空井中。妾死痛酷，无所告诉，故来告于明使君。"敞曰："今欲发汝尸骸，以何为验？"女子曰："妾上下皆著白衣，青丝履，犹未朽也。"掘之果然。敞乃遣吏捕寿，拷问具服，下广信县验问，与娥语同，收寿父母兄弟皆系狱。敞表寿杀人，于常律不至族诛，但寿为恶，隐密经年，王法所不能得。鬼神自诉，千载无一，请皆斩之，以助阴诛，上报听之。（出《还冤记》）

涪令妻

汉王忳，字少琳，为郿县令。之郃亭，亭素有鬼。忳宿楼上，夜有女子，称欲诉冤，无衣自进。忳以衣与之，进曰："妾本涪令妻

苏娥

汉朝何敞任交趾刺史，外出到苍梧郡高要县，夜间住宿鹊奔亭。未至半夜，一女子从楼下走出说道："妾姓苏名娥，字始珠，原是广信县修理人，早年丧失双亲，又无兄弟，丈夫早逝。家中徒留各种丝绸一百二十匹，及一奴婢，名致富，我们二人穷困羸弱，难以维生，想到临县卖绸布。向同县王大伯租用一牛车，价值一万二千钱，车载着我和绸布，致富赶车。于去年四月十日，到亭外，天色已晚，没有行人，我们不敢前行，借宿在此。致富突发腹痛，我去亭长家讨浆水和火，亭长龚寿提刀和戟来到车旁，问我：'夫人为何而来？车上带着什么？丈夫在哪？为何独行？'我答：'不劳您过问。'龚寿抓着我的手臂企图污辱我，我不从，他用刀刺入我的肋下，我当即毙命，他又杀了致富。在楼下挖坑，将我二人掩埋，盗走财物，杀牛烧车，将牛骨扔到亭东空井中。我惨死，无处申冤，所以来告诉您。"何敞说："现今我掘出你的尸骸，如何验证？"女子说："我全身上下穿着白衣，脚穿青丝履，尚未腐坏。"挖出一看果然如此。何敞派人抓捕龚寿，拷问后龚寿认罪，又到广信县核对，与苏娥所言相符，将龚寿父母兄弟等人收监。何敞说龚寿杀人，按律不至于诛连全族，但龚寿作恶，秘而不报一年之久，天理不容。鬼神自己上诉，千百年来不曾有过，请诛灭龚寿全族，以助冥府诛杀犯人。上报后朝廷同意了何敞的意见。(出《还冤记》)

涪令妻

汉人王忳，字少琳，任郿县令。他前往郤亭，郤亭常闹鬼。王忳借宿楼上，夜间一女子，自称要申冤，裸身进入房中，王忳将衣物给也，欲往官，过此亭宿。亭长杀妾大小十口，埋在楼下，取衣裳财物，亭长今为县门下游徼。”恂曰：“当为汝报之，无复妄杀良善也。”鬼投衣而去。恂且召游徼问，即服，收同时十余人，并杀之。掘取诸丧，归其家葬之，亭永清宁。（原缺出处，今见《还冤记》）

诸葛元崇

琅琊诸葛覆，宋永嘉年为九真太守，家累悉在扬都，唯将长子元崇赴职。覆于郡病亡，元崇始年十九，送丧欲还。覆门生何法僧贪其资，与伴共推元崇堕水而死，因分其财。元崇母陈氏梦元崇还，具叙父亡及身被杀委曲，尸骸流漂，怨酷无双。奉迷累载，一旦长辞，衔悲茹恨，如何可说，歔欷不能自胜。又云：“行速疲极，因卧窗下床上，以头枕窗，明日视儿眠处，足知非虚矣。”陈氏悲怛惊起，把火照儿眠处，沾湿犹如人形。于是举家号泣，便如发闻。于时徐森之始除交州，徐道立为长史，道立即陈氏从姑儿也。具疏梦，托二徐验之。徐道立遇诸葛丧船，验其父子亡日，悉如鬼语。乃收行凶二人，即皆款服，依法杀之，差人送丧还扬都。（出《还冤记》）

吕庆祖

宋永康人吕庆祖，家甚殷富，常使一奴名教子守视墅舍。庆祖自往案行，忽为人所杀。族弟无期，先贷举庆祖钱，咸谓为害。无期便赍酒脯至柩所而祝曰：“君荼酷如此，乃谓是我，魂而有灵，使知其主。”既还，至三更，见庆祖来云：“近履行，见奴教子畦畴不理，许当痛治，奴遂以斧砍我背，将帽塞口，因得啮奴三她，她上前说：“我原是涪县令之妻，随丈夫赴任，经停此亭，亭长杀害我家大小十口，埋在楼下，盗走衣服财物，亭长现任你县巡查盗贼的游徼。”王忳说：“我定为你报仇，不会让他再枉杀无辜。”鬼放下衣服离开。王忳召游徼审讯，他尽数招供，又逮捕协同作案的十多人，一并处死。挖出被害者，送尸骨还乡下葬，郤亭从此恢复了清宁。（原缺出处，今见《还冤记》）

诸葛元崇

琅琊诸葛覆，宋永嘉年间任九真太守，家人世代居住扬都，他只带了长子诸葛元崇赴任。诸葛覆在属地病故，诸葛元崇那年十九岁，送丧回乡。诸葛覆的门生何法僧贪图诸葛覆的资产，与诸葛元崇同行时将其推入水中淹死，盗走钱财。诸葛元崇的母亲陈氏梦到诸葛元回家回，细述了父亲去世及自己被害的经过，他的尸骸顺水漂流，仇怨无比。他与母亲分别经年，一夕间阴阳永隔，含悲饮恨，无以言表，哀叹不已。又说：“此行仓促很是疲累，我想歇在窗下床上，头枕着窗边，您明日看我睡觉的地方，便知我说的虚实。”陈氏悲痛惊醒，点火照亮儿子睡过的地方，浸湿处好似人形，全家哭号，哭声传到很远。当时徐森之刚任职交州，徐道立任长史，徐道立是陈氏姑姑的儿子。陈氏向他们详述了梦境，托付二位查办此事。徐道立遇上诸葛覆的丧船，查验父子死亡的时间，与鬼所言一致。将行凶的二人逮捕，二人认罪，依法被处死，此后徐道立又差人送诸葛覆的灵柩返回扬都。（出《还冤记》）

吕庆祖

宋朝永康人吕庆祖，家境殷实，常派一名叫教子的奴仆看守家院。吕庆祖自顾办事，一日忽然被人杀害。同族弟弟吕无期，此前曾向吕庆祖借过钱，众人都说吕庆祖被吕无期杀害。吕无期带着酒肉到吕庆祖的灵柩前祷告说：“您受苦难惨死，众人都说是我干的，望您魂魄显灵，让大家知道真凶。”言罢还家，三更时，看见吕庆祖前指，悉皆破碎。便取刀刺我颈，曳著后门。初见杀时，从行人亦在其中，而不同，执罪之失也。奴今欲叛，我已钉其头著壁。”言卒而遂灭。无期具以告其父母，潜视奴所住壁，果有一把发，以竹钉之。又看其指，并见伤破，录奴诘验，承伏。又问：“汝既反逆，何以不叛？”奴曰：“头如被系，欲逃不得。”诸同见者事相符，即焚教子，并其二息。（出《还冤记》）

元 徽

后魏庄帝永安中，北海王颢入洛。庄帝北巡，城阳王徽舍宅为宣中寺，尔朱兆擒庄帝，徽投前洛阳令寇祖仁。祖仁闻尔朱兆购徽，乃斩徽首送兆。兆梦徽曰：“我有金二百斤，马一百匹，在祖仁家，卿可取之。”兆于是悬祖仁首于高树，以大石坠其足，鞭棰之，问得金及马。而祖仁死，时以为祸报。（出《广古今五行记》）

李义琰

唐陇西李义琰，贞观年中，为华州县尉。此县忽失一人，莫知所在，其父兄疑一仇家所害，诣县陈情。义琰案之，不能得决，夜中执烛，委细穷问。至夜，义琰据案俯首，不觉死人即至，犹带被伤之状，云：“某乙打杀，置于某所井中，公可早验，不然，恐被移向他处，不可寻觅。”义琰即亲往，果如所陈，而仇家始具款伏。当闻见者，莫不惊叹。（出《法苑珠林》）

来对他说："近日我回家，见仆人教子不整理田舍，我说要治理他，他便用斧子砍我的后背，用帽子堵住我的嘴，我趁机咬住他的三跟手指，咬得皮肉破裂，他用刀刺我脖颈，将我托至后门。当初我被杀时，随从也参与其中，不同的是，教子是主犯。教子现今畏罪想逃，我已将他的头钉在墙上。"言罢消失不见。吕无期将此事告诉吕庆祖的父母，他们暗中到教子房中察看，果然墙上有一把头发，用竹签钉着，再看教子的手指，真的有伤痕，众子抓住教子审讯，教子认罪。又问他："你既已反叛杀害了主人，为何不逃？"教子说："我的头好似被人拽着，想逃却不能。"大家见事情与吕无期所言相符，一并处死了教子与他的两个孩子。（出《还冤记》）

元徽

后魏庄帝永安年间，北海王颢攻占洛阳。魏庄帝北逃，城阳王元徽献出宅园建宣中寺，后来尔朱兆擒住魏庄帝，元徽投奔前洛阳县令寇祖仁。寇祖仁听闻尔朱兆悬赏缉拿元徽，于是斩下元徽首级送给尔朱兆。尔朱兆梦到元徽对他说："我有金二百斤，马一百匹，在寇祖仁家，你可将其取来。"尔朱兆将寇祖仁脑袋悬在大树上，脚上坠着大石头，用棍棒、鞭子抽打他，问他要金和马。就这样寇祖仁被活活打死，当时世人都认为这是报应。（出《广古今五行记》）

李义琰

唐朝陇西李义琰，唐太宗贞观年间，任华州县尉。华州县有一百姓忽然消失，无人知他在何处，他父亲和兄长怀疑他是被仇家所杀，到县衙告状。李义琰承接此案，但无法决断，夜间秉烛，细细考量。深夜他低头伏案，不觉死者已至，像是被人所伤，死者说："我被人打死，尸首在某处的井中，您可尽早前去查验，否则，怕是要被移走，再也找不到了。"李义琰听后即刻亲自前往，果真如鬼在梦中所说述，仇家至此才认罪伏诛。听闻此事的人无不惊叹。（出《法苑珠林》。）

岐州寺主

唐贞观十三年，岐州城内有寺主，共都维那为隙，遂杀都维那，解为十二段，置于厕中。寺僧不见都维那久，遂告别驾杨安共来验检，都无踪迹。别驾欲出，诸僧送别驾，见寺主左臂上袈裟，忽有些鲜血。别驾勘问，云："当杀之夜，不著袈裟，有其鲜血，是诸佛菩萨所为。"竟伏诛。（出《广古今五行记》）

馆陶主簿

唐冀州馆陶县主簿姓周，忘其名字。显庆中，奉使于临渝关牙市。当去之时，佐使等二人从往，周将钱帛稍多，二人乃以土囊压而杀之。所有钱帛，咸盗将去，唯有随身衣服充敛。至岁暮，妻梦，具说被杀之状，兼言所盗财物藏之处。妻乃依此诉官。官司案辨，具得实状，钱帛并获，二人皆坐处死。相州智力寺僧慧永云，尝亲见明庭观道士刘仁宽说之。（出《法苑珠林》）

僧昙畅

唐乾封年中，京西明寺僧昙畅，将一奴二骡向岐州稜法师处听讲。道逢一人，著衲帽弊衣，掐数珠，自云贤者五戒讲。夜至马嵬店宿，五戒礼佛诵经，半夜不歇，畅以为精进一练。至四更，即共同发，去店十余里，忽袖中出两刃刀子，刺杀畅，其奴下马入草走，其五戒骑骡驱驮即去。主人未晓，梦畅告云："昨夜五戒杀贫道。"须臾奴走到，告之如梦。时同宿三卫子，披持弓箭，乘马趁四十余里，以弓箭拟之，即下骡乞死。缚送县，决杀之。（出《朝野佥载》）

岐州寺主

唐朝贞观十三年，岐州城有一寺主，与都维那不和，于是将都维那杀害，肢解成十二块，扔到厕所。寺僧许久未见都维那，请别驾（别驾从事史）杨安共查办此事，寺中寻不到都维那的踪迹。杨安共要走，众僧相送，他见寺主袈裟左臂处有血迹，杨安共追问，寺主说：“杀都维那那夜，我并未穿袈裟，有他的血迹，怕是诸位神佛菩萨显灵。”寺主伏诛。（出《广古今五行记》）

馆陶主簿

唐朝冀州馆陶县主簿姓周，名字不详。唐高宗显庆年间，他奉命出使临渝关牙。临行前，佐史等二人随行，周主簿带的财物稍多，二人用土袋将主簿压死。将财物尽数盗走，周主簿只剩随身衣服陪葬。年底，周主簿的妻子做梦，梦中主簿告诉她自己被杀时的情形，又说了被盗财物存放之处。周主簿的妻子将梦到的事情报告给官府。官府立案审查，查实确有此事，并缴获财物，处死两名罪犯。相州智力寺僧慧永说，他曾目睹明庭观道士刘仁宽说这件事。（出《法苑珠林》）

僧昙畅

唐高宗乾封年间，京城西明寺的僧昙畅，带一名仆人和两匹骡子前往岐州棱法师处听讲。途中遇上一人，身着衲帽旧衣，手执念珠，自云是贤者法号五戒。昙畅也宿马嵬店，五戒礼佛诵经整夜不曾休息，昙畅觉得五戒道行高深。四更时，二人一起出发，距客店十多里处，五戒忽然从袖中抽出一把两刃刀，刺死昙畅，奴仆跳下骡子钻入草中逃走了，五戒骑骡驮着东西迅速离开。店主还未睡醒，梦到昙畅对他说：“昨夜五戒杀害贫僧。”不一会儿，奴仆跑来，告诉店主昙畅被杀，如梦中昙畅所言。当时同屋有三名护卫，带着弓箭，骑马追赶四十多里，用弓箭逼停五戒，五戒立刻下骡求饶，被捆绑着送到县衙，最终被处以死刑。（出《朝野佥载》）

午桥民

唐卫州司马杜某尝为洛阳尉，知捕寇。时洛阳城南午桥，有人家失火，七人皆焚死。杜某坐厅事，忽有一人为门者所执，狼狈至前。问其故，门者曰："此人适来，若大惊恐状，再驰入县门，复驰出，故执之。"其人曰："某即杀午桥人家之贼也，故来归命。尝为伴五人，同劫其家，得财物数百千，恐事泄，则杀其人，焚其室，如自焚死者，故得人不疑。将财至城，舍于道德里，与其伴欲出外，辄坎轲不能去。今日出道德坊南行，忽见空中有火六七团，大者如瓠，小者如杯，遮其前，不得南出。因北走，有小火直入心中，爇其心腑，痛热发狂。因为诸火遮绕，驱之令入县门，及入则不见火，心中火亦尽。于是出门，火又尽在空中，遮不令出，自知不免，故备言之。"由是命尽取其党及财物，于府杀之。（出《纪闻》）

卢叔敏

唐卢叔敏，居缑氏县，即故太傅文贞公崔祐甫之表侄。时祐甫初拜相，有书与卢生，令应明经举。生遂自缑氏赴京，行李贫困，有驴，两头叉袋，一奴才十余岁而已。初发县，有一紫衣人，擎小幞，与生同行，云："送书状至城。"辞气甚谨。生以僮仆小，甚利其作侣，扶接鞍乘。每到店，必分以茶酒，紫衣者亦甚知愧。至鄂岭，早发十余里，天才明，紫衣人与小奴驱驴在后。忽闻奴叫呼声，云："被紫衣殴击。"生曰："奴有过但言，必为科决，何得便自打也。"言讫，见紫衣人怀中抽刀，刺奴洞肠流血。生乃惊走，初尚乘驴，行数十步，已见紫衣人趁在后，弃驴并靴，驰十数步，紫衣逐及，以刀刺倒，与奴同死于岭上。

午桥民

唐朝卫州司马杜某曾任洛阳县尉，主管捕捉贼寇。当时洛阳城南午桥，有户人家失火，七口人都葬身火海。杜县卫正在办公，忽见一人被门卫抓着，狼狈上前。杜县尉问何故如此，门卫说："此人刚才惊恐慌张，几次跑进县衙大门，又跑出，所以我将其抓来。"那人说："我是杀害午桥那户人家的贼人，来此自首。我与同伙五人，抢劫了那户人家，抢得财物价值百千钱，害怕事情泄露，就杀人灭口，焚毁家宅，伪造出走水自焚的假象，令他人不起疑。我等将钱财藏在城中道德坊，企图逃往外地，但道路坎坷无法前行。今日出道德坊南逃，忽见空中有六七团火，大的如葫芦，小的如酒杯，挡在路前，无法南逃。因而往北逃，有小火团直击心门，灼烧心腹，痛热难耐以致癫狂。受诸多火团阻碍，将我驱赶进县衙，进县衙后火团消失不见，心火也熄灭了。于是我又跑出县衙，火团再次出现，遮挡着不让跑出，我自知此罪难逃，所以尽数招供。"由此杜县尉命人缉拿同党缴获赃物，最终在县衙将罪犯都处死了。（出《纪闻》）

卢叔敏

唐朝卢叔敏，居住在缑氏县，是先太傅文贞公崔佑甫的表侄。当初崔佑甫刚任宰相，写信给卢生，请他进京考明经科。卢生从缑氏县进京，轻装简行，带一驴，两面驮着布袋，一随行僮仆才十几岁。刚出县城，一紫衣人带一小包袱与卢生同行，自云："递状子进京。"紫衣人言谈举止很是谨慎。卢生因僮仆年幼，乐意与他同行，那人一路帮扶卢生。每到客店，卢生定分茶酒给他，紫衣人很是不好意思。行至鄂岭，三人趁早赶路十余里，天刚亮，紫衣人与僮仆牵着驴走在后面。卢生忽然听到僮仆呼喊道："我被紫衣人殴打。"卢生说："小奴有何过错但说无妨，我定教训他，您怎能自行动手？"言罢，见紫衣人从怀中抽刀，刺穿僮仆腹部，肠子和血奔涌流出。卢生惊慌奔逃，起初还骑着驴，跑了数十步，见紫衣人紧追不舍，只得弃驴和鞋，飞驰几十步，紫衣人追上，用刀将卢生刺倒，卢生与僮仆一并死在山上。

时缑氏尉郑楚相，与生中外兄弟。晨起，于厅中忽困睡，梦生被发，血污面目，谓尉曰："某已被贼杀矣。"因问其由，曰："某枉死，然此贼今捉未得。"乃牵白牛一头来，跛左脚，曰："兄但记此牛，明年八月一日平明，贼从河中府，与同党买牛来，于此过，入西郭门，最后驱此者即是。"郑君惊觉，遂言于同僚。至明日，府牒令捉贼，方知卢生已为贼所杀。于书帙中得崔相手札，河南尹捕捉甚急，都无踪迹。

至明年七月末，郑君与县宰计议，至其日五更，潜布弓矢手力于西郭门外，郑君领徒自往，伏于路侧。至日初出，果有人驱牛自西来者。后白牛跛脚，行迟，不及其队，有一人驱之，其牛乃郑君梦中所见卢生牵者，遂擒掩之，并同党六七尽得。驱跛牛者，乃杀卢生贼也，问之悉伏，云："此郎君于某有恩，某见其囊中书，谓是绫绢，遂劫杀之。及开之，知非也，唯得绢两匹耳。自此以来，常仿佛见此郎君在侧，如未露，尚欲归死，已就执，岂敢隐讳乎！"因具言其始末，与其徒皆死于市。（出《逸史》）

郑 生

唐荥阳郑生，善骑射，以勇悍趫捷闻，家于巩雒之郊。尝一日乘醉，手弓腰矢，驰捷马，独驱田野间，去其居且数十里。会天暮，大风雨，生庇于大木下。久之，及雨霁，已夕矣，迷失道，纵马行，见道傍有门宇，乃神庙也。生以马系门外，将止屋中，忽栗然心动，即匿身东庑下，闻庙左空舍中窣窣然，生疑其鬼，因引弓震弦以伺之。

俄见一丈夫，身长衣短，后卓衣负囊仗剑自空舍中出，既而当时缑氏县县尉郑楚相，与卢生是表兄弟。这日晨起，郑县尉在厅中忽感困倦睡着了，梦到卢生披着发，满脸血污，对他说："我被贼人杀害。"他询问详情，卢生说："我枉死，但贼人至今没有被缉拿归案。"说着牵来一白牛，白牛跛着左腿。卢生说："表兄只需记住这牛，明年八月一日天明时分，贼人从河中府与同党买牛，行经此处，进西城门，最后面赶着牛的人便是贼人。"郑县尉惊醒，将此事告诉同僚，第二日，州府下发捕贼文书，才知卢生真的被贼人杀害了。郑县尉在书封中寻得崔相的书信，河南尹捉贼心切，但贼人毫无蛛丝马迹。

到了第二年七月末，郑县尉与县宰合议此事，直到当日五更，西城门外埋伏弓箭手，郑县尉亲率衙役埋伏路边。太阳稍升，果然有人赶着牛从西边前来。后面的白牛跛着腿，行动迟缓，赶不上队伍，一人赶牛，此牛即是郑县尉梦中看到卢生牵着的那头，于是将牵牛人擒获，还擒获同党六七人。赶跛牛的人，就是杀害卢生的贼人。审讯后他供认不讳，又说："卢生对我有恩，但我见他包袱里的书，误以为是绸缎，于是将他劫杀，打开包袱才知不是绸缎，只得了两匹绸布。从那以后，我常恍惚间见卢生在我的身侧，若此事没有泄露，我也有心寻死，如今被捕，怎敢隐瞒？"他细述事情经过，与同党一并被处死于市集。（出《逸史》）

郑　生

唐朝荥阳的郑生，擅长骑射，以勇敢强悍矫健敏捷而闻名，家住洛阳郊区。曾有一日郑生酒醉骑马，手持弓，腰挂箭囊，快马疾驰，独自驰骋田间，跑至距家数十里处。天色已晚，风雨大作，郑生在大树下避雨。许久后雨停，天已黑，郑生迷路，任马前行，忽然见路旁有门楼，原是神庙。郑生将马系在庙门外，刚踏入其中，忽然心慌，立刻藏身东厢房下，听到庙左侧的空屋里传出悉窣的声音，郑生怀疑是鬼在作祟，拉弓搭箭伺机将其射杀。

不一会儿见一男子，身材高大衣服短小，身后背包持剑从空屋倚剑扬言曰：“我盗也，尔岂非盗乎？”郑生曰：“吾家于巩雒之郊，向者独驱田间，适遇大风雨，迷而失道，故匿身于此。”仗剑者曰：“子既不为盗，得无害我之心乎？且我遁去，道必经东庑下，愿解弓弦以授我，使我得去，不然，且死于竖子矣。”先是生常别以一弦致袖中，既解弦，投于剑客前，密以袖中弦系弓上。贼既得弦，遂至东庑下，将杀郑生以灭口。急以矢系弦，贼遂去，因曰：“吾子果智者，某罪固当死矣。”生曰：“我不为害，尔何为疑我？”贼再拜谢。生即去西庑下以避贼。既去，生惧其率徒再来，于是登木自匿。

久之，星月始明，忽见一妇人，貌甚冶，自空舍中出，泣于庭。问之，妇人曰：“妾家于村中，为盗见诱至此，且利妾衣装，遂杀妾空舍中，弃其尸而去，幸君子为雪其冤。”又曰：“今夕当匿于田横墓，愿急逐之，无失。”生诺之，妇人谢而去。及晓，生视之，果见尸。即驰马至洛，具白于河南尹郑叔则。尹命吏捕之，果得贼于田横墓中。（出《宣室志》）

走出，然后提剑大喊："我是强盗，你也是强盗吗？"郑生说："我家住洛阳郊外，刚才独自在田野跑马，遇上风雨，迷了路，藏身此处。"提剑人说："你虽不是强盗，但未必没有害我之心，且我想逃走，定要经过东屋廊下，望你能解下弓弦交给我，让我离开，否则，我怕我死在你手中。"此前郑生常在袖中另备一弓弦，他便解弓弦扔到剑客身前，又偷偷将备用弓弦系上。贼人得到弓弦，行至东屋廊下，意图杀郑生灭口，郑生忙拉弓搭箭，贼人离去并说："你这小子果然机智，我犯罪理应受死。"郑生说："我不害你，你何必怀疑我？"贼人多次拜谢，郑生就到西边厢房下躲避贼人，贼人远去，郑生担心他带人返回，便登上高处藏起。

许久后，星月放光，郑生忽见一妇人，样貌美丽，从空房中走出，在院中哭泣，郑生问她缘由，她说："我家在此村，被强盗引诱至此，他贪图我的衣着，在空屋中将我杀害，弃尸离去，今日有幸遇到公子，望您为我沉冤昭雪。"又说："今晚那贼人应该藏在田横墓中，望您尽快前往追赶，莫失良机。"郑生应允，妇人答谢离去。天亮后，郑生查探，果然在屋中见一女尸。郑生打马到洛阳，向河南尹郑叔详述了自己的遭遇。府尹命府吏前往缉拿案犯，果然在田横墓擒获了贼人。（出《宣室志》）

卷第一百二十八 报应二十七

公孙绰 王安国 尼妙寂 李文敏 樊宗谅 荥阳氏

公孙绰

唐王屋主簿公孙绰，到官数月，暴疾而殒，未及葬。县令独在厅中，见公孙具公服，从门而入。惊起曰："与公幽显异路，何故相干？"公孙曰："某有冤，要见长官请雪，尝忝僚佐，岂遽无情！某命未合尽，为奴婢所厌，以利盗窃。某宅在河阴县，长官有心，傥为密选健吏，赍牒往捉，必不漏网。宅堂檐从东第七瓦垄下，有某形状，以桐为之，钉布其上，已变易矣。"言讫而没。令异甚，乃择强卒素为绰所厚者，持牒并书与河阴宰，其奴婢尽捕得，遂于堂檐上搜之，果获人形，长尺余，钉绕其身。木渐为肉，击之哑然有声，绰所贮粟麦，以俟闲居之费者，悉为所盗矣。县遂申府，奴婢数人，皆殪枯木。（出《逸史》）

王安国

泾之北鄙农人有王安国者，力穑，衣食自给。唐宝历三年冬，夜有二盗逾墙而入，皆执利刃。安国不敢支梧，而室内衣裘，挚之无孑遗。安国一子，名何七，年甫六七岁，方眠惊起，因叫有贼，登时为贼射，应弦而毙。安国闾外有二驴紫色者，亦为攘去。迟明，村人集聚，共商量捕逐之路。俄而何七之魂登房门而号："我死自是命，那复多痛，所痛者，永诀父娘耳。"遂冤泣久之。邻人会者五六十人，皆为雪涕。因曰："勿谋追逐。明年五月，当自送死。"

公孙绰

唐朝王屋主簿公孙绰，到任数月后，突然猝死，还未来得及下葬。一日，县令独自在厅堂中，见公孙绰身着整齐的官服，从门外进来，县令惊讶地起身说："我与您人鬼殊途，为何来寻我？"公孙说："我含冤而死，拜见您请您为我沉冤昭雪，我曾忝列您麾下，您怎能翻脸无情？我寿数未尽，受奴婢厌恶，为了方便盗窃我的财物，将我杀害。我家在河阴县，长官若有心帮我，请派得力的衙役，带密令文牒前去捉拿，定不会有漏网之鱼。我的房檐从东数第七条瓦垅下，有用桐木制的我的塑像，上面钉着钉子，已开始变形。"说罢消失不见。县令惊异，便挑选几位健硕的与公孙绰交好的吏卒，带着密令文牒交于河阳宰，随后公孙家的奴婢被尽数缉拿归案，衙役在屋檐上搜寻，果真寻得塑像，长一尺，周身布满钉子，桐木逐渐变成人肉，敲击后有微弱的声音，公孙绰储藏的粟麦，本是用以退休后维持生活的，尽数被盗。县令将此事申报州府，数名奴婢皆受杖责而死。（出《逸史》）

王安国

泾河北边郊野之处有人名王安国，耕种勤恳，衣食自给自足。唐敬宗宝历三年冬日某夜，两盗贼跳墙进入王安国家，二人手持利刃。王安国不敢出声，室内财物被贼人洗劫一空。王安国有一子，名王何七，刚六七岁，睡着被贼人惊醒，因惊叫有贼，被贼人当即射杀，即刻毙命。王安国家门外有两头紫驴，也被贼人盗走。黎明，村民聚集，共商捕贼之法。不久王何七的魂魄踏着房门哭号道："我死是命中注定，无须再悲伤，我难过的是与父母永别。"悲泣良久，邻居五六十人聚集在此，都流泪哀婉。王何七说："大家无须再想抓贼乃召安国，附耳告之名氏，仍期勿泄。

洎麦秋，安国有麦半顷，方收拾，晨有二牛来，蹊践狼籍，安国牵归，遍谓里中曰：“谁牛伤暴我苗？我已系之，牛主当赍偿以购；不尔，吾将诣官焉。”里中共往，皆曰：“此非左侧人之素畜者。”聚视久之，忽有二客至曰：“我牛也。昨暮惊逃，不虞至此，所损之田，请酬倍资而归我畜焉。”共里人诘所从，因验契书，其一乃以紫驴交致也。安国即醒何七所谓，及询名姓皆同，遂缚之，曰：“尔即去冬射我子尽我财者。”二盗相顾，不复隐，曰：“天也命也，死不可逭也。”即述其故，曰：“我既行劫杀，遂北窜宁庆之郊，谓事已积久，因买牛将归岐上，昨牛抵村北二十里，徘徊不进，俟夜黑，方将过此。既寐，梦一小儿五岁许，裸形乱舞，纷纭相迷，经宿方寤。及觉，二牛之縻纼不断，如被解脱，则已窜矣。因踪迹之，由径来至此。去冬之寇，讵敢逃焉？”里人送邑，皆准于法。（出《集异记》）

尼妙寂

尼妙寂，姓叶氏，江州浔阳人也。初嫁任华，浔阳之贾也。父昇，与华往复长沙广陵间。唐贞元十一年春，之潭州不复。过期数月，妙寂忽梦父，被发裸形，流血满身，泣曰：“吾与汝夫，湖中遇盗，皆已死矣。以汝心似有志者，天许复仇，但幽冥之意，不欲显言，故吾隐语报汝，诚能思而复之，吾亦何恨！”妙寂曰：“隐语云何？”昇曰：“杀我者，车中猴，门东草。”俄而见其夫，形状若父，泣曰：“杀我者，禾中走，一日夫。”妙寂抚膺而哭，遂为女弟所呼觉。泣告其母，阖门大骇，念其隐语，杳不可知。访于邻叟及乡闾的办法了，明年五月，贼人将自己来送死。”又叫王安国到近前，贴耳告诉他贼人的名字，望他不要泄露。

到秋季麦子成熟时，王安国有半顷麦田，正要收割，一日晨间有两头牛来到麦田，将麦田踩得一片狼藉，王安国将牛牵回家，问遍全村道：“谁家的牛踩坏我家麦田？我已将牛拴好，牛的主人应带赔偿来赎回牛，否则，我将报官。”村民都说：“这两头牛不是村中人所养。”大家聚在一起看了许久，忽然有两外乡人上前说：“这是我们的牛，昨夜受惊逃跑，未料逃至此处，受损的麦田，请让我们加倍赔偿来赎回牛。”村民问他们从哪里来的，又查验他们买牛的文契，其中一头牛是用紫驴交换得来。王安国突然想起王何七的话，问二人姓名与何七所言相同，于是将二人绑起，说：“你们就是去年冬日射杀我儿子，洗劫我财物的人。”两贼人对视，不再隐瞒，说：“天命如此，死罪难逃。”于是叙述了事情原委，他们说：“我们谋财害命后，逃往宁庆郊外，考虑事情已过去许久，就买牛打算返回岐上，昨日牛到村北二十里处，徘徊不前，天黑后，才行至此处。我们入睡后，梦到一小孩儿约五岁多，赤裸着身子乱跳，弄得我们二人迷乱眩晕，睡了整宿，醒后，拴牛的绳子没断，像是被解开，牛已逃窜。我们顺着牛蹄印追寻，来到此处。我们就是去年冬日的贼人，怎敢再逃。”村民将贼人送至城中，二人被绳之以法。（出《集异记》）

尼妙寂

尼姑妙寂，姓叶，江州浔阳人。早年她的丈夫名任华是浔阳的商人。她的父亲叶升与任华常往返长沙、广陵两地经商。唐德宗贞元十一年春，二人前往潭州。逾期数月没有回家，一日妙寂忽然梦到父亲披发裸体，满身是血，哭着对她说：“我与你的丈夫，在湖中遭遇强盗，二人都已身死。我觉得你是心有大志之人，上天允许你为我们报仇，但神明的意思，不可直言，我借隐语告诉你，望你思索明白后为我们报仇，我别无遗憾！”妙寂问：“隐语是什么？”叶升说：“杀我之人，车中猴，东门草。”不久又见到她的丈夫，和她父亲一样凄惨，对她哭着说：“杀我之人，禾中走，一日夫。”妙寂抚胸悲之有知者，皆不能解。秋诣上元县，舟楫之所交处，四方士大夫多憩焉。而又邑有瓦棺寺，寺上有阁，倚山瞰江，万里在目，亦江湖之极境，游人弭棹，莫不登眺。吾将缁服其间，伺可问者，必有醒吾惑者。于是褐衣上元，舍力瓦棺寺，日持箕帚，洒扫阁下，闲则徙倚栏槛，以伺识者。见高冠博带，吟啸而来者，必拜而问。居数年，无能辩者。

十七年，岁在辛巳，有李公佐者，罢岭南从事而来，揽衣登阁，神彩隽逸，颇异常伦。妙寂前拜泣，且以前事问之。公佐曰：“吾平生好为人解疑，况子之冤恳，而神告如此，当为子思之。”默行数步，喜招妙寂曰：“吾得之矣。杀汝父者申兰，杀汝夫者申春耳。”妙寂悲喜呜咽，拜问其说。公佐曰：“夫猴申生也，车（車）去两头而言猴，故申字耳。草而门，门而东，非兰（蘭）字耶？禾中走者，穿田过也，此亦申字也。一日又加夫，盖春字耳。鬼神欲惑人，故交错其言。”妙寂悲喜，若不自胜，久而掩涕拜谢曰：“贼名既彰，雪冤有路，苟或释惑，誓报深恩，妇人无他，唯洁诚奉佛，祈增福海。”

初，泗州普光王寺有梵氏戒坛，人之为僧者必由之，四方辐辏，僧尼繁会，观者如市焉。公佐自楚之秦，维舟而往观之。有一尼，眉目朗秀，若旧识者，每过必凝视公佐，若有意而未言者。久之，公佐将去，其尼遽呼曰：“侍御贞元中不为南海从事乎？”公佐曰：“然。”“然则记小师乎？”公佐曰：“不记也。”妙寂曰：“昔瓦官寺阁求解车中猴者也。”公佐悟曰：“竟获贼否？”对曰：“自悟梦言，乃男服，易名士寂，泛佣于江湖之间。数年，闻蕲黄之间有泣，被她妹妹唤醒。她哭着告诉母亲此事，全家惊骇，思索那两句隐语，但毫无头绪。遍访邻里间的老者、智者，都不解其意。秋日妙寂来到上元县，这是各地船只交汇的地方，四面八方出行在外的官员名士都在此歇脚，城中又有瓦官寺，寺中有阁楼，背靠名山俯瞰大江，万里河山尽收眼底，也是天下奇景，游人无不停泊靠岸，登楼远眺。妙寂想自己穿着僧服行走其中，寻觅值得求问的人，此处定有人能为她解惑。于是她身着粗布衣穿梭在上元县，靠打工换宿借住瓦官寺，每日手持畚箕与扫帚，洒扫楼阁，闲暇时倚着栏槛，寻觅解惑之人。她看到头戴高冠身系宽带，吟唱前行的人，必会跪拜行礼求问。如此她逗留上元多年，无人能解隐语。

唐德宗贞元十七年，是辛巳年，有人名李公佐，辞任岭南从事后来到上元，提起衣衫登上阁楼，神采俊秀飘逸，超群拔俗。妙寂上前行礼悲泣，求问之前梦中听得的隐语。李公佐说："我平生喜欢为人解疑，且您沉冤之心恳切，又受神仙指点，我理当为您思索此事。"他沉默着走了几步，欢喜地告诉妙寂："我想到了，杀你父亲之人名申兰，杀你丈夫之人名申春。"妙寂悲喜交加呜咽着拜谢公佐又问何以见得，公佐说："猴是申年的生肖，车（車）去掉两头变成猴，是申字；草而门，门而东，不就是兰（蘭）字吗？禾中走，就是穿田而过，也是申字，一日又加夫，就是春字。鬼神想迷惑世人，便将其拆开来说。"妙寂悲喜交加，情不能自已，良久后拭泪拜谢道："现已知晓贼人姓名，报仇有门，您为我解惑，我发誓报答您的大恩，我一介女流身无他物，唯有诚心奉佛，祈祷您福如东海。"

当时，泗州普光寺有梵氏戒坛，出家人定要去那拜访，那里聚集着四面八方的宾客，僧人尼姑众多，热闹如市集。李公佐从楚地前往秦地，停船前往参观。他见到一尼姑，眉清目秀，似曾相识，每次擦肩那尼姑必会凝视李公佐，像是有话要说。许久后，李公佐即将离开，尼姑急忙喊住他说："侍御您可是贞元年间的南海从事？"李公佐说："是。"妙寂说："您可还记得我？"李公佐说："不记得了。"妙寂说："我是昔日瓦官寺阁楼上求您破解车中猴这句隐语的人。"李公佐想起那事，便说："您最后抓获贼人了吗？"妙寂答："明白申村，因往焉。流转周星，乃闻其村北隅有名兰者。默往求佣，辄贱其价，兰喜召之。俄又闻其从父弟有名春者，于是勤恭执事，昼夜不离。见其可为者，不顾轻重而为之，未尝待命。兰家器之，昼与群佣苦作，夜寝他席，无知其非丈夫者。逾年，益自勤干，兰逾敬念，视士寂，即目视其子不若也。兰或农或商，或畜货于武昌，关镍启闭悉委焉。因验其柜中，半是已物，亦见其父及夫常所服者，垂涕而记之。而兰春叔出季处，未尝偕出，虑其擒一而惊逸也，衔之数年。永贞年重阳，二盗饮既醉，士寂奔告于州，乘醉而获。一问而辞伏就法，得其所丧以归，尽奉母而请从释教，师洪州天宫寺尼洞微，即昔时受教者也。妙寂一女子也，血诚复仇，天亦不夺。遂以梦寐之言，获悟于君子，与其仇者，得不同天，碎此微躯，岂酬明哲？梵宇无他，唯虔诚法象，以报效耳。”公佐大异之，遂为作传。

大和庚戌岁，陇西李复言游巴南，与进士沈田会于蓬州。田因话奇事，持以相示，一览而复之。录怪之日，遂纂于此焉。（出《续幽怪录》）

李文敏

唐李文敏者，选授广州录事参军。将至州，遇寇杀之，沉于江，俘其妻崔氏。有子五岁，随母而去。贼即广州都虞候也。其子渐大，令习明经，甚聪俊，诣京赴举下第，乃如华州。及渭南县东，马惊走不可制。及夜，入一庄中，遂投庄宿，有所衣天净纱汗衫半臂者，主妪见之曰：“此衣似顷年夫人与李郎送路之衣，郎既似李郎，复似小娘子。”取其衣视之，乃顷岁制时，为灯烬烧破，半臂带犹在其家，遂以李文敏遭寇之事说之。此子罢举，径归问母，具梦中隐语后，我换上男装，改名为士寂，各处做工。数年后，听闻蕲黄一带有一申村，前往查探，走访一周年，打听到村北角落里有人名申兰，我先去他家帮佣，因工钱低廉，申兰高兴地将我留下。很快又听闻他有一堂弟名申春，此后我恭顺勤奋地办事，不分昼夜。只要看到活儿，不管轻重直接去办，无须主人指派，申兰很器重我。白日我与佣人一起劳作，夜间不与佣人歇在一处，无人知道我不是男人。一年多后，我越发勤劳肯干，申兰待我礼敬有加，视我如己出。申兰不论是务农、经商还是到武昌贩卖牲畜，全家的钥匙都委托给我，因此我查验出他柜中半数家产原是我家的财物，也看到了我父亲与丈夫旧时的衣服，我流着泪将这些记下。但申兰与申春，不曾一同离家，我担心抓获一个会惊动另一个，便等了数年。唐顺宗永贞年间重阳节，二贼醉酒，我跑到州府告发二人，趁醉将其抓获。一经审问二人立即认罪伏诛，我收回被盗财物，尽数交还母亲后请辞出家，我师从洪州天宫寺尼姑洞微，她是旧日教导我的人。妙寂乃女流之辈，誓死复仇，承蒙上天相助，梦中得隐语，受您解惑，报了不共戴天之仇，即便我粉身碎骨，也要报答您的恩情。出家人身无长物，唯有虔诚奉佛以报恩情。”李公佐听后惊异，为她作传记。

唐文宗大和庚戌年，陇西李复言游历巴南，与进士沈田在蓬州相会。沈田谈到奇闻逸事，将传记给李复言看，李复言看过一遍就能复述。在记录志怪时，将此事编撰在册。（出《续幽怪录》）

李文敏

唐朝李文敏，被授任广州录事参军。即将到任，遭遇强盗被杀害，沉尸江中，妻子崔氏被俘。李文敏有一五岁的儿子，随母亲被虏去，贼人是广州的都虞候。李文敏的儿子逐渐长大，明习经学，天资聪慧，赴京赶考未中，前往华州。行至渭南县东，他的马受惊狂奔不止。直到晚上，进入一村庄，借宿在这里，李文敏的儿子身着一天净纱汗衫半臂，屋主老妇看到说：“这衣服像是当年夫人送李郎赴任的衣服，你样貌既像李郎，又像他的小娘子。”她拿起衣服细看，发现当年制衣时被灯火烧破的地方，半臂的系带还在她家中，老妇便

以其事对，乃白宫。官乃擒都虞候，絷而诘之，所占一词不谬，乃诛之。而给其物力，令归渭南焉。（出《闻奇录》）

樊宗谅

唐樊宗谅为密州刺史。时属邑有群盗，提兵入邑氓殷氏家，掠夺金帛，杀其父子，死者三人。刺史捕之甚急，月余不获。有钜鹿魏南华者，寓居齐鲁之间，家甚贫，宗谅命摄司法掾。一夕，南华梦数人皆被发，列诉于南华曰："姓殷氏，父子三人，俱无罪而死，愿明公雪其冤。"南华曰："杀汝者为谁？"对曰："某所居东十里，有姓姚者，乃贼之魁也。"南华许诺，惊寤。数日，宗谅谓南华曰："盗杀吾氓，且一月矣，莫穷其迹，岂非吏不奉职乎！尔为司法官，第往验之。"南华驰往，未至，忽见一狐起于路旁深草中，驰入里人姚氏所居。噪而逐者以百数，其狐入一穴中，南华命以锸发之，得金帛甚多，乃群盗劫殷氏财也。即召姚氏子，讯其所自，目动词讷，即收劾之，果盗之魁也。自是尽擒其支党，且十辈。其狐虽匿于穴中，穷之卒无所见也，岂非冤魂之所假欤！时大和中也。（出《宣室志》）

荥阳氏

唐盈州令将之任，夜止属邑古寺。方寝，见老妪，以桐叶蒙其首，伛偻而前。令以拄杖拂其叶，妪俯拾而去，俄亦复来。如是者三，久之不复来矣。

顷有缞裳者，自北户升阶，褰帘而前曰："将有告于公，公无告诉他李文敏遭遇贼寇一事，李文敏的儿子便放弃了科考，径直回家询问母亲，母亲据实陈述当年的事，他将此事报官。官府逮捕了都虞候，将其捆绑审讯，供词与状纸不差分毫，判其处死，判给李文敏的儿子一些财物，让他返回渭南。（出《闻奇录》）

樊宗谅

唐朝樊宗谅任密州刺史。当时他的辖区内有一群盗贼，持兵器闯入城中百姓殷氏家中，夺财后杀害殷家父子，共三人丧生。刺史紧急追捕贼人，一个多月过去了毫无收获。有一钜鹿人名魏南华，暂住在齐鲁一带，家境贫穷，樊宗谅任他代理法掾一职。一日夜间，魏南华梦到数人披散着头发，并排站着对他说："我们姓殷，是父子三人，无辜冤死，愿明公为我们沉冤昭雪。"魏南华说："杀你们的人是谁？"答："我家往东十里，有户人家姓姚，就是贼首。"魏南华应允后惊醒。几日后，樊宗谅对魏南华说："贼人杀害我的百姓，已过去一个多月，若再不能将其逮捕，难道不是官员失职吗？你作为司法官，理应亲自查办此事。"魏南华火速赶往，还未抵达，忽见一只狐狸从路边深草中跳起，跑到姚氏家中。上百人在后面呼喊追赶，那狐狸钻入一洞中，魏南华命人用锹挖洞，挖出诸多财物，正是被盗的殷氏家财。魏南华即刻召来姚家人，审讯财物来源，姚家人眼神飘忽不敢言语。魏南华将其收押查办，姚家人果然是贼首，由此将其党羽尽数缉拿，共十人。那狐狸藏匿洞中，官府加派人力搜查无果，莫非是冤魂借它前来相助！那时正值唐文宗大和年间。（出《宣室志》）

荥阳氏

唐朝盈州县令即将到任，夜晚歇在属地城中古寺。他刚睡下，见一老妇，用桐叶遮着脸，伛偻着上前。县令用拐杖拂掉她面部的桐叶，老妇俯身拾起桐叶离去，很快又折返，如此来回三次，稍久后不再前来。

过了一会儿一身着麻布丧服的人，从北门上台阶，掀帘上前说：

惧焉。”令曰：“是何妖物？”曰：“实鬼也，非妖也，以形容衰瘵，不敢干谒。向者窃令张奶少达幽情，而三遭拄杖之辱，老奶固辞，耻其复进，是以自往哀诉，冀不逢怒焉。某荥阳氏子，严君牧此州，未逾年，钟家祸，乃护丧归洛，夜止此寺。继母赐冶葛花汤，并室妹同夕而毙。张奶将哭，首碎铁锤，同瘗于北墙之竹阴。某陇西先夫人即日诉于上帝，帝敕云：‘为人之妻，已残戮仆妾，为人之母，又毒杀孤婴，居暗室，事难彰明，在天鉴，理宜诛殛。以死酬死，用谢诸孤。’付司命处置讫报。是日，先君复诉于上帝云：‘某游魂不灵，乖于守慎，致令嚣室，害及孤孩，彰此家风，黩于天听，岂止一死，能谢罪名。某三任县令，再剖符竹，实有能绩，以安黎氓。岂图余庆不流，见此狼狈，悠扬丹旐，未越属城。长男既已无辜，孀妇又俾酬死，念某旅榇，难为瘗埋，伏乞延其生命，使某得归葬洛阳，获祔先人之茔阙，某无恨矣。’明年，继母到洛阳，发背疽而卒。上帝谴怒，已至如此，今某即无怨焉。所苦者，被僧徒筑溷于骸骨之上，粪秽之弊，所不堪忍。况妹为厕神姬仆，身为厕神役夫，积世簪缨，一日凌坠，天门阻越，上诉无阶，籍公仁德，故来奉告。”令曰：“吾将奈何？”答曰：“公能发某朽骨，沐以兰汤，覆以衣衾，迁于高原之上，脱能赐木皮之棺，蘋藻之奠，亦望外也。”令曰：“诺，乃吾反掌之易尔。”鬼呜咽再拜，令张奶密召鸾娘子同谢明公。张奶遂至，疾呼曰：“郭君怒晚来轩屏狼藉，已三召矣。”于是缞裳者憧惶而去。

明旦，令召僧徒，具以所告。遂命土工，发溷以求之，三四尺，乃得骸骨，与改瘗焉。

“我有事相告，您莫要害怕。”县令说：“你是什么妖物？”答：“我是鬼，并非妖物，因我身形枯槁，不敢贸然拜谒。此前我请张奶奶代我传达哀情，但她三次被您用拐杖欺侮，感到羞耻不愿再来，我只得亲自前来诉说我的哀戚，望您不要动怒。我是荥阳人，家父曾在此任州牧，不足一年，家祸接踵而至，我送葬返回洛阳，夜宿此寺。继母赏了葛花汤，我与舍妹当晚毙命。张奶奶哀泣，被铁锤打碎头颅，我们被埋在北墙竹林中。家母当日将此事状告天帝，天帝下令：‘她为人妻，残杀奴仆婢妾；为人母，毒杀遗孤，她暗箭伤人，此事真相难明，但天理昭彰，她按律当死，以命抵命，以慰亡灵。’天帝命司命处置她后再报。当日，亡父又上诉天帝：‘我一介游魂，生性慎守持重，以致妾室奸诈，连累孩子，败坏家风，玷污天神的耳目，死不足以谢罪。我曾三次任县令，回想任职期间，稍有政绩，百姓安居乐业。不曾想死后没有善报，狼狈至此，丹旐（旧时出丧所用的红色铭旌）飘扬，尸骨还未出属地。长子就无辜离世，遗孀又被赐死，望您念在我尸骨尚未还乡，无法安葬，请天帝延长妾室的寿数，让我魂归洛阳，与先祖葬在一起，如此再无遗憾。’第二年，我继母返回洛阳，背上生疮而死。天帝的谴责，已有结果，如今我再无遗憾。难过的是，我们的尸骸被僧徒用秽物玷污，简直让我难以忍受。且舍妹是厕神婢妾，我身为厕神仆役，我在世时家世显贵，一朝门庭寥落，难以进入天门，上诉无路，得知您宽厚仁德，所以特来奉告。”县令说：“我该怎么做才能帮你？”答：“您可否挖出我们的尸骨，用香汤清洗，盖上衣被，迁至高地，赐我们棺木，供奉苹与藻（泛指祭品），便是再好不过了。”县令说：“好，此事易如反掌。”鬼抽泣拜谢，请张奶奶召鸾娘子一同拜谢明公。张奶奶急切赶来呼喊道：“郭君因晚间见家中脏乱而动怒，已召您三次了。”于是麻布之人仓皇离去。

第二日，县令召集僧徒，详细说了昨晚的事，命土工铲除秽物，挖到三四尺深时发现尸骨，并为其改葬。

卷第一百二十九 报应二十八婢妾

王济婢

晋王济侍者，常于闺中就婢取济衣物，婢遂欲奸之。其人云："不敢。"婢言："若不从我，我当大叫。"此人卒不肯。婢遂呼云："某甲欲奸我。"济即令杀之，此人具陈说，济不信，故牵将去。顾谓济曰："枉不可受，要当讼府君于天。"济乃病，忽见此人语之曰："前具告实，既不见理，便应去。"济数日而死。（出《还冤记》）

王范妾

晋富阳县令王范妾桃英，殊有姿色，遂与阁下丁丰、史华期二人奸通。范当出行不还，帐内督孙元弼闻丁丰户中有环佩声，觇视，见桃英与同被而卧，元弼扣户叱之。桃英即起，揽裙理鬓，蹑履还内。元弼又见华期带佩桃英麝香。二人惧元弼告之，乃共谤元弼与桃英有私，范不辩察，遂杀元弼。有陈超者，当时在座，劝成元弼罪。后范代还，超亦出都看范，行至赤亭山下。值雷雨日暮，忽然有人扶超腋，径曳将去，入荒泽中。雷光照见一鬼，面甚青黑，眼无瞳子，曰："吾孙元弼也。诉怨皇天，早见申理，连时候汝，乃今相遇。"超叩头流血。鬼曰："王范既为事主，当先杀之。贾景伯、孙文度在泰山玄堂下，共定死生名录。桃英魂魄，亦取在女青亭。"至天明，失鬼所在。超至杨都诣范，未敢谢之，便见鬼

王济婢

晋朝王济的侍从，常进内室从婢女处取王济的衣物，于是那婢女动了与其私通的心思。侍从说：“我不敢。”婢女说：“你若不肯，我将喊人来。”侍从始终不肯，婢女高声呼喊道：“这人意图奸污我。”王济命人将侍从处死，侍从向王济详细解释了事情经过，王济不信，命人将侍从带走。侍从回头对王济说：“我不能平白蒙冤，理当在冥府状告府君。”此后王济患病，忽然看到侍从对他说：“此前我据实相告，你却不理睬，今日你将受报应去世。”王济几日后病死。（出《还冤记》）

王范妾

晋朝富阳县令王范妾室桃英，天姿国色，与王范的门客丁丰、史华期通奸。王范在外办事没有回来，帐内督孙元弼听到丁丰的屋中传出环佩撞击声，到近前窥探，看到桃英与丁丰躺在一处，孙元弼敲门闯入呵斥二人。桃英立刻起身，揽着裙子整理发髻踩着鞋回屋。孙元弼还看到史华期还佩带着桃英的麝香香囊。丁丰、史华期二人害怕孙元弼告发他们，便一起诽谤孙元弼与桃英有私情，王范未经审查，错杀孙元弼。有一人名陈超，当时在场，帮腔说孙元弼有罪。此后王范回京述职，陈超出城探望王范，行至赤亭山下。时值雷雨季末，忽然有人驾着陈超腋下将他拽走，拖进荒泽。雷电照射下看见一张鬼脸，面色青黑，双目无瞳仁，鬼对他说：“我是孙元弼，我在天界申冤，早已沉冤昭雪，在此等你多时，今日终于相遇了。”陈超叩首求饶，直至头破血流，鬼说：“王范是此事主谋，理当先处死他。贾景伯、孙文度在泰山玄堂下，共同商定了死者的名单，桃英的魂魄，从外来，径入范帐。至夜，范始眠，忽然大魇，连呼不醒，家人牵青牛临范上，并加桃人左索。向明小苏，十数日而死，妾亦暴亡。超乃逃走长干寺，易姓名为何规。后五年二月三日，临水酒酣，超云："今当不复畏此鬼也。"低头，便见鬼影已在水中，以手博超，鼻血大出，可一升许，数日而死。（出《冥报志》）

宋宫人

宋少帝子业常使妇人裸形相逐。有一女子不从，命斩之。其夜，梦有一女子骂曰："汝悖逆，明年不及熟矣。"帝怒，于宫中求得似梦见者，斩之。其夕，复梦所戮者曰："汝枉杀我，我已诉上帝，集群巫与六宫捕鬼。"帝寻被杀。（出《广古今五行记》）

金荆

后魏末，嵩阳杜昌妻柳氏甚妒。有婢金荆，昌沐，令理发，柳氏截其双指。无何，柳被狐刺，螫指双落。又有一婢，名玉莲，能唱歌，昌爱而叹其善。柳氏乃截其舌。后柳氏舌疮烂，事急，就稠禅师忏悔。禅师已先知，谓柳氏曰："夫人为妒，前截婢指，已失指。又截婢舌，今又合断舌。悔过至心，乃可以免。"柳氏顶礼求哀，经七日，禅师大张口咒之，有二蛇从口出，一尺以上，急咒之，遂落地，舌亦平复。自是不复妒矣。（出《朝野佥载》）

也在女青亭被收取。”天亮后，鬼消失不见。陈超到杨都见王范，没敢将此事告诉王范，忽然他看到鬼从外面进来，径直走入王范帐中。入夜，王范刚睡下，急然梦魇，惊叫不醒，家人把青牛牵到王范身边，并在王范左手绑上桃木人。如此直至天明王范才稍微苏醒，十几日后王范去世，他的妾室也暴毙了。陈超逃往长干寺，改名为何规。五年后的二月三日，陈超在水边饮酒正酣，陈超说：“如今我不再害怕那鬼了。”他低头，看到鬼影在水中用手抓他，陈超鼻血喷涌，大约流出一升多，几日后去世。（出《冥报志》）

宋宫人

南朝宋新帝刘子业常令女子赤身裸体互相追逐玩乐。有一女子不从，刘子业下令将那女子斩杀。那晚，刘子业梦到一女子呵斥他：“你违反正道，活不到明年庄稼成熟的时候。”刘子业震怒，在宫中寻得长相与梦中女子相近的人，将其斩杀。那晚，刘子业又梦到被杀之人说：“你枉害我性命，我已向天帝上诉。”刘子业召集数名巫士在六宫捉鬼。不久刘子业被杀死。（出《广古今五行记》）

金荆

后魏末年，嵩阳杜昌的妻子柳氏善妒。家中一婢女名金荆，杜昌沐浴后，命金荆为他梳理头发，柳氏便截下金荆的两根手指。不久柳氏被野蜂蜇了两个手指头，这两个手指头都烂掉了。另有一婢女，名玉莲，善唱歌，杜昌欣赏她并赞叹她的才华。柳氏就割掉玉莲的舌头，此后柳氏舌头生疮溃烂，病情逐渐严重，柳氏到稠禅师处忏悔，稠禅师早已得知此事，对柳氏说：“夫人因忌妒，先截断婢女的手指，自己也没了手指。后又割了婢女的舌头，自己也烂了舌头。您若诚心忏悔，才能免罪。”柳氏叩首行大礼哀求，七日后，稠禅师让柳氏把嘴张大，对她念咒，两条蛇从她口中爬出，蛇长一尺多，接着稠禅师快速念咒，两条蛇掉落在地，柳氏的舌头恢复如初。此后，柳氏不再因忌妒害人了。（出《朝野佥载》）

杜嶷妾

梁襄阳杜嶷新纳一妾，年貌兼美，宠爱特甚。妾得其父书，倚帘读之。嶷外还，而妾自以新来，羞以此事闻嶷，因嚼吞之。嶷谓是情人所寄，遂命剖腹取书。妾气未断，而书已出，嶷看讫，叹曰：“吾不自意，忽忽如此，伤天下和气，其能久乎？”其夜见妾诉冤，嶷旬日而死。（出《广古今五行记》）

后周女子

后周宣帝在东宫时，武帝训督甚严，恒使宦者成慎监察之，若有纤毫罪失而不奏，慎当死。于是慎常陈太子不法之事，武帝杖之百余。及即位，顾见髀上杖瘢，问及慎所在。慎于时已出为郡，遂敕追之，至便赐死。慎奋厉曰：“此是汝父为，成慎何罪？悖逆之余，滥以见及，鬼若有知，终不相放。”于时宫掖禁忌，相逢以目，不得转共言笑，分置监官，记录愆罪。左皇后下有女子欠伸泪出，因被劾，谓有所思，奏使敕拷讯之。初击其头，帝便头痛，更击之，亦然。遂大发怒曰：“此冤家耳。”乃使拉折其腰，帝复腰痛。其夜出南宫，病渐重，明旦还，腰痛不得乘马。御车而归，所杀女子之处，有黑晕如人形，时谓是血，随刷之，旋复如故，如此再三。有司掘除旧地，以新土填之，一宿之间如故。因此七八日，举身疮烂而崩，及初下尸，诸局脚床，牢不可脱，唯此女子所引之床，独是直脚，遂以供用，盖亦鬼神之意焉。帝崩去成慎死，仅二十许日焉。（出《还冤记》）

杜嶷妾

南朝梁襄阳杜嶷新纳一妾室，年轻貌美，杜嶷对她宠爱有加。妾室收到父亲的书信，倚帘看信，杜嶷从外面回来，妾室想自己刚过门，羞于将家书告诉杜嶷，便将信放入口中咽下。杜嶷误以为信是妾室的情人寄来的，命人剖开妾室腹部取信。妾室尚留一息时，信已取出，杜嶷看罢，叹息道："杀你绝非我本意，是我气急糊涂，今日伤了你我的和气，我们如何长相厮守？"当晚杜嶷见妾室向他诉冤，十日后杜嶷去世。（出《广古今五行记》）

后周女子

后周宣帝尚为东宫太子时，周武帝对他的训诫督管甚是严格，一直派宦官成慎监察，若太子有丝毫过失成慎隐瞒不奏，成慎将被处死。由此成慎常禀奏太子做的违法乱纪之事，周武帝杖责太子百余次。太子继位后，看到自己腿上杖责留下的疤痕，打听成慎在哪里。此时成慎已出任地方郡守，周宣帝召回成慎，成慎回京后被处死。成慎厉声大喊道："过去的事是我奉你父亲之命，我何罪之有？你违背正道，滥用刑罚，我的鬼魂若死后有知，定不会放过你。"当时宫中禁令森严，大家迎面碰上只能用眼神相互示意，不得谈笑，还在各处设置监察官，记录宫中违禁之事。左皇后手下一女子打哈气流出眼泪，被弹劾，说她此行暗含深意，奏使领命拷打审讯她。起初击打她的头部，皇帝就会头痛，继续打，皇帝依旧感到疼痛。皇帝震怒道："这人是朕的冤家。"派人将其拖走拦腰斩杀，皇帝也开始腰痛。当晚皇帝趁夜出了南宫，病情逐渐严重，第二日清晨皇帝返回，腰痛得不能骑马，只得乘车。斩杀那女子的地方，地面上有黑影状如人形，当时以为是血污，冲刷干净后不久黑影又恢复如初，黑影如此反复出现。专司挖除那处的地面，填上新土，一夜后黑影还是恢复如初。如此七八日后，皇帝全身疮烂驾崩。搬动尸体时，很多床脚都是固定的，不能挪动，唯独那女子的床，床脚是单独的，便用了她的床。此事大概也是鬼神授意，皇帝驾崩距成慎被处死仅隔二十多日。（出《还冤记》）

张公瑾妾

唐魏郡马嘉运，以贞观六年正月居家。日晚出大门，忽见两人各捉马一匹，先在门外树下立，嘉运问是何人，答云："东海公迎马生耳。"嘉运素有学识，知名州里，每台使及四方贵客多请见之，及是弗复怪也。谓使者曰："吾无马。"使者进马，嘉运即于树下上马而去，其身倒卧于树下也。

俄至一官曹，将入大门，有男女数十人，门外如讼者。有一妇人，先与嘉运相识，是同郡张公瑾妾，姓元氏，手执一纸文书，迎谓嘉运曰："马生尚相识否？昔张总管交某数相见，总管无状，非理杀我，我诉天曹，于今三年，为王天主救护公瑾，故常见抑，今乃得申。官已追之，不久将至。疑我独见枉害，马生那亦来耶？"嘉运先知元氏被杀，及见方自知死。使者引入门，门者曰："公眠未可谒，宜可就霍司刑。"乃益州行台郎中霍璋也，见嘉运延坐，曰："此府记室官阙，东海公闻君才学，欲屈为此官耳。"嘉运曰："贫守妻子，不愿为官，得免幸甚。"璋曰："若不能作，自陈无学，君当有相识，可举令作。"俄有人来云："公眠已起。"引嘉运入，见一人在厅事坐，肥短黑色，呼嘉运前，谓曰："闻君才学，欲屈为记室耳，能为之乎？"嘉运拜谢曰："幸甚！但鄙夫田野，颇以经业教授后生，不足以当记室之任耳。"公曰："识霍璋否？"答曰："识之。"因使召璋，问以嘉运才术，璋曰："平生知其经学，不见作文章。"公曰："谁有文章者？"嘉运曰："有陈子良者，解文章。"公曰："放马生归。"即命追子良。嘉运辞去，璋与之别。嘉运问曰："向见张公瑾妾，所言天主者为谁？"璋曰："公瑾乡人王五戒者，死为天主，常救公瑾，故得到今，今已不免矣。"言毕而别，遣使者送嘉运至一小涩道，指令由此路归。其年七月，绵州人姓陈子良暴死，经宿而苏，自言见东海公，用为记室，辞不识文

张公瑾妾

唐朝魏郡马嘉运，于唐太宗贞观六年正月住在家中。晚间出家门，忽然看到有两人各自牵着一匹马，站在门外树下，马嘉运问二人是谁，答道："东海公派我二人迎接马先生。"马嘉运学识渊博，闻名州中，台使及四方宾客邀他会面的很多。遇上这事马嘉运也没觉得奇怪。他对使者说："我没有马。"使者献上自己的马，马嘉运在树下骑马离开，但身体倒在树下。

很快马嘉运到了一官府，将要进府门，看到男女数十人，像是要上诉。其中一妇人，早先与马嘉运相识，是同郡张公瑾的妾室，姓元，她手执一状纸，迎着马嘉运说："马先生可还记得我？我曾随张总管见过您数次，总管罪大恶极，无故害我性命，我上诉天曹，至今已三年，一直是王天主救护张公瑾。所以压着此案不办，今日才得以申冤。官差已前去捉拿张公瑾，很快他就到了。我以为只我一人被枉害，不承想马先生也来了此处。"马嘉运此前知道元氏被杀一事，见到她后，才知自己已不在人世。使者引马嘉运进门，守门人说："主公还未睡醒，可先去见霍司刑。"霍司刑是益州行台郎中霍璋，他见到马嘉运，就请他就坐，说："府衙缺记室官，东海公听闻您颇有才学，想您屈就担任此官。"马嘉运说："我宁愿守着妻子贫苦度日，不愿做官，愿我有幸逃过此难。"霍璋说："若你不能任职，须得承认自己没有才能，您理当有知道的合适人选，可推举他前来任职。"很快有人来报："主公已醒。"带马嘉运进入，见一人坐在厅中，肥胖矮小，肤色青黑，那人叫马嘉运上前，对他说："听闻您博学多才，想委屈您任记室官，您能胜任吗？"马嘉运拜谢道："受您赏识我荣幸之至，但鄙人一介山野村夫，只懂教授学生经文典籍，不足以任记室官。"主公说："您认识霍璋吗？"马嘉运说："认识。"于是差人召霍璋，问他马嘉运的才学水平。霍璋说："平时只知他学问高深，尚未拜读过他的文章。"主公说："谁的文章做得好？"马嘉运说："有人名陈子良，擅长做文章。"主公说："放马先生回去。"随即命人带陈子良来。马嘉运辞去，霍璋与他告别，马嘉运问："刚才看到张公瑾的妾字。别有是人陈子良卒，公瑾亦亡。

至贞观中，车驾在九成宫，闻之，使中书侍郎岑文本就问其事，文本录以奏云尔。嘉运后为国子博士，卒官。（出《冥报记》）

范略婢

唐贞观中，濮阳范略妻任氏，略先幸一婢，任以刀截其耳鼻，略不能制。有顷，任有娠，诞一女，无耳鼻。女年渐大，其婢仍在，女问婢，具说所由。女悲泣，以恨其母。母深有愧色，悔之无及。（出《朝野佥载》）

胡亮妾

唐广州化蒙县丞胡亮从都督周仁轨讨僚，得一首领妾，幸之，将至县。亮向府不在，妻贺氏，乃烧钉烙其双目，妾遂自缢死。后贺氏有娠，产一蛇，两目无睛。以问禅师，师曰："夫人曾烧钉烙一女妇眼，以夫人性毒，故为蛇报。此是被烙女妇也，夫人好养此蛇，可以免难，不然，祸及身矣。"贺氏养蛇，一二年渐大，不见物，唯在衣被中，亮不知也。发被见蛇，大惊，以刀斫杀之。贺氏两目俱枯，不复见物，悔无及焉。（出《朝野佥载》）

室，她所说的天主是谁？”霍璋说：“是张公瑾的同乡名王五戒，死后任天主，常庇护张公瑾，所以张公瑾才能活到今日，但今日他死罪难逃。”说罢离去，派人送马嘉运到一条窄小曲折的小道上，指着前方让他沿这条路回去。那年七月，绵州人陈子良暴毙，一夜后苏醒，醒后说自己见了东海公，东海公命他任记室，他推辞自己不识字。还有其他名陈子良的人去世了，张公瑾也去世了。

贞观中年，皇帝驾临九城宫，听闻此事，派中书侍郎岑文本打听此事，陈文本将其记录并上奏。马嘉运后来任国子博士，任职期间去世。（出《冥报记》）

范略婢

唐太宗贞观年间，濮阳范略有妻任氏，范略曾宠幸一婢女，任氏用刀割了婢女的耳朵和鼻子，范略没能制止此事。不久，任氏怀孕，诞下一女，生来没有耳朵和鼻子。此女逐渐长大，那婢女仍活着，任氏的女儿问那婢女为何没有耳朵鼻子，婢女详尽地说了缘由。任氏的女儿悲泣，痛恨自己的母亲，她的母亲深感惭愧，悔之不及。（出《朝野佥载》）

胡亮妾

唐朝广州化蒙县丞胡亮，随都督周仁轨讨伐僚人（汉唐时西南地区少数民族），俘虏一敌军首领的妾室，胡亮宠幸了她，将她带回县里。某日胡亮前往府衙不在家，他的妻子贺氏用炙烤过的铁钉烙瞎了妾室的双眼，妾室因此上吊自杀。后来贺氏怀孕，诞下一蛇，双眼无眼珠，她请教禅师此事，禅师说：“夫人曾用炙烤过的铁钉烙瞎一妇人的双眼，因夫人手段狠辣，她化成蛇报复您，此蛇是被您烙瞎双眼的妇人，夫人若好生饲养此蛇，可免危除难，否则，将大祸临头。”贺氏养着那蛇，一两年后蛇逐渐长大，因蛇看不到外界，只得藏在衣被中，胡亮不知此事。他掀开被子看到蛇，受了惊吓，挥刀将蛇斩杀。此后贺氏双眼干枯失明，追悔莫及。（出《朝野佥载》）

梁仁裕婢

唐梁仁裕为骁卫将军，先幸一婢。妻李氏，甚妒而虐，缚婢击其脑。婢号呼曰："在下卑贱，制不自由，娘子锁项，苦毒何甚！"婢死后月余，李氏病，常见婢来唤。李氏头上生四处瘴疽，脑溃，昼夜鸣叫，苦痛不胜，数月而卒。（出《朝野佥载》）

张景先婢

唐荆州枝江县主簿夏荣判冥司。县丞张景先宠一婢，其妻杨氏妒之。景出使不在，妻杀婢，投之于厕。景至，绐之曰："婢逃矣。"景以妻酷虐，不问也。婢讼之于荣，荣追对之，问景曰："公夫人病困。"说形状，景疑其有私也，怒之。荣曰："公夫人枉杀婢，投于厕，今见推勘，公试问之。"景悟，问其妇。妇病甚，具首其事。荣令厕内取其骸骨，香汤浴之，厚加殡葬。婢不肯放，月余日而卒。（出《朝野佥载》）

李训妾

唐左仆射韦安石女，适太府主薄李训。训未婚以前，有一妾，成亲之后，遂嫁之，已易两主。女患传尸瘦病，恐妾厌祷之。安石令河南令秦守一捉来，榜掠楚苦，竟以自诬，前后决三百以上，投井死。不出三日，其女遂亡，时人咸以为冤魂之所致也。安石坐贬蒲州，太极元年八月卒。（出《朝野佥载》）

梁仁裕婢

唐朝梁仁裕任骁卫将军，他宠幸一婢女。他的妻子李氏嫉恨并虐待那婢女，将其捆住击打其头部。婢女呼喊道："在下身份卑贱，身不由己，娘子勒着我的脖颈，何其残忍？"婢女死后月余，李氏患病，常听到那婢女唤她。李氏头部长出四处恶疮，大脑溃烂，昼夜哀号，痛苦不堪，数月后病死。（出《朝野佥载》）

张景先婢

唐朝荆州枝江县主簿夏荣，在冥府有司当差。县丞张景先宠爱一婢女，其妻子杨氏记恨在心。张景先在外出使，妻子杀害婢女，抛尸茅厕。张景先返回后，妻子欺骗他说："婢女逃走了。"张景先因妻子性情残暴，便没有多问。婢女将冤情状告到夏荣处，夏荣追查核实此事，问张景先道："您的妻子是否沉疴难起？"并说了他妻子的症状，张景先疑心夏荣与妻子有私情，气愤不满。夏荣说："您的妻子枉害婢女性命，抛尸茅厕，如今我因公调查此事，请您向她问出实情。"张景先恍然大悟，问妻子此事。妻子病重，对他详述了事情的经过。夏荣差人从茅厕找出婢女的尸骸，用有香味的水清洗干净，厚葬了她。但婢女不愿饶恕杨氏，月余后杨氏病亡。（出《朝野佥载》）

李训妾

唐朝左仆射韦安石之女，嫁与太府主簿李训。二人结婚前，李训有一妾室，成婚后，李训将妾室外嫁，此时妾室已两次嫁为人妻。韦安石之女患传尸（中医称肺结核症），身形枯槁，韦安石担心是李训的妾室借巫术祈祷鬼神诅咒女儿，导致女儿患病。于是韦安石让河南令秦守一抓了妾室来鞭笞折磨，妾室被屈打成招。韦安石共打了妾室三百多下，最后将其投井致死。事后三日不到，韦安石之女去世，当时人都认为是冤魂索命。后来韦安石违法被贬蒲州，死于唐睿宗太极元年八月。（出《朝野佥载》）

花 严

唐王弘，冀州衡水人，少无赖，告密罗织善人。曾游河北赵定，见老人每年作邑斋，遂告杀二百人，授游击将军，俄除侍御史。时有告胜州都督王安仁者，密差弘往推，索大枷夹颈，安仁不承伏，遂于枷上斫安仁死，便即脱之，其男从军，亦擒而斩之。至汾州，与司马毛公对食，须臾喝下，斩取首，百姓震悚。后坐诬枉，流雷州，将少姬花严，素所宠也。弘于舟中，伪作敕追，花严谏曰："事势如此，何忍更为不轨乎？"弘怒曰："此老妪欲败吾事！"缚其手足，投之于江，船人救得之，弘又鞭二百而死，埋于江上。俄而伪敕发，御史胡元礼推之，锢身领回，至花严死处，忽云："花严来唤对事。"左右皆不见，唯弘称叩头死罪，如授枷棒之声，夜半而卒。（出《朝野佥载》）

晋阳人妾

唐牛肃舅之尉晋阳也。县有人杀其妾，将死言曰："吾无罪，为汝所杀，必报。"后数年，杀妾者夜半起，至母寝门呼，其母问故，其人曰："适梦为虎所啮，伤至甚，遂死。觉而心悸，甚惊恶，故启之。"母曰："人言梦死者反生，梦想颠倒故也，汝何忧？然汝夜来未饭牛，亟饭之。"其人曰："唯。"暗中见物，似牛之脱也，前执之，乃虎矣。遂为所噬，其人号叫竟死。虎既杀其人，乃入院，至其房而处其床，若寝者。其家伺其寝，则闭鐷其门而白于府。季休光为留守，则使取之。取者登焉，破其屋，攒矛以刺之，乃死。舅方为留守判官，得其头，漆之为枕。至今时人以虎为所杀之妾也。（出《纪闻》）

花 严

唐朝王弘，冀州衡水人，自幼无赖，常诬告构陷良善之人。他曾游经河北赵定，见一老人每年在城中施斋，诬告老人谋杀两百人，官府嘉奖他，授任他游击将军，不久升任侍御史。当时有人状告胜州都督王安仁，私下差王弘前往查办，王弘用巨型枷锁铐着王安仁的脖颈，王安仁拒不认罪，他便将其砍死在枷锁上，将枷锁拆下处理掉尸首，王安仁之子在军中，也被擒获斩首。王弘至汾州，与司马毛公对坐用餐，不一会儿呵退左右，斩下司马毛公的首级，百姓震惊惶恐。后来王弘被定栽赃陷害之罪，流放雷州，流放途中还带着一位年轻漂亮的女子，名花严，素来受宠。王弘在舟中伪造圣旨，花严劝谏道："事已至此，何必再为非作歹？"王弘怒斥道："这老妇想坏我好事。"于是捆住花严的手足，将其沉江，船夫救下花严，花严又被王弘两百鞭打死，埋于江岸。很快伪造圣旨一事败露，御史胡元礼查办此事，禁锢押送王弘，行至花严去世处，王弘忽然说："花严前来召我对质。"身边人未见有人出现，唯独王弘直喊叩首谢死罪，其间传来被枷与杖击打的声音，夜半王弘就死了。（出《朝野佥载》）

晋阳人妾

唐朝牛肃的舅父任晋阳县尉。县里有人杀了自己的妾室，妾室临死时说："我无罪，被你枉害，定将寻仇。"此后数年，杀妾者夜半惊起，在他母亲寝室门前大呼，他母亲问他何故如此，那人说："刚才梦到被老虎啃咬，重伤而死，醒后心悸，很是惊慌，所以特来相告。"母亲说："人们传言梦到死反而预示着活，梦与现实是相反的，你何必担忧？但你晚上没有喂牛，快去喂它。"那人说："行。"他于漆黑中看到一物什，隐约是牛逃脱了，上前捉牛，才见那物原是虎，那人被虎啃咬，号叫着死去。老虎咬死那人，进入院中，走入那人房中躺在床上，状如睡觉。他的家人等到没有动静后，锁紧房门禀报官府。季休光任留守，派官差前去捉虎，官差到后，破屋而入，举矛刺虎，虎被刺死。牛肃的舅父正任留守判官，得到虎头，封上漆制成枕头。时至今日人们都认为那虎是被谋害的妾室。（出《纪闻》）

卷第一百三十　报应二十九婢妾

窦凝妾

唐开元二十五年，晋州刺史柳涣外孙女博陵崔氏，家于汴州。有扶风窦凝者，将聘焉，行媒备礼。而凝旧妾有孕，崔氏约遣妾后成礼。凝许之，遂与妾俱之宋州，扬舲下至车道口宿，妾是夕产二女，凝因其困羸毙之，实沙于腹，与女俱沉之。既而还汴，绐崔氏曰："妾已遣去。"遂择日结亲。后一十五年，崔氏产男女数人，男不育，女二人，各成长。

永泰二年四月，无何，几上有书一函。开见之，乃凝先府君之札也。言："汝枉魂事发，近在期月，宜疾理家事，长女可嫁汴州参军崔延，幼女嫁前开封尉李驲，并良偶也。"凝不信，谓其妻曰："此狐狸之变，不足征也。"更旬日，又于室内见一书："吾前已示汝危亡之兆，又何颠倒之甚也。"凝尚犹豫，明日，庭中复得一书，词言哀切，曰："祸起旦夕。"凝方仓惶，妻曰："君自省如何？宜禳避之。"凝虽秘之，而实心惮妾事。

五月十六日午时，人皆休息，忽闻扣门甚急。凝心动，出候之，乃是所杀妾，盛妆饰，前拜凝曰："别久安否？"凝大怖，疾走入内隐匿，其鬼随踵至庭，见崔氏。崔氏惊问之，乃敛容自叙曰："某是窦十五郎妾。凝欲娶娘子时，杀妾于车道口，并二女同命。但妾无负凝，而凝枉杀妾，凝欲娶妻，某自屏迹，奈何忍害某性命，以至于此。妾以贱品，十五余年，诉诸岳渎，怨气上达，闻于帝

窦凝妾

唐玄宗开元二十五年，晋州刺史柳涣的外孙女博陵崔氏，家住汴州。扶风窦凝欲娶其为妻，备下聘礼请媒人提亲。窦凝妾室已怀有身孕，崔氏与窦凝婚前说定，窦凝须休了妾室才能成亲，窦凝应允。他与妾室同去宋州，乘小舟顺流行至车道口，上岸住宿，当晚妾室诞下两女婴，窦凝趁妾室疲乏羸弱将其杀害，在尸体腹中填上沙石连同女婴一并沉江。事后返回汴州欺瞒崔氏道："已休了妾室。"二人择日完婚，婚后十五年，崔氏诞下数名男婴和女婴，但男婴尽数夭折，唯独两女婴存活。

直到唐代宗永泰二年四月，此前一直相安无事，忽有一日案几上出现一书信，拆信看后，原是窦凝亡父的手书，其上书："你枉害人命的事已被告发，几月之内，应尽快处理好家事，长女可嫁与汴州参军崔延，幼女可嫁与开封尉李驲，这都是佳偶良配。"窦凝不信，对妻子说："这都是狐狸精的妖术，无须相信。"过了十日，他在屋中又发现一书信，上书："我先前已警示你危亡之兆，你何故如此糊涂。"窦凝游移不定，第二日，在院中又发现一封书信，言辞恳切，上书："大祸临头。"窦凝这才惊慌失措，妻子说："您自行思索一番往事，应驱邪避难。"窦凝虽隐瞒了妾室的事，但心中很是恐惧。

五月十六日午时，众人休息时，他忽听一阵急促的敲门声，窦凝心悸，开门看，是被他杀害的妾室，妾室衣着华美，上前行礼道："别来无恙。"窦凝惊惧，仓皇跑入屋中藏匿，妾室鬼魂跟着走进庭院，见到崔氏。崔氏惊讶地询问，鬼魂端正神情自述道："我是窦十五郎的妾室。窦凝欲娶娘子，将我谋害在车道口，还有我的两个女儿，我未曾对不起他，但他枉害我性命，他若想娶妻，我可自行离去，何必庭。上帝降鉴，许妾复仇，今来取凝，不干娘子，无惧也。”崔氏悲惶请谢：“愿以功德赎罪，可乎？”鬼厉色曰：“凝以命还命足矣，何功德而当命也？譬杀娘子，岂以功德可计乎！”词不为屈，乃骂凝曰：“天网不漏，何用狐伏鼠窜！”便升堂擒得凝，而啮咬掐捩，宛转楚毒，竟日而去，言曰：“汝未虑即死，且可受吾能事耳。”如是每日辄至，则啖嚼支体，其鬼或奇形异貌，变态非常，举家危惧，而计无从出，并搏二女，不堪其苦。

于时有僧昙亮，颇善持咒。凝请之，置坛内阁，须臾鬼至，不敢升阶。僧让之曰：“鬼道不合干人，何至是耶！吾召金刚，坐见糜碎。”鬼曰：“和尚事佛，心合平等，奈何掩义隐贼。且凝非理杀妾，妾岂干人乎？上命照临，许妾仇凝，金刚岂私杀负冤者耶！”言讫登阶，擒凝如初。崔氏令僧潜求聘二女，鬼知而怒曰：“和尚为人作媒，得无怍乎！”僧惭而去。后崔氏李氏聘女遁逃，而鬼不追，乃言曰：“吾长缚汝足，岂能远耶！”数年，二女皆卒。凝中鬼毒，发狂，自食支体，入水火，啖粪秽，肌肤焦烂，数年方死。崔氏于东京出家。众共知之。（出《通幽记》）

严武盗妾

唐西川节度使严武，少时仗气任侠。尝于京城，与一军使邻居，军使有室女，容色艳绝。严公因窥见之，乃赂其左右，诱至宅。月余，遂窃以逃，东出关，将匿于淮泗间。军使既觉，且穷其迹，如此残害我，到这个地步。我出身低微，十五年来将冤情讼于五岳四渎，怨气惊动天帝。天帝垂察，许我复仇，今日来取窦凝性命，此事与娘子无关，莫要害怕。”崔氏悲伤惶恐，谢罪道：“我愿行善积德来赎罪，可以吗？”鬼魂厉声道：“窦凝偿命便可，什么功德能比过人命？假如娘子被人杀害，难道能以功德抵债！娘子所言理屈。”转而责骂窦凝道：“天网恢恢，疏而不漏，何必雉伏鼠窜。”鬼魂进入厅堂擒住窦凝，啃咬掐扭，将其折磨了一整日才离去，临走时说：“你无须担心自己即刻便会去世，我要尽我所能让你吃尽苦头。”此后鬼魂每日都来，啃咬窦凝的躯体，鬼魂形貌怪异，变化无常，窦凝一家恐惧不安，又无计可施，鬼魂还殴打窦凝的两个女儿，二女痛苦不堪。

当时有僧人名昙亮，擅长念咒。窦凝请他前来，在内室设法坛，不久鬼魂到了，不敢登上台阶。僧人斥责道：“鬼魂不应干扰人间秩序，你来此做什么！我召来金刚，将你化为齑粉。”鬼魂说：“僧人理佛，应有等量齐观之心，为何不顾真理包庇贼人，窦凝枉害我性命，一命还一命我哪里干扰人间秩序？天帝垂察，许我向窦凝寻仇，金刚难道要私自杀害含冤而死之人！”言罢，鬼魂登上台阶，像往常一般擒住窦凝。崔氏请僧人偷偷将两个女儿嫁人，鬼魂知道后怒斥道：“僧人你为她们做媒，心中不觉愧疚吗？”僧人惭愧辞去。后来崔氏、李氏迎娶窦凝的两个女儿并带她们逃走，鬼魂没有追赶，却说：“我一直束缚着你们的双脚，你们岂能走远！”数年后，二女去世。窦凝中鬼毒，癫狂失常，自己啃食自己的肢体，穿行水火，食用粪便，最终肌肤焦烂，数年后去世。崔氏于东京出家。此事人所共知。（出《通幽记》）

严武盗妾

唐朝西川节度使严武，年少时恣意妄为。曾居京城与一军使为邻，军使有一女儿待字闺中，姿容绝艳。严武窥见女子芳容后，收买其身边人，将其诱骗到自己家中。月余后，带女子私奔，东行出关，藏匿于淮泗一带。此时军使已察觉此事，对他们穷追不舍，并审查严武亦讯其家人，乃暴于官司，亦以状上闻。有诏遣万年县捕贼官专往捕捉。捕贼乘递，日行数驿，随路已得其踪矣。严武自巩县，方雇船而下，闻制使将至，惧不免，乃以酒饮军使之女，中夜乘其醉，解琵琶弦缢杀之，沉于河。明日制使至，搜捕严公之船，无迹乃已。

严公后为剑南节度使，病甚。性本强，尤不信巫祝之类，有云云者，必罪之。忽一日亭午，有道士至衙门，自云从峨眉山来，欲谒武。门者初不敢言，道士声厉，不得已，遂进白。武亦异之，引入，见道士至阶呵叱，若与人论难者，良久方止。寒温毕，谓武曰："公有疾，灾厄至重，冤家在侧，公何不自悔咎，以香火陈谢，奈何反固执如是！"武怒不答。道士又曰："公试思之，曾有负心杀害人事否？"武静思良久，曰："无。"道士曰："适入至阶前，冤死者见某披诉。某初谓山精木魅，与公为祟，遂加呵责。他云，上帝有命，为公所冤杀，已得请矣。安可言无也？"武不测，且复问曰："其状若何？"曰："女人年才十六七，项上有物是一条，如乐器之弦。"武大悟，叩头于道士曰："天师诚圣人矣。是也，为之奈何？"道士曰："他即欲面见公，公当自求之。"

乃令洒扫堂中，撤去余物，焚香于内，乃舁武于堂门内，遣清心，具衫笏，留小僮一人侍侧。堂门外东间，有一阁子，亦令洒扫垂帘，道士坐于堂外，含水喷噀，又以柳枝洒地却坐，瞑目叩齿。逡巡，阁子中有人吁嗟声，道士曰："娘子可出。"良久，见一女子被发，项上有琵琶弦，结于咽下，褰帘而至。及堂门，约发于后，向武拜。武见惊惭甚，且掩其面。女子曰："公亦太忍，某从公，是某之失行，于公则无所负。公惧罪，弃某于他所即可，何忍见杀。"武悔谢良久，兼欲厚以佛经纸缗祈免，道士亦恳为之请。女子曰：

家人，将此事报官，并呈送状纸给皇帝，皇帝诏万年县捕贼官专程追捕严武。捕贼官领命日夜兼程，沿路探听到严武行踪。严武行至巩县，正要雇船顺流而下，听闻制使将至，害怕罪过难逃，灌醉军使之女，晚间趁其醉酒，拆下琵琶弦将其勒死抛尸河中。第二日制使到，搜查严武的船，并无军使女儿的痕迹，只得作罢。

严武后来任剑南节度使，身患重病。他生性刚强，不信鬼神之说，若是有人议论鬼神，定会治罪。忽有一日晌午，一道士在衙门口，自言来自峨眉山，前来拜谒严武。守门人起初不敢通报，道士声色严厉，守门人不得已进府衙向严武通报。严武觉得奇异，请道士入内，见道士在阶前呵斥，像是与人争辩，吵嚷许久才停。严武与道士寒暄后，道士对严武说："您患病，大难临头，仇家就在近前，您怎么不悔过，摆香火谢罪，为何如此执迷不悟？"严武听后震怒不答。道士又说："您且仔细回忆，可曾违背良心害人性命？"严武沉思良久道："不曾。"道士说："刚才我在阶前，冤死者看着我陈诉冤情。我起初以为她是山中树妖在此作祟，斥责了她，她解释道，天帝有令，她被您冤死，已批准她寻仇。您怎能说并无此事？"严武未曾料到竟与那事有关，就问："寻仇的鬼是何样貌？"道士答："是一女子，十六七岁，脖颈处有一物什，状如乐器的弦。"严武恍然大悟，向道士叩首道："天师真乃圣人，确有此事，我该当如何？"道士说："她想见您，您当自己求她宽恕。"

严武差人洒扫厅堂，撤下无关的物件，在堂中焚香。又有人将严武抬入厅堂，严武摒除杂念，备下衣衫笏板，留一小童侍奉在侧。堂门外东侧，有一厢房，也差人洒扫干净并垂帘，道士在堂外，含水喷散，又用柳枝点水洒在地上，闭目咬牙静坐。过了一会儿，厢房传出叹息声，道士说："娘子可出门一见。"许久，见一女子披发，脖颈处有琵琶弦，系在咽喉下，掀起帘子走出。行至堂门，将头发撩在脑后，向严武行礼。严武见到她后既惊惧又惭愧，抬手掩面。女子说："您实在残忍，我随您逃走，是我的过错，但没有对不起您，您畏罪，丢下我逃走便可，将我残杀您于心何忍？"严武忏悔谢罪良久，想厚赠

“不可。某为公手杀，上诉于帝，仅三十年，今不可矣。期在明日日晚。”言毕却出，至阁子门，拂然而没，道士乃谢去。严公遂处置家事，至其日黄昏而卒。（出《逸史》）

绿翘

唐西京咸宜观女道士鱼玄机，字幼微，长安里家女也。色既倾国，思乃入神，喜读书属文，尤致意于一吟一咏。破瓜之岁，志慕清虚。咸通初，遂从冠帔于咸宜，而风月赏玩之佳句，往往播于士林。然蕙兰弱质，不能自持，复为豪侠所调，乃从游处焉。于是风流之士，争修饰以求狎。或载酒诣之者，必鸣琴赋诗，间以谑浪，懵学辈自视缺然。其诗有“绮陌春望远，瑶徽秋兴多”；又“殷勤不得语，红泪一双流”；又“焚香登玉坛，端简礼金阙”；又“云情自郁争同梦，仙貌长芳又胜花”。此数联为绝矣。

一女僮曰绿翘，亦明慧有色。忽一日，机为邻院所邀，将行，诫翘曰：“无出，若有客，但云在某处。”机为女伴所留，迨暮方归院。绿翘迎门曰：“适某客来，知练师不在，不舍辔而去矣。”客乃机素相昵者，意翘与之私。及夜，张灯扃户，乃命翘入卧内讯之。翘曰：“自执巾盥数年，实自检御，不令有似是之过，致忤尊意。且某客至款扉，翘隔阖报云，练师不在，客无言策马而去。若云情爱，不蓄于胸襟有年矣，幸练师无疑。”机愈怒，裸而笞百数，但言无之。既委顿，请杯水酹地曰：“练师欲求三清长生之道，而未能忘解佩荐枕之欢，反以沉猜，厚诬贞正，翘今必毙于毒手矣，无天则无所诉，若有，谁能抑我强魂？誓不蠢蠢于冥冥之中，纵尔淫佚。”言讫，绝于地。机恐，乃坎后庭瘗之，自谓人无知者。时咸通戊子春正月也。有问翘者，则曰：“春雨霁逃矣。”

佛经、纸钱祈求饶恕，道士也诚恳地为严武求情。女子说：“不可，我被您亲手勒死，讼于天帝，限期三十年寻仇，如今不可再改，就在明晚。”言罢离开，行至厢房门口，愤然离去，道士见事已至此也辞别了。严武安排了家事，死于第二日黄昏。（出《逸史》）

绿翘

唐朝西京咸宜观女道士鱼玄机，字幼微，长安布衣百姓家的女子。容貌冠绝天下，才思精妙，喜读书写文，尤其醉心吟诗作赋。十六岁时，憧憬清净虚无之境。于咸通初年，在咸宜观修道，她笔下描绘清风明月的佳句，常流传于文人墨客间。但她如娇柔的兰草般芳洁纯美，但道心不坚，神摇意夺，被风雅之士所诱惑，随他们游玩作乐，一时间风流绅士玉质金相，争着与她亲近。有人带酒来访，弹琴作诗，或与她放浪寻欢，四六不通之辈见她的才情都自愧不如。她有诗云“绮陌春望远，瑶徽秋兴多”；又有“殷勤不得语，红泪一双流”；又有“焚香登玉坛，端简礼金阙”；又有“云情自郁争同梦，仙貌长芳又胜花”。这几句堪称绝笔。

她有一婢女名绿翘，也聪慧标致。忽有一日，鱼玄机受邻里相邀，临行前，她告诫绿翘：“切勿出门，若有客人上门，只需告诉对方我在邻居家。”鱼玄机受女伴挽留，直到日暮才返回。绿翘迎门道：“刚才某位客人来过，我告诉他您不在后，他马都没下就走了。”来人素来与鱼玄机亲昵，鱼玄机疑心绿翘与那人有私情。当晚，鱼玄机张灯闭户，召绿翘进屋审讯。绿翘说：“我侍奉您梳洗多年，时刻自律检点，未曾有丝毫过失，也不曾违背您的意愿，且来客停在门前，我隔门相告您不在院中，他一言不发打马离开。若说情爱之事，我已不恋红尘多年，望您莫要猜疑。”鱼玄机越发不满，让绿翘赤裸着鞭笞了她数百下，绿翘坚持说自己并无私情。绿翘被打得奄奄一息，求来一杯水洒在地上说：“您欲求三清长生之道，却割舍不下鱼水之欢，还猜疑近侍，诬陷忠贞之人，我今日难逃毒手，若上天不存在，我无处申冤也就罢了，若存在，谁能阻拦我坚毅的灵魂？我立誓绝不客有宴于机室者，因溲于后庭，当瘗上，见青蝇数十集于地，驱去复来，详视之，如有血痕且腥。客既出，窃语其仆。仆归，复语其兄。其兄为府街卒，尝求金于机，机不顾，卒深衔之。闻此，遽至观门觇伺，见偶语者，乃讶不睹绿翘之出入。街卒复呼数卒，携锸具，突入玄机院发之，而绿翘貌如生。卒遂录玄机京兆，府吏诘之辞伏，而朝士多为言者。府乃表列上，至秋竟戮之。在狱中亦有诗曰："易求无价宝，难得有心郎。明月照幽隙，清风开短襟。"此其美者也。（出《三水小牍》）

马全节婢

魏帅侍中马全节，尝有侍婢，偶不惬意，自击杀之。后累年，染重病，忽见其婢立于前。家人但讶全节之独语，如相问答。初云："尔来有何意？"又云："与尔钱财。"复曰："为尔造像书经。"哀祈移时。其亡婢不受，但索命而已。不旬日而卒。（出《玉堂闲话》）

鲁思郾女

内臣鲁思郾女，生十七年。一日临镜将妆，镜中忽见一妇人，披发徒跣，抱一婴儿，回顾则在其后，因恐惧顿仆，久之乃苏。自是日日恒见。积久，其家人皆见之。思郾自问其故，答云："已杨子县里民之女，往岁建昌县录事某以事至杨子，因聘已为侧室，君女能糊里糊涂地做个阴曹地府的冤死鬼，一定要向上天告发你，决不任你逍遥法外。”言罢，死在地上。鱼玄机惊骇，在后院挖坑葬了绿翘，自以为悄无声息无人知晓此事。到了咸通戊子春正月，有人问起绿翘，鱼玄机就说：“春雨放晴后就逃走了。”

有客人在鱼玄机屋中宴饮，到后院解小手。看到埋绿翘处的地面上聚集数十青蝇，驱散后又聚集，仔细观察，地面上有血迹且散发腥臭。客人走出后庭，将此事秘密告诉仆役。仆役回家，告诉自己的兄长。他兄长在官府任衙役，曾问鱼玄机借过钱，被鱼玄机拒绝，怀恨在心。他听闻此事后，立马到咸宜观门口探查，听众人窃窃私语，语间奇怪近日不见绿翘出入。他召来其他衙役，带着铁锹，闯入后院挖出绿翘的尸体，尸身面容与她活着时无异。衙役将鱼玄机押入京兆府，府吏审问后鱼玄机招认，但众多朝臣都替她求情。府吏将此案奏报皇上，秋季将鱼玄机问斩。鱼玄机在狱中作诗云：“易求无价宝，难得有心郎。明月照幽隙，清风开短襟。”此诗是她诗作中最美的一首。（出《三水小牍》）

马全节婢

魏帅侍中马全节，曾有一侍婢，因偶然惹他不悦，被他亲手打死。经年后，马全节染重疾，病中他忽然见那婢女站在面前。家人惊讶地听见马全节自言自语，好似与人有问有答似的。起初他问：“你来此意欲何为？”又说：“给你钱财。”又说：“为你塑像抄经。”他哀求许久，那死去的婢女并不接受，只想要他偿命，未过十日马全节去世。（出《玉堂闲话》）

鲁思郾女

内臣鲁思郾育有一女，十七岁。一日鲁思郾女对镜梳妆，在镜中忽然看到一妇人，披发赤足，抱着一婴孩，她回头那妇人就在身后，她顿时惊厥，许久后苏醒。此后每日都能看到那妇人。久而久之，鲁家人都能见到这妇人。鲁思郾问妇人何故来此，妇人答：“我是杨即其正妻，岁余，生此子。后录事出旁县，君女因投己于井，并此子，以石填之，诈其夫云逃去。我方讼于所司，适会君女卒，今虽后身，固当偿命也。”思鄽使人驰至建昌验事，其录事老犹在，如言发井，果得骸骨。其家多方以禳之，皆不可。其女后嫁褚氏，厉愈甚，旦夕惊悸，以至于卒。（出《稽神录》）

鄂州小将

鄂州小将某者，本田家子。既仕，欲结豪族，而谋其故妻。因相与归宁，杀之于路，弃尸江侧，并杀其同行婢。已而奔告其家，号哭云：“为盗所杀。”人不之疑也。后数年，奉使至广陵，舍于逆旅，见一妇人卖花，酷类其所杀婢。既近，乃真是婢，见己亦再拜。因问：“为人耶鬼耶？”答云：“人也。往者为贼所击，幸而不死。既苏，得贾人船，寓载东下。今在此，与娘子卖花给食而已。”复问：“娘子何在？”曰：“在近，可见之乎？”曰：“可。”即随之而去。一小曲中，指一贫舍曰：“此是也。”婢先入，顷之，其妻乃出，相见悲涕，备述艰苦。某亦恍然，莫之测也。俄而设食具酒，复延入内室，置饮食于从者，皆醉，日暮不出。从者稍前觇之，寂若无人，因直入室中，但见白骨一具，衣服毁裂，流血满地。问其邻云：“此空宅久无居人矣。”

子县一百姓之女，几年前建昌县某录事因公事到杨子县，纳我为侧室，您女儿即是其正妻，婚后一年多，我诞下此子。后来录事外出其他县，您女儿将我扔到井中，还有这孩子，并用石头堵上井口，骗丈夫说我携子逃走。我向冥府专司申冤，恰逢您女儿去世。如今您的女儿虽是那人的转世，但理当偿命。”鲁思郾差人到建昌核验此事，那录事虽年老仍活在世上，依妇人所述挖开井口，果然寻得妇人及孩子的骸骨。鲁思郾一家想方设法消灾除祟，都无济于事。此后鲁思郾女嫁给了褚家，妇人越发狠厉，鲁思郾女日夜惊悸，最终吓死。（出《稽神录》）

鄂州小将

鄂州某位小将，本是农家子。走上仕途后，想结交名门，便谋害自己的发妻。借陪同发妻省情的机会，将其谋杀在途中，抛尸江畔，同时谋害了随行的婢女。再急忙到发妻娘家报丧，哀号着说：“妻子被强盗杀害。”无人起疑。事后数年，他奉命出使广陵，投宿客店。见一卖花的妇人，长相酷似被他杀害的婢女。等人走近，真是那婢女，那人看到他，冲他行了礼，他问：“你是人是鬼？”对方答：“是人，我曾遭贼人攻击，侥幸不死。苏醒后，遇上商船，带我东去。如今我在此处，与娘子卖花谋生。”他又问：“娘子在何处？”答：“在附近，可否见她一面？”答：“可以。”随后他随婢女离开，在一曲折偏僻处，婢女指一破漏屋舍说：“就是此处。”婢女先行进入，不一会儿，他的妻子走出，二人相望悲泣，吐尽分别后的辛酸。他茫然无措不知道是怎么一回事。很快他妻子备好酒食，请他进屋，并安排酒食给他的随从，众人皆醉酒，天色变暗他还没从房间出来。随从上前偷看，房中如无人一般悄无声息，随从便推门查探，只见一具白骨在里面，衣服损毁，血流满地。随从向邻里打听，邻居说：“这是间许久无人居住的空宅。”

金卮

蜀青石镇陈洪裕妻丁氏，因妒忌，打杀婢金卮，潜于本家埋瘗，仍榜通衢云："婢金卮逃走。"经年，迁居夹江，因夏潦飘坏旧居渠岸，见死婢容质不变。镇将具状报州，追勘款伏。其婢尸一夕坏烂，遂置丁氏于法。（出《儆戒录》）

金卮

巴蜀青石镇陈洪裕之妻丁氏，因嫉恨打死一名为金卮的婢女，偷偷将金卮的尸体埋在娘家，又在大街小巷广布文书说：“婢女金卮逃走。”经过一年，陈家搬至夹江，因夏季积水冲垮旧居水道，暴露出被杀婢女金卮的尸体，尸身完好容貌如旧。青石镇百姓将此事详细奏报到州衙门，经追究查办后丁氏认罪。婢女金卮的尸体一夕间腐败，丁氏伏法。(出《儆戒录》)

卷第一百三十一　报应三十杀生

田　仓

后汉溪夷田疆，遣子鲁，居上城；次子玉，居中城；小子仓，居下城。三垒相次，以拒王莽。光武二十四年，遣威武将军刘尚征之。尚未至，仓获白鳖为臛，举烽请两兄，兄至无事。及刘尚军来，仓举火，鲁等以为不实，仓遂战死焉。（出《酉阳杂俎》）

临海人

吴末，临海人入山射猎。夜中，有人长一丈，着黄衣白带，来谓射人曰："我有仇，克明当战，君可见助，当有相报。"射人曰："自可助君耳，何用谢为？"答曰："明食时，君可出溪边。敌从北来，我南往应，白带者我，黄带者彼。"射人许之。明出，果闻岸北有声，状如风雨，草木四靡，视南亦尔。唯见二大蛇，长十余丈，于溪中相遇，便相盘绕，白鳞势弱。射人因引弩射之，黄鳞者即死。日将暮，复见昨人来辞谢，云："住此一年猎，明年以去，慎勿复来，来必有祸。"射人曰："善。"遂停猎。数年后，忽忘前言，更往猎。复见白带人告曰："我语君不能见用，仇子已甚，今必报君，非我所知。"射人闻之甚怖，便欲走，乃见三乌衣人，俱张口向之，射人即死。（出《续搜神记》）

田仓

后汉溪夷人田强，派长子田鲁驻守上城；次子田玉，驻守中城；三子田仓，驻守下城，三座营垒井然有序，以抵挡王莽。建武二十四年，光武帝派威武将军刘尚征讨田强等人。刘尚未抵达前线时，田仓捕获一白鳖做肉羹，点起烽火邀两位兄长前来，二人到后才知无战事发生。等到刘尚大军逼近，田仓再点起烽火，田鲁等人以为消息不实，并未出兵，田仓战死。（出《酉阳杂俎》）

临海人

东吴末年，临海人入山狩猎。半夜时分，有一人身长一丈，身着黄衣腰系白带，对猎人说："我的仇家，明日将与我决一死战，您若帮我，我定报还。"猎人说："我自会帮您，何须言谢？"那人说："明日用早餐时，您可到溪边。敌人从北来，我在南迎敌，系白带的是我，系黄带的是敌人。"猎人应允。天明后，果然听到溪岸北传出声音，像是狂风暴雨过境，草木折断四散，再看南岸也是这般景象。只见两条大蛇，长十多丈，在溪中相遇，缠绕争斗，白鳞蛇逐渐颓败，猎人拉弓搭箭射向黄鳞蛇，黄鳞蛇即刻毙命。傍晚，猎人见到昨日那人前来答谢，说："您可在此定居打猎一年，明年离去，切勿再来，再来定将大祸临头。"猎人说："好。"便停止打猎。数年后，猎人忘记那人的嘱托，回到溪边打猎。又见系白带的人，那人对他说："我叮嘱您切勿回来，如今您的仇家积怨已深，今日定要报复您，仇家如何寻仇我无从得知。"猎人听后惶恐，想逃走，就看到三个乌衣人，张着大口对着他，猎人当即毙命。（出《续搜神记》）

陈甲

吴郡海盐县北乡亭里，有士人陈甲，本下邳人。晋元帝时，寓居华亭，猎于东野大薮。欻见大蛇长六七丈，形如百斛船，玄黄五色，卧冈下，士人即射杀之，不敢说。三年后，与乡人共猎，至故见蛇处，语同行云："昔在此杀大蛇。"其夜梦见一人，乌衣黑帻，来至其家，问曰："我昔昏醉，汝无状杀我。吾昔醉，不识汝面，故三年不相知，今自来就死。"其人即惊觉，明旦腹痛而卒。（出《搜神记》）

麻姑

晋孝武大元八年，富阳民麻姑者，好啖脍。华本者，好啖鳖臛。二人相善。麻姑见一鳖，大如釜盖，头尾犹是大蛇，系之。经一月，尽变鳖，便取作臛，报华本食之，非常味美。麻姑不肯食，华本强令食之。麻姑遂啖一脔，便大恶心，吐逆委顿，遂生病。喉中有物，塞喉不下。开口向本，本见有一蛇头，开口吐舌。本惊而走，姑仅免。本后于宅得一蛇，大二围，长五六尺，打杀作脍，唤麻姑。麻姑得食甚美，苦求此鱼。本因醉，唤家人捧蛇皮肉来。麻姑见之，呕血而死。（出《齐谐记》）

谢盛

晋安帝隆安中，曲阿民谢盛，乘船入湖采菱。见一蛟来向船，船回避。又从其后，盛便以叉杀之，惧而还家。至兴宁中，普天亢旱，盛与同旅数人，步至湖中，见先叉在地，拾取之，云："此是我叉。"人问其故，具以实对。行数步，乃得心痛，还家，一宿便死。

陈甲

吴郡海盐县北乡亭，有一士人名陈甲，原是下邳人。晋元帝时，陈甲移居华亭，在东郊乡野的大泽狩猎。一日他忽然见一大蛇长六七丈，状如百斛巨船，呈玄黄五色，卧在山冈下，陈甲拉弓将其射杀，事后不敢向外宣扬。三年后，陈甲与同乡狩猎，行至曾经遇到大蛇的地方，对同乡说："三年前我在此射杀一大蛇。"当晚陈甲梦到一人，乌衣黑帽，来到他家，问他："当年我醉倒在山下，你无故杀害我。我那时迷醉，没看清你的长相，所以这事过了三年我不知是谁杀害我，今日你就主动前来谈及此事。"陈甲顿时惊醒，第二日清晨腹痛至死。（出《搜神记》）

麻姑

晋孝武帝太元八年，富阳有一百姓名麻姑，爱吃肉片，还有一百姓名华本，爱吃鳖羹。二人交好。一日麻姑见一鳖，大如锅盖，头尾是蛇的样子，麻姑将其捆绑。一月后，头尾变成鳖的样子，麻姑便将其斩杀做羹，邀华本来吃，味道香美。起初麻姑不肯吃，华本强行让她吃。麻姑只得吃下一块，咽下后顿时感到恶心，呕吐气逆疲乏憔悴，以致患病。喉中卡着东西，无法吞咽，麻姑张开嘴让华本查看，华本看到麻姑口中有一蛇，蛇张口吐信。华本惊慌逃跑，后来麻姑勉强病愈。华本在家中寻得一大蛇，粗二围（两手拇指和食指合拢的长度），长五六尺，华本将其打死做肉片，邀麻姑前来，麻姑尝后觉得味道很好，追问肉片用什么鱼做的，华本因酒醉，让家人捧来蛇的皮肉给麻姑看。麻姑看后，呕血而死。（出《齐谐记》）

谢盛

晋安帝隆安年间，曲阿百姓谢盛，乘船到湖中采菱角，看到一蛟龙向船游来，谢盛划船躲避。蛟龙紧随其后，谢盛用鱼叉将其杀死，随后惶恐不安地回到家中。到了晋哀帝兴宁年间，全国大旱，谢盛与同行数人行至湖中，看到当年的鱼叉在湖底，将其拾起说："这是我

（出《幽冥录》）

李婴

东晋义熙中，鄱阳李婴、李滔兄弟二人，善于用弩，尝射大麞，解其四足，悬著树间，以脏为炙。方欲共食，遥见山下有人，长三丈许，鼓步而来，手持大囊。既至，敛取麞头骼皮骨，并火上杂肉，悉内囊中，径负入山。婴兄弟须臾俱卒。（出《广古今五行记》）

许宪

晋义熙中，余杭县有仇三庙。高阳许宪为县令，宪男于庙侧放火猎，便秽祠前。忽有三白獐从屋走出，男引弓射，忽失所在。复以火围之，风吹火反，覆其面，欲去莫从，遂烧死。而宪以事免官。（出《广古今五行记》）

益州人

宋元嘉初，益州刺史遣三人入山伐樵。路迷，忽见一龟，大如车轮，四足各蹑一小龟而行，又有百余黄龟从其后，三人叩头，请示出路。龟乃伸颈，若有意焉。因共随逐，即得出路。一人无故取小龟，割以为臛，食之。须臾暴死，唯不啖者无恙。（出《异苑》）

章安人

宋元嘉中，章安县人，尝屠虎。至海口，见一蟹，匡大如笠，脚长三尺，取食甚美。其夜，梦一少妪语云：“汝啖我肉，我食汝

的鱼叉。”别人问他缘故，他据实相告。走了几步后，谢盛感到心痛，返回家中，一宿后去世。（出《幽冥录》）

李婴

东晋安帝义熙年间，鄱阳李婴、李滔兄弟二人，善使弩箭，射杀一大麈（古书上指鹿一类的动物），斩下其四肢，悬挂在树上，将脏器烤熟。正要一块儿享用时，二人遥见山下走来一人，身长三丈多，阔步走近，手持一大口袋。那人行至近前，将麈的头颅、骨架与皮毛，还有正在火上炙烤着的各部位的肉，一并装入布袋中，径直背进山中。李婴兄弟俩很快就死了。（出《广古今五行记》）

许宪

晋安帝义熙年间，余杭县有座仇王庙。高阳人许宪任余杭县令，许宪之子在仇王庙旁放火狩猎，并在祠堂前方便。那日有三只白獐从屋中跑出，许宪之子拉弓想将其射杀，忽然找不到白獐的踪影。便用火烧围困白獐，但风改变火向，直扑他面门，他想逃跑却无路可逃，最终被烧死。许宪因此事被罢免。（出《广古今五行记》）

益州人

刘宋元嘉初年，益州刺史派三人进山砍柴。三人迷失在山中，忽然遇见一大龟，大如车轮，四足各踩一小龟前行，还有上百黄龟跟随其后。三人向大龟叩首求问出路，大龟伸脖子，像是在示意，三人随着大龟前行，找到出山的路。其中一人无故抓一小龟，宰杀后做成龟羹，吃下。很快食龟之人暴毙，只有没吃龟肉的人安然无恙。（出《异苑》）

章安人

刘宋元嘉年间，章安县一人曾杀虎。这人行至海口，遇见一螃蟹，粗看大如斗笠，脚长三尺，捕来食用味道丰美。当晚，这人梦到

心。”明日，其人为虎所食。（出《广古今五行记》）

元稚宗

宋元稚宗者，河东人也。元嘉十六年，随钟离太守阮愔在郡，愔使稚宗行至远村，郡吏盖苟、边定随焉。行至民家，恍惚如眠，便不复寤。民以为死，舁出门外，方营殡具，经夕能言。说初有一百许人，缚稚宗去，数十里至一佛图，僧众供养，不异于世。有一僧曰：“汝好猎，今应受报。”便取稚宗，皮剥脔截，具如治诸牲兽之法。复纳于澡水，钩口出之，剖破解切，若为脍状。又镬煮炉炙，初悉糜烂，随以还复，痛恼苦毒，至三乃止。问：“欲活否？”稚宗便叩头请命，道人令其蹲地，以水灌之，云：“一灌除罪五百。”稚宗苦求多灌，沙门曰：“唯三足矣。”见有蚁类数头，道人曰：“此虽微物，亦不可杀，无复论巨此者也，鱼肉自此可戒耳。斋会之日，悉著新衣，无新可浣也。”稚宗因问：“我行旅有三，而独婴苦，何也？”道人曰：“彼二人自知罪福，知而无犯。唯尔愚蒙，不识缘报，故以相戒。”因尔便苏，数日能起，由是遂断渔猎云。（出《祥异记》）

王昙略

宋谯国城父人王昙略，常以牛作脯为业。欲杀一牛，牛见刀，辄跳踯欲走去。昙略怒，乃先以刀刺牛目。经少时，其人眼无故血流出。（出《广古今五行记》）

一少妇对他说："你吃了我的肉，我要吃你的心。"第二日，这人被老虎吃了。（出《广古今五行记》）

元稚宗

刘宋元稚宗，河东人。元嘉十六年，他跟随钟离太守阮愔在郡中任职，阮愔派元稚宗到远方一村子，郡吏盖苟、边定随行。行至百姓家，元稚宗恍惚如在梦中，一直没有睡醒。百姓以为他死了，将他抬出门外，准备殡葬用品，但一晚后元稚宗又能开口说话。元稚宗说，起初有一百多人，将他绑走，走出数十里行至一佛院，那里僧人的起居供奉，与世人无异。其中一僧人说："你喜好打猎，如今应受报应。"便拉过元稚宗，扒皮割肉，就像处理牲畜那样。又将他放在水中清洗，从口部剖解，切成肉片。再放到锅中蒸煮，他周身全部糜烂后，又让他恢复如初，痛苦万分，如此反复多次才停止。问他："可还想继续活着？"元稚宗磕头求饶，僧人让他蹲在地上，用水浇灌他说："灌一次除罪五百。"元稚宗苦求多灌几次。僧人说："三次足够了。"元稚宗看到数只蚂蚁，僧人说："蚂蚁虽微小，也不可杀害，更不要说比蚂蚁大的生灵了，鱼肉也从此戒掉吧。斋会时需身着新衣，无新衣将旧的浣洗干净亦可。"元稚宗问："同行的三人，独我受此苦难，是什么原因呢？"僧人说："那两人自己悟出自己的罪过，没有再杀生，唯独你愚蠢糊涂，不知因果报应，所以今日这样惩戒你。"随后元稚宗苏醒，数日后能起身，此后元稚宗不再打渔狩猎。（出《祥异记》）

王昙略

宋朝谯国城百姓王昙略，杀牛制成肉脯谋生。一日他刚要杀牛，牛看到刀，蹦跳着想要逃跑，王昙略不满，先用刀刺瞎牛眼。不多时，王昙略的眼睛无故流血。（出《广古今五行记》）

广州人

宋元嘉中，广州有三人，共在山中伐木。忽见石窠有三卵，大如升，取煮之。汤始热，闻林中如风雨声，须臾，一蛇大十围，长四五丈，径来汤中，衔卵而去。三人无几皆死。（出《搜神记》）

东兴人

临川东兴有人入山，得猿子，便将归。猿母自后逐至家，此人缚猿子于庭中树上，以示之。其母便搏颊向人，若哀乞，直是口不能言耳。此人既不能放，竟击杀之，猿母悲唤，自踯而死。此人破肠视之，皆断裂矣。未半年，其人家疫，一时死尽灭门。（出《搜神后记》）

陈 莽

临川陈莽，少以射猎为业。与人逐鹿入山，有一大树，可三十围，莽息其下。忽有白气，去地十丈许，莽因射之，若有所中，洒血布地。闻空中语云："正中大王。"俄见一大蛇挂树，身有箭。顷刻，有群蛇辏辐向莽，莽虽驱击，而来者数多，盘绕莽身，咂咂有声，须臾散去。视莽，唯见一聚白骨。（出《广古今五行记》）

沛国人

沛国有一士人，同生三子，年将弱冠，皆有声无言。忽有一人从门过，因问曰："此是何声？"答曰："是仆之子，皆不能言。"客曰："君可内省，何以致此？"主人异其言，思忖良久，乃谓客曰："昔为小儿时，当床上有燕巢，中有三子，其母从外得哺，三子皆出口受之，积日如此。试以指内巢中，燕雏亦出口受之。因以三蔷

广州人

刘宋元嘉年间，广州有三人，一起在山上伐木。一日三人忽然看到石巢中有三只蛋，大如升，三人将蛋取回煮熟。水刚沸腾，就听到林中传来风雨声，很快，出现一蛇，粗十围，长四五丈，径直往锅中来，衔蛋离开。没多久三人去世。（出《搜神记》）

东兴人

临川东兴，一人进山，抓了一小猿猴带回家。猿猴母亲紧随其后到那人家中，那人将小猿猴绑在院中树上，给猿猴母亲看。猿猴母亲对着那人拍自己的脸颊，像在哀求，只是不能张口求饶。那人坚决不放，竟将小猿猴打死，猿猴母亲哀鸣，将自己摔死在地上。那人剖开猿猴母亲腹部，看到它肠子都断裂了。不到半年，那人全家染上瘟疫后病亡了。（出《搜神后记》）

陈莽

临川陈莽，少时捕猎谋生。一日陈莽与一人追着一只鹿进了山，他看到一棵树，大概三十围粗，陈莽歇在树下。忽然他近前出现一团白气，离地十多丈，他弯弓搭箭射去，好像射中了什么，血流满地，这时空中传来声音："你射中山中大王。"不一会儿，他看见一大蛇挂在树上，身中一箭。顷刻间，一群蛇从四面八方将陈莽包围，他奋力驱赶击打，但围过来的蛇太多，缠绕在他身上，发出"咂咂"的声音，很快群蛇散去，再看他，只剩一堆白骨。（出《广古今五行记》）

沛国人

沛国有一读书人，他的妻子一胎诞下三子，孩子们即将二十岁，都只能出声不会讲话。一日忽有一人从那人家门前经过，问道："这是什么声音？"那人答："是我的儿子，他们不会说话。"客人说："您可自省，您曾犯过什么错招致如此恶果？"那人惊异，思考良久，对客人说："我年幼时，床头有一燕巢，巢中有三只雏燕，它们的茨食之，既而皆死。昔有此事，今实悔之。”客曰：“是也。”言讫，其三子之言语，忽然周稳，盖能知过之故也。（出《续搜神记》）

齐朝请

齐国有一奉朝请，家甚豪侈，非手杀牛，则啖之不美。年三十许，病笃，见大牛来，举体如被刀刺，叫呼而终。又江陵高伟，入齐凡数年，向幽州淀中捕鱼。后病，每见群鱼啮之而死。（出《颜氏家训》）

伍寺之

南野人伍寺之，见社树上有猴怀孕，便登树摆杀之。梦一人称神，责以杀猴之罪，当令重谪。寺之乃化为大虫，入山，不知所在。（出《述异记》）

苏 巷

新野苏巷，常与妇佃于野舍。每至田时，辄有一物来，其状似蛇，长七八尺，五色光鲜，巷异而饷之。经数载，产业加焉。妇后密打杀，即得能食之病，进三斛饭，犹不为饱。少时而死也。（出《异苑》）

母亲在外觅食哺育它们，三只雏燕张嘴待哺，如此日复一日。我将手指伸到燕巢，雏燕也张嘴，于是我喂了它们三根蔷茨，它们都死了。我年幼无知做了这样的事，如今实在悔恨。”客人说：“这就是了。”说完，那人的三个儿子都能说话了。这大概是因为那人能知错悔过。（出《续搜神记》）

齐朝请

齐国有位享有奉朝请（朝廷给予闲散大官的优待）的官员，家中奢华，如不是亲手宰杀的牛，就觉得味道不鲜美。那人三十多岁时，患重病，病中见一大牛向自己奔来，周身如被刀刺，在痛呼中而死。又有一江陵人名高伟，到齐国数年，一直在幽州淀（浅滩）中捕鱼。后来他患病，每日都觉得有鱼群咬他，他很快就病死了。（出《颜氏家训》）

伍寺之

南野（亦作南壄，古县名）人伍寺之，看到社树（古代封土为社，因地制宜种植树木，称社树）上有一怀孕的猴子，他便登着树摇晃枝丫将猴子杀死。一日他梦到一人自称神，责问他杀猴的罪行，说他该当重罚。随后伍寺之变作一大虫（老虎），进入山中，不知所终。（出《述异记》）

苏巷

新野人苏巷，常与妻子在村野租种土地。每当他到田地里，就有一动物前来，那动物外形如蛇，长七八尺，鳞片呈五色有光泽。苏巷好奇喂它东西吃，如此多年。苏巷的田产扩张，他妻子偷偷将那动物打死，随后她便患上暴食之症，一日吃三斛饭还不饱，不久就病死。（出《异苑》）

阮倪

阮倪者，性特忍害。因醉出郭，见有放牛，直探牛舌本，割之以归，为炙食之。其后倪生一子，无舌，人以为牛之报也。（出《述异记》）

邵文立

梁小庄严寺，在建业定阴里，本是晋零陵王庙地。天监六年，度禅师起造。时有邵文立者，世以烹屠为业，尝欲杀一鹿。鹿跪而流泪，以为不祥。鹿怀一麑，寻当产育，就庖哀切，同被刳割。因斯患疾，眉须皆落，身疮并坏。后乃深起悔责，求道度禅师，发大誓愿，罄舍家资，回买此地，为立伽蓝。（出《梁京寺记》）

梁元帝

梁元帝讳绎，母阮脩容，曾失一珠。元帝时绝幼，吞之，谓是左右所盗，乃炙鱼眼以厌之。信宿之间，珠便出，帝寻一目致眇，盖鱼之报也。（出《韵对》）

望蔡令

梁孝元在江州时，有人为望蔡县令。经刘敬躬乱，县廨被焚，寄寺而住。民将牛酒作礼，县令以牛击杀，屏除像设，铺陈床座，于堂上接宾客。未杀之顷，牛解，径来至阶而拜，县令大笑，遂令左右宰之。饮啖醉饱，便卧于檐下，及醒，即觉体痒，爬搔隐疹，因尔成癞，十许年死。（出《颜氏家训》）

阮倪

阮倪，性情异常残忍。一日他酒醉出城，见到一头被散养的牛，他拽出牛舌，将其割下带回家，用火烤着吃了。此后阮倪有了一子，这孩子生来没有舌头，世人都认为这是阮倪残害牛的报应。（出《述异记》）

邵文立

南朝梁小庄严寺，坐落于建业定阴里，原是东晋零陵王的赡庙地（出租以收取田租供给寺庙香火的田地）。梁武帝天监六年，由度禅师带人建造。当时有一人名邵文立，世代屠宰、烹饪牲畜谋生，他曾想杀一只鹿。鹿跪地流泪，邵文立以为不吉祥。当时那鹿怀着小鹿，分娩在即，所以才靠近厨房向厨师哀求，最终小鹿一同被剖杀。邵文立此后患病，眉毛须发尽数脱落，身上长疮坏死。事后他后悔不已，向度禅师求道，发下宏愿，变卖家产，买下此地，建立佛寺。（出《梁京寺记》）

梁元帝

梁元帝名绎，他母亲阮修容曾丢失一珍珠。元帝当时年幼，误将珍珠吞下，反说是被近侍偷走，用炙烤过的鱼目混作珍珠欺瞒众人。两夜后，珍珠被找到，元帝很快瞎了一只眼，这大概是鱼在复仇。（出《韵对》）

望蔡令

梁孝元帝在江州时，一人任望蔡县的县令。刘敬躬叛乱后，县衙被焚毁，县令借住寺中。百姓用牛和酒作礼物送给县令，县令差人杀牛，并拆除佛像与陈设，铺设床榻、桌椅，在厅堂接待宾客。牛临死前，被解开束缚，径直到阶前行礼参拜，此举引得县令大笑，县令命近侍将牛斩杀。酒足饭饱后，县令躺在檐下，醒后，他觉得浑身发痒，抓挠出疹子，后来疹子生成癞疮，十多年后死了。（出《颜氏家训》）

僧昙欢

后周武帝时，敷州义阳寺僧昙欢有羊数百口，恒遣沙弥及奴放于山谷。后沙弥云："频有人来驱逐此羊。"欢乃多将手力，自往伺之。后见此人，立于东岸树下，遥谓欢曰："汝之畜养猪羊，其罪最甚，不久自知，何劳护惜。"欢骤马绕谷就之，而觅不见。少时灭法教，资财并送官府，公私牵挽，并皆分散。欢还俗，贫病而死。（出《广古今五行记》）

释僧群

释僧群，清贫守节，蔬食持经。居罗江县之霍山，构立茅室，孤在海中。上有石盂，水深六尺，常有清流。古老相传，是群仙所宅，群因绝粒。其庵舍与石盂隔一小涧，常以木为梁，由之以汲水。年至一百三十，忽见一折翅鸭，舒翼当梁头，群将举锡拨之，恐有转伤，因此回归，遂绝水数日而终。临终，谓左右曰："我少时，曾折一鸭翅，验此以为报也。"（出《高僧传》）

竺法惠

竺法惠，本关中人，方直有戒行。行至嵩高山，忽谓弟子法昭曰："汝过去时，折一鸭脚，其殃即至。"俄而昭为人所掷物折脚，遂永疾废焉。（出《高僧传》）

冀州小儿

隋开皇初，冀州外邑中有小儿，年十三，常盗邻卵，烧煨食之。翌日侵旦，有人叩门，呼此儿声。父令儿出应之，见一人云："官唤汝。"儿曰："呼我役者，入取衣粮。"使者曰："不须也。"

僧昙欢

北周武帝时，敷州义阳寺僧人昙欢有数百只羊，每日派小和尚与奴仆在山谷放羊。后来小和尚说："常有人来驱赶羊群。"昙欢带了很多人，亲自到山谷一探究竟。果然看到那人，站在山谷东侧的树下，远远地对昙欢说："你作为出家人圈养猪羊，犯下大罪，不久你自当明白，何必再费力看护羊群。"昙欢驱马绕到山谷一侧，但找不到那人。不久后，朝廷铲除佛寺，寺中资产被官府没收，公私不分，一并被收缴。昙欢被迫还俗，贫病交加而死。（出《广古今五行记》）

释僧群

释僧群，清修守戒，食素持经。居罗江县霍山，搭建了茅屋，独自住在海中。山上有一用石头制成的盂（盛水的器皿），盂中水深六尺，常有清流汇入。自古相传此乃群仙居所，僧群便辟谷修行。他的茅屋与石盂之间隔着一条小溪，他常用横木作桥，到石盂中打水。他一百三十岁这年，一日僧群忽然见一折翅的鸭子，伸展翅膀挡在桥头，僧群想抬起锡杖将它拨走，又担心加重它的伤情，只得折返回家，如此断水几日后僧群渴死。临死前，他对身边人说："我少年时，曾折断一只鸭子的翅膀，今日之事就是报应。"（出《高僧传》）

竺法惠

竺法惠，本是关中人，耿直方正，克己持戒。一日他行至嵩高山，忽然对弟子法昭说："你曾经折断一只鸭子的脚，此事的恶果将至。"很快法昭被他人扔的东西折断了脚，终生残疾。（出《高僧传》）

冀州小儿

隋文帝开皇初年，冀州城外，有一小孩儿，十三岁，曾偷了邻居家的蛋，烤熟吃掉。第二日清晨，有人敲门叫这小孩儿。小孩儿的父亲让他出去应答，那人说："官府传唤。"小孩儿说："叫我服役吗？我因引儿去。村南旧是桑田，耕讫未下种，此小儿忽见道右有一小城，四面门楼，丹素甚严，此儿怪曰："何时有此城？"使者呵之勿言，因至城北门，令小儿前入。小儿人阃，城门忽闭，不见一人，唯是空城，地皆热灰碎火，深才没踝。小儿忽呼叫，走趋南门，垂至即闭。又走趋东西，亦皆如是，未到则开，既至便阖。时村人出田采桑，男女甚众，皆见儿在耕田中啼泣，四方驰走，皆相谓曰："此儿狂耶？旦来如此，游戏不息。"至于食时，采者皆归，儿父问曰："见吾儿否？"桑人答曰："父儿在村南走戏，唤不肯来。"父出村外，遥见儿走，大呼其名，一声便住，城灰忽然不见。父儿倒，号泣言之。视其足，半胫已上，血肉焦干，膝已下，红烂如炙。抱归养疗，髀已上肉如故，膝已下遂为枯骨。邻里闻之，看其走处，足迹通利，了无灰火，良因实业，触处见狱。有道惠法师，本冀州人，与小儿邻邑，亲见其事。(出《冥报记》)

进屋取些衣服、粮食。”那人说：“不用。”随即带小孩儿离开，村南原是桑田，耕完还未播种，行至此处小孩儿忽然看到路右侧有一小城，四面门楼环绕，刷着红漆很是威严，小孩儿觉得奇怪，说：“何时有了此城？”那人呵斥他，让他不要说话，行至城北门，那人让小孩儿走在前面进城。小孩儿踏进门槛，城门忽然关闭，城中空无一人，徒有空荡荡的城池，地上都是热灰和火星，深度刚没过脚踝。小孩儿哭喊着往南门跑，刚到南门，南门忽然关闭。又跑向东门、西门，都是这样，没跑到时还开着，跑到就关了。当时村中人出门种田采桑，男女众人，都看到小孩儿在田中哭泣，四处奔走，村民相互议论：“这小孩儿疯了吗？一大早这样跑着玩也不休息。”到了吃饭时，农人都回家了，小孩儿的父亲问：“见到我的孩子了吗？”农人答：“你的孩子在村南跑着玩，我们叫过他，他不肯回来。”父亲到村外，远远地看到小孩儿在跑，大声呼喊小孩儿的名字，叫了一声小孩儿就停住了，城池灰火也忽然消失不见。小孩儿倒在地上，哭号着说了刚才的经历。父亲看他的脚，半截小腿以上，血肉焦干，膝盖以下，通红糜烂如被火烤。父亲将小孩儿抱回家治疗养伤，大腿以上的肉如常，膝盖以下都成枯骨。邻里听闻此事，到小孩儿跑过的地方看，足迹清晰，并无灰火，得善果须得种善因，做坏事将坠入地狱。道人惠法师，原是冀州人，住小孩儿隔壁村，目睹了此事。（出《冥报记》）

卷第一百三十二　报应三十一杀生

王将军

骁骑将军王某者，代郡人。隋开皇末年，出镇蒲州，性好畋猎，所杀无数。有五男，无女。后生一女，端美，见者皆爱怜之，父母犹钟爱。既还乡里，女年七岁，一旦忽失所在，皆疑邻里戏藏匿之，访问不见。诸兄驰马远寻，去家三十余里，得于荒野中，冥然已无所识，口中唯作兔鸣，足上得荆棘盈掬。经月余，不食而死，父母悲痛甚，以为畋猎杀害之报也。后合家持斋，不复食肉。大理寺丞蔡宣明，曾为代府法曹，亲说之。（出《冥报记》）

姜　略

隋鹰扬郎将天水姜略，少好畋猎，善放鹰犬。后遇病，见群鸟千数，皆无头，围绕略床，叫鸣曰："急还我头来！"略辄头痛气绝。久而后苏，因请众僧，急为诸鸟追福，许之皆去，既而得愈。终身绝酒肉，不杀生命。姜略尝自说其事。（出《冥报记》）

贺　悦

唐武德中，隰州大宁人贺悦，为邻人牛犯其稼，乃以绳勒牛

王将军

有位姓王的骁骑将军，是代郡人。隋文帝开皇末年，出任蒲州镇守，他生性喜好打猎，被他所杀的动物多得无法计算。他有五个儿子，没有女儿。后来生下一个女儿，端庄美丽，见过她的人都很疼爱怜惜她，父母尤其钟爱。王将军解甲归田后，回到乡里，这个女儿已经七岁了，一天早晨忽然找不到女儿，都怀疑是邻居开玩笑藏匿起来了，到各家寻访询问都没有看见。于是，她的几个哥哥骑着马到处寻找，离家三十多里的地方，在一片荒野当中找到了，神情恍惚已经不认识人了，嘴里发出兔子的叫声，脚上扎的荆棘有满满一把。经过了一个多月，什么也不吃就去世了，她的父母十分悲痛，认为这是打猎杀生的报应。后来全家持守戒律只吃素食，不再吃肉了。大理寺寺丞蔡宣明，曾担任代郡的法官，是他亲口说的这件事。（出《冥报记》）

姜略

隋朝鹰扬郎将军姜略，是天水人，少年时喜好打猎，善于放捕猎的鹰和犬。后来患病，只见有上千只鸟，都没有头，围绕着姜略的床边。鸣叫道：“赶快把我的头还来！”姜略立即头痛断气。过了很久才苏醒，因此他就请了很多和尚，急忙为鸟群祈祷冥福，许下心愿，鸟群才全都飞走，他的病也立刻就痊愈了。从此以后姜略不再喝酒吃肉，也不杀害生命。姜略曾亲自说起这件事。（出《冥报记》）

贺悦

唐高祖武德年间，隰州大宁有个人名叫贺悦，因为邻居的牛进

舌断。后生三子，并皆喑哑，不能言。（出《法苑珠林》）

李 寿

唐交州都督遂安公李寿，贞观初，罢职归京第。性好畋猎，常笼鹰数联，杀邻狗喂鹰。既而公疾，见五犬来责命，公谓之曰：“杀汝者奴通达之过，非我罪也。”犬曰：“通达岂得自任耶？且我等既不盗汝食，自于门首过，而枉杀我等，要当相报，终不休也。”公谢罪，请为追福，四犬许之。一白犬不许，曰：“既无罪杀我，我未死间，汝又生割我肉，脔脔苦痛，我思此毒，何有放汝耶？”俄见一人，为之请于犬曰：“杀彼于汝无益，放令为汝追福，不亦善乎！”犬乃许之。有顷公苏，遂患偏风，肢体不遂，于是为犬追福，而公疾竟不差。（出《冥报记》）

方山开

唐曹州武城人方山开，少善弓矢，尤好游猎，以之为业，所杀无数。贞观十一年死，经一宿苏，云：初死之时，被二十人引去，行可十余里，即上一山。三鬼共引山开，登梯而进，上欲至顶，忽有一大白鹰，铁为觜爪，飞来，攫山开左颊而去。又有一黑鹰，亦铁觜爪，攫其右肩而去。及至山顶，引至厅事，见一官人，被服绯衣，首冠黑帻，谓山开曰：“生平有何功德？可具言之。”对曰：“立身已来，不修功德。”官曰：“可宜引向南院观望。”二人即引南行，至一城，非常险峻。二人扣城北门数下，门遂开，见其城中赫然，总

犯了他家的庄稼地，他就用绳子把牛的舌头勒断了。后来他生下的三个儿子，全都是哑巴，不能说话。（出《法苑珠林》）

李寿

唐朝交州都督遂安公李寿，唐太宗贞观初年，罢免官职回到京城的府第。李寿生性喜好打猎，经常用笼子饲养猎鹰，数量有好几对，并且杀死邻居的狗喂养自己的鹰。不久他就患病，病中看到五只狗前来要他偿命。遂安公李寿对它们说："这是杀死你们奴仆通达的罪过，并不是我的罪过啊。"众狗说："通达怎么能自己做主呢？况且我们也不曾偷过你家的东西吃，仅仅是从你家门前经过，就这样冤枉地杀害了我们，应当来找你偿命，不然始终不肯放过你。"遂安公承认过错，请求为它们祈祷冥福，其中有四只狗同意。只有一只白狗不答应，说："既然我没有犯罪你却杀了我，还在我未死的时候，你就活活宰割我的肉，每割一小块我都痛苦不堪，我回想起你这样的狠毒，怎么可能会饶过你呢？"不一会儿，看见一个人，替遂安公向白狗求情说："杀了他对你也没有什么好处，放过他，让他给你祈祷冥福，不也是很好的吗？"那只白狗就同意了。过了一会儿，遂安公苏醒了，但是已经患上中风偏瘫的病，四肢麻痹瘫痪，于是为众狗祈祷冥福，然而，遂安公的病最终也没有痊愈。（出《冥报记》）

方山开

唐朝曹州武城有个人名叫方山开，少年时就善用弓箭，特别喜欢出游打猎，并以打猎为职业，所杀的禽兽不计其数。唐太宗贞观十一年时他突然死了，但经过一宿又苏醒了，他说：刚死的时候，被二十多个人拉走，走了十多里，登上一座山。有三名鬼一起拉着打开山壁，登上梯子继续前行，将要到达山顶的时候，忽然飞来一只大白鹰，铁嘴铁爪，抓取方山开的左侧脸颊后飞走了。又有一只黑鹰，也是铁嘴铁爪，抓取方山开的右肩后也飞走了。等到了山顶，被带到一间问案的厅堂，看见一名官吏，身穿红色衣服，头戴黑色头巾，对方山开说：

是猛火。门侧有数毒蛇，皆长十余丈，头大如五斗斛，口中吐火，如欲射人。山开恐惧，不知所出，唯知叩头念佛而已。门即自开，乃还见官人，欲遣受罪。侍者谏曰："山开未合即死，但恐一入此城，不可得出，未若且放，令修功德。"官人曰："善"。令前二人送之，依旧道而下，复有鹰欲攫之，赖此二人援护得免。及下山，见一大坑，极秽恶，忽被二人推入，须臾即苏。面及右膊之上，爪迹宛然，终身不灭。遂舍妻子，以宅为佛院，恒以诵经为业。（出《法苑珠林》）

王遵

唐王遵者，河内人也。兄弟三人，并时疾甚。宅有鹊巢，旦夕翔鸣，忿其喧噪，兄弟共恶之。及病瘥，因张鹊，断舌而放之。既而兄弟皆患口齿之疾，家渐贫，以至行乞。（出《宣验志》）

李知礼

唐陇西李知礼，少趫捷，善弓射，能骑乘，兼攻放弹，所杀甚多，有时捕鱼，不可胜数。

“你这一生建立过什么功德，可以详细告诉我。”方山开回答说：“我自从生下来，也没有建立过什么功德。”官吏说：“可以带着你到南院去参观一下。”就有两个人带领方山开向南边走去，到达一座城，此城十分陡峭险恶。那两个人敲了几下城的北门，门就打开了，只见这座城里一副触目惊心的场面，一直有猛火燃烧，门边有几条毒蛇，都长十多丈，蛇头有能装五斗的斛那么大，口中往外吐火，像是要射向人一样。方山开十分害怕，不知道从哪里才能出去，只知道磕头念佛而已。这时城门却自行打开，方山开又回去见到那名官吏，他想要把方山开派去受罪。这时旁边的侍者进谏说：“方山开不应该立即死去，但恐怕他一进入这座城，就不可以出去了，不如暂且放他回去，让他建立向善的功德。”官吏说：“好。”就命令之前的两个人送方山开回去，按照来时的旧道下山，又有鹰想要抓方山开，全仰仗那两个人保护才得以幸免。等到下山后，看见一处大坑，极其肮脏污秽，忽然被那两个人推到坑里，一会儿工夫我就复苏了。方山开的左脸和右上臂之上，被鹰爪抓过的痕迹还十分真切，终生都没有消失。方山开于是舍弃妻子儿女，把住宅当作佛院，坚持以诵经为事业。（出《法苑珠林》）

王遵

唐朝的王遵，是河内人。家中兄弟三人，同时病得很严重。宅院中有个喜鹊窝，一天到晚飞翔鸣叫，兄弟三人都觉得太过喧闹而生气，都很厌恶它们。等到病痊愈以后，把喜鹊捉住，弄断它们的舌头之后又放了它们。不久之后，兄弟三人都患上了口腔和牙齿的疾病，家中也日渐贫穷，到后来只好向人乞讨度日。（出《宣验志》）

李知礼

唐朝陇西人李知礼，少年时就矫健敏捷，善用弓箭，又能够骑马驾车，还能打弹子，所杀死的禽兽有很多，有时前去捕鱼，抓到的鱼不计其数。

贞观十九年，病数日即死。乃见一鬼，并牵马一匹，大于俗间所乘之马，谓知礼曰："阎罗王追公。"乃令知礼乘马，须臾之间，忽至王前。王约束云："遣汝讨贼，必不得败，败即杀汝。"有同侣二十四人，向东北望，贼不见边际，天地尽昏，埃下如雨。知礼等败，知礼语同行曰："王教严重，宁向前死，不可败归。"知礼回马，射三箭以后，诸贼已稍退却。箭五发，贼遂败散。事毕谒王，王责知礼曰："敌虽退，何为初战之时即败？"即便以麻辫发，并缚手足，卧在石上，以大石镇而磨之。前后四人，体并溃烂。次到知礼，厉声叫曰："向者贼退，并知礼之力，还被王杀，无以励后。"王遂释放不管束。

凡经三日，忽向西北出行，人一墙院。见飞禽走兽，可满三四亩，总来索命，渐相逼近。曾射杀一雌犬，此犬直向前啮其面，次及身体，无不被伤。复见三大鬼，各长丈余，其剥知礼皮肉，须臾总尽，唯面目白骨，并五脏等得存。乃以此肉分乞禽兽，其肉剥而复生，生而复剥，如此三日，苦毒之甚，不可胜纪。事毕，大鬼及禽兽等，忽然总失。知礼回顾，不见一物，遂逾墙南走，莫知所之。意中似如一跳千里，复有一鬼逐及知礼，乃以铁笼罩之。有无数鱼竞来唼食。食毕，鬼遂倒回，鱼亦不见。其家旧供养一僧，其僧先死，来与知礼去笼，语知礼曰："檀越大饥。"授以白物三丸，如枣，令知礼啖之，应时而饱，乃云："檀越宜还家。"僧亦别去。

唐太宗贞观十九年，他得了急病几天就去世了。死后见到一个鬼，并且牵着一匹马，这匹马体型比人间的马大些，那鬼对李知礼说：“阎罗王命我来追捕你。”说着就让李知礼骑上马，须臾之间，忽然就到了阎罗王面前。阎罗王对他命令道：“我派遣你去讨伐贼寇，一定不能战败，如果战败了就杀了你。”与李知礼一同前去的有二十四名同伴，李知礼向东北望去，只见贼寇多到不见边际，天昏地暗，被兵马踏起的尘土像雨一样。李知礼等人寡不敌众败下阵来，这时李知礼对同伴说：“王者的命令森严，宁可向前拼杀贼人而死，不可战败而归。”说着，李知礼调转马头冲入敌阵，向贼阵中射了三箭以后，贼人已经稍加退却，李知礼又射了五箭，贼人于是溃败退散。战事结束之后李知礼参拜阎罗王，阎罗王责备李知礼：“贼寇虽然败退，为什么战事开始之时你们败退了？”立即令人用麻绳捆绑住李知礼等的头发和手足，又让他们躺在一块大石头上，上面又用一块大石压着他们碾磨。前后碾磨了四个人，身体全都溃烂。等到李知礼时，李知礼大声说：“之前已经把敌人打退了，已尽到我最大的努力，却还是被王所杀，这样怎么激励后来的人？”阎罗王听后，就把他释放了，由他自由活动。

过了三天，忽然他向着西北方前行，进入一处有墙的院子。只见满院的飞禽走兽，能站满三四亩地之多，都来向李知礼索命，渐渐向他逼近。李知礼曾经射死一只母狗，这只狗径直向他奔来啃咬他的面部，然后又啃咬他的身体，全身没有一处不被咬伤的。又看见三个大鬼，每个都高一丈多，一同来剥李知礼的皮肉，不一会儿就全都剥干净了，只有面部、眼睛、骨头和五脏得以剩下。就用这些剥下的皮肉分给那些禽兽吃，奇怪的是身上皮肉剥完后却重新生长出来，生长完再剥下，这样过了三天，李知礼痛苦的程度，难以用文字表达。刑罚结束之后，大鬼和禽兽们忽然全都不见踪影。李知礼回头观看，什么东西也没有，于是就翻墙向南逃跑了，也不知道到了什么地方。李知礼心中觉得身体很轻，好像一跳就能到达千里之外，这时又有一只鬼从他身后追上他，用一个铁笼把他罩住。只见有无数条鱼都抢着来咬他、吃他。吃完之后，鬼就倒退回去了，那些鱼也都不见了。

知礼所居宅北，见一大坑，其中有诸枪矟攒植，不可得过。见其兄女并婢赍箱，箱内有钱绢，及别置一器饮食，在坑东北。知礼心中，谓此婢及侄女游戏，意甚怪之。回首北望，即见一鬼，挺剑直进。知礼惶惧，委身投坑，即得苏也。自从初死，至于重生，凡经六日。后问家中，乃是侄女持纸钱绢及饭馔为奠礼，当时所视，乃是铜钱丝绢也。（出《冥报记》）

陆孝政

唐雍州陆孝政，贞观中为右卫隰川府左果毅。孝政为性躁急，多为残害。府内先有蜜蜂一龛，分飞聚于宅南树上，孝政遣人移就别龛。蜂未去之间，孝政大怒，遂以汤就树沃死，殆无孑遗。至明年五月，孝政于厅昼寝，忽有一蜂螫其舌上，遂即红肿塞口，数日而死。（出《法苑珠林》）

果毅

唐贞观、永徽间，盩厔鄠县界有果毅。每客来，恒买豚设馔，卫士家生十豚，总买尽。其最后买者，煮尚未熟，果毅对客坐，遂闻妇人哭声。意疑其妻，向家看之，不哭。至厅，又闻哭声，看妻还不哭，如此数回。后更向家，即闻哭声在门外；若门外，即闻哭李知礼家中曾经供养过一名和尚。这名和尚比李知礼早去世，和尚来给李知礼去除了铁笼，对李知礼说：“施主一定很饿。”然后送给他三丸白色药丸，大小像枣一样，让李知礼吃下去，吃下后李知礼马上就饱了。那名和尚又说：“施主应该回家。”和尚也向他告别。

李知礼回来后看见自家房子的北面，有一个大坑，坑里枪矛丛生，无法过去。又看见他的侄女和婢女带着一口箱子，箱子里全都是丝绢和铜钱，另外放置了一个器皿用来饮食，在大坑的东北面。李知礼心里想：这名婢女和侄女怎么玩这样的游戏，实在是太奇怪了。李知礼回过头向北望去，突然看见一只鬼挺剑径直朝他奔来。李知礼惊慌失措，只能跳到坑里，李知礼一下就复苏了。从当初他去世直到复苏一共经过六天。后来问起家里的人，才知道那是侄女拿着纸钱纸绢和饭食在为李知礼祭奠，当时所看到的却是铜钱和丝绢。（出《冥报记》）

陆孝政

唐朝雍州的陆孝政，唐太宗贞观年间担任右卫隰州府左果毅。陆孝政为人性情急躁，做过很多残害生灵的事。他的府内先前有一龛蜜蜂，纷飞聚集在宅院南边的树上，陆孝政派人把蜂窝移动到别的地方，但那群蜜蜂尚未离去的时候，陆孝政就很生气，马上用开水在树旁把蜜蜂和树全浇死了，连一个也没有留下。到了第二年五月，有一天白天，陆孝政在厅堂中睡觉，忽然飞来一只蜜蜂蜇在陆孝政的舌头上，马上他的舌头就发红肿胀，把嘴都堵上了，几天后陆孝政就死了。（出《法苑珠林》）

果毅

唐太宗贞观到唐高宗永徽年间，在周至县和鄠县境内有个名叫果毅的人。每次家中有客人来，他都去买猪做菜设宴款待客人，卫士家的母猪生了十只小猪，全都被他买完了。他最后买的那只猪，在还没有煮熟的时候，果毅面朝客人坐着，忽然听到有妇人的哭声。起声在家中。其客大惊，不安席，似闻哭声云：“男女生十个，总被果毅吃尽。”其客数遍听之，了了闻此，客恻之即去。果毅惊，因此得病，数旬而终。长安共传此事焉。（出《法苑珠林》）

刘摩儿

唐汾州孝义县泉村人刘摩儿，显庆四年八月，遇病而终。男师保，明日又死。父子平生，行皆险诐。比邻有祁陇威，因采樵，被车碾死，经数日而苏。乃见摩儿男师保，在镬汤中，须臾之间，皮肉俱尽，无复人形，唯见白骨。如此良久，还复本形。陇威问其故，对曰：“我为射猎，故受此罪。”又谓保曰：“卿父何在？”对曰：“我父罪重，不可卒见。卿既即还，请白家中，为修斋福。”言讫，被使催促，前至府舍，见馆宇崇峻，执杖者二十余人。一官人问曰：“汝比有何福业？”对曰：“陇威去年正月，在独村看诵一切经，脱衫一领布施，兼受五戒，至今不犯。”官人乃云：“若如所云，无量功德，何须来此？”遂索簿勘，及见簿，乃曰：“其人合死不虚。侧注云：‘受戒布施福助，更合延寿。’”乃遣人送还，当时苏活。（出《法苑珠林》）

初他怀疑是自己的妻子在哭，跑到屋里查看，妻子并没有哭。到了客厅，又听到哭声，再回去看望妻子，还是没哭，如此来往几回。后来果毅在家里的时候，就听到哭声在门外；跑到门外的时候，又听到哭声在家里。那个客人也很吃惊，不能安心在席子上休息，好像听到那哭声说道："我男男女女一共生了十个孩子，全都被果毅吃光了。"那客人听了几遍，听得清清楚楚就是这句话，客人心生悲痛就告辞离开了，果毅也十分害怕，后来因此而患病，几十天后就死去了。长安的人都在流传这件事。（出《法苑珠林》）

刘摩儿

唐朝汾州孝义县泉村人刘摩儿，在唐高宗显庆四年八月，患病而死。他的儿子名叫刘师保，在他死后的第二天也死了。父子二人这一生，行事都阴险邪僻。他的邻居有一个人名叫祁陇威，因为上山砍柴，被车碾压而死，经过几天而复苏。起初当他死的时候，看见刘摩儿的儿子刘师保在一口装满开水的大锅里，须臾之间皮肉全都被煮掉了，一点儿人形都没有，只看到了一具白骨。这样过了很长时间，他才恢复为原形。祁陇威就问他其中的缘故，刘师保回答说："因为我经常在外狩猎，所以我才受这个罪过。"祁陇威又问刘师保："你的父亲在哪里？"刘师保回答："我父亲罪过太重了，不可以仓促之间见到，你既然马上可以回去，请告诉我家里的人，赶快聚集和尚举行斋会，修行福报。"刘师保刚说完，祁陇威被地府的使者催促，前行来到一座府第，只见房舍崇高庄严，有二十多人拿着刑杖。一名官吏问祁陇威："你最近都做了什么布施行善的功德？"祁陇威回答说："我在去年正月，在独村诵读了所有经文，还曾脱下一件衣衫施舍给别人，并且接受五戒，到现在也不曾犯戒。"那官吏就说："如果真像你所说的那样，那你的功德无量，又怎么会到这里来？"于是拿来生死簿校对，等校对后，才说："你这人应该死亡不假，但在旁边标注着：有受戒布施保佑，应该延寿。"于是派人把祁陇威送回去，祁陇威当时就苏醒复活了。（出《法苑珠林》）

店 妇

唐显庆中，长安城西路侧有店家新妇诞一小男。月满日，亲族庆会，欲杀羊，羊数向屠人跪拜。屠人报家内，家内大小不以为征，遂即杀之，将肉就釜煮。余人贪料理葱蒜饼食，令产妇抱儿看煮肉。抱儿火前，釜忽然自破，汤冲灰火，直射母子，母子俱亡。店人见闻之者，多断杀生焉。（出《法苑珠林》）

屠 人

唐总章、咸亨中，京师有屠人，积代相传为业。因病遂死，乃被众羊悬之，一如杀羊法。两羊捉手，诸羊捉脚，一羊持刀刺颈，出血数斗，乃死。少顷还苏。此人未活之前，家人见绕颈有鲜血，惊共看之，颈有被刺处，还似刺羊，一边刀孔小，一边刀孔大。数年疮始合。（出《广古今五行记》）

刘知元

唐虔州司士刘知元摄判司仓。大酺时，司马杨舜臣谓之曰："买肉必须含胎，肥脆可食，余瘦不堪。"知元乃拣取怀孕牛犊及猪羊驴等杀之，其胎仍动，良久乃绝。无何，舜臣一奴，无病而死，心上仍暖，七日而苏，云："见一水犊，白额，并子随之，见王诉云：'怀胎五个月，枉杀母子。'须臾，又见猪羊驴等，皆领子来诉。见刘司士答款，引杨司马处分如此。"居三日而知元卒亡。又五日而舜臣死。（出《朝野佥载》）

店妇

唐高宗显庆年间，长安城西路边上有一家店，新媳妇生下一名小男孩。男孩满月这天，亲戚朋友都来庆贺聚会，店主人让屠夫宰杀一只羊，那只羊多次向屠夫跪拜。屠夫就把这事向店里的人们报告，店家里的大人小孩都不认为这是什么征兆，屠夫就立即杀了这只羊，把羊肉放到锅里烹煮。因为别人都忙着料理葱蒜和饼类，就让新媳妇抱着孩子看着锅里烹煮的肉。那名新媳妇抱着孩子走到锅前。锅突然间自行破损，汤水冲着炭火余烬直扑母子而来，母子全都死了。当时在店里看到听到这件事的人，多数都再杀生了。（出《法苑珠林》）

屠人

唐高宗总章、咸亨年间，京城内有名屠夫，世代相传以此为职业。有一天突然患病死亡，于是他被很多羊悬挂起来，完全和他平时杀羊的手法一样。两只羊抓着他的手，其他的羊抓着他的脚，其中一只羊拿着刀刺向他的脖子，流出几斗鲜血，就这样死了。过了一会儿又苏醒了。在他尚未复活之前，家中的人看见他脖子一周都有鲜血，十分惊奇，一同过来观看，只见他脖子上有被刀刺过的地方，伤口像他平时杀羊那样，一边的刀孔小，另一边的刀孔大。几年之后这创口才愈合。（出《广古今五行记》）

刘知元

唐朝虔州司士刘知元兼任司仓。在一次聚会时，司马杨舜臣对他说："买肉一定要买怀孕的母兽，这种肉肥嫩酥脆好吃，其余时候的肉都干柴不好吃。"刘知元以后就挑选怀孕的牛犊以及猪、羊、驴等牲畜杀死吃掉，牲畜们被杀死之后，体内怀的胎还在跳动，很长时间才会死去。不久之后，杨舜臣的一名家奴无病而死，但心口处还是温热的。七天之后他却复苏了，说："我在阴间见到一头水牛犊，白色额头，还有一只小牛犊跟随着它，见到阎王控告说：'我怀胎五个月，

季全闻

唐则天初，京兆人季全闻家富于财，性好杀戮。猪羊驴犊，皆烹宰于前。常养鹰鹞数十联，春夏采鱼鳖，秋冬猎狐兔。常与诸子取鸟雀，以刀齐刈其头。即放飞，看其飞得近远，远者为胜，近者为负，以此戏乐。在家极严残，婢妾及奴客，有少事，或悬开其心，或剜去其眼。其妻初生一子，自眼上个，有皮垂下，至于鼻，从额已后，又有一片皮，垂至于项，有似人着帽焉。后生一子，牙爪如虎，口似鹰吻。又生一子，从项至腰有缝，拨看，见其心肺五脏，生而俱死。其人有兄，亦好鹰犬弋猎，性又残忍酷毒。其妻生男，项上有肉枷，或如鸟兽鱼鳖形，或无眼鼻者数矣。（出《广古今五行记》）

当涂民

吴俗，取鲜鱼皆生之，欲食则投之沸汤，偃转移时乃死。天宝八载，当涂有业人取鳝鱼。是春得三头鳝，其子去鳝皮，断其头，燃火将羹之。其鳝则化为蛇，赤文煸斓，长数尺，行趋门外。其子走反顾，余二鳝亦已半为蛇，须臾化毕，皆去。其子遂病，明日死。于是一家七人，皆相继死，十余日且尽。当涂令王休愔，以其无人也，命葬之。（出《纪闻》）

那刘知元无缘无故杀害我们母子。'不一会儿，又见猪、羊、驴等牲畜都领着孩子前来控告冤屈。只见刘知元对答审问后诚心服罪，说是杨司马要我这样做的。"过了三天，刘知元去世了。又过了五天，杨舜臣也去世了。（出《朝野佥载》）

季全闻

唐朝武则天当政初年，京兆人季全闻家中财产极其富有，但他生性喜好杀生。猪、羊、驴、牛等牲畜，全都在面前宰杀、烹煮。经常饲养猎鹰几十对。春夏两季捕捉鱼鳖，秋冬两季猎杀狐兔，又经常和其他诸家弟子捕捉鸟雀。用刀把鸟头齐齐切下。然后放飞，看这些鸟飞得远近，飞得远的为胜者，飞得近的为败者，以此作为游戏娱乐。季全闻治家也极其严酷残忍，他家的婢妾家奴，只要稍微犯下一点错误，或者悬挂其心，或者剜去双眼。他的妻子当初生下第一个儿子，有一块皮从上眼睑一直垂到鼻子处，还有一块皮从额后一直垂到脖颈处，好像一个人戴着帽子似的。生下第二个儿子，牙爪像虎、嘴像鹰喙。又生下第三个儿子，从脖颈到腰有一道缝隙，拨开查看，可以看到体内的心肺等五脏。这三个儿子全都是生下来就死了。季全闻有个哥哥，也喜好放出鹰犬狩猎，性情也残忍酷毒，他的妻子所生下的男孩，脖子上有枷锁一样的肉瘤，有的像鸟兽鱼鳖等动物一样，无眼无鼻的也有数人。（出《广古今五行记》）

当涂民

吴地的习惯，捕到新鲜的鱼都养起来，想要吃鱼的时候，就把活鱼扔到开水里，等到仰面翻转时就死了。唐玄宗天宝八年，当涂有一个可怜人去捕捞鳝鱼。当年春天捕到三条鳝鱼，他的儿子剥掉鱼皮，砍断鱼头，点燃火想要做鱼羹。其中有条鳝鱼立刻就变成了一条蛇，红色花纹鲜丽色彩夺目，长几尺，爬到门外，他的儿子吓得回头看，只见剩下的那两条鳝鱼也已经半化为蛇，一会儿就全都变化成蛇，离开了。他的儿子立刻就患上了病，第二天就死了。于是一家七

张 纵

唐泉州晋江县尉张纵者，好啖鲙，忽被病死，心上犹暖，后七日苏。云：初有黄衫吏告云："王追。"纵随行，寻见王。王问吏："我追张纵，何故将张纵来？宜速遣去。"旁有一吏白王曰："此人好啖脍，暂可罚为鱼。"王令纵去作鱼。又曰："当还本身。"便被所白之吏引至河边，推纵入水，化成小鱼，长一寸许。日夕增长，至七日，长二尺余。忽见罟师至河所下网，意中甚惧，不觉已入网中，为罟师所得，置之船中草下。须臾闻晋江王丞使人求鱼为鲙，罟师初以小鱼与之，还被杖。复至网所搜索，乃于草下得鲤，持还王家。至前堂，见丞夫人对镜理妆，偏袒一膊。至厨中，被脍人将刀削鳞，初不觉痛，但觉铁冷泓然。寻被剪头，本身遂活。时殿下侍御史李萼左迁晋江尉，正在王家餐鲙，闻纵活，遽往视之。既入，纵迎接其手，谓萼曰："餐脍饱耶？"萼因问："何以得知？"纵具言始末，方知所餐之鳞，是纵本身焉。（出《广异记》）

口相继全都死去，仅仅十多天全家都死光了。当涂县县令王休愔，因为他家中已经没有别人，下令把他家的人都埋葬了。（出《纪闻》）

张纵

唐朝泉州晋江县县尉张纵，喜好吃鱼脍，忽然有一天疾病缠身而死，但是心口还是温热的，七天以后就复苏了。他自己说：当初有个身穿黄布衫的官吏告诉他说："阎罗王派我拘你前去。"张纵只好跟着他一起走，不一会儿见到阎王。阎王问那名黄衫官吏："我让拘捕的张纵，为什么把这名张纵错拘而来？应当赶快把他打发回去。"阎王身旁有名官吏对阎王说："这个人喜好吃鱼脍，暂且可以惩罚把他当作鱼。"于是阎王就下令让张纵作鱼。又说："之后当会恢复你的本身。"张纵就被那名阎王身旁的官吏带到河边，他推张纵进入水中。张纵就变化成一条小鱼，仅长一寸多，每一天都有所增长，到了第七天，已长到二尺多长。这时忽然看见一名渔夫到河里撒下渔网，张纵心里十分害怕，但不知不觉间已经进入网中，被渔夫所捕获，放到船舱里的乱草之下。不一会儿听到晋江县王丞派人寻找活鱼制作鱼脍。渔夫起初只把一些小鱼交给他，被棍棒打了一顿，又自己到放渔网的地方搜寻，就在乱草之下找到鲤鱼，拿着回到王家。被拿到前堂时，看见王丞的夫人正对着镜子整理妆饰，还解衣袒露着一只胳膊。又被拿到厨房里，被厨师用刀刮下鱼鳞，起初并不觉得痛，只是觉得那刀很冷冽森然。不一会儿又被剪掉头，张纵就恢复原身复活了。当时的殿下侍御史李萼被谪贬为晋江县尉，正在王家吃鱼脍。听说张纵复活了，就急忙赶来探望他。李萼刚进入，张纵就起身迎接并且拉着他的手，对李萼说："吃鱼脍吃饱了吗？"李萼于是问他是怎么知道这件事的，张纵就详细地告诉了他事情的全部经过，李萼这才知道他刚才吃的鱼，是张纵变化的。（出《广异记》）

卷第一百三十三　报应三十二杀生

朱化

洛阳人朱化者，以贩羊为业。唐贞元初，西行抵邠宁，回易其羊。有一人见化谓曰："君市羊求利，当求丰赡，君见羊之小者，以为不可易也。殊不知小者不久而大也，自小而易，及货而大，其利不亦博乎！易之大者，其羊必少，易之小者，其羊必多，羊多则利厚也，羊少则利寡也。"化然之，乃告其人曰："尔知有小羊，我当尽易之。"其人数日乃引一羊主至，化遂易得小羊百十口，大小羊相杂为群，回归洛阳。行至关下，一夕所易之小羊，尽化为鬼而走。化大骇，莫测其由。明年复往邠宁，见前言小羊之人，化甚怒，将执之诣官府。其人曰："我何罪也？"化曰："尔以小羊回易，我驱至关下，尽化为鬼，得非汝用妖术乎！"其人曰："尔贩卖群羊，以求厚利，杀害性命，不知纪极，罪已弥天矣。自终不悟，而反怒我，我即鬼也，当与群羊执尔而戮之。"言讫而灭，化大惊惧，寻死于邠宁焉。（出《奇事》）

李詹

唐李詹，大中七年崔瑶下擢进士第。平生广求滋味，每食

朱化

洛阳人朱化，以贩卖羊为职业。唐德宗贞元初年，向西走抵达邠宁，用他的羊交易其他物品。有一人见到朱化对他说：“你买羊求取利益，应该追求钱货丰饶，但你看到小羊，就认为不可以买来。你竟然不知道小羊不久之后就会长大，从小的时候就把羊买来，等你卖的时候就长大了，这里面的利润不是也很大吗！你买大羊的话，一定买得数量少，买小羊的话，就会买得数量很多，羊的数量多，则利润也就丰厚，羊的数量少，则利润也就少了。”朱化觉得是这么回事，就告诉那个人说：“你要是知道哪里有卖小羊的，我就全都买下。”那个人几天后就带一名养羊的人来了，于是朱化买到的小羊约有一百头，把大羊和小羊混杂成一群，准备赶回洛阳。走到洛阳城下，只一个晚上朱化所买的小羊都变成鬼四散逃跑了。朱化十分惊惧，猜不出其中的缘由。到了第二年又前往邠宁，看到之前劝说他买小羊的那个人，十分生气，就要捉住把他送到官府去治罪。那人说：“我犯了什么罪？”朱化说：“你劝我多买小羊，我赶着羊群到洛阳城下的时候，全都变成鬼逃跑了，这难道不是你使用的妖术吗？”那人说：“你贩卖羊群，想要多赚些钱，杀害羊的性命，不知穷尽，你已经犯下了弥天大罪。自己到现在还不醒悟，而反过来对我发怒，我就是鬼啊，我应该和羊群一起抓住你再杀了你。”说完就消失不见。朱化极其惊慌恐惧，不久后就死在了邠宁。（出《奇事》）

李詹

唐朝的李詹，唐宣宗大中七年在崔瑶主持的考试中进士及第。他鳖，辄缄其足，暴于烈日，鳖既渴，即饮以酒而烹之，鳖方醉，已熟矣。复取驴絷于庭中，围之以火，驴渴即饮灰水，荡其肠胃，然后取酒，调以诸辛味，复饮之，驴未绝而为火所逼烁，外已熟矣。詹一日，方巾首，失力仆地而卒。顷之，詹膳夫亦卒。一夕，膳夫复苏曰："某见詹，为地下责其过害物命，詹对以某所为，某即以詹命不可违答之。詹又曰：'某素不知，皆狄慎思所传。'故得以回。"无何，慎思复卒。慎思亦登进士第，时为小谏。（出《玉泉子》）

王公直

唐咸通庚寅岁，洛师大饥，谷价腾贵，民有殍于沟塍者。至蚕月，而桑多为虫食，叶一斤直一镮。新安县慈涧店北村民王公直者，有桑数十株，特茂盛荫翳，公直与妻谋曰："歉俭若此，家无见粮，徒竭力于此蚕，尚未知其得失。以我计者，莫若弃蚕，乘贵货叶，可获钱十万，蓄一月之粮，则接麦矣，岂不胜为馁死乎？"妻曰："善。"乃携锸坎地，卷蚕数箔瘗焉。明日凌晨，荷桑诣都市鬻之，得三千文，市彘肩及饼饵以归。至徽安门，门吏见囊中殷血，连洒于地，遂止诘之。公直曰："适卖叶得钱，市彘肉及饼饵贮囊，无他也。"请吏搜索之。既发囊，唯有人左臂，若新支解焉。群吏乃反接送于居守，居守命付河南府尹正瑯琊王公凝，令纲纪鞫之。其款示：某瘗蚕卖桑叶，市肉以归，实不杀人，特请检验。尹判差所由监领，就村检埋蚕之处。所由领公直至村，先集邻保，责手状，皆称实知王公直埋蚕，别无恶迹。乃与村众及公直，同发蚕坑，中唯有箔角一死人，而缺其左臂，取得臂附之，宛然符合。

平生广泛寻找味道特殊的菜肴。每次吃鳖的时候，都绑上它的四脚，放到烈日底下暴晒。等到鳖感到渴的时候，就给它喝酒，然后再拿到厨房去烹煮，鳖在正醉的时候已经被做熟了。有时又把驴拴在庭院里，在它周围点上火，驴感到渴的时候就喝燃烧后的草木灰水，清洗它的肠胃，然后拿来酒，在其中调入各种香料，再让驴喝下，驴还未死而被烈火所烘烤，外边的肉就已经熟了。有一天，李詹刚戴上头巾，突然站不住了，摔倒在地而死。不一会儿，李詹家的厨师也死了。过了一天，厨师复苏过来，说："我见到了李詹，阎王正追责他过分残害动物生命的事，李詹对官吏说是我干的，我就回答说，李詹的命令我无法违抗。李詹又说：'起初我根本不知道这样的吃法，都是狄慎思传授给我的。'所以我才得以回来。"过了不久，狄慎思也死了。狄慎思也是进士及第，当时担任小谏一职。（出《玉泉子》）

王公直

唐懿宗咸通庚寅年，洛阳地区大闹饥荒，谷价飞涨，在阴沟里、田埂上到处都是饿死的百姓尸体。到了蚕忙的时期，而桑叶大多被其他虫子吃了，桑叶每斤值一镮钱。新安县慈涧店北村有个村民名叫王公直，家中有桑树几十棵，特别茂盛荫翳，王公直就和妻子商量说："因为灾荒收成减少这么多，家中也没有见到有剩余的粮食，白白地尽力饲养这些蚕，也不知道其中的得失。依我看，不如放弃养蚕，乘着现在桑叶价格贵就贩卖桑叶，这样可以赚到十万钱，能够积蓄一个月的粮食，就可接上秋天的麦子了，难道不比被饿死强吗？"妻子说："好。"于是他就拿着铁锹在地上挖了一个坑，把蚕卷在几张蚕帘里埋了。第二天清晨，王公直挑着桑叶到城里的集市上出售桑叶，得到三千文钱，又在集市上买了一个猪腿以及各种饼类回家。到了徽安门，门吏看见他的口袋在流血，连续滴落了一地，于是就让他停下追问他。王公直说："我刚才卖掉桑叶赚到了钱，就买了猪腿肉以及各种饼类等食物装在口袋里，没有别的东西。"王公直请门吏搜查。打开口袋，只有一个人的左臂，好像是刚刚肢解下来的。于是一群门遂复领公直诣府，白尹。尹曰：“王公直虽无杀人之事，且有坑蚕之咎，法或可恕，情在难容。蚕者天地灵虫，绵帛之本，故加剿绝，与杀人不殊。当置严刑，以绝凶丑。”遂命于市杖杀之。使验死者，则复为腐蚕矣。（出《三水小牍》）

黄敏

江西都校黄敏者，因御寇坠马，折其左股，其下遂速以石碎生龟，傅之，月余乃愈。而龟头尚活，龟腹间与髀肉相连而生，敏遂恶之，他日割去。欲下刃，痛楚与己肉无异，不能而止。龟目所视，亦同己所见也。（出《闻奇录》）

陈君稜

曹宋二州西界有大鹤陂，陂左村人陈君稜，少小捕鱼为业。后得患，恒被众鱼所食，痛苦不能自持。若以鱼网盖之，痛即止。

吏就把王公直双手反绑起来送到居守衙门，居守下令移交河南府尹正王公凝处审理，王公命令人依法审问，要用来告诫百姓。王公直的供书上写道：他埋葬了蚕卖掉了桑叶，买肉回家，确实没有杀人，请专门派人到他家里检查勘验。府尹就派差吏所由监督掌管，领王公直到村里去检查埋蚕的地方。所由领着王公直回到村里后，先召集邻里和保长，诘问他所说的自白状是否属实，大家都说确实知道王公直埋蚕的事，没干过其他什么恶劣的事。差吏就和村里的众人以及王公直一起来到埋蚕的地方挖掘蚕坑，坑里只有竹制蚕帘的一角上有一名死人，残缺左臂，等把王公直口袋里的那条左臂拿来附上，真真切切符合伤口。差吏就又带着王公直到府里去报告，把情况向府尹禀报，府尹说："王公直虽然没有犯下杀人的事，却有坑杀桑蚕的罪过，法律上或许可以饶恕，但是情理难容。蚕是天地间的灵虫，是丝绵绢帛的根本，故意加害直至剿杀殆尽，和杀人没有什么区别，应该施以严酷的刑罚，用来断绝像你这样凶恶不善的罪犯。"就命人在闹市中用杖将其打死。等到派人再到埋蚕的坑里检查勘验时，则变成腐烂的蚕尸了。（出《三水小牍》）

黄敏

江西都校黄敏，因为抗击敌寇而从马上坠落下来，摔断了左大腿，他的部下就迅速地用石头砸碎了一只活着的乌龟，给他敷在大腿上，过了一个多月骨头就长好了。然而敷在伤腿处的乌龟头还活着，乌龟的腹部与黄敏的大腿肉彼此相连生长在一起，黄敏就很厌恶它，有一天想把它割掉。刚想下刀，疼痛得像是割自己的肉一样，无法办到只能停下。龟目所看到的，也和他自己所看到的相同。（出《闻奇录》）

陈君稜

曹宋二州境内西部有处大鹤陂，在陂左的村子里有个人名叫陈君稜，他年幼的时候以捕鱼为职业。后来患上了怪病，经常觉得自

后为村人盗网去，数日间，不胜痛而死。德州刺史邓某曾任考城令，知此事。（出《奇闻录》）

王洞微

唐汾州景云观道士王洞微者，家于孝义县，初为小胥，性喜杀，常钓弋渔猎。自弱冠至壮年，凡杀狼狐雉兔，洎鱼鳖飞鸟，计以万数。后为里尹，患病热月余，忽觉室内有禽兽鱼鳖万数，环其榻而噬之，疮痏被身，殆无完肤。中夕之后，其父母兄弟，俱闻洞微卧内，有群鸟啁啾，历然可辨。凡数年，疾益甚，或有谓洞微父曰："汝子病且亟，宜迁居景云观。"于是卜日徙居。月余，会群道士修斋授箓，是夕洞微瘳。后十年，竟以疾卒。（出《宣室志》）

孙季贞

唐孙季贞，陈州人，少好捕网飞走，尤爱啖鸡卵，每每欲食，辄焚而熟之，卒且三年矣。邻有张生者，亦以病卒三日也。忽便起坐，既行，乃径往孙氏家，称季贞，听其言，实季贞，其形故张生也。张氏之族，即诣官以诉。孙云："先是吾不当死，以生平多害物命，故为冤债所诉，以食鸡卵过甚，被驱入于空城中，比入则户阖矣。第见满城火灰，既为烧烁，不知所为。东顾，方见城户双启，即奔从之，至则复阖矣。西顾，从之复然。南顾北顾，从之亦然。其苦楚备尝之矣。一旦，王谓季贞曰：'尔寿未尽，然死且三年矣，何以复还？'主者曰：'邻有张某，死才三日，可借此以托其己被鱼群所撕咬，痛苦到不能自我把持。如果用渔网盖在他身上，疼痛就停止了。后来村里人偷走了他的渔网，几天之间，他因为忍受不了疼痛而死。德州刺史邓某曾经担任考城县令，知道这件事。（出《奇闻录》）

王洞微

唐朝汾州的景云观有位道士名叫王洞微，家在孝义县，起初担任过小官，生性喜好杀生，经常钓鱼射鸟打猎。他从不到二十岁直至壮年，共计杀死的狼、狐狸、雉鸡、野兔，煮过的鱼、鳖、飞鸟，数以万计。后来他担任里尹，患上急病发烧了一个多月，他忽然觉得屋里有禽兽鱼鳖等数以万计的动物，环绕在他床的周围撕咬他，浑身都是创伤，几乎没有一点完好的皮肤。半夜之后，他的父母兄弟都听到他的卧室里传来群鸟鸣叫的声音，声音清晰可辨。这样过了几年，他的病更加严重了，有人对王洞微的父亲说："你儿子的病很重很急，最好让他搬到景云观去。"于是就选择了一个吉日搬到景云观居住。一个多月里，聚集很多道士为他修斋作法，授受符箓，当晚王洞微的病就痊愈了。十年之后，王洞微最后还是因病死了。（出《宣室志》）

孙季贞

唐朝的孙季贞，陈州人，年少时喜好捕捉飞禽走兽，尤其喜爱吃鸡蛋，每次想要吃鸡蛋的时候，就用火烧熟了吃，不过他死了已经三年了。邻居有个名叫张生的，也已经病死三天。这一天张生忽然坐起来，能下地行走，就径直前往孙家，自称是孙季贞。听他所说，确实是孙季贞，但外形又确实是张生啊。张氏家里人就到官府去叙述此事。到了官府里，孙季贞说："先前我是不该死的，因为我平生杀害了很多动物，所以被那些冤魂所控告，又以我吃鸡蛋太多，被驱赶进入阴曹的空城里，刚进去城门就关闭了。只见满城火焰灰烬，不一会儿大火燃烧通明，我不知道该往哪儿去。往东看，正好看见两扇城门都开着，我就赶快跑过去，但是等我跑到那里城门又关闭了。再往西神魂。’王然之，今我实季贞也。”官不能断。郡牧刘尚书廙，亲呼问之，曰：“宜以平生一事，人无知者以为验。”季贞曰：“某未死前，尝藏佛经两卷于屋瓦，人实无知者。”命探之，存焉，断归孙氏。（出《玉泉子》）

崔道纪

唐前进士崔道纪，及第后，游江淮间。遇酒醉甚，卧于客馆中。其仆使井中汲水，有一鱼随桶而上，仆者得之，以告道纪。道纪喜曰：“鱼羹甚能醒酒，可速烹之。”既食良久，有黄衣使者，自天而下，立于庭中，连呼道纪，使人执捉，宣敕曰：“崔道纪，下土小民，敢杀龙子，官合至宰相，寿命至七十，并宜除。”言讫，升天而去。是夜道纪暴卒，时年三十五。（出《录异记》）

何泽

唐何泽者，容州人也，尝摄广州四会县令。性豪横，唯以饮啖为事，尤嗜鹅鸭。乡胥里正，恒令供纳，常豢养鹅鸭千百头，日加烹杀。泽只有一子，爱怜特甚。尝一日烹双鸡，爨汤以待沸，其子似有鬼物撮置镬中。一家惊骇，就出之，则与双鸡俱溃烂矣。（出《报应录》）

看，同东城门的情况一样。往南往北看，情况也都是一样。其间的痛苦我都经历遍了。一天早晨，阎王对我说：‘你的寿命还没到尽头，然而你死了已经三年了，该怎么复生呢？’这时主簿说：‘他的邻居有个叫张生的，死了才三天，可以用来借尸还魂。’阎王同意了，现在我确实是孙季贞啊。”官府不能决断。郡牧尚书刘廙，亲自来询问他，说：“应该用他平生所做的一件事，一件别人都不知道的事情来验证。”季贞就说：“我没死之前，曾经把两卷佛经藏在屋瓦之下，别人确实没有知道的。”官府命人去查探，果然在那里，最后判孙季贞回到孙家。（出《玉泉子》）

崔道纪

唐朝前进士崔道纪，科举考中后，在江淮之间游玩。有一次醉得很严重，躺在馆舍里。他的仆人去井里打水，有一条鱼随着水桶被捕捞上来，仆人得到这条鱼后，告诉了崔道纪。崔道纪听完十分高兴地说：“鱼汤用来解酒最好，赶快去做了。”喝完鱼汤过了很久，有一名身穿黄衣的使者从天上降下，站在庭院里，连声呼唤崔道纪，并派人把他捉来，宣布敕命说：“崔道纪，你这人间的小民，胆敢杀害龙子，本来官职应当作至宰相，寿命应当活到七十，现在应当一并免除。”说完就升天而离去。当天晚上，崔道纪得了急病身亡，时年三十五岁。（出《录异记》）

何泽

唐朝的何泽，是容州人，曾经担任广州四会县令。生性喜欢仗势欺人，只把吃喝当成自己的事业，尤其喜爱吃鹅鸭。他属下的乡吏里长，经常接受命令向他纳贡，在家里经常喂养的鹅鸭有成百上千只。每天都会宰杀烹煮几只。何泽只有一个儿子，特别疼爱怜惜。有一天准备烹煮两只鸡，在灶上烧水等着沸腾，他的儿子像是被鬼怪抓起扔进锅里一样。全家人都慌张恐惧，马上捞出来，他儿子和那两只鸡都已经被煮到烂熟了。（出《报应录》）

岳州人

唐咸通中，岳州人有村人，涸湖池取鱼，获龟犹倍多。悉刳其肉，载龟板至江陵鬻之，厚得金帛。后归家，忽遍身患疮，楚痛号叫，邻里不忍闻。须得大盆贮水，举体投水中，渐变作龟形。逾年，肉烂腐坠而死。（出《报应记》）

徐可范

唐内侍徐可范，性好畋猎，杀害甚众。尝取活鳖，凿其甲，以热油注之，谓之鳖𫗴。又性嗜饱驴，以驴縻绊于一室内，盆盛五味汁于前，四面迫以烈火，待其渴饮五味汁尽，取其肠胃为馔。前后烹宰，不纪其数。后扈从僖宗幸蜀，得疾。每睡，见群兽鸟雀啄食其肉，痛苦万状。又须于床下布火，及以油醋灌其身，乃以罟网盖覆，方暂得睡。以日继夜，常须如此，命将尽，惟一束黑骨而已。（出《报应记》）

建业妇人

近岁建业有妇人，背生一瘤，大如数斗囊，中有物如茧栗甚众，行即有声。恒乞于市，自言村妇也，常与娣姒辈分养蚕，已独频年损耗，因窃其姒一囊茧焚之。顷之，背患此疮，渐成此瘤。以衣覆之，即气闭闷，常露之乃可，而重如负囊矣。（出《搜神记》）

岳州人

唐懿宗咸通年间，岳州有一个村民，他把湖泊中的水放干了抓鱼，结果捕获龟的数量成倍增多。他把龟肉全都剖挖干净后，装着龟的腹甲到江陵去卖，卖了很多钱。后来回到家里，突然遍体生疮，疼痛地大声哭叫，邻居不忍心听。只有把一个大盆装满水，再把身体全都泡在水里才好些，他的身体渐渐变成了龟的形状。过了一年，他因全身的肉都腐烂掉落而死。（出《报应记》）

徐可范

唐朝的内侍官徐可范，生性喜好打猎，杀害的鸟兽生灵有很多。曾经拿来活鳖，把外甲凿开，然后将热油注入其中浇烫，称之为鳖饼。他又特别喜爱吃驴肉，他把驴拴在一间屋子里，用盆盛上调好的五味汁液放在驴的前面，在四周靠近驴的地方点燃烈火，等驴口渴就把五味汁液喝光，再杀驴取出肠胃做菜吃。前前后后烹宰的驴不计其数。后来他随侍唐僖宗巡视到四川，患了病。他每次睡觉的时候都看见一群鸟兽啄吃他身上的肉，痛苦万分。只能在他的床下点上火，再用油醋等灌入他的身体，最后用渔网覆盖全身，这样才能暂时入睡一会儿。就这样夜以继日，必须天天这样做，等到他快要死的时候，只剩下一把黑骨头了。（出《报应记》）

建业妇人

近年来建业有一名妇女，背上生了一个巨大肉瘤，大得像能装下数斗的口袋，里面像有很多祭祀用品一样，走起路来能听到发出的声音。她常年在街市上讨饭，自称是一名村妇，经常和妯娌们一起养蚕，但唯独她一人连年亏本，因此她就偷了妯娌的一口袋蚕茧烧了。刚烧完一会儿，她的背上就生出了疮，逐渐变成这个大瘤。用衣服遮盖上，就觉得气短憋闷，只有经常露在外面才行，而这肉瘤重得像背着一个大口袋一样。（出《搜神记》）

广陵男子

广陵有男子行乞于市，每见马矢，即取食。自云：尝为人饲马，慵不能夜起，其主恒自检视，见槽中无草，督责之。乃取乌梅并以饲马，马齿楚，不能食，竟以是致死。己后因患病，见马矢，辄流涎欲食，食之，与乌梅味正同，了无秽气。（出《稽神录》）

何马子

遂州人何马子好食蜂儿，坐罪，令众于市。忽有大蜂数个，螫其面，痛楚叫呼。守者驱而复来，抵暮方绝，如此经旬乃死。（出《儆戒录》）

章 邵

章邵者，恒为商贾，巨有财帛，而终不舍路歧，贪猥诛求。因逢鹿，避人而去，鹿子为邵之所获。邵便打杀，弃之林中，其鹿母遥见悲号，其声不已。其日，邵欲夜行，意有所谋也。邵只有子一人，年方弱冠，先父一程行，及困，于大树下憩歇，以伺其父。未间，且寝于树阴中，邵乃不晓是子，但见衣襆在旁，一人熟寐而已。遂就抽腰刀，刺其喉，取衣襆而前行。及天渐晓，见其衣襆，乃知杀者是己子也。嗟乎！章邵凶率如此，报应亦宜然。（出《野人闲话》）

广陵男子

广陵有名男子在街市上乞讨，每次看见马粪，就拿过来吃掉。他自己说：他曾经替别人喂马，因为困倦，晚上起不来，不能按时添加草料，他家的主人经常亲自检验，看到马槽中没有草料，就要督促责备他。于是，他就拿来乌梅和草料混在一起喂马，马的牙被乌梅刺痛，就不能吃东西了，最后马竟然因此而死。他后来也因为这个而患病，看见马粪，就流下口水想去吃，吃下后，觉得和乌梅的味道是一样的，一点臭味也没有。（出《稽神录》）

何马子

遂州人何马子喜好吃蜂，后因为犯罪，命令让他当街示众。忽然有几只大蜂飞来，专蜇他的脸，他痛苦不堪大声呼叫。看守他的人替他驱赶走那些大蜂，之后大蜂又飞回来，直到天黑时才停止，像这样过了十多天他就死了。（出《儆戒录》）

章邵

章邵，作商人多年，钱财巨富，但他始终放不下在岔路上贪图诛杀敲诈钱财的勾当。有一次遇到一头母鹿，躲避人类而逃走，但鹿子却被章邵所抓获。章邵当即杀死鹿子，丢弃在树林之中。那头母鹿在很远处看见孩子的惨状，悲号之声不停。这一天，章邵想要晚上行走，心中有所图谋。章邵只有一个儿子，年纪刚够二十岁，儿子就先走一步，走在途中就困了，就在路边的大树之下休息，等待父亲前来。不一会儿，儿子就在树荫里睡着了，章邵不知道那人是自己的儿子，只见衣裳包裹放在身旁，只有一人熟睡不醒而已。于是就抽出腰刀，对准那人的咽喉刺去。抢走了衣裳包裹继续往前走了。等天渐渐亮了，章邵看清抢来的衣裳包裹，这才知道杀死的人是自己的儿子。唉！章邵凶狠残暴到这种地步，报应也是应该的啊！（出《野人闲话》）

韩立善

蜀金雁桥，有韩立善者，作钓钩，积有年矣。因食鱼，鲠喉成疮，颔脱而死。（出《儆戒录》）

僧修准

蜀郡大慈寺律师修准，虽云奉律，性甚褊躁。庭前植竹，多蚁子缘栏槛。准怒，伐去竹，尽取蚁子，弃灰火中。准后忽患癣，疮遍头面。医者云蚁漏疮，不可医，后竟卒。（出《儆戒录》）

宇文氏

宇文氏，伪蜀之富家也。孀居国之东门，尝闻寝室上有人行，命仆隶升屋视之，获得野狸三头并狸母，宇文氏杀狸母而存其子焉。未期岁，宇文氏适护戎王承丕。丕杀判官郭延钧一家，宇文氏并前夫一男二女，下狱定罪，赦男女，斩宇文氏。吁！得非杀狸母之所报也！（出《儆戒录》）

李贞

蜀锦浦坊民李贞家，养狗名黑儿。贞因醉，持斧击杀之。李贞临老，与邻舍恶少白昌祚争竞。昌祚承醉，以斧击贞死焉。时昌祚年十九岁，与杀狗年正同，昌祚小字黑儿。冤报显然，不差丝发。（出《儆戒录》）

韩立善

蜀地金雁桥的韩立善，制作钓鱼钩已经有很多年了。他有一次吃鱼，鱼骨卡在咽喉里，后来变成了疮。下巴脱落而死。（出《儆戒录》）

僧修准

蜀郡大慈寺有名精通戒律的法师，名叫修准，虽说整天持守戒律，但性格十分偏激暴躁。寺庙的庭院前种着竹子，有很多蚂蚁沿着竹子攀缘到栏杆上。僧修准很生气，就砍去竹子，把那些蚂蚁全都收集起来，扔到燃烧后的灰烬中。修准后来忽然得了癣疮，满头满脸都是疮。医生说这是蚁漏疮，没有办法医治，修准最后死于此病。（出《儆戒录》）

宇文氏

宇文氏，是十国伪蜀时期的富裕人家。在都城的东门守寡，曾经听到她寝室之上有人走路的声音，就命仆奴上房查看，结果抓获了三只野貉和一只貉母，宇文氏就杀了那只貉母而把三只野貉留下了。还没过一年，宇文氏就嫁给了护戎王承丕，因为承丕杀害了判官郭延钧一家，所以宇文氏和其与前夫的一个儿子和两个女儿也被关入监牢判定罪名，后来赦免了孩子，宇文氏却被斩首。唉！这莫非是她杀害貉母的报应吗！（出《儆戒录》）

李　贞

蜀地锦浦坊的百姓李贞家里，养了一条狗，名叫黑儿。李贞因为喝醉了酒，手拿斧子把狗砍死了。李贞到了年老的时候，和邻居一名恶劣少年白昌祚争辩。白昌祚借着醉意，拿斧子把李贞打死了。当时白昌祚十九岁，出生那年与李贞杀狗的那年正好相同，白昌祚的小名叫作黑儿。这很明显是冤冤相报，竟然丝毫不差。（出《儆戒录》）

僧秀荣

蜀郡金华寺法师秀荣。院内多松柏，生毛虫，色黄，长三二寸。莫知纪极，秀荣使人扫除埋瘞，或弃于柴积内，僧仁秀取柴煮料，于烈日中晒干，虫死者无数。经月余，秀荣暴卒。金华寺有僧入冥，见秀荣荷铁枷，坐空地烈日中，有万万虫咂噬。僧还魂，备说与仁秀，仁秀大骇，遂患背疮，数日而卒。（出《儆戒录》）

毋乾昭

蜀人毋乾昭有庄在射洪县，因往庄收刈。有鹿遭射逐之，惊忙走投乾昭，昭闭于空房中。说与邻僧法惠，法惠笑曰："天送食物，岂宜轻舍？"乃杀之，沽酒炙鹿，共僧饮啖。僧食一块，忽大叫云："刀割我心。"呕血，至夕而死。（出《儆戒录》）

李 绍

蜀民李绍好食犬，前后杀犬数百千头。尝得一黑犬，绍怜之，蓄养颇厚。绍因醉夜归，犬迎门号吠，绍怒，取斧击犬。有儿子自内走出，斧正中其首，立死。一家惶骇，且捕犬，犬走，不知所之。绍后得病，作狗嗥而死。（出《儆戒录》）

僧秀荣

蜀郡金华寺有名和尚名叫秀荣。寺院内种植了许多松柏，生有一种毛虫，身体黄色，长二三寸。不知这些毛虫到底有多少，僧秀荣就派人扫除埋葬，有些就扔到柴堆里，僧仁秀取柴煮饭，把柴取走放在烈日下晒干，那些毛虫死去无数。经过一个多月，僧秀荣突然患病身亡。金华寺有个僧人进入冥府阴间，看见僧秀荣背负着铁枷，坐在空地烈日下，有数不清的毛虫咬他。这个僧人还魂复生后，就把看到的情景详细说给僧仁秀听，僧仁秀听后十分害怕，立即就患上了背疮病，几天后就死了。（出《儆戒录》）

毋乾昭

蜀郡人毋乾昭在射洪县的田间有座房子，于是去田舍收割庄稼。正好碰到一只中箭的鹿在奔跑，鹿在惊慌急忙之间跑到毋乾昭处，毋乾昭就把它关在空房子里，把这件事告诉了邻居一个名叫法惠的和尚，法惠听完笑着说："上天送给的食物，难道应该轻易舍弃吗？"于是毋乾昭就杀死鹿，买来美酒炙烤鹿肉，与法惠一起吃喝起来。法惠和尚刚吃下一块鹿肉，忽然大叫道："有人用刀割我的心。"然后吐血不止，到了晚上就死了。（出《儆戒录》）

李　绍

蜀郡百姓李绍好吃狗肉，他前前后后杀死的狗有数百上千只。曾经得到一只黑狗，李绍十分怜爱它，并且饲养得十分用心。有一次李绍因为喝醉了夜里才回来，那只黑狗在门口迎候号叫，李绍十分生气，取来斧子砍向黑狗。这时他的儿子从屋内走出，斧子正好砍中他的头，当场就死了。一家人惊骇不已，要捕捉那只黑狗，黑狗早就逃跑，不知到哪里去了。李绍后来患上怪病，像狗一样叫，然后死去。（出《儆戒录》）

卷第一百三十四　报应三十三宿业畜生

竹永通

隋并州盂县竹永通，曾贷寺家粟六十石，年久不还。索之，云："还讫。"遂于佛堂誓言云："若实未还，当与寺家作牛。"此人死后，寺家生一黄犊，足有白文，后渐分明，乃是竹永通字。乡人渐知，观者日数千。此家已知，遂用粟百石，于寺赎牛，别立一屋，事之如生。仍为造像写经，月余遂死。（出《异录》）

宜城民

隋大业八年，宜州城东南里民姓皇甫，其家兄弟四人，大兄小弟，并皆勤事生业。其第二弟名迁，交游恶友，不事生活。母尝取钱，欲令市买，且置床上。母向舍后，迁从外来，入堂不见人，便偷钱去。母还，觅钱不得，遂勘合家良贱，并云不知。母怒，悉加鞭捶，大小皆怨。至后年迁亡，其家猪生一豘子，八月社至，卖与远村社家。遂托梦于妇曰："我是汝夫，为盗取婆钱，枉及合家，浪受楚拷。今我作猪来偿债，将卖与社家，缚我欲杀。汝是我妇，何忍不语男女赎我！"妇初梦，忽寤，仍未信之。复眠，其梦如初，因起报姑。姑曰："吾梦亦如之。"迟明，令兄赍钱诣社官，收赎

竹永通

隋朝时并州盂县有个名叫竹永通的人，他曾经向寺院里借了六十石谷子，过了多年也未还。寺院前去向他讨粮，他却说：“我已经偿还过了。”于是他就在佛堂前发下誓言说：“如果我真的没有偿还，那我来生应当给寺院做牛。”这个人死了之后，寺院里果然生下一头小牛犊，这头小牛犊的脚上还有白色的花纹，后来花纹逐渐清楚了，原来是竹永通三个字。乡里的人渐渐地知道了这件事，前来观看这头小牛犊的人每天都有好几千。竹永通的家里已经知道了这件事，就用一百石谷子，从寺庙里把这头牛犊赎了回来，另外建了一间房子，就像竹永通还活着一样精心侍奉。接着又建造佛像，抄写经文，替竹永通祈祷免罪。一个多月后，这头小牛犊就死了。（出《异录》）

宜城民

隋炀帝大业八年，宜州城东南方居住着一户百姓，姓皇甫，家中有兄弟四个，大哥和小弟都尽心尽力地从事着自己的职业。只有二弟名叫皇甫迁，整天交往一些狐朋狗友，不从事工作。有一次，他的母亲取出钱，想叫人去集市购买东西，把钱放在床上。他母亲向后院走去，这时皇甫迁从外面回来，进屋后没有看见人，就偷拿着钱离开了。他的母亲回来后，四处寻找床上的钱没有找到，就召集全家人查问经过，全家都说不知道。母亲十分生气，就把全家上下都鞭打了一顿，全家老小都怨气冲天。到了后年，皇甫迁死了，他们家中饲养的一头母猪产下一头猪崽。八月社日到了，家人就把这头猪崽卖给了远村的一个社官。猪崽就给皇甫迁的妻子托梦说：“我就是你的丈

之，后二年方死。长安弘法寺静琳师，是迁之邻里，亲见其猪，尝话其事焉。（出《法苑珠林》）

韦庆植

唐贞观中，魏王府长史韦庆植有女先亡，韦夫妇痛惜之。后二年，庆植将聚亲宾客，备食，家人买得羊。未杀，夜，庆植妻梦见亡女，着青练裙白衫，头发上有一双玉钗，是平生所服者，来见母，涕泣言："昔常用物，不语父母，坐此业报，今受羊身，来偿父母命。明旦当见杀，青羊白头者是，特愿慈恩，垂乞性命。"母惊寤，旦而自往观，果有青羊，项膊皆白，头侧有两条白，相当如玉钗形。母对之悲泣，止家人勿杀，待庆植至，放送之。俄而植至催食，厨人白言："夫人不许杀青羊。"植怒，即令杀之。宰夫悬羊欲杀，宾客数人已至，乃见悬一女子，容貌端正，诉客曰："是韦长史女，乞救命。"客等惊愕，止宰夫。宰夫惧植怒，但见羊鸣，遂杀之。既而客坐不食，植怪问之，客具以言。庆植悲痛发病，遂不起。京下士人多知此事。（出《法苑珠林》）

夫，因为偷取母亲的钱，使全家人都跟着受了冤屈，白白挨了拷打。现在我托生为猪来偿还欠下的这笔债。可是我将要被卖给社官。到了社日，他会把我捆绑起来，杀掉我用来祭祀。你是我的妻子，你怎么忍心不告诉家里的人把我赎回来呢！”他的妻子刚刚做这个梦，忽然被吓醒，仍然不相信梦境。就又睡着了，又做了一个和刚才一样的梦，因此就把梦中的情景报告给婆婆。婆婆说：“我也做了一个相同的梦。”到了天快亮的时候，婆婆就叫皇甫迁的哥哥带着钱来到社官家，把那头猪崽赎了回来，之后过了两年那头猪才死。长安弘法寺的静琳师父，是皇甫迁的邻居，亲眼见过那头猪崽，曾经说起过这件事。（出《法苑珠林》）

韦庆植

唐太宗贞观年间，魏王府长史韦庆植有个女儿先前就死了，韦庆植夫妇二人十分悲痛惋惜。两年后，韦庆植将要宴请亲朋好友，请到家里做客，准备饭菜的时候，家中仆人买来一只羊。羊还没有杀，到了夜里，韦庆植的妻子梦见早已死去的女儿，身穿青绢裙和白上衣，头上戴着一双玉钗，是她一向喜欢穿戴的，只见女儿前来拜见母亲，一边哭泣一边流泪说：“昔日女儿经常使用家里的东西，没有告诉父母就偷偷拿走了，因此遭受了这样的报应，现在我变化成羊，就是来偿还欠下父母的债的。明天天亮后我应当要被杀掉了，那只青色身子白色羊头的就是我，今天特来请求，希望母亲能慈悲、开恩，可怜女儿的性命。”母亲惊醒，天亮后就亲自前往查看那只羊，果然有一头青色的羊，脖子和肩部都是白色的毛。头的一侧还有两条白痕，和玉钗的形状差不多。母亲对着这只羊悲伤哭泣，阻止家中仆人杀死这只羊，等着韦庆植回来说明缘由，再把这只羊放了。不一会儿，韦庆植就来催促饭菜，厨师告诉他说：“夫人不允许杀死这只青羊。”韦庆植听了大怒，就下令厨师赶紧把羊杀了。厨师就把青羊吊起来准备宰杀它，这时有几名宾客已经到了，就看见厨师吊着一名女子，相貌端正。女子向客人诉说：“我是韦长史的女儿，乞求你们能救我一

赵太

唐长安市里风俗，每岁至元日已后，递饮食相邀，号为传坐。东市笔生赵太，次当设之。有客先到，向后，见其碓上有童女，年十三四，着青衫白帽，以急索系颈，属于碓柱，泣泪谓客曰："我主人女也，往年未死时，盗父母钱，欲买脂粉，未及而死。其钱今在舍厨内西北角壁中，然我未用。既以盗之，坐此得罪，今当偿父母命。"言毕，化为青羊白头。客惊告主人，主人问其形貌，乃是小女，死已二年矣。于厨壁取得钱，似久安处。于是送羊僧寺，合门不复食肉。（出《法苑珠林》）

李信

唐居士李信者，并州文水县之太平里人也，身为隆政府卫士。至显庆年冬，随例往朔州赴审，乘赤草马一匹，并将草驹。是时岁晚凝阴，风雪严厚，行十数里，马遂不进。信以程期逼促，挝之数十下，马遂作人语，语信曰："我是汝母，为生平避汝父，将石余米与女，故获此报，此驹即是汝妹也。以力偿债向了，汝复何苦命。”客人们都惊奇震愕，纷纷制止厨师。厨师害怕韦庆植发怒，只听见羊一直在叫，并没有听见有女子说话，于是就把青羊杀死了。不久后，饭菜都已做好，宾客们却坐在那里谁也不肯吃，韦庆植感到奇怪，就问他们发生了什么事，宾客们就把刚才的事详细说明了。韦庆植听后悲伤哀痛马上患了重病，一病不起。京城里的士大夫大多都知道这件事。（出《法苑珠林》）

赵太

在唐朝长安市的乡里有一种风俗，每年的正月初一这天以后，邻里都要轮流请客宴饮，人们把这种习俗叫作传坐。东市有个以书写为生的人名叫赵太，有一天轮到他设宴请客。有客人提前到了，往屋后看去，只见他家屋后的石臼上，有一名小女孩，年纪有十三四岁，身穿青色的上衣，头戴白色的帽子。有一条紧迫的绳子系在女孩的脖子上，绑在石臼的架子上，她哭泣着对客人们说：“我是这家主人的女儿啊，以前还没死的时候，我偷了父母的钱，想去买脂粉，可是还没有来得及买就死了。现在那些钱还在我家厨房的西北角墙壁中，虽然我还没有用掉，可是我已经把钱偷出来了，因此获罪，现在就应当变作羊来抵偿欠父母的这笔债。”说完，就变化成了一只白头青羊。客人十分吃惊，就把这件事告诉了主人赵太，主人问起那名女童的身形相貌，正是自己的女儿，她死了已经两年了。果然主人在厨房的墙壁中找到了藏起的钱，像是在这里放了很长时间。于是赵太就把青羊送到寺院里，全家都不再吃肉了。（出《法苑珠林》）

李信

唐朝有位居士名叫李信，是并州文水县太平里人，担任隆政府卫士。到了唐高宗显庆年间的冬天，他按照惯例前往朔州赴审，他骑了一匹红色的母马，还带着它的小马驹。当时正值年末，阴气凝聚，风大雪厚，走了十多里路，大马就停下不走了。李信因为公务的期限逼迫催促得很紧，就连续敲打了几十下，大马就像人似的说起话来，敦逼如是！”信闻之，惊愕流涕，不能自胜。乃拜谢之，躬弛鞍辔，谓曰：“若是信母，当自行归家。”马遂前行，信负鞍辔，随之至家。信兄弟等见之，悲哀相对，别为厂枥养饲，有同事母，屈僧营斋，合门莫不精进。乡闾道俗，咸叹异之。时工部侍郎孙无隐，岐州司法张金庭为丁艰在家，闻而奇之，故就信家顾访，见马犹在，问其由委，并如所传。（出《冥报拾遗》）

谢氏

唐雍州万年县阎村，即灞渭之间也，有妇女谢，适周县元氏，有女适回龙村人来阿照。谢氏永徽末亡，龙朔元年八月，托梦于来氏女曰：“我生时酤酒，小作升，乃取价太多，量酒复少，今坐此罪，子北山下人家为牛。近被卖与法界寺夏侯师，今将我向城南耕稻田，非常辛苦。”及寤，其女涕泣为阿照言之。至二年正月，有法界寺尼至阿照村，女乃问尼，尼报云：“有夏侯师是实。”女即就寺访之，云：“近于北山下买得一牛，见在城南耕地。”其女涕泣求请，寺尼乃遣人送其女就之。此牛平常唯一人禁制，若遇余人，必陆梁抵触。见其女至，乃舐其遍体，又流泪焉。女即是就夏侯师赎之，乃随其女去。今现在阿照家养饲，女常为阿娘承奉不阙。京师王侯妃媵，多令召视，竞施财物。（出《冥报记》）

对李信说：“我是你的母亲，因为我为人时曾背着你父亲，把一石多米偷偷给了女儿，所以我得到了这样的报应，这匹小马驹就是你的妹妹。我们凭着力气来偿还过去欠下的债，你又为什么这样逼迫我们？”李信听了这些话，惊奇震愕地流下了眼泪，不能克制自己的感情。就下马恭敬地表示感谢，弯腰放开了马鞍和缰绳，对大马说：“如果你是我的母亲，就应当自己走回家。”大马就继续向前走，李信背着马鞍和缰绳，跟着大马回到了家里。李信的兄弟们看见了大马，都哀伤痛苦地面面相对，并另外建了一个马棚和马槽，把大马饲养起来，就像侍奉母亲一样，他们又请来和尚烧香念佛，设置斋食超度灵魂，全家没有一个敢懈怠修行的。乡里之间不论是出家之人还是世俗之人，全都感叹奇异。当时担任工部侍郎的孙元隐，担任岐州司司法的张金庭都因为父母亡故而在家里服丧，听说了这件事都感到奇异，所以就来到李信家探望拜访，看见那匹大马还在，问起李信这件事的原委，就像人们传说的那样。（出《冥报拾遗》）

谢氏

唐朝雍州万年县的阎村，地处灞水和渭水之间，村里有位妇女姓谢，嫁到周县一户姓元的家里，谢氏有一个女儿嫁给了回龙村一个名叫来阿照的人。谢氏在唐高宗永徽末年死了，唐高宗龙朔元年八月，她托梦给嫁给来氏的女儿说：“我之前活着卖酒的时候，用不够一升的器具量酒售卖，收人家的钱太多，而我给的酒又太少，现在我因此而获罪，在北山下的一户人家里托生为牛。最近又被卖给了法界寺里的夏侯师，现在她将要让我到城南去耕种稻田，非常辛苦。”等清醒后，谢氏的女儿就哭泣着向丈夫来阿照说了这件事。到了唐高宗龙朔二年正月，有一位法界寺的尼姑到了来阿照的村子里，谢氏的女儿就向尼姑询问，尼姑告诉她说：“法界寺确实有位夏侯师。”谢氏的女儿就去寺里拜访她。夏侯师说：“最近我在北山下买了一头牛，现在正在城南耕地。”谢氏的女儿流泪哭泣请求去看看，寺中的尼姑就派人把她女儿送到了牛的面前，这头牛平常只有一个人能够驯服

王 珍

唐定州安嘉县人王珍，能金银作。曾与寺家造功德，得绢五百匹，同作人私费十匹，王珍不知。此人死，后王家有礼事，买羊未杀间，其羊频跪无数，珍已怪之。夜系于柱，珍将寝，有人扣房门甚急，看之无所见。珍复卧，又闻之，起看还无所见，怪之，遂开门卧，未睡，见一人云："昔日与公同作功德，偷十匹绢私用，公竟不知，今已作羊，公将杀之，叩头乞命。"再三恳苦，言讫，出房门，即变作羊。王珍妹于别所，见此人叩头，一如珍所见，遂放羊作长生，珍及妹家即断食肉。珍以咸亨五年，入海运，船上无菜，人皆食肉，珍不食，唯餐空饭而已。（出《广古今五行记》）

王会师

唐京都西市北店，有王会师者，母亡，服制已毕，其家乃产一青黄牝狗。会师妻为其盗食，乃以杖击之数下，狗遂作人语曰："我是汝姑，新妇杖我大错。我为严酷家人过甚，遂得此报。今既它，如果遇到其他的人，一定会跳跃起来顶撞他人。但是看见女儿来了，就用舌头舔遍她的身体，并且还流下眼泪。谢氏的女儿马上回到夏侯师面前赎回了这头牛，牛就跟着她回去了。现在牛饲养在阿照家里，谢氏的女儿经常尽心侍奉变成牛的母亲，不敢犯错。京师里的王侯嫔妃，多次下令召见她，竞相施舍财物给她。（出《冥报记》）

王　珍

唐朝定州安嘉县里，有个名叫王珍的人，他能从事金银细工制作的活儿。他曾经给寺院里做一些金银的活儿用来行善积累功德，得到了五百匹绢，和他一起工作的人，私下里花费了十四绢，王珍却不知道。这个人之后就死了，后来王珍家里要办行礼的事，买来一只羊，在尚未宰杀的时候，只见那只羊连连下跪无数次，王珍感到十分奇怪。晚上王珍就把它绑在柱子上，准备睡觉时，听见有人十分急促地叩响房门，起来查看却什么也没有看见。王珍又躺在床上，又听到有人叩门，起来查看还是什么也没有看见，王珍感到很奇怪。就把门打开后自己躺在床上，没有睡着，就看见一个人，对他说："昔日我和你一起在寺院里做活儿积累功德，而我却偷了十四绢私下用了，你最后也不知道，现在我已经托生成了一只羊，你将要杀了我举办礼仪，我向你磕头请求宽恕饶命。"再三苦苦地恳求，说完之后走出了房门，就立即变成了一只羊。王珍的妹妹在别的屋子里，也听到了这个人磕头恳求的声音，就像王珍看见的一样，于是就把羊放生了。从此王珍和妹妹一家都不再吃肉了。王珍在唐高宗咸亨五年，通过海路做运输，途中船上没有蔬菜吃，其他人都在吃肉，王珍却不吃，只吃白饭。（出《广古今五行记》）

王会师

唐朝京城西市北店，有个名叫王会师的人，母亲去世，丧期已经结束，他家的母狗就产下一条青黄色的小母狗。王会师的妻子因为小狗偷吃东西，就用木棍打了它几下，小狗就口吐人言告诉她说：

被打，羞向汝家。”因即走出。会闻而涕泣，抱以归家，而复还去，凡经四五。会师见其意正，乃于市北己店大墙后，作小舍安置，每日送食。市人及行客就观者极众，投饼与者，不可胜数。此犬恒不离此舍，过斋时即不食。经一二岁，莫知所之。（出《法苑珠林》）

解奉先

洛阳画工解奉先为嗣江王家画像壁，未毕而逃。及见擒，乃妄云：“功直已相当。”因于像前誓曰：“若负心者，愿死为汝家牛。”岁余，奉先卒，卒后，王家牸牛产一骍犊，有白毛于背，曰“解奉先”。观者日夕如市焉。（出《国史纂异》）

童安玗

唐大中末，信州贵溪县乳口镇有童安玗者，乡里富人也。初甚贫窭，与同里人郭珙相善，珙尝假借钱六七万，即以经贩，安玗后遂丰富。及珙征所借钱，安玗拒讳之。珙焚香告天曰：“童安玗背惠忘义，借钱不还，傥神理难诬，愿安玗死后作牛，以偿某。”词甚恳苦，安玗亦绐言曰：“某若实负郭珙钱，愿死作一白牛，以偿珙债。”未逾月，安玗死。死后半年，珙家牸牛，生一白牯犊，左肋有黑毛，作字曰“童安玗”，历历然。远迩闻之，观者云集。珙遣人告报安玗妻，玗妻子并亲属等往视之，大以为耻，厚纳金帛，请收

“我是你的婆婆，你身为儿媳妇用木棍打我已经犯下大错。我因为之前过于严厉残酷地对待家人，就得到了这样的报应。现今既然被你所打，我也羞愧留在你家。”说完就离家出走了。王会师听说了这件事后流泪哭泣，他把小狗抱回了家，可是小狗又自行离开了，总共经历了四五次。王会师看见小狗离开这里的意志坚定，就在市北自己经营的店铺的大墙后面，建造了一间小屋，把小狗安置到那里，每天都给小狗送饭吃。集市里的顾客以及路过的行人，前往观看的特别多。向小狗投喂食物的人不可胜数。这条小狗总是不离开这间小屋，过了正午吃斋食的时间，就不吃东西了。就这样经过一两年，后来没有人知道这条狗到哪里去了。（出《法苑珠林》）

解奉先

洛阳有个画工名叫解奉先，他给嗣江王家绘制壁画，还没等画完就逃走了。等到被抓住的时候，他却谎称：“我做的工和你付的钱已经相当。”于是就在神像前发誓说：“如果我是违背良心的人，死后愿作为你家的牛。”过了一年多，解奉先就死了，死了之后，王家饲养的母牛就产下一头红色的小牛，在背上还长着白色的毛，像是“解奉先”三字的形状。前来观看的人络绎不绝，王家不论早晚都像市场一样热闹。（出《国史纂异》）

童安玗

唐宣宗大中末年，信州贵溪县乳口镇有个名叫童安玗的，是乡里的富人。他当初十分贫困，和同乡人郭珙彼此交好，郭珙曾经借给他六七万钱，他就用这些钱来贩卖经营，后来，童安玗逐渐富裕起来。等到郭珙向他讨要之前所借的那笔钱的时候，童安玗却拒不承认。郭珙烧香对天诉冤道：“童安玗忘恩负义，借钱不还。倘若冥冥之中有神灵难以欺骗的话，希望童安玗死后变成牛，来偿还欠我的债。”言辞十分虔诚恳切。童安玗也撒谎说：“如果我真的欠郭珙的钱没还，情愿死后变成一头白牛，来偿还郭珙的债。”没过一个月，童安玗

赎之。郭珙愤其欺负，终不允许，以牛母并犊，别栏喂饲。安玗家率童仆，持白梃劫取。珙多置人守御，竟不能获。（出《报应录》）

刘自然

唐天祐中，秦州有刘自然者，主管义军桉。因连帅李继宗点乡兵捍蜀，成纪县百姓黄知感者，妻有美发，自然欲之，谓知感曰：“能致妻发，即免是行。”知感之妻曰：“我以弱质托于君，发有再生，人死永诀矣。君若南征不返，我有美发何为焉？”言讫，揽发剪之。知感深怀痛愍，既迫于差点，遂献于刘。知感竟亦不免繇戍，寻殁于金沙之阵，黄妻昼夜祷天号诉。是岁，自然亦亡。后黄家牝驴，忽产一驹，左胁下有字，云“刘自然”。邑人传之，遂达于郡守。郡守召其妻子识认，刘自然长子曰：“某父平生好饮酒食肉，若能饮啖，即是某父也。”驴遂饮酒数升，啖肉数脔，食毕，奋迅长鸣，泪下数行。刘子请备百千赎之，黄妻不纳，日加鞭捶，曰：“犹足以报吾夫也。”后经丧乱，不知所终，刘子竟惭憾而死。（出《儆戒录》）

就死了。他死后半年，郭珙家里饲养的母牛就产下了一头白色的小公牛，小牛的左肋上长着黑色的毛，清清楚楚地写着“童安玗”三个字。远近的人们听说了这件事，前来观看的人如云一般聚集。郭珙派人告知童安玗的妻子，他的妻子孩子以及亲属们都一同前去查看，感到特别耻辱，愿出丰厚的钱物请求赎回这头牛。郭珙对童安玗欺骗他而感到愤怒，始终没有答应。就把母牛和小牛关在另外的牛栏里喂食饲养。童安玗家率领着仆人，拿着长木棍来抢夺小牛。郭珙就安排了很多人守备防御。最终童安玗家也没能得到这头牛。（出《报应录》）

刘自然

唐昭宗天祐年间，秦州有个叫刘自然的人，主管义军的案卷文书。因为地方连帅李继宗要召集乡兵保卫四川，成纪县的老百姓有个叫黄知感的，他的妻子长了一头秀发，刘自然就想得到它，他对黄知感说：“如果你能把你妻子的头发拿来送给我，我就免除你此次四川之行。”黄知感的妻子知道后说：“我把女子衰弱的身体托付给你，剪去头发还可以再长出来，人如果死了就是永别。如果你去南边打仗不能回来，我空有这秀美的头发又有什么用呢？”说完，妻子就搂过头发用剪刀剪了下来。黄知感心里十分悲痛怜悯，又被征兵的时限所逼迫，就只好把头发献给了刘自然。但是黄知感最终也没有免除戍边的徭役，不久就在金沙之战中死去，他的妻子昼夜不停地对天祷告哭诉此事。这一年，刘自然也死了。后来黄家的一头母驴，忽然生下了一头驴驹。驴驹的左肋下写着字，写的是“刘自然”三个字。城里的人们就把这件事传扬开来，于是被郡守知道了。郡守就召集刘自然的妻子和孩子前来辨认，刘自然的大儿子说：“我父亲平生喜好喝酒吃肉，如果它能饮下吃下，那就是我的父亲了。”郡守命人准备酒肉，结果那驴驹喝了好几升酒，吃了好几块肉，吃完，就精神振奋长声鸣叫起来，然后又流下几行眼泪。刘自然的儿子准备了百千钱请求赎回这头驴驹，但黄知感的妻子却不接受这个请求，并且天

李明府

唐前火井县令李明府，经过本县，馆于押司录事私第。主人将设酒馔，欲刲一白羊，方有胎。其夜李明府梦一素衣妇人将二子拜明府乞命，词甚哀切，李不测其由，云：“某不曾杀人。”妇人哀祈不已。李睡觉，思惟无端倪，又寝，复梦前妇人乞命，称“某命在须臾，忍不救也”。李竟不谕其意，但惊怛不已。再寝，又梦前妇人曰：“长官终不能相救，某已死讫，然亦偿债了。某前身即押司录事妻，有女仆方妊，身怀二子，时某嫉妒，因笞杀之，绐夫云：‘女仆盗金钗并盒子，拷讯致毙。’今获此报，然已还其冤债。其金钗并盒子，在堂西拱枓内。为某告于主人，请不食其肉，为作功德。”李惊起，召主人诘曰：“君刲一白羊耶？有双羔否？”曰：“是。”具话夜来之梦，更叹异。及寻拱枓内，果得二物。乃取羊埋之，为作功德追荐焉。（出《报应录》）

刘钥匙

陇右水门村有店人曰刘钥匙者，不记其名。以举债为家，业累千金，能于规求，善聚难得之货，取民间资财，如秉钥匙，开人天用鞭子抽打它，说：“这足以给我的丈夫报仇了。”后来时局动乱，就不知道这头驴驹的下落了，刘自然的儿子最终也因惭愧遗憾而死。（出《儆戒录》）

李明府

唐朝前火井县令李明府，经过本县，住在押司录事的私宅里。主人将要设置酒席招待他，想要宰杀一只白羊，这只羊正怀着胎。那天晚上，李明府就梦见了一名身穿白色衣服的妇女带着两个小孩跪拜在他的面前请求宽饶活命，说得十分悲痛恳切，李明府想不到其中的缘由，就说：“我不曾杀过人。”那名妇人仍然不停哀求。李明府从梦中醒来，思考此事并没有头绪，就又睡着了，接着又梦见了先前的那名妇人乞求宽饶救命。并说：“我的性命就在这片刻之间，你怎么忍心不施救。”李明府到底还是不明白她的意思，醒来只是惊恐不已。接着就又睡着了，又一次梦见先前那名妇人说：“长官最终仍是不能搭救我，我已经死了，这样也算我偿还完欠下的债了，我的前身就是这名押司录事的妻子，家中有个侍女怀着孕，她身怀双胎，当时我很嫉妒她，就用鞭杖把她打死了，然后欺骗我的丈夫说：‘这个侍女偷了金钗和盒子，我用刑审问她时将她打死了。’现在我获得了这样的报应，也算还清了欠她的冤债。我所说的金钗和盒子，都在堂西的斗拱里。请您替我告诉这家主人，请求不要吃我的肉，这也算是向善的功德。”李明府因惊吓突然醒来，把主人召来追问说：“你刚才宰杀了一只白羊吗？腹中有没有两只羊羔？”主人说：“是。”这时李明府就把晚上做的梦详细告诉了主人，大家更加感叹惊异。等到在斗拱里一找，果然找到了金钗和盒子这两样东西。于是他们就取来羊尸埋葬了，并诵经为其超度。（出《报应录》）

刘钥匙

陇右水门村，有个开店的人叫刘钥匙，不记得他的真名了。他以放高利贷为业，家业积累有千金之多，在谋求索取财物上很有能力，箱箧帑藏，盗其珠珍不异也，故有“钥匙”之号。邻家有殷富者，为钥匙所饵，放债与之，积年不问。忽一日，执券而算之，即倍数极广。既偿之未毕，即以年系利，略无期限，遂至资财物产，俱归钥匙，负债者怨之不已。后钥匙死，彼家生一犊，有钥匙姓名，在肷肋之间，如毫墨书出。乃为债家鞭棰使役，无完肤。钥匙妻男广，以重货购赎之，置于堂室之内，事之如生。及毙，则棺敛葬之于野，盖与刘自然之事仿佛矣。此则报应之道，其不诬矣。（出《玉堂闲话》）

上公

宜春郡东安仁镇有齐觉寺，寺有一老僧，年九十余，门人弟子有一二世者，彼俗皆只呼为“上公”，不记其法名也。其寺常住庄田，孳畜甚多。上公偶一夜，梦见一老姥，衣青布之衣，拜辞而去，云：“只欠寺内钱八百。”上公觉而异之，遂自取笔书于寝壁，同住僧徒亦无有知之者。不三五日后，常住有老牸牛一头，无故而死，主事僧于街市鬻之，只酬钱八百。如是数处，不移前价。主事僧具白上公云：“常住牛死，欲货之，屠都数辈，皆酬价八百。”上公叹曰：“偿债足矣。”遂令主事僧入寝所，读壁上所题处，无不嗟叹。（出《玉堂闲话》）

善于聚集一些难以获得的货物，搜取民间的资金财物，就好像拿着钥匙，打开别人的钱箱和府库，盗取其中的珠宝一样。所以他就有了“钥匙”的称号。他的邻居有一户殷实富足的人家，被刘钥匙所引诱，向他借了钱，多年以来他也不闻不问。忽然有一天，刘钥匙拿着借债的凭据来向此人讨债，钱数比原来借的翻了好多倍。一时间没办法偿还完，就以年来计算利息，几乎是无限期地索取利息，甚至是此人所有的资财和物产，这些全都归刘钥匙所有。欠债的人怨恨得不得了。后来刘钥匙死了，欠债那家养的母牛生下一只牛犊，在肷部和肋骨之间，有刘钥匙的姓名，就像是用笔墨写上去的一样。它就被欠债那家鞭打役使，体无完肤。刘钥匙的妻子和儿子刘广，用很多的金银才把它赎买回来，安置在室内，就像刘钥匙还活着那样精心地侍候。等到牛死了，就用棺材入殓埋葬在荒野之中，这个故事和刘自然的故事差不多。大都是因果报应的道理，绝对不是捏造的故事。（出《玉堂闲话》）

上公

宜春郡东安仁镇有座齐觉寺，寺内有一名老和尚，他已经九十多岁了，他的门人弟子有一两代，他们一般都称呼他为“上公”，不记得他的法号了。齐觉寺的常住有田庄，繁殖了很多牲畜。偶然一天晚上，上公梦见了一名老妇人，身穿青布的衣服，向他辞别而离去了，还说道：“我只欠寺院八百钱。”上公醒来觉得此事很怪异，就自己取来笔把这件事记录在卧室的墙壁上，和他住在一起的和尚们也没有知道这件事的。没过三五天，常住田庄中有一头老迈的母牛，没有原因突然死了，管事的和尚就到街上把它卖了，买主只给八百钱。就像这样去了好多地方，都是这个价钱不变。管事的和尚就将情况详细回报给上公说：“常住田庄的牛死了，想把它卖掉，出价的屠户很多，全都出八百钱。”上公叹息说：“偿还债务就足够了。”于是就叫管事的和尚进入他的卧室，读了那日他在墙壁上所写的字，没有不感叹的。（出《玉堂闲话》）

施汴

庐州营田吏施汴，尝恃势夺民田数十顷，其主退为其耕夫，不能自理。数年，汴卒。其田主家生一牛，腹下有白毛，方数寸，既长，稍斑驳，不逾年，成“施汴”字，点画无缺。道士邵修默亲见之。（出《稽神录》）

公乘通

渚宫有民公乘通者，平生隐匿，人或难知。死后，湖南民家生一黑驴驹，白毛作“荆南公乘通”字。其子孙闻之怀耻，竟不能寻赎，江陵人皆知之。（出《北梦琐言》）

僧审言

云顶山慈云寺，四方归辏，供食者甚厚。寺主僧审言，性贪鄙，欺隐本寺施财，饮酒食肉，畜养妻子，无所不为。僧众稍孤洁者，必遭凌辱。一旦疾笃，自言见空中绳悬一石臼，有鼠啮之，绳断，正中其心，大叫气绝。久而复苏，如此数十度，方卒。逾年，寺下村中牛生一犊，腹下分明有“审言”二字。（出《儆戒录》）

施汴

庐州营田吏施汴，曾经凭借权势夺取老百姓的田地几十顷，原来的田主沦为农民，没法满足生活。过了几年，施汴死了。那田主家里的母牛生下了一头小牛，肚子底下长有白毛，几寸见方，等到小牛稍微长大以后，就慢慢出现了相杂的毛，不到一年的时间，竟然变成了“施汴”两个字，一笔一画都不缺。有个名叫邵修默的道士，亲眼见过这头牛。（出《稽神录》）

公乘通

渚宫有个居民叫公乘通，他一生隐藏罪恶，人们难以知晓。他死了以后，湖南有户百姓的家里就生下一头黑色的驴驹。它身上的白毛显示着“荆南公乘通”几个字。公乘通的子孙们听说了这件事感到十分耻辱，但最终也没能找到那头驴驹把它赎回来。江陵的人们都知道这件事。（出《北梦琐言》）

僧审言

云顶山慈云寺，四面八方的人都到这里进香。当时供奉东西的人特别多。寺院的主持叫审言，生性贪婪卑鄙，欺骗隐瞒寺院中人们施舍财物的多少，每日喝酒吃肉，还私养老婆儿子，无所不作。和尚当中不管是极其孤高清白还是略微洁身自好的人，都一定会遭到他的欺凌和侮辱。一天早晨，他突然病势沉重，他自己说空中有一条绳索吊着一个石臼，有一只老鼠去咬那根绳子，绳子断开，石臼正好掉落在他的心口上，他大叫了一声就昏厥了。过了很久苏醒过来，像这样几十回，最后他才死了。过了一年，寺院下边的村子里有一头牛，生下了一头小牛犊，腹部下面清清楚楚地写有“审言”两个字。（出《儆戒录》）

卷第一百三十五　征应一帝王休征

帝　尧	周武王	越　王	临洮长人	汉高祖	陆　贾
汉元后	后汉章帝	吴大帝	魏明帝	晋司马氏	白　燕
晋武帝	晋惠帝	晋元帝	蜀李雄	宋高祖	宋孝武帝
宋明帝	齐太祖	北齐神武	后周太祖	陈高祖	隋文帝
隋炀帝	唐高祖	唐太宗	唐齐王元吉	唐中宗	唐相王
潞州别驾	金蜗牛				

帝尧

秦始皇时，宛渠国之民乘螺舟而至，云："臣国去轩辕之丘十万里，臣国先圣，见冀州有黑风，应出圣人，果庆都生尧。"（出《王子年拾遗记》）

周武王

纣之昏乱，欲杀诸侯，使飞廉、恶来诛戮贤良，取其宝器，埋于琼台之下。使飞廉等于所近之国，侯服之内，使烽燧相续。纣登台以望火之所在，乃兴师往伐其国，杀其君，囚其民，收其女乐，肆其淫虐，神人愤怨。时有朱鸟衔火，如星之照耀，以乱烽燧之光，纣乃回惑，使诸国灭其烽燧。及武王伐纣，樵夫牧竖，探高鸟之巢，得赤玉玺。文曰："木德将灭，水祚方盛。"文皆大篆，纪殷之世历已尽，而姬之圣德方隆，是以三分天下，而二分归周。乃元元之类，嗟殷亡之晚，恨周来之迟。（出《拾遗录》）

帝尧

秦始皇在位的时候，有个宛渠国的老百姓，乘坐着一条螺舟（能潜行水底）来到了秦国。他说："我国距离轩辕黄帝的墓地有十万里之遥，我国的先圣曾看见冀州出现了黑风的异象，因此断定冀州应当会有圣人现世，果然尧帝在庆都出生了。"（出《王子年拾遗记》）

周武王

殷纣王时政治黑暗，社会混乱，纣王想除掉各国诸侯，因此让飞廉、恶来到处肆意诛杀贤良忠臣，抢夺了他们的珍贵之物，埋藏在琼台之下。他又派飞廉等人将周边各国以及境内各诸侯国之间的烽火台前后连接起来。纣王登上烽火台观望烽火，只要发现哪个诸侯国出现了烽火，便率领他的军队去攻打那个国家，杀掉他们的君侯，囚禁那里的百姓，收留那里的歌伎美女，供他肆意奸淫虐待。他的暴行使得天上的神仙与全国百姓都变得愤怒与怨恨，当时便有一只朱红色的鸟儿嘴里衔着火焰，犹如天上的星光一般照耀着大地，以此混乱了烽火台的烽火，纣王对此迷惑不解，便让各国熄灭了自己的烽火。当武王讨伐纣王的时候，有个樵夫和放牧的小孩，去掏一棵高树上的鸟窝，结果发现了一枚红色的玉玺。玉玺上面写道："殷朝快要灭亡了，周朝正在变得强盛。"文字都是以大篆体书写的。记载着殷朝的历史已经结束了，而姬姓的圣德正变得强盛，因此三分的天下，

越 王

越王入吴国，有丹鸟夹王飞。故句践之霸也，起望鸟台，言丹鸟之瑞也。（出《王子年拾遗记》）

临洮长人

秦始皇时，长人十二见于临洮，皆夷服，于是铸铜为十二枚以写之。盖汉十二帝之瑞也。（出《小说》）

汉高祖

荥阳南原上有厄井，父老云："汉高祖曾避项羽于此井，为双鸠所救。"故俗语云："汉祖避时难，隐身厄井间。双鸠集其上，谁知下有人。"汉朝每正旦，辄放双鸠，起于此。（出《小说》）

陆 贾

樊将军哙问于陆贾曰："自古人君皆云受命于天，云有瑞应，岂有是乎？"陆贾应之曰："有。夫目瞤得酒食，灯火花得钱财，午鹊噪而行人至，蜘蛛集而百事喜，小既有征，大亦宜然。故曰：'目瞤则咒之，灯火花则拜之，午鹊噪则喂之，蜘蛛集则放之。'况天下之大宝，人君重位，非天命何以得之哉！瑞宝信也，天以宝为信，应人之德，故曰瑞应。天命无信，不可以力取也。"（出

其中的两分都归给了周朝。于是，老百姓们都叹息殷朝灭亡得太晚了，而遗憾周朝来得太迟了。（出《拾遗录》）

越 王

当越王进入吴国的时候，有只红色的鸟围着他来回飞翔，所以才有了后来越王勾践称霸的局面。越王为此建起了一座望鸟台，来说明那只红鸟是他的吉祥之物。（出《王子年拾遗记》）

临洮长人

秦始皇在世的时候，在临洮出现了十二个身材高挑的人，他们都穿着少数民族的服装。于是秦始皇便让人铸造了十二座铜像来模仿这十二个身材高挑的人。这大概就是汉代十二个皇帝的吉祥之兆吧。（出《小说》）

汉高祖

在荥阳南面的原野上有一口破井，当地的长者说："当年汉高祖刘邦为了躲避项羽，曾经在这个井里躲避，后来被两只鸠鸟所救。"所以世上流传着一种说法："汉高祖为了躲避当时的灾祸，藏身于破井中，有两只鸠鸟落到了破井上方，可有谁知道这井下面还有人呢？"此后汉朝每年正月的第一天，便会放飞两只鸠鸟，其源头就是从这开始的。（出《小说》）

陆 贾

樊哙将军问陆贾说："从古至今的君王，大家都说是因受了上天的委托来管理人间的，还说事先都会有祥瑞出现，难道真的有这样的事吗？"陆贾听后回答道："确实有！一个人如果眼皮跳动，便会收获美酒佳肴；家里的油灯如果冒出火花，便能得到钱财；中午如果有喜鹊叫，那么家中便会有客人来；如果有蜘蛛聚集，那么所有的事都会顺利。既然这样的小事都有征兆，那么大事也应当是这样。

《小说》)

汉元后

元后在家，尝有白燕衔石，大如指，堕后绩筐中。后取之，石自剖其二。其中有文曰："母天后地。"乃合之，遂复还合，乃宝录焉。乃为皇后，常置之玺笥中，谓为天玺也。(出《西京杂记》)

后汉章帝

后汉章帝永宁五年，条支国来献异鸟，名鸩鹊。其高七尺，解人言语，国太平则群翔鸣焉。(出《王子年拾遗记》)

吴大帝

吴孙权猎于武昌樊山下，见一老母，问权何获，曰："只获一豹。"曰："何不竖其尾？"忽然不见。权称尊号，立庙于山下。(出《武昌记》)

魏明帝

魏明帝时，泰山下出连理文石。高十二丈，状如柏树，其文色彪发，如人雕镂，自上及下皆合而中开，广五尺。父老云："当秦所以说，眼睛跳动就要祷告，油灯冒出火花便当拜谢，午间喜鹊鸣叫便当喂食，蜘蛛聚集了便当放了它们。何况是天下的重宝、人君这样的重位呢，如果不是上天授予，又怎么可能得到呢！吉祥的宝物，就是一种信号。上天以宝物为信号，应验到人的德行上，所以说是祥瑞的征兆。上天如果没有降下祥瑞，便无法凭着武力去获得。”（出《小说》）

汉元后

汉元后在家时，曾经有只白色的燕子嘴里衔着一块手指甲般大小的石头，掉在了元后纺绩时用以盛纱缕的筐里。元后捡起了石头，石头便自动剖开分成了两块，里面写有文字说：“母天后地。”元后合上了石块，石块就合在一起恢复了原样。这就是天书啊。元后成为皇后以后，经常将这块石头放在装玉玺的盒子里，称它为“天玺”。（出《西京杂记》）

后汉章帝

后汉章帝永宁五年时，条支国的人进献了一只奇异的鸟，被称为鸩鹊。这只鸩鹊高有七尺，能听懂人说话。这真是如果国家太平了，那么鸟也会群飞而鸣啊。（出《王子年拾遗记》）

吴大帝

一次吴国的孙权在武昌的樊山下狩猎，途中遇见了一个老太太，问他有什么收获，孙权回答说：“我只猎到了一只豹子。”老太太又问：“你为什么不把它的尾巴竖起来呢？”说完便忽然不见了。孙权称帝之后，为此在樊山下立了一座庙。（出《武昌记》）

魏明帝

魏明帝当政时，泰山下出现了两块相连在一起的花纹石。这两块花纹石高十二丈，其形状就像柏树，它们的花纹和色彩非常鲜艳末，二石相去百余步，芜没无有蹊径。及明帝之始，稍觉相近，如双阙形。”土王阴类，魏为土德，斯为灵征。又沛国有戊己之地，土德之嘉祥也。乃修戊己坛，黄星炳夜，又起毕昴台祭之，言魏之分野。岁时皆修祀焉。（出《王子年拾遗记》）

晋司马氏

水星之精，坠于张掖郡柳谷中，化为黑石，广一丈余，高三尺。后汉之末，渐有文彩，未甚分明。魏青龙年，忽如雷震，闻声百余里。其石自立，白色，有牛马仙人及镮玉玦文字之像。后司马氏受命，以符金德焉。（出《录异记》）

白 燕

魏禅晋之岁，北阙下有一白燕，以为神物，以金笼盛，置于宫中，旬日不知所在，论者以晋金德之瑞。昔师旷时，有白燕来巢，以为瑞应。师旷事晋，古今之议相符矣。（出《王子年拾遗记》）

明亮，就好像是人工雕刻的一般，从上到下都连在一起，但中间是分开的，宽有五尺多。据当地的老人家说，在秦朝末年时，这两块石头之间相距还有一百多步，被荒芜的杂草淹没了，连小路都没有。到了魏明帝当政之初，发现这两块石头稍稍靠近了一些，就像皇宫门前两边的望楼一样。这属土王阴之类，北魏也因土德而兴起，所以大家认为这便是神灵显现的征兆。另外沛国有个叫戊己的地方，是因土德而出现的美好吉祥之地。魏明帝于是在这里修建了戊己坛，祭坛就像黄色的星光照亮了夜空；又在这建造了昂台进行祭祀，在上祭文中说这里是北魏国的分界。此后，每年都会进行修整与祭祀。（出《王子年拾遗记》）

晋司马氏

水星的精魄，坠落到了张掖郡的柳谷中，化成了一块黑色的石头，宽一丈多，高有三尺。后汉末年时，这块石头渐渐出现了花纹和色彩，只是不是很明显。魏明帝青龙年间，这块石头忽然发出了打雷一样震天动地的声音，百里之外的地方都能听到。这块石头竟然自己立了起来，变成了白色，上面出现了牛、马、仙人以及玉镮玉玦、文字等图像。后来司马氏受天命称帝，认为是因为符合了金德。（出《录异记》）

白燕

在曹魏禅晋的那年，在皇宫的北门前出现一只白色的燕子，人们以为是神物，因此用金笼把它关了起来，并安放在了皇宫里。十天后，这只白燕忽然不知道去了哪里，人们议论说这是晋国符合金德的祥瑞之兆。从前师旷的时候，有只白燕飞来筑巢，大家认为是祥瑞的征兆，后来师旷果然做了晋官。古今的议论是相符的。（出《王子年拾遗记》）

晋武帝

晋武帝为抚军时，府内后堂忽生草三株，茎黄叶绿，若总金抽翠，花条冉弱似金簦。有羌人姚覆，字世芬，在厩中养马，解阴阳之术，云："此草应金德之瑞。"帝以草赐张华，华作《金簦赋》云："玩九茎于汉庭，美三珠于兹馆。贵表祥乎金德，比名类而相乱。"（出《王子年拾遗记》）

晋惠帝

高堂隆尝刻邺宫柱云："后若干年，当有天子居此。"及晋惠帝幸邺，年历当矣。（出《异苑》）

晋元帝

晋中宗为丞相时，有鸡雏者而雀飞集其背，驱而复来，如此再三。占者云："鸡者酉，酉者金，夫雀变而来赴之，即王践祚之象也。"又云："元帝时，三雀共登一雄鸡背，三入安东厅。"占者以为当进三爵为天子。（出《洞林记》）

蜀李雄

蜀长老言："宕渠故赛国，今有赛城、卢城。"秦始皇时，有人长二十五丈，见宕渠。秦史胡毋敬曰："是后五百年外，必有异人为大人者。"及李雄之王，其祖出自宕渠，有识者皆以为应焉。（出《华阳国志》）

晋武帝

晋武帝还是抚军时，府衙内的后堂中忽然长出了三株草。茎黄叶绿，就好像是金条似的茎上抽出了翡翠般的绿叶，花条就像金簪草一样柔弱细长。有个叫姚覆的羌族人，字世分，是个专门养马的，懂得占卜算卦的阴阳之术。他说："这三株草是金德应验的祥瑞之物。"晋武帝将这草赐给了张华，张华因此作了一首《金簦赋》说："玩九茎于汉庭，美三珠于兹馆，贵表祥乎金德，比名类而相乱。"（出《王子年拾遗记》）

晋惠帝

高堂隆曾经在邺城宫殿的柱子上刻字道："若干年以后，应当有天子居住在这里。"当晋惠帝到达邺城的时候，年代正好与柱子上所刻相同。（出《异苑》）

晋元帝

在晋中宗还是丞相时，一只小鸡的背上有麻雀飞来落在上面，将它们赶走后又飞了回来，像这样来来回回有好几次。一个会占卜的人说："鸡属酉，酉属金，这麻雀前来，便是有君王登基的征兆啊。"接着又说道："元帝时，曾有三只麻雀一同落在了一只雄鸡的背上，所以元帝三次进入安东厅。"占卜的人认为这预示着中宗应当在三晋爵位后成为天子。（出《洞林记》）

蜀李雄

蜀国的一个长者说："宕渠是从前的赛国所在地，就是现在的赛城、卢城。"秦始皇的时候，有个人高二十五丈，他发现了宕渠。秦国史官胡毋敬说："五百年以后，必定会有异人出现成为君王。"等到李雄称王，他的祖先便是宕渠人，有见识的人都认为这是秦史胡毋敬说法的应验。（出《华阳国志》）

宋高祖

晋安帝时，冀州桑门释法珍告其弟子普严曰："嵩山神告我，江东有刘将军，汉家苗裔，当受天命，吾以璧三十二枚，并镇金一饼与之，刘氏卜代之数也。"严告同学法义。以安帝义熙十三年，于嵩庙石坛下，得宝璧三十二枚。三十二者世，宋有天下，相承八帝，享祚六十年。（出《广古今五行记》）

宋孝武帝

宋元嘉七年五月，武陵洪水，善德山崩。两石高丈余，如人，雕刻精奇，形备古制式。占者云："武陵出天子。"其时八月，孝武始诞后宫。十五年，封武陵王，三十年即帝位。（出《洽闻记》）

宋明帝

《宋明帝自序》云："予初封湘东王，居侍中卫尉府。孝武皇帝为予置萧惠开宅邸，经营方始，凿池，获赤玉一枚，色如练朱，半圆半方，重五斤，光润如莹。世祖崩，少帝继位，予自姑熟入朝，居西邸。少帝狂暴，恶闻直言，醉为非法。予骤谏之，大怒，乃使仗士防守。左右文武，悉惊怖奔走，西邸遂空。于是百姓悉入邸，适意取物，纤毫毕尽。至夜，少帝醉醒，意颇解释。明日，左右文武方还，予于是不喜居于西邸。历阳太守建平王景素，私起宅于建阳门外，始成，予别觅一宅换之，少帝许焉。予自西邸移新宅，新宅在清溪西，旧邸今湘宫寺。《河洛谶》曰：'灵曜豫见东南隅。'予二邸皆处宫城之东南，且在巽地，盖天应也。"（出《宋明帝自序》）

宋高祖

晋安帝时，在冀州的桑门有个叫法珍的和尚，他告诉自己的弟子普严说："嵩山的神灵告诉我，江东有个刘将军，是汉人的后代子孙，他应当承受天命成为帝王。我拿了三十二枚玉璧以及一块黄金给他，这是刘氏几代后能拥有天下的数字卜算。"普严将这个说法告诉了自己的同学法义。法义在安帝义熙十三年时，果真在嵩山庙中的一个石坛下面找到了三十二枚玉璧。经三十二代后，宋高祖刘裕果真建立了刘宋政权，相继历经了八个皇帝，享有帝位共计六十年。（出《广古今五行记》）

宋孝武帝

南朝刘宋元嘉七年五月，武陵暴发了洪水，有善德的大山崩塌了，出现了两块高达一丈多的石头，外形就像人雕刻的一样精巧奇幻，形体完备，与古代刻制的式样一样。有个会占卜的人说："武陵这个地方会出天子。"那年八月，孝武帝刚刚在后宫出生。十五岁那年，孝武帝被封为武陵王，三十岁时便继承了帝位。（出《洽闻记》）

宋明帝

南朝的宋明帝在自序中说："我刚刚被封为湘东王，居住在侍中卫尉府。孝武皇帝为我在萧惠建造府邸。刚刚开始建造时，在挖凿池子的地方得到了一块红色的玉石，颜色就像红色的布帛，半圆半方，重达五斤，光泽圆润透亮。世祖逝世后，少帝继承了帝位，我从姑熟进入了朝都，住在西边的府邸。少帝性情狂暴，厌恶听到那些正直的话语。一次他喝醉酒后做了些非法的事，我急忙劝谏他，他却非常生气，便让人手持木杖对我严加防守。我身边的文武官员，都因此感到惊恐而四处逃散，我西面的住所变得空荡无人了。于是老百姓全都进入我的府邸，随意夺取财物，一丝一毫也没有留下。到了晚上，少帝酒醒了，愤怒之意平息。第二天，左右文武官员才返回，我从这之后便不喜欢住在西宅。历阳太守建平王景素，私自在建阳门外建造了

齐太祖

齐太祖在淮阴，理城堑，掘得古锡九枚，下有篆书，荀伯玉诸人皆不能识。时纪僧贞独言曰：“何须辨此久远之物。锡而有九，九锡之征也。”帝喜而赏之。（出《谈薮》）

北齐神武

北齐神武，少曾与刘贵、贾智为奔走之友。贵曾得一白鹰，猎于沃野，见一赤兔，每搏辄逸，遂至迥泽。有一茅屋，兔将奔入，犬噬之，鹰兔俱死。神武怒，以鸣镝射犬，犬毙。屋中有二大人出，持神武衣甚急，其母目盲。曳杖呵二子：“何故触大家？”因出瓮中酒，烹羊以饭客。自云有知，遍扪诸人，言并当贵，至神武，曰：“皆由此人。”饮竟而出。还更访问之，则本无人居，乃知向者非人境也。由是诸人益加敬异。（出《三国典略》）

后周太祖

后周太祖时，有李顺兴者，世传汉筑长安城之日，已为北面一处住宅，刚刚建成，我在别的地方找了一处住宅与他交换，少帝允许了。我就从西宅搬进了新的宅邸。新宅位于清溪的西面，旧宅便是现在的湘宫寺。河洛预言说：‘神灵七曜将出现在东南角。’我的两处住宅都处在宫城的东南边，并且在巽地，这大概便是上天应验的征兆吧。”（出《宋明帝自序》）

齐太祖

南朝齐太祖在淮阴，疏理护城河的壕沟时，挖到了九件古锡器，器皿底下刻有篆书，荀伯玉等人都没能认出写的是什么。当时纪僧贞一个人说：“不须辨认这些久远的东西。出现了九件古锡器，这是九锡之礼的征兆啊。”齐太祖听后大喜并赏赐了他。（出《谈薮》）

北齐神武

北齐的神武帝，年少时曾因打猎而与刘贵、贾智相识成了朋友。刘贵曾经养有一只白鹰，一次带着在沃野上打猎的时候，看见了一只红色的兔子。每次捕捉的时候兔子便跑掉了，最后白鹰追赶兔子跑进了大泽里面。这时大泽里面出现一处茅屋，兔子正准备往里跑，却被一条狗给咬住了，鹰和兔子都死了。神武帝大怒，用带有响声的弓箭射向狗，结果把狗给射死了。这时茅屋中出来了两个巨人，非常愤怒地拽住了神武帝的衣服。他们的母亲是个盲人，拖着拐杖呵斥她的两个儿子说：“为什么触犯贵人？”因而拿出装在坛中的酒，烹煮了羊肉来招待客人们。她说自己是个能预知的人，于是用手将大家都摸了摸，说他们都应当富贵。等摸到神武帝的时候，她说：“都是因为这个人啊。”大家喝完酒出来，又回去想再探访询问时，发现茅屋中根本没有人居住，这才知道那茅屋并不是凡人居住的地方。从这以后，大家对神武帝更加敬重和推崇了。（出《三国典略》）

后周太祖

后周太祖时，有个叫李顺兴的人，世人传说在汉朝修建长安城军王，或隐或见，愚圣莫测。魏自永熙之后，权雄分据。齐神武兴军数十万，次沙苑，太祖地狭兵少，惧不当敌，计尽力穷。须臾兴来，太祖请其策谋。更无余语，直云："黄狗逐黑狗，急走出筋斗。一过出筋斗，黄狗夹尾走。"语讫便去。于时东军旗帜服色尚黄，西兵用黑，太祖悟其言，遂力战，大破武于沙苑。（出《广古今五行记》）

陈高祖

陈高祖武帝受禅之日，其夜，有会稽人史溥，梦朱衣人，戴武冠，自天而下，手持金板，上有文字。溥视之，其文曰："陈氏五主，三十四年。"遂凌空而上。（出《谈薮》）

隋文帝

长安朝堂，即旧杨兴村，村门大树今见在。初，周代有异僧，号为枨公，言词恍惚，后多有验。时村人于此树下集言议，枨公忽来逐之曰："此天子坐处，汝等何故居此？"及隋文帝即位，便有迁都意。（出《西京记》）

隋炀帝

隋末望气者云："乾门有天子气，连太原甚盛。"故炀帝置离宫，数游汾阳以厌之。后唐高祖起义兵汾阳，遂有天下。（出《感的时候，他就已经成了北面军队的主帅，时而隐蔽时而出现，人们无法得知他究竟是愚蠢还是圣明。北魏自永熙年间之后，便出现了群雄争权夺势的局面。北齐的神武帝起兵数十万，驻扎在沙苑。当时后周太祖占据的地盘狭小，兵力很少，他担心抵挡不住神武帝的大军，为此想尽了办法竭尽了全力。不久后李顺兴来了，后周太祖请他出谋划策。他没有多余的话，直截了当地说："黄狗逐黑狗，急走出筋斗。一过出筋斗，黄狗夹尾走。"说完就离开了。当时东军的旗帜和士兵所穿服饰的颜色都喜欢用黄色，而西军则喜欢用黑色。太祖明白了李顺兴所言的意思，于是全力应战，最终在沙苑大败了北齐神武帝的军队。（出《广古今五行记》）

陈高祖

在南陈高祖武帝登上帝位的时候，那天晚上有个叫史溥的会稽人，他梦见了一个身穿红色衣服的人，戴着武士帽，从天而降，手里拿着金板，金板上面写着文字。史溥一看，只见上面的文字写道："陈氏历经五代帝王，共存世三十四年。"于是便升空而去。（出《谈薮》）

隋文帝

长安的朝堂，就是过去的杨兴村，村门前的大树现在还在。当初后周有个非同凡响的僧人，号枨公。他说话时总是言辞模糊不清，不真切，但大多数话后来都得到了验证。当时村里人在这棵大树下集会议事，僧人枨公忽然前来驱赶他们说："这里是天子坐的地方，你们为什么在这停留？"等到隋文帝即位后，就有了迁都的想法。（出《西京记》）

隋炀帝

隋朝末年，有个会看风水的人说："乾门有天子之气，一直延伸到太原，非常旺盛。"所以隋炀帝便在太原建造了离宫，并多次到汾

定录》）

唐高祖

唐高祖武德三年，老君见于羊角山。秦王令吉善行入奏，善行告老君云："入京甚难，无物为验。"老君曰："汝到京日，有献石似龟者，可为验。"既至朝门，果有邵州献石似龟，下有六字，曰："天下安，千万日。"（出《录异记》）

唐太宗

太宗诞之三日也，有书生诣高祖曰："公是贵人，有贵子。"因目太宗曰："龙凤之姿，天日之表也。公贵因此儿，二十必能安民矣。"（出《感定录》）

唐齐王元吉

唐齐王元吉于晋阳宫获青石，若龟形，文有丹书四字，曰："李渊万吉。"元吉遣使献之，文字映澈，宛若龟形，见者咸异焉。高祖曰："不足信也。"乃令水渍磨以验之，数日浸而经宿磨之，其字愈明。于是内外毕贺。高祖曰："上天明命，贶以万吉，孤陋寡薄，宁堪预此。宜以少牢祀石龟而酹送之。"（出《广德神异记》）

阳巡游来压制这股气。后来唐高祖在汾阳兴起义兵，最终取到了天下。（出《感定录》）

唐高祖

唐高祖武德三年（公元620年），太上老君在羊角山现身，秦王李世民让吉善行前往京城奏报，吉善行对太上老君说："进京很难，没有凭证能证明您的出现。"太上老君说："你到京城的那天，会有一个人进献像龟一样的石头，可以作为证据。"当吉善行到了朝门外时，果然有个邵州人献上了一块像龟一样的石头，石头下方写着六个字："天下安，千万日。"（出《录异记》）

唐太宗

唐太宗出生后第三天，有个书生对唐高祖说："您是贵人，所以有了贵子。"接着看着唐太宗说："这孩子真是龙凤之姿啊，有成为帝王的征象。您能有富贵都是因为有这个儿子啊，二十岁便能安定天下百姓了。"（出《感定录》）

唐齐王元吉

唐朝的齐王李元吉在晋阳宫获得了一块青色石头，外形就像乌龟，上面用红色笔写有四个字："李渊万吉。"李元吉派人将青石献给了李渊。这青石上的字通体映照，非常清楚，形状很像乌龟，看见的人都觉得很奇怪。唐高祖说："不足以让人相信。"便让人用水浸泡打摩来验证。经过几天的浸泡，且整夜打磨，但是青石上的字却更加清晰了。于是朝廷内外全都前来庆贺。唐高祖说："既然上天明确有命，祝赐我以万吉，那么即便是我学识浅薄，也要接受这种安排。应当以猪羊来祭祀这石龟，在洒酒祭祀后送给他（指李渊自己）。"（出《广德神异记》）

唐中宗

唐中宗为天后所废于房陵，仰天而叹，心祝之。因抛一石于空中曰："我后帝，此石不落。"其石遂为树枝罥挂，至今犹存。又有人渡水，拾得古镜，进之。帝照面，其镜中影人语曰："即作天子。"未浃旬，复居帝位。（出《独异志》）

唐相王

唐安州都督杜鹏举，父子皆知名。中宗在位，韦后方盛，而鹏举暴卒。在冥司，鞫讯未毕，至王殿前，忽闻官曰："王今当立相王为皇帝。"王起至阶下，见人身皆长二丈，共扶辇者百人。相王被兖冕，在辇中，鬼王见之迎拜，相王下辇答拜，如是礼成而出。鹏举既苏言之，时相王作相矣。后岁余，韦皇后将危李氏，相王子临淄王兴兵灭之，而尊相王为皇帝。乃召鹏举，迁其官。（出《记闻》）

潞州别驾

唐玄宗为潞州别驾，将入朝，有军州韩凝礼，自谓知五兆，因以食箸试之。既而布卦，一箸无故自起，凡三偃三起，观者以为大吉。既而诛韦氏，定天位，因此行也。凝礼起官至五品。（出《国史纂异》）

唐中宗

唐中宗被武后废弃流放到了房陵，对此他只能仰天而叹，在心里默默祈祷。因此他向空中抛出一个石子，说："如果以后我还能再做皇帝，那么这块石头便不落地。"这块石头扔上去后就被一根树枝缠挂住了，真的没有落到地上，到现在还保存在那。后来又有一个人过河时，捡到了一面古镜，将它献给了唐中宗。唐中宗用古镜照面时，镜子中的影子发出人声说："就要成为天子。"没过十天，唐中宗再次登上了皇位。（《出独异志》）

唐相王

唐朝安州的都督杜鹏举，父子二人都是知名人物。唐中宗在位时，韦皇后势力正盛，而杜鹏举却突然死了。在阴间，对杜鹏举的审讯还没有完毕，他就被带到了阎王殿前，这时他忽然听见有阴官说："大王现在应当册立相王为皇帝。"阎王起身走到台阶下，只见相王身边那些人身高全都有二丈，推着辇车的人共有一百多。相王身上穿着皇帝的礼服，坐在车里。阎王见了便迎上前去礼拜，相王也走下辇车前来回拜，像这样礼拜完成后便离开了。杜鹏举苏醒以后便将这事说了出来，这时相王已经做了丞相了。此后过了一年多，韦皇后准备毒害李氏，相王的儿子临淄王起兵消灭了韦皇后，并且尊推相王做了皇帝。相王于是召见了杜鹏举，升迁了他的官职。（出《记闻》）

潞州别驾

唐玄宗在做潞州别驾时，一天准备入朝，有个叫韩凝礼的军州，说自己知晓五兆，唐玄宗便拿吃饭用的筷子来试验他。不久后，他便用筷子开始占卜布卦，其中一根筷子无故立了起来，这样倒了三次又三次立了起来，旁边观看的人认为这是大吉的象征。不久后唐玄宗就诛灭了韦氏，确定了天位。因为这件事，韩凝礼官位达到了五品。（出《国史纂异》）

金蜗牛

唐玄宗在藩邸，有蜗牛成天子字，在寝室之壁。上心惧之，以泥涂去。数日复如旧，如是者三。及即位，铸金银蜗牛数百枚，于功德前供养之。又有琢玉为之，后人时有得之者。（出《录异记》）

金蜗牛

唐玄宗在藩邸的时候，有蜗牛形成了“天子”的字样，出现在他寝室的墙壁上。皇上听说后心中很是害怕，便用泥把字涂抹掉了，但是几天过后字又恢复成了原样，像这样反复了几次。等到唐玄宗即位后，他用金银铸造了几百个蜗牛，放置在供桌前供养着，还有用玉石雕刻的，后来不时还有人得到。（出《录异记》）

卷第一百三十六　征应二帝王休征

唐玄宗

唐玄宗之在东宫，为太平公主所忌，朝夕伺察，纤微必闻于上。而宫闱左右，亦潜持两端，以附太平之势。时元献皇后方妊，玄宗惧太平，欲令服药除之，而无可以语者。张说以侍读得进见太子宫，玄宗从容谋及说，说亦密赞其事。他日，说又入侍，因怀去胎药三煮剂以献。玄宗得药喜，尽去左右，独构火于殿中，煮未熟，怠而假寐。肸蠁之际，有神人长丈余，马具饰，身被金甲，操戈，绕药鼎三匝，煮尽覆无余焉。玄宗起视异之，复增构火，又投一剂，煮于鼎，因就榻，瞬息以伺之。而神见，复煮如初。凡三煮，皆覆之，乃止。则明日说又至，告之。说降阶肃拜，贺曰："天所命也，不可去之。"厥后元献皇后思食酸，玄宗亦以告说，说每因进讲，辄袖木瓜以献。故开元中，说恩泽莫与为比。肃宗之于说子均、垍，若亲戚昆弟云。（出《柳氏史》）

唐玄宗

唐玄宗还是太子的时候，为太平公主所妒忌，每天从早到晚都侦察着他的一举一动，哪怕是一点点的过失都会禀告给皇上。而东宫中他身边的人也都暗中持有两种态度，很多人都依附太平公主的势力之下。当时元献皇后正怀着孕，唐玄宗害怕太平公主，想让元献皇后吃药打掉胎儿，但是却没有可靠的人能够商量。有个叫张说的人因为侍读而得以进入太子宫面见太子，唐玄宗从容地向他说起了这件事，张说也暗中赞成玄宗的想法。一天，张说又前往东宫侍奉玄宗，顺便将三付打胎药揣在怀里偷偷地带入东宫并献给了玄宗。玄宗得了药后非常高兴，将身边的人全部都打发走了，独自一个人在宫殿中生起了火开始熬药。在药还没有熬好的时候，玄宗因觉得有些疲累便闭着眼小睡了一会。药香正弥漫的时候，玄宗忽然看到一个一丈多高的神仙，骑着一匹装饰齐备的马，身披金甲，手拿战戈，围绕着药鼎转了三圈，然后将煮的汤药全部都给倒掉了。玄宗连忙起来察看，觉得很是怪异。他又重新生了火，再次投了一剂药进药鼎重新熬煮，并把药鼎移到床榻边，以便时时照看。而那神仙再次出现，又像上次一样将药给倒了，玄宗又像之前那样重新投了一剂药熬煮。就这样共熬煮了三次，三次都被那神仙给倒了，玄宗才停止。第二天张说又来了，玄宗将此事告诉了他。张说一听便下到台阶下严肃地向玄宗下拜，并祝贺说：“这是上天的意思啊，这个胎儿不可以打掉。”这之后元献皇后想吃酸的东西，玄宗也将这事告诉了张说，张说便借进宫给玄宗讲课的机会，将木瓜放在衣袖里带进宫献给玄宗。所以到了开元年间，张说对皇家的恩德没有人能与他相比。因此唐肃宗对待张说的儿子张均、张垍，就像亲戚兄弟一样。（出《柳氏史》）

叱金像

初唐有神像，用金而制，传云：周隋间有术士镕范而成之。天后朝，因命置于宫中，扃其殿宇甚严。玄宗尝幸其殿，启而观焉。时肃宗在中宫，代宗尚稚，俱侍上。上问内臣力士曰："此神像何所异，亦有说乎？"力士曰："此前代所制，可以占王者在位之几何年耳。其法当厉声而叱之，苟年甚永，则其像摇震亦久。不然，一撼而止。"上即严叱之，其像若有惧，摇震移时，仆于地。上喜笑曰："诚如说，我为天子几何时？"力士因再拜贺。上即命太子叱之，其像微震。又命皇孙叱之，亦动摇久之。上曰："吾孙似我。"其后玄帝在位五十载，肃宗在位凡六年，代宗在位十九年，尽契其占也。（出《宣室志》）

天宝符

唐开元末，于弘农古函谷关得宝符，白石赤文，正成桑字。识者解之云："桑（桒）者四十八，所以示圣人御历之数也。"及帝幸蜀之来岁，正四十八年。得宝之时，天下歌之曰："得宝耶，弘农耶；弘农耶，得宝耶！"得宝之年，遂改元为天宝。（出《开天传信记》）

蜀当归

僧一行将卒，遗物一封，令弟子进于帝。帝发视之，乃蜀当

叱金像

初唐时有座神像，是用黄金制成的，传说这是后周到隋朝的时候有个术士熔铸而成的。到武则天当政时，她让人将黄金神像放置到了宫中，并把宫殿的门窗都关上，保管得很严密。唐玄宗曾到过这个殿宇，打开殿门看见了金像。当时唐肃宗还在中宫，代宗的年纪还很小，他们都一起侍奉玄宗。玄宗皇帝询问内臣高力士道："这个神像有什么奇特的地方，能对我说一说吗？"高力士说："这个神像是前朝制造的，可以卜算出帝王在位的时间能有多少年，卜算的办法便是要用严厉的声音呵斥它。如果是在位的时间很长，那么神像摇摆震动的时间也会很久；如果不是这样的话，神像摇动一下就停止了。"玄宗皇帝便非常严厉地呵斥神像，神像好像有些害怕的样子，摇摆震动了很久才仆倒在了地上。玄宗非常高兴地笑道："确实像说的那样，我能做多长时间的皇上呢？"高力士因此再次上前叩拜祝贺。唐玄宗便命太子上前呵斥神像，那神像稍微震动了一下。玄宗又让皇孙上前呵斥神像，结果神像也震动摇摆了很久。玄宗说道："我的孙子像我啊。"后来玄宗皇帝在位近五十年，肃宗在位总共才六年，代宗在位十九年，全都与那神像卜算的一样。（出《宣室志》）

天宝符

唐朝开元末年，在弘农县的古函谷关发现了一个宝符，是一块白色石头，上面有红色的字符，正是个"来"字。认识这个字的人解释说："这个'来'字是四十八的意思，是用来预示那些圣人当皇帝的时间长短。"到唐玄宗到四川的第二年，正好是四十八年。当初得到宝符的时候，天下人都歌唱说："得到了宝呀，在弘农县啊；弘农县啊，得到了宝符啊。"因此得到宝符的那年，就将"开元"年号改成了"天宝"。（出《开天传信记》）

蜀当归

一个叫一行的僧人快要死了，临死前留下了一封信，让他的弟子

归也。帝初不喻，及幸蜀回，乃知微旨，深叹异之。（出《开天传信记》）

万里桥

玄宗幸东都，偶然秋霁，与一行师共登天宫寺阁。临眺久之，上遐顾凄然，发叹数四，谓一行曰："吾甲子得终无患乎？"一行进曰："陛下行幸万里，圣祚无疆。"西狩初至成都，前望大桥，上举鞭问左右："是桥何名？"节度崔圆跃马前进曰："万里桥。"上因追叹曰："一行之言，今果符之，吾无忧矣。"（出《松窗录》）

唐肃宗

肃宗在东都，为李林甫所构，势几危者数矣，无何，鬓发斑白。常早朝，上见之愀然曰："汝疾归院，吾当幸汝。"及上至，顾见宫中庭宇不洒扫，乐器屏帏，尘埃积其间，左右使令，无有女妓。上为动容，顾谓力士曰："太子居如此，将军盍使我闻乎？上在禁中，尝呼力士为将军。力士奏曰："臣尝欲上言，太子不许。云：'无以动上念。'"上即诏力士，下京兆尹，亟选人家子女颀长洁白者五人，将以赐太子。力士趋去，复还奏曰："臣他日尝宣旨京兆，阅致子女。人间嚣嚣，而朝廷好言事者，得以为口实。臣以为掖庭令，故衣冠以事没入其家者，宜可备选。"上大悦，使力士诏掖庭令，按籍阅视，得三人，乃以赐太子，而章敬吴皇后在选中。顷之，后侍寝，厌不寤，吟呼若有痛，气不属者。肃宗呼之不解，窃自计曰："上赐我，卒无状不寤，上安知非吾护视不谨耶？"遽秉烛视之，进献给皇上。皇上打开信封一看，原来写的是“蜀当归”三个字。皇上刚开始不明白这是什么意思，等他由四川返回后，才明白了这三个字的微妙含义，为此深深感叹并感觉很奇异。（出《开天传信记》）

万里桥

一次唐玄宗前往东都时，偶然遇到了一个雨后天晴的秋日，便与一行大师一起登上了天宫寺的楼阁。他们在楼阁上朝远方看了很久很久，唐玄宗望着远方时显得很悲伤，连连感叹，他对一行说：“我能够安然无恙地度过我的六十岁吗？”一行上前道：“陛下您将远行到万里，您拥有天下大位的时间还长着呢。”一次在西行巡察时刚刚到达成都，望见前方有座大桥，唐玄宗便举起马鞭问身边的人：“这座桥叫什么名字？”节度使崔圆打马上前奏道：“这座桥叫万里桥。”玄宗听后便回想起过往，感叹道：“一行大师当初的话，今天果然应验了，我没有忧虑了。”（出《松窗录》）

唐肃宗

肃宗在东都的时候，被丞相李林甫所陷害，多次陷入了非常危险的境地，没有多久，他便愁得两鬓斑白。在一次例常的早朝时，唐玄宗见了他的样子神色骤变，说：“你病了就先回宫去休养吧，我到时前去看你。”等玄宗到了肃宗处所，环视四周，见宫中庭院中都没有打扫，乐器、屏风、帏帐等都积满了尘埃，左右听候使唤的人，连一个女的也没有。唐玄宗为此很是生气，回头对高力士说：“太子居住的地方条件竟然如此之差，你为什么不禀告给我？”唐玄宗在宫中，经常称高力士为将军。高力士回答道：“我曾经想要禀告皇上，但是太子不同意。太子说：‘不要去惊动皇上，使皇上挂念。’”玄宗听后马上便诏令高力士，让他前往京兆尹府，赶紧去挑选五名身材高挑且肤色洁白的老百姓家的女子，将她们赐给太子。高力士正急忙离去，突然又返回来对玄宗说：“我以前曾经前往京兆尹宣旨，去民间挑选女子，却使得民间百姓喧骂吵闹不已，而朝中那些喜欢说三道四的良久乃寤。肃宗问之，后手掩其左胁曰：“妾向梦中，有神人长丈余，介金甲而操剑，顾谓妾曰：‘帝命吾与汝为子。’自左胁剑决而入，痛殆不可忍，及今尚未之已也。”肃宗检之于烛下，则若有綖而赤者存焉，遽以状闻，遂生代宗。代宗之载生三日也，上幸东宫，赐之金盆，命以浴。吴皇后年弱，皇孙龙体未舒，负妪惶惑，乃以宫中诸王子同日诞而体貌丰硕者以进。上视之不乐，曰：“此儿非吾儿也。”负妪叩头具服。上睨曰：“非尔所知，取吾儿来！”于是以太子进见。上大喜，置诸掌内，向日视之，笑曰：“此儿福禄远过其父。”上还宫，尽留内乐，谓力士曰：“比一殿有三天子，乐乎哉！可与太子饮乎。”（出《柳氏史》）

唐武宗

唐会昌末年，武宗忽改御名为火下火。及宣宗以光王龙飞，于人，也因此有了口实。臣认为可以下令给掖庭令，让她们在宫中旁舍的妃嫔中从那些名门世族因犯事而被收入宫中的人中，挑选一些作为备选。”玄宗听了很高兴，就让高力士前往诏令掖庭令，让她们按人口簿子进行挑选，最后选出了三人，便将她们三人赐给了太子，而章敬吴皇后就在这被选中的三人中。过了不久，章敬吴皇后陪肃宗睡觉，她总是一副睡不醒的样子，还发出呻吟呼喊的声音，好像非常痛苦，这是呼吸不畅的征象。肃宗叫她，她也没回应，肃宗便暗自盘算道：“皇上将她赐给了我，可是竟然无缘无故睡不醒，皇上又怎么会知道这不是因为我照顾不周造成的呢？”于是急忙拿着蜡烛去看她，很久之后她才醒过来。肃宗问她是怎么回事，吴皇后用手捂着她的左胁说：“妾身是在做梦。梦中有个一丈多高的神人，身穿金甲手持宝剑，看着我并对我说：‘上天命令我给你做儿子。’就把宝剑从我的左胁刺了进去，痛得我实在无法忍受，到现在这种疼痛都还没有停止。”肃宗于是就用蜡烛照着检查了吴皇后的左胁，便见到一块红色的像皇冠上饰品似的东西印在左胁处，就急忙将这事奏报给了玄宗，后来吴皇后便生下了代宗。代宗出生后的第三天，玄宗来到了东宫，赐给了吴皇后一个金盆，命她用这个金盆给代宗洗澡。吴皇后还年轻，而皇孙代宗的身体此时还没有完全长开，负责侍奉的老婆婆很是惶恐，便将宫中各位王子中与代宗同一天出生的且身体相貌都很强壮的抱进宫给玄宗看。玄宗一看很不高兴，说：“这个小孩不是我的孙子。”老婆婆连忙叩头谢罪。唐玄宗斜着眼睛看着她，说：“这不是你所能知晓的，将我的孙子抱来。”于是老婆婆将代宗抱来给皇上。玄宗一看特别高兴，用手掌托着代宗，面向太阳看着他，笑道：“这个孩子的福禄远远超过他的父亲。”唐玄宗回到宫里，将宫廷乐师舞女全都留了下来，并对高力士说：“这个殿里有三个天子，真是太让人高兴了！可以跟太子喝酒了。”（出《柳氏史》）

唐武宗

唐代会昌末年，唐武宗忽然间将自己的名改为了炎。到唐宣宗登

古文，光字实从尣焉。噫，先兆之明若是耶！（出《真陵十七史》）

唐宣宗

唐宣宗在藩时，常从驾回，而误坠马，人不之觉。比二更，方能兴。时天大雪，四顾悄无人声。上寒甚，会巡警者至，大惊。上曰："我光王也，不悟至此，方困且渴，若为我求水。"警者即于旁近得水以进，遂委而去。上良久起，举瓯将饮，顾瓯中水，尽为芳醪矣。上喜，独自负，举一瓯，已而体微暖有力，步归藩邸，后遂即帝位。（出《真陵十七史》）

迎光王

太子宾客卢真，有犹子，曾为沙门。会昌中，沙汰归俗，荫补为光王府参军。一日，梦前师至其家而问讯焉，卢则告卑官屑屑然，非其愿也，常思落发，再披缁褐。师曰："汝诚有是志，像教兴复，非晚也。"语未竟，俄四面见日月旌旆，千乘万骑，喧言迎光王即皇帝位。未几，武帝崩，光王果即皇帝位。至是竟符其事焉。（出《宣室志》）

唐懿宗

唐懿宗器度沉厚，形貌瑰伟。在藩邸时，疾疹方甚，而郭淑妃见黄龙出于卧内。上疾稍退，妃具以状告，上曰："无泄是言，

基时选用“光王”为帝号。在古文字中，光字实际上是从炎（意为火儿）而来。唉！先兆竟然能够如此明显啊！（出《真陵十七史》）

唐宣宗

唐宣宗还在藩镇时，曾经跟随皇上返回京城，一次他不慎意外从马上摔了下来，其他人都没有发觉。等到了二更天，他才清醒了过来。当时天上正下着大雪，他看看四周发现静悄悄的没有一个人。宣宗感觉很冷，正好有巡逻的警哨来了，他们看到宣宗时大惊。宣宗说：“我是光王，不知道为什么会摔倒在这里，我现在又困又渴，你们给我去找点水。”巡逻的警哨便在附近取了些水献给了他，就借故离开了。宣宗很久后才起得身来，举起盛水的杯子准备喝水，突然发现杯中的水已全都变成了芳香醇厚的美酒了。他非常高兴，独自一人将一瓯酒全都喝了。不一会便觉得身体暖和了，浑身也有劲了，于是走回他的藩邸。后来他便登上了帝位。（出《真陵十七史》）

迎光王

太子有个宾客叫卢真，他有个侄子曾经是个和尚。会昌年中，他的侄子被淘汰还俗了，因祖先功勋而补做了光王府的参军。一天，他梦见以前的师傅到他家来打听他的情况，他做出一副对为官非常介意的样子告诉师傅，说做官并不是他的愿望，他经常想念落发为僧的日子，希望能够再次披上袈裟。师傅听后道：“你如果真的有这个志向，想要兴复佛教，现在也不晚啊。”话还没说完，忽然便看见四面出现了日月旌旗，以及上千辆马车、上万骑着马的人，他们大声宣告说要迎接光王登上皇位。没过多久，武帝驾崩，光王果然登上了皇位。至此竟然真的与梦中的情景完全相符。（出《宣室志》）

唐懿宗

唐懿宗是个器量大度、沉稳厚道的人，外形长得也很英俊魁梧。在他还住在分封地的时候，得了非常严重的麻疹病，而这时郭贵不相忘。”更尝大雪盈尺，而上寝室辄无分寸，诸王见者无不异之。大中末，京城小儿叠布蘸水。向日张之，谓捩晕。及上自郓王即位，捩晕之言应矣。宣宗制《泰边陲曲》，撰其词云“海岳晏咸通”，上垂拱而号咸通。上仁孝之道，出于天性。郑太后厌代，而蔬素悲毁，同士人之礼。公卿奉慰者无不动容。（出《杜阳杂编》）

唐僖宗

唐丞相陇西公李蔚建大旆于广陵日，时咸通十二年也。泗州状言：“有女僧二人至普光寺，将祈礼者，睢盱顾视，如病风狂，云：‘后二年，国有变乱，此寺大圣和尚当履宝位。’循廊喧叫，聚人甚众，不迹其来。释徒大恐，且欲拘縻之际，则齐登峻塔，投身而下。其一不救，其一坠伤，狂痛昏迷，诘问不获。”丞相立命焚其状，仍牒州杖杀之。至十四年，果懿皇晏驾。八月，僖宗即位，乃是普王。（出《唐史》）

李 郃

唐李郃为贺州刺史，与妓人叶茂莲江行。因撰《骰子选》，谓之叶子。咸通以来，天下尚之，殊不知应本朝年祚。正体书叶淑妃看见了一条黄龙出现在他的卧室里。等懿宗的病痛稍微好了一点后，郭淑妃便将她看见龙的事全告诉了他。懿宗听后道："不要将这些话泄露出去，将来我富贵后定不会忘记你。"又有一次下了一尺多厚的大雪，而懿宗的寝室却一点也没有，各位亲王见了无不感到惊奇。大中末年，京城里有的小孩子将布叠起来蘸上水，然后对着太阳将它打开让太阳照射，称这种做法为"捩晕"。当懿宗从郓王的位置登上帝位的时候，捩晕的说法就应验了。宣宗因此写了首《泰边陲曲》，其词写道："海岳晏咸通。"懿宗于是垂衣拱手，取年号为"咸通"。懿宗的仁孝之道，完全是出自他的天性。然而郑太后厌恶他取代了帝位，因而蔬素悲毁，待他的礼节就如同对待士人一般。那些列班朝拜辅佐他的公卿大臣，见此无不感到愤愤不平。（出《杜阳杂编》）

唐僖宗

唐代丞相陇西公李蔚建在广陵大张旗帜时，正好是咸通十二年。泗州有人上状子道："有两个女僧人到了普光寺，准备祈祷礼拜的时候，昂首四处张望，如同得了疯狂病一样，嘴里说道：'后两年，国家将有变乱，这个寺的大圣和尚，将会登上宝座。'她们沿着走廊一路喧叫，围观聚集的人很多，但没有人能够知道她们的来历。寺庙里的僧徒们非常害怕，正当他们想要拘囚捆绑她们的时候，两个女僧人一齐登上了峻塔，从上面跳了下来。其中一个不救身死，另一个则摔伤了，痛得昏迷了过去，什么也没能问出来。"丞相李蔚建听说后，马上让人将那状子烧了，并且下牒给泗州把那个摔伤的女僧打死。到了咸通十四年，果然懿宗皇帝驾崩。这年八月，僖宗即位，这便是普王。（出《唐史》）

李 郃

唐朝的李郃在做贺州刺史时，与一个叫叶茂莲的妓女在江上游玩，因而撰写了《骰子选》，称之为"叶子"。咸通以来，天下太平，却

（葉）字，廿世木子，自武德至天祐，恰二十世。（出《感定录》）

后唐太祖

后唐太祖在妊十三月而生。载诞之夕，母后甚危，令族人市药于雁门。遇神人，教以率部人，被介持旄，击钲鼓，跃马大噪，环所居三周而止，果如所教而生。是时虹光烛室，白气充庭，井水暴溢，及能言，喜道军旅。年十二三，善骑射。曾于新城北，酒酹于毗沙门天王塑像，请与交谈。天王被甲持矛，隐隐出于壁间，所居帐内，时有火聚，或有龙形，人皆异之。尝随火征庞勋，临阵出没如神，号为龙虎子。（出《北梦琐言》）

后唐明宗

后唐明宗皇帝微时，随蕃将李存信巡边，宿于雁门逆旅。逆旅媪方妊，帝至，不时具食。腹中儿语谓母曰："天子至，速宜具食。"声闻于外。媪异之，遽起亲奉庖爨，敬事尤谨。帝以媪前倨后恭，诘之，曰："公贵不可言也。"问其故，具道娠子腹语事。帝曰："老妪逊言，惧吾辱耳。"后果如言。（出《北梦琐言》）

不知道这个“叶子”正好应验了本朝的年数。用正体字书写“叶”字，是“廿世木子”，从武德年到天祐年，恰好经历了二十代。（出《感定录》）

后唐太祖

后唐的太祖，是在母亲怀了他十三个月之后才出生的。在他出生的那天黄昏，他的母亲很危险，便叫族人到雁门去买药。这时这个族人忽然遇见了一个神人，告诉他回家带领所有部下的人，身披甲衣，手拿旗帜，敲着钲和战鼓，骑着马大声喊叫，围着他母亲所居住的房子绕三圈后停下来。族人真的按照神人所说的那样去做了，而后唐太祖就降生了。当时虹光照亮了房间，白色的气体充满了庭院，井里的水暴涨溢了出来。当太祖能够说话了之后，总喜欢谈论一些有关军旅的事。太祖十二三岁的时候，就善于骑马射箭。他曾经在新城北，将酒倒在毗沙门天王的塑像上，请求与天王交谈。天王披着凯甲拿着长矛，隐隐约约地出现在墙壁上，而他所住的帐内火光聚拢，像是龙的形状一样，人们都觉得非常惊奇。他曾经跟随人急速前往征讨庞勋，对阵时有如鬼神般出没，被人称为龙虎子。（出《北梦琐言》）

后唐明宗

后唐的明宗皇帝还未显贵之时，曾跟随蕃将李存信巡逻边境，住宿在雁门的旅馆里。当时旅馆的女主人正怀有身孕，明宗到的时候，女主人没有及时准备酒饭。这时腹中的胎儿便对母亲说：“天子到了，应当赶快准备酒食。”声音在外面都能听到。女主人非常惊奇，便急忙起身亲自到厨房为明宗一行准备饭菜，侍奉时显得特别恭敬谨慎。明宗因为女主人先是傲慢而后又谦恭的态度，就追问她这样做的原因。女主人回答说：“因为你是个大福大贵的人。”又问她为什么这样说，女主人便将肚中所怀孩子说话的事都告诉了他。明宗听后道：“老太婆你说话这样恭顺，只是担心我羞辱你罢了。”后来

潞王

清泰之在岐阳也，有马步判官何某，年逾八十，忽暴卒。云有使者拘录，引出，冥间见阴君曰："汝无他过，今放汝还。与吾言于潞王曰：'来年三月，当帝天下。'可速返，达吾之旨。"言讫引出，使者送归。及苏，遂以其事密白王之左右，咸以妖妄而莫之信，由是不得闻于王。月余，又暴卒入冥，复见阴君。阴君怒而责之曰："何故受吾教而竟不能达耶？"徐曰："放汝去，可速导吾言，仍请王画吾形及地藏菩萨像。"何惶恐而退。见其庭院廊庑之下，簿书杂乱，吏胥交横。何问之，使者曰："此是朝代将变，升降去留，将来之官爵也。"及再活，托以词讼见王。及见之，且曰："某有密事上白。"王因屏左右问之，备述所见，王未之信。何曰："某年逾八十，死在旦夕，岂敢虚妄也。"王默遣之。来春，果下诏攻岐阳，唯何叟独喜，知其必验。至期，何叟之言，毫发无差矣。清泰即位，擢何叟为天兴县令。固知冥数前定，人力其能遏之乎？（出《王氏见闻录》）

果真像女主人腹中小孩所说，明宗做了皇帝。（出《北梦琐言》）

潞王

清泰还在岐阳的时候，有个姓何的马步判官，年纪已经八十多岁了，一天忽然就晕死过去了，嘴里说自己被一个阴间使者给拘禁了，被引到阴曹地府见阎王去了。阎王对他说：“你没有什么过错，现在就把你放回去。替我转告潞王说：‘来年三月，他当称帝天下。’你可以赶快回去，传达我的旨意。”说完便让人将他带出了地府，由阴间使者将他送了回来。等他苏醒过来后，便将去地府的事以及阎王所说的话偷偷告诉了潞王身边的人，他们都认为这是妖言妄语而没有人相信，因此这件事没能传到潞王的耳朵里。一个多月后，何姓马步判官又突然死过去到了地府，再次见到了阎王。阎王非常生气，责备他说：“为什么接受了我的话却竟然没能帮我转达给潞王？”稍后又说：“现在放你回去，可赶紧将我的话传达给潞王，还要请潞王画一幅我的神像以及地藏的菩萨像。”何姓马步判官心里惶恐不安，退了出来，只见在地府庭院的廊庑下面，乱七八糟地堆放着一些书簿，还有一些小官吏横七竖八地站在那里。何姓马步判官便问这是怎么回事，使者告诉他说：“这是朝代将要变更了，升降去留，都是将来的官爵啊。”等何姓马步判官再次复活过来，便假借说要打官司见到了潞王。等见到潞王后，又说：“我有秘密之事要告诉您。”潞王因此将左右的人屏退，然后问他有什么事。何姓马步判官便将他去地府的所有事情都详细地告诉了潞王，潞王没有相信他的话。何姓马步判官说：“我已经八十多岁了，死亡只是转眼间的事，又怎么敢胡言乱语呢！”潞王悄悄地将他送走了。第二年春天，皇上果然下诏命令人开始攻打岐阳，这时只有何姓老头独自高兴，知道阎王的话必定会应验。到了阎王所说的日期，何姓老头所说的话，丝毫不差地应验了。清泰登上了帝位后，便提拔何姓老头做了天兴县令。因此可以知晓，人的寿考和显卑是上天早已定下的，又怎么是人力所能阻止的呢！（出《王氏见闻录》）

晋高祖

清泰中，晋高祖潜龙于并部也。常一日从容谓宾佐云：“近因昼寝，忽梦若顷年在洛京时，与天子连镳于路。过旧第，天子请某入其第。其逊让者数四，不得已，即促辔而入。至厅事下马，升自阼阶，西向而坐。天子已驰车去矣。”其梦如此，群僚莫敢有所答。是年冬，果有鼎革之事。（出《玉堂闲话》）

伪蜀主舅

伪蜀主之舅，累世富盛，于兴义门造宅。宅内有二十余院，皆雕墙峻宇，高台深池，奇花异卉，丛桂小山，山川珍物，无所不有。秦州董城村院有红牡丹一株，所植年代深远，使人取之，掘土方丈，盛以木柜。自秦州至成都，三千余里，历九折、七盘、望云、九井、大小漫天，隘狭悬险之路，方致焉。乃植于新第，因请少主临幸。少主叹其基构华丽，侔于宫室，遂戏命笔，于柱上大书一“孟”字，时俗谓孟为不堪故也。明年蜀破，孟氏入成都，据其第。忽睹楹间有绛纱笼，迫而视之，乃一“孟”字。孟曰：“吉祥也，吾无易此居。”孟之有蜀，盖先兆也。（出《王氏见闻录》）

晋高祖

清泰年间，后晋高祖帝还潜隐在并部。曾经有一天，他从容地对辅佐他的宾客们说：“近来因为白天睡觉，忽然梦见了若干年前在洛阳时，我曾与天子同坐一辆车在路上行走。路过他的旧宅时，天子邀请我进入他的府第。虽然我再三再四谦让，但没有办法推辞掉，便只好紧拉缰绳催马而入。到达厅前下马，我从东边沿阶而上，面朝西面而坐。这时发现天子已经赶着车离开了。”那个梦就是这样的，宾客属僚听后没有一个敢出声说话的。这年冬天，果然就发生了政权更迭的大事。（出《玉堂闲话》）

伪蜀主舅

伪蜀皇帝的舅舅，家里世代富足昌盛，在兴义门建造了一处大宅院。宅院内有二十多个院落，到处都是彩绘的墙壁、高大的屋宇，有高台深池、奇花异草，也有丛桂小山、山川珍物，真是无所不有。秦州董城的村院里，有一株红牡丹，种植的年代已经非常久远了。伪蜀主的舅舅让人将这株红牡丹取回来，挖的土方深达一丈多后才挖了出来，用木柜装着，从秦州运往成都。这一路共有三千多里的路程，经过了九折、七盘、望云、九井等大小地势险要、狭窄且又极为漫长的路途，最终才到达了目的地成都。伪蜀主的舅舅将它种植在新建的大宅里，便请少主前来欣赏。少主感叹其宅院建筑结构的豪华美丽，就像皇宫一样，于是便玩笑似的提起笔来，在柱子上大大地书写了一个“孟”字，当时的人们认为少主写“孟”字是因无法忍受。第二年蜀军被打败，孟氏进入了成都，占据了伪蜀主舅舅新建的宅院。他们忽然发现柱子上有红纱笼罩，走近仔细一看，才发现是一个“孟”字。孟氏之人因此说：“真是吉祥啊，我不会变换这个居所了。”孟氏之所以能够占据蜀地，原来是有先兆的。（出《王氏见闻录》）

卷第一百三十七　征应三人臣休征

吕望

吕望钓于渭滨，获鲤鱼。剖腹得书曰：吕望封于齐。（出《说苑》）

仲尼

周灵王二十一年，孔子生鲁襄之代。夜有二神女，擎香露，沐浴徵在。天帝下奏钧天乐，空中有言曰：“天感生圣子，故降以和乐。”有五老，列徵在之庭中。五老者，盖五星精也。夫子未生之前，麟吐玉书于阙里人家，文云：“水精子，继衰周为素王。”徵在以绣绂系麟之角，相者云：“夫子殷汤之后，水德而为素王。”至定公二十四年，钽商畋于大泽，得麟，示夫子，系绂尚存。夫子见之，抱而解绂，涕下沾襟。（出《王子年拾遗记》）

文翁

汉文翁当起田，斫柴为陂。夜有百十野猪，鼻载土著柴中。比晓塘成，稻常收。尝欲断一大树，欲断处，去地一丈八尺，翁先咒

吕望

吕公望在渭水边上钓鱼，钓到了一条鲤鱼。当剖开鲤鱼的肚子后，在里面发现了一张纸条，纸条上写着：吕望将被分封于齐国。（出《说苑》）

仲尼

周灵王二十一年，孔子在鲁襄公的时代出生了。孔子出生的当晚，有二位神女，正拿着香露为孔子的母亲征在沐浴，天帝忽然下界演奏了钧天乐曲，空中还传出声音说："上天感谢你生下了圣人，所以才降下了和谐的音乐。"另外还有五个老人（五星之精）站列在征在的庭院中。这五个老人，就是五星之精。在孔子还没有出生之前，曾有麒麟在都城的一户人家之中从嘴里吐出了一封玉书，上面写着："水精的儿子，将继衰弱的周朝之后成为素王。"征在便将拴印章用的丝绳系在了麒麟的角上，有个知晓占卜的先生道："孔子是在商汤之后，因为应了水德而将成为'素王'的。"到了鲁定公二十四年，钼商曾在大泽打猎，捕获了一只麒麟，便拿来给孔子看，发现母亲征在系在麒麟角上的那条丝绳还在。孔子发现之后，便抱着麒麟将丝绳解了下来，并流下了眼泪，泪水沾湿了衣襟。（出《王子年拾遗记》）

文翁

汉朝有个叫文翁的人准备开垦一块水田，便用刀砍了一些柴草来建造水田的堤坝。一天夜晚忽然来了一百多头野猪，它们用鼻子载着土倒进了柴草里，等到天亮时水田的堤岸便建成了。这块水田的水

曰："吾得二千石，斧当著此处。"因掷之，正砍所欲，后果为蜀郡守。（出《小说》）

董仲舒

汉董仲舒常梦蛟龙入怀中，乃作《春秋繁露》。（出《小说》）

何比干

汉何比干梦有贵客，车骑满门，觉以语妻子。未已，门首有老姥，年可八十余，求避雨，雨甚盛而衣不沾濡。比干延入，礼待之。乃曰："君先出自后稷，佐尧至晋有阴功，今天赐君策。"如简，长九寸，凡九百九十枚，以授之曰："子孙能佩者富贵。"言讫出门，不复见。（出《幽明录》）

五鹿充宗

汉五鹿充宗受学于弘成子。成子少时，尝有人过己，授以文石，大如燕卵。成子吞之，遂大明悟，为天下通儒。成子后病，吐出此石，以授充宗，又为名学也。（出《西京杂记》）

稻常年丰收。曾有一次文翁想砍一棵大树，想要砍断的地方，距离地面约一丈八尺高。砍树前，文翁先是祈祷道："我如果能成为一个俸禄二千石谷的官员，斧子就应当砍在这个地方。"说完便将斧头扔了出去，正好砍在了想要砍的地方。后来，文翁果然担任了蜀地郡守。（出《小说》）

董仲舒

汉朝时有个叫董仲舒的人，经常梦见蛟龙投入怀里，于是便写出了《春秋繁露》一书。（出《小说》）

何比干

汉朝有个叫何比干的人一天梦见有贵客来了，家里车马盈门，醒来后何比干便将这个梦告诉了妻儿。还没等他把话说完，门口就来了个老太太，年纪有八十多岁，她请求进屋避雨。这时雨下得很大，但是老太太的衣服却没有被雨淋湿。何比干将她请到了屋内，以礼相待。这时老太太就说："你的祖先是后稷的后人，他们从辅佐尧帝开始一直到晋帝，积有阴功，现在上天赐给你一册书。"这册书就像竹简一样，长九寸，共计九百九十枚。老太太将书授给何比干并说："子孙后代如果谁能佩带它，那么谁就能富贵。"说完就走出了门，从此再也没有出现过。（出《幽明录》）

五鹿充宗

汉朝五鹿一个叫充宗的，跟随着弘成子学习。弘成子小的时候，曾经有一个人路过他的家门，将一块带有花纹的石头送给了他。这块石头像燕子蛋一般大小。弘成子将这块石头吞掉了，因此变得特别聪慧，开了觉悟，成了通晓天下的大儒。后来，弘成子生病了，便将这块石头吐了出来，将它送给了充宗，充宗也因此成为天下有名的学者。（出《西京杂记》）

王溥

后汉永初三年，国用不足，令民吏入钱者得为官。琅琊王溥，其先吉，为昌邑中尉。溥奕世衰凌，及安帝时，家贫无赀，不得仕。乃挟竹简，摇笔洛阳市佣书。为人美形貌，又多文词，僦其书者，丈夫赐其衣冠，妇人遗其金玉。一日之中，衣宝盈车而归。积粟十廪，九族宗亲，莫不仰其衣食。洛阳称为善而富也。溥先时家贫，穿井得铁印，铭曰："佣力得富至亿庾，一土三田军门主。"溥以亿钱输官，得中垒校尉。三田一土垒（壘）字，校尉掌北军垒门，故曰军门主也。（出《拾遗录》）

应枢

后汉汝南应枢生四子，见神光照社。枢见光，以问卜人。卜人曰："此天符也，子孙其兴乎！"乃探得黄金。自是诸子官学，并有才名。至玚，七世通显。（出《孝子传》）

袁安

汉袁安父亡，母使安以鸡酒诣卜工，问葬地。道逢三书生，问安何之，具以告。书生曰："吾知好葬地。"安以鸡酒礼之，毕，告安地处，云："当此世为贵公。"便与别，数步顾视，皆不见。安疑是神人，因葬其地。遂登司徒，子孙昌盛，四世五公焉。（出《幽

王溥

后汉时期的永初三年，因国家的府库资财不足，朝廷下令，百姓、官吏凡是给国家捐钱的人便可以做官。琅琊有个叫王溥的人，他的祖上叫王吉，曾经是昌邑中尉。到了王溥时，因世代更替，家境已衰败了，到了安帝时，家里便已穷得没有任何钱财，所以也做不了官。王溥因此只得背上竹简前往洛阳，在集市上帮别人代写书信为生。王溥外表长得很英俊，而且很有文才，所以前来请他代写书信的人，男的便赏给他一些衣帽，妇女们则送给他一些金玉。所以，一天的时间，他便收获了满满的一车衣物与珍宝回家了。他积累的粮食已有十仓库，因此他的九族宗亲，在吃穿方面没有不得到他帮助的，洛阳人都称赞他是因行善而富裕起来的。王溥先前家中贫穷，在挖井时得到了一个铁印，铁印上面刻着："佣力得富至亿瘐，一土三田军门主。"王溥因此捐献给了官府一亿钱，得到了中垒校尉这一官职。三个"田"字加一个"土"字，正好是"垒"字，而校尉则是掌管北军垒门的官职，所以说是"军门主"了，与铁印所刻正好相符。（出《拾遗录》）

应枢

后汉汝南有个叫应枢的人生有四个儿子。有一天，有神光出现照射在土地庙上。应枢看见了神光，便去问占卜算卦的人，卜卦人说："这是上天降下的瑞符啊，你的后代将会兴旺。"后来应枢便探测得到了黄金，从这之后他的几个孩子都在官学学习，并且都很有才气和名声。到应玚时，应枢的家族已历经七代，仍旧非常显赫通达。（出《孝子传》）

袁安

汉朝时袁安的父亲去世了，母亲便让他准备好鸡、酒去请占卜阴阳的人前来，问问父亲的安葬地应该选择什么地方好。在路上他遇到了三位书生，他们问袁安去干什么，袁安便将实情全都告诉了他们。书生们听后说道："我们知道一块好的安葬地。"袁安便将他们

明录》)

陈仲举

陈仲举微时，尝行宿主人黄申家。申家夜产，仲举不知。夜三更，有扣门者，久许，闻应云："门里有贵人，不可前，宜从后门往。"俄闻往者还，门内者问之："见何儿？名何？当几岁？"还者云："是男儿，名阿奴，当十五岁。"又问曰："后当若为死？"答曰："为人作屋，落地死。"仲举闻此，默志之。后十五年，为豫章太守，遣吏往问，昔儿阿奴所在，家云："助东家作屋，堕栋而死矣。"仲举后果大贵。(出《幽明录》)

张承

孙氏怀张承时，乘轻舠于江浦，忽见白蛇长三丈，腾入舟中。咒曰："若为吉祥，勿毒噬我。"萦而将还，置于房中，一宿不复见，母嗟惜之。邻中相谓曰："昨者张家有白鹄，耸翮入云。"以告承母，母使筮之。筮者曰："吉祥。鹄是延年之物，从室入云，自卑升高之象。昔吴阖闾葬其妹，殉以美人宝剑珍物，穷江南之富。未及千年，雕云覆其溪谷，美女游于冢上，白鹄翔乎林中，白虎啸于请到家中以鸡、酒款待了他们。结束之后，书生们告诉了袁安那个适合安葬的地方，并且告诉他说："在你这一代会成为王公贵人。"说完便告别袁安而去。走了几步后袁安再四处环视，发现书生都不见了。袁安怀疑他们是神人，因而把父亲埋葬在了书生们所说的地点。后来袁安竟然真的做了司徒，其子孙后代也都非常兴旺，四代人中出了五位公卿。（出《幽明录》）

陈仲举

陈仲举还没显贵之时，曾经外出住宿在主人黄申的家中。晚上黄申的老婆快要生产了，但陈仲举却不知道。当天夜里三更的时候，陈仲举听到外面有人叩门，过了好一会，便听见有人回应叩门的人说："屋里住有贵人，不可以上前，请从后门进去。"一会儿后便听见进去的那个人返了回来，屋里的人问那人说："你看见是个什么样的孩子了吗？叫什么名字？能活到多大岁数？"返回的那人回答道："是个男孩，名叫阿奴，应当能活到十五岁。"屋里的人又问他说："将来他是怎么死的？"那人回答说："他是给别人家建房子，从房上掉下来摔死的。"陈仲举听到这里，便将这事默默地记在心里。十五年后，陈仲举当了豫章太守，他派了一个官吏前去打听从前那个叫阿奴的小孩现在在哪里，阿奴的家人说："阿奴在帮助东家盖房子时，从房子上掉下来摔死了。"陈仲举后来也果然大富大贵了。（出《幽明录》）

张承

孙氏在怀张承时，有一次乘坐着一艘轻舟到了江边，忽然看见了一条长达三丈的白蛇，腾起窜入了舟中。孙氏在心中默默祷告道："如果这是吉祥的征兆，便请不要咬我。"孙氏随后将白蛇缠在身上带回了家，将它放在房间里，一晚之后便消失没有再见过，孙氏为此十分叹惜。她的邻居们都在相互传言说："昨天有只白天鹅从张家展翅腾起，飞入了云天。"有人便将这件事告诉了张承的母亲，张山侧，皆昔时之精灵。今出于世，当使子孙位极人臣，擅名江表。若生子，可以名为白鹄。”后承生昭，位辅吴将军，年九十，蛇鹄之祥也。（出《王子年拾遗记》）

张 氏

晋长安有张氏者，昼独处室，有鸠自外入。止于床。张氏恶之，披怀而咒曰：“鸠，尔来为我祸耶，飞上承尘，为我福耶，飞入我怀。”鸠飞入怀，乃化为一铜钩。从尔资产巨万。（出《法苑编珠》）

司马休之

晋司马休之，安帝族子，遇难出奔。所乘骓，常于床前养之，忽连鸣不食，注目视鞍。休之即试鞴之，则不动。休之还坐，马又惊。因骑马，即骤出，行十里余，慕容超收使已至，奔驰，仅得归晋。（出《广古今五行记》）

承的母亲孙氏便找来占卜的人测算吉凶。占卜的人说道："这是吉兆啊。天鹅是长寿之物，从家里飞入云端，这是从低处往高处升的象征。过去吴王阖闾安葬他妹妹的时候，用美人、宝剑以及各种珍贵物品作为殉葬品，几乎将江南的财物都耗尽了。还不到千年，就有美丽的云彩覆盖了其安葬地所在的溪谷，有美貌的女子在她的墓地上游玩，有白天鹅在墓地周围的林中飞翔，有白色的猛虎在墓地两侧的山间长啸。这些都是过去大自然的精灵，现在白天鹅又出现在世间，这应当使你的子孙后代将来位极人臣，名扬江表。如果你生下的是个男孩，将来可以给他起名为白鹄。"后来张承的儿子张昭，位居辅吴将军，活到了九十岁，这都是蛇鹄带来的吉祥之运啊。（出《王子年拾遗记》）

张　氏

晋朝时长安城有个张氏，白天他自己一个人在房内，突然有一只鸠鸟从外面飞了进来，落在他的床上。张氏非常厌恶这只鸠鸟，便敞开胸怀念道："鸠鸟啊，如果你来是因为我有祸事，那就请你飞到天花板上；如果是因为我有喜事，那就请你飞到我的怀里来。"结果鸠鸟听后便飞入了他的怀里，且化成了一个铜钩。从这之后张氏家的资产达到了好几万钱。（出《法苑编珠》）

司马休之

晋朝有个叫司马休之的人，是安帝的同族后代，因为遇难而逃离家园。他常常在床前喂养他逃跑时所骑的马。一天，那匹马忽然连声嘶叫，也不吃东西，它盯着卸下的马鞍一动不动。司马休之见状便试着把马鞍套上，那马还是不动。司马休之便又坐了回去，可是那马又嘶叫起来。司马休之于是骑上马背，那马便突然奔跑了起来，跑了十多里路，这时慕容超收使已经到了，司马休之骑着马奔驰，才得以回到晋。（出《广古今五行记》）

杜慈

秦符生寿光年，每宴集，后入者皆斩之。尚书郎杜慈奔驰疲倦，假寝省中，梦一人乘黑驴曰：“宁留而同死，将去而独生。”慈闻惊觉，取马遁走，乃免。余皆斩。（出《广古今五行记》）

武士彟

唐武士彟，太原文水县人。微时，与邑人许文宝以鬻材为事。常聚材木数万茎，一旦化为丛林森茂，因致大富。士彟与文宝读书林下，自称为厚材，文宝自称枯木，私言必当大贵。及高祖起义兵，以铠胄从入关，故乡人云：“士彟以鬻材之故，果逢构夏之秋。”及士彟贵达，文宝依之，位终刺史。（出《太原事迹》）

张文成

唐率更令张文成，枭晨鸣于庭树。其妻以为不祥，连唾之。文成云：“急洒扫，吾当改官。”言未毕，贺客已在门矣。（出《国史异纂》）

又一说，文成景云二年，为鸿胪寺丞，帽带及绿袍并被鼠啮。有蜘蛛大如栗，当寝门悬丝上。经数日，大赦，加阶，授五品。男不宰，鼠亦啮腰带欲断，寻选授博野尉。（出《朝野佥载》）

杜慈

前秦的皇帝符生，寿光年间每次聚会宴请众人，凡是最后到的都会被斩首。尚书郎杜慈因奔跑而太过疲倦，在官衙里就迷迷糊糊地睡着了，睡梦中他看见有一个人骑着一头黑色的毛驴，对他说："如果你愿意留在这里，就会一同死亡；如果你选择离开，便可以让自己活下来。"杜慈听了这话后突然惊醒过来，便急忙骑马逃跑了，这才得以免除被斩首的灾祸。剩下的那些没有逃走的人都被斩杀了。（出《广古今五行记》）

武士彟

唐朝有个叫武士彟的人，是山西太原文水县人。武士彟小时候，与县里人许文宝一起，依靠卖木材来维持生计。他们曾种植了数万棵树苗，一旦这些树苗长成了茂盛的森林，他们便可以凭此成为大富翁。一天，武士彟与许文宝在树下面读书，武士彟自称是个厚材，而许文宝则自称是枯木，但私下里却说自己必定能够大富大贵。当唐高祖发起义兵的时候，武士彟也身穿铠甲跟随大军入了关，所以乡里的人们都说："武士彟因为卖木材，果然遇到了建立大业的好机会。"当武士彟富贵显达之后，许文宝便依附了他，最终官位做到了刺史。（出《太原事迹》）

张文成

唐朝的率更令张文成，一天早晨听见一只猫头鹰在庭院中的树上鸣叫。他的妻子认为这是不吉祥的征兆，便连声唾骂它，但张文成却说："赶快把院里洒扫干净，我应当要改官任职了。"话还没说完，道贺的人已经在门外等着了。（出《国史异纂》）

另外有一个传说，说张文成在景云二年，担任鸿胪寺丞的时候，他的帽子、腰带以及绿袍都被老鼠啃咬烂了。这时有一只栗子般大小的蜘蛛，正好挂在卧室门外悬丝网上。过了数日，遇到皇上大赦天下，他被提拔了，授了五品官职。他的儿子张不宰，也被老鼠啃咬了

上官昭容

唐上官昭容者，侍郎仪之孙也。仪子有罪，妇郑氏填宫，遗腹生昭容。其母将诞之夕，梦人与秤曰："持此秤量天下文士。"郑氏冀其男也，及生昭容，母视之曰："秤量天下，岂是汝耶？"口中呕呕，如应曰"是"。（出《嘉话录》）

崔行功

唐秘书少监崔行功，未得五品前，忽有鹳鹆，衔一物入其室，置案上去，乃鱼袋钩铁。不数日，加大夫也。（出《国史异纂》）

李正己

唐李正己本名怀玉，侯希逸之内弟也。侯镇淄青，署怀玉为兵马使。寻构飞语，侯怒囚之，将置于法。怀玉抱冤无诉，于狱中叠石像佛，默祈冥助。时近腊月，心慕同侪，叹咤而睡。觉有人在头上语曰："李怀玉，汝富贵时至。"即惊觉，顾不见人，天尚黑，意甚怪之。复睡，又听人谓曰："汝看墙上有青鸟子噪，即是富贵时至。"即惊觉，复不见人。有顷天曙，忽有青鸟数十，大如雀，时集墙上。俄闻三军叫呼，逐出希逸，坏锁。取怀玉，权知留后。（出《酉阳杂俎》）

腰带，几乎快要咬断了，不久后被选授为博野尉。（出《朝野佥载》）

上官昭容

唐朝的上官昭容，是侍郎上官仪的孙子。上官仪的儿子犯了罪，他的儿媳妇郑氏被没入了宫廷，正好那时怀了身孕，后来在宫里生下了上官昭容。就在上官昭容的母亲快要生她的那个晚上，她梦见有人给了她一杆秤，说道："拿着这杆秤，可以衡量天下的读书人。"郑氏因此希望生下的能是个男孩。等到上官昭容出生后，他的母亲看着她说："称量天下的人，难道是你吗？"幼小的上官昭容口中发出"呕呕"的声音，好像是在应答说"是"。（出《嘉话录》）

崔行功

唐朝时的秘书少监崔行功，在没做五品官以前，一天忽然有只八哥嘴里衔着一样东西飞进了他的房里，将东西放在桌案上后就飞走了。原来这是一个鱼袋钩铁。没过几天，崔行功便被加封了大夫之职。（出《国史异纂》）

李正己

唐朝的李正己本名叫李怀玉，是侯希逸妻子的弟弟。侯希逸镇守淄青时，委任李怀玉为兵马使。不久便有有关李怀玉的流言蜚语传出，侯希逸知道后非常愤怒，并将李怀玉囚禁了起来，准备依法严惩。李怀玉心怀满腹的冤屈无处申诉，便在狱中用石头垒起了一尊佛像，默默祈祷请求神灵帮助。当时马上就要进入腊月了，他心中非常羡慕那些与自己同辈的人，便在叹息与感慨中睡着了。忽然他感觉有人在他头上方对他说："李怀玉，你大富大贵的日子到了。"随即他便惊醒过来，环视四周却没发现有人。这时天还没亮，他觉得非常奇怪，于是他又睡下了。忽然他又听到有人对他说："当你看到墙上有青色的鸟在鸣叫，那便是你富贵的时候到了。"他又惊醒过来，仍旧没有发现人。过了好一会，天亮了，他忽然发现有几十只青色的鸟，

李 揆

唐代宗将临轩送上计郡守，百僚外办，御辇俯及殿之横门。帝忽驻辇，召北省官谓曰："我常记先朝每饯计吏，皆有德音，以申诫励，今独无有，可乎？"宰相匆遽不暇奏对，帝曰："且罢朝撰词，以俟异日。"中书舍人李揆越班伏奏曰："陛下送计吏，敕下已久，远近咸知，今忽临朝改移，或恐四方乍闻，妄生疑惑。今止须制词，臣请立操翰，伏乞陛下稍驻銮辂。"帝俞之，遂命纸笔，即令御前起草。随遣书工写录，顷刻而毕。及宣诏，每遇要处，帝必目揆于班。中外日俟揆之新命。时方盛暑，揆夜寝于堂之前轩，而空其中堂，为昼日避暑之所。于一夜，忽有巨狐鸣噪于庭，仍人立跳跃，目光迸射，久之，逾垣而去。揆甚恶之，是夜未艾，忽闻中堂动荡喧豗，若有异物，即令执烛开门以视。人辈惊骇返走，皆曰："有物甚异。"揆即就窥，乃有虾蟆，大如三斗釜，两目朱殷，蹲踞嚼沫。揆不令损害，阶前素有渍瓜果大铜盆，可受一斛，遂令家人覆其盆而合之。因扃其门，亦无他变。将晓，揆入朝，其日拜相。及归，亲族列贺，因话诸怪，即遣启户，揭盆视之，已失其物矣。（出《异苑》）

大小如麻雀那般，当时正好落在墙上鸣叫。不一会儿便听到了三军将士呼叫的声音，他们赶走了侯希逸，打碎了牢锁，救出了李怀玉，让他暂时代掌留后的官印。（出《酉阳杂俎》）

李揆

唐代宗准备乘坐轩轿前去送别上计考核的郡守，所以众多文武百官外出大量采购送行所需物品。唐代宗乘坐的轩轿来到了大殿的横门下，代宗忽然让人停下了轿辇，召来北省的官员，对他们说："我曾记得先帝在位时，每次送别计吏，都会给百姓下达'恩诏'，用以训诫勉励。独独现在却没有，这样可以吗？"宰相匆遽一时不知道如何回答。代宗说："暂且停止上朝回去撰写恩诏，写好等待他日再饯行吧。"这时中书舍人李揆走出队列赶紧上前，跪伏在地奏道："陛下给上计吏送行的诏书已经下达很长时间了，远近的人都已知道，现在突然改变送行的日期，恐怕四方的官民得知，会胡乱生出一些猜疑。现在停止给上计吏送行，必须要找个托词，臣请求现在立刻动笔起草文书，乞请陛下稍稍停一下车驾。"唐代宗答应了他的要求，让人拿来纸笔，便让李揆当着自己的面起草文书。随后便派书工抄写，顷刻间便写完了。当以诏书形式宣读完之后，每次遇到重大的事情，唐代宗都要看看李揆是不是在场。朝廷内外每天都在期盼着李揆被提升的日子。当时正好是盛夏，李揆晚上就睡在堂屋前的廊子里，而中堂则被空了出来，作为白天避暑的地方。一天晚上，忽然有只巨大的狐狸在庭院中不停鸣叫，像人一样立着跳跃，两只眼睛里光芒四射，过了很久之后，便跳过围墙离开了。李揆对此很是厌恶。这一夜还没天亮时，忽然又听到中堂里传出了时大时小的轰响声，好像有奇异的动物在那里，李揆因此让人手拿蜡烛打开门去看看。看了的人非常惊恐地往回跑，都说："有个长得特别奇怪的东西在那里。"李揆听了便靠近前去窥看，发现竟然是只蛤蟆，大得就像三斗的大锅一样，两眼为红黑色，蹲在地上，嘴里吐着泡沫。李揆让人不要伤害它。台阶前素来就放着一个平常浸渍瓜果的大铜盆，可以装

贾隐林

唐德宗欲西幸，有知星者奏云：“逢林即住。”帝曰：“岂敢令朕止于林木间？”姜公辅曰：“不然，但地亦应。”乃奉天尉贾隐林谒帝于行在，帝观隐林气色雄杰，兼是忠烈之家，而名叶星者所奏之语。隐林即天宝末贾修之犹子，帝因召于卧内，以探筹略之深浅。隐林于御榻前，以手板画地，陈攻守之策，帝甚异之。隐林奏曰：“臣昨梦日堕于地，臣以头戴日上天。”帝曰：“朕此来也，乃已前定。”遂拜隐林为侍御史，纠劾行在，寻迁左常侍。（出《神异录》）

张子良

唐永贞二年，春三月，彩虹入润州大将张子良宅。初入浆瓮，水尽，入井饮之。是月九日，节度使李锜，诏召不赴阙，欲乱。令子良领兵收宣歙，子良翻然反兵围城，李锜就擒，子良拜金吾将军，寻拜方镇。（出《祥异集验》）

下十斗东西，李揆便让家人将蛤蟆倒扣在铜盆下，接着他将门插上，也没有再发生其他的变化。天快亮时，李揆入朝，这天他便被提升为丞相了。当他回家后，亲戚族人都排着队前来祝贺，于是便谈起了昨天晚上发生的怪事，（李揆）便让人将房门打开，揭开铜盆来看，却发现铜盆下面扣着的那只大蛤蟆已经消失不见了。（出《异苑》）

贾隐林

唐德宗想要前往西边去巡视，有个善于观察星相的人因此上奏道："当遇见林木的时候便停下来。"德宗听后说："你怎么敢让我停在树林中？"姜公辅说："不是这样，可能是地名对应。"奉天尉贾隐林正好前来行宫中拜见德宗，德宗见贾隐林的长相气度非凡，是个才能出众的人，加上又出身于忠臣英烈之家，正好与那个善于观察星相的人所说之话相符。贾隐林便是天宝末年时贾修的侄子，德宗因此将他叫到自己的卧室里，来试探他的智谋筹略的深浅程度。贾隐林在德宗的床榻前，用手板在地上比画，陈述战争中的攻守之策，德宗感觉他很是不一般。贾隐林对德宗说："臣昨天晚上做梦梦见太阳从天上掉了下来，我用脑袋又将太阳顶上了天。"德宗听后道："看来我这次来这，乃是先前已有的定数啊。"于是便拜封贾隐林为侍御史，让他跟随在自己身边，负责纠正错误，揭发罪行。不久之后，贾隐林又迁任左常侍。（出《神异录》）

张子良

唐朝永贞二年阳春三月的一天，天上的彩虹射进了润州大将张子良的住宅。那彩虹一开始照进了盛水的缸里，当水没有了后，又进入井里喝水。这个月的初九那天，节度使李锜，接到了诏书让他进宫，但他没有遵从诏令，想要谋乱。皇上因此命令张子良领兵收复宣歙。张子良很快便将反兵彻底围在了城内，李锜被擒，张子良因此被提拔为金吾将军，不久又升迁为方镇。（出《祥异集验》）

郑絪

唐丞相郑絪宅，在昭国坊南门，忽有物来投瓦砾，五六夜不绝。及移于安仁西门宅避之，瓦砾又随而至。久之，复迁昭国。郑公归心释门，宴处常在禅室，及归昭国，入方丈，蟢子满室悬丝，去地一二尺，不知其数。其夕瓦砾亦绝，翌日拜相。（出《祥异集验》）

郑 絪

唐朝丞相郑絪的住宅，位于昭国坊的南门。一天忽然有人将碎石瓦块扔进了他的住宅里，连续五六夜都没有停。郑絪为躲避将家人搬迁到了安仁西门的宅子里，但碎石瓦块又跟着到了这里。过了很长一段时间，郑絪又搬回了昭国坊。郑絪开始信奉佛教，常常闲住在禅堂里。等搬回昭国坊后，他进得佛堂，发现满屋子悬挂的都是蛛网，距离地面有一二尺高，多到数不清到底有多少。这天晚上，家里的碎石瓦块也没有了，第二天郑絪便被提拔为宰相了。（出《祥异集验》）

卷第一百三十八　征应四人臣休征

裴　度

唐中书令晋公裴度微时，羁寓洛中。常乘蹇驴，入皇城，方上天津桥。时淮西不庭，已数年矣。有二老人倚桥柱而立，语云：“蔡州用兵日久，征发甚困于人，未知何时平定。”忽睹度，惊愕而退。有仆者携书囊后行，相去稍远，闻老人云：“适忧蔡州未平，须待此人为将。”既归，仆者具述其事。度曰：“见我龙钟相戏耳！”其秋，果领乡荐，明年及第。洎秉钧衡，朝廷议授吴元济节钺。既而延英候对，宪宗问宰臣，度奏曰：“贼臣跋扈四十余年，圣朝姑务含弘，盖虑凋伤一境。不闻归心效顺，乃欲坐据一方，若以旄钺授之，翻恐恣其凶逆。以陛下聪明神武，藩镇皆愿勤王，臣请一诏进兵，可以平荡妖孽。”于是命度为淮西节度使，兴师致讨。时许滑三帅，先于郾城县屯军。度统精甲五万会之，受律鼓行而进，直造蔡州城下。才两月，擒贼以献，淮西遂平。后入朝居廊庙，大拜正司徒，为侍中、中书令。儒生武德，振耀古今，洎留守洛师，每话天津桥老人之事。出征淮西，请韩愈自中书舍人为掌书记。及贼平朝觐，乐和李仆射方为华州刺史，戎服櫜鞬，迎于道左。愈有诗云：“荆山行尽华山来，日照潼关四扇开。刺史莫嫌迎候远，相公亲破蔡州回。”（出《剧谈录》）

裴度

唐朝中书令晋公裴度还没有显贵之时，客居在洛中。他曾经有一次骑着一匹跛脚的驴，进入皇城里，刚刚走上天津桥。当时淮西的藩镇不听命于朝廷已经有好几年了。这时有两位老人倚着桥柱站立着，嘴里说道："朝廷出兵攻打蔡州已经很长时间了，官府不停地征集民间的人力与物资，给人们带来了极大的困难，不知什么时候才能平定。"他们忽然看见了裴度，心中惊慌，因而退走了。裴度的仆人背着书囊在后面跟着，彼此距离稍稍有一点远，他听见老人又说："刚才还在为蔡州没有平定而忧虑，现在看来是在等待这个人为将啊。"等到回来后，仆人便将他听到的话都告诉了裴度。裴度说："他们是看到我这潦倒的样子，故意戏弄我而已。"这年秋天，裴度果然被推举参加了乡试，第二年便考中了进士。到他执掌重职时，朝廷商议决定授予吴元济符节和斧钺，既而邀请朝中的英才前来等候帝王召对。唐宪宗向宰相以及群臣们问策，裴度上奏道："那些乱臣贼子已飞扬跋扈四十多年了，朝廷圣明姑且想着包容博厚，是因为考虑怕伤害到一方的生灵。但是却一直没看到他们有愿意归顺、效力朝廷的意思，而是想要割据独霸一方啊。如果再授给他们重权，恐怕反而会快速助长他们叛逆的凶恶气焰。以陛下您的英明神武，各地的藩镇都愿意尽力于王事。臣乃请陛下给我下一道率军讨伐叛贼的诏书，臣一定可以荡平妖孽。"于是唐宪宗便任命裴度为淮西节度使，兴师前往讨伐叛军。当时许滑三帅，率先在郾城县驻扎了军队，裴度率领着五万精甲之士与他们会师，大军听候军令擂鼓摇旗而进，直接到了蔡州城下。仅仅两个月的时间，便擒获了叛贼，向朝廷献上了蔡州城，最终平定了淮西。回来后裴度入朝，被拜为正司徒，出任侍中中

段文昌

唐丞相邹平公段文昌，负才傲俗，落拓荆楚间。常半酣，靸屐于江陵大街往来。雨霁泥甚，街侧有大宅，门枕流渠，公乘醉，于渠上脱屐濯足，旁若无人。自言我作江陵节度使，必买此宅，闻者皆笑。其后果镇荆南，遂买此宅。又尝佐太尉南康王韦皋为成都馆驿巡官，忽失意，皋逐之，使摄灵池尉。羸童劣马，奔迫就县。县去灵池六七里，日已昏黑，路绝行人。忽有两炬前引，更呼曰："太尉来。"既及郭门，两炬皆灭。先时为皋奉使入长安，素与刘禹锡深交。禹锡时为礼部员外，方与日者从容，文昌入谒，日者匿于箔下。既去，日者谓禹锡曰："员外若图省转，事势殊远，须待十年后，此客入相，方转本曹正郎耳。"是时禹锡失意，连授外官。后十余年，文昌入相，方除禹锡礼部郎中。（出《录异记》）

书令一职，身为文人而兼武德，威震天下而光耀古今。等到留守洛师时，还常常谈起在天津桥所遇两个老人的事。在出征淮西时，裴度奏请将韩愈从中书舍人提升为掌书记。当裴度平定了叛贼班师回朝觐见皇上时，乐和李仆射刚好任职华州刺史，他与韩愈都穿着出征的战服，背着弓带着箭，站在大道旁边迎接裴度。韩愈为此写了一首诗说：“荆山行尽华山来，日照潼关四扇开。刺史莫嫌迎候远，相公亲破蔡州回。”（出《剧谈录》）

段文昌

唐朝的丞相邹平公段文昌，在未做官之前，因依仗着自己有才学而傲视世人，所以潦倒失意，流落在荆楚一带。他经常喝酒喝得半醉半醒，拖拉着鞋子在江陵大街上来来回回地走动。一次雨过天晴，路上还特别泥泞，在江陵大街的街道边有个大宅院，门边的墩台上有水流形成了渠道。段文昌乘着酒醉，便脱掉了鞋袜在墩台上的水渠里洗脚，就好像旁边没有人一样。他自言自语地说：“等我做了江陵节度使，一定要买下这个宅院。”旁边的人听了都感到非常可笑。后来，段文昌果然成了荆南的镇守官，便买下了这个宅院。他还曾辅佐过太尉南康王韦皋，担任成都馆驿的巡官，一天忽然失去了韦皋的信任，而后被韦皋给撵走了，让他前去灵池县代理县尉一职。段文昌带着一个瘦弱的书童，骑着一匹劣马，匆匆忙忙赶往县里。县城距离灵池有六七里地，当时天色已经昏黑，路上已没有了行人。忽然有人点起两个火把在前面引路，并大声喊道：“太尉来了。”到了城门下后，两个火把都熄灭了。段文昌之前作为韦皋的人曾奉命前往长安办事，向来与刘禹锡交情深厚。当时刘禹锡担任礼部员外，正与一个会占候卜筮的人闲谈，这时段文昌正好前来拜访，那个占卜之人便隐藏到了竹帘子后面。等段文昌离开后，那个专为人占卜的人便问刘禹锡说：“员外如果想要升迁到中枢官职，看形势日子还很遥远，必须等到十年以后。当刚来的这个客人成为丞相后，你才能成为本曹正郎。”那时刘禹锡很失意，连年被委任为外官。十多年以后，段文昌出任丞相，这才提拔刘禹锡做了礼部郎中。（出《录异记》）

李逢吉

唐丞相凉公李逢吉，始从事振武日，振武有金城佛寺，寺有僧，年七十余。尝一日独处，负壁而坐，忽见一人，介甲持矛，由寺门而入。俄闻报李判官来，僧具以告，自是逢吉与僧善。每造其室，即见其人先逢吉而至，率以为常矣。故逢吉出入将相，二十余年，竟善终于家。（出《补录记传》）

牛僧孺

唐河南府伊阙县前大溪，每僚佐有入台者，即水中先有小滩涨出，石砾金沙，澄澈可爱。丞相牛僧孺为县尉，一旦忽报滩出。翌日，邑宰与同僚列筵于亭上观之，因召耆宿备询其事。有老吏云："此必分司御史，非西台之命。若是西台，滩上当有鸂鶒双立，前后邑人以此为验。"僧孺潜揣，县僚无出于己，因举杯曰："既有滩，何惜一双鸂鶒。"宴未终，俄有鸂鶒飞下。不旬日，拜西台监察。（出《剧谈录》）

王智兴

唐王智兴始微时，尝为徐州门子。有道士寓居门侧，智兴每旦起持帚，因屏秽于道，必扫其道士之门，道士深感之。后智兴母终，辞焉。道士谓智兴曰："吾善审墓地，若议葬，当为子卜之。"智兴他日引道士出视地，道士以智兴所执竹策，表一处，道士曰：

李逢吉

唐朝的丞相凉公李逢吉，最开始在振武任职的时候，振武有一座金城佛寺，寺庙里有个僧人，年纪有七十多岁了。曾经有一天，老和尚独自一个人正背靠墙壁坐着，忽然看见一个人身穿铠甲，手拿长矛，从寺庙门口走了进来，接着便听到有人报告说："李判官来了。"老和尚将这件事详细告诉了李逢吉。从这之后，李逢吉与老和尚相处得非常好。每次李逢吉前往老和尚房间的时候，老和尚便看见那人在李逢吉之前便到了，这也成了经常性的事。所以李逢吉担任将相二十多年，最后在家里逝世得以善终。（出《补录记传》）

牛僧孺

唐朝时河南府伊阙县的前面有一条大河，每当有官员进入京城担任御史的时候，河水中便会有小沙滩事先显露出来，河石、沙砾、金沙，在清澈的河水中令人喜爱。这时丞相牛僧孺还在担任县尉，一天忽然有人报告说小沙滩显露出来了。第二天，县官与同僚一起在亭子上摆了酒宴观看，并召来了年岁大的长者详细询问这是怎么回事。有个老官员说："这一定是任命了新的分司御史，而不是西台御史。如果是任命了新的西台御史，那么沙滩上应当会站立有两只紫色鸳鸯。以前和后来的城里人都认为这是一种验证的征象。"牛僧孺心中暗暗揣摸：县里同场为官的人，没有一个能超过自己的。因此他举起酒杯道："既然已有沙滩显露出来了，还会吝惜一双紫色鸳鸯吗？"果然在饮宴还没有结束时，就有紫色鸳鸯飞了下来。没过十天，牛僧孺便被提升为西台监察御史。（出《剧谈录》）

王智兴

唐朝有个叫王智兴的人，当他还很卑微的时候，曾经在徐州做过守门人。有个道士居住在大门旁边。王智兴每天早晨起来后便拿起扫帚，以清扫掉道路上的脏东西。每次清扫时，王智兴都必定会将道士的家门前清扫干净，这样的做法使得道士非常感谢他。后来

“必窆此，君当寿，而两世位至方伯。”及智兴再往理穴，其竹策有枝叶丛生，心甚异之，遂葬焉。智兴又曾自郡赍事赴上都，宿鄜城逆旅，遇店妇将产。见二人入智兴所寝之舍，惊曰：“徐州王侍中在此。”又曰：“所生子后五岁，当以金疮死。”智兴志之。及期，复过店，问妇所生子，云：“近因斧伤，已卒矣。”（出《唐年补录纪传》）

牛师

唐长庆中，鄂州里巷间人，每语辄以牛字助之。又有一僧，自号牛师，乍愚乍智，人有忤之，必云：“我兄即到，岂奈我何！”未几，奇章公牛僧孺以旧相节度武昌军，其语乃绝，而牛师尚存。方知将相之任，岂偶然耶！先是元和初，韩尚书皋镇夏口，就加节度使，自后复为观察使。长庆三年，崔相国植，由刑部尚书除观察使。明年冬，僧孺实来。宰臣建节镇夏口，自僧孺始也。（出《因话录》）

杜中立

唐杜皋，字中立，少年时，赡于财产，他无所采取。其与游王智兴的母亲去世了，举行告别仪式，道士对王智兴说：“我懂得看墓地，如果要商议安葬的事宜，我会为你卜算找一块安葬的风水宝地。”一天王智兴引着道士出去寻找适宜安葬的地方，道士便用王智兴手中拿着的竹竿，插在一处地方作为标记。道士说：“一定要将你母亲安葬在这里，这样你应当能够长寿，而且两代都可以做到方伯。”当王智兴第二次再去道士标记的安葬地时，他发现那根标记用的竹竿上长满了竹叶，因此心里感到特别惊讶，于是将母亲安葬在了这。又有一次，王智兴曾经从郡城前往上都给别人送东西，住在了郾城的一家旅馆里，正好遇上店主的妻子快要生产了。王智兴忽然见到有两个人直接进到了自己住的房间，惊讶地说：“徐州的王侍中在这里啊。”那两人又说：“所生的那个孩子五岁时，应当会因为金疮不治而死。”王智兴将这些话记了下来。等到了两人所说的日期，王智兴再次路过这家旅店时，便向店主夫人询问孩子的情况，店主夫人说：“最近因为斧伤，已经去世了。”（出《唐年补录纪传》）

牛师

唐朝唐穆宗长庆年间，住在鄂州里巷间的人，每次说话时都会用牛字来显示自己。还有一个僧人，自号牛师，他一会很愚昧一会又很聪明。如果有人不顺从忤逆了他，他必定会说：“我的兄长马上就会到了，你们又能把我怎么样？”没过多久，奇章公牛僧孺以过去丞相的身份做了节度使统领武昌的军队，虽然这时已经听不到那些话了，但是牛师还活着。由此才知道，凡是将相的委任，又怎么会是偶然的呢！在这之前的元和初年，尚书韩皋在镇守夏口时，就被加任为节度使，之后又做了观察使。长庆三年时，相国崔植从刑部尚书拜受观察使一职。第二年冬天时，牛僧孺来了。以宰相的身份出任节度使镇守夏口，便是从牛僧孺开始的。（出《因话录》）

杜中立

唐朝的杜皋，字中立。他年少的时候，家里有很多很多的财产。

徒，利于酒炙，其实蔑视之也。一日，同送迎于城外。客有善相者，历观诸宾侣，独指中立曰："此子异日当为将矣。"一坐大笑。中立后尚真源公主，竟为沧州节度使。初李瑑之出镇，旗竿道折，乃镬杀其执旗者。中立在道亦然，杖之二十。瑑竟无患，而中立卒焉，岂杀之可以应其祸。（出《玉泉子》）

李 蠙

唐司空李蠙，始名虬。赴举之秋，偶自题名于屋壁，经宵，忽睹名上为人添一画，乃成虱字矣。蠙曰："虱者蠙也"，遂改名蠙。明年果登第。（出《南楚新闻》）

马 植

唐丞相马植，罢安南都护。与时宰不通，又除黔南，殊不得意。维舟峡中古寺，寺前长堤，堤畔林木，夜月甚明。见人白衣，缓步堤上，吟曰："截竹为筒作笛吹，凤凰池上凤凰飞。劳君更向黔南去，即是陶钧万类时。"历历可听，吟者数四。遣人邀问，即已失之矣。后自黔南入为大理卿，迁刑部侍郎，判盐铁，遂作相。（出《本事诗》）

杜皋没有什么爱好，那些游手好闲的人整天与他在一起，都只是为了吃吃喝喝，他内心里其实很看不起他们。一天，这些人与他一起到城外送迎客人，客人中有个很会相面的人，将在场的宾客一个个看了个遍，然后单独指着杜皋说："这个人将来应当会成为大将军啊。"在场的人听后都大笑起来。杜皋后来娶了真源公主为妻，最终做到了沧州节度使。当初李瑑在出任地方镇守时，旗杆在途中折断了，于是他就将拿旗的人斩杀了。杜皋在赴任的路上旗杆也折断了，于是他将拿旗的人杖打了二十棍。最终李瑑没有什么灾祸，而杜皋却死了，难道是杀人可以破解掉应受的灾祸吗？（出《玉泉子》）

李蠙

唐朝的司空李蠙，最初取名叫虬。在他参加秋季应举考试的那年，偶然间将自己的名字题在了屋内的墙壁上。过了一夜，他忽然发现自己的名字上被人添上了一画，"虬"字于是就变成了"虱"字。李蠙说道："'虱'字就是'蠙'啊。"于是便将自己的名改成了蠙字。第二年，李蠙果然就考取了进士。（出《南楚新闻》）

马植

唐朝的丞相马植，被免除了安南都护的职务。因为与当时的宰相关系不畅，又被调到了黔南为官，官场特别不如意。赴任途中，他将船系在了峡谷附近的一座古寺下。古寺的前面是长长的河堤，河堤的两旁长满了树木。这一天夜晚，月色特别明亮，马植忽然看见一个身穿白衣的人，缓步走在大堤上，且边走边吟诵道："截竹为筒作笛吹，凤凰池上凤凰飞。劳君更向黔南去，即是陶钧万类时。"吟诵声清清楚楚地传到了马植的耳里，如此连续吟诵了四遍。马植于是派人迎上前去询问，可是那人却突然消失不见了。后来马植由黔南任上直接被授为大理卿，后又升任为刑部侍郎，兼管盐铁，最终出任丞相。（出《本事诗》）

高骈

唐燕公高骈微时，为朱叔明司马，总兵巡按。见双雕，谓众曰：“我若贵，矢当叠双。”乃伺其上下，果一矢贯二雕。众大惊异，因号为落雕公。（出《感定录》）

孔温裕

唐河南尹孔温裕，任补阙日，谏讨党项事，贬郴州司马。久之，得堂兄尚书温业书，报云：“宪府欲尔作侍御史，日望敕下。”忽又得书云：“宰相以右史处之。”皆无音耗。一日，有鹊喜于庭，直若语状。孩稚拜且祝云：“愿早得官。”鹊既飞去，坠下方寸纸，有“补阙”二字，极异之。无几，却除此官。（出《因话录》）

孙偓

长安城有孙家宅，居之数世，堂室甚古。其堂前一柱，忽生槐枝。孙氏初犹障蔽之，不欲人见。期年之后，渐渐滋茂，以至柱身通体而变，坏其屋上冲，秘藏不及。衣冠士庶之来观者，车马填咽。不久，偓处岩廊，储居节制。人以为应三槐之朕，亦甚异也。近有孙炜，乃偓之嗣，备言其事。（出《玉堂闲话》）

高骈

唐朝的燕公高骈在还未发迹之时，担任总兵朱叔明的司马之职。在一次总兵巡行按察时，高骈看见了两只大雕，便对众人说：“我如果能成为贵人，那么一箭就应当能射中两只大雕。”于是他等到两只大雕一上一下飞行时，果然一箭就射穿了两只大雕。众人见了都非常惊异，因此给他取了个绰号叫作“落雕公”。（出《感定录》）

孔温裕

唐朝的河南尹孔温裕，在担任补阙职务的时候，曾因进谏讨阀党项之争的事，而被贬为了郴州司马。很久之后，孔温裕收到了堂兄孔温业的书信，信中说：“宪府想要让你担任侍御史，任命的敕令不日就会下达。”忽然他又收到一封书信说：“宰相准备让你担任右史。”但都没有得到任何音信。一天，有喜鹊落在了庭院里，好像要说话的样子。这时有小孩子上前向他下拜并祷告说：“希望您早日得官。”喜鹊飞走后，从空中落下了一张方寸大小的纸条，上面写着“补阙”二字，他感到非常奇怪。没过多久，他就升迁做了补阙官。（出《因话录》）

孙偓

长安城里有一座孙姓人家的宅院，他们住在这里已经有好几代人了，宅院的厅堂、内室显得特别古老。其中堂前的一根大柱子，忽然有一天上面长出了槐树枝。孙氏最开始还用布帷将槐树枝遮挡起来，不想让别人看见。一年以后，槐树枝长得越来越茂盛，以至于整个柱身的形状都变了，一直向上生长冲破了屋顶，大柱长了槐树枝的秘密再也隐藏不住了。前来观看的人有做官的也有老百姓，车马行人挤满了道路。不久之后，孙偓便身居朝廷，执掌朝政。众人认为这是应验了“三槐之朕”的典故，连他自己也觉得很奇怪。近代有个叫孙炜的人，乃是孙偓的后代，他详尽地述说了这件事。（出《玉堂闲话》）

李全忠

唐乾符末，范阳人李全忠，少通《春秋》，好鬼谷子之学。曾为棣州司马，忽有芦一枝，生于所居之室，盈尺三节焉。心以为异，告于别驾张建章。建章博古之士也，乃曰："昔蒲洪以池中蒲生九节为瑞，乃姓蒲，后子孙昌盛。芦茅也，合生陂泽间，而生于室，非其常矣，君后必有分茅之贵。三节者，传节钺三人，公其志之。"全忠后事李可举，为戎校，诸将逐可举而立全忠，累加至检校太尉，临戎甚有威政。全忠死，子匡威，为三军所逐。弟匡俦，挈家赴阙，至沧州景城，为卢彦盛所害。先是匡威少年好勇，不拘小节，以饮博为事。曾一日与诸游侠辈钓于桑乾赤栏桥之侧，自以酒酹曰："吾若有幽州节制分，则获大鱼。"果钓得鱼长三尺，人甚异焉。（出《北梦琐言》）

侯弘实

侯弘实，本蒲坂人也。幼而家贫，长为军外子弟。年方十三四，常寐于檐下，天将大雨，有虹自河饮水，俄贯于弘实之口。其母见，不敢惊焉。良久，虹自天没于弘实之口，不复出焉。及觉，母问有梦否，对曰："适梦入河饮水，饱足而归。"母闻之默喜，知其必贵矣。后数月，忽有蜀僧诣门求食。临去，谓侯母曰："女弟子当有后福，合得儿子力。"侯母呼弘实出，请僧相之。僧视之曰："此蜺龙也。但离去乡井，近江海客宦，方有显荣。"又曰："此子性识惨毒，必有生灵之患。傥敬信三宝，即得善终。"言讫而去。弘实后果自行

李全忠

唐朝乾符末年，有个叫李全忠的范阳人，从小就精通《春秋》，喜欢鬼谷子的学问，曾经担任过棣州司马。一天，忽然一株芦苇从他住所的地面长了出来，高约一尺，共长三个芦节。他心里觉得奇怪，便把这事告诉了别驾张建章。张建章是一位博古通今的人，听后便说道："过去时，蒲洪将生长在水池中长有九个节的蒲草看作吉祥的征兆，就将姓氏改为了蒲姓，后代子孙一直非常昌盛。芦草，适合生长在池塘和沼泽地里，但是生长在室内，这并非寻常之事，你日后必定能够封王列侯。芦苇长出了三个芦节，这表明官位能够承继给三个人，你可以记住我说的话。"李全忠后来辅佐李可举，担任戎校一职，但众位将官将李可举撵走了而推举了李全忠，李全忠因此一直做到了检校太尉，临阵率军打仗特别有威严。李全忠死后，他的儿子李匡威被三军驱逐了。他的弟弟李匡俦，带着家眷奔赴京城，到达沧州景城的时候，被卢彦盛所杀害。之前李匡威年少时好勇斗狠，行事不拘小节，整天便是饮酒赌博。曾经有一天，他和一众游侠之辈在桑乾赤栏桥的旁边钓鱼，自己将酒洒在地上，说："我如果与幽州节制官有缘分，那么就应当能钓上一条大鱼。"后来他果然钓上了一条长三尺多的大鱼，众人都觉得很是奇怪。（出《北梦琐言》）

侯弘实

侯弘实，本是蒲坂人氏，小时候家里很贫穷，长期为军外子弟，年纪才十三四岁。曾有一天，他正在屋檐下面睡觉，这时天快要下大雨了，有条彩虹落在河中饮水，一会后就钻进了弘实的嘴里。他的母亲见了，不敢惊动他。过了很久，这条虹才从空中完全进入了他的嘴里，没有再出来。当侯弘实睡醒后，他的母亲就问他做什么梦没有，他回答说："我刚才梦见自己到河里喝水，喝饱了之后便回来了。"母亲听后心中暗暗高兴，知道侯弘实将来必定会富贵。几个月后，忽然有个四川僧人来到侯弘实家里讨要吃的。临走时，四川僧人对侯弘实的母亲说："女施主你应当能享有后福，这全靠你儿子的力量。"侯伍出身，至于将领。同光三年，从兴圣太子收蜀。蜀平之后，无何，与陕府节度使康延孝等作叛。及延孝诛灭，弘实得赦，寻为眉州刺史，节度夔州。复自宁江迁于黔府，一州二镇，皆近大江，官业崇高。敬奉三宝，信心无怠。然于临戎理务，持法御下，伤于严酷，是知蜀僧所云不谬矣。（出《鉴戒录》）

戴思远

梁朝将戴思远任浮阳日，有部曲毛璋，为性轻悍。常与数十卒追捕盗贼，还宿于逆旅，毛枕剑而寝。夜分，其剑忽大吼，跃出鞘外。从卒闻者，愕然惊异。毛亦神之，乃持剑咒曰："某若异日有此山河，尔当更鸣跃，否则已。"毛复寝未熟，剑吼跃如初，毛深自负之。其后戴离镇，毛请留，戴从之。未几，毛以州归命于唐庄宗，庄宗以毛为其州刺史。后竟帅沧海。（出《玉堂闲话》）

张 篯

密牧张篯少年时，常有一飞鸟，状若尺鷃，衔一青铜钱，堕于张怀袖间。张异之，常系钱于衣冠间。其后累财巨万，至死物力不弘实的母亲便把侯弘实叫了出来，请僧人为他相面。四川僧人看了看侯弘实，说：“这个孩子是条蚬龙啊。但必须要离开故乡，到接近江海的地方去做官，这样才会有机会显达荣耀。”和尚又说：“这个孩子天性残忍狠毒，必定会有人命的祸患。但如果能够敬奉皈依佛门，便能得到善终。”说完和尚便离开了。侯弘实后来果然加入了军队，做到了将领。同光三年，他跟随兴圣太子收复了四川。四川平定之后，没过多久，他便与陕府节度使康延孝等人发动了叛乱。在康延孝被诛灭之后，侯弘实得到了皇上赦免，不久出任眉州刺史、夔州节度使。他又从宁江迁到了黔府，一州二镇都靠近大江，官位也很高了。敬奉并皈依了佛教，十分虔诚，没有一点懈怠。然而在管理军事政务时，依法管理部下，太过于严酷，因此可以知晓那个四川僧人说得一点都没有错。（出《鉴戒录》）

戴思远

后梁的大将戴思远，在浮阳任职的时候，有个叫毛璋的部下，是个生性轻狂凶狠的人。他曾经与数十个士兵一起追捕盗贼，返回的路上住在旅馆里，毛璋枕着宝剑睡下了。半夜时分，他的宝剑忽然大声吼叫了起来，并跳到了剑鞘外。跟随的士兵听到了吼叫声，都非常吃惊，觉得很诧异。毛璋也觉得很神奇，于是便拿着宝剑祷告说：“我如果他日能够拥有这片山河，你当能再次鸣叫跳跃，否则请停止。”毛璋说完便再次睡下了，但还没等他睡熟，宝剑便像先前那样吼叫并跳跃了起来，毛璋见后心中充满了自信。后来戴思远要离开浮阳镇，毛璋请求留下来，戴思远同意了。没过多久，毛璋占据沧州城率领部下归顺了后唐庄宗，庄宗任命毛璋为这个州的刺史，后来竟然统领了整个沧州。（出《玉堂闲话》）

张 篯

密牧的张篯还是少年的时候，曾经有一只形状像一尺多长的鹞鸟那样的飞鸟，嘴中含着一枚青铜钱，掉在了张篯的怀袖里。张篯觉

衰。即飞鸟堕钱，将富之祥也。（出《玉堂闲话》）

齐州民

齐州有一富家翁，郡人呼曰刘十郎，以鬻醋油为业。自云：壮年时，穷贱至极，与妻佣舂以自给。忽一宵，舂未竟，其杵忽然有声，视之，已中折矣。夫妇相顾愁叹，久之方寐。凌旦既寤，一新杵在臼旁，不知自何而至。夫妇前视，且惊且喜。自是因穿地，颇得隐伏之货。以碓杵为神鬼所赐，乃宝而藏之。遂弃舂业，渐习商估。数年之内，其息百倍，家累千金。夫妇神其杵，即被以文绣，置于匮匣中，四时致祭焉。自后夫妇富且老，及其死也，物力渐衰，今则儿孙贫乏矣。（出《玉堂闲话》）

朱庆源

婺源尉朱庆源，罢任方选，家在豫章之丰城。庭中地甚爽垲，忽生莲一枝，其家骇惧，多方以禳之。莲生不已，乃筑堤汲水以回之，遂成大池，芰荷甚茂。其年，庆源选授南丰令。后三岁，入为大理评事。（出《稽神录》）

得非常奇怪，便经常把这枚铜钱系在衣帽上。后来他累积了上万的财物，到死的时候财富没有一点点减少。之所以能够这样，就是因为飞鸟投钱，这是即将富裕的祥兆。（出《玉堂闲话》）

齐州民

齐州有一个富家翁，郡里的人都叫他刘十郎，是个以卖醋卖油为生的人。他自己曾说：“年轻时，我家里非常贫穷，只能与妻子去给别人家舂米来维持生活。忽然有一天晚上，在我们米还没舂完的时候，舂米的杵棍忽然发出了声音。一看，杵棍已经从中间折断了。我们夫妻二人只得相互看着对方发出一声声叹息声，很久之后才睡下。第二天天快亮我们醒来的时候，发现有一根新的舂米棒子出现在石臼旁边，不知道是从哪里来的。我们夫妻二人上前一看，又惊又喜。从这之后，我们因为挖地得到了很多隐埋在地下的财物，所以认为这根舂米的碓杵是神鬼恩赐给我们的，于是将它当作宝贝收藏了起来。我们便放弃了舂米的工作，渐渐开始学着做起了买卖。几年之内，便获得了几百倍的利息，家中积累的财富达到了上千金。我们夫妻将那根舂米的碓杵当作神物，用彩色的绣花绸子将它包起来放在了柜匣里，一年四季都祭奠它。”从这之后，刘十郎夫妻二人变得富足了，也渐渐地变老了。等到他们死了之后，家中的财力便渐渐地衰落了，现在他们的儿孙又都变得贫穷了。（出《玉堂闲话》）

朱庆源

婺源县尉朱庆源，卸任后待选时，家住在豫章的丰城。他家的庭院非常高爽干燥，一天地面上忽然长出了一株莲花。他们全家对此都感到震惊和害怕，多方向鬼神祈祷，以求消除灾殃。莲花不停地生长，他们便为它筑起了堤，挑水来浇灌它，庭院因此也变成了大池塘，而芰荷也长得特别茂盛。这一年，朱庆源被选授为南丰令。三年后，被选入朝中担任大理评事之职。（出《稽神录》）

卷第一百三十九　征应五邦国咎征

池阳小人

王莽建国三年，池阳有小人，长一尺余，或乘马，或步行，操持万物，小人皆自相称。三日乃止，莽甚恶之。自后兵盗日盛，而竟被杀。（出《广古今五行记》）

背明鸟

黄龙元年，吴始都武昌。时越嶲之南献背明鸟，形如鹤状，止不向明，巢常对北，多肉少毛，其声百变，闻钟磬笙竽之声则奋翅摇头，时人以为吉瑞。是岁迁都建业，殊方多贡珍奇。吴人语讹，呼为背亡鸟。国中以为大妖，不及百年，当有丧乱背叛流亡之事，散逸奔逃，墟无烟火，果如斯言。后此鸟不知所在。（出《王子年拾遗记》）

王　琬

晋武帝太康七年，郊坛下有一白狗，高三尺，光色鲜明，恒

池阳小人

王莽建国三年时，在池阳出现了一群矮人。他们身高一尺多，有的骑着马，有的步行。他们操持料理起各种事物来，都显得非常合适顺手。一直到三天后才消失。王莽对此非常厌恶。从此之后，王莽王朝兵匪强盗日益猖獗，一天比一天厉害，最终王莽也被杀。（出《广古今五行记》）

背明鸟

黄龙元年（公元229年），三国时期的吴国一开始将都城设在武昌。当时有人从越巂郡的南部献来了一只背明鸟，形状像仙鹤。它从不面对光亮的地方，它的巢穴朝北而建。背明鸟的肉多而毛少，它的叫声也变化多端，如果听到了钟磬、笙竽等乐器的声音，它就会展开翅膀摇着脑袋而翩翩起舞。当时的人都认为这是一种吉兆。这一年，吴国又将都城迁到了建业，远方有人进献了很多的珍奇瑰宝。因吴人的发音不同，背明鸟被叫成了背亡鸟。国中有人听了认为这是大妖，不用等一百年，国家便当有丧乱、背叛、流亡的事情发生，百姓们将不得不四散逃亡，国家也会变成一片废墟而没有烟火。后来结果真的如那人所说，而这只背明鸟也不知道到哪儿去了。（出《王子年拾遗记》）

王　琬

晋武帝太康七年时，在郊外的祭坛下发现了一条白狗，高有三卧坛侧，觉见人前则去。骑督王琬，以骏马追之。狗徐行，马不可及，射又逃，琬去复还。郊丘非狗所守，后遂大乱。又武帝时，幽州有狗，鼻行地三百余步。帝不思和峤之言而立惠帝，以致衰乱。（出《郭颂世语》）

张 聘

晋惠帝太安中，江夏张聘所乘牛言曰："天下乱，乘我。"聘惧而还。犬又言曰："归何早？"寻牛人立而行。聘□□□□曰："天下将乱，非止一家。"其年张昌作乱，先略江夏，众推为帅。于是五州残乱，聘方族灭。（出《广古今五行记》）

张 林

晋怀帝永嘉中，嘉兴张林有狗名阿永。时天下饥荒，狗行欲倒。林言："阿永汝言得食。故健，今饿不复行耶？"狗忽语云："我道天下人饥死！"狗语不已，闻者怖走。时天下荒乱，帝没于胡。（出《广古今五行记》）

东瀛公

晋东瀛公腾，字元迈，以永嘉元年镇邺。时大雪，当其门前方十数步，独液不积。腾怪而掘之，得玉马，高尺许，齿皆缺。腾尺，毛色光亮鲜明，一直睡在祭坛的旁边，后来发觉有人上前便离开了。骑督王琬听说后便骑着骏马前去追赶。白狗在前面慢慢地走着，但马就是怎么也追不上。如果用箭射它便又跑开了，等王琬走后狗又返回来了。天子郊祭天地的地方不是狗所能看守的，所以后来天下大乱。另外，武帝的时候，在幽州出现了一条狗，能够用鼻子在地上行走三百多步。武帝没有考虑和峤的话而册立了惠帝，以致国家不断衰落，出现了混乱局面。（出《郭颁世语》）

张聘

晋惠帝太安年间，江夏张聘乘坐的那头牛张嘴对他说道："天下要大乱了，骑到我背上。"张聘非常害怕，便回到了家里。回到家后狗又对他说："为什么回来得这么早啊？"不久那头牛又像人一样直立起来行走，张聘又听牛说道："天下将要大乱，并不是只有一家。"那年张昌起兵作乱，准备攻占江夏，江夏的百姓推举张聘为帅。这时，天下已是到处残破大乱，张聘因此被灭了全族。（出《广古今五行记》）

张林

晋怀帝永嘉年间，嘉兴的张林家中有一条狗，名字叫作阿永。这时天下正闹饥荒，连狗走起路来都像是要摔倒一般。张林说："阿永，如果你能说话便给你肉吃。"阿永以前非常健壮，现在已饿得连走路都不行了。这时阿永忽然说道："我说天下的人都会因饥饿而死。"狗如此说个不停，听到的人都因害怕而吓得逃跑了。当时天下也因此变得荒乱不堪，晋怀帝政权也因胡人之乱而被灭。（出《广古今五行记》）

东瀛公

晋朝的东瀛公司马腾，字元迈，永嘉元年被派前往镇守邺城。当时天下着大雪，但在他门前方十多步的地方却连一滴水都没有。司马

以为马者国姓，称吉祥马。或谓马无齿则不食。未几，晋大乱。（出《异苑》）

长广人

宋文帝元嘉末，长广人病瘥，便能食而不得卧，一饭辄觉身长。如此数日，头遂出屋。段究为刺史，度之为三丈，复还渐缩如旧，经日而亡。俄而文帝为元凶所害。（出《广古今五行记》）

黄丘村

宋江陵黄丘村，有羊生羔，两头一颈，在上者鸣，在下者不鸣。俄而刘毅、司马休之相继作乱，人多兵死。（出《渚宫旧事》）

韩僧真

后魏肃宗熙平二年，并州祁县人韩僧真女，从母右肋而出。胡太后令付掖庭养之。太后临朝，为元乂、刘腾幽于永巷，后竟被尔朱荣沉于河。魏室因兹大乱。（出《广古今五行记》）

洛阳金像

后魏普泰元年，洛阳金像生毛眉鬓发，悉皆具足。尚书左丞魏季景谓人曰："张天锡有此事，其国遂灭，此亦不祥之征。"至明年，而广陵被废死焉。（出《洛阳伽蓝记》）

腾觉得很奇怪，便将地面挖开来看，结果挖到了一个玉做的马，高约一尺多，牙齿都缺掉了。司马腾认为马是国家君王的姓氏，因此称它为吉祥马。有的人说马没有牙齿，因此不能吃东西。没过多久，晋朝便大乱了。（出《异苑》）

长广人

宋文帝元嘉末年，有个长广人得了疫病，只能吃东西却无法躺下，吃完一顿饭后发现身子却长高了。就这样过了十几天，头便长出了屋子。段究当时担任刺史，他估计当时那个长广人身高有三丈。后来那个长广人身体又渐渐回缩，恢复到了原来的样子，过了一天就死了。不久，宋文帝就被太子杀害了。（出《广古今五行记》）

黄丘村

宋朝江陵的黄丘村，这里有只羊生下了一只小羊羔，一个脖子上面却长有两个脑袋。长在上面的那个脑袋能鸣叫，长在下面的脑袋不能鸣叫。不久之后刘义与司马休之二人相继发动叛乱，很多人都在叛乱中战死了。（出《渚宫旧事》）

韩僧真

后魏肃宗熙平二年，并州祁县人韩僧真的女儿，从她母亲的右肋下生了下来。胡太后听说后便让人将她带到宫中妃嫔们居住的地方抚养。胡太后临朝听政的时候，那个女孩被元义、刘腾囚禁到了永巷里，后来竟然被尔朱荣给沉到河里淹死了，后魏皇室也因此发生了大乱。（出《广古今五行记》）

洛阳金像

后魏普泰元年（公元531年），洛阳有一尊金像忽然长出了眉毛和头发，全都长全了。左丞相魏季景对人说："张天锡时也曾有过这样的事，他的国家于是灭亡了。如今又出现这种现象也是不祥的征兆

梁武帝

梁武帝大同元年，幸玄武湖。湖中鱼皆骧者，见于水上，若顾望焉，帝入宫方没。此下人将举兵睥睨乘舆之象。寻有侯景之乱。（出《广古今五行记》）

惠炤师

齐末惠炤师者，不知从何许而来。骑一竹枝为马，振策驰驿，盘躄回转。或时厉声云："某处追兵甚急，何不差遣？"遂放杖驰走，不遑宁息。或晨往南殿，暮至北城。如其所言，果有烽檄之急。每遥见黑云飞乌群豕，但是黑之物，必低身恭敬。忽自称云，伏喽罗语。国人见者，莫不怪笑，京内咸识。不知名字者，呼为伏喻调马。齐未动之前，惠炤走杖马，来到殿西骑省，密告诸贵唐邕等："急救东方，吴儿大欲入。"晓夕孜孜，守阙不去。数日，吴明彻自广陵北侵淮楚。国家遣兵将救，始集兵马。惠炤已去城四十里，于白壁南待军，指麾号令。大将至，谓齐安王高敬德曰："努力，好慎浆水！"后吴人纵水淹渍，齐军多有伤没。在京百官朝集，惠炤亦骑杖执策，立于武成之后。敕付天平寺，常令三人守之，勿听浪语。炤狂言如旧，不可止约。后于天平寺宿，与一大德僧共密语，天地开辟，上古无为，下至君臣父子、道德仁义、老经佛法，优劣多少。凡所顾涉幽隐之事，无所不论。迨至天晓将去，谓曰："慎莫漏我此语！若泄，打杀汝。"去后，此僧语一二老宿名德者云："伏喻乃是大圣人，非寻常，不可轻忽。闻其所说，诸佛得道者，咸经亲事，序述犹如指掌。见语勿道，恐诸不知，怀骄慢

啊。”到了第二年，果然魏节闵帝元恭在广陵被高欢所废而亡。(出《洛阳伽蓝记》)

梁武帝

梁武帝大同元年（公元535年），梁武帝前往玄武湖游玩。这时湖中的鱼都仰起头来，浮现在水面上，就像四处张望的样子，等梁武帝回宫后鱼才回到了水里。这是下属有人想要举兵窥视皇位的征兆啊。不久就出现了将领侯景发动武装叛乱的事件。(出《广古今五行记》)

惠炤师

北齐末年有个叫惠炤师的人，不知是从什么地方来的。他骑着一根竹枝并将它当成了马，做出扬起鞭子驾乘驿马疾行的样子，在地上盘旋回转。有的时候他厉声喝道：“某个地方的追兵非常急迫，为什么不派遣我前去？”于是他便放下竹杖飞快地奔跑起来，没有半点安宁的时刻。他或是早晨时前往南殿，而傍晚时又到了北城。结果还真就像他说的那样，果然传来了边防警情的紧急消息。每当远远看到黑色的乌云、飞翔的乌鸦、成群的猪豕，但凡是黑色的东西，他都必定会低身弯腰，谦恭地以礼相待。有时他又会忽然自言自语地说出自己是埋伏的盗匪等话语。国内的人凡是看见他的，没有不感到奇怪和讥笑的。京城里的人全部都认识他，但都不知道他叫什么名字，便称呼他为伏喻调马。北齐还没有发生动乱之前，惠炤师曾骑着竹杖马快速奔跑，来到了宫殿西边的骑省，偷偷告诉唐邕等诸多贵人，让他们赶紧前往东方相助，吴姓人将要率大军前来进攻了，而他则从早到晚都勤勤勉勉地守卫着城门不肯离开。几天后，果然吴明彻从广陵北边侵入了淮楚地区。朝廷派兵准备前往救援，才刚刚开始集结兵马，而惠炤师却已经离开城池四十里地了。他在白壁的南边等待着军队，指挥号令，就像是大将军到了一样。他对齐安王高敬德说：“要努力，小心做好防备水攻的准备工作。”后来吴明彻心，将来获罪，所以相告。”午后，惠炤密将拳石手巾裹来，语此僧云：“戒你莫说，乃不能忍。”以巾打之，一下死。寺家执以奉闻，恕而不问。

齐将破之时，北宫东北角割十步为弘善寺，惠炤曾到寺宿。其夜骞墙住太后宫院，盗入宫人房里，被捉。炤曰：“不久人人皆入，何为独自约我？”又以状奏，诏复舍之。时宫校贵人内外戚妃媵出家者，朔望参谒，车马衣服，侍从绮丽。惠炤寻逐车后，眼语挑弄，云：“罢道之日，与我作妇。”官者驱逐，且语且前。贵人等以炤狂悖，为后主所容，但笑而不责。每逢见僧众，则恶骂嗔打，手执砖瓦，不避头面，云：“无用之时除剪！”僧徒值者亦必避之。于后失经五六日，忽复自来，则厕上而眠。或把杖坐睡，云：“官府甚多，军马遍满，昼夜供承，不可周悉，图籍不得不造。”及周果然派人放水淹渍齐军，齐军因此被淹没死伤的人很多。在京城的百官纷纷上朝商议，惠炤师也骑着竹杖马拿着马鞭，站在武成帝高湛的后面。武成帝下诏将惠炤师交付给天平寺看管，经常派出三个人来看守他，让大家不要听他的胡言乱语。惠炤师仍旧像之前一样经常口出狂言，胡言乱语，没有办法阻拦约束他。后来惠炤师便住在了天平寺，他与一位大德高僧在一起偷偷地议论一些话题，上谈到了开天辟地、上古的无为而治，下谈到了君臣父子、道德仁义、老经佛法等，谈论好的有多少，坏的又占多少。凡是所涉及的那些不能公开的隐秘之事，没有不谈论的。等到天亮快要离开时，惠炤师对老和尚说："千万小心不要将我说的这些话泄露出去。如果泄露出去了，我会打死你。"惠炤师离开后，这个老和尚对一两个有德行名望的人说："惠炤师乃是一个大圣人，并非寻常之人，千万不可以轻视怠慢他啊。听他所说的那些话，那些修行圆满的得道高僧亲自经历过的事情，他讲述起来似乎是了如指掌。你们听见这些话后不要说出去，我担心你们对他不了解，而对他怀傲慢之心，将来得罪了他，所以才将这些话告诉你们。"午后，惠炤师偷偷地用毛巾包裹着一块拳头大小的石头来了，他对这个老和尚说："我告诫过你不要说出去，你却没能忍住。"说完便用毛巾打向了老和尚，只打了一下便将他给打死了。寺里的和尚就抓住他将他告到了官府，但武成帝却宽恕了他没有审问他。

在北齐快要灭亡的时候，武成帝在北宫的东北角分割出了十步宽的地方建造了弘善寺，惠炤师曾经在寺里住宿。那天夜里他跳墙到了太后的宫院，偷偷进入了宫人的房里，结果被捉住了。惠炤师说："不久后人人都可以进来了，为什么要单独约束我呢？"宫人又将他告到了武成帝那里，结果武成帝又下令将他放了。当时宫里的贵人、朝廷内外的亲戚妃子、宫女出家的人，每月的初一、十五都会前去叩拜皇上，骑着马坐着车，穿着宫服，随从的人也都穿着华丽的服饰。惠炤师就乘机跟在她们车后，挤眉弄眼挑弄她们说："当你们停止前进的时候，便做我的媳妇。"官差撵他走，他便一边说一边向前走。贵人们等都认为惠炤师这么狂妄悖逆，是因后主对他宽容，所兵入晋阳，炤到太后寺浮图前，合掌落泪云："法轮倾！"即伏地不起。武帝平东夏，不收图籍，府库典诰，州县户口，洛京故实，并为军人毁弃。至今大比民贯，创始营造。炤所说造籍，悉符验焉。而炤竟不知所在。（出《广古今五行记》）

周靖帝

周靖帝大象元年夏，荥阳汴水北有龙斗。初见白光直属天，自东方而来，有白龙长十许丈，西北向，舐掌而鸣。西北有黑龙，亦乘云而至。风雷相击，乍合乍离，暴雨大注，自午至申。白龙升天，黑龙坠地。复有大鲤鱼三，从小鱼无数，乘空而斗。雷雨又甚，大风发屋，至瞑乃止。鱼不复见。明日，有两黑蛇，大者长丈五，小者半之，并伤腰颈，死于窦前。黑蛇者，周天元帝及靖帝之象，大鱼三而斗者，尉迟迥、王谦、司马消难，三方起兵乱之异。（出《广古今五行记》）

以对他只是讥笑而没有责备。惠炤师每次见到僧人，便会恶骂并嗔打他们。他手拿砖瓦，便朝他们不管是头还是脸直打过去，说：“没用的时候就该全都除掉。”僧人们碰上他的也必定会躲开。在这之后他失踪了五六天，忽然有一天又自己回来了，就在茅厕里睡觉，或是扶着竹杖坐着睡觉。惠炤师说：“官府太多了，军队马匹遍地都是，即便是白天黑夜供奉，也不可能全部都熟悉，所以不得不制作疆域图与户籍册。”等到北周的兵马攻入晋阳时，惠炤师来到太后寺浮图前，双手合掌，落泪道：“法规要倾覆了。”说完就伏在地上没有再起来。北周武帝平定了东夏后，没有收取疆域图和户籍册，府库里的经典诰命，州县的户口册子，洛阳城里的旧事史实，一起被士兵们毁坏了。到现在科举考试三年一次调查人口，考查官克之制才为百姓所习惯，才开始想着制作。惠炤师所说的建造户籍册之事，全部都应验了。但没有人知道他最后去了哪里。（出《广古今五行记》）

周靖帝

北周靖帝大象元年夏天，在荥阳汴水的北面有龙争斗。刚开始只见一道白光直冲天空，从东方有一条十多丈长的白龙破空而来，一边用舌头舔着脚掌一边大声朝西北方鸣叫着。西北方有一条黑龙，也乘着云彩到来了。一时间风雷撞击，一会聚拢，一会又忽然分离，暴雨也倾盆而下，从午时一直下到了申时。这时白龙高高升上了天空，而黑龙则坠落到了地上。又有三条大鲤鱼，身后跟随着无数条小鱼，飞在空中相互争斗。这时雷雨再次变得强烈了，大风吹倒了房屋，直到天黑时才停歇了下来，空中的鱼消失再也不见。第二天，有两条黑蛇，大的那条长有一丈五尺，小的那条约有大的那条一半长，两条蛇的腰和脖子都受了伤，死在了洞前面。黑蛇死亡，是北周天元帝以及靖帝即将死亡的征象，那相斗的三条大鱼则是尉迟迥、王谦、司马消难三方起兵发动叛乱的异常征象。（出《广古今五行记》）

苏氏

周靖帝大象中，阳武苏氏，家临河。闻园中有犬声，往视之，见三兽，状如水牛，一黄一赤一黑者。斗久之，黑者死，黄赤者俱入于河。黑者周所尚色也，死者灭亡之象。后数岁，周遂灭。隋有天下，旗牲尚赤，戎服尚黄。（出《广古今五行记》）

突厥首领

隋开皇初，突厥阿波未叛之前，有首领数十骑，逐一兔至山。山上有鹿，临崖告人云："你等无事触他南方圣人之国，不久当灭。"俄而国内大乱。（出《广古今五行记》）

陈后主

陈后主时，秣陵有泉，深不可测，产鱼鳖甚众。恒有声如牛，邑人惧之，不敢犯。无何，忽见牛头于岸下，里民牵而出之。于是争捕，其鱼乃尽。江东旧以牛头山为天关，今牛头已获，盖示国将灭而关毁也。后年，隋平陈。（出《广古今五行记》）

渭南人

隋时，渭南有人寄宿他家。夜中闻二豕对语，其一曰："岁将

苏 氏

北周靖帝大象年间，阳武县有户姓苏的人家住在河边。有一天，他突然听到园子里传来了狗叫声，于是前去察看，发现园子里出现了三只野兽，形状就像水牛一样，一只为黄色，一只为红色，一只为黑色。这三只野兽争斗了很长时间，最后那只黑的斗死了，而黄的与红的则跳进了河水里。黑色，是北周所崇尚的颜色，黑色野兽死了则是北周即将灭亡的征兆。几年后，北周便灭亡了。隋朝政权拥有天下之后，旗帜及祭祀用品都喜欢用红色，而战服则崇尚黄色。（出《广古今五行记》）

突厥首领

隋朝开皇初年（公元581年），突厥国的阿波没有叛乱之前，有数十个首领骑着马，追赶一只兔子追到了一座山上。这座山上有一只鹿，靠近山崖边告诉他们说："你们没事却触犯了南方圣人的国家，不久之后就会被灭亡。"没过多久，突厥国内果然发生了叛乱。（出《广古今五行记》）

陈后主

陈后主时，秣陵有一口大泉，泉水深不可测，里面出产的鱼鳖特别多。这口泉里经常传出像牛叫一样的声音，秣陵的人们对此都非常害怕，没人敢冒犯它来这里打鱼。没过多久，忽然有人看见一个牛头出现在了水泉岸下，一当地的百姓上前将它拉了出来。从这之后，这里的人们争相捕捞，泉水里的鱼于是被捞没了。江东以前是以牛头山作为天关的，现在牛头已经被捕获了，这大概是预示着国家将要灭亡而天关也将毁灭吧。两年后，隋军平定了陈国。（出《广古今五行记》）

渭南人

隋朝时，有个渭南人借宿在别人家里，晚上他听到了两头猪的尽，阿耶明杀我供岁，何处避之？”其一答曰：“可向水北妇家。”因相随而去。天将晓，主人觅豕不得。宿客言状，主人如其言得豕。其后蜀王秀得罪，将杀，乐平公主救之得全。后数岁而帝崩，天下大乱，秀竟被诛。（出《广古今五行记》）

猫鬼

隋大业之季，猫鬼事起。家养老猫为厌魅，颇有神灵，递相诬告。京都及郡县被诛戮者，数千余家。蜀王秀皆坐之。隋室既亡，其事亦寝。（出《朝野佥载》）

长星

唐仪凤年中，有长星半天，出东方，三十余日乃灭。自是吐蕃叛，匈奴反，徐敬业乱，白铁余作逆，博豫骚动，忠万强梁，契丹翻营府，突厥破赵定。麻仁节、张玄遇、王孝杰等，皆没百万众。三十余年，兵革不息。（出《朝野佥载》）

大乌

唐调露之后，有乌大如鸠，色如乌雀，飞若风声，千万为队。时人谓之鵽雀，亦名突厥雀。若来，突厥必至。后则无差。（出《朝野佥载》）

对话。其中一头猪说：“现在就快要过年了，阿耶明天就会杀了我过年，有什么地方可以躲避吗？”另一头猪回答道：“可以去河北边的那个妇女家里躲避。”于是两头猪便一起离开了。天刚刚亮，主人前来寻找猪却没有找到。借宿的客人便将听到的话都告诉了主人，主人按照他说的到了河北边妇女家里找到了猪。后来，蜀王杨秀犯了罪，快被处死时，被乐平公主救了因而得以保全了性命。几年后，隋朝皇帝死了，天下大乱，蜀王杨秀最终也被杀，对话的两头猪大概便是预兆的他们了。（出《广古今五行记》）

猫鬼

隋朝大业年间，发生了猫变鬼的事，一只家里养的老猫变成了生人厌恶的鬼魅。它很像神灵的样子，使得人们相互检举告发，京城以及各郡县因此被杀的人达到了好几千家，蜀王杨秀也因此而获罪。在隋朝被灭亡后，猫鬼的事也便停止了。（出《朝野佥载》）

长星

唐朝仪凤年间，有一颗长星出现在东方的天空中，占据了半边天，一直持续了三十多天后才消逝。从这之后，发生了吐蕃叛变、匈奴造反、徐敬业作乱、白铁余造反、博豫发生骚乱、忠万强盗出没、契丹人越过了营府、突厥人攻破了赵定等大事，麻仁节、张玄遇、王孝杰等一共死了一百多万人。连续三十多年，战争都没有停息。（出《朝野佥载》）

大乌

唐高宗调露年间以后，国内发现了一种像鸠鸟一般大小的乌鸦，浑身颜色就像乌雀一样，飞起来发出刮大风一般的声音，成千上万只排成一队。当时的人称之为鹞雀，也叫它突厥雀。如果它们来了，那么突厥人一定也来了。后来被验证果然没有错。（出《朝野佥载》）

虾蟆

唐高宗尝患头风，召名医于四方，终不能疗。宫人有自陈世业医术，请修药饵者，帝许之。初穿地置药炉，忽有一虾蟆跃出，色如黄金，背有朱书武字。宫人不敢匿，奏之。帝颇惊异，遽命放于苑池。宫人别穿地，得虾蟆如初。帝深以为不祥，命杀之。其夕，宫人暴卒。后武后竟革命。（出《潇湘录》）

幽州人

天授中，则天好改新字，又多忌讳。有幽州人寻如意，上封云："国（國）字中或，或乱天象。请口中安武以镇之。"则天大喜，下制即依。月余，有上封者云："武退在口中，与囚字无异。不祥之甚。"则天愕然，遽追制，改令中为八方字。后孝和即位，果幽则天于上阳宫。（出《朝野佥载》）

默啜

唐长安二年九月一日，太阳蚀尽，默啜贼到并州。至十五日，夜月蚀尽，贼并退尽。俗谚云：枣子塞鼻孔。悬楼阁却种。又云：蝉鸣蛁蟟唤，黍种糕糜断。又谚云：春雨甲子，赤地千里；夏雨甲子，乘船入市；秋雨甲子，禾头生耳，鹊巢下近地。其年大水。（出《朝野佥载》）

虾 蟆

唐高宗曾经得了头风病，到全国各地寻找名医，但最终也没能治好。宫中有个人说自己家世代都是从医的，请求为高宗炼治药物，唐高宗答应了他的请求。在开始挖地安置药炉的时候，忽然有一只蛤蟆从地里跳了出来，颜色就像黄金一样，背上写着一个红色的“武”字。那个宫人不敢隐瞒，便将这件事禀告给了唐高宗。唐高宗听后感到很是惊异，立刻命人将那只金色蛤蟆放进了苑池里。那个宫人又换到别的地方挖掘安置药炉的地方，结果又挖到了与先前一模一样的金色蛤蟆。唐高宗认为这是不吉祥的征兆，便让人将金色蛤蟆杀了。那天晚上，那个宫人突然死了。后来皇后武则天竟然受命于天居尊帝位。（出《潇湘录》）

幽州人

唐天授年间，武则天有改字造新字的喜好，只是又有许多忌讳。有个叫寻如意的幽州人，曾呈上一封信，说：“‘国’字中间是个‘或’字，而‘或’字是天下大乱的象征。请在‘口’中写上‘武’字来镇住它。”武则天看后大喜，便下令按照这种要求来造字。一个多月以后，又有人呈上了一封奏折，说：“‘武’字放进‘口’里，这和‘囚’字没有什么两样，这是非常不吉祥的征兆啊。”武则天看后显出非常吃惊的样子，立刻下令追回了原来的诏令，改令将“口”中改为八方的字。后来孝和帝即位，果然在上阳（意照八方）宫囚禁了武则天。（出《朝野佥载》）

默 啜

唐武则天长安二年（公元702年）九月一日这一天，太阳被全部遮蔽了，而这天突厥族的默啜贼军到了并州。到了十五日这天晚上，月亮也被全部遮蔽了，而默啜贼军却全都退了回去。民间流传有谚语说：“如果枣子塞进了鼻孔，那么这年的种子将被悬挂在楼阁上推迟播种。”又有俗语说：“如果蝉已经开始鸣叫，这时种植黍米将

张易之

唐长安四年十月，阴雨雪，一百余日不见星。正月诛逆贼张易之、昌宗等，则天废。（出《朝野佥载》）

孙 俭

唐幽州都督孙俭之入贼也，薛讷与之书曰："季月不可入贼，大凶也。"俭曰："六月宣王北伐，讷何所知？有敢言兵出不复者斩。"出军之日，有白虹垂头于军门。其夜，大星落于营内，兵将无敢言者。军行后，幽州界内鸦乌鸱鸢等并失，皆随军去。经二旬而军没，乌鸢食其肉焉。（出《朝野佥载》）

太白昼见

唐延和秋七月，太白昼见经天。其月，太上皇逊帝位。此易主之应也。至八月九月，太白又昼见，改元先天。至二年七月，太上皇废，诛中书令萧至忠、侍中岑羲，流崔湜，寻诛之。（出《朝野佥载》）

不能丰收。”又有谚语说：“如果春天的甲子日下雨，将会千里大旱；如果夏天的甲子日下雨，将会涨大水连船都能进入集市；如果秋天的甲子日下雨，那么庄稼的枝头就会长出分杈；如果鹊巢建在离地面很近的地方，那么那年就会涨大水。”（出《朝野佥载》）

张易之

唐武则天长安四年（公元704年）十月，天气阴沉沉的，雨雪连绵不断，一连一百多天看不见天上的星星。正月逆贼张易之、昌宗等人被诛杀，武则天的皇位被废。（出《朝野佥载》）

孙 俭

唐朝幽州都督孙俭准备率兵深入贼军地界，薛讷给他写了一封信，说：“月末不可以出兵，这是大凶的征兆。”孙俭回应说：“六月宣王北伐，薛讷怎么知道的？再有敢说出兵不利的就杀了他。”军队出发的那天，有一道白虹将头垂在了军门前。那天夜晚，又有大星星坠落在军营内，但兵将们没有敢说的。军队出发后，幽州境内的乌鸦、鸱鸢鸟等全部都消失了，都跟随着军队离开了。二十天后军队便全被消灭了，乌鸦、鸱鸢鸟将他们的肉吃了。（出《朝野佥载》）

太白昼见

唐睿宗延和初年七月，太白星白天从天空经过。这个月，正好太上皇将辞让帝位，这是国家改换国主的预兆啊！到了八月、九月，太白星又在白天出现了，唐睿宗因此改年号为“先天”。到了第二年二月七日，太上皇被废除，中书令萧至忠、侍中岑羲被杀，崔湜被流放，不久后崔湜也被杀。（出《朝野佥载》）

卷第一百四十　征应六

大星

唐开元二年五月二十九日夜，大流星如瓮。或如盆大者，贯北斗，并西北落。小者随之无数。天星尽摇，至晓乃止。七月，襄王崩，谥殇帝。十月，吐蕃入陇右，掠羊马，杀伤无数。其年六月，大风拔树发屋，长安街中树，连根出者十七八。长安城初建，隋将作大匠高颎所植槐树，殆三百余年，至是拔出。终南山竹，开花结子，绵亘山谷，大小如麦。其岁大饥，其竹并枯死。岭南亦然，人取而食之，醴泉雨面，如米颗，人可食之。后汉襄楷云：国中竹柏枯者，不出三年，主当之。人家竹结实枯死者，家长当之。终南竹花枯死者，开元四年而太上皇崩。（出《朝野佥载》）

火灾

开元五年，洪潭二州，复有火灾。昼日，人见火精赤熾熾，所诣即火起。东晋时，王弘为吴郡太守，亦有此灾。弘挞部人，将为不慎。后坐厅事，见一物赤如信幡，飞向人家舍上。俄而火起，方知变不复由人，遭爇人家，遂免笞罚。（出《朝野佥载》）

大 星

唐玄宗开元二年五月二十九日的晚上，出现了一颗像瓮一样的大流星，还有一颗像盆一样大的，贯穿北斗星，一起坠落到了西北方。跟着一起落下的小星星有无数颗，为此天上的星星全都摇动了，一直到天亮时才停止。这年七月，襄王去世，谥号“殇帝”。十月份，吐蕃人入侵陇右，掠夺羊马，杀伤百姓无数。六月，大风曾将大树拔起，将房屋刮倒，连长安街上的树十分之七八都被连根拔出。长安城在刚刚开始建造时，隋朝的将作大匠（官职名称）高颖所种植的槐树，大概已有三百多年了，这时也被连根拔出了。终南山的竹子，开花结出了种子，连绵不断，布满了整个山谷，其大小就像麦粒一样。这一年天下大闹饥荒，这些竹子也都一并枯萎而死，哪怕岭南也一样。人们将竹子种子取了来吃，眼里流出了甘泉一样的泪水，像米粒一般，人可以食用。后汉的襄楷说：“如果国家的竹柏枯萎了，那么不出三年，国家君主当死；如果私人家里的竹子结出了种子而枯死的，那么家长便当死亡。”终南山的竹子开花而枯死了，到开元四年，太上皇果然驾崩了。（出《朝野佥载》）

火 灾

唐玄宗开元五年，洪、潭二州再次发生了火灾。白天的时候，有人看见了红色且干燥的火精，火精所到的地方都发生了大火。东晋的时候，王弘担任吴郡太守时，也发生了这样的火灾。当时王弘用鞭子抽打部下，认为是他们做事不小心。后来有一天王弘在大厅处理事务，忽然看见一个东西像指挥行动的旗帜一样鲜红，飞到了别人家的房顶上，不一会儿就燃起了大火。他这才明白了发生的火灾不是因为

水灾

唐开元八年，契丹叛。关中兵救营府，至渑池缺门，营于谷水侧。夜半水涨，漂二万余人。唯行纲夜樗蒲不睡，援高获免。村店并没尽，上阳宫中水溢，宫人死者十七八。其年，京兴道坊一夜陷为池，没五百家。初，邓州三鸦口见二小儿以水相泼。须臾，有大蛇十围已上，张口向天，人或有斫射者，俄而云雨晦冥，雨水漂二百家。小儿及蛇，不知所在。（出《朝野佥载》）

僧一行

唐开元十五年，一行禅师临寂灭，遗表云：他时慎勿以宗子为相，蕃臣为将。后李林甫擅权于内，安禄山弄兵于外，东都为贼所陷。天宝中，乐人及闾巷好唱《胡渭州》，以回纥为破。后逆胡兵马，竟被回纥击破。国风兴废，潜见于乐音。时两京小儿，多将钱攤地，于穴中更争胜负，名曰投胡。后士庶果投身于胡庭。两京童谣曰："不怕上兰单，唯愁答辩难。无钱求案典，生死任都官。"及克复，诸旧僚朝士，系于三司狱，鞫问罪状，家产罄尽，骨肉分散，申雪无路，即其兆也。（出《广德神异录》）

人引起的，遭遇了火灾的人家，因此得以免除了鞭打的惩罚。（出《朝野佥载》）

水灾

唐玄宗开元八年，契丹族发动了叛乱。关中的军队前往救援营府，他们到达了渑池缺门，在穀水旁边扎营休息。这天半夜里突然涨水了，两万多人被水冲走了，只有押送官府物资的军吏因晚上玩樗蒲而没有睡，他上到高处而得以幸免于难。村店全部都被淹没了，上阳宫中也水满外溢，宫里的人十分之七八都被淹死了。这一年，京城的兴道坊一夜之间便被水淹没变成了池塘，被淹没的房子达五百家之多。当初在邓州的三鸦口有人看见两个小孩子在相互泼洒水，没过多久，便有一条十围多大的长蛇张开了大嘴向着天。人们见了便有人上前对它又砍又射，不一会儿便乌云密布，大雨倾盆而下，天色昏暗得犹如黑夜，大水淹没了两百多户人家。后来那两个小孩以及蛇，没有人知道到哪里去了。（出《朝野佥载》）

僧一行

唐玄宗开元十五年，一行禅师临近寂灭的时候，曾给玄宗留下了一封表书说："将来千万不要让宗子担任丞相、蕃臣担任将领。"后来李林甫在朝廷独揽大权，安禄山在地方上兴兵作乱，东都被逆贼所攻破。天宝年间，全国的乐人以及乡村里巷都喜欢唱胡人的《渭州》曲，以回纥人的曲为"破"音。后来兴兵作乱的安禄山的兵马，竟然被回纥人打败了。由此可见，一个国家的兴盛与衰败，从乐音里便可以暗中体现出来。当时两座京城的小孩，大多数喜欢把钱摆在地上，根据穴口的变换来争夺胜负，他们将这种游戏叫作"投胡"。后来，很多士大夫和庶民果然投身到了胡廷。两京城中有童谣说："不怕上兰单，唯愁答辩难。无钱求案典，生死任都官。"等到被占土地收复之后，从前的那些同朝官吏及士大夫都被三司捉拿下狱，审讯罪状，导致最后家产耗尽、妻离子散，骨肉分离，无处申冤雪耻。那首童谣就是他们下场的先兆啊。（出《广德神异录》）

汪凤

唐苏州吴县氓汪凤，宅在通津，往往怪异起焉。不十数年，凤之妻子洎仆使辈，死丧略尽。凤居不安，因货之同邑盛忠。忠居未五六岁，其亲戚凋陨，又复无几。忠大忧惧，则损其价而摽货焉。吴人皆知其故，久不能售。邑胥张励者，家富于财，群从强大，为邑中之蠹横，居与忠同里。每旦诣曹，路经其门，则遥见二青气，粗如箭竿，而紧锐彻天焉。励谓实玉之藏在下，而精气上腾也。不以告人，日日视之。因诣忠，请以百缗而交关焉。寻徙入，复晨望，其气不衰。于是大具畚锸，发其气之所萌也。掘地不六七尺，遇盘石焉。去其石，则有石柜，雕镌制造，工巧极精，仍以铁索周匝束缚，皆用铁汁固缝，重以石灰密封之。每面各有朱记七窠，文若谬篆，而又屈曲勾连，不可知识。励即加钳锤，极力开拆。石柜既启，有铜釜，可容一斛，釜口铜盘覆焉，用铅锡锢护。仍以紫印九窠，回旋印之，而印文不类前体，而全如古篆。人无解者。励拆去铜盘，而釜口以绯缯三重幂之。励才揭起，忽有大猴跳而出。众各惊骇，无敢近者。久之，超逾而莫如所诣。励因视釜中，乃有石铭云：祯明元年，七月十五日，茅山道士鲍知远囚猴神于此。其有发者，发后十二年，胡兵大扰，六合烟尘，而发者俄亦族灭。祯明即陈后主叔宝年号也。励以天宝二年十月发，至十四年冬，禄山起戎，自是周年，励家灭矣。（出《集异记》）

汪凤

唐朝时苏州吴县有个叫汪凤的农民，家在通津，这里经常发生一些非常怪异的事情。不过十多年的时间，汪凤的妻子、孩子以及家里的仆人等，差不多全死了。汪凤感到住在这里很不安，便把房子卖给了同城一个叫盛忠的人。盛忠在这住了不到五六年的时间，他的亲戚便一个个死掉了，没剩几个了。盛忠心中感到十分忧虑和恐惧，就降低了价格想便宜出卖，可是吴县的人都知道这是什么原因，所以很长时间都没能卖出去。吴城里有个叫张励的小官吏，家中很富有，他的堂兄弟及诸子侄等人也都很有势力，是县城里的害群之马，他和盛忠是邻居。每天早上他到官府去上班，都要经过盛忠的门前。一天他远远地看见从盛忠的宅院里冒出了两股青气，就像箭杆一样粗，而且紧密无间地连接着贯穿了整个天空。张励说这实际上是因为有宝玉藏在住宅的下面，长久无人知晓，所以才会有精气往上升腾。他没有将这事告诉给别人，而是自己天天观察着。一天他前往盛忠家拜访，请求用一百缗铜钱买下盛忠的住宅，不久后便搬了进去。张励再次在早晨时观看，发现那两股青气依旧非常旺盛。于是他认真准备了簸箕和锹等，开始挖掘那两股青气萌发的地方。挖地不到六七尺深的时候，遇到了一块大磐石，挖开大磐石后，便发现磐石下面有一个石柜，石柜上面雕刻了字，其制造的工艺精巧细致，柜身仍旧用铁索链缠绕捆绑着，是在用铁水将石柜上的缝隙都浇固好后，再用石灰将它密封了起来。石柜的每个面各有七个红色的文字标记，那文字就好像是写错了的篆字，但是又弯弯曲曲相互勾连在一起，让人无法辨认出来是什么字。张励便用铁钳和铁锤用力将石柜拆开了。当石柜打开以后，里面有一个铜釜，可以盛下一斛的东西，釜口有铀盘盖着，并且用铅锡牢固地将它保护了起来。上面还用九颗紫印来来回回地盖上，但是印文与前面柜上的红色标记笔体不一样，而是全都像古篆字，没有人能解释。张励将铜盘拆卸了下来，发现釜口被用红色的丝织品覆盖了三层。张励才将红色丝织品揭开，便有一只大猴子忽然从里面跳了出来。大家都非常惊慌害怕，没有人敢靠近。过了很久之后，那只大猴跳过围墙不知跑到哪里去了。张

僧普满

唐大历中，泽潞有僧，号普满，随意所为，不拘僧相，或歌或笑，莫喻其旨。以言事往往有验，故时人待之为万回。建中初，于潞州佛舍中题诗数篇而亡。所记者云："此水连泾水，双珠血满川。青牛将赤虎，还号太平年。"题诗后，人莫能知。及贼泚称兵，众方解悟。此水者泚字，泾水者，自泾州兵乱也。双珠者，泚与滔也，青牛者，兴元二年乙丑岁，乙者木也，丑者牛也；明年改元贞元，岁在丙寅，丙者火也，寅者虎也，至是贼已平，故云："青牛将赤虎，还号太平年。"（出《广德神异录》）

秦城芭蕉

天水之地，迩于边陲，土寒，不产芭蕉。戎师使人于兴元求之，植二本于亭台间。每至入冬，即连土掘取之，埋藏于地窟。候春暖，即再植之。庚午辛未之间，有童谣曰："花开来裹，花谢来裹。"而又节气变而不寒，冬即和煦，夏即暑毒，甚于南中，芭蕉于是花开。秦人不识，远近士女来看者，填咽衢路。寻则蜀人犯励靠近往釜中一看，便发现里面有石刻写道："祯明元年（公元587年）七月十五日，茅山道士鲍知远，将猴神囚禁在这里。如果有发现的，在发现后的十二年，胡人会大举发兵侵扰，天下将烟尘四起，而发现的人不久也将会全族灭亡。"祯明便是南朝时期陈后主叔宝的年号。张励在天宝二年（公元743年）十月发现了猴神，到了天宝十四年冬天，安禄山便起兵发动了叛乱。这之后的一年，张励的族人便都死了。（出《集异记》）

僧普满

唐代宗大历年间，泽潞有个僧人，法号叫普满。普满和尚做事随意，想怎么做就怎么做，不因自己是出家人而有所拘束。他一会儿唱歌一会儿又哈哈大笑，没有人能明白他这样做的用意。因为他所说的事情，往往都能得到验证，所以当时的人将他当作万回（原为唐朝僧人，相传为佛国谪贬东土教化阂乡的菩萨）一样对等。建中初年（公元780年），普满和尚在潞州的佛舍里写下几首诗篇后便去世了。所记下的诗说："此水连泾水，双珠血满川。青牛将赤虎，还号太平年。"题诗之后，没有人能明白是什么意思。等到贼军朱泚发动叛乱时，大家这才明白了诗的意思。此水就是指"泚"字；泾水，是指在泾州发动兵乱。双珠，是指泚和滔；青牛，是指兴元二年乙丑年，乙是木的意思，丑是牛的意思。第二年便改元为"贞元"，这年属丙寅年，而丙是火的意思，寅是虎的意思。这时候逆贼已经被平定，所以说是"青牛将赤虎，还号太平年"。（出《广德神异录》）

秦城芭蕉

天水这个地方，远在边陲，这里的土性比较凉，不出产芭蕉。边疆的部队让人从兴元求来了一些，在亭台中间种了两棵。每年到了入冬的时候，便将它们连土一起挖出来，埋藏在地窟里，等到第二年春暖花开的时候，便再将它们栽培到地里。庚午辛未年间，有童谣说："花开来裹，花谢来裹。"而这年天水节气变换了，但天气却不怎我封疆，自尔年年一来，不失芭蕉开谢之候。乙亥岁，岐陇援师不至，自陇之西，竟为蜀人所有。暑湿之候，一如巴邛者。盖剑外节气，先布于秦城。童谣之言，不可不察。（出《玉堂闲话》）

睿陵僧

睿陵之侧，有贫僧居之。草衣芒履，不接人事。尝燔木取灰贮之，亦有施其资镪者，得即藏于灰中，无所使用。出入必挽一拖车，谓人曰："此是驷马车，汝知之乎？他日，必有龙舆凤辇，萃于此地。"居人罔测其由。及汉高祖皇帝因山于此，陵寝陶器，所用须灰。僧贮灰甚多，至于毕功，资用不阙。又于灰积中颇获资镪。辇辂之应，不差毫厘。因山既毕，僧亦化灭。睿陵行礼官寮，靡不知者。（出《玉堂闲话》）

兴圣观

蜀城旧有兴圣观，废为军营，庭宇堙毁，已数十年。军中生子者，奕世擐甲矣，殊不知此为观基。甲申岁，为蜀少主生日，僚属将率俸金营斋。忽下令，遣将营斋之费，亟修兴圣观。左徒藏事，急如星火，不日而观成。丹雘未晞，兴圣统师而入蜀。嗟乎，国之兴替，运数前定，其可以苟延哉！（出《王氏见闻录》）

么冷，冬天阳光和煦，夏天时很炎热，甚至比南中地区还要炎热，芭蕉就在这个时候开花了。秦人不认识芭蕉花，远近前来观赏的男女老少，挤满了整个主要街道。不久便有蜀国人前来侵犯我疆界，从这之后他们每年都会前来一次，没有错过芭蕉开花和花谢的季节。乙亥年，岐陇前来援救的军队没有来，从陇向西的领土，竟然全都被蜀人占领了。夏天湿热的征候，就与巴邛一样。这大概是蜀地剑阁以南地区的节气先散布到了秦城导致的吧。所以童谣中的话，不能不察啊。（出《玉堂闲话》）

睿陵僧

在睿陵的旁边，有个穷和尚居住在这里。这个穷和尚穿着草衣草鞋，很少接触人情世故。他曾经将木头烧成了灰后储藏了起来，也有人施舍了一些钱财给他，他收到后便将钱藏在了木灰中，因为没有什么地方需要用钱的。每次出门时他必定会拉着一辆拖车，对人们说："这是四匹马拉的车，你们知道吗？将来有一天，一定会有龙舆凤辇聚集在这个地方。"住在这里的人都不知道他为什么会说出这样的话。等到汉高祖时，因见这里依靠着山峰，便把陵墓建在了这里，陵墓中所需的陶器等，所用的都需用木灰处理。这个穷和尚储藏的木灰很多，到了工程完工的时候都还没有用完，又在所积的木灰中找到了很多钱财。由此龙辇凤辂的说法得到了应验，没有丝毫差错。因山建陵完工后，这个穷和尚也化灭了。前往睿陵顶礼朝拜的官员，没有不知道这事的。（出《玉堂闲话》）

兴圣观

四川城里原来有座兴圣观，被废除做了军营，里面的房舍都被毁坏坍塌，至今已有几十年了。在军营中生的男孩，一代一代都穿上铠甲当了兵，却不知道这里就是当初兴圣观的观基。甲申年，蜀地少主出生，下属官员们准备拿出俸禄来营斋，但忽然有命令传来，要求将准备营斋的费用用来修建兴圣观。左徙藏事官的重修建任务，急

骆驼杖

蜀地无骆驼，人不识之。蜀将亡，王公大人及近贵权幸出入宫省者，竟执骆驼杖以为礼，自是内外效之。其杖长三尺许，屈一头，傅以桦皮，识者以为不祥。明年，北军至，骆驼塞剑栈而来，般辇珍宝，填满城邑，至是方验。（出《王氏见闻录》）

迫如同星火，没几天兴圣观就修建成了。结果还没等颜料干透，兴圣便率领着军队攻入了四川（应了兴圣来观的意义）。唉，一个国家的兴替，其气运是早就定好了的，又怎么能够苟且延长呢？（出《王氏见闻录》）

骆驼杖

四川地区没有骆驼，所以没有人知道骆驼长什么样。在蜀地快要灭亡的时候，有王公大人与亲近的贵族、有权受宠幸的人前来宫里探候，竟然将骆驼杖当作了礼物。于是从这之后，宫内外的人便都纷纷效仿。骆驼杖长有三尺多，有一端是弯曲的，上面包有桦树皮，有学识的人都以为这是不吉祥的。第二年，北边军队便到了这里，前来的骆驼塞满了剑阁的栈道，各种车辇珍宝填满了城邑。骆驼杖不吉祥的预言到这时才得到验证。（出《王氏见闻录》）

卷第一百四十一　征应七人臣咎征

孔　子

孔子谓子夏曰："得麟之月，天当有血书鲁端门。"孔圣没，周室亡。子夏往观，逢一郎云："门有血，飞为赤鸟，化而为书云。"（出《续题辞》）

萧士义

后汉黄门郎萧士义，和帝永元二年被戮。数日前，家中常所养狗，来向其妇前而语曰："汝极无相禄，汝家寻当破败，当奈此何？"其妇默然，亦不骇。狗少时自去。及士义还内，妇仍学说狗语。未毕，收捕便至。（出《续异记》）

王　导

晋丞相王导梦人欲以百万钱买长豫。导甚恶之，潜为祈祷者备矣。后作屋，忽掘得一窖钱，料之百亿。大不欢，一皆藏闭。俄而长豫亡。长豫名悦，导之次子也。（出《世说新书》）

孔子

孔子对子夏说："当得到麒麟的时候，天上便会有血书降到鲁国的端门上。"孔子死后，周朝也灭亡了。子夏前往鲁国去验看，便碰上一个人说："鲁国的端门上有血，那血飞起来后变成了一只红色的鸟，后来又变化成了书。"（出《说题辞》）

萧士义

后汉时期的黄门郎萧士义，在和帝永元二年被杀了。被杀的前几天，萧士义家中平常养的狗来到萧士义的妻子面前说："你没有一点的福禄相，你的家很快就要破败了，对此你将怎么办呢？"萧士义的妻子听到狗的话后沉默不语，却也没有惊慌。那条狗不一会儿便自己离开了。等到萧士义回到家后，他的妻子便学狗说话的样子将事情告诉了他。在她话还没说完的时候，抓捕萧士义的人便已经到了。（出《续异记》）

王导

东晋时丞相王导曾做了个梦，梦见有人想要用一百万钱买下儿子长豫。王导为此感觉很是晦气，于是私下里经常为儿子长豫祈祷。后来建房子时，忽然从地下挖出了一窖钱，估计大约有百亿之多。王导为此很不高兴，便把这些钱都隐藏了起来。没过多久儿子长豫就死了。长豫名为悦，是王导的第二个儿子。（出《世说新书》）

谢安

东晋谢安于后府接宾。妇刘氏，见狗衔安头来。久之，乃失所在。是月安薨。（出《异苑》）

庾亮

晋庾亮初镇武昌，出石头，百姓看者于岸上歌曰：“庾公上武昌，翩翩如飞鸟；庾公还扬州，白马牵流旐。”又曰：“庾公初上时，翩翩如飞鸦；庾公还扬州，白马牵旐车。”后连征不入，寻薨，还都葬之。（出《世说新书》）

王仲文

王仲文为河南主簿，居缑氏县。夜归，道经大泽中，顾车后有一白狗，甚可爱，便欲呼取。忽变为人，形长五六尺，状似方相，或前或却，如欲上车。仲文大怖，走至舍，捉火来视，便失所在。月余日，仲文将奴共在路，忽复见，与奴并顿伏，俱死。（出《幽明录》）

诸葛侃

葛侃，晋孝武大和中于内寝妇高平张氏窗外闻有如鸡雏声，甚畏。惊而视之，见有龟蛇之象，似今画玄武之形。侃位登九棘，而竟被诛。（出《广古今五行记》）

谢　安

东晋名士谢安有一天正在后府接待宾客，他的妻子刘氏忽然看见一条狗衔着谢安的头走了进来。过了一段时间，那只狗就不知跑到哪里去了。当月，谢安就死了。（出《异苑》）

庾　亮

东晋的庾亮最初镇守武昌，离开石头城的时候，那些看到他的百姓在岸边上大声唱道："庾公上武昌，翩翩如飞鸟；庾公还扬州，白马牵流旐。"又唱道："庾公初上时，翩翩如飞鸦；庾公还扬州，白马牵旐车。"庾亮后来连连征战都没有进入武昌，不久之后便去世了，尸体运回了都城扬州安葬。（出《世说新书》）

王仲文

王仲文担任河南主簿时，居住在缑氏县。有一天他晚上回家，经过一片大沼泽地时，回头发现车后面跟着一条白狗，很是可爱，便想着唤过来带回家。忽然，那白狗变成了人，身长五六尺，相貌很像方相（逐恶鬼和出丧开道之神）。它一会儿往前，一会儿又后退，像是想要上车的样子。王仲文心中很是害怕，回到家后，便拿来灯火察看，却失去了白狗的踪影。过了一个多月后，王仲文带着一个奴仆一起在路上行走，忽然又发现了那只白狗变的人，他与奴仆吓得一起跌倒在路上，都死了。（出《幽明录》）

诸葛侃

东晋孝武帝大和年间，诸葛侃在内寝妇高平张氏的窗外听到了好像鸡雏鸣叫一样的声音。他心里非常害怕，又觉得奇怪，便前去察看，结果发现了龟与蛇的合体之象，就像是现在画的那种玄武神像（北方之神）。诸葛侃当时已是位登九棘（朝臣分左右各九），但最后却被杀了。（出《广古今五行记》）

刘波

刘波字道则，晋孝武太元年，移居京口。昼寝，闻屏风外悒咤声。开屏风，见一狗蹲地而语，语毕自去。波，隗孙也，后为前将军，败见杀。（出《异苑》）

郑微

晋时信安郑微，少见一老公，以囊与微，云：“此是命，慎勿令零落。若有破碎，便为凶兆。”言讫，失所在。后密开看，是一梃炭。意甚秘之，虽家人不知也。后遭卢龙寇乱，恒保录之。至宋永初三年，微年八十三，疾笃，语弟云：“吾齿尽矣，可试启此囊。”见炭悉碎折，于是遂卒。（出《广古今五行记》）

周超

宋初，义兴周超为谢晦司马。在江陵，妻许氏在家，遥见屋里有光，人头在地，血流甚多。大惊怪，即便失去。后超被法。（出刘义庆《幽明录》）

谢南康

宋永初三年，谢南康家婢行，逢一黑狗，语婢曰：“汝看我背后人。”婢举头，见一人长三尺，有两头。婢惊怖返走，人狗亦随婢后。至家庭中，举家避走。婢问狗：“汝来何为？”狗云：“欲乞食耳！”于是婢与设食，并食食讫，两头人出。婢因谓狗曰：“人已去。”狗曰：“正已复来。”良久没，不知所在。后家人死丧。（出

刘波

刘波，字道则。东晋孝武帝太元年间，他迁居到了京口。一天午睡时，他听到屏风外面有人在愁叹。当他打开屏风后，却发现是一条狗蹲在地上说话，说完它就离开了。刘波，是刘隗的孙子，后来担任了前将军，兵败后被杀。（出《异苑》）

郑微

东晋时信安的郑微，年轻的时候曾遇见一个老头，老头将一只口袋送给他，说道："这是你的命，请千万要小心不能让它散落了。如果袋子有了破碎的地方，那将是个凶兆。"说完，老头便消失不见了。后来郑微悄悄打开来一看，发现是一块梃炭。他对这事很小心做得很隐秘，即使家人也不知道。后来他遭遇了卢龙贼寇的侵扰，但他始终将那只口袋保护得很好。到宋永初三年，郑微已经八十三岁了。他病得很重，对弟弟说："我的寿元已经尽了，可以试着打开这个口袋了。"口袋刚一打开，便发现那块梃炭已经全部碎了，因此他也死了。（出《广古今五行记》）

周超

南朝宋国建国初年，义兴人周超担任谢晦司马，家住江陵。有一天他的妻子许氏在家里，很远便发现屋里有亮光传出，进屋一看，发现地上有颗人头，流了很多血。她心中很是惊讶，但人头一会便消失了。后来，周超真的被法办杀头了。（出刘义庆《幽明录》）

谢南康

南朝宋武帝永初三年，谢南康家的婢女外出时，在路上碰到了一只黑狗。黑狗对婢女说："你看看我背后的人。"婢女抬头一看，只见黑狗身后有个身高三尺的人，长有两个头。婢女又惊又怕急忙往回跑，那人和黑狗也跟在婢女身后。到了谢南康家中后，家里的人见了吓得都躲起来逃走了。婢女问黑狗："你跟来干什么？"黑狗说："我

《续搜神记》）

傅亮

宋永初中，北地傅亮为护军。兄子珍，住府西，夜忽见北窗外树有物，面广三尺，眼横竖，状若方相。珍遑遽，以被自蒙。久乃自灭。后亮被诛。（出《广古今五行记》）

王徽之

王徽之，宋文帝元嘉四年为交州刺史。在道，有客，命索酒炙。炙至，取自割之，终不入。投地怒，顾视向炙，已变为徽之头，又睹其首在空中。至州便殒。（出《异苑》）

刘兴道

零陵太守广陵刘兴道，罢郡住斋中，安床在西壁下。忽见东壁边有一眼，斯须之间，便有四。渐渐见多，遂至满室。久乃消散，不知所在。又见床前有头发，从土中稍稍繁多，见一头而出，乃是方相头，奄忽自灭。刘忧怖，沉疾不起。（出《续异记》）

只是想吃东西而已。”于是婢女给黑狗准备了食物，那人与黑狗一起吃，吃完后那人便离开了。婢女因此对黑狗说：“那人已经离开了。”黑狗说：“正巳时又会来。”过了好一会儿黑狗便消失不见了，不知道去了哪里。后来谢南康家的人都死了。（出《续搜神记》）

傅亮

南朝宋武帝永初年间，北地的傅亮担任护军之职。他的哥哥子珍住在府西，一天晚上忽然看见北窗外边的树上有东西，仔细一看，很像一个人，面宽三尺，眼睛横立，形状就像方相（逐恶鬼和出丧开道之神）一样。子珍为此惶惧不安，急忙用被子蒙住脸。很长时间后那人就不见了。后来傅亮被诛杀。（出《广古今五行记》）

王徽之

王徽之，宋文帝元嘉四年被委任为交州刺史。在前往任上的途中，遇到一家客栈，他命人前去索取酒肉。当人拿来了烤熟的肉后，他便用刀切割，但是却怎么也切不进去，王徽之气得将肉扔到了地上。当他四处看时，发现地上那块肉已经变成自己的头，又看见自己的脑袋飘浮到了空中。后来当王徽之到达交州时便去世了。（出《异苑》）

刘兴道

零陵太守广陵人刘兴道，在卸任郡守一职后便住在斋屋中，将床安置在了西边墙壁下。一天他忽然看见东边的墙壁边有一只眼睛，转眼之间又变成了四只，渐渐地越变越多，最后到了满屋子都是。很久之后，那些眼睛便消失了，不知道去了哪里。一会儿他又发现床前有头发从土中冒了出来，且慢慢变多了，一会便出来了一个人头，原来是神灵方相的头，忽然一下又自动消失了。刘兴道因此很是忧愁，心里恐惧，不久便重病卧床不起。（出《续异记》）

郭仲产

宋郭仲产为南郡王从事，宅有枇杷树。元嘉末，起斋屋，以竹为楯。竹遂渐生枝叶，条长数尺，扶疏蓊翠，郁然如林。仲产以为吉祥。俄而同义室之谋，被诛焉。（出《渚宫故事》）

沈庆之

宋太尉沈庆之求致仕，上不许。庆之曰："张良名贤，汉高犹许其退。臣有何用，为圣朝所须？"乃启颡流涕。帝有诏，授开府，便诣廷尉待罪。庆之目不识字，手不知书，而聪悟过人。尝对上为诗，令仆射颜师伯执笔，庆之口占曰："微生值多幸，得逢时运昌。衰朽筋骨尽，徒步还南冈。辞荣此圣代，何愧张子房。"并叹其辞意之美。庆之尝岁旦梦人饷绢两匹，曰："此绢足度！"觉而叹曰："两匹八十尺，足度无盈余，老子今年不免矣。"其年，果为原和所诛。（出《谈薮》）

郭仲产

南朝刘文帝时郭仲产担任南郡王的从事之职。在他的宅院里，长有枇杷树。元嘉末年，他请人修建斋屋，用竹子作为支梁的方木。后来这些竹子上慢慢长出了枝叶，枝条长到了几尺长，看起来枝繁叶茂，蓊郁苍翠，就如密林一样郁郁葱葱。郭仲产认为这是吉祥之兆。不久后他与刘义宣一起谋变，被孝武帝刘骏诛杀。（出《渚宫故事》）

沈庆之

南朝宋国太尉沈庆之请求辞官归隐，皇上没有准许。为此沈庆之说："张良是一位著名的贤臣，汉高祖还允许他退隐归乡。而臣有什么用，让陛下一定要留下我呢？"说完便叩头掩面而泣。皇上因此下诏，授权由开府来处理，让他前往廷尉待罪。沈庆之目不识字，手不能写书，但是他聪悟过人。他曾经与皇上对诗，让仆射颜师伯执笔，沈庆之随口吟道："微小的生命多么幸运啊，能赶上这样的好时代而得以命运昌盛。现在老了筋骨没有力了，徒步返回南山冈种地去吧。在这样的圣人时代辞职荣归，与张子房比也不惭愧。"大家都慨叹他的言辞意境很好。沈庆之曾经在新年的第一天梦见有一个人送了两匹绢布给他，并对他说："这些绢布足够你用了。"沈庆之醒来后感叹说："两匹绢布八十尺，足够用却没有盈余，今年不免一死了。"这一年，（沈庆之）果然被前废帝刘子业所杀。（出《谈薮》）

卷第一百四十二　征应八人臣咎征

刘德愿

宋太始中，豫州刺史彭城刘德愿镇寿阳。住内屋，闭户未合，辄有人头进门扉，窥看户内。是丈夫，露髻团面。内人惊告，把火搜觅，了不见人。刘明年被诛。（出《异苑》）

李　镇

庐山自南行十余里有鸡山。山上有石鸡，冠距如生。道士李镇于此下住，常宝玩之。鸡一日忽摧毁，镇告人曰："鸡忽如此，吾其终乎！"因与知故诀别，后月余遂卒。（出《幽明录》）

柳元景

宋骠骑大将军河东柳元景，大明八年，少帝即位，元景乘车行还。使人于中庭洗车，卸辕晒之。有飘风中门而入，直来冲车。明年而阖门被诛。（出《神鬼传》）

向玄季

宋河南向玄季为南郡太守。其妻煮练，忽烂如粥，汁赤如

刘德愿

宋朝太始年间，彭城人刘德愿担任豫州刺史镇守寿阳。一天他住在里屋，房门没有关严实，突然有个人头从门外伸了进来，往门内窥看。那是一个成年男子，露着发髻没有戴帽，长着圆圆的脸。他的妻子很惊慌，急忙将这事告诉了他。刘德愿于是拿着灯火到处搜寻，却怎么也找不到人。刘德愿第二年便被诛杀了。（出《异苑》）

李 镇

庐山往南行走十多里的地方，有座鸡山，鸡山上有只石鸡雕像，它的鸡冠和爪趾仿佛是活的一样。道士李镇就住在这鸡山下，他经常像欣赏宝物一样来赏玩这只石鸡。有一天，石鸡雕像忽然被人摧毁了。李镇因此告诉别人说："石鸡突然这样，我的寿命也将结束了。"他便与知己故旧等作最后的告别。后来一个多月后，李镇便果真去世了。（出《幽明录》）

柳元景

南朝宋国的骠骑大将军柳元景为河东人氏。大明八年少帝即位，柳元景乘坐马车远行归来，命人在庭院中清洗马车，并将车辕卸下来进行晾晒。忽然有一股风从中门吹了进来，笔直朝着车子冲了过去。第二年，柳元景全家便都被杀了。（出《神鬼传》）

向玄季

南朝宋国的河南人氏向玄季担任了南郡太守。一天他的妻子在血。夜有人扣阁而呼曰："府君今可去矣！"俄而刺史南郡王义宣作逆，玄季力弱，不能自固，以附于逆，父子并伏法。（出《渚宫故事》）

滕景直

宋滕景直家在广州。元徽中，使婢炊，釜中有声如雷。婢惊白，景直及家人走视，釜声更壮。釜上花数十，渐长如莲花而大，赤色，俄顷萎绝。旬日，景直病死。（出《广古今五行记》）

王晏

齐王晏字休默，位势隆极，而骄盈怨望，伏诛焉。其将及祸也，见屋桷悉是大蛇，就视之则灭焉。晏恶之，乃令以纸裹桷，犹纸内动摇，簌簌有声。（出《广古今五行记》）

留宠

东阳留宠字道弘，居于湖熟。每夜，门庭自有血数升，不知所从来，如此三四。后宠为折冲将军，受命北征，将行而炊饭尽变为虫。其家人蒸麨，亦变为虫。其火逾猛，其虫逾壮。宠遂北征，军败于坛丘，为徐龙所杀。（出《法苑珠林》）

煮白绢的时候，白绢忽然烂得像粥一样，而煮白绢的水红得像血似的。当天夜晚，有人前来敲他们家的门并大声说道："太守现在可以走了！"不久，刺史南郡王刘义宣便起兵谋反，向玄季的实力弱小，没能让自己固守正义，因此跟随刘义宣一起反叛了，结果父子都被依法处决了。（出《渚宫故事》）

滕景直

南朝宋国人氏滕景直，家住在广州。元徽年间，滕景直让婢女做饭，突然锅里发出了雷一般的声音。婢女大惊，急忙将这事告诉了滕景直。滕景直和家人都跑了过来观看，锅中发出的声音更大了。这时锅上出现了几十朵花，渐渐地长出了莲花的形状并越来越大，颜色是红色的，没过多久便枯萎消失了。十多天后，滕景直便病死了。（出《广古今五行记》）

王晏

南朝齐国人氏王晏，字休默，地位崇高且权势很大，因而变得骄傲自满且经常怨恨怪罪他人，结果最后伏法被杀。他这杀身之祸即将来临之前，发现屋的椽子上到处都是大蛇，靠近去看时便消失无踪了。王晏对此感到很不舒服，便让人用纸将椽子包裹了起来，但包裹之后感觉还有大蛇在纸里来回动摇，发出窣窣的声音。（出《广古今五行记》）

留宠

东阳人氏留宠，字道弘，居住在湖熟。一到夜晚，他家门前的空地上有时会出现几升血，不知道是从哪里来的。像这样的事情，出现了三四次。后来刘宠升任折冲将军，被派往北方打仗。在即将出发时，军营中做的饭都变成了虫子，而家里人蒸的米酒也都变成了虫子，且灶火燃烧得越猛，虫子便越壮实。刘宠终于前往北方打仗去了，结果军队在坛丘吃了败仗，他也被徐龙杀掉了。（出《法苑珠林》）

尔朱世隆

后魏仆射尔朱世隆，昼寝。妻奚氏，忽见有一人，携世隆头出。奚氏遽往视之，隆寝如故。及隆觉，谓妻曰：“向梦见有人，断我头将去。”数日被诛。（出《广古今五行记》）

刘 敏

梁侯景乱。支江人刘敏于江中接得一豫章木，大数十围。敏求以施入寺。陆法和曰：“此木正可与君家自用。”敏不悟此语。后十余日，敏妇亡，即解用此木为棺。法和曰：“犹未了。”更一月，敏弟亡，用此木仅足。（出《广古今五行记》）

李 广

北齐文宣天保年，御史李广勤学博物，拜侍御史。夜梦见一人，出于其身中，谓广曰：“君用心过苦，非精神所堪，今辞君去。”因而惚恍，数日便遇疾，积年而终。（出《广古今五行记》）

王 氏

北齐后主武平初，平邑王氏与同邑人李家为婚，载羊酒，欲就亲家宴会。行不过三里，日没渐暗，见东南五十步外，有赤物大如升，若流星曳影，直来著车轮。牛即不动，见者并怖。其妻遂下车，向而再拜，张裙引之，便入裙下。升车还家，照看乃真金，遂盛于库柜。每至良晨，恒以香火祈恩。后四方异货，毕集其家，田蚕

尔朱世隆

后魏的仆射尔朱世隆，一天在他午睡的时候，他的妻子奚氏忽然看见有一个人带着尔朱世隆的脑袋离开了。她急忙跑到尔朱世隆房里察看，发现尔朱世隆正像往常一样在睡午觉。当尔朱世隆醒来后，他对妻子说："刚才我梦见有一个人，砍掉了我的头准备离开。"几天后，尔朱世隆真的被杀了。（出《广古今五行记》）

刘敏

南朝梁国的将领侯景发动叛乱时，支江人刘敏在江中得到了一块豫章木，有几十围粗。刘敏要求将这块豫章木施舍给寺庙用。陆法和对他说："这块豫章木正好可以给你们家自己用。"但是刘敏没有领悟陆法和这句话的意思。后来过了十多天，刘敏的妻子死了，便将这块豫章木锯开做了棺材。陆法和说："还没有结束啊。"又过了一个月，刘敏的弟弟也死了，用剩下的这块木头做棺材刚刚好。（出《广古今五行记》）

李广

北齐文宣帝天保年间，御史李广因勤学而博闻，见多识广，被任命为侍御史。一天晚上，他梦见有一个人从他的身子里出来，对他说："您用心太过劳累了，不是你的精神所能忍受得了的，所以现在我走了。"李广因此变得精神不振，神志不清，几天以后便得了病，刚一年便去世了。（出《广古今五行记》）

王氏

北齐后主武平初年，平邑的王氏与同邑的李家结为了亲家。王氏用牛车装着羊和酒，准备去参加亲家的宴会。走了不到三里路的时候，太阳便被遮住了，天空也渐渐暗了下来。这时他忽然发现东南方约五十步开外的地方，有个像升一样大的红色物体，像流星曳影一般，径直落在了车轮上，牛立刻便拉不动了。见此情景的人都非常害每年百倍。至春，其庭生一桑树，枝叶异于众木。数年之间，遍满一院。奇禽异鸟，莫不栖集。其家大富，将三十年。王氏妻以老病终。后凌朝有白鸟似鹭，飞至桑树侧，吐血久之，堕地而死。日午后，西北大旋风，涨天而来，绕旋此树，竦上其枝柯，如扫帚形。不经十日，奴婢逃走，首尾相继，家资略尽。及开柜取金，唯见萤火蚰蜒腐草之余耳。（出《广古今五行记》）

张雕虎

北齐末，监吏待诏张雕虎，未死一日前，骑马在路，有人望，不见其头。俄而见杀。（出《广古今五行记》）

强 练

后周武帝时，有强练者，岐山人，佯狂，号曰强练。冢宰晋国公宇文护未败之日，强练执一瓠，到其门前，扑破之，云："瓠破，怜你子苦。"护被杀，护之诸子皆楚毒而卒。时皋公侯龙思兄弟被冢宰宠遇，熏灼当时。强练度其门，思妻妪等遣婢呼入，为设饮食，察其言语。练谓思等云："与我作婢。"众妪大笑。练又云："作婢会不免。他人将去，安能胜我？"未几冢宰诛，思兄弟亦同被戮。（出《广古今五行记》）

怕。王氏的妻子于是下车，向着物体附着的车轮再三叩拜，张开裙子接引那东西，那个东西便进到了裙下。王氏妻子于是上车回到了家，点上灯一照看，原来那红色的东西是一块真金。王氏妻子便将它装进了库房的柜子里，一到良辰吉日，便经常供上香火来祈祷谢恩。后来，天下的异货，全都集聚到了他家里，田地及养蚕带来的收入每年都以百倍的速度增长。到了春天，王家的庭院中长出了一棵桑树，枝叶与别的桑树都不同。几年时间，这棵桑树的枝叶便长满了整个庭院，凡是奇禽异鸟没有不来这聚集休息的，王家也因此而大富大贵。将近三十年后，王氏妻子因年纪大病死了。之后的一天凌晨，有一只像白鹭的白鸟飞到了桑树边上，吐了很长时间的血后便坠到地上死了。当天午后，从西北方刮起了一股大旋风，向着王家铺天盖地而来，绕着这棵桑树旋转，在枝条间吹来吹去，就像扫帚一样。不到十天，王家的奴婢前后相继，一个接一个都逃走了，家财几乎也用光了。等到打开柜门准备拿出那块真金时，却发现只是萤火虫、蛐蜒、烂草等东西罢了。（出《广古今五行记》）

张雕虎

北齐末年，监吏待诏张雕虎，在还没死的前一天，骑着马在路上行走，有人发现他没有脑袋。不久之后，他就被杀了。（出《广古今五行记》）

强练

后周周武帝时，有个叫强练的，是岐山人。他假装疯癫，自己号称叫强练。冢宰晋国公宇文护家还没有破败之时，强练曾拿着一个瓠子，来到宇文护的家门前，敲破了那个瓠子，说："瓠破了，可怜你的儿子太苦。"后来宇文护被杀，宇文护的几个儿子也都因遭受酷刑而死。当时皋公侯龙思兄弟几人都被冢宰宇文护所宠遇，一时权势逼人地位崇高。一天强练经过他们的家门前，侯龙思的妻子与老太太等人让奴婢招呼他进来，为他准备了饭菜，观察他的言语。强练

李密

隋李密即会众，屯洛口，设坛，大张旌旗，告天即公位。其夜，狐狸鸣于坛侧。翌日，临行事，大风四起，飞沙拔木，旗竿有折者。其后果败。（出《感定录》）

张鹭

唐永徽年中，张鹭筑马槽厂，宅正北掘一坑丈余。时阴阳书云：“子地穿，必有人堕井死。”鹭有奴名永进，淘井土崩，压死。又鹭故宅有一桑，高四五丈，无故枯死。寻而祖亡。没后，有明阴阳云：“乔木先枯，众子必孤。”此其验也。（出《朝野佥载》）

唐望之

唐咸亨四年，洛州司户唐望之，冬选科五品，进止未出。闻有一僧来觅，初不相识，延之共坐。少顷云：“贫道出家人，得饮食亦少。以公名人，故暗相托，能设一顿鲙否？”司户欣然，即处置买鱼。此僧云：“看有蒜否？”司户家人云：“蒜尽。”此僧云：“既蒜尽，去也。”即起。司户留之，云：“蒜尽，遣买即得。”僧云：“蒜尽，不可更住者，留不得。”司户无疾，至夜暴亡。蒜者算也，对侯龙思的妻子等人说："给我做奴婢吧。"众位老太太听了大笑起来。强练又说："做奴婢是不可避免的。其他的人将离开，又怎么能比我好呢？"没过多久，冢宰便被杀了，侯龙思兄弟也一同被杀。（出《广古今五行记》）

李密

隋朝时李密聚集众人即将发动起义。他们屯扎在洛口，设了祭坛，将所有的大旗都竖了起来，向苍天禀告即将夺取公位。那天晚上，有狐狸在祭坛边上鸣叫。第二天，正准备率军起事的时候，四周刮起了大风，顿时飞沙走石，拔树摧林，连旗杆有的也被吹断了。后来，李密他们果然失败了。（出《感记录》）

张鹫

唐高宗永徽年间，张鹫家准备修筑马槽厂，因此在住宅的正北方挖掘了一个一丈多深的大坑。当时的阴阳历书上说："你的地挖开之后，一定会有人掉到井里而死。"张鹫有一个家奴名叫永进，在淘井时发生了土方崩塌，结果被压死了。另外张鹫的旧宅里，有一棵桑树，高达四五丈，但无缘无故就枯死了。不久后张鹫的父亲去世了。在张鹫的父亲去世后，有懂得阴阳占卜的人说："乔木先枯死，他们家里的众多儿子辈一定会成孤儿。"张鹫家的事就是验证。（出《朝野佥载》）

唐望之

唐朝咸亨四年，洛州司户唐望之在这年的冬季被选升为五品官。在他还没有被委派职务时，便听到有一个僧人前来找他。他们乃是初次见面，并不相识。唐望之将和尚请进家里一同坐下，过了一会儿和尚说道："贫僧是个出家人，能吃到的东西也很少。凭借您是当今名人的身份，所以我想私下拜托您一件事，能否让我也吃一顿鱼汤？"唐望之高兴地答应了，便立即安排人去买鱼做菜。这年尽，所以异僧告之。

个僧人又说道："请问有没有蒜？"唐望之的家人回答说："蒜已经用完了。"和尚又说："既然蒜已经没有了，那我走了。"说着便站起身来。唐望之挽留他说："蒜用完了，派人去买就有了。"那和尚说："蒜用完了，那更不能再住了，留不得啊。"唐望之身体没有疾病，但当天晚上却突然就死亡了。蒜，就是算。蒜尽就表示年寿尽了，所以那个不同寻常的和尚告诉了他。

卷第一百四十三　征应九人臣咎征

徐庆

唐高宗时，徐庆为征辽判官。有一典，不得姓名。庆在军，忽梦已化为羊，为典所杀。觉后悸惧流汗。至晓，此典诣庆，庆问夜来有所梦否。典云："梦公为羊，手加屠割。意甚不愿，为官所使制不自由。"庆自此不食羊肉矣。至则天时，庆累加至司农少卿、雍州司马，时典已任大理狱丞。后庆被诬与内史令裴炎通谋，应接英公徐敬业扬州反，被执送大理。忽见此丞押狱，庆便流涕谓之曰："征辽之梦，今当应之。"及被杀戮之日，竟是此丞引出。（出《广古今五行记》）

周仁轨

唐周仁轨，京兆万年人也，孝和皇后韦氏母党，累迁金吾大将军，除并州长史，性残酷好杀。在州，忽于堂阶下见一人臂，如新断来，血流沥沥。仁轨令人送去州二十余里外。数日令看，其臂尚在。时盛暑毒，肉色无变，人咸怪之。其月，孝和崩，仁轨以韦氏党伏诛。介士抽刀斫之，仁轨举臂，承刃所中，其臂堕地，与比见者无异。又驰骑往于先送处看之，至彼一无所见。（出《广古今五

徐庆

唐高宗的时候，徐庆担任征辽判官。有一个主管，不知道姓名。徐庆在军营中，有一次忽然梦见自己变成了一只羊，被那个主管杀了。醒来后徐庆仍是心中惊悸不已，吓得流出了一身冷汗。到了第二天早上，那个主管前来拜访徐庆，徐庆便问那个主管昨晚做梦了没有，主管说："我梦见您变成了羊，而我亲手将羊杀掉分割了。本来我是不愿意这样做的，但是因受上司控制而不得不这样做。"徐庆听了，从这之后再也不吃羊肉了。当武则天即位皇帝后，徐庆多次被提拔升官，做到了司农少卿、雍州司马。那时那个主管已经升任为大理狱丞。后来徐庆被人诬陷与内史令裴炎合谋，响应英国公徐敬业在扬州造反，因此被抓送到了大理寺。徐庆忽然看见了那个大理寺狱丞押狱，他痛哭流涕地对他说："征辽那时做的梦，现在应当要应验了。"等到徐庆被杀那天，竟然真的是那个狱丞拉他出来的。（出《广古今五行记》）

周仁轨

唐朝时的周仁轨，是京兆府万年县人，属孝和皇后韦氏母族那边的人。他多次升迁，官至金吾大将军，拜受为并州长史。他生性残忍酷毒，喜好杀戮。在并州的时候，有一次忽然发现在堂阶下边有一条人的手臂，就像刚砍下来的一样，还是鲜血淋漓的样子。周仁轨令人将其扔到了离州府二十多里外的地方。几天以后，他让人前去察看，发现那条手臂还在。当时正是盛夏酷暑季节，但那条手臂的肉色却一点也没有变。人们都感到很奇怪。也就在那个月，孝和帝驾

行记》)

徐敬业

唐徐敬业举兵，有大星蓬蓬如筐笼，经三宿而失。俄而敬业败。(出《朝野佥载》)

杜景佺

唐司刑卿杜景佺授并州长史，驰驿赴任。其夜，有大星如斗，落于庭前，至地而没。佺至并州祁县界而卒。群官迎祭，回所上食为祭盘。(出《朝野佥载》)

黑齿常之

唐将军黑齿常之镇河源军，城极严峻。有三口狼入营，绕官舍，不如从何而至，军士射杀。黑齿恶之，移之外。奏讨三曲党项，奉敕许。遂差将军李谨行充替。谨行到军，旬日病卒。(出《朝野佥载》)

顾 琮

唐天官侍郎顾琮新得三品。有子婿来谒。时大门造成，琮乘马至门，鼓鼻跁地不进。鞭之，跳跃而入，从骑亦如之。有顷，门无故自倒。琮不悦，遂病。郎中员外已下来问疾，琮云：“未合崩了，周仁轨因为是韦氏母族一脉而被判处了死刑。武士抽出刀来砍他，他举臂一迎，正好被刀砍中，他的一条手臂掉到了地上，与以前发现的那一条没有什么区别。又有人骑马前往之前扔手臂的地方去看，到那里后却什么也没有发现。（出《广古今五行记》）

徐敬业

唐朝徐敬业起兵造反时，天上出现了一颗像筐笼一样大的亮晶晶的星星，经过三宿的时间后消失了。不久之后，徐敬业便失败了。（出《朝野佥载》）

杜景佺

唐朝的司刑卿杜景佺被授予了并州长史之职，他便骑着马前往驿站赴任。当天夜晚，天上有颗星星就像斗那么大，落在了他的庭院前，一落到地上便不见了。当杜景佺到了并州祁县的县界时就死了。一众官员将他的尸体迎回祭奠，用之前准备拿来给他吃的食物作为祭品。（出《朝野佥载》）

黑齿常之

唐朝的黑齿常之将军奉命镇守河源军，驻军所在的城墙非常险峻。有三头狼进入了军营，一直围绕着官舍转，也不知道是从什么地方来的。军士们发现后将它们射死了。黑齿常之将军很讨厌它们，命人将狼的尸体扔到了城外。后来黑齿常之将军上奏讨伐三曲党项人，皇上下诏准许了，便派李谨行将军前来接替黑齿常之的职位。李谨行将军到了军营，十天后便病死了。（出《朝野佥载》）

顾 琮

唐朝时的天官侍郎顾琮，刚刚被提升为三品官，便有女婿前来拜见。当时家里的大门刚刚建成，顾琮骑着马来到门前时，马却扇动鼻子喷着气扑倒在地不肯进门。顾琮用马鞭抽打，那马便跳起来跃

入三品，为诸公成就至此。自知不起矣。”旬日而薨。（出《朝野佥载》）

路敬淳

唐则天如意中，著作郎路敬淳庄在济源。有水碾，碾上柱去水五六尺，一柱将坏，已易之，家人取充樵。柱中有一鲇鱼尺余，尚活。至数年，敬淳坐罪被杀。（出《广古今五行记》）

张易之

唐张易之初造一大堂，甚壮丽，计用数百万。红粉泥壁，文柏帖柱，琉璃沉香为饰。夜有鬼书其壁曰：“能得几时？”易之令削去，明日复书之。前后六七削，易之乃题其下曰：“一月即令足。”自是不复更书。经半年，易之籍没，入官。（出《朝野佥载》）

郑蜀宾

唐长寿中，有荥阳郑蜀宾颇善五言，竟不闻达。年老，方授江左一尉。亲朋饯别于上东门，蜀宾赋诗留别曰：“畏途方万里，生涯近百年。不知将白首，何处入黄泉。”酒酣自咏，声调哀感，满座为之流涕。竟卒于官。（出《大唐新语》）

过了门，随从的马也都是这样。过了一会儿，那大门便无故倒塌了。顾琮很不高兴，因此病倒了。郎中员外等人前来探病，顾琮说："我不应该升为三品，是因为你们的抬爱我才有这样的成就。我知道自己不会好了。"十天后就去世了。（出《朝野佥载》）

路敬淳

唐朝武则天如意年间，著作郎路敬淳在济源有一处庄园。庄园里有个水碾，水碾上的柱子距离水面有五六尺远。其中有个柱子快要坏了，已经换了下来，路敬淳的家人准备拿来当柴烧。他们在柱子里面发现了一条一尺多长的鲇鱼，还活着。几年之后，路敬淳因罪被杀。（出《广古今五行记》）

张易之

唐朝时的张易之刚刚建造了一座大堂，很是宏伟壮丽，共计花费了几百万。大堂用红泥粉的壁，柱子上用纹理鲜明的柏树雕刻了饰纹，还用琉璃、沉香木等做了装饰。夜里，有鬼在大堂的墙壁上写了几个字："能拥有多久呢？"张易之让人将字削去了，可是第二天上面又写了。这样前前后后共削了六七次。于是张易之便在鬼所题字的下面又写了几个字说："一月便能令我满足了。"从这以后鬼魂没有再在墙壁上书写字。过了半年，张易之与家人一起被杀了，大堂被收为官有。（出《朝野佥载》）

郑蜀宾

唐朝长寿年间，有个叫郑蜀宾的荥阳人非常擅长五言诗，但是却没有出名也没有显达。当他年老之后，才被任命为江左的一个县尉。赴任前，他的亲朋好友在上东门为他饯行，郑蜀宾便即兴赋诗留别说："坎坷的路途才万里之遥，而人生一世已将近百年。不知不觉就到了白头的年纪，也不知将在什么地方进入黄泉。"此时他酒意正浓，自己咏叹，声调哀伤，令人感叹，满座的亲朋好友听了都流下了

刘希夷

唐刘希夷一名庭芝，汝州人，少有文华，好为宫体诗。词旨悲苦，不为时人所重。善弹琵琶，尝为《白头翁咏》云：“今年花落颜色改，明年花开复谁在？”既而自悔曰：“我此诗谶，与石崇白首同所归何异也？”乃更作一联云：“年年岁岁花相似，岁岁年年人不同。”既而叹曰：“此句复似向谶矣，然死生由命，岂复由此？”乃两存之。诗成未周岁，为奸人所杀。或云：“宋之问害之。”后孙昱撰《正声集》，以希夷诗为集中之最，由是大为时人所称。（出《大唐新语》）

崔玄晴

唐崔玄晴初封博陵王，身为益府长史。受封，令所司造辂初成，有大风吹其盖倾折，识者以为不祥。无何，弟晕为云阳令，部人杀之雍州衙内。晴三从以上，长流岭南。斯亦咎征之先见也。（出《朝野佥载》）

宋善威

唐瀛州饶阳人宋善威曾任一县尉。尝昼坐，忽然取靴衫笏，走出门迎接，拜伏引入。诸人不见，但闻语声。威命酒馔乐饮，仍作诗曰：“月落三株树，日映九重天。良夜欢宴罢，暂别庚申年。”后威果至申年而卒。（出《朝野佥载》）

眼泪。最终，郑蜀宾死在了任上。（出《大唐》）

刘希夷

唐代的刘希夷又名庭芝，汝州人。少年时就很有文采，喜欢写宫体诗，但诗词的内容写得太过悲苦，不被当时的人所喜欢。他还擅长弹琵琶，曾经为一位白发老翁吟咏道："今年的花因凋零而颜色衰减了，明年花开的时候又还有谁能在这欣赏呢？"一会又后悔地说："我的这首诗可能会是一个预兆，和当年石崇的'白首同所归'没有什么不同。"于是又作了一联诗道："年年岁岁花相似，岁岁年年人不同。"然后又长叹道："这句也还像是有什么预兆似的，但是人的生死都是命里早已注定的，又怎么会因这些而成为预兆呢！"于是便把两首诗都保存了下来。诗作完成还不到一年的时间，刘希夷便被坏人所杀。有人说："是宋之问害了他。"后来孙昱撰写了《正声集》，认为刘希夷的诗是这本诗集中最好的诗了。从此之后，刘希夷大为当时的人所称赞。（出《大唐新语》）

崔玄晖

唐代的崔玄晖刚被封为博陵王的时候，身上还担任着益州长史一职。受封博陵王之后，他命人新造的车辆才刚刚完成，便有大风将车盖吹折了。有识之士认为这是一个不祥的征兆。没过多久，崔玄晖的弟弟崔翚在云阳县令的任上，被部属杀害在雍州的府衙内；崔玄晖的妻子以及父子家属等人长期流落在岭南。这也是灾祸应验的先兆吧。（出《朝野佥载》）

宋善威

唐朝时瀛州饶阳人宋善威，曾经担任一个县的县尉。有一天白天他正坐着的时候，忽然便取过鞋，穿上衣衫，拿着笏板，走出门外迎接，拜伏后引了人进来。别的人都看不见是什么人，只能听到说话的声音。宋善威让人摆上酒菜，与那人高兴地一起对饮，并且吟

李处鉴

唐开元三年，有熊昼日入广府城内，经都督门前过。军人逐十余里，射杀之。后月余，都督李处鉴死。自后长史朱思贤被告反，禁身半年，才出即卒。司马宋庆宾、长史窦崇嘉相继而卒。（出《朝野佥载》）

麴先冲

唐开元四年，尚书考功院厅前一双桐树，忽然枯死。旬日，考功员外郎邵某卒。寻而麴先冲为郎中，判邵旧案。月余，西边树又枯死。省中忧之，未几而先冲又卒。（出《朝野佥载》）

吕崇粹

唐开元中，谏议大夫吕崇粹，东平人，美秀魁梧，薄有词彩。宅在京永崇坊。于家忽见数个小儿脚胫，自膝下自踝已上，流血淋沥，如新截来。旬日，粹遇疾而卒。（出《广古今五行记》）

源乾曜

唐源乾曜为宰相，移政事床。时姚元崇归休，及假满来，见床移，忿之。曜惧下拜。玄宗闻之，而停曜。宰相讳移床，移则改动。曜停后，元崇罢，此其应也。（出《朝野佥载》）

诗道：“月落三株树，日映九重天。良夜欢宴罢，暂别庚申年。”后来，宋善威果然到了庚申那年便去世了。（出《朝野佥载》）

李处鉴

唐朝开元三年，有一只熊白天时进入了广府城里，从都督府的门前经过，都督府的士兵追赶了十多里地，将它射杀了。约一个多月后，都督李处鉴便去世了。从那之后，长史朱思贤被人告发想要谋反，被囚禁了半年，刚刚出狱就死了。司马宋庆宾、长史窦崇嘉也相继去世了。（出《朝野佥载》）

麹先冲

唐朝开元四年，吏部考功院厅前的两棵油桐树，忽然枯死了。十多天后，姓邵的考功员外郎便死了。没过多久，由麹先冲担任郎中，负责审理姓邵的考功员外郎留下的旧案。一个多月后，吏部考功院厅西边的桐树又枯死了。宫禁中的人为此都很担忧，没过几天麹先冲也死了。（出《朝野佥载》）

吕崇粹

唐代开元年间，谏议大夫吕崇粹是东平人氏，身材高大，长得俊美，且略有文采。他家住在京城东边的永崇坊。有一天在他家里忽然发现了几个小孩的小腿，从膝盖以下自踝以上，流血不断，血淋淋的，就像是刚刚截下来的一样。不过十多天的时间，吕崇粹便因得病而死。（出《广古今五行记》）

源乾曜

唐朝源乾曜担任宰相时，有一天将政事堂的政事床移动了一下。当时姚元崇请假回家休养去了，等他假期结束回来，发现政事床被移动了，十分气愤，源乾曜因恐惧而下拜道歉。玄宗听说了这件事，便将源乾曜停职了。原来宰相特别讳忌移动政事床，移就是改动的意

毋旻

唐右补阙毋旻，博学有著述才。上表请修古史，先撰目录以进。玄宗称善，赐绢一百匹。性不饮茶，著《代饮茶序》。其略曰：“释滞消壅，一日之利暂佳；瘠气侵精，终身之累斯大。获益则归功茶力，贻患则不谓茶灾。岂非福近易知，祸远难见云？”后直集贤，无何以热疾暴终。初尝梦著衣冠上北邙山，亲友相送。及至山顶，回顾不见一人，意甚恶之。及卒，僚友送葬北邙，果如初梦。玄宗闻而悼之，赠朝散大夫。（出《大唐新语》）

杨慎矜

唐杨慎矜，隋室之后。其父崇礼，太府卿，葬少陵原。封域之内，草木皆流血。守者以告，慎矜大惧，问史敬忠。忠有术，谓慎矜，可以禳之免祸。乃于慎矜后园大陈法事。罢朝归，则裸袒桎梏，坐于丛棘。如是者数旬，而流血亦止。敬忠曰：“可以免祸。”慎矜愧之，遗侍婢明珠，明珠有美色，路由八姨门，贵妃妹也。姨方登楼，临大道。姨与敬忠相识，使人谓曰：“何得从车乎？”敬忠未答。使人去帘观之，姨于是固留。邀敬忠坐楼，乃曰：“后车美人，请以见遗。”因驾其车以入，敬忠不敢拒。姨明日入宫，以侍婢从。帝见而异之，问其所来。明珠曰：“杨慎矜家人也，近赠史

思。源乾曜被停职后，姚元崇也被罢免了。这就是移动政事床的应验。（出《朝野佥载》）

毋 旻

唐玄宗时右补阙毋旻，是个博学广识且有编纂才华的人。他上呈奏表请求修撰古史，先将撰写的目录呈献给了玄宗。玄宗皇帝看后非常赞赏，赐给了他一百匹绢布。他生性讨厌喝茶，曾写了一个代饮茶序，大概意思是说："喝茶可以解除滞涩清除壅塞，一天得到的利益暂时会很好；但长期如此，等到瘠气侵入精髓时，给终身带来的害处却非常大。这样，将获得益处归功于茶力，遇到祸患后就不说是喝茶带来的灾难。这难道不是福运临近容易知道，而灾祸远离却很难看见吗？"后来他一直在集贤殿书院著书，没过多久后便因热疾而突然去世了。当初他曾经梦见自己穿上衣服戴好帽子前往北邙山，亲友们都前来相送。当到了山顶时，他回头却看不到一个人，因此心里觉得很是厌恶。当他死后，他的同僚好友将他送到北邙山安葬，果然就如当初的梦一样。唐玄宗听说这事后悼念他，赠他谥号朝散大夫。（出《大唐新语》）

杨慎矜

唐朝的杨慎矜，是隋朝皇室的后代。他的父亲杨崇礼，曾担任太府卿，死后葬在少陵原。在他的封地里，所有的草木都在流血。守墓的人将这件事报告给了杨慎矜，杨慎矜非常恐惧，便向史敬忠请教这是怎么回事。史敬忠会法术，他告诉杨慎矜说，可以向鬼神祈祷来消除灾祸。于是便在杨慎矜的后花园里摆上祭坛大做法事。杨慎矜上朝回来后，就光着身子戴上脚镣和手铐，坐在荆棘丛里。就这样过了几十天，草木也不再流血了。史敬忠说："可以免除祸患了。"杨慎矜觉得愧对史敬忠，便将奴婢明珠赠送给了他。明珠长得很有姿色。史敬忠他们由八姨（贵妃的妹妹）的门前经过，八姨正好登楼，而楼又临近大道。八姨与史敬忠认识，便派人询问史敬忠说：

敬忠。”帝曰：“敬忠何人，而慎矜辄遗其婢？”明珠乃具言厌胜之事。上大怒，以告林甫。林甫素忌慎矜才，必为相。以吉温阴害，有憾于慎矜，遂构成其事，下温案之。温求得敬忠于汝州，诬慎矜以自谓亡隋遗裔，潜谋大逆，将复宗祖之业，于是赐自尽，皆不全其族。（出《明皇杂录》）

王儦

唐太子仆通事舍人王儦，肃宗克复后降官。为人所告，系御史台。儦未系之前年九月，儦与嬖姬夜坐堂下，有流星大如盎，光明照耀，坠于井中，在井久犹光明。使人求之，无所得。儦惧出宅，竟徙播州。儦殊不意，行至凤州，疽背裂死。（出《纪闻》）

崔曙

唐崔曙举进士，作《明堂火珠诗》赎帖，曰：“夜来双月满，曙后一星孤。”当时以为警句。及来年曙卒，唯一女名星星。人始悟其自谶也。（出《本事诗》）

“从哪里得到了一个跟车的扈从？”史敬忠没有回答。八姨便派人将车帘拉开往里看。八姨因此强行把他们留下了，并邀请史敬忠上楼去坐，然后才说：“后面车里的美人，请将她送给我吧。”因此让人驾驶着那辆车进来了，史敬忠不敢抗拒。八姨第二天进到宫里，让明珠以侍婢的身份随从。皇上见到明珠后很奇怪，便问明珠是从哪里来的。明珠说：“我本是杨慎矜家里的人，最近被赠送给史敬忠了。”皇上说：“史敬忠是什么人？杨慎矜要赠送奴婢给他。”明珠于是就将杨慎矜信巫术的事详细告诉了皇上。皇上听后非常生气，把这事告诉给了李林甫。李林甫平常就忌妒杨慎矜的才能，认为他以后必定会成为宰相，因此便借吉温来暗害杨慎矜。因为李林甫曾有憾于杨慎矜，所以便罗织他的罪名，下令让吉温来审理他的案件。吉温前往汝州找到史敬忠，让他诬陷杨慎矜说自己因为是亡隋的后代，所以想暗中谋反，想要恢复祖宗的大业。于是杨慎矜被赐自尽而死，其家族也没能幸免。（出《明皇杂录》）

王儦

唐代太子仆通事的舍人王儦，在肃宗重登皇位后被降官了。因为被人告发，被囚禁在御史台。在王儦未被囚禁的前一年九月，一天晚上与宠妾一起坐在堂下，忽然发现一颗像盎一样大的流星，发出耀眼的光芒，坠落到了井里，在井里很长时间后都还发出光亮。王儦派人到井里去寻找，却什么也没有找到。王儦因为害怕而离开了宅院。最后王儦被流徙到了播州，但让他没有想到的是，走到凤州时，自己会因为背上的毒疮崩裂而死。（出《纪闻》）

崔曙

唐代的崔曙考中了进士，写了一首关于明堂火珠的赎帖。诗写道：“夜来双月满，曙后一星孤。”当时的人都将这当作警句，直到来年崔曙死了，只留下他的一个名叫星星的女儿，人们这才明白这是他自己的预言。（出《本事诗》）

元载

唐元载为相时，正昼有书生诣焉。既见，拜语曰："闻公高义好士。"辄献诗一篇，以寄其意。词曰："城南路长无宿处，荻花纷纷如柳絮。海燕衔泥欲作窠，空屋无人却飞去。"载亦不晓其意。既出门而没。后岁余，载被法家破矣。（出《通幽录》）

彭偃

唐大历中，彭偃未仕时，尝有人谓曰："君当得珠而贵，后且有祸。"寻为官得罪，谪为澧州司马。既至，以江中多蚌，偃喜，以为珠可取，即命人采之，获蚌甚多。而卒无有应。及朱泚反，召偃为伪中书舍人。偃方悟得珠乃朱泚也。后诛死。（出《宣室志》）

刘沔

唐贞元中，淮西用兵。时刘沔为小将，每捉生蹋伏，沔必在数，前后重创，将死数四。后因月黑风甚，又令捉生。沔愤激深入，意必死。行十余里，因坐将睡。忽有人觉之，授以双烛，曰："君方大贵，但心存此烛在，即无忧也。"沔后拜将，常见烛影在双旗上。后不复见烛，乃舆疾归京卒。（出《酉阳杂俎》）

元载

唐代元载担任宰相时，一天有个书生前来求见。见面后，那书生参拜说："听说您是个品格高尚、仁德且喜欢有才之士的人。"立马便献上了一首诗，用以表达他的敬意。诗词写道："城南路长无宿处，荻花纷纷如柳絮。海燕衔泥欲作窠，空屋无人却飞去。"元载也不明白他这诗的意思。那个书生出门后就消失不见踪影了。过了一年多后，元载便被法办，家庭也破败了。（出《通幽录》）

彭偃

唐朝大历年间，彭偃还未做官时，曾经有人对他说："您会因为得到珠而富贵，但后来就会有灾祸。"不久他便因为做官而获罪，被贬为澧州司马。到了澧州后，因江里有很多蚌，彭偃很高兴，认为可以采取蚌珠了。于是立即命人采取蚌珠，结果获得了很多蚌珠，但是获得珍珠后将会遭遇灾祸的话并没有应验。等到朱泚造反，召他担任伪中书舍人，彭偃这才领悟到得珠是指朱泚。后来，彭偃被杀死。（出《宣室志》）

刘沔

唐朝贞元年间，淮西发生了战事。当时刘沔还是一名小将，每次捕捉俘虏搜索敌军的伏兵，刘沔必定会参与其中。他前后多次遭受重创，有四次差一点就死了。后来有一次因为月黑风大，又接到命令让他们去抓俘虏。刘沔因为气愤激动而深入敌境，以为自己这次必死无疑了。前行了十多里，因为抓俘虏累了坐着休息准备入睡时，忽然有人将他叫醒了，并给了他两支蜡烛，说："你将会大贵，只要心里想着有这两支烛在，你便不会有什么忧患。"刘沔后来被提拔为大将，常常会见到有蜡烛的影子在双旗上。后来当旗子上再也见不到蜡烛时，刘沔抱病登车，回到京城后便去世了。（出《酉阳杂俎》）

韩滉

唐丞相韩滉自金陵入朝。岁余后，于扬子江中，有龟鳖满江浮下，而悉无头。当此时，滉在城中薨。人莫知其故。（出《戎幕闲谈》）

严震

唐司空严震，梓州盐亭县人。所居枕釜戴山，但有鹿鸣，即严氏一人必殒。或一日，有亲表对坐，闻鹿鸣，其表曰："釜戴山中鹿又鸣。"严曰："此际多应到表兄。"其表兄遽对曰："表兄不是严家子，合是三兄与四兄。"不日，严氏子一人果亡。是何异也。（出《北梦琐言》）

李德裕

唐卫公李德裕，初为太原从事。睹公牍中文水县解牒称：武士彟文水县墓前有碑。元和中，忽失龟头所在。碑上有武字十一处，皆镌去之。其碑大高于华岳者，非人力攀削所及。不经半年，武相遇害。（出《戎幕闲谈》）

李师道

唐李师道既以青齐叛，章武帝将讨之，凡数年而王师不胜，师道益骄。尝一日坐于堂，其榻前有银鼎，忽相鼓，其一鼎耳足尽坠。后月余，刘悟手刃师道，青齐遂平。盖银鼎相鼓之兆也。（出《宣室志》）

韩 滉

唐朝的丞相韩滉从金陵起程入朝。一年多后，在扬子江中，有龟鳖挤满江面漂浮而下，但是都没有脑袋。而在这时，韩滉刚好在京城中去世。人们都不知道这是什么缘故。（出《戎幕闲谈》）

严 震

唐朝的司空严震，是梓州盐亭县人氏，所居场所靠近釜戴山。只要有鹿鸣叫，那么严家必定会有一个人死亡。有一天，一个亲表兄与严震对面坐着，听到有鹿鸣叫，他的表兄说："釜戴山中的鹿又鸣叫了。"严震说："这一次多半要应验到表兄身上了。"他的表兄马上便回答说："表兄我不是严家子孙啊，可能是三表兄与四表兄吧。"没过几天，严家子弟果然有一人死亡了。这是多么奇怪的事啊！（出《北梦琐言》）

李德裕

唐朝卫公李德裕，刚刚担任太原从事，见到公文中有文水县的呈文说："武士彟在文水县的坟墓前有块石碑。元和年间，忽然石碑上的龟头不知去向，碑上有十一个地方的'武'字，都被人用刻刀铲掉了。"那个石碑大小比华山还高，不是人力所能攀上去削掉的。没过半年，武丞相便遇害了。（出《戎幕闲谈》）

李师道

唐朝的李师道因为占据青齐而叛变了，章武帝准备率军讨伐他。但是经过了几年的时间，朝廷的军队都没能取胜。李师道因此变得更是骄横。曾经有一天，李师道坐在厅堂里，他的坐塌前放有银鼎。忽然银鼎互相撞击起来，其中一个鼎的耳、足都撞掉了。一个多月以后，刘悟杀掉了李师道，而青齐之乱终于被平息了。大概银鼎相撞便是预兆吧。（出《宣室志》）

韦温

唐韦温为宣州，病疮于首，因托后事于女婿，且曰："予年二十九，为校书郎，梦渡浐水，中流见二吏，赍牒相召。一吏言：'彼坟至大，功须万日，今未也。'今正万日，予岂免乎！"累日而卒。（出《酉阳杂俎》）

韦温

唐朝的韦温治理宣州时，头上长出了疮，因此将自己的后事托付给了女婿，并说："我二十九岁那年，担任校书郎，梦见渡浐水时，在江流中间遇见了两个官吏，怀抱着官牒召我相见。一个官吏说：'他的坟太大，须有万日的工夫，现在还没到时候。'而今天正好是万日的时候，我又怎么能避免呢？"没过几天，韦温果然就死了。（出《酉阳杂俎》）

卷第一百四十四 征应十人臣咎征

吕 群

唐进士吕群，元和十一年下第游蜀。性粗褊不容物，仆使者未尝不切齿恨之。时过褒斜未半，所使多逃去，唯有一厮养。群意凄凄。行次一山岭，复歇鞍放马，策杖寻径，不觉数里。见杉松甚茂，临溪架水。有一草堂，境颇幽邃，似道士所居，但不见人。复入后斋，有新穿土坑，长可容身，其深数尺，中植一长刀，傍置二刀。又于坑傍壁上，大书云：两口加一口，即成兽（獸）矣。群意谓术士厌胜之所，亦不为异。即去一二里，问樵人，向之所见者，谁氏所处。樵人曰："近并无此处。"因复窥之，则不见矣。后所到众会之所，必先访其事。或解曰："两口君之姓也，加一口品字也。三刀州字，亦象也。君后位至刺史二千石矣。"群心然之。行至剑南界，计州郡所获百千，遂于成都买奴马服用，行李复泰矣。成都人有曰南竖者，凶猾无状，货久不售。群则以二十缗易之，既而鞭挞毁骂。奴不堪命，遂与其佣保潜有戕杀之心，而伺便未发耳。

吕群

唐朝的进士吕群，在元和第十一年离开府第前往蜀地游览。他生性粗暴、偏执，且心胸狭窄容不下人，哪怕是他的仆从们也没有不咬牙切齿痛恨他的。当时经过褒斜，还没走一半的路程，他手下的仆从大多便已逃走了，只剩下一个干杂事的男仆。吕群觉得很伤心。当他们走到一座山岭下时，再次卸下马鞍放马休息。吕群拄着拐杖前去探路，不知不觉走出了几里地。只见山上杉松长得非常茂盛，溪水边架有一座小桥，桥对岸有一座草堂，环境很是幽雅深邃，好像道士居住的地方，但是没发现有人。进入斋房后，发现有个新挖的土坑，坑长可以容纳一个人，深达数尺。坑中间插着一柄长刀，旁边放着两把刀。又在坑旁边的墙壁上，发现写有大字说："两口加一口，即成兽矣。"吕群认为这大概是术士诅咒祈祷的场所吧，所以也没有觉得奇怪。当又走了一二里地之后，吕群向一个樵夫打听，之前看见的那个地方是谁家住的居所。樵夫说："这附近并没有这样的地方。"吕群便回身再去看那处居所，却发现不见了。这之后他每到人多的地方，便一定会先向人打听这件事。有人向他解释说："两口，就是你的姓啊；加一个口便是品字。三刀，是州字，也是征象，表示你以后将可以做到刺史之位，享受每年二千石的俸禄。"吕群心里也觉得有道理。走到剑南界时，吕群从各州郡所获得的钱财总计已达到了成百上千两，于是便在成都买了奴仆和马匹来用，他们的行李又宽裕了。有个叫竖南的成都人，生性凶狠狡猾，没个人样。他的一些货物很长时间都没能卖出去，吕群便以二十串钱将那些货物买了下来。没过多久觉得吃亏了，因此就鞭打辱咒奴仆们。奴仆们不堪忍受，便同其他的佣人保镖等暗暗起了杀掉吕群的心思，只是还在寻群至汉州，县令为群致酒宴。时群新制一绿绫袭，甚华洁。县令方燃蜡炬，将上于台，蜡泪数滴，污群袭上。县令戏曰：“仆且拉君此袭。”群曰：“拉则为盗矣。”复至眉州，留十余日。冬至之夕，逗宿眉西之正见寺。其下且欲害之。适遇院僧有老病将终，侍烛不绝。其计不行。群此夜忽不乐，乃于东壁题诗二篇。其一曰：“路行三蜀尽，身及一阳生。赖有残灯火，相依坐到明。”其二曰：“社后辞巢燕，霜前别蒂蓬。愿为蝴蝶梦，飞去觅关中。”题讫，吟讽久之，数行泪下。明日冬至，抵彭山县。县令访群，群形貌索然。谓县令曰：“某殆将死乎？”意绪不堪，寥落之甚。县令曰：“闻君有刺史三品之说，足得自宽也。”县令即为置酒，极欢。至三更，群大醉，舁归馆中。凶奴等已于群所寝床下，穿一坑，如群之大，深数尺。群至，则舁置坑中，断其首，又以群所携剑，当心钉之，覆以土讫，各乘服所有衣装鞍马而去。后月余日，奴党至成都，货鬻衣物略尽。有一人分得绿袭，径将北归，却至汉州街中鬻之。适遇县令偶出见之，识其烛泪所污，擒而问焉，即皆承伏。时丞相李夷简镇西蜀，尽捕得其贼。乃发群死处，于褒中所见，如影响焉。（出《河东记》）

朱克融

唐宝历二年春，范阳节度使朱克融猎鹿。鹿胆中得珠，如弹找机会没有实行。

吕群一行到了汉州时，县令为吕群准备了酒宴。当时吕群新做了一件绿色的绫裘衣，很是华丽干净。县令刚点燃了蜡烛，准备放到烛台上去，却有几滴蜡滴到了吕群的绿绫裘衣上。县令开玩笑说："我且先拉一下你的这件裘衣。"吕群说："拉就是盗窃了。"他们又到了眉州，住了十多天。在冬至的前一天，他们留宿在眉州西部的正见寺。他的手下人准备在这除掉他。正好寺院里有个老和尚有病快要圆寂了，因护理而点亮的蜡烛一直不断，手下人想杀他的计谋没能实行。这天晚上吕群忽然觉得不痛快，就在寺院的东墙上题写了两首诗。第一首诗写道："路行三蜀尽，身及一阳生。赖有残灯火，相依坐到明。"第二首为："社后辞巢燕，霜前别蒂蓬。愿为蝴蝶梦，飞去览关中。"题写完后，还吟诵了很长时间，流下了几行热泪。第二天冬至，他们到达了彭山县。县令前来拜访吕群，吕群衣帽不整，对他没什么兴趣。对县令说："我大概是要死了吗？"显得思绪繁乱，心情非常低落。县令说："听说您有能当三品官刺史的传闻，足以自己宽慰自己了。"县令随后为吕群置办了酒席，吕群非常高兴。喝到三更天时，吕群已喝得大醉，被抬回了客馆里。他手下那些凶恶的奴仆这时已经在他的床下挖了一个坑，正好与吕群的身体一样大，深达几尺。吕群来了后，就被抬到了坑里，割掉了脑袋。他们又用吕群所带的剑，对着心口钉下，再盖上土，然后各自取了一些衣物和马匹而逃走了。一个多月后，那些奴仆到了成都，把所得的吕群的衣服都卖掉了。其中一个人分到了吕群的那件绿裘衣，想直接回到北方去，却在到达汉中时想上街卖掉，恰好遇到了当初将蜡烛滴到了那件绿裘衣上的那个县令偶然出门来，正好碰见了，他认识那个蜡滴污染的地方，便让人将那人抓了起来审问，那人立刻便都招供了。当时丞相李夷简正巡察西蜀，派人将贼人全部抓了起来。就挖开吕群死亡的地方，发现与在当初草堂中所见到的，简直一模一样。（出《河东记》）

朱克融

唐朝宝历二年春季，范阳节度使朱克融猎得了一头鹿。他在鹿丸，黑色，初软后硬，如石光明。或问麻安石曰："是何祥也？"安石曰："此事自古未有，请以意推之。鹿胆得珠，克融以为己瑞。鹿者禄也，鹿死是禄尽也。珠初软后硬，是珠变也。禄尽珠变，必有变易之事，衰亡之兆也。"自此克融言辞轻发。是年五月，果帐下军乱，而全家被杀。（出《祥验集》）

王 涯

唐丞相王涯，大和九年掌邦赋，又主簿盐铁。其子仲翔尝一日避暑于山亭，忽见家僮数十皆无首，被血来仲翔前。仅食顷，方不见。仲翔惊异且甚，即具白之，愿解去权位。涯不听，是岁冬十一月，果有郑注之祸。（出《宣室志》）

温 造

新昌里尚书温造宅，桑道茂尝居之。庭有二柏树甚高。桑生曰："夫人之所居，古木蕃茂者，皆宜去之。且木盛则土衰，由是居人有病者，乃土衰之致也。"于是以铁数十钧镇于柏树下。既而告人曰："后有居，发吾所镇之地者，其家长当死。"唐大和九年，温造居其宅。因修建堂宇，遂发地，得桑生所镇之铁。后数日，造果卒。（出《宣室志》）

胆中发现了一个珠子，就像弹丸一样大小，黑色，开始是软的，后来变硬了，像石头一样发出了光亮。有人问麻安石说："这是个什么样的吉祥之兆？"麻安石说："这种事自古以来都没有出现过，请允许我来推测一番。在鹿胆里得到了珠子，朱克融认为这是自己将获得瑞祥的征兆。鹿便是禄，而鹿死了便是指俸禄没有了；珠子一开始是软的而后变硬了，这是珠变。禄尽珠变，他的职禄一定会发生变化，这是衰亡的征兆。"从此朱克融很少轻易说话。就在这一年五月，朱克融果然因为部下兵变叛乱，而导致全家被杀。（出《祥验集》）

王涯

唐朝有个丞相叫王涯，在大和九年负责着国家税收，又主管着盐、铁的交易。他的儿子王仲翔曾经有一天在一处山亭中避暑，忽然发现几十个没头的家中童仆，浑身血淋淋地来到了他跟前，仅仅一顿饭工夫后，才消失不见了。王仲翔觉得十分奇怪且又惊惧，便马上将此事告诉了王涯，希望王涯能够辞职，放弃权位，但是王涯没有听从。这一年冬季十一月，果然发生了郑注发动"甘露之变"这样的祸端。（出《宣室志》）

温造

新昌里的尚书温造居住的宅院，桑道茂曾经在这住过。庭院里有两棵长得很高的柏树，桑道茂说："人的住所，凡是古木长得茂盛的，都应该除去。况且木茂盛就会导致土衰。所以住在这的人如果有生病的，那便是因为土衰造成的。"于是他便用数十钧的铁块镇压在柏树下，然后告诉别人说："以后来这居住的，如果谁开挖我镇压铁块的地方，那么他们的家长就会死。"唐朝大和九年，温造住在了这里。因为修建房子，就挖开了地，发现了桑道茂所镇压的铁块。后来没过几天，温造果然死了。（出《宣室志》）

李宗闵

唐丞相李宗闵，大和七年夏出镇汉中。明年冬，再入相。又明年夏中，尝退朝于靖安里第。其榻前有熨斗，忽跳掷久之，宗闵异且恶。是时李训、郑注以奸诈得幸，数言于帝。训知之，遂奏以致其罪。后旬日，有诏贬为明州刺史，连贬朝州司户。盖其兆也。（出《宣室志》）

柳公济

柳公济尚书，唐大和中奉诏讨李同捷。既出师，无何，麾枪忽折。客有见者叹曰："夫大将军出师，其门旗及麾枪折者，军必败。不然，上将死。"后数月，公济果薨。凡军出征，有乌鸢随其后者，皆败亡之征。有曾敬云者，尝为北都裨将。李师道叛时，曾将行营兵士数千人。每出军，有乌鸢随其后，即军必败，率以为常。后舍家为僧，住于太原凝定寺。大和九年，罗立言为京兆尹，尝因入朝。既冠带，引镜自视，不见其首，遂语于季弟约言。后果为李训连坐，诛死。（出《宣室志》）

王 涯

唐永宁王相涯三怪。淅米作人苏闺，本是王家炊人，至荆州方知，因问王家咎征。言宅南有一井，每夜常沸涌有声。昼窥之，或见铜叵罗，或见银熨斗者，水腐不可饮。又王相内斋有禅床，柘材丝绳，工极精巧，无故解散，各聚一处。王甚恶之，命焚于灶

李宗闵

唐朝一个叫李宗闵的丞相，大和七年夏季离京前往镇守汉中。第二年冬，他再次入朝担任丞相。到了第二年夏季，曾经有一天退朝回到靖安里的府第时，他发现自己的床榻前有个熨斗，忽然间不停地跳跃起来，持续了很久。对此，李宗闵既惊奇又厌恶。当时李训、郑注因为奸诈而得到了皇上的宠幸。李宗闵多次向皇上说起这件事，李训得知后，便向皇上奏请要治李宗闵的罪。后来过了十多天，皇上下诏将李宗闵贬为明州刺史，接着再贬为了潮州司户。大概这就是熨斗不停跳跃的兆应吧。（出《宣室志》）

柳公济

唐代尚书柳公济，在唐朝大和年间奉旨讨伐李同捷。出师后，没过多久，军队帅旗的旗杆忽然折断了。有看见的外人感叹道："大将军率军出征，如果门旗以及帅旗折断了的话，那么军队一定会失败。不然的话，上将军就会死亡。"几个月以后，柳公济果然死了。凡是军队出征，如果有乌鸢跟随在他们后面的，都是失败灭亡的征兆。有个叫曾敬云的，曾经是北都的裨将。李师道发动叛乱的时候，他曾率领着数千人的军队。每次出兵，只要有乌鸢跟随在他们后面，他的军队便必定会失败，这样他也习以为常了。后来他离开家人去当了和尚，住在太原的凝定寺。大和九年，罗立言担任京兆尹。一天曾因要入朝，他便穿好衣服戴上帽子，拿过镜子来自己照了一下，却没看见自己的头。于是他将这事告诉了自己的二弟罗约言。后来他果然因为李训的事而受到株连，而被处死了。（出《宣室志》）

王　涯

唐朝时家住永宁里的丞相王涯，家中发生了三件怪事。一件是淘米的佣人苏闰，原本是王家做饭的厨师，到了荆州时才被知晓，因此向他问起王家的凶兆。他说，在王家宅院的南边有一口井，每到夜晚时便常常从中传出井水沸腾奔涌的声音；白天看那口井时，有

下。又长子孟博晨兴，见堂地上有凝血数沥，踪至大门方绝，孟博遽令铲去。王相初不知也，未数月及难。（出《酉阳杂俎》）

王 潜

唐大和，王潜为荆南节度使。无故有白马驰入府门而毙，僵卧塞途。是岁而潜卒，此近马祸也。（出《因话录》）

韩 约

韩约，唐大和中为安南都护。时土产有玉龙膏，南人用之，能化银液。耆旧相传，其膏不可赍往，犯者则为祸耳。约不之信，及受代还阙，贮之以归。时为执金吾，果首罹甘露之祸，乃贪利冒货之所致也。（出《补录记传》）

王 氏

唐河阳城南百姓王氏庄，有小池，池边巨柳数栽。开成末，叶落池中，旋化为鱼，大小如叶，食之无味。至冬，其家有官事。（出《酉阳杂俎》）

时会见到有铜叵罗，有时会发现有银熨斗，井水腐臭不能饮用。又一件是王丞相家的内斋房有张禅床，是用柘材丝绳等贵重材料精心制作的，做工非常精巧。有一天禅床无故就散了架，各自集聚到了一处。王涯对此很不高兴，便让人将它们拿到灶房烧掉了。还有另一件怪事是王涯的长子王孟博一天早晨醒后，发现厅堂的地上有很多凝固的血滴，踪迹一直到大门才消失。王孟博便急忙让人将血迹铲去。王丞相起初不知道这些事，没过几个月便遭了大难。（出《酉阳杂俎》）

王　潜

唐朝大和年间，王潜担任荆南节度使。一天，有一匹白马无缘无故地跑进了他的府门而死掉了，僵卧在地上挡住了通道。这一年王潜便死了，这就近于马祸。（出《因话录》）

韩　约

韩约，在唐朝大和年间担任安南都护。当时有一种土特产叫玉龙膏，安南人使用它后，能化解银液。历代相传，这种玉龙膏不可以送人或带走，违犯的人便会招来祸端。韩约不信这种传说，当他受命回京时，便收藏了玉龙膏带回了家。当时他正担任执金吾，后果然第一个遭遇了甘露之祸，这便是贪图小利冒险买卖玉龙膏所导致的。（出《补录记传》）

王　氏

唐朝河阳城南的百姓王氏庄，有一个小水池，池边有几棵巨大的柳树。开成末年，这几棵柳树的树叶掉落到水池中后，就立刻变成了鱼，大小与树叶差不多，吃起来没有什么滋味。到了这一年的冬天，他们家就出事犯了官司。（出《酉阳杂俎》）

王哲

唐虔州刺史王哲在平康里治第西偏。家人掘地，拾得一石子，朱书其上曰："修此不吉。"家人揩拭，转分明。乃呈哲，哲意家人惰于畚锸，自磨，朱深若石脉。哲甚恶之。其月哲卒。（出《酉阳杂俎》）

杜牧

唐杜牧自宣城幕除官入京，有诗留别云："同来不得同归去，故国逢春一寂寥。"其后二十余年，连典四郡。后自湖州刺史拜中书舍人，题汴河云："自怜流落西归疾，不见春风二月时。"自郡守入为舍人，未为流落，至京果卒。（出《感定录》）

卢献卿

范阳卢献卿，唐大中中举进士，词藻为同流所推。作《愍征赋》数千言，时人以为庾子山《哀江南》之亚。连年不中第，荡游衡湘，到郴而病。梦人赠诗云："卜筑郊原古，青山唯四邻。扶疏绕屋树，寂寞独归人。"献卿旬日而殁。郴守为葬之近郊。果以夏初，皆符所梦者。（出《本事诗》）

卢骈

唐卢骈员外，才俊之士。忽一日晏抵青龙精舍，休僧院，词气凄惨，如蓄甚忧，其呼嗟往复于轩槛间。僧问不对。逮夜将整归骑，徘徊四顾，促命毫砚，题于南楣曰："寿夭虽云命，荣枯亦太

王 哲

唐朝的虔州刺史王哲，在平康里修建家里的西偏房。他家的仆奴挖地时，拾到了一粒石子，上面用红笔写着字，说："修这间房屋不吉利。"家人们将石子擦了擦，发现那些字变得更加清晰了。他们将石子呈送给王哲看。王哲认为这是那些奴仆想偷懒不愿干活儿的借口，于是就自己打磨那石子，那些红笔的字迹变得更深了，像石纹一样。王哲因此很厌烦，当月他就去世了。（出《酉阳杂俎》）

杜 牧

唐朝诗人杜牧从宣城幕担任新职入京，作诗留别说："同来不得同归去，故国逢春一寂寥。"后来的二十多年，他连续主管四郡，最后从湖州刺史任上被授为中书舍人。他在汴河题诗道："自怜流落西归疾，不见春风二月时。"从郡守任上到入京担任中书舍人，虽然算不上是流落，但到了京城后果然就死了。（出《感定录》）

卢献卿

范阳人氏卢献卿，是唐朝大中年间中举的进士，他的诗文为同辈中人所推崇。他作的《愍征赋》有几千字，当时的人都认为这是仅次于庾子山《哀江南》的文章。但是他连年都没能考取功名，便在湖南衡阳一带荡游，到达郴州时就病倒了。他在梦中见到有人赠给了他一首诗，说："我算到你将在古郊原上建造房屋，四邻只有青山；围绕屋子的树木枝叶繁茂，而独自一人归来的你是多么寂寞啊！"十多天后卢献卿就去世了。郴州太守将他安葬在了近郊，时间果然是在夏初，都与梦中梦到的相一致。（出《本事诗》）

卢 骈

唐朝有个叫卢骈的员外，是个才能出众之人。忽然有一天，他前往青龙精舍赴宴时，在僧院里休息，言谈话语间的语气显得非常凄惨，好像心中积压了很多忧愁似的，在门窗间往返来回长吁短叹。僧

偏。不知雷氏剑，何处更冲天。”题毕，草草而去。涉旬出官，未逾月卒。其诗至今在院，僧逢其人，辄话其异。（出《唐阙史》）

封望卿

唐封望卿，仆射敖之子。杜邠公悰镇岐下，自省中请为判官。其所常居室壁，有笔洒墨迹者。望卿一日，忽以指爪尽掐去之，其色如丧。洎侍儿或问其故，望卿默不应。无何病甚，谓侍儿曰：“记吾前日以指爪掐墨迹否？吾其时恶之，不能语汝，每点乃一鬼字。”数日而卒。（出《玉泉子》）

崔彦曾

荥阳郡城西有永福湖，引郑水以涨之。平时环岸皆台树花木，乃太守郊劳班饯之所。西南壖多修竹乔林，则故徐帅崔常侍彦曾之别业也。唐咸通中，庞勋作乱。彦曾为贼执，湖水赤如凝血者三日，未几而凶问至。昔河间王之征辅公祏也，江行，舟中宴群帅，命左右以金碗酌江水。将饮之，水至忽化为血，合座失色。王徐曰：“碗中之血，公祏授首之征。”果破之。则祸福之难明也如是。（出《三水小牍》）

人问他，他也不回答。等到夜间准备整鞍备马回去时，他徘徊着四下观望，急忙让人拿来笔砚，在南面门框上题写了一首诗："寿命长短虽说是天定的，但说其荣枯显得也太过偏激。不知道雷氏宝剑，将会在什么地方冲天而起。"题完后，便急急忙忙走了。过了十多天后，他被要求离开京城到外地为官，没到一个月就去世了。他题的那首诗到现在还在寺院里，僧人一碰到人，就会说起这件怪事。（出《唐阙史》）

封望卿

唐朝的封望卿，是仆射敖的儿子。杜公邠悰镇守岐下时，将封望卿从省中请来担任判官。在封望卿常住的室内墙壁上，有笔洒的墨迹。有一天，封望卿忽然用指甲将这些墨迹全都掐掉了，而他的脸色也变得像死人一样。等有侍童来问他原因时，他也沉默不语。没过多久，封望卿便病得很厉害了，他对侍童说："你记得我前些天用指甲掐去墨迹的事吗？我当时心里对那些墨迹特别厌烦，没办法告诉你，我看到的每一点墨迹都是一个鬼字。"几天后，封望卿就病死了。（出《玉泉子》）

崔彦曾

荥阳郡城的西面有个永福湖，从郑水引来了水使它涨满。平时环绕岸边都是亭台、树木、花草的地方，乃是太守在郊外慰劳、饯别所用的场所。湖水西南边的空地上栽有很多竹子乔木，这是已故徐帅的常侍崔彦曾的副业。唐朝咸通年间，庞勋发动叛乱，崔彦曾被贼人所抓，永福湖的湖水忽然红得像是凝血一样，长达三天。没过多久，便传来了噩耗。昔日河间王征讨辅公祏时，乘船在江上前行，他在船上宴请众将帅，命令左右身边的人用金碗酌取江水。准备饮用时，水一端上来就忽然化成了血水，满座的人都大惊失色。河间王缓缓说道："碗中的血，是辅公祏将被砍头的征兆。"后来果然打败了辅公祏。由此可见，是祸是福是很难断定的事。（出《三水小牍》）

崔雍

崔雍起居，誉望清美，尤嗜古书图画，故锺王韩展之迹，萃于其家。常宝《太真上马图》一轴，以为画品之上者。唐咸通戊子岁，授禄二千石于和州。值庞勋构逆，丰沛间贼锋四掠，历阳麽郡。右史儒生，非枝拒所及矣。乃命小将赍持牛酒犒贼师，且以全雉堞活黎庶为请，由是境亡剽戮之患。虽矫为款谕，而密表自陈。时宰有不协者，因置之以法，士君子相吊。后有得崔君所宝画者，轴杪题云："上蔡之犬堪嗟，人生到此；华亭之鹤虚唳，天命如何？"字虽真迹，不书时日。识者云："闻命之后，无暇及此。"其预知耶？复偶然耶？（出《唐阙史》）

庞从

唐昭宗乾宁丙辰岁，朱梁太祖诛不附己者。兖师朱瑾亡命淮海，梁祖命徐师庞从，旧名"师古"。会军五万于青口。东晋命谢安伐青州，堰吕梁水，树栅，立七埭为派，拥其流以利运漕，故谓之青州派，其实泗水也。浮磬石在下邳。所屯之地，盖兵书谓之绝地。人不驾肩，行一舍，方至夷坦之处。时梁祖命腹心者监护之，统师莫之能御。未信宿，朱瑾果自督数万而至。从闻瑾亲至，一军丧魄。及战，无敢萌斗志，或溺或浮，唯一二获免。先是瑾军未至前，部伍虚惊，尤多怪异，刁斗架自行于军帐之前。家属在徐州，亦凶怪屡见。使宅之后，素有妖狐之穴，或府主有灾即见。时命僧于雕堂建道场。

崔雍

崔雍的饮食起居等日常生活，常讲求名誉声望及清奇高雅，特别是喜欢古书图画等高雅之作。所以钟王韩展的墨迹，都荟萃在他家里。他曾收藏了一轴《太真上马图》，认为这是绘画作品中的上品。唐朝咸通戊子年，崔雍奉命出任和州俸禄二千石的官职。当时正好庞勋发动叛乱，丰沛地区贼寇所到的地方他们四处抢掠，到了阳么郡。作为一个右史儒生，这并不是他的能力所能抗拒的。于是崔雍便命令一小将带着酒肉前去犒劳贼军，并且请求他们保全城镇的百姓免遭性命之危。因此，他管辖的境内竟没有遭受抢掠杀戮的祸患。虽然这假借了皇上的命令，但他还是上表陈述了自己当时这样做的理由。当时的宰相与他关系不是很和谐，因此最后还是将他依法处置了。士君子们来吊唁他。后来有人得到了崔雍所收藏的画，发现在画轴的底下题有字说："上蔡的狗叫得非常厉害，人生到了这种地步，华亭的仙鹤也只能空鸣。天命啊，又能如何呢？"虽然是崔雍的字迹，但是没有写题字的日期。有明白此事的人说："知道自己的命运之后，没有闲暇顾及这些了。"这是自己预知到自己的结局呢，还是偶然呢？（出《唐阙史》）

庞从

唐昭宗乾宁丙辰年，朱梁太祖将那些不愿依附自己的人诛杀了。兖军统帅朱瑾逃到了淮海。朱梁太祖命令徐州统帅庞从，旧名"师古"。在青口集结了五万军队准备前往讨伐朱瑾。东晋时，命令谢安讨伐青州，他在吕梁水上建筑堤坝，树立栅栏，修筑了七个堤岸，想要堵塞水流以便利漕运，因此被称为"青州派"，其实是"泗水"。浮磬石位于下邳。他们军队驻扎的地方，正是兵书上所说的那种绝境之地，道路狭窄到连人都无法并肩而行。行军三十多里地后，才到了一处平坦的地方。当时朱梁太祖派出了一个自己的心腹来监护庞从，即使庞从为军队统帅，却不敢自作主张。在这住了不到两夜，朱瑾果然亲自统率着几万大军而来。听说朱瑾亲自来了，庞从全军都吓得失魂落魄。当盖多狐妖，故画雕于中。统未亡之前，家人望见燕子楼上有妇人衣红，白昼凭栏而立。见人窥之，渐移身退后而没。时登楼之门，皆扃镝之。不数日，凶问至。（出《玉堂闲话》）

战斗开始后，庞从的军队都吓得没有了斗志，结果有的被淹死了，有的被俘虏了，只有一两个人逃跑了。在朱瑾的军队还没有到来之前，庞从军队的兵士们便经常出现虚异的状况，尤其是怪异惊奇的事，连刁斗架都自己跑到了军帐前面。士兵们的家属在徐州，也是多次出现凶险怪异的事。他们住宅后面，一直就有妖狐的洞穴，每当有人家中发生灾祸时它就会出现。当时庞从让和尚在雕堂前面建了道场。大概因为狐妖很多，于是就在屋里画了很多雕。在统帅庞从的军队还没有失败之前，他的家人就看见在燕子楼上，有一个身穿红衣的妇人，大白天靠着栏杆站着。发现有人在看她，她便慢慢后退，既而消失不见。当时登楼的门户，都是锁上了的。没过几天，就传来了坏消息。（出《玉堂闲话》）

卷第一百四十五　征应十一人臣咎征

李　钧

唐李钧之莅临汝也，郡当王仙芝大兵之后，民间多警。李钧以兵力单寡，抗疏闻奏。诏以昭义军三千五百人镇焉。乾符戊戌岁也，兵至，营于郡西郭。明年春，钧节制上党杂报到，于是镇兵部将，排队于州前通衢，率其属入衙，展君臣之礼。忽有暴风扬尘，起自军门而南，蟠折行伍，拔大旆十余以登。州人愕眙而顾，没于天际。明日，州北二十里大牛谷野人，得旆以献，帛无完幅，枝干皆摺拉矣。钧至上党，统众出雁门，兵既不戢，暴残居民，遂为猛虎军所杀矣。（出《三水小牍》）

高　骈

唐光启三年，中书令高骈镇淮海。有蝗行而不飞，自郭西浮濠，缘城入子城，聚于道院，驱除不止。松竹之属，一宿如剪。幡幢画像，皆啮去其头。数日之后，又相啖食。九月中，暴雨方霁，沟渎间忽有小鱼，其大如指，盖雨鱼也。占有兵丧。至十月，有大星夜堕于延和阁前，声若奔雷，迸光碎响，洞照一庭。自十一月至明年二月，昏雾不解。或曰：“下谋上之兆。”是时粒食腾贵，殆逾十倍。寒僵雨仆，日辇数千口，弃之郭外。及霁而达坊静巷，为之一空。是时浙西军变，周宝奔毗陵。骈闻之大喜，遽遣使致书于周

李钧

唐朝的李钧前往临汝郡，当时正处王仙芝的大军到来之后，临汝郡民间经常出现警情。李钧因为兵力薄弱，上疏将此奏报给了皇上，皇上下诏让他带三千五百人的昭义军前去镇守临汝。乾符戊戌年，昭义军到达了临汝，驻扎在郡城西边城外。第二年春季，李钧要求上党人前来报到，于是上党的士兵、将领，在州府前的大道上排成队列，率领各自的部下依次进入州府衙门，行君臣礼节。忽然有一阵大风扬起了尘土，从军营大门一直向南吹去，在军营中盘旋蜿蜒而行，拔起了十多面大旗直上天空。州里的人惊愕地瞪大了眼睛看着，直到消失在天边。第二天，州北二十里外大牛谷的村人，发现了大旗拿来献上，大旗上的布没有一面是完好的，都被树枝拉扯损毁了。李钧来到上党，统率着大军出了雁门，但没能严格约束士兵，军纪涣散，士兵们残害百姓，最终被猛虎军所杀。（出《三水小牍》）

高骈

唐朝光启三年，中书令高骈正镇守淮海，发现有蝗虫只是爬行而不飞，从城西护城河上浮过水面，沿着城墙攀缘进入子城，聚集在道路上与庭院中，怎么驱除也阻止不了。所过之处，松竹之类的树木，一夜之间便像被用剪子剪过一般；长条形布幅上的画像，都被它们咬掉了头部。几天之后，它们又开始互相撕咬吞食。九月中旬，暴雨才停而放晴，沟渠中忽然出现了小鱼，大小就与手指差不多，大概是下的雨鱼吧。经过卜算，显示会有兵丧。到十月时，有一颗大星星在晚上坠落到了延和阁前面，发出的声音就像是滚雷一般，迸发着光亮发出了破碎的响声，照亮了整个庭院。从十一月份到第二年的曰："伏承走马，已及奔牛。"奔牛"堰名，在常州西。今附畜一瓶，葛粉十斤，以充道途所要。"盖讽其畜粉也。三月，使院致看花宴，骈有《与诸从事》诗。其末句云："人间无限伤心事，不得樽前折一枝。"盖亡灭之谶也。及为秦彦幽辱，计口给食。自五月至八月，外围益急，遂及于难。（出《妖乱志》）

钜鹿守

唐文德戊申岁，钜鹿郡南和县街北有纸坊，长垣悉曝纸。忽有旋风自西来，卷壁纸略尽，直上穿云，望之如飞雪焉。此兵家大忌也。夏五月，郡守死。（出《三水小牍》）

陕 师

唐乾宁末，分陕有蛇鼠斗于南门之内，观者如堵，蛇死而鼠亡去。未旬而陕师遇祸。则知内蛇死而郑厉入，群鼠奔向蒲山亡。妖由人兴，可为戒惧。（出《三水小牍》）

二月，大雾昏沉，一直没有消散。有人说：“这是以下犯上的征兆。”当时的粮价飞涨，比过去高出了十多倍。因为寒冷与风雨而冻死饿死的人，每天用车拉出的有几十个，被扔到了城墙外。当雨过天晴后，再到街道里巷去看时，这里已全都为之一空。当时浙西发生了军事政变，周宝逃往了毗陵。高骈听到这消息后非常高兴，于是就立刻派出使者给周宝送了一封信说：“你骑马而逃，已快到达奔牛堰了。“奔牛”是一个地方，在今天的常州西边。现在送上一瓶齑粉以及葛粉十斤，用来解决您路途上的需要。”原来这是讽刺他将成为齑粉。这年三月，使院请他前去参加花宴，并作有一首给诸从事的诗，诗的末句写道：“人世间有无限的伤心事，现在连在酒樽前折去一枝也做不到。”这大概是他即将灭亡的预言吧。当他被秦彦幽禁羞辱时，是按人口数量供给食物的。从五月到八月，周边的战事更加紧急，接着他就遭到了死难。（出《妖乱志》）

钜鹿守

唐朝文德戊申年，钜鹿郡南和县的街北有家纸坊，长长的围墙上晒着的都是纸。忽然一阵旋风从西边吹来，几乎将墙上晒的纸都卷了起来，向着天空直穿云霄，那些被卷起的纸张远望就像飞雪一样。这是军事上的大忌。这年夏季五月，郡守果然死了。（出《三水小牍》）

陕　师

唐朝乾宁末年，分陕地区南门内有蛇与老鼠在决斗，观看的人很多，堵得像一面墙一样。结果蛇死了而老鼠也逃走了。还没到十天，陕军便遭遇了灾祸。这时人们才明白城内的蛇死了而郑厉便来了，群鼠逃走了而蒲山则灭亡了的原因。妖魔是由人心引起的，可以作为以后应当警戒和担心的事例。（出《三水小牍》）

严遵美

唐左军容使严遵美，阉官中仁人也。尝言北司为供奉官，胯衫给事，无秉简之仪。又云："枢密使廨署，三间屋书柜而已，亦无视事之厅。堂状后帖黄，指挥公事，乃杨复泰，夺宰相权也。"遵美尝发狂，手足舞蹈之。旁有一猫一犬，猫谓犬曰："军容改常也。"犬曰："何用管。"俄而舞定，且异猫犬之言。遇昭宗播迁凤翔，乃求致仕汉中，寻徙于剑南青城山下，卜别墅以居之。年过八十而终。其忠正谦约，与西门李玄为季孟。于时诛宦官，唯西川不奉诏，由是脱祸。家有《北司治乱记》八卷，备载阉官忠佞好恶，盖巷伯之流也，未必俱为邪僻。良由南班轻忌大过，以致怨怒，盖邦国不幸也。先是路岩自成都移镇渚宫，所乘马忽作人语，且曰："芦荻花，此花开后路无家。"不久及祸。然畜类之语，岂有物凭之乎？石言于晋，殆斯比也。（出《北梦琐言》）

成 汭

荆州成汭，唐天复中准诏统军救援江夏，帅次公安县。寺有二金刚神，土人号曰二圣，颇有灵验。舣舟而谒之，且以胜负为祷。汭兆皆不吉。汭惑之，孔目官杨师厚曰："公业已行，安可疑阻？"于是不得已而进，竟有覆军之败。身死家亡，非偶然也。（出《北梦琐言》）

严遵美

唐朝的左军容使严遵美，是宦官中的仁爱正直人士。他曾经说北司担任供奉官时，办公时衣帽不整，没有待人处事的礼仪。又说：“枢密使廨署，三间屋子只是当作了书柜而已，也没有办公的大厅；递交堂上的状子后贴了黄纸，处理公事，乃是杨复泰夺取宰相之权的意向。”严遵美曾经发了疯，手舞足蹈的。当时旁边有一只猫和一条狗，猫对狗说：“严军容改变常态了。”狗说：“不需要管。”一会儿后严遵美停止了发狂，对猫与狗的对话感到很惊异。正好遇上昭宗要迁到凤翔宫去，严遵美便请求前往汉中为官。不久他就搬到了剑南青城山下，选择了一处别墅住了下来。活到了八十岁才去世。他为人忠诚正直，谦慎检束，与西门李玄是结拜兄弟。在当时追捕诛杀宦官时，只有西川没有执行朝廷的命令，严遵美也因此得以免除灾祸。他家里存有《北司治乱记》八卷，详细记载了宦官的忠奸好恶。所以说像太监这类的人，未必就都是一些品行不端的人。良由、南班二人轻率忌恨他们，这是他们的大过，以致加深了他们的怨怒，这是国家的不幸啊。在这之前，路岩从成都调往渚宫镇守时，他乘坐的马忽然发出了人声，说：“芦荻花，此花开路无家。”不久路岩便遭遇了灾祸。然而畜类说的话，难道有什么凭证吗？战国时期晋国的石头能说话，大概与这也是一样的吧。（出《北梦琐言》）

成　汭

荆州的成汭，在唐朝天复年间，皇上下诏批准由他统统率军队前往救援江夏，他率军驻扎在公安县。寺庙中有二尊金刚神，当地人尊称他们为二圣，很是灵验。成汭停下舟来靠岸前去拜谒二神，并且向二神祷告希望这次出兵能够取得胜利，但是成汭求得的都是不吉利的征象。成汭对此很是疑惑，孔目官杨师厚对他说：“您已经来了，怎么能因有疑而受阻碍呢？”于是，成汭不得不勉强进军。没想到最后全军覆没，自己身死而家族也被灭亡了，这并不是偶然的事。（出《北梦琐言》）

刘知俊

梁彭城王刘知俊镇同州日，因筑营墙，掘得一物，重八十余斤，状若油囊。召宾幕将校问之，或曰地囊，或曰飞廉，或曰金神七杀。独留源曰："此是冤气所结也，古来囹圄之地或有焉。昔王充据洛阳，修河南府狱，亦获此物，而远祖记之。乃冤死囚人，精爽入地，聚为此物。经百千年，凝结不散。源闻酒能忘忧，请奠以醇醪，或可消释耳。然此物之出，亦非吉征也。"知俊命具酒馔视酹，复瘗之。寻有扳城背主奔秦之事，乃验之矣。（出《鉴戒录》）

田頵

宣州节度田頵将作乱。一日向暮，有鸟赤色，如雉而大，尾有火光，如散星之状，自外飞入，止戟门而不见。翌日，府中大火，曹局皆尽，唯甲兵存焉。頵资以起事，明年遂败。（出《稽神录》）

桑维翰

魏公桑维翰尹开封。一日，尝中夜于正寝独坐，忽大惊悸，如有所见，向空厉声云："汝焉敢此来！"如是者数四。旬日愤懑不已，虽齐体亦不敢有所发问。未几，梦已整衣冠，严车骑，将有所诣。就乘之次，忽所乘马亡去，追寻莫之所在。既寤，甚恶之，不数日及难。（出《玉堂闲话》）

刘知俊

后梁彭城王刘知俊在镇守同州的时候，因为修筑军营城墙，挖得了一样东西，重达八十多斤，形状就像一个装油的口袋。刘知俊召来宾客幕僚及将校们，向他们询问有谁知道这是什么东西。有人说这是地囊，有人说这是天外飞来的廉石，有人说这是金神的七杀袋。唯独刘源说道："这是冤气凝结成的东西。自古以来在有监狱的地方或许会有这种东西。过去王充据守洛阳时，修建河南府的监狱，也曾得到过这样的东西，而且我的远祖将这件事记了下来。这是那些含冤而死的囚犯，他们冤魂不散而进入地下，凝聚在一起形成了这种东西。历经千百年后，仍旧凝结而不散。我听说喝酒能让人忘记忧愁，请用美酒来祭奠一下，或许可以使它们消散。然而这种东西的出现，也并非吉祥的征兆啊。"刘知俊听后便命人准备了酒菜祝祷，并把酒洒在地上表示祭奠，又把那东西埋掉了。不久之后，便发生了有人攀城背主跑到秦国的事。这便是验证啊。（出《鉴戒录》）

田頵

宣州节度使田頵，准备发动叛乱。一天傍晚，来了一只红色的鸟，长得像雉鸡但是比雉鸡要大；鸟的尾巴有火光，就像零散的星星一样。红色的鸟从外面飞了进来，落在兵器库门上便不见了踪影。第二天，田頵的府里燃起了大火，官署房子都烧光了，只有盔甲兵器保存了下来。田頵凭借这些铁甲兵器发动了叛乱，第二年就被打败了。（出《稽神录》）

桑维翰

魏公桑维翰，担任了开封府尹一职。曾有一天夜半时，他独自一个人在正寝房中坐着，忽然露出了一副非常惊慌恐惧的表情，好像看见了什么似的，向着空中大声喊道："你怎么敢到这里来？"像这样的情况发生了四次。十多天来都显得愤懑不已，即便是身边最亲近的人也不敢问他是怎么回事。没过多久，他梦见自己穿戴好衣服帽

锺傅

南平王锺傅在江西，有衙门吏孔知让，新治第。昼有一星陨于庭中。知让甚恶之，求典外戎，以空其地。岁余，御史中丞薛绍纬贬官至豫章，傅取此地第以居之，遂卒于此。（出《稽神录》）

顿金

袁州刺史顿金，罢郡还都。有人以紫襆包一物，诣门遗之。开视，则白襕衫也。遽追其人，则亡矣。其年金卒。（出《稽神录》）

湖南马氏

湖南武穆王巡边，回舟至洞庭宜春江口，暴风忽至，波如连山，乃见波中，恢诡谲怪，蛟螭出没，云雾昏蒙，有如武夫执戈戟者，有文吏具襕简者，有如捧盘盂者。或绯或绿，倏闪睢盱，莫知何物。左右大骇，衣服器皿悉投之。舟人欲以姬妾为请，王不听。移时风定，仅获存焉。后数年，武穆王薨于位。（出《北梦琐言》）

子，严整车骑队伍，就像是准备出发要前往什么地方。他便上了车坐下，忽然间所乘车辆的马匹不见了，到处追寻也没找到在什么地方。醒来后，他很讨厌这个梦，没过几天就遭难了。（出《玉堂闲话》）

锺 傅

南平王锺傅，住在江西。有个叫孔知让的衙门吏，新建了一座府宅。白天时有一颗星星坠落到了他的庭院里。孔知让对此很是厌恶，请求调到外地去主管军事，以便将这所宅院空出来。一年多以后，御史中丞薛绍纬，被贬官到了豫章郡，锺傅便搬到了孔知让新建的这座宅院，在这住了下来，最后在这里去世了。（出《稽神录》）

顿 金

袁州刺史顿金，解除了郡中职务后回京城去，有人用紫色的包袱包裹了一件东西，扔到了他门前。打开一看，原来是一件白色的烂衫。于是他马上去追那个人，却已经不见了。这一年顿金就去世了。（出《稽神录》）

湖南马氏

湖南武穆王巡视边境，回船走到洞庭湖宜春江口时，忽然刮起了暴风，波涛就如连绵不绝的山峰，只见那波涛中出现了各种恢恑憰怪的事，蛟龙鬼妖出没其中，云雾昏蒙一片，有的像拿刀持枪的武士，有的像身穿官服怀抱公文的文官；有的好像手捧盘子盂盆，或红或绿，瞬间抬眼仰视，又变成了不认识的东西。武穆王身边的人都很是害怕，便将衣服、器皿等都丢进了江里祭祀神灵。船上有人请求将姬妾也投进江里祭祀神灵，武穆王没有采纳。过了些时候风停了，他们得以生存下来。几年以后，武穆王在任上时便去世了。（出《北梦琐言》）

王慎辞

江南通事舍人王慎辞，有别墅在广陵城西，慎辞常与亲友游其上。一日，忽自爱其冈阜之势，叹曰："我死必葬于此。"是夜，村中闻犬吠，或起视之，见慎辞独骑徘徊于此。逼之，遂不见。自是夜夜恒至。月余，慎辞卒，竟葬其地。（出《稽神录》）

安守范

伪蜀彭州刺史安思谦，男守范，尝与宾客游天台禅院，作联句诗。守范云："偶到天台院，因逢物外僧。"定戎军推官杨鼎夫云："忘机同一祖，出语离三乘。"前怀远军巡官周述云："树老中庭寂，窗虚外境澄。"前眉州判官李仁肇云："片时松柏下，联续百千灯。"因纪于僧壁而去。翌日，有贫子乞食见之，朗言曰："人道有初无尾，此则有尾无初。却后五年，首颔俱碎，洎不如尾句者。"抚掌大笑。院僧驱迩之，贫子走且告曰："此后主人，不远千里，即欲到来。"众以为狂，莫测其由。后数年，守范伏法，鼎夫暴亡，此首颔俱碎之义。周与李，累授官资，此不如尾句之义也。院主僧寻亦卒。相承住持者，来自兴元，则主不远千里也。贫子之说，一无谬焉。（出《野人闲话》）

王慎辞

江南通事舍人王慎辞，在广陵城的西边有座别墅。王慎辞经常与亲友在这里游玩。有一天，他忽然喜欢上了这小冈隆起的地势，因此感叹说："我死后一定要安葬在这里。"当天晚上，村里的狗叫得非常厉害。有人起来察看，只见王慎辞独自骑着马在这里徘徊，走近时他就消失不见了。从这之后，他每天晚上都会来。一个多月以后，王慎辞便去世了，最后安葬在了这里。（出《稽神录》）

安守范

伪蜀的彭州刺史安思谦，儿子叫安守范，曾经与宾客们一起到天台禅院游玩，作了一首五言律诗。安守范说："偶到天台院，因逢物外僧。"定戎军的推官杨鼎夫说："忘机同一组，出语离三乘。"前怀远军的巡视官周述说道："树老中庭寂，窗虚外境澄。"前眉州判官李仁肇说："片时松柏下，联续百千灯。"几人吟完便将诗句记在僧院的墙上后走了。第二天，有个要饭的穷孩子发现了墙上的诗，便大声说道："人们都说作诗有开始没有结尾，而这里的诗却有结尾没有开始。五年之后，起头的两联诗都会碎掉，反倒不如尾句。"说完拍手大笑起来。院里的僧人将他赶得远远的。那个穷孩子边走边告诉僧人说："这里以后的主人，不远千里而来，马上就要到来了。"众人都以为他发疯了，没人能猜测出其中缘由。几年以后，安守范因罪被法办，杨鼎夫则暴病身亡，这正是"首领两联都会碎掉"的验证啊。周述与李仁肇，却多次升官晋爵，正是"不如尾句"的验证。寺院的住持不久也死了，继承住持之位的人来自兴元，这正是"不远千里也"的验证。那个穷孩子的说法，竟然没有说错一点。（出《野人闲话》）

卷第一百四十六　定数一

宝志

梁简文之生，志公谓武帝："此子与冤家同年生。"其年侯景生于雁门。乱梁，诛萧氏略尽。（出《朝野佥载》）

史溥

陈霸先未贵时，有直阁吏史溥，梦有人朱衣执玉简，自天而降。简上金字书曰："陈氏五世，三十四年。"及后主降隋，史溥尚在。（出《独异志》）

耿询

隋大业中，耿询造浑仪成，进之。帝召太史令袁克、少府监何稠等检验。三辰度数，昼夜运转，毫厘不差。帝甚嘉之，赐物一百段，欲用为太史令。询闻之，笑曰："询故未得此官，六十四五，所不论耳。然得太史令即命终。"后宇文化及篡逆，询为太史令。询知化及不识，谋欲归唐，事觉被害，时年六十五。观询之艺能数术，盖亦张衡、郭璞之流。（出《大业拾遗记》）

宝 志

南北朝时梁国简文帝出生后，志公对梁武帝说："这个孩子是与冤家同年出生的。"这一年侯景也在雁门出生了。后来侯景反叛了梁朝，几乎将萧氏家人都杀光了。（出《朝野佥载》）

史 溥

南北朝陈霸先还未显贵之时，有一个叫史溥的直阁吏，做梦梦见有个人身穿红色衣服，手持玉简，从天而降。玉简上写着几个金色的字："陈氏五世，三十四年。"当后来陈氏皇朝后主投降隋朝时，史溥还活着。（出《独异志》）

耿 询

隋朝大业年间，耿询成功制造了浑天仪，并将它献给了皇上。皇上召来太史令袁克、少府监何稠等人检验浑天仪。结果发现浑天仪日、月、星三辰的度数，昼夜不停地运转，竟然毫厘不差。皇上特别赞赏了耿询，赐给他一百段财物，并准备任命他为太史令。耿询听说这事后，笑着说："臣之所以没有得到这个官，是因为这样臣活到六十四五，不需要讨论。然而一旦得到太史令这个官职，便是我命终的时候。"后来宇文化及篡位谋反时，耿询为太史令。耿询知道宇文化及不能用人，因此密谋想归顺唐朝，结果事情被发觉而遭杀害。当时年龄是六十五岁。看来耿询的技艺、才能，大概也与张衡、郭璞这类人差不多吧。（出《大业拾遗记》）

尉迟敬德

隋末，有书生居太原，苦于家贫，以教授为业。所居抵官库，因穴而入，其内有钱数万贯，遂欲携挈。有金甲人持戈曰：“汝要钱，可索取尉迟公帖来，此是尉迟敬德钱也。”书生访求不见，至铁冶处，有煅铁尉迟敬德者，方袒露蓬首。煅炼之次，书生伺其歇，乃前拜之。尉迟公问曰：“何故？”曰：“某贫困，足下富贵，欲乞钱五百贯，得否？”尉迟公怒曰：“某打铁人，安有富贵？乃侮我耳！”生曰：“若能哀悯，但赐一帖，他日自知。”尉迟不得已，令书生执笔，曰：“钱付某乙五百贯。”具月日，署名于后。书生拜谢持去。尉迟公与其徒拊掌大笑，以为妄也。书生既得帖，却至库中，复见金甲人呈之，笑曰：“是也。”令系于梁上高处。遣书生取钱，止于五百贯。

后敬德佐神尧，立殊功，请归乡里。敕赐钱，并一库物未曾开者，遂得此钱。阅簿，欠五百贯，将罪主者，忽于梁上得帖子。敬德视之，乃打铁时书帖。累日惊叹，使人密求书生，得之，具陈所见。公厚遣之，仍以库物分惠故旧。（出《逸史》）

尉迟敬德

隋朝末年，有个书生居住在太原，家里非常贫穷，只有靠教书来养家糊口。他的家紧挨着官府的仓库，有一次他便顺着洞钻进了仓库，发现里面有几万贯钱。于是他想将这些钱带走。这时一个金甲人手拿长戈，对他说："如果你想要钱，可以向尉迟公索要一张他的公帖来，因为这些钱是尉迟敬德的钱。"这个书生便到处寻访尉迟敬德，可是一直都没有找到。一天他来到一个打铁的铺子里，发现这里有个叫尉迟敬德的打铁人，正赤裸着上身，满头蓬发。在锻铁的地方，书生等到他休息了，就上前拜见。尉迟敬德问他："你这是干什么？"书生回答说："我家里很贫困，而您很富有。我想要五百贯钱，不知能不能给我？"尉迟公听后生气地说："我就是个打铁的，哪有什么富贵可言？你这是在侮辱我！"书生说："如果你能可怜可怜我，只要能给我写个字条就可以。日后你就会知道原因的。"尉迟公没有办法，便让书生自己执笔来写，在字条上写道："今付给某某五百贯钱。"又写上日期某月某日，在最后署上了尉迟公的名字。写好后书生拜谢过尉迟公便拿着字条走了。尉迟公与他的徒弟拍手大笑着，认为这个书生太荒谬了。书生得到字条后，来到了府库里，再次见到金甲人后将字条给了他。金甲人看后笑着说："正是这个。"他让书生将字条系在高处的房梁上，然后要书生去取钱，但只能拿五百贯。

后来尉迟敬德辅佐唐高祖李渊，为夺取天下立下了特大功劳。当他请求解甲归田时，皇上赏赐了钱给他，另加一库还未启封的财物，于是就得到了书生借钱的那一库钱。当他开库对账查点钱财时，发现少了五百贯。正当他准备处罚守库之人时，忽然发现了房梁上的那张字条。尉迟敬德取下一看，原来是打铁时所写的字条。一连几天，他对此惊叹不已，便派人暗中寻找那个书生。找到后，书生将所有见到的事都告诉了尉迟敬德。尉迟公重重地赏了他，又把库中的财物分给了过去的亲朋好友。（出《逸史》）

魏 徵

唐魏徵为仆射，有二典事之。长参时，徵方寝。二人窗下平章，一人曰："我等官职，总由此老翁。"一人曰："总由天上。"徵闻之，遂作一书，遣由此老翁人者，送至侍郎处。云："与此人一员好官。"其人不知，出门心痛，凭由天人者送书。明日引注，由老人者被放，由天者得留。徵怪之，问焉，具以实对，乃叹曰："官职禄料由天者，盖不虚也。"（出《朝野佥载》）

娄师德

唐娄师德为扬州江都尉，冯元常亦为尉，共见张冏藏。冏藏曰："二君俱贵，冯位不如娄。冯唯取钱多，官益进。娄若取一钱，官即败。"后冯为浚仪尉，多肆惨虐。巡察以为强，奏授云阳尉。又缘取钱事雪，以为清强监察。娄竟不敢取一钱，位至台辅，家极贫匮。冯位至尚书左丞，后得罪，赐自尽。娄至纳言卒。（出《朝野佥载》）

王 显

唐王显，与文武皇帝有严子陵之旧，每掣裈为戏，将帽为欢。帝微时，常戏曰："王显抵老不作茧。"及帝登极而显谒，因奏曰："臣今日得作茧耶？"帝笑曰："未可知也。"召其三子，皆授五品，显独不及。谓曰："卿无贵相，朕非为卿惜也！"曰："朝贵

魏徵

唐朝魏徵在担任仆射时，有两个主管辅助他。长参时，魏徵刚刚睡下，两个主管便在窗前议论。一个人说："我们的官职，都是由这个老头决定的。"另一个说："应该是上天定的。"魏徵听到议论后，便写了一封信，派遣那个说"由老翁决定的"的人送往侍郎府。信上说："请给此人一个好官职。"但这个人不知信的内容。当他刚出门时感到心口痛疼，只得由那个说"由天定"的人前去送信。第二天有批注下来，那个说"由老翁决定"的人被下放了，而那个说"由上天决定"的人得以留下。魏徵觉得很奇怪，便询问他们，他们将实情全部告诉了魏徵。魏徵因此长叹说："官职俸禄料想是由上天决定的，这说法原来真的不假啊！"（出《朝野佥载》）

娄师德

唐朝娄师德任扬州江都县尉时，冯元常也是一个县尉。有一次两人一起去拜见张冏藏。张冏藏说："你们两个人以后都会大富贵，但冯元常的官职将不如娄师德高。冯元常只有多收取钱财，官职才会更高；娄师德如果收取了一文钱，官职就会丢失。"后来，冯元常担任了凌仪县尉，在任上他肆意敛财残忍暴虐。巡察使认为他办事能力强，因此奏请提拔为云阳尉。又因为他搜刮钱财的事得以昭雪，提拔他做了清强监察。娄师德最终也不敢收取一文钱，官位一直做到了台辅，但家中却特别穷困。冯元常的官职最终做到了左丞，后来因为犯了罪，被赐以自尽而死。娄师德后来在纳言的官任上去世。（出《朝野佥载》）

王显

唐朝的王显，与唐太宗有像严子陵与汉光武帝一样的幼时伙伴交情。那时他们经常互相趁其不备从后面猛不防扯下对方裤子，还把对方帽子抢过来扔到天上又掉下来玩。唐太宗还没有显贵时，常常笑话王显说："王显你就是活到老也不会有所成就。"等到李世民

而夕死足矣。”时仆射房玄龄曰：“陛下既有龙潜之旧，何不试与之？”帝与之三品，取紫袍金带赐之，其夜卒。（出《朝野佥载》）

张宝藏

贞观中，张宝藏为金吾长史。常因下直，归栎阳。路逢少年畋猎，割鲜野食，倚树叹曰：“张宝藏身年七十，未尝得一食酒肉如此者，可悲哉！”傍有一僧指曰：“六十日内，官登三品，何足叹也！”言讫不见。宝藏异之，即时还京。时太宗苦于气痢，众医不效，即下诏问殿庭左右，有能治此疾者，当重赏之。时宝藏曾困其疾，即具疏以乳煎荜拨方。上服之立瘥，宣下宰臣，与五品官。魏徵难之，逾月不进拟。上疾复发，问左右曰：“吾前饮乳煎荜拨有效。”复命进之，一啜又平。因思曰：“尝令与进方人五品官，不见除授，何也？”徵惧曰：“奉诏之际，未知文武二吏。”上怒曰：“治得宰相，不妨已授三品官。我天子也，岂不及汝耶？”乃厉声曰：“与三品文官，授鸿胪卿。”时正六十日矣。（出《独异志》）

登上皇位时王显前来拜见，因此趁机上奏说：“我现在能成点才了吗？”唐太宗笑着说：“我也不知可不可以啊。”于是召来王显的三个儿子，都授予他们五品官职，就是没有授予王显。唐太宗还对王显说：“你天生就没有当官的贵相，并不是我舍不得给你。”王显说：“你现在当了皇帝，我也想弄个一官半职，哪怕你早上给我一个官，晚上就死也满足了。”当时的仆射房玄龄说道：“陛下您既然与他是儿时发小，为什么不试着给他一个官职做做？”唐太宗因此授予了王显一个三品官职，并让人拿来紫袍金带赐给了他。当天夜里王显就死了。（出《朝野佥载》）

张宝藏

贞观年间，张宝藏担任金吾长史。他常常在朝当班结束后，要回到栎阳去。有一次他在路上碰到了一个打猎的少年，割下新鲜的肉来野餐。张宝藏倚靠着树感叹道：“我张宝藏年已七十，未曾像这样吃过一次酒肉，真是太可悲了。”旁边有一个和尚听后指着他说：“六十日之内，你的官位就会提升到三品，有什么可以感叹的呢！”说完便消失不见了。张宝藏觉得很奇怪，便立刻赶回了京城。当时唐太宗因得了痢疾而非常痛苦，请了很多医生来治疗都没有见效，就下诏访问各殿庭大臣身边的人，凡是能治疗这种病的，定当重重奖赏。张宝藏也曾被这种病困扰过，就上呈了一份奏疏，告诉唐太宗可以用乳汁煎荜拨的药方治疗。唐太宗按这药方服药后，痢疾马上就好了。因此唐太宗下诏给宰相，让他授予张宝藏一个五品官位。魏徵有意为难张宝藏，过了一个多月也没有拟文授官。这时皇上的痢疾又发作了，询问左右侍臣道：“我之前喝了乳煎荜拨的药很有效。”于是又让人送来此药，一喝又好了。唐太宗因此想了想道：“我曾下令授予进献药方的人五品官，可是到现在也不见给他授官，是什么原因？”魏徵听后害怕了，说：“接到诏令的时候，不知道是该授予文官还是武官。”唐太宗生气地说：“如果治好了宰相，授给他三品官都没事。我乃是天子，难道还不如你吗？”因此严厉道：“给他三品文官，授

授判冥人官

唐太宗极康豫，太史令李淳风见上，流泪无言。上问之，对曰："陛下夕当晏驾。"太宗曰："人生有命，亦何忧也！"留淳风宿。太宗至夜半，上奄然入定，见一人云："陛下暂合来，还即去也。"帝问："君是何人？"对曰："臣是生人判冥事。"太宗入见，判官问六月四日事，即令还，向见者又迎送引导出。淳风即观玄象，不许哭泣，须臾乃寤。至曙，求昨所见者，令所司与一官，遂注蜀道一丞。上怪问之，选司奏："奉进止与此官。"上亦不记，旁人悉闻，方知官皆由天也。（出《朝野佥载》）

王无㝵

唐王无㝵，好博戏，善鹰鹞。文武圣皇帝微时，与无㝵蒱戏争彩，有李阳之宿憾焉。帝登极，㝵藏匿不出。帝令给使，将一鹞子于市卖之，索钱二十千，㝵不之知也，酬钱十八贯。给使以闻，帝曰："必王无㝵也。"遂召至，惶惧请罪。帝笑而赏之，令于春明门，待诸州庸车三日，并与之。㝵坐三日，属灞桥破，唯得麻三车，更无所有。帝知其命薄，更不复赏。频请五品，帝曰："非不与卿，惜卿不胜也。"固请，乃许之。其夜遂卒。（出《朝野佥载》）

予鸿胪卿之职。”当时正好是那个和尚对张宝藏说话后的第六十天。（出《独异志》）

授判冥人官

唐太宗的身体非常健康。太史令李淳风见到太宗后，流着眼泪不说话。唐太宗问他是怎么回事，李淳风回答说：“陛下今天晚上会晏驾（驾崩）。”唐太宗道：“人生死有命，又有什么好忧愁的！”当晚便留李淳风在宫里住下了。到半夜的时候，唐太宗忽然入定了，便见一个人对他说：“陛下暂时请跟我来，一会儿便回去。”唐太宗问道：“你是谁？”那人回答说：“臣下是在阳世办阴间之事的人。”唐太宗就随他进入了冥府，判官问过他六月四日发生的事，就让他回去。之前见到的那个人又迎送太宗，引着他出了冥府。当时李淳风便马上观测天象，让大家不许哭泣。不一会儿，太宗就醒来了。天亮时，太宗让人寻找昨天晚上见到的那个人，令相关部门的主管官员给他一个官职，因此才知道那人是蜀道的一个县丞。唐太宗很奇怪，便问起这件事。选司回奏说：“这是奉旨授给他的官职。”唐太宗已经不记得了，但身边的人却都听说了。这才知道官职都是由上天定的。（出《朝野佥载》）

王无㝵

唐朝的王无㝵，喜欢玩赌博的游戏，很会养鹰鹞。文武圣皇帝唐太宗还没有登位之时，曾与王无㝵赌博争输赢，留下了李阳之宿的遗憾。唐太宗登上帝位后，王无㝵便躲藏了起来不敢出来。唐太宗命令给使，将一只鹞子拿到集市上去卖，要价二十千。王无㝵不知道这是唐太宗让人这样做的，因此只给价十八贯。给使将这件事报告给唐太宗，唐太宗说：“这人一定是王无㝵。”于是将王无㝵召到皇宫，王无㝵惶恐请罪。唐太宗笑了笑并赏赐了他，让他到春明门等待各州庸车三天，并将所经财物全部送给他。王无㝵在春明门坐等了三天，因为灞桥坏了，只得到了三车麻，再没得到其他的东西。唐太宗知道

宇文融

刘禹锡曰：官不前定，何名真宰乎？永徽中，卢齐卿卒亡，及苏，说见其舅李某，为冥司判官，有吏押案曰："宇文融合为宰相。"舅曰："宇文融岂堪为宰相？"吏曰："天曹符已下，数日多少，即由判官。"舅乃判一百日。既而拜宰相，果百日而罢。（出《嘉话录》）

路潜

怀州录事参军路敬潜遭綦连辉事，于新开推鞫，免死配流。后诉雪，授睦州遂安县令。前邑宰皆卒于官，潜欲不赴，其妻曰："君若合死，新开之难，早已无身。今得县令，岂非命乎？"遂至州，去县水路数百里上。寝堂西间有三殡坑，皆埋旧县令，潜命坊夫填之。有枭鸣于屏风，又鸣于承尘上，并不以为事。每与妻对食，有鼠数十头，或黄或白，或青或黑，以杖驱之，则抱杖而叫。自余妖怪，不可具言。至一考满，一无损失。选授卫令，除卫州司马，入为郎中，位至中书舍人。（出《朝野佥载》）

他的命薄，便再也没有赏给他东西。王无导多次请求给他五品官职，唐太宗对他说：“并不是我不想给你，可惜的是你承受不了啊！”王无导坚决请求给官，唐太宗便答应了他。当天夜里，王无导就死了。（出《朝野佥载》）

宇文融

刘禹锡曾说：“如果官职不是前生注定的，为什么叫真宰相呢？”永徽年间，卢齐卿突然死亡了，当他再度苏醒后，对人说见到了他的舅舅李某，是冥府的判官。有一个府吏查阅案卷时说：“宇文融应该担任宰相。”刘禹锡的舅父说：“宇文融怎么能胜任宰相之职呢？”那个府吏说：“天府的命令已经下发了，但担任多长时间由判官你决定。”刘禹锡的舅父于是判了一百天。没过多久宇文融就被授予了宰相之职，到了一百天时果然就被罢免了。（出《嘉话录》）

路潜

怀州的录事参军路敬潜因綦连辉谋反一事遭受牵连，在新开受到审判，被判免除死刑，流放边疆。后来因上诉得以昭雪平反，被授睦州遂安县令一职。因遂安县前几任县宰都是死在任上，所以路敬潜不想前去赴任。他的妻子说：“如果您该死，那么在新开的那次灾难中，你早就已经死了。现在得到了遂安县县令之职，难道这不是你的命吗？”路敬潜于是来到了睦州，这里走水路距离遂安县还有数百里以上的路程。在遂安县府衙寝堂的西边，有三个殡葬的坑，埋着的都是以前的县令。路敬潜命令坊夫将葬坑填上了，发现又有枭在府衙寝堂的屏风上鸣叫，一会又在天花板上鸣叫。路敬潜并不认为这是什么了不得的事。他每次与妻子对坐着吃饭时，就会有几十只老鼠跑出来，有的是黄色的，有的是白色的，有青色的也有黑色的。他用木杖驱赶它们，那些老鼠就抱着木杖叫唤。其余的妖异怪事，无法一一用言语陈说。到一届考核任满时，路敬潜也没有受到一点儿损失。后来路敬潜被选授予卫令，升迁为卫州司马，又被任命为郎中，官位一直做到了中书舍人。（出《朝野佥载》）

甘子布

周甘子布，博学有才，年十七，为左卫长史，不入五品。登封年病，以驴轝强至岳下，天恩加两阶，合入五品，竟不能起。乡里亲戚来贺，衣冠不得，遂以绯袍覆其上，帖然而终。（出《朝野佥载》）

李迥秀

李迥秀为兵部尚书，有疾，朝士问之。秀曰："仆自知当得侍中，有命固不忧也。"朝士退，未出巷而薨。有司奏，有诏赠侍中。（出《定命录》）

狄仁杰

唐狄仁杰之贬也，路经汴州，欲留半日医疾。开封县令霍献可追逐当日出界，狄公甚衔之。及回为宰相，霍已为郎中，狄欲中伤之而未果。则天命择御史中丞，凡两度承旨，皆忘。后则天又问之，狄公卒对，无以应命，唯记得霍献可，遂奏之。恩制除御史中丞。后狄公谓霍曰："某初恨公，今却荐公，乃知命也，岂由于人耶？"（出《定命录》）

崔元综

崔元综，则天朝为宰相。令史奚三儿云："公从今六十日内，当流南海。六年三度合死，然竟不死。从此后发初，更作官职。后还于旧处坐，寿将百岁。终以馁死。"经六十日，果得罪，流于南

甘子布

武周时期的甘子布，博学广识且才华出众。十七岁的时候，便担任了左卫长史，但官位还没有到五品。在武则天宣布封禅嵩山的这一年他生病了，坐着驴车勉强来到了中岳嵩山下，承蒙皇上恩赐官加两级，正好列入了五品官级，但身体也因来回奔波虚弱而无法起来。乡里的亲戚好友前来祝贺，却已无法穿戴官衣官帽了，于是便让人将红色的官袍覆盖在他身上，然后安安详地去世了。（出《朝野佥载》）

李迥秀

李迥秀为兵部尚书，生病了，朝中的官员前来慰问他。李迥秀说："我知道自己应该有担任侍中的命，有命在所以就不用忧虑了。"朝中官员告退离开，还没走出街巷时李迥秀就死了。有司将此情况上奏给了皇上，皇上因此下诏赠予李迥秀侍中之职。（出《定命录》）

狄仁杰

唐朝的狄仁杰被贬官了，路经汴州时想留住半天来治病。开封县的县令霍献可让人驱赶他，让他当天必须走出开封县县界，狄仁杰对此心中含恨很深。当狄仁杰再次回朝担任宰相时，霍献可已经做了郎中。狄仁杰想中伤霍献可却没有成功。武则天让狄仁杰选择御史中丞的人选，共两次接到了圣旨，但他却都给忘记了。后来武则天再次问起这件事，狄仁杰仓促以对，却不知道该如何回答，心中只记得霍献可，就将霍献可推荐给了武则天。武则天下旨将霍献可提拔为御史中丞。后来狄仁杰对霍献可说："我当初恨你，现在却推荐了你，这才知道这都是天命，怎么是由人决定的呢？"（出《定命录》）

崔元综

崔元综，是唐代武则天时期的宰相。令史奚三儿说："您从现在算起六十天以内，应当会被流放到南海；六年之中有三次应该死亡，然而最终却没有死。从此以后你将开始发迹，更换官职，最后海之南。经数年，血痢百日，至困而不死。会赦得归，乘船渡海，遇浪漂没，同船人并死。崔公独抱一板，随波上下。漂泊至一海渚，入丛苇中。板上一长钉，刺脊上，深入数寸，其钉板压之。在泥水中，昼夜忍痛呻吟而已。忽遇一船人来此渚中，闻其呻吟，哀而救之，扶引上船，与踏血拔钉，良久乃活。问其姓名，云是旧宰相。众人哀之，济以粮食，随路求乞。于船上卧，见一官人著碧，是其宰相时令史。唤与语，又济以粮食，得至京师。六年之后，收录乃还。选曹以旧相奏上，则天令超资与官。及过谢之日，引于殿庭对。崔公著碧，则天见而识之。问得何官，具以状对。乃诏吏部，令与赤尉。及引谢之日，又敕与御史。自御史得郎官，累迁至中书侍郎，九十九矣。子侄并死，唯独一身，病卧在床。顾令奴婢取饭粥，奴婢欺之，皆笑而不动。崔公既不能责罚，奴婢皆不受处分，乃感愤不食，数日而死矣。（出《定命录》）

苏味道

苏味道三度合得三品，并辞之。则天问其故，对曰："臣自知官复原职。寿数将达百岁，最终因饥饿而死。”过了六十天，崔元综果然获罪，被流放到了南海以南的地方。过了几年后，他得了一种血痢病长达百日，到了最严重最危险的时候，最终却没有死。当时遇上皇上大赦天下，得以有机会回归京城。回京时他乘船过海，遇到了大风浪把船淹没了。同船的人全部都死了，只有崔元综一个人抱着一块木板，随波漂荡，忽上忽下，最后漂泊到了一座岛屿边，被风浪推进了芦苇丛中。他抱着的那块木板上有一枚长钉子，正好刺在他的脊背上，扎进了身体有几寸深。被风浪推进芦苇丛中时那带钉的板子正好压在他的身上，他只能躺在泥水中，昼夜忍痛不停地呻吟。这时忽然遇到有一船人来到了这座岛上。他们听到了他的呻吟声，因可怜他就将他救了起来，扶他上了船，并给他止血拔钉。过了很长一段时间后，他才苏醒了过来。他们询问他的姓名，他说自己原来是当朝的宰相。众人可怜他，接济了他一些粮食，他便这样一路过着乞讨的日子。有一天他正在船上躺着，忽然看见一个穿碧绿色衣服的官员，正是他当宰相时的令史。他就招呼他过来与他说话。那官员又周济给了他一些粮食，他终于得以回到了京城。六年之后，收录司回来了，选曹司将原宰相的情况上奏给了武则天，武则天下令破格授予他官职。等到进宫拜谢的那天，崔元综被带到朝廷大殿上问话。因崔元综穿着碧绿色的衣服，武则天见到后认了出来。武则天问他得到了什么官职，他将现在的处境说了。武则天听后下诏给吏部，让他们任命崔元综担任赤尉一职。等到他进宫拜谢的那天，则天又特敕任命他担任了御史之职。以后他从御史做到郎官，多次升迁直到担任了中书侍郎。这年他已经九十九岁了，他的子侄都已经死了，只剩下他独身一人，卧病在床。他让奴婢拿来饭粥，但奴婢们欺他年老病重，都笑而不动。崔元综现在没有能力责罚他们了，奴婢们都没有受到处分。崔元综因此感到悲愤而吃不下东西，几天之后便去世了。（出《定命录》）

苏味道

苏味道曾经有三次机会应该得到三品官职，但都被他拒绝了。

不合得三品。”则天遣行步，视之曰：“卿实道今得三品。”十三年中书侍郎平章事，不登三品。其后出为眉州刺史，改为益州长史，敕赐紫绶。至州日，衣紫毕。其夜暴卒。（出《定命录》）

卢崇道

唐太常卿卢崇道，坐女婿中书令崔湜反，羽林郎将张仙坐与薛介然口陈欲反之状，俱流岭南。经年，无日不悲号，两目皆肿，不胜凄恋，遂并逃归。崇道至都宅藏隐，为男娶崔氏女，未成。有内给使来，取克贵人。崇道乃赂给使，别取一崔家女去。入内事败，给使具承，掩崇道，并男三人，亦被纠捉。敕杖各决一百，俱至丧命。（出《朝野佥载》）

刘仁轨

唐青州刺史刘仁轨，知海运，失船极多。除名为民，遂辽东效力。遇病，卧平襄城下。褰幕看兵士攻城，有一卒直来前头背坐，叱之不去。仍恶骂曰：“你欲看，我亦欲看！何预汝事？”不肯去。须臾，城头放箭，正中心而死。微此兵，仁轨几为流矢所中。（出《朝野佥载》）

武则天问他这样做的原因，他回答说："我自己知道不应当得到三品官职。"武则天让他走了几步，然后看着他说："老实说你应当在今天得到三品官。"苏味道做了十三年的中书侍郎平章事，没有得到三品官。他后来出任眉州刺史，又改任为益州长史，皇上赏赐给他紫袍绶带。到了益州的时候，他刚刚穿上紫袍，那天晚上就暴病身亡了。（出《定命录》）

卢崇道

唐朝的太常卿卢崇道，因为女婿中书令崔湜谋反的事而被牵连；羽林郎将张仙因为与薛介然谈论想要谋反的情况而获罪，都被流放到了岭南。这样过了一年，他们没有一天不是悲伤大哭的，两眼都哭肿了。他们无法忍受这凄惨悲凉以及思念之情，于是便一起逃了回来。卢崇道逃回京城的家里隐藏了起来，想让儿子迎娶崔姓人家的女儿，但没能成功。因为有个内给使前来，说能够让崔氏女为贵人，卢崇道于是贿赂那个内给使，让他找另一崔姓家的女儿进宫。进宫后事情败露，内给使承担了全部责任，掩护了卢崇道，连同内给使的三个儿子也被收监。下令各打一百杖刑，都被打死了。（出《朝野佥载》）

刘仁轨

唐朝时青州刺史刘仁轨，负责管理海运，因损失的船舶很多，被免官削职成为了平民百姓。于是他前往辽东效力，没想到生病了，在平襄城下卧床不起。有一次他卷起窗帘时看到士兵在攻城，正好有个士兵直接来到了刘仁轨的窗前背对着他坐了下来。刘仁轨大声呵斥他他也没有离开，反而恶声咒骂刘仁轨说："你想看，我也想看。这碍着你什么事了？"说完仍旧不肯离去。没过多久，城墙上射出了箭，有箭矢正好射中了那个士兵的心脏而死。如果没有这个士兵，刘仁轨差一点就被流矢射中了。（出《朝野佥载》）

任之选

唐任之选，与张说同时应举。后说为中书令，之选竟不及第。来谒张公，公遗绢一束，以充粮用。之选将归至舍，不经一两日，疾大作。将绢市药，绢尽，疾自损。非但此度，余处亦然。何薄命之甚也！（出《朝野佥载》）

任之选

唐朝的任之选，与张说是同时参加科举考试的同学。后来张说做了中书令，而任之选竟然没有考中。一天任之选前来拜见张说，张说赠给了他一束绢，以填补生活开支。任之选将绢布拿回家里，没过一两天，便得了一场大病。于是他将绢布卖了来买药，绢布卖光了，疾病也自然好了。不但这件事是这样，他做的其他事也是这样。他是多么命薄的人啊！（出《朝野佥载》）

卷第一百四十七　定数二

田　预

唐奉御田预，自云：少时见奚三儿患气疾，寝食不安。田乃请与诊候，出一饮子方剂愈。三儿大悦云："公既与某尽心治病，某亦当与公尽心，以定贵贱。"可住宿，既至晓，命纸录一生官禄，至第四政，云："作桥陵丞。"时未有此官，田诘之。对云："但至时，自有此官出。"又云："当二十四年任奉御。"及大帝崩，田果任桥陵丞，后为奉御，二十四年而改。（出《定命录》）

王　晙

王晙任渭南已数载。自云："久厌此县，但得蒲州司马可矣。"时奚三儿从北来，见一鬼云："送牒向渭南，报明府改官。"问何官，云改蒲州司马，便与相随来渭南，见晙云："公即改官为蒲州司马。"当时鬼在厅阶下曲躬立。三儿言讫，走出。果三数日改蒲州司马。改后二十余日，敕不到。问三儿，三儿后见前鬼，问故。鬼云："缘王在任剩请官钱，所以折除，今折欲尽，至某时，当得上。"后验如其言。（出《定命录》）

田预

唐朝的奉御田预自己说："我年轻的时候见到奚三儿得了气管病，吃不好饭也睡不好觉。我便请求给他诊断，结果只喝了一剂饮用的药病就治好了。"奚三儿非常高兴，他说："既然你给我尽心治好了病，我也应当尽心尽力为你办一件事，以确定你一生的贵贱。"奚三儿同意田预住在自己家里。天亮后，奚三儿让田预拿纸记下自己一生的官禄，记录到第四个官职时，奚三儿说道："做桥陵丞。"当时还没有桥陵丞这个官职，田预便追问他。他回答说："只要到了那个时候，自然就会出现这个官职了。"他又说："你会担任二十四年的奉御。"当皇上驾崩以后，田预果然担任了桥陵丞一职；后来又担任了奉御，直到二十四年后才改任了其他官职。（出《定命录》）

王晙

王晙担任渭南县令已经有好几年了。他自己说："早就厌烦在渭南这个县了，要是能担任蒲州司马就好了。"当时奚三儿正从北而来，他看见一个鬼对他说："请将这份公文送去渭南，告诉县令明天他将改官。"奚三儿便问将改为什么官，那个鬼说："改为蒲州司马。"说完便跟随奚三儿一起来到了渭南。见到王晙后，他说："您马上就要改官担任蒲州司马了。"当时鬼在大厅台阶下面弯身躬立，等奚三儿说完，那鬼便走了出去。果然三天后王晙就改任蒲州司马了。但改官后的二十多天，皇帝的诏令还没有到。王晙问奚三儿，奚三儿后来又去见之前的那个鬼，问他是什么原因。那个鬼说："因为王晙在任上时剩有官钱，所以得折除掉。现在快要折算完了，等以后到了某个时候，便能当上蒲州司马了。"后来，果然像他说的那样应验了。（出《定命录》）

高智周

高智周，义兴人也。少与安陆郝处俊、广陵来济、富阳孙处约同寓于石仲览。仲览宣城人，而家于广陵，破产以待此四人，其相遇甚厚。尝夜卧，因各言其志。处俊先曰："愿秉衡轴一日足矣。"智周、来济愿亦当然。处约于被中遽起曰："丈夫枢轴或不可冀，愿且为通事舍人，殿庭周旋吐纳足矣。"仲览素重四人，尝引相工视之，皆言贵及人臣，顾视仲览曰："公因四人而达。"后各从官州郡。来济已领吏部，处约以瀛州书佐。因选引时，随铨而注。济见约，遽命笔曰："如志如志。"乃注通事舍人，注毕下阶，叙平生之言，亦一时之美也。智周尝出家为沙门，乡里惜其才学，勉以进士充赋，擢第，授越王府参军，累迁费县令，与佐官均分俸钱，迁秘书郎，累迁中书侍郎，知政事，拜银青光禄大夫。智周聪慧，举朝无比，日诵数万言，能背碑覆局。淡泊于冠冕，每辞职辄迁，赠越州都督，谥曰定。（出《御史台记》）

王儦

唐太子通事舍人王儦曰：人遭遇皆系之命，缘业先定，吉凶乃来，岂必诫慎？昔天后诛戮皇宗，宗子系大理当死。宗子叹曰："既不免刑，焉用污刀锯？"夜中，以衣领自缢死。晓而苏，遂言笑饮食，不异在家。数日被戮，神色不变。初苏言曰："始死，冥官怒之曰：'尔合戮死，何为自来？速还受刑！'宗子问故，官示以冥

高智周

高智周，是义兴人。年轻时与安陆的郝处俊、广陵的来济、富阳的孙处约同住在石仲览的家里。石仲览是宣城人，而在广陵安了家。为招待他们四个人几乎让家庭破产了，他们几人之间的交情非常深厚。曾有一天晚上，几人躺在床上，各自谈论起自己的志向。郝处俊先说道："如果能够掌一天权我就满足了。"高智周、来济他们的愿望也差不多。孙处约从被子中突然起身说："大丈夫要成为一个国家权力机构的重臣或许是不现实的，我希望能够成为一名通事舍人，能在朝廷内周旋跑跑腿、传传话就满足了。"石仲览向来就看重四人，曾经找来相面先生给他们相面。相面先生说这四个人将来都是位极人臣的贵人，又看了看石仲览说："你会因为他们四人而发达。"后来他们各自在州郡里当了官。来济已经在吏部做了长官，孙处约担任了瀛州书佐。一次在推荐选拔官员时，随着选官一一批注，来济见到了孙处约的名字，于是立刻拿起笔来写道："可以实现他的志向和愿望。"就批注为通事舍人。批注完后来济走下台阶，与孙处约讲起当年的志向，这也成了一时的美谈。高智周曾经出家做了和尚，同乡的人爱惜他的才学，因此勉励他前去考取进士。结果考中了，被选授为越王府参军，几次升迁后做了费县县令，与佐官一起均分俸禄，后又升为秘书郎，几次升迁后做了中书侍郎，掌管政事，拜为银青光禄大夫。高智周聪慧过人，满朝大臣无人能比，每天都要背诵几万字，能背诵碑文复盘棋局。只是他对为官之事看得很淡泊，经常请求辞职回乡，死后被赠以越州都督之职，谥号定。（出《御史台记》）

王儦

唐朝的太子通事舍人王儦说："人生的遭遇都是由你的命运决定的，缘分与事业早就注定了，吉凶降临之时，一定必须警惕、谨慎呀？过去太后诛杀皇室宗族时，宗子被押送到大理寺审判，应当判处死刑。宗子由此长叹说："既然不能免除一死，我何必污染了刀锯呢！"半夜时，便用自己的衣服领子上吊而死。天亮时却又苏醒了过

簿，及前世杀人，今偿对乃毕报。”宗子既知，故受害无难色。（出《纪闻》）

裴伷先

工部尚书裴伷先，年十七，为太仆寺丞。伯父相国炎遇害，伷先废为民，迁岭外。伷先素刚，痛伯父无罪，乃于朝廷封事请见，面陈得失。天后大怒，召见，盛气以待之，谓伷先曰：“汝伯父反，干国之宪，自贻伊戚，尔欲何言？”伷先对曰：“臣今请为陛下计，安敢诉冤？且陛下先帝皇后，李家新妇。先帝弃世，陛下临朝，为妇道者，理当委任大臣，保其宗社。东宫年长，复子明辟，以塞天人之望。今先帝登遐未几，遽自封崇私室，立诸武为王，诛斥李宗，自称皇帝。海内愤惋，苍生失望。臣伯父至忠于李氏，反诬其罪，戮及子孙。陛下为计若斯，臣深痛惜。臣望陛下复立李家社稷，迎太子东宫。陛下高枕，诸武获全。如不纳臣言，天下一动，大事去矣。产、禄之诫，可不惧哉？臣今为陛下用臣言未晚。”天后怒曰：“何物小子，敢发此言！”命牵出。伷先犹反顾曰：“陛下采臣言实未晚。”如是者三。天后令集朝臣于朝堂，杖伷先至百，长隶瀼州。伷先解衣受杖，笞至十而伷先死，数至九十八而苏，更二笞而毕。伷先疮甚，卧驴舆中，至流所，卒不死。

来，马上又言谈说笑，吃饭饮酒，与在家里没有两样。几天后被杀时，脸色神气没有一点儿变化。当初他苏醒的时候说：“我刚死时，冥府的官员生气地对我说：‘你应当被杀死，为什么自己来了？快快回去受刑！’宗子问冥官这是什么缘故，冥官拿出生死簿给他看，才知道是前世杀了人，这一世要全部偿还。”宗子已经明白了是怎么回事，所以面对杀头时脸上没有一点为难的神色。”（出《纪闻》）

裴伷先

工部尚书裴伷先，年纪才十七岁，就担任了太仆寺丞。他的伯父裴炎是相国，被杀害了，裴伷先也被削去官职降为平民，迁居到了岭外。裴伷先性格向来刚直，痛惜伯父无罪却被杀害，于是在朝廷前呈上封事请求进见皇上，以便当面陈述得失利害。皇后武则天大怒，召见了裴伷先，以盛气凌人的神态对他。她对裴伷先说：“你的伯父反叛，触犯了国家宪法，自己留下了你这个亲戚，你想说什么？”裴伷先回答说：“臣今天是想为陛下考虑，又怎么敢倾诉冤屈呢？再说陛下您是先帝的皇后，是李家的新媳妇。先帝已离开了人世，由陛下临朝主持朝政大事。臣以为作为妇道人家，陛下理当将国家大事委任给大臣们，以保护好李家的社稷。东宫娘娘年长，应当恢复她的儿子掌管朝政，以满足在天上的先帝的愿望。现在先帝上天还没有几天，娘娘就自作主张册封自己的私党，册封了众多武氏族人为王爷；娘娘诛杀排斥李氏宗族之人，自称皇帝。这让全天下的人都感到愤慨与惋惜，使天下的百姓深感失望。我的伯父对李家至忠至诚，反被你诬陷有罪，连子孙后代都无法幸免。陛下采取这样的行动计划，臣深感痛惜。臣希望陛下重新恢复李家社稷，迎立东宫太子登基。这样陛下将可以高枕无忧了，而各位武姓族人也将获得安全。如果陛下不采纳臣的话，一旦天下变动，国家社稷的大事就难以掌控了。吕产、吕禄二人的教训，能不让人害怕吗？臣现在为陛下考虑，如果采用臣的建议还为时不晚。”武则天听后大怒道：“你是个什么东西，敢对我说出这种话！”命人将裴伷先拉了出去。裴伷先还是回头对武则天说道：“陛下采信我的话实在是为时不晚啊。”像这样说了多次。武则在南中数岁，娶流人卢氏，生男愿。卢氏卒，仙先携愿，潜归乡。岁余事发，又杖一百，徙北庭。货殖五年，致资财数千万。仙先贤相之侄，往来河西，所在交二千石。北庭都护府城下，有夷落万帐，则降胡也，其可汗礼仙先，以女妻之。可汗唯一女，念之甚，赠仙先黄金马牛羊甚众。仙先因而致门下食客，常数千人。自北庭至东京，累道致客，以取东京息耗。朝廷动静，数日仙先必知之。

时补阙李秦授寓直中书，封事曰："陛下自登极，诛斥李氏及诸大臣，其家人亲族，流放在外者，以臣所料，且数万人。如一旦同心招集为逆，出陛下不意，臣恐社稷必危。谶曰：'代武者刘。'夫刘者流也。陛下不杀此辈，臣恐为祸深焉。"天后纳之，夜中召入，谓曰："卿名秦授，天以卿授朕也，何启予心。"即拜考功员外郎，仍知制诰，敕赐朱绂，女妓十人，金帛称是。与谋发敕使十人于十道，安慰流者。其实赐墨敕与牧守，有流放者杀之。敕既下，仙先知之。会宾客计议，皆劝仙先入胡。仙先从之。日晚，舍于城外，因装。时有铁骑果毅二人，勇而有力，以罪流，仙先善待之。及行，使将马装橐驼八十头，尽金帛，宾客家僮从之者三百余人。甲兵备，曳犀超乘者半。有千里足马二，仙先与妻乘之。装毕遽发，料天晓人觉之，已入虏境矣。即而迷失道，迟明，唯进一舍，乃驰。

天下令将朝中大臣召集到了朝堂，打了裴伷先一百杖，发配到攘州长期为奴。裴伷先解开衣裳接受杖刑，当打了十杖后裴伷先便昏死过去，当打了九十八杖后又苏醒了，又打了两下才结束。裴伷先受创非常严重，遍身疮痍，躺在驴车中，到达流放地时，竟然没有死。

在南中住了几年，裴伷先娶了一个被流放的卢姓人家的女儿为妻，生下了一个男孩取名叫愿。后来卢氏去世了，裴伷先带着愿，悄悄地回到了老家，一年多后被发现了，又被打了一百杖，迁居到了北庭。在北庭做了五年的买卖，累积了几千万的家产。裴伷先是贤能之相的侄儿，往来于河西地界，每年都向所在地的官府上缴二千石。在北庭都护府的城下，有上万个少数民族部落居住的帐篷，裴伷先就投降了这个部落。这个部落的首领可汗对裴伷先以礼相待，并把女儿嫁给了裴伷先。可汗只有一个女儿，对她很是疼爱，所以赠给了裴伷先大量的黄金、马、牛、羊。裴伷先门下因此收养的食客常常达到了几千人。他在从北庭到东京所有的道路上都安排了食客，以便探听东都的消息。所以朝廷里一有什么动静，几天后裴伷先便一定能知道。

当时的补阙李秦授在中书省当值，他在上奏的封事中说道："陛下自从登基后，便诛杀、责罚李氏宗人以及众多大臣，他们的家人、亲族被流放在外的，依臣的估计，有将近几万人。如果哪天他们召集在一起共同起兵反叛，出乎陛下的意料之外，我担心陛下的江山一定会出现危机。有预言说：'代武者刘。'而'刘'就是'流'。如果陛下不杀掉这些人，我担心到时祸患就太大了。"武则天采纳了他的意见，因此半夜将他召入宫中，对他说："爱卿的名字叫秦授，是上天将你授给我的啊。幸好你启发了我啊。"当即便拜他为考功员外郎，仍然负责传达皇上的命令。并赏赐给他红袍，以及十个美女，金银财宝也很多。他与武则天谋划分别派出十个特使前往十个道，以安慰被流放的人。其实向牧守下达了亲笔密令，要求杀掉所有被流放的人。命令下达后，裴伷先很快就知道了。因此召聚了宾客们前来商议，大家都劝裴伷先迁到少数民族地区去。裴伷先听从了大家的意见。当天晚上，裴伷先住在城外，并化了装。当时有两名果敢坚毅的既明，侯者言仙先走，都护令八百骑追之，妻父可汗又令五百骑追焉，诫追者曰："舍仙先与妻，同行者尽杀之，货财为赏。"追者及仙先于塞，仙先勒兵与战，麾下皆殊死。日昏，二将战死，杀追骑八百人，而仙先败。缚仙先及妻于橐驼，将至都护所。既至，械系阱中，具以状闻。待报而使者至，召流人数百，皆害之。仙先以未报故免。天后度流人已死，又使使者安抚流人曰："吾前使十道使安慰流人，何使者不晓吾意，擅加杀害，深为酷暴。"其辄杀流人使，并所在镣项，将至害流人处斩之，以快亡魂。诸流人未死，或他事系者，兼家口放还。由是仙先得免，乃归乡里。

及唐室再造，宥裴炎，赠以益州大都督。求其后，仙先乃出焉，授詹事丞。岁中四迁，遂至秦州都督，再节制桂广。一任幽州帅，四为执金吾，一兼御史大夫，太原、京兆尹，太府卿，凡任三品官向四十政。所在有声绩，号曰唐臣，后为工部尚书、东京留守，铁骑，非常勇猛而且强壮有力，因为犯罪而被流放。裴伷先对待他们二人非常友善。将要出发时，裴伷先命令由二人率领八十匹驮货物的马，马背上的口袋与箱子里面全是金银玉帛。跟随他们的宾客、家童等有三百多人，他们备有铁甲兵车，拿着兵器坐在兵车上的占了一半。还有两匹千里马，裴伷先与他妻子各骑一匹。整装完毕后，他们便立刻出发了，料想天亮时就会被人发觉，但那时他们已经进入少数民族的境地了。但不久后他们就迷了路，天快亮时只前进了三十里路，他们只好跑步前进。

天亮后，看守的人向都护报告说裴伷先跑了，都护因此下令派出八百名骑兵追赶他们。而裴伷先的岳父又派出五百名骑兵追来，并告诫追兵说："放掉裴伷先和他的妻子，其他同行的人都杀掉，缴获的钱财都赏给你们。"追兵在边塞赶上了裴伷先，裴伷先指挥众人与他们交战，所有人与追兵们展开了殊死搏斗。傍晚，两名果敢坚毅的铁骑战死，杀掉了追杀的骑兵八百人，而裴伷先也战败了。裴伷先与妻子被绑着装在口袋里，准备带回都护府。到了都护府后，二人被戴上手铐脚镣关在一个大坑中，都护将所有的情况上报给了朝廷。在等待回信时使者来了，召集了几百个被流放的人，将他们都杀害了。裴伷先因为没有被上报到名单里而得以免去一死。武则天料想着被流放的人都已经被杀了，便又派遣使臣前去安抚其他被流放的人说："我之前派出十个特使分十道安抚那些被流放的人，奈何这些使臣没有明白我的用意，擅加杀害，真是太残酷暴虐了。"于是她下令将那些杀害流放之人的使臣带上枷锁就地逮捕，将他们带到流放之人被杀害的地方处斩，以安慰被杀之人的亡魂。那些没有被杀的流放之人，或者是因为其他的事而受牵连的，连同他们的家属一并放回了家。因此裴伷先得以免除一死，才回到了家乡。

当唐朝李氏皇朝再度恢复后，宽恕了裴炎的过错，追赠他益州大都督的名号，并下令寻找他的后人，裴伷先这才露面，被授予了詹事丞一职。他一年中被四次提拔，最终做到了秦州都督，又统管了桂、广两地；做了一任幽州统帅、四任执金吾；一次兼职御史大夫、太原京兆尹太府卿，担任三品官的时间共计接近四十年。凡是他任

薨，寿八十六。（出《纪闻》）

张文瓘

张文瓘少时，曾有人相云：“当为相，然不得堂饭食吃。”及在此位，每升堂欲食，即腹胀痛霍乱，每日唯吃一碗浆水粥。后数年，因犯堂食一顿，其夜便卒。（出《定命录》）

袁嘉祚

袁嘉祚为滑州别驾。在任得清状，出官未迁。接萧、岑二相自言，二相叱之曰：“知公好踪迹，何乃躁求！”袁惭退，因于路旁树下休息，有二黄衣人见而笑之。袁问何笑，二人曰：“非笑公，笑彼二相耳。三数月间并家破，公当断其罪耳。”袁惊而问之，忽而不见。数日，敕除袁刑部郎中。经旬月，二相被收，果为袁公所断。（出《定命录》）

齐 瀚

东京玩敲师，与侍郎齐瀚游往。齐自吏部侍郎而贬端州高安县尉。僧云：“从今十年，当却回，亦有权要。”后如期，入为陈留采访使。师尝云：“侍郎前身曾经打杀两人，今被谪罪，所以十年左降。”（出《定命录》）

职的地方都有政绩，被称为“唐臣”。后来在工部尚书东京留守的任上去世，享年八十六岁。（出《纪闻》）

张文瓘

张文瓘年轻的时候，曾经有人给他相面，说：“你将来应该会成为宰相，但是不能在堂上吃饭。”当他真的做了宰相后，每次升堂时都想吃饭，肚子胀痛，甚至闹霍乱，所以只好每天吃一碗浆水粥。几年之后，有一天因为犯了在堂上吃饭的忌讳，当天夜里就去世了。（出《定命录》）

袁嘉祚

袁嘉祚是滑州别驾，在任期间因为清廉公正而闻名，但是在这个任上一直没能升迁。一次在迎接岑羲与萧至忠二位宰相时，他向二相表达了自己的委屈，二位宰相大声呵斥他说：“我们知道你想得到升迁，又何必这么着急呢！”袁嘉祚惭愧地退了下去，靠在路旁的树下休息。这时有两个身穿黄衣的人看见了他，便朝他笑。袁嘉祚问他们为什么笑，那二人回答说：“我们并非笑您，而是笑那两个宰相。三个月以内，他们便会一起家道破落，您将会审判他们的罪行。”袁嘉祚听后觉得很惊讶，想问这是怎么回事，但那二人忽然间却不见了踪影。几天后，便有诏令任命袁嘉祚为刑部郎中。又过了一个月，岑羲与萧至忠都被收监了，果然是由袁嘉祚来审判。（出《定命录》）

齐瀚

东京洛阳的玩敲师，与侍郎齐瀚一起游览同行。当时齐瀚从吏部侍郎被贬到了端州担任高安县县尉。一个和尚对他说：“从今天开始，十年以后你便会回去，也会担任重要官职。”后来果真都如期实现了，齐瀚被提拔为陈留采访使。玩敲师曾说：“齐侍郎前世曾经打死了两个人，现在被贬官来抵罪，所以会有十年时间被贬。”（出《定命录》）

张守珪

张守珪，曾有人录其官禄十八政，皆如其言。及任括州刺史，疾甚，犹谓人曰：“某当为凉州都督，必应未死。”既而脑发疡，疮甚，乃曰：“某兄弟皆有此疮而死，必是死后赠凉州都督。”遂与官吏设酒而别，并作遗书，病五六日卒。后果赐凉府都督。（出《定命录》）

裴有敞

唐杭州刺史裴有敞疾甚，令钱塘县主簿夏荣看之。荣曰：“使君百无一虑，夫人早须崇福禳之。”而崔夫人曰：“禳须何物？”荣曰：“使君娶二姬以压之，出三年则危过矣。”夫人怒曰：“此獠狂语，儿在身无病。”荣退曰：“夫人不信，荣不敢言。使君合有三妇，若不更娶，于夫人不祥。”夫人曰：“乍可死，此事不相当也。”其年夫人暴亡，敞更取二姬。荣言信矣。（出《朝野佥载》）

王 超

王超者，尝为汜水县令。严损之曰：“公从此为京官讫，即为河北二太守。”后果入为著作郎，出为真定太守，又改为京城守，超又谓汜水令严迥云：“公宜修福。”严不信。果被人诉，解官除名，配流而身亡也。（出《定命录》）

张守珪

张守珪，曾有人记录了他的官位俸禄，说他将会有十八次主政经历，后来果然都像记录的那样一一实现了。当他担任括州刺史时，得了重病，他还对别人说："我应该会担任凉州都督，必定会应验而不会让我死。"没过多久，他的头顶上又溃烂了，毒疮很严重，于是他又说："我的兄弟们都是得了这种病而死的，必定是在我死后才会被赠授凉州都督。"于是摆下酒宴与众官吏告别，并写了遗书。病了五六天后就去世了。后来果然被赐为凉州都督。（出《定命录》）

裴有敞

唐朝的杭州刺史裴有敞病得很重，请钱塘县的主簿夏荣前来给他看病。夏荣说："刺史大人百无一虑，夫人早就应该为他祈福消灾了。"而崔夫人说："请问祈福需要用什么东西？"夏荣说："使君应当再娶两个妾来压祸，三年以后危险就会过去了。"崔夫人听后气愤地说："你这个老东西胡言乱语，儿子在就说明我的身体没有病。"夏荣退身说道："夫人不相信，我不敢再说了。使君的命中应该有三个妻子。如果不再娶，对于夫人来说不吉祥。"崔夫人说："如果刚好该我死，再娶二妾这事也是不恰当的。"这一年崔夫人就暴病身亡了，裴有敞又娶了两个妾。夏荣的话确实是可信的。（出《朝野佥载》）

王 超

王超，曾经是汜水县的县令。严迥曾贬斥他说："你从这里开始做到京官就到头了，此后还可担任河北等两任太守。"后来王超果然入京做了著作郎，接着又出京做了真定太守，后又改任京城太守。王超又对汜水县令严迥说："你应该要为自己修福了。"严迥不信。后来果然被人告状，解除了官职，刺配流放而身亡。（出《定命录》）

张齐丘

张齐丘妻怀妊，过期数月不产。谓是病，方欲合药疗之。吴郡尼宝珠见之曰：“慎勿服药，后必生一卫佐。”既而果生男。齐丘贵后，恩敕令与一子奉御官。齐丘奏云：“两侄早孤，愿与侄。”帝嘉之，令别与两侄六品已下官。齐丘之子，仍与东宫卫佐，年始十岁。（出《定命录》）

冯七言事

陈留郡有冯七者，能饮酒，每饮五斗，言事无不中者。无何，语郡佐云：“城中有白气，郡守当死。”太守裴敦复闻而召问。冯七云：“其气未全，急应至半年已来。”裴公即经营求改。改后韦恒为太守，未到而卒。人问得应否，曰：“未！”寻又张利贞主郡，卒于城中。杜华尝见陈留僧法晃云：“开封县令沈庠合改畿令，十五月作御史中丞。”华信之，又遇冯七问焉。冯七云：“沈君不逾十日。”皆不之信。经数日，沈公以病告，杜华省之，沈云：“但苦头痛，忍不堪。”数日而卒。（出《定命录》）

桓臣范

汝州刺史桓臣范自说：前任刺史入考，行至常州，有暨生者，善占事。三日，饮之以酒，醉。至四日，乃将拌米并火炷来。暨生以口衔火炷，忽似神言。其时有东京缑氏庄，奴婢初到，桓问以庄上有事。暨生云：“此庄姓卢，不姓桓。”见一奴，又云：“此奴

张齐丘

张齐丘的妻子怀孕了，但是过预产期几个月了也还没有生产。有人说这是病，正要配药给她治疗时，吴郡的一个叫宝珠的尼姑见了之后说道："千万不要吃药，以后一定会生下一个卫佐。"不久果然生下了一个男孩。张齐丘显贵之后，被皇上诏令恩赐给他的一个儿子为奉御官。张齐丘上奏说："臣有两个侄儿早年成了孤儿，希望陛下能将官职授给侄儿。"皇上听后嘉奖了他，命令另外授给他两个侄儿六品以下的官职。齐丘的儿子，仍旧授予东宫卫佐之职，那年他才十岁。（出《定命录》）

冯七言事

陈留郡有个叫冯七的人，很能喝酒，每次都得喝五斗。他说的事没有不说中的。没有多久，他对郡佐说："城中出现了白气，太守应当要死了。"太守裴敦复听说这件事后将他召来询问。冯七说："那白气还没有全，快的话半年以后就会来。"裴敦复马上便想办法以求改任。改任后韦恒接替裴敦复成了陈留郡太守，但韦恒还没到陈留任上时就死了。有人问冯七已经应验了吗，冯七说："没有。"不久又由张利贞担任陈留郡太守，死在了城中。杜华曾经遇见陈留一个叫法晃的和尚说："开封县的县令沈庠命中应改任京畿令，十五个月后将出任御史中丞。"杜华相信了这个和尚的话，遇到冯七时又问这事对不对。冯七说："沈庠君已活不过十天。"大家都不相信他的话。过了几天，沈庠便生病了，杜华前去看望他。沈庠说："只是头痛得很厉害，让人实在无法忍受。"几天之后便去世了。（出《定命录》）

桓臣范

汝州刺史桓臣范自己曾说：我与前任刺史进京考核，走到常州时遇到了一个双生人，很会占卜看相。三天时间，双生人都在喝酒，而且每天都喝醉。到了第四天，他拿来了拌米与火炷。双生人用口含着火炷，忽然间像神灵一样说起话来。当时东京有个缑家庄，有一奴一即走，仍偷两贯钱。”见一婢，复云：“此婢即打头破血流。”桓问今去改得何官，暨生曰：“东北一千里外作刺史，须慎马厄。”及行至扬府，其奴果偷两千而去。至徐州界，其婢与夫相打，头破血流。至东京，改瀛州刺史。方始信之。常慎马厄，及至郡，因拜跪，左脚忽痛，遂行不得。有一人云解针，针讫，其肿转剧，连膝焮痛。遂请告，经一百日停官。其针人乃姓马，被上佐械系责之，言马厄者，即此人也。归至东都，于伊阙住，其缑氏庄卖与卢从愿。方知诸事无不应者。桓公自此信命，不复营求。（出《定命录》）

张嘉贞

张嘉贞未遇，方贫困时，曾于城东路，见一老人卖卜。嘉贞访焉。老人乃粘纸两卷，具录官禄，从始至末，仍封令勿开。每官满，即开看之，果皆相当。后至宰相某州刺史，及定州刺史。病重将死，乃云：“吾犹有一卷官禄未开，岂能即死？今既困矣，试令开视。”乃一卷内并书空字，张果卒也。（出《定命录》）

婢正好从缑家庄到了这，桓臣范便向他们询问庄里的事。双生人说：“这个庄主人姓卢，不姓桓。”见到那个奴仆后，又说：“这个奴仆不久后就会逃离，还会偷走两贯钱。”见到那个奴婢后，又说：“这个奴婢不久后就会被打得头破血流。”桓臣范就问他，现在他们进京考核后将改任什么官职。双生人说：“你将会被派往东北方向一千里外的地方担任刺史，必须要小心因为马带来的厄运。”当他们走到扬州府时，那个奴仆果然偷了两贯钱逃跑了。当他们走到徐州地界时，那个奴婢与一男子打架，被打得头破血流。到了东京洛阳后，桓臣范改任瀛州刺史，他这才相信了双生人的话，并且常常提防着马给自己带来厄运。到了瀛州郡时，因为拜跪，他的左脚忽然疼痛起来，接着连路都走不了了。有一个人说可以用针刺来治疗，但当他扎完针后，脚却肿得更厉害了，连膝盖也肿胀疼痛起来。于是他请了病假，一百天后便被停了官职。那个给他扎针治病的人姓马，被抓来上了刑具进行问责。原来双生人所说的“马厄”，就是指这个人啊。桓臣范回到东都洛阳，暂住在京兆尹，将那个缑家庄卖给了卢从愿。这时他才发现那个双生人说的话没有不应验的。从此之后，桓臣范开始相信了命运，不再为名利而奔波劳累。（出《定命录》）

张嘉贞

张嘉贞在还没有发迹正贫困的时候，曾经在城东的大道上遇见了一个给人算卦的老人。张嘉贞因此请他给自己算命。那算命老人于是拿来两卷粘纸，将张嘉贞一生中的官禄情况都记录在上面，然后从头到尾仍旧封上，并告诉他不要打开。只到每任官职满期后，便打开纸卷来看，果然都与那纸卷上记录的相符。后来张嘉贞做了宰相，又做了某州刺史，直到定州刺史。这时他病重将死，于是说道：“我还有一卷记录官禄没有打开，怎么能就死了呢？现在既然被疾病所困，不妨让人打开看看。”打开一看，发现卷内并排写着两个“空”字，张嘉贞果然就此而死。（出《定命录》）

僧金师

睢阳有新罗僧，号金师，谓录事参军房琬云：“太守裴宽当改。”琬问何时，曰，“明日日午，敕书必至。当与公相见于郡西南角。”琬专候之。午前有驿使，而封牒到不是，琬以为谬也。至午，又一驿使送牒来，云：“裴公改为安陆别驾。”房遽命驾迎僧，身又自去，果于郡西南角相遇。裴召问之，僧云：“官虽改，其服不改。然公甥侄各当分散。”及后敕至，除别驾，紫绂犹存，甥侄之徒，各分散矣。（出《定命录》）

僧金师

睢阳有个新罗寺来的僧人，法号金师。他对录事参军房琬说：“太守裴宽应当要改任官职了。”房琬问他大概在什么时候，金师和尚说：“明天中午，皇上的敕令一定会到。我将在郡城西南角与你相见。”第二天房琬为此专门等候着。中午之前有一个驿使到来，但是带来的公文却不是金师和尚所说，房琬因此认为金师和尚说的是假的。到了中午时，又有一个驿使送来了公文，说：“裴公改任为安陆别驾。”房琬急忙命人前往迎接金师和尚，自己又亲身前往，果然在郡城西南角碰见了他。裴宽召来金师和尚询问这件事，金师和尚说：“官职虽然改了，但官服不会改。只是你的甥侄将各自分散。”后来皇上的敕令到了，果然虽然升迁为别驾了，但紫色的官服和品级还是保留不变，而他的甥侄等人，都各自分散了。（出《定命录》）

卷第一百四十八 定数三

韦 氏 张嘉福 宋 恽 房 琯 孙 生 张嘉贞 杜 暹
郑 虔 崔 圆

韦 氏

唐平王诛逆韦。崔日用将兵杜曲，诛诸韦略尽，绷子中婴孩，亦捏杀之。诸杜滥及者非一。浮休子曰："此逆韦之罪，疏族何辜？亦如冉闵杀胡，高鼻者横死；董卓诛阉人，无须者狂戮。死生命也。"（出《朝野佥载》）

张嘉福

唐逆韦之变，吏部尚书张嘉福河北道存抚使，至怀州武陟驿，有敕所至处斩之。寻有敕放。使人马上昏睡，迟行一驿。比至，已斩讫。命非天乎？天非命乎？（出《朝野佥载》）

宋 恽

明皇在府之日，与绛州刺史宋宣远兄恽有旧。及登极之后，常忆之，欲用为官。恽自知命薄，乃隐匿外州。缘亲老归侍，至定鼎门外，逢一近臣。其人入奏云："适见宋恽。"上喜，遂召入。经十数年，每欲与官，即自知无禄，奏云："若与恽官，是速微命。"后因国子监丞杜幼奇除左赞善大夫，诏令随例与一五品官，遂除右赞善大夫。至夜卒。（出《定命录》）

韦　氏

唐平王追杀叛逆韦氏之人时，崔日用率兵到了杜曲，将韦姓之人几乎杀光了，就连摇篮里的婴孩也都被掐死了。在杜曲被滥杀的人并不止一个。浮休子说："这是叛逆韦氏之人的罪过，他们的远亲有什么过错呢？这也像当初冉闵斩杀胡人时，鼻子高的人也都跟着被残忍杀害；董卓诛杀阉党时，凡是没长胡子的都遭到了疯狂杀戮。死生都是命里注定了的啊。"（出《朝野佥载》）

张嘉福

唐朝韦氏发动叛乱后，让吏部尚书张嘉福兼任河北道存抚使。当他到达怀州武陟馆驿时，有诏令要求将张嘉福斩首在他所在的地方。不久又有敕令要求将他释放，但使臣在马上睡着了，晚走了一个驿站的路。当使臣到达后，张嘉福已经被斩杀。到底命是由天定的呢？还是命并不是天定的呢？（出《朝野佥载》）

宋　恽

唐明皇还在州府的时候，与绛州刺史宋宣远的哥哥宋恽有旧交情。当唐明皇登上皇位后，仍常常想念宋恽，想起用他为官。宋恽知道自己命薄，便隐居在外州，并将自己的亲人父母接来奉养。一天当他走到定鼎门外时，遇到了一个皇上身边的近臣。这人回宫后向唐明皇奏道："我刚才见到宋恽了。"唐明皇听后大喜，立刻将宋恽召进宫来。唐明皇说道："已经过十多年了，总是想给你个官做做。"宋恽知道自己没有拿俸禄的命，所以回奏说："皇上如果授予我官职，这是在加快速度要我的小命啊。"后来因为国子监丞杜幼奇被提拔为左

房琯

开元中，房琯之宰卢氏也，邢真人和璞自太山来。房琯虚心礼敬，因与携手闲步，不觉行数十里，至夏谷村。遇一废佛堂，松竹森映。和璞坐松下，以杖叩地，令侍者掘深数尺。得一瓶，瓶中皆是娄师德与永公书。和璞笑谓曰："省此乎？"房遂洒然，方记其为僧时，永公即房之前身也。和璞谓房曰："君殁之时，必因食鱼鲙。既殁之后，当以梓木为棺。然不得殁于君之私第，不处公馆，不处玄坛佛寺，不处亲友之家。"其后谴于阆州，寄居州之紫极宫。卧疾数日，使君忽具鲙，邀房于郡斋。房亦欣然命驾。食竟而归，暴卒。州主命攒椟于宫中，棺得梓木为之。（出《明皇杂录》）

孙生

开元末，杭州有孙生者，善相人。因至睦州，郡守令遍相僚吏。时房琯为司户，崔涣自万年县尉贬桐庐丞。孙生曰："二君位皆至台辅。然房神器大宝，合在掌握中；崔后合为杭州刺史。某虽不见，亦合蒙其恩惠。"既而房以宰辅赍册书自蜀往灵武授肃宗，崔后果为杭州刺史。下车访孙生，即已亡旬日矣，署其子为牙将，以粟帛赈恤其家。（出《明皇杂录》）

赞善大夫，唐明皇因此下诏按惯例授予了宋恽五品官位，最后升迁为右赞善大夫。到了当天夜里，宋恽就死了。（出《定命录》）

房琯

唐开元年间，房琯担任卢氏县令时，真人邢和璞从太山来到了卢氏县。房琯对他以礼相迎虚心相待，因此与他手拉手地一起散步，不知不觉走出了几十里。当他们走到夏谷村的时候，遇到了一处废旧的佛堂，茂密的松竹掩映堂外，日光斑烂。邢和璞在松树下坐下，用手杖击打着地面，让侍从在敲击的地方深挖了几尺。在地下挖到了一个瓶子，瓶子里都是娄师德写给永公的书信。邢和璞笑着对房琯说："你还记得这是什么吗？"房琯听后露出一脸惊讶的神情，这才想起当初他出家当和尚时，永公就是房琯的前任。邢和璞对房琯说："你死的时候，必定是因为吃鱼汤。去世之后，应当用梓木来做棺材。但是你不能死在自己的家里，也不能死在你的府衙里；不能死在道教斋坛或是寺院佛堂中，也不能死在亲友的家里。"后来房琯被派往了阆州，寄住在阆州的紫极宫。因病卧床好几天了，阆州刺史忽然做了鱼汤，邀请房琯到郡斋中一起享用。房琯也愉快地答应了前往赴宴。吃完回来后，突然就死了。州主因此下令在紫极宫为他做了棺材，棺材是用梓木做的。（出《明皇杂录》）

孙生

唐朝开元末年，杭州有个叫孙生的，很会给人看相算命。一次他因为有事到了睦州，郡守让他给自己的所有部下与僚吏都相相面算算命。当时房琯担任司户，崔涣被从万年县的县尉任上贬到了桐庐县担任县丞。孙生说："两位的官职都可做到台辅。但是房琯是国家的栋梁之才，理应在皇上的身边为官；崔涣以后应会出任杭州刺史。我虽然见不到，但也能蒙受他们的恩惠。"不久之后，房琯便因为宰辅从蜀地带着册书到了灵武而被授官辅佐肃宗，而崔涣后来果然也做了杭州刺史。当他下车去拜访孙生的时候，孙生却已经去世十多天

张嘉贞

开元中，上急于为理，尤注意于宰辅，常欲用张嘉贞为相，而忘其名。夜令中人持烛，于省中访其直宿者谁。还奏中书侍郎韦抗。上即令召入寝殿，上曰："朕欲命一相，常记得风标为当时重臣，姓张而重名，今为北方侯伯。不欲访左右，旬日念之，终忘其名。卿试言之。"抗奏曰："张齐丘今为朔方节度。"上即令草诏，仍令宫人持烛，抗跪于御前，援笔而成。上甚称其敏捷典丽，因促命写诏，敕抗归宿省中，上不解衣以待旦，将降其诏书。夜漏未半，忽有中人复促抗入见。上迎谓曰："非张齐丘，乃太原节度张嘉贞。"别命草诏。上谓抗曰："维朕志先定，可以言命矣。适朕因阅近日大臣章疏，首举一通，乃嘉贞表也。因此洒然，方记得其名。此亦天启，非人事也。"上嘉其得人，复叹用舍如有人主张。

（出《明皇杂录》）

杜暹

杜暹幼时，曾自蒲津济河。河流湍急，时入舟者众，舟人已解缆。岸上有一老人，呼杜秀才可暂下，其言极苦。暹不得已往见，与语久之。船人待暹不至，弃襆于岸便发。暹与老人交言未尽，顾视船去，意甚恨恨。是日风急浪粗，忽见水中有数十手攀船没。徒

了。于是将孙生的儿子安排做了牙将，并拿出了很多粮食与布匹来赈济抚恤他的家属。（出《明皇杂录》）

张嘉贞

唐朝开元年间，唐玄宗急于治理朝政，尤其注重宰相的人选。他常常想起用张嘉贞担任宰相，却忘记了他的名字。一天晚上，他让一宫人手持蜡烛，在宫禁中去看看今天值宿的是谁。那宫人回奏说，今天值宿的是中书侍郎韦抗。唐玄宗就让人将韦抗召到寝殿。对他说道："我想任命一个宰相，常常记得他的举止风度、品格，应当是当时的一个重臣，姓张而名字是两个字，现在是北方的侯伯。我不想访问左右的文武大臣。这十多天经常想起他，但终究还是没能想起他的名字。请你说说看，他是谁？"韦抗回奏说："张齐丘现在是朔方的节度使。"唐玄宗让他草拟诏书，仍然让宫人拿着蜡烛。韦抗跪在唐玄宗面前，提笔一气呵成。唐玄宗非常赞赏他的才思敏捷，文采典雅华丽，因此催促他赶快写诏书，并让他回到宫禁之中睡觉。唐玄宗睡觉时衣不解带，只等天亮。在诏书即将下发的那晚，时间还没过去一半，这时忽然有个宫人又来催促韦抗入宫觐见皇上。皇上迎上来对他说："不是张齐丘，而是太原的节度使张嘉贞。"于是让他另外草拟了一份诏书。唐玄宗对韦抗说："我心里想着先定下来的，可以说是命了！刚才我因翻阅近几天大臣们的奏疏，拿起来的第一卷，就是张嘉贞上呈的表。我因此而惊讶，这才想起了他的名字。这也是上天在启发我，并不是人为的！"唐玄宗很称赞自己得到了人才，又感叹任用和舍弃人才就好像有人暗中指引他似的。（出《明皇杂录》）

杜　暹

杜暹年幼的时候，曾经从蒲津到河对岸去。河流的水非常湍急，而当时上船的人很多。撑船的人已经解开了缆绳。这时岸上有一个老人，呼叫说杜秀才能不能暂时下来一下！老人呼叫的声音显得特别痛苦。杜暹没办法只好下船来到老人面前，与老人说了很久的话。船上

侣皆死，唯暹获存。老人谓暹曰："子卿业贵极，故来相救。"言终不见。暹后累迁至公卿。（出《广异记》）

郑虔

开元二十五年，郑虔为广文博士。有郑相如者，年五十余，自陇右来应明经，以从子谒虔。虔待之无异礼。他日复谒，礼亦如之。相如因谓虔曰："叔父颇知某之能否？夫子云：'其或继周者，虽百世可知也。'某亦庶几于此。若存孔门，未敢邻于颜子，如言偃、子夏之徒，固无所让。"虔大异之，因诘所验，其应如响。虔乃杜门，累日与言狎。因谓之曰："若然，君何不早为进取，而迟暮如是？"相如曰："某来岁方合成名，所以不预来者，时未至耳。"虔曰："君当为何官？"曰："后七年，选授衢州信安县尉。秩满当卒。"虔曰："吾之后事，可得闻乎？"曰："自此五年，国家当改年号。又十五年，大盗起幽蓟，叔父此时当被玷污。如能赤诚向国，即可以迁谪，不尔，非所料矣。"明年春，相如果明经及第。后七年，调改衢州信安尉。将之官，告以永诀，涕泣为别。后三年，有考使来，虔问相知存否，曰："替后数月，暴终于佛寺。"至二十九年，改天宝。天宝十五年，安禄山乱东都，遣伪署西京留守张通儒至长安，驱朝官就东洛。虔至东都，伪署水部郎中。乃思相如之言，佯中风疾，求摄市令以自污，而亦潜有章疏上。肃宗即位灵武，其年东京平，令三司以按受逆命者罪。虔以心不附贼，贬温州司户而卒。（出《前定录》）

的人等了杜暹很久见他还不来，便将他的包袱扔到岸上开船走了。杜暹与老人的交谈还没有完，他回头发现船已经开走了，心里对老人抱恨不已。这一天风急浪大，忽然杜暹发现水中有几十只手攀着那艘船与船一起沉没了。他的同伴们都死了，只有杜暹活了下来。这时老人对杜暹说："您将来的功业会非常高贵，所以特意来救你。"说完就消失不见了。杜暹后来多次升迁一直到位列公卿。（出《广异记》）

郑虔

唐开元二十五年，郑虔担任广文博士。有个叫郑相如的人，已经五十多岁了，从陇南前来应试明经科考。他以侄子辈的身份前来拜谒郑虔，郑虔待他时没有特殊的礼节。另有一天郑相如再次前来拜谒郑虔，而郑虔接待的礼节也像前次一样。郑相如因此对郑虔说："叔父知道我能考中吗？夫子曾说：'有谁能够继承周朝的，即使过了百世我也是能预见的。'现在我差不多也能做到这样。如果现在孔门还存在，虽然我不敢和颜子相比，但如果要是与偃、子夏那些人相比，我还是不比他们差的。"郑虔听后非常惊讶，就询问他来验证他所说，结果他回答得非常快捷。郑虔关门谢客，整天与他聊天游玩。因此对郑相如说："若如你所说，你为什么不早点参加科考以求得进取，而要这么晚了才来参加科考？"郑相如回答说："我来年才应该成名，所以没有提前来，因为时机还没有到。"郑虔问道："那你该当个什么官职呢？"郑相如回答说："这之后的第七年，我将被选授为衢州信安县的县尉，任期届满后便当死去了。"郑虔又问道："我今后的事，可以说给我听听吗？"郑相如道："从这之后的第五年，国家将会改换年号。再过十五年，有大盗将在幽蓟一带兴起，叔父您这时也将会被牵连。如果能够对国家忠心赤诚，便还能够迁谪。不然，就不是我所能预料的了。"第二年春天，郑相如果然考中了进士。之后的第七年，调动改任衢州信安县县尉。即将赴任时，郑相如前来告诉郑虔，这次将是永别了，然后便流泪告别而去。三年后，有个考察使来

崔圆

崔相国圆，少贫贱落拓，家于江淮间。表丈人李彦允为刑部尚书。崔公自南方至京，候谒，将求小职。李公处于学院，与子弟肄业，然待之蔑如也。一夜，李公梦身被桎梏，其辈三二百人，为兵杖所拥，入大府署，至厅所，皆以姓名唱入，见一紫衣人据案，彦允视之，乃崔公也，遂于阶下哀叫请命。紫衣笑曰："且收禁。"惊觉甚骇异，语于夫人。夫人曰："宜厚待之，安知无应乎！"

自此优礼日加，置于别院，会食中堂。数月，崔公请出，将求职于江南。李公及夫人因具盛馔，儿女悉坐。食罢，崔公拜谢曰："恩慈如此，不如何以报效？某每度过分，未测其故。愿丈人示之。"李公笑而不为答。夫人曰："亲表侄与子无异，但虑不足，亦何有恩慈之事。"李公起，夫人因谓曰："贤丈人昨有异梦，郎君必贵。他日丈人迍难，事在郎君，能特达免之乎？"崔公曰："安有是到郑虔这，郑虔问他郑相如是否还在，那个考察使说：“他上任几个月后，便得了急病死在佛门寺庙。”到了开元二十九年，唐玄宗改年号为天宝。天宝十五年，安禄山在东都洛阳发动叛乱，派伪署官西京留守张通儒前往长安，将唐朝的官员驱逐到东都洛阳。郑虔到了洛阳后，被强行任命为伪署水部郎中。于是他想起了郑相如的话，便假装疯癫，要求将自己拉到街市上去以故意玷污自己的名声，却又暗地里悄悄上疏给皇上。后来唐肃宗在灵武即位，东京叛乱被平息的那年，肃宗命令三司依照法律审理参与叛乱之人的罪行。郑虔因为内心没有附和叛贼，所以被贬为了衢州司户，到了任上后就死了。（出《前定录》）

崔圆

唐朝的相国崔圆，年轻时因家境贫寒而穷困潦倒。他的家就住在江淮一带，表丈人李彦允是当朝刑部尚书。崔圆从南方来到了京城，等候前往拜见表丈人，准备求表丈人给他谋个小职务。李彦允当时正在学院里，与学生们研习功业，但他对崔圆很轻视。一天夜里，李彦允做了一个梦，梦见自己身上戴着脚镣与手铐，有二三百个人手持兵杖，围着他将他带到一处大官府，到了大厅前面时，都一边高声传唱着他的姓名一边带着他往里走，只见一个身穿紫袍的人坐在桌案前。李彦允一看，发现那人原来是崔圆，便在台阶下哀声大叫请求饶命。穿紫袍的人笑着道：“暂且先关押起来。”惊醒后李彦允非常害怕又觉得很怪异，将这事告诉了夫人。他的夫人对他道：“应该好好招待他，又怎么知道你做的梦不会应验呢！”

从此之后，李彦允对崔圆的态度一天比一天好。他将崔圆安置在别院里，每天都请他到中堂一起吃饭。几个月之后，崔圆请求离开，说是准备前往江南谋求一个职务。李彦允和夫人因此为他准备了丰盛的宴席，并让儿女一起就座作陪。吃完饭后，崔圆拜谢道：“您对我如此恩慈，真不知道该怎么来报答您。我经常在想，您这样对我是不是有点过分了，我想不出是什么原因。希望老丈人能明白告诉我。”李彦允只是笑而不答，他的夫人对崔圆道：“亲表侄与我自己的也？”李公至，复重言之。崔公踧踖而已，不复致词。李公云：“江淮路远，非求进之所。某素熟杨司空，以奉托。”

时国忠以宰相领西川节度，崔既谒见，甚为杨所礼，乃奏崔公为节度巡官，知留后事。发日，李公厚以金帛赠送。至西川，未一岁，遇安禄山反乱，玄宗播迁，遂为节度使，旬日拜相。时京城初克复，胁从伪官陈希烈等并为诛夷。彦允在数中，既议罪。崔公为中书令，详决之，果尽以兵仗围入，具姓名唱过，判云准法。至李公，乃呼曰：“相公记昔年之梦否？”崔公颔之，遂判收禁。既罢，具表其事，因请以官赎彦允之罪。肃宗许之，特诏免死，流岭外。（出《逸史》）

儿子没有什么不同，我们只担心会招待不周，又哪来的什么恩慈之事呢！”李彦允这时起身去上厕所，夫人趁机对崔圆说：“你的好丈人昨天做了一个奇怪的梦，说你将来一定会大贵。如果将来有一天你的表丈人遭遇到了什么祸难，而事情在你的管辖范围内，你能不能对他网开一面而给予减免呢？”崔圆说：“怎么会有这样的事呢？”李彦允回来了，又说了同样的话。崔圆听后恭敬而又局促不安，不知道该说什么才好。李彦允说：“江淮离这路途遥远，并不是谋求进取的好地方。我平时与杨司空比较熟悉，我已经托付他给你谋求一个职务。”

当时杨国忠以宰相之职并衔领西川节度使，崔圆前去拜见他，杨国忠对他很是看重，于是奏请任命崔圆为节度巡官，并主管留后事宜。前往赴任的那天，李彦允又送给崔圆很多的钱财。崔圆到了西川还不到一年，便遇上安禄山发动了叛乱。唐玄宗被迫迁都，于是任命崔圆为节度使，仅过了十多天后又拜为了宰相。当时京城刚刚收复，向安禄山投降的官员陈希烈等人都应该一起被诛杀，李彦允也在其中，已经定罪。崔圆当时是中书令，决定一一详细审定，果真派出士兵手持武器将他们都抓了起来，并一一点名唱过，依法宣判治罪。点到李彦允时，李彦允叫道：“请问宰相还记得当年我做的那个梦吗？”崔圆点了点头，于是判定先将李彦允收押起来。事过之后，崔圆上表奏明了这事，因此请求以放弃自己的官职来赎李彦允的罪过。唐肃宗准许了他的表奏，特别下诏免除了李彦允的死罪，将他流放到了岭外。（出《逸史》）

卷第一百四十九　定数四

麴思明　马游秦　萧 华　一 行　术 士　杜鹏举　李栖筠
杜思温　柳 及　韦 泛

麴思明

赵冬曦任吏部尚书。吏部参选事例，每年铨曹人吏，旧例各合得一员外。及论荐亲族，众人皆悉论请。有令史麴思明一人，二年之内，未尝有言。冬曦谓曰："铨曹往例，各合得一官，或荐他人亦得。"思明又不言，但唯而退。冬曦益怪之。一日又召而谓曰："以某今日之势，三千余人选客，某下笔，即能自贫而富，舍贱而贵，饥之饱之，皆自吾笔。人人皆有所请，而子独不言，何也？"思明曰："夫人生死有命，富贵关天。官职是当来之分，未遇何以怅然？三千之人，一官一名，皆是分定，只假尚书之笔。思明自知命未亨通，不敢以闲事挠于尚书。"冬曦曰："如子之言，当贤人也，兼能自知休咎耶？"思明曰："贤不敢当。思明来年，始合于尚书下授一官，所以未能有请也。"冬曦曰："来年自授何官？"思明曰："此乃忘之矣！"冬曦曰："如何？"思明曰："今请于阶下书来年于尚书下授官月日，及请授俸料多少，亦请尚书同封记。请坏厅上壁，内书记，却泥封之。若来年授官日，一字参差，请死于阶下。"乃再拜而去。冬曦虽不言，心常怪之妄诞，常拟与注别异一官。

麹思明

赵冬曦担任了吏部尚书一职。吏部参与官员选拔的事例，每年主管选拔官员的部门人员，按照旧例可以各自选出一个员外。当到了商议推荐自己亲族的时候，大家全都请求推荐。有一个叫麹思明的令史，两年之内，都没有听他推荐过谁。赵冬曦对他说道："按照选拔官员的惯例，各部门都可以得到一个官位，或者是推荐别人也可以。"麹思明还是没有说话，只是答应着退了出去。赵冬曦对此更加奇怪了。有一天，他又召来麹思明对他说道："以我现在的权势，这三千多人的选客，只要我动一动笔，谁就能从贫困变得富有，可以脱离低贱而变得高贵，是饥还是饱，都由我的这支笔来决定。每个人都有所请求，而唯独你什么都没说，请问这是为什么？"麹思明说："一个人的生死是命中早已注定了的，富贵是由上天定的。他的官职命中应该有时就来了，如果命中没有又何必惆怅呢？三千多人，一官一名，这都是命中注定了的，只是借了尚书您的笔而已。思明知道自己的命运还没亨通，因此不敢拿这些闲事来打扰尚书您。"赵冬曦说："如果真像你所说，那你应当是个贤人。你能不能知道自己的祸福呢？"麹思明回答说："贤人不敢当。思明来年时才应当在尚书门下被授予一官，所以一直没有请求。"赵冬曦问他："来年被授予了什么官职？"麹思明说："这个我已忘记了。"赵冬曦问道："为什么会这样？"麹思明回答说："现在请让我在堂下写下来年在尚书手下授官的时间，以及请授俸禄的多少，还请尚书一起将其封存。请您将客厅的墙壁挖开一小块，将这书写的记录放在里面，再用泥将墙洞封上。如果来年授官的日期有一字之差，我将请死于这阶下。"说完便拜辞而去。赵冬曦虽然嘴上没说什么，但心里却怪他太过狂妄荒诞。常常想要另外批注其他的一个官职。

忽一日，上幸温泉，见白鹿升天，遂改会昌县为昭应，敕下吏部，令注其官。冬曦遂与思明注其县焉。及事毕，乃召而问之曰："昨上幸温泉，白鹿升天，改其县为昭应，其县与长安万年不殊，今为注其官。子且妄语，岂能先知此乎？"思明拜谢曰："请尚书坏壁验之。"遂乃拆壁开封，看题云："来年某月日，上幸温泉，改其县为昭应，蒙注授其官。"及所请俸料，一无差谬。冬曦甚惊异之。自后凡有事，皆发使问之，莫不神验。冬曦罢吏部，差人问思明，当更得何官。思明报云："向西得一大郡。"且却后旬日，上召冬曦，问江西风土。冬曦奏对称旨，乃曰："冬曦真豫章父母。"遂除江南观察使。到郡之后，有事发使问之，无不克应。却后二年，疾病危笃。差人问之，思明报云："可部署家事。"冬曦知其不免，其疾危困而卒。（出《会昌解颐》）

马游秦

吏部令史马游秦，开元中，以年满当选。时侍郎裴光庭，以本铨旧吏，问其所欲，游秦不对。固问之，曰："某官已知矣，不敢复有所闻。"光庭曰："当在我，安得之？"游秦不答，亦无惧色。光庭怒曰："既知可以言乎？"游秦曰："此可志之，未可言之。"乃命疏其目，藏于楹栋之间，期注唱后而发之。后老君见于骊山，銮舆亲幸其地，因改会昌县为昭应县。光庭以旧无昭应之名，谓游秦莫得而知也，遂补其县录事。及唱官之日，发栋间所志之书，则忽然有一天，皇上来泡温泉，见到有一头白鹿升上了天，于是将会昌县改为了昭应县。敕令下达到吏部，让他们批注那里的官员，赵冬曦就将思明批注到了那个县。当这事完结后，赵冬曦召来麴思明问他说："昨日皇上去了温泉，见有白鹿升天，于是将会昌县改为了昭应县。这个县与长安一万年也不会相同，现在我已经批注你到那里去当官。之前你定是胡言乱语，又怎么能预先知道这件事呢？"麴思明拜谢说："请尚书您将墙洞挖开来验证一下吧！"于是马上拆掉了墙上封记，打开之前的记录一看，只见上面写着："来年某月某日，皇上到温泉，将其县名改为昭应县，蒙受批注授予昭应县的官职，以及所授官职的俸禄。"没有一个字的差错。赵冬曦对此非常惊异，从这之后但凡有什么事，他都会派人向麴思明询问，没有不像神灵般那样应验的。赵冬曦被免去吏部尚书职务后，派人前去问麴思明，自己应该再担任什么官。麴思明回报说："将会向西在一个大郡为官。"过了十多天后，皇上召见赵冬曦，向他询问江西的风土人情。赵冬曦的回答很符合皇上的心意，就对他说道："赵冬曦真是豫章地区的父母啊。"于是任命他为江南观察史。到了郡府之后，赵冬曦只要有事且派遣使臣前去询问麴思明的，没有一次不应验的。又过了两年，赵冬曦得了重病，派人前往询问麴思明，思明回报说："可以安排家事了。"赵冬曦知道自己无法免除一死了，他因疾病变得越来越严重而死。（出《会昌解颐》）

马游秦

吏部的令史马游秦，开元年间因任期满了应当另外选官。当时的侍郎裴光庭，按照本部门应当从原有官吏中选拔官员的旧例，询问马游秦想担任什么官职，马游秦没有回答。裴光庭一再追问，马游秦才说："我已经知道自己该当什么官了，不敢再多说什么了。"裴光庭说："你的官职由我来决定，你怎么可能会知道呢？"马游秦没有回答，也没有害怕的神色。裴光庭生气地问道："既然你已经知道，可以说说吗？"马游秦说："这事可以记下来，但不能说出来。"于是裴光庭让他将自己将担任的官职等情况写下来，藏在楹栋之间，想等

如其言尔。（出《前定录》）

萧华

萧华虽陷贼中，李泌尝荐之。后泌归山，肃宗终相之。唯举薛胜掌纶诰，终不行。或问于泌，泌云："胜官卑，难于发端。"乃置其《拔河赋》于案，冀肃宗览之，遂更荐。肃宗至，果读之，不称旨，曰："天子者君父，而以天子玉齿对金钱荧煌乎？"他日复荐，终不得。信命也。（出《感定录》）

一行

沙门一行，开元中尝奏玄宗云："陛下行幸万里，圣祚无疆。"故天宝中幸东都，庶盈万数。及上幸蜀，至万里桥，方悟焉。（出《传载》）

术士

玄宗时有术士，云："判人食物，一一先知。"公卿竞延接。唯李大夫栖筠不信，召至谓曰："审看某明日餐何物。"术者良久曰："食两盘糕糜，二十碗橘皮汤。"李笑，乃遣厨司具馔，明日会诸朝客。平明，有敕召对。上谓曰："今日京兆尹进新糯米，得糕糜，到批注宣布之后再拿出来核对验证。后来太上皇到了骊山，銮驾车马亲自到了这里，因此将所在地的会昌县改为了昭应县。裴光庭因为以前没有昭应县这个县名，认为马游秦没有办法能知道这事，于是便将马游秦补录为昭应县录事。等到官职任命的敕令公布那天，裴光庭将藏在楹栋中马游秦所记自己官职的文书打开一看，所记就与批注的一样。（出《前定录》）

萧华

虽然萧华被叛军俘获后担任过叛贼的官职，但李泌曾经还是推荐过他出任朝廷命官。后来李泌归隐了山林，唐肃宗最终任命萧华担任了宰相。萧华只推举过薛胜掌管皇上的诏令文告，但始终没有实现。有一次萧华去向李泌请教，李泌说："薛胜的官运太低，很难发迹担任重职。"萧华就将自己写的《拔河赋》放在书案上，希望肃宗能够看到，然后再向皇上推荐。肃宗来了，果然看到并读了《拔河赋》，可是觉得不符合自己的心意，因此说道："天子就好比你们的父亲，而你们以为天子的玉齿就是你们的财富与辉煌吗？"后来又一次推荐，但始终没能实现。萧华终于相信命运了。（出《感定录》）

一行

佛门中有个和尚叫一行，开元年间，他曾经向唐玄宗奏报说："陛下如果能走到万里，圣福将会无穷无尽。"所以在天宝年间，唐玄宗到了东都，迎接的百姓达到上万之多。等他前往蜀地，走到万里桥时，才明白了一行和尚之话的寓意。（出《传载》）

术士

唐玄宗在位时，有一个术士，他对人说："判断一个人将会吃些什么东西，可以一一预先知晓。"宫中的公卿大人为此都争相接待他，只有大夫李栖筠不信他的话。他将术士召来问道："请你看看我明天会吃些什么东西？"术士思考了很久才说道："你会吃两盘粘卿且唯吃。”良久，以金盘盛来，李拜而餐，对御强食。上喜曰：“卿吃甚美，更赐一盘，又尽。”既罢归，腹疾大作，诸物绝口，唯吃橘皮汤，至夜半方愈。忽记术士之言，谓左右曰：“我吃多少橘皮汤？”曰：“二十碗矣。”嗟叹久之，遽邀术士，厚与钱帛。（出《逸史》）

杜鹏举

杜相鸿渐之父名鹏举，父子而似兄弟之名，盖有由也。鹏举父尝梦有所之，见一大碑，云是宰相碑，已作者金填其字，未者刊名于柱上。“有杜家儿否？”曰：“有。”任自看之。视之，记得姓下有鸟偏旁曳脚，而忘其字，乃名子为鹏举。而谓之曰：“汝不为相，即世世名字，当鸟旁而曳脚也。”鹏举生鸿渐，而名字亦前定矣，况其官与寿乎？（出《集话录》）

李栖筠

李大夫栖筠未达，将赴选。时扬州田山人，烟霞之士也，颇有前知。往见之，问所得官。答曰：“宣州溧阳尉。”李公曰：“某朝列之内，亦有亲故。所望之官，实不至此。”良久曰：“胜则不糕，喝二十碗橘皮汤。”李大夫听后笑了，就让厨师准备饭菜，准备第二天邀请朝中大臣来做客。第二天清晨，传来诏令让李大夫进宫答对。皇上对他说道：“今天京兆尹刚进献了新糯米，做了粘糕，你只管吃就是。”过了好一会，有人用金盘盛来了粘糕，李大夫拜谢后便吃了起来，面对着皇上勉强吃了下去。唐玄宗见了高兴地说道：“我看你吃得挺香，再赐你一盘。”他又吃光了。吃完回到家后，李大夫的肚子便痛了起来，且痛得非常厉害，什么东西都吃不下，只有喝橘皮汤才行，一直到了半夜才好。这时他突然想起了术士的话，便问侍奉左右的人道：“我喝了多少橘皮汤？”有人回答说：“有二十碗了。”李大夫听后感叹了很久，立即令人马上去邀请术士前来，赠送了很多财物给他。（出《逸史》）

杜鹏举

宰相杜鸿渐的父亲名叫鹏举，他们父子的名字就像兄弟之间的名一样，这是有缘由的。杜鹏举的父亲曾经做过一个梦，梦到自己要出门，在路途中遇到了一块大碑，说是叫宰相碑。已经做了宰相的，碑面上就会出现金色的他的名字，而还没有成为宰相且将来能做宰相的，姓名就会出现在碑柱上。于是他就问上面有没有杜家子弟的名字，回答说：“有。”并让他自己随便看。他便认真看起来，记得在杜姓后面的字有鸟偏旁拽脚，但是忘了是什么字，因此他给儿子取名叫鹏举，并对杜鹏举说：“如果你不能成为宰相，便世世代代取名字的时候，应当取有鸟字偏旁拽脚的字。”杜鹏举生下了杜鸿渐，而他的名字也是以前早就定下来了的，何况是他的官职与寿命呢？（出《集话录》）

李栖筠

大夫李栖筠还没有发迹为官之时，准备进京去参加选官。当时扬州一个姓田的山人，是一位有名的隐士，很有预知未来的能力。李栖筠前去拜访他，向他请教自己将会得到什么官职。田姓隐士回答可。某亦未审，将一书与楚州白鹤观张尊师，师当知矣。”李公至，寻得观院，蒿蓁塞径，若无人居。扣门良久，方有应者，乃引入，见张生甚古。叟曰：“田子无端，妄相告郎君语。郎君岂不要知官否，彼云何？”曰：“宣州溧阳尉。”曰：“否，魏州馆陶主簿。然已后任贵，声华烜赫，无介意于此也。”及到京，授溧阳尉，李公惊异，以为张道士之言不中。数日，敕破铨注，改馆陶主簿，乃知田张相为发明。后两人皆不知所之。田生弟作江州司马，名士颙。（出《逸史》）

杜思温

贞元初，有太学生杜思温，善鼓琴。多游于公侯门馆，每登临宴，往往得与。尝从宾客夜宿城荀家觜。中夜山月如画，而游客皆醉，思温独携琴临水闲泛。忽有一叟支颐来听。思温谓是座客，殊不回顾。及曲罢，乃知非向者同游之人，遽置琴而起。老人曰：“少年勿怖，余是秦时河南太守梁陟也，遭难，身没于此中。平生好鼓琴，向来闻君抚琴，弦轸清越，故来听耳。知音难遇，无辞更为我弹之。”思温奏为《沉湘》。老人曰：“此弄初成，吾尝寻之，其间音指稍异此。”思温因求其异。随而正之，声韵涵古，又多怨切，时人莫之闻也。叟因谓思温曰：“君非太学诸生乎？”曰：“然。”叟曰：“君何不求于名誉，而常为王门之伶人乎？”思温竦然曰：“受教。”且问穷达之事。叟曰：“余之少子，主管人间禄籍，他说："会得到宣州溧阳县的县尉之职。"李栖筠说："我在朝廷内，也有亲戚和朋友，所期望得到的官职，实在不是这么个小官。"好半天后田姓隐士说道："官太大了也不行。不过我也没有仔细思考，我准备写一封信给楚州白鹤观的张师父，师父应当知道。"李栖筠到了楚州后找到了白鹤观。观里蒿草和榛柴堵塞了道路，好像没有人住一样。敲了很久的门，才有人来应门，将李栖筠引了进去，他发现张师父是个年岁很大的老人。老人说道："姓田的小子无缘无故，胡乱对你讲了一些话。你不是想知道将当什么官吗？他是怎么说的？"李栖筠说："他说我将担任宣州溧阳县的县尉。"老人说："不对。你将出任魏州的馆陶主簿。但是后来会担任大官，声名显赫，无须介意现在这个小官职。"等到了京城，李栖筠被授予溧阳县尉。他感到很惊异，以为张道士的话不准。过了几天，皇上下诏废除了之前的任命批注，改授他为馆陶主簿。他这才明白田、张两人对他说的都是对的。后来两个人都不知道去了哪里。田姓隐士的弟弟做了江州司马，名叫士颙。（出《逸史》）

杜思温

贞元初年，有个叫杜思温的太学生，擅长弹琴。大多数时间，他都在公侯门馆间游玩娱乐，每次在宴会上弹奏，往往都能得到赞赏。曾有一次，他跟随宾客们夜宿在城外的苟家觜。半夜时分，山林间的月色如银，有如画卷。而这时游客们都已醉了，杜思温独自一人带着琴来到水边悠闲地弹奏着。忽然有个老人以手支面，前来听他弹奏。杜思温以为是之前在座的宾客，所以根本没有回头看他。等到曲子弹完了，才知道这老人并不是之前一起游玩的宾客，便收好琴站了起来。那老人说道："年轻人不要惊慌，我是秦朝时河南的太守梁陟。因为遭遇了祸难，所以隐身在这里。我平生也喜欢弹琴，以前听过你弹奏琴曲，声音清新悦耳，所以特意来听你弹奏。人生知音难遇，请不要推辞，再给我弹奏一曲吧。"杜思温于是又给他弹奏了一曲《沉湘》。老人听后说道："这首曲子刚刚写成时，我也曾经试着当为君问之。此后二日，当再会于此。”至期而思温往见，叟亦至焉。乃告曰：“惜哉，君终不成名，亦无正官。然有假禄在巴蜀，一十九年，俸入不绝。然慎勿为武职，当有大祸，非禳所免。志之志之。”言讫，遂不见。

思温明年又下第，遂罢举，西游抵成都，以所艺谒韦令公。公甚重之，累署要籍，随军十七八年，所请杂俸，月不下二万。又娶大将军女，车马第宅甚盛。而妻父尝欲思温在辕门，思温记老人之言，辄辞不就。后二日，密请韦令公，遂补讨击使。牒出方告，不敢复辞。而常惧祸至，求为远使，竟不果。及刘阐反叛时，思温在鹿头城。城陷，为官军所杀。家族不知所在也。（出《前定录》）

柳及

柳及，河南人，贞元中进士登科殊之子也。家于澧阳，尝客游至南海。元帅以其父有名于搢绅士林间，俾假掾于广。未几，娶会长岑氏之女。生一男，名甑甑。及以亲老家远，不克迎候，乃携妻弹过，其中有些音符指法与你所弹稍稍有所区别。”杜思温因此请他指出差异所在。随后杜思温将自己弹错之处纠正了过来，纠正后的曲音声韵古朴典雅，又饱含凄怨的情调，这是当时的人没有听到过的。老人因此问杜思温道：“你不是太学生吗？”杜思温回答道：“我是的。”老人又说：“你为什么不去求取功名，而是常常去给那些王侯演奏呢？”杜思温肃然恭敬地说道：“受教了。”还问了老人有关穷富、官运的事。那老人说道：“我那小儿子，主管人间的俸禄名册，我一定给你问问。两天之后，我们再在这儿相会吧。”到了那天，杜思温便前去与老人相会。老人也到了，他告诉杜思温说：“太可惜了，你最终没能成名，也没能当上真正的官。但是，你有假俸禄在巴蜀，共有十九年，收入将会源源不断。只是千万要小心不要做武官，否则会有大祸，并不是祈祷所能免除的。切记切记！”说完，就消失不见了。

杜思温第二年又落第了，于是他不再参加科举考试，游览到达了成都，凭借自己弹琴的技艺拜见了韦令公。韦令公很看重他，多次将他的名登记在主要官员的名册上，随军十七八年，所得到的各种俸禄，每月不少于两万。他又娶了大将军的女儿为妻，车、马、房子都很多。但他的岳父常常想让他在军队里谋个职务，杜思温牢记着老人的话，于是坚决推辞没有接受。两天之后，大将军偷偷地请求韦令公帮忙，于是就给杜思温补了个讨击使的职务。任命公文已经发出后才告诉杜思温，因此杜思温不敢再推辞。但是他还是常常担心大祸到来，所以请求担任偏远地方的讨击使，但是最后没有结果。等到刘辟反叛朝廷之时，杜思温正好在鹿头城。城池被攻陷了，杜思温也被官军所杀，家属也不知道到什么地方去了。（出《前定录》）

柳及

柳及，为河南人氏，是贞元年间登科进士柳殊的儿子。居住在澧阳，曾经到南海游览。元帅因为自己的父亲而在官僚绅士中很有名望，便让柳及在广州担任了个假署员。不久后，柳及娶了会长岑氏家子归宁于澧阳。未再岁后，以家给不足，单车重游南中，至则假邑于蒙，于武仙再娶沈氏。

会公事之郡，独沈氏与母孙氏在县廨。时当秋，夜分之后，天晴月皎。忽于牖中见一小儿，手招沈氏曰："无惧无惧，某几郎子也。"告说事状，历然可听。沈氏以告其母。母乃问是何人，有何所请。答曰："某甑甑也，以去年七月身死，故来辞别。凡人夭逝，未满七岁者，以生时未有罪状，不受业报。纵使未即托生，多为天曹权禄驱使。某使当职役，但送文书来往地府耳。天曹记人善恶，每月一送地府，其间有暇，亦得闲行。"沈氏因告曰："汝父之郡会计，亦当即至。"俄尔及归，沈氏具告。及固不信，曰："荒徼之地，当有妖怪，假托人事，殆非山精木魅之所为乎？"其夕，即又于牖间以手招及。及初疑，尚正辞诘之，乃闻说本末，知非他鬼，乃歔欷涕泗，因询其夭横之由。答曰："去年七月中，戏弄得痢疾，医药不救，以至于此，亦命也。今为天曹收役，亦未有托生之期。"及曰："汝既属冥司，即人生先定之事可知也。试为吾检穷达性命，一来相告。"答云："诺。"后夕乃至，曰："冥官有一大城，贵贱等级，咸有本位，若棋布焉。世人将死，或半年，或数月内，即先于城中呼其名。时甑甑已闻呼父名也，辄绐而对。"既而私谓沈氏曰："阿爷之名，已被呼矣，非久在人间。他日有人求娶沈氏者，慎勿许之。若有姓周，职在军门者，即可许之，必当偕老，衣食盈羡。"其余所述近事，无不征验。后一夕又来曰："某以拘役有限，不得到人间，从此永诀矣。"言词凄怆，歔欷而去。

的女儿为妻，生下了一个男孩，取名甑甑。柳及借口说父母年老且家里离这太远，不能将他们接来一起居住，就带着妻子与小孩回到澧阳岳父母家居住。还没到第二年，柳及又以家里供给不足为由，独自坐车重游南中地区。到了之后他对外谎说自己家在蒙山，又在武仙娶了沈氏。

当时正好有公事他得去郡府，只有沈氏与她的母亲住在县里的公馆中。那时正好是秋季，半夜时分，天高气爽，月光皎洁。忽然，沈氏发现窗户中有一个小孩，向她招手打招呼说："不要怕，不要怕，我是你丈夫的孩子。"他说话的表情、神态，非常清晰。沈氏便将这件事告诉了自己的母亲。她母亲便问那小孩是什么人，有什么要求。小孩回答道："我叫甑甑，是在去年七月死的，所以来辞别。凡是夭折而死的人，还没有满七岁的，因为活着的时候没有犯过错误，所以不会遭受到业报。即使是不能马上托生，大多数也会被天曹有权势的人所驱使。我也被派了差事，只是送文书来往于地府之间。天曹会记录人间所有人的善恶，每月送一次给地府。这其间有点空暇的时间，也可以出来闲溜一会儿。"沈氏因此告诉他说："你父亲去郡里做财会工作去了，也应当快要回来了。"不一会儿柳及便回来了，沈氏将所有的事情都告诉了柳及。柳及完全不信，说道："荒郊野外，应该是有妖怪假托人事，怎么知道不是山精木魅干的呢？"那天晚上，柳及发现那个小孩又在窗户中向他摇手打招呼。柳及开始还怀疑，还一本正经地责问他，当听那小孩把事情的来龙去脉说了后，他才知道那小孩不是别的鬼魂，于是恸哭涕下，因而又问他夭折的原因。那小孩鬼魂回答道："去年七月，我玩耍时得了痢疾，医药都没能有效，以致这样了。这也是命啊。现在我被天曹收为差役，也不知道什么时候可以托生。"柳及说："你既然属于冥司，那么人生先定的事也能知道了。能不能试着给我查看一下穷富生死的情况，有了消息后便来告诉我？"那小孩鬼魂回答道："好。"后来的一天夜里小孩来了，他说："冥府有一座大城，贵贱等级，都有自己的位置，就好像棋子分布一样。世间之人快要死亡时，或者半年，或者几个月内，就会有人先在城中呼叫他的名字。当时我已经听到有人在呼叫父亲后四月，及果卒。沈氏寻亦萍泊南海。或有求纳者，辄不就。后有长沙小将姓周者，部本郡钱帛，货殖于广州，求娶沈氏。一言而许之，至今在焉。平昌孟弘微与及相识，具录其事。（出《前定录》）

韦泛

韦泛者，不知其所来。大历初，罢润州金坛县尉。客游吴兴，维舟于兴国佛寺之水岸。时正月望夜，士女繁会。泛方寓目，忽然暴卒。县吏捕验，其事未已，再宿而苏。云："见一吏持牒来，云：'府司追。'遂与之同行。约数十里，忽至一城，兵卫甚严，入见多是亲旧往还。泛惊问吏曰：'此何许也？'吏曰：'此非人间也。'泛方悟死矣。俄见数骑呵道而来，中有一人，衣服鲜华，容貌甚伟。泛前视之，乃故人也，惊曰：'君何为来此？'曰：'为吏所追。'其人曰：'某职主召魂，未省追子。'因思之曰：'嘻，误矣！所追者非追君也，乃兖州金乡县尉韦泛也！'遽叱吏送之归。泛既喜得返，且恃其故人，因求其禄寿。其人不得已，密谓一吏，引于别院，立泛于门。吏入，持一丹笔来，书其左手曰：'前杨复后杨，后杨年年强。七月之节归玄乡。'泛既出，前所追吏亦送之。"既醒，具述其事。沙门法宝好异事，尽得其实，因传之。后六年，以调授太原杨曲县主簿，秩满至京师。适遇所亲与盐铁使有旧，遂荐为杨子县的名字了。”不久小孩又偷偷对沈氏说：“我父亲的名字已经被冥府里的人呼叫了，不能在人间停留多长时间了。将来那个前来要求娶你的人，千万小心不要答应他。如果有姓周的前来娶你，而且是在军队任职的，便可以答应他，一定会白头偕老，衣食充裕而幸福。”小孩所说近来的事，没有不应验的。后来一天夜里他又来说道：“我因为拘役的时间有限，不能再到人间来了，从此永别了。”言辞凄婉悲怆，哽咽着离开了。

四个月之后，柳及果然死了。沈氏不久后也漂泊到了南海一带，有时会有人向她求婚，她都没有答应。后来有个长沙姓周的小将，拿着本郡军队的钱财，在广州做交易，请求迎娶沈氏，沈氏听他一说就同意了。这事到现在还在传说，平昌的孟弘微与柳及认识，将他的事迹都记录了下来。（出《前定录》）

韦泛

韦泛这个人，没人知道他是哪里的人。大历初年，罢去了润州金坛县尉的职务，前往吴兴去游玩，将小船系在兴国佛寺的水岸边。当天正是正月十五，善男信女们来来往往，人很多。韦泛正想好好看一看，忽然间就晕死过去。县吏和捕快前来验尸，发现还有气息，过了一宿后又苏醒过来。他说：“我看见一个官吏拿着公文前来，说：‘府司让你去一躺。’于是我与他同行前往。大约走了几十里地，忽然间就到了一座城市，城里兵士守卫很严密。进城之后，我见到的来来往往的人大多数都是亲戚旧友。因此我吃惊地问那官吏说：‘请问这是什么地方？’那官吏说：‘这里不是人间。’我才明白自己已经死了。不一会儿便有几个骑马的人一路呵斥着跑了过来，其中有一个人衣服鲜艳华丽，形貌很是高大英俊。我走上前去一看，原来是老朋友。那人也惊讶道：‘你为什么到了这里？’我回答说：‘是被官吏所召唤。’那人道：‘我的职责是主管招魂，怎么不知道有招你啊？’因而思索道：‘哈！搞错了！要追索的人并不是你，而是兖州金乡县的县尉韦泛。’于是马上呵斥那官吏赶快将我送了回来。我很高兴能够重返

巡官，在职五年。建中元年，六月二十八日，将赴选，以暴疾终于广陵旅舍，其日乃立秋日也。（出《前定录》）

人世，并且仗着那人是自己的老朋友，因此趁机向那人请求告诉自己的官禄和寿命情况。那人没办法，悄悄将我的情况告诉了一个官吏，并将我带到了另一个院落，让我站在门边。那个官吏进来了，手里拿着一支红笔走了过来，在我的左手心写道：'前杨复后杨，后杨年年强。七月之节归玄乡。'写完后我就出来了，以前召我前去的那个官吏又将我送了回来。"醒了之后，韦泛将自己经历的事一一讲述了出来。一个法号叫法宝的和尚很喜欢听怪异之事，韦泛说的这些事全被他听了去，因而将其传了开来。六年后，韦泛因为被调任到太原杨曲县为主簿，十年任期满后回到了京城，正好遇到自己的亲戚与盐铁使有老交情，便推荐韦泛为杨子县巡官。在职五年，建中元年六月二十八日，他准备赴京选官，因为得了急病而死在了广陵旅舍。那天，正好是立秋的日子。（出《前定录》）

卷第一百五十　定数五

玄宗　乔琳　张去逸　李泌　刘邈之　张仁祎　裴谞
李揆　道昭

玄宗

唐德宗降诞三日，玄宗视之。肃宗、代宗以次立。保母襁褓德宗来呈，德宗色不白皙，龙身仆前，肃宗、代宗皆不悦。二帝以手自下递传，呈上玄宗。玄宗一顾之曰："真我儿也。"谓肃宗曰："汝不及他。"又谓代宗曰："汝亦不及他。仿佛似我。"德宗在位二十七年，六十三崩。肃宗登位五年，代宗登位十五年，是不及也。后明皇幸蜀，至中路曰："岧郎亦一遍到此来里。"及德宗幸梁，是验也。乃知圣人应天授命，享国年深，岂是徒然！（出《嘉话录》）

乔琳

乔琳以天宝元年冬自太原赴举。至大梁，舍于逆旅。时天寒雪甚，琳马死，佣仆皆去。闻浚仪尉刘彦庄喜宾客，遂往告之。彦庄客申屠生者，善鉴人，自云八十已上，颇箕踞傲物，来客虽知名之士，未尝与之揖让。及琳至，则言款甚狎，彦庄异之。琳既出，彦庄谓生曰："他宾客贤与不肖，未尝见先生之一言。向者乔生一布衣耳，何词之密欤？"生笑曰："此固非常人也。且当为君之长吏，宜善视之，必获其报。向与之言，盖为君结欢耳。然惜其情反于气，心不称质，若处极位，不至百日。年过七十，当主非命。子其志之。"彦庄遂馆之数日，厚与车马，遂至长安。而申屠生亦告

玄宗

唐德宗生下来三天后，唐玄宗前往看望他。肃宗、代宗依次站在旁边。保姆将德宗用襁褓裹着抱了过来给他们看。德宗肤色不白，身体向前倾着，肃宗和代宗看了之后都不喜欢他。他俩用手捧着德宗依次传递，呈上给玄宗看。玄宗一看他便说道："真是我的儿子呀！"然后对肃宗说："你不如他。"又对代宗说："你也不如他，他仿佛像我。"德宗在位二十七年，六十三岁时去世。肃宗做了五年皇帝，代宗做了十五年皇帝，他们的确都不如德宗。后来唐明皇避难前往蜀地，走到半途时说："岧郎也会到这里走一趟。"后来德宗果然到了梁地（也就是玄宗路过的地方），这便是验证。由此可以知道，圣人应了上天的旨意，来统治国家的时间会很长，又怎么会是没有根据的呢！（出《嘉话录》）

乔琳

乔琳在天宝元年冬季，从太原出发前往京城应试。走到大梁时，住在旅店里。当时天气寒冷，雪下得很大，他的马死了，而奴仆也都离他而去。乔琳听说浚仪尉刘彦庄喜欢结交朋友，于是前往求助。刘彦庄有个名叫申屠生的朋友，善于给人看相。他自称已经八十多岁了，待人比较轻慢倨傲，即便来的刘彦庄的朋友是知名人士达官之流，他也从未对人揖让礼待。当乔琳来时，他的态度却非常热情，刘彦庄对此感到非常奇怪。乔琳出去后，刘彦庄对申屠生说："我的宾客中，不管是贤能还是不学无术之人，我从未曾见先生与他们说过一句话。之前那个乔琳只是一介布衣而已，为何你对他那么亲热呢？"申屠生笑着说道："此人根本不是个什么平常人啊！并且以去，且曰：“吾辱君之惠，今有以报矣，请从此辞。”竟不知所在。

琳后擢进士第，累佐大府。大历中，除怀州刺史。时彦庄任修武令，误断狱有死者，为其家讼冤，诏下御史劾其事。及琳至，竟获免。建中初，征拜中书侍郎、平章事，在位八十七日，以疾罢。后朱泚构逆，琳方削发为僧。泚知之，竟逼受逆命。及收复，亦陈其状。太尉李晟，欲免其死，上不可，遂诛之。时年七十一。（出《前定录》）

张去逸

肃宗张皇后祖母窦氏，玄宗之姨母也。玄宗先后早薨，窦有鞠养之恩。景云中，封邓国夫人，帝甚重之。其子去惑、去盈、去奢、去逸，依倚恩宠，颇极豪华。

一日，弟兄同猎渭曲。忽有巨蛇长二丈，腾赶草上，迅捷如飞。去逸因踪辔弯弧，一发而中，则命从骑挂之而行。俄顷雾起于渭上，咫尺昏晦，骤雨惊电，无所遁逃。偶得野寺，去逸即弃马，径依佛庙。烈火震霆，随而大集。方霆火交下之际，则闻空中曰：“勿惊仆射！”霆火遽散，俄而复臻。又闻空中曰：“勿惊司空！”霆火登止。俄复蓁集，又闻空中曰：“勿惊太尉！”既而阴翳廓然，后应当会成为你的长官。你应该好好招待他，将来必定能得到他的回报。之前我与他交谈结交，也是为了你能与他交好啊。然而可惜的是他的神情与心气相反，心与气质不相符。如果位极人臣，将不会超过百天。当他过了七十岁时，应当会死于非命。请记住我今天对你说过的话。”刘彦庄于是在馆中款待了乔琳几天，并赠给他车马，乔琳因此安全到达了长安。而申屠生也告辞而去，并在临行前对刘彦庄说：“我有幸得到你的恩惠，现在已经报答过你了，就请让我们在此告辞吧。”之后便再也没人知道他的去向。

乔琳后来果然考中了进士，多次辅助大府。大历中期，被任命为怀州刺史。当时刘彦庄正好担任怀州所辖的修武县县令，因断案时误判而致人屈死，被家属上诉要求重审申冤，皇上下诏命御史核查此事。当乔琳到达怀州后，最终让刘彦庄得以免过。建中初年，乔琳升迁为中书侍郎平章事，但只在位八十七天，就因为疾病而辞官。后来朱泚起兵造反，乔琳才削发为僧。朱泚知道后，竟然逼迫他接受反动政权的任命。当叛乱平息后，乔琳也陈述了自己被逼参与叛乱的事。太尉李晟想免除他的死罪，但皇上没有恩准，最终被诛杀，时年七十一岁。（出《前定录》）

张去逸

唐肃宗张皇后的祖母窦氏，是唐玄宗的姨母。唐玄宗的母后很早就去世了，因此窦氏对他有养育之恩。景云年间，窦氏被封为邓国夫人，玄宗对她很敬重。她的儿子去惑、去盈、去奢、去逸，依靠皇上的恩宠，生活奢侈豪华。

一天，兄弟几人一起在渭河河曲打猎。忽然有一条长达两丈的大蛇在草丛上穿行，其速度迅捷如飞。去逸因此策马追踪，弯弓射箭，一箭就射中了巨蛇，就命随从将巨蛇挂在马上继续行猎。不久后渭河上突然大雾弥漫，咫尺间的景物都看不清，随后天降雷雨，他们无处躲避。偶然间发现了一座野庙，去逸于是弃了马，顺着小路躲进了庙里。谁知霹雳闪电也随之云集到了寺庙上空，正当雷电交加要降下之时，便有声音从天空中传来：“不要惊吓了仆射。”雷电随即散终无所损。然死蛇从马，则已失矣。去逸自负坐须富贵。不数年，染疾而卒，官至太仆卿。

天宝中，其女选东宫，充良媛。及肃宗收复两京，良媛颇有辅佐之力，至德二载，册为淑妃。乾元元年，诏中书令崔圆持节册为皇后。而去逸以后父，前后三赠官，皆如空中之告耳。（出《纪闻》）

李泌

天宝十四载，李泌三月三日自洛乘驴归别墅。从者未至，路旁有车门，而驴径入，不可制。遇其家人，各将乘驴马群出之次。泌因相问，遂并入宅。邀泌入。既坐，又见妻子出罗拜。泌莫测之，疑是妖魅。问姓窦，潜令仆者问邻人，知实姓窦。泌问其由，答曰："窦廷芬。"且请宿。续言之，势不可免，泌遂宿，然甚惧。

廷芬乃言曰："中桥有筮者胡芦生，神之久矣。昨因筮告某曰，不出三年，当有赤族之祸，须觅黄中君方免。问如何觅黄中君？曰，问鬼谷子。又问安得鬼谷子？言公姓名是也。宜三月三日，全家出城觅之。不见，必籍死无疑；若见，但举家悉出哀祈，则必免矣。适全家方出访觅，而卒遇公，乃天济其举族命也。"供待备至。明日请去，且言归颍阳庄。廷芬坚留之，使人往颍阳，为致所去，但一会再次云集。又听到空中有声音说：“不要惊吓到司空。”雷电登时停止了。一会儿又重新聚集，又听到空中有声音说：“不要惊吓了太尉。”接着阴云雷电便全部散去，去逸最终没有丝毫损伤，但是被射死的巨蛇以及随从和马匹，却已消失不见。去逸自负能坐享富贵。没过几年，便因染病而死，死的时候官位已是太仆卿。

天宝年间中期，他的女儿被选送到东宫，充作了良媛。当肃宗后来收复两京时，他的女儿有辅佐的功劳。至德二年，被册封为淑妃。乾元元年，皇上下诏给中书令崔圆，持符节将去逸的女儿册封为皇后，而去逸则以皇后父亲的身份，前后三次被追封官职，其职衔与当日在寺庙上空传出的声音所说一致。（出《纪闻》）

李泌

天宝十四年，李泌在三月三日这天从洛阳骑着驴回别墅，随行的仆人在后面还没到。路旁有一个大门，驴子自己就直接走了进去，李泌没有办法制住。这时正好遇到了这家的人，他们各自将乘坐的驴马依次牵了出来。李泌因为这家的主人相问姓名，便和仆人一起进了这家人院子。主人邀请李泌进到屋子里，坐下后，又见这家主人的妻子出来与李泌见了礼。李泌猜不透这家人是为什么这样待他，便怀疑是不是自己遇上了妖魅。他问主人的姓氏，回答说姓窦。于是暗中派仆人向附近的人家询问求证，知道了这家的主人确实是姓窦。李泌又向主人打听他具体的名字，主人回答说叫窦廷芬，并邀请李泌一行留下住宿，以便继续交谈。其态度诚恳得让人无法拒绝，李泌一行于是住了下来，但是心里很害怕。

窦廷芬对李泌说：“中桥有个叫胡芦生的算命人，因为算得极准，所以出名很久了。昨天他为我算命后告诉我说，不出三年，我们家便当有灭族之祸，必须找到黄中君才能幸免。我问他要怎么样才能找到黄中君，他回答我说：‘去问鬼谷子。’我又问要怎样才能找到鬼谷子呢，他说的就是您的姓名呀！他告诉我，最好是在三月三日这一天，全家人出城去寻找。如果找不到您，那么我们全族到时候必死无疑；如果遇到了您，一定要全家人出来真诚祈祷，就一定能切，取季父报而还。如此住十余日，方得归。自此献遗不绝。

及禄山乱，肃宗收西京，将还秦，收陕府，获刺史窦廷芬。肃宗令诛之而籍其家。又以玄宗外家而事贼，固因诛戮。泌因具其事，且请使人问之，令其手疏验之。肃宗乃遣使。使回，具如泌说。肃宗大惊，遽命赦之。因问黄中君鬼谷子何也？廷芬亦云不知，而胡芦生已卒。肃宗深感其事，因曰：“天下之事，皆前定矣。（出《感定录》）

刘邈之

刘邈之，天宝中调授岐州陈仓尉。邈之从母弟吴郡陆康，自江南同官来。有主簿杨豫、尉张颖者，闻康至，皆来贺邈之。时冬寒，因饮酒。方酣适，有魏山人琮来。邈之命下帘帷，迎于庭，且问其所欲。琮曰：“某将入关，请一食而去。”邈之顾左右，命具刍米于馆。琮曰：“馆则虑不及，请于此食而过。”邈之以方饮，有难色。琮曰：“某能知人。若果从容，亦有所献。”邈之闻之而喜，遽命褰帷，而坐客亦乐闻其说，咸与揖让而坐。时康以醉卧于东榻，邈之乃具馔。

免除灾祸。幸好我们全家人刚才出城寻找，而最后遇到了您，这真是苍天在解救我们全族人的性命啊！”窦廷芬因此十分周到地招待了李泌。第二天，李泌一行请求告辞，并告诉他们自己要回颍阳庄。窦廷芬坚持挽留，并派人前往颍阳庄为李泌送信，且代他处理他所关心的事情，最后带了李泌叔父的信报后返回。就这样，李泌又住了十多天才告辞回家。从这之后，窦廷芬总是不断地给李泌赠送一些礼物。

等到安禄山发动叛乱，肃宗收复西京后，准备回师长安，收复陕府，抓获了刺史窦廷芬。唐肃宗下令将他诛杀，并且将家产全部没收入官。又因他是玄宗的外家亲戚反而替反贼做事，所以坚决要求关起来斩首。李泌因此将窦廷芬所有事情的前因后果上奏给了肃宗，并且请肃宗派人前去询问窦廷芬，让他与自己所写的一一验证核对。肃宗就派出使臣前去调查。使臣返回后，奏报说与李泌所说一样。肃宗听后大惊，随即下令赦免了窦廷芬的死罪，并向他询问黄中君和鬼谷子是什么人。窦廷芬也说不知道，而此时胡芦生已经死了。肃宗对此事深深感叹道：“天下的事，都是之前早就注定了的呀！”（出《感定录》）

刘邈之

刘邈之，天宝年间被调任为岐州陈仓尉。他姨妈家的表弟即吴郡的陆康，从江南与同事一起来看他。主簿杨豫、县尉张颖，听说陆康来了，便都来向刘邈之庆贺。当时正是寒冬季节，因此大家喝起了酒。喝得正兴起的时候，有个叫琮的魏山人求见。刘邈之让人放下门帘，起身到院子里迎接，并且问琮来有什么事。琮说：“我准备入关，请给我一顿饭吃，吃完我便走。”刘邈之看了看身边的人，让他们去客馆安排饭菜。琮说道：“安排到客馆恐怕来不及了，请让我在这里吃就行了。”刘邈之因为正在与客人饮酒，觉得有些为难。琮说：“我会给人看相。如果你们能以礼待我，我也会有所贡献。”刘邈之听后非常高兴，于是让人撩起帷帘，而座上的几位客人也都想听听既食之，有所请。琮曰："自此当再名闻，官止二邑宰而不主务，二十五年而终。"言讫将去，豫、颖固止之，皆有所问。谓豫曰："君后八月，勿食驴肉，食之遇疾，当不可救。"次谓颖曰："君后政官，宜与同僚善。如或不叶，必为所害。"豫、颖不悦。琮知其意，乃曰："某先知者，非能为君祸福也。"因指康曰："如醉卧者，不知为谁，明年当成名，历官十余政，寿考禄位，诸君子不及也。"言讫遂去，亦不知所往。

明年，逆胡陷两京，玄宗幸蜀，陈仓当路。时豫主邮务，常念琮之言，记之于手板。及驿骑交至，或有与豫旧者，因召与食，误啖驴肠数脔。至暮，胀腹而卒。颖后为临濮丞，时有寇至，郡守不能制，为贼所陷。临濮令薛景元率吏及武士持兵与贼战，贼退郡平。节度使以闻，即拜景为长史，领郡务。而颖果常与不叶，及此因事陷之，遂阴污而卒。邈之后某下登科，拜汝州临汝县令，转润州上元县令。在任无政，皆假掾以终考。明年，康明经及第，授秘书省正字，充陇右巡官。府罢，调授咸阳尉，迁监察御史、盩厔令、比部员外郎。连典大郡，历官二十二考。（出《前定录》）

他能说些什么，都以礼邀他入座。这时陆康因为喝醉了躺在东边的床上。刘邈之于是又添置了杯筷、菜肴招待琮。

吃完后，刘邈之请琮为自己看相。琮说："你以后应当还能再度名闻天下，能再做两任邑宰，但不会主持政务，二十五年后终止。"说完后准备离开。杨豫和张颖极力请他留下，都想让他算算自己的将来。琮因此对杨豫说道："你在这八个月内，不能吃驴肉，一旦吃了便会生病，并且将无药可治。"接着又对张颖说："你以后做官，应当与同僚处理好关系。如果与同僚关系不和谐，必然会被对方所害。"杨豫和张颖听后都不高兴。琮知道他们的心意，于是说道："我虽然能够预先知道以后的事，但却没有办法决定你们的祸福。"因此又指着陆康说道："就像这个喝醉了酒躺着的人，我不知道他是谁。但是我却知道，他明年便会取得功名，为官十几任，寿命、官职、俸禄，你们几个都不如他。"说完便离开了，也不知道去了哪里。

第二年，胡人安禄山叛乱，攻陷了两京，唐玄宗被迫前往蜀地避难，而陈仓是必经之路。当时杨豫负责驿站的管理，他常常想起琮所说的话，并将其记在自己的手心里。一次一个为驿站传送公文的人骑马来了，或许是与杨豫有旧交，因此请杨豫一起吃饭，杨豫误吃了几片小驴肠。当天晚上，杨豫便肚胀而死。张颖后来做了临濮丞，当时正好有贼兵前来攻城，郡守无力抵抗，被贼兵攻陷。临濮县令薛景元率领众官员及武士手持兵器，与贼军展开战斗，贼军被迫退到了郡平。节度使接到报告后，便任命薛景元为长史，主持郡务。而张颖果然常常与薛景元不和，薛景元这时因事陷害他，于是张颖因被诬陷而蒙冤被杀。刘邈之后来考中了进士，官拜汝州临汝县县令，后又转任润州上元县县令。在任期间没有主持重要政务，都以任上太平无事而结束了任职。第二年，陆康通过明经考试而中榜，先后被授职秘书省正字，兼任陇右巡官。任期满后，调任咸阳尉，接着升迁为监察御史、周至令、比部员外郎。接连主持大郡政务，历官二十二任。（出《前定录》）

张仁袆

唐沈君亮，见冥道事。上元年中，吏部员外张仁袆延坐问曰："明公看袆何当迁？"亮曰："台郎坐不暖席，何虑不迁？"俄而袆如厕，亮谓诸人曰："张员外总十余日活，何暇忧官职乎？"后七日而袆卒。（出《朝野佥载》）

裴谞

宝应二年，户部郎中裴谞出为庐州刺史。郡有二迁客，其一曰武彻，自殿中侍御史贬为长史；其一曰于仲卿，自刑部员外郎贬为别驾。谞至郡三日，二人来候谒。谞方与坐，俄而吏持一刺云："寄客前巢县主簿房观请谒。"谞方与二客话旧，不欲见观，语吏云："谢房主簿相访，方对二客，请俟他日。"吏以告观，观曰："某以使君有旧，宜以今日谒，固不受命。"吏又入白谞，谞曰："吾中外无有房氏为旧者。"乃令疏其父祖官讳，观具以对。又于怀中探一纸旧书，以受吏。

谞览之愀然，遽命素服，引于东庑而吊之，甚哀。既出，未及易服。顾左右问曰："此有府职月请七八千者乎？"左右曰："有名逐要者是也。"遽命吏出牒以署观。

时二客相顾，甚异之，而莫敢发问。谞既就榻叹息，因谓二客曰："君无为复患迁谪？事固已前定，某开元七年罢河南府文学。时至大梁，有陆仕佳为浚仪尉。某往候之，仕佳座客有陈留

张仁袆

唐朝的沈君亮，能够推算未知的事。上元年中，有一天吏部员外张仁袆将他请到家里上座后问道：“明公请看看我什么时候能够升迁？”沈君亮回答说：“您不会等到席位坐热的时候，怎么还担心不能升官呢！”不一会儿张仁袆去上厕所了，沈君亮对大家说：“张员外总共还有十几天的日子可活，还哪来的时间去考虑自己的官职呢？”七天后，张仁袆便死了。（出《朝野佥载》）

裴谞

宝应二年，户部郎中裴谞被外派为卢州刺史。卢州郡里有两个被贬到此的官员，其中一个叫武彻，是从殿中侍郎史被贬值为长史的；另一个叫于仲卿，是从刑部员外郎被降职为别驾的。裴谞到达卢州郡府三天后，两人前来拜见他。裴谞刚刚与两人坐下，忽然一个衙役呈上一张名帖禀报道：“寄居在这里的前巢县主簿房观请求拜见。”裴谞正与二人聊起过去的事情，不想接见房观，于是对那个衙役说道：“你去代我对房观说，感谢房主簿的来访，我正在接待两位客人，请他改日再来。”衙役以此回复房观后，房观对衙役说：“我与刺史有旧交情，应当今日拜见，所以不能从命。”衙役再次进来向裴谞禀告，裴谞说：“我的家族内外没有与姓房的人有交往的。”于是传话让房观写出他父亲与祖父的名讳，房观都写出来了。他又从怀中掏出一封旧的书信，请衙役转交给裴谞。

裴谞看了信后脸色大变，急忙令人取来丧服换上，将房观请到堂下东边的屋子里一起祭拜亡灵，神情非常悲哀。出来后，没有来得及换下丧服，便问左右的人道：“府里还有没有每月俸禄为七八千的空缺的职位？”左右的人回答道：“有花名册，一一查看就知道了。”裴谞急忙让人取来花名册查阅并署上房观的名字。

这时两位客人在旁边看着，心中很是奇怪，但是没发问。裴谞就势坐在床上叹息，乘便对两位客人说：“两位不必再为遭贬的事烦恼了，所有的事都是命中早就注定了的。在开元七年，我被免除了尉李揆、开封主簿崔器方食，有前襄州功曹参军房安禹继来。时坐客闻其善相人，皆请。安禹无所让，先谓仕佳曰：‘官当再易，后十三年而终。’次谓器曰：‘君此去二十年，当为府寺官长，有权位而不见曹局，亦有寿考。’次谓揆曰：‘君今岁名闻至尊，十三年间，位极人臣。后十二年，废弃失志，不知其所以然也。’次谓某曰：‘此后历践清要，然无将相。年至八十。’言讫将去，私谓某曰：‘少间有以奉托，幸一至逆旅。’安禹既归，某即继往。至则言款甚密，曰：‘君后二十八年，当从正郎为江南郡守。某明年当有一子，后合为所守郡一官。君至三日，当令奉谒。然此子命薄，不可厚禄，顾假俸十千已下。’此即安禹子也。”

彻等咸异其事，仕佳后再受监察御史卒，器后为司农丞。肃宗在灵武，以策称旨，骤拜大司农。及归长安，累奉使。后十余年，竟不至本曹局。揆其年授右拾遗，累至宰相。后与时不叶，放逐南中二十年。除国子祭酒，充吐蕃会盟使。既将行而终。皆如其言。安禹开元二十一年进士及第，官止南阳令。（出《前定录》）

李揆

李相国揆以进士调集在京师，闻宣平坊王生善易筮，往问河南府文学的职务。当时我到了大梁，陆仕佳正好在那里担任浚仪县的县尉。我便顺路前往探望他，当时陆仕佳家里正好有陈留尉李揆、开封主簿崔器等人在做客吃饭，随后前襄州功曹参军房安禹也跟着来了。当时在座的客人听说他很会相面，都请他入座。房安禹也没有谦让，他先是对陆仕佳说：'您的官职还会变动，还可再做十三年的官。'接着对崔器说：'您在二十年后，应当为郡国的长官，有权位而不见曹局，也会长寿。'接着再对李揆说：'您的名声今年就能传到皇上那里，十三年的时间里，将位极人臣。之后的十二年，将会被废弃而失去志向，无法知道是什么原因。'然后又对我说：'您以后将历任重要官职，但达不到将相那样的高位，可以活到八十岁。'说完便准备离开，又私下对我说：'一会儿我有事相托于你，希望你能到我住的旅馆来一下。'房安禹回去后，我也便立即跟着去了。到了那里，我二人谈得非常投机，很是亲密。房安禹对我说：'您在二十八年之后，应当从正郎调任江南郡守。我明年应当会有一个儿子，长大后注定会成为您所管辖郡里的一名官员。您到任三天后，我会叫他去拜访。但是我这个儿子命薄，不能给他太高的待遇，可以给他十千以下的俸禄。'刚才我去会见的就是房安禹的儿子。"

武彻等人都感到这事很是奇怪。陆仕佳后来再次被调任为监察御史后就死了。崔器后来当了司农丞。肃宗在灵武时，他的策对很合皇上的旨意，被破格任命为大司农。等肃宗回到长安后，崔器多次奉命出使。后来的十多年里，竟然不用到本部门报到。李揆当年被授予右拾遗，后多次升迁到了宰相之位。后来因为与皇上对时局的意见不一致，被贬流放到南中待了二十年。后又被提拔为国子监祭酒，兼任出使吐蕃的盟使，在即将出发时去世了。他们这些人的命运都如房安禹所说的一样。房安禹在开元二十一年考中进士，最后官止于南阳令。（出《前定录》）

李揆

相国李揆当年因为考中了进士，被调集在京城。听说宣平坊有之。王生每以五百文决一局，而来者云集，自辰及酉，不次而有空反者。揆时持一缣晨往，生为之开卦曰："君非文章之选乎？当得河南道一尉。"揆负才华，不宜为此，色悒忿而去。王生曰："君无怏怏，自此数月，当为左拾遗，前事固不可涯也。"揆怒未解。生曰："若果然，幸一枉驾。"

揆以书判不中第，补汴州陈留尉。始以王生之言有征。后诣之，生于几下取一缄书，可十数纸，以授之曰："君除拾遗，可发此缄，不尔当大咎。"揆藏之，既至陈留。时采访使倪若冰以揆才华族望，留假府职。会郡有事须上请，择与中朝通者，无如揆，乃请行。

开元中，郡府上书姓李者，皆先谒宗正。时李璆为宗长，适遇上尊号。揆既谒璆，璆素闻其才，请为表三通，以次上之。上召璆曰："百官上表，无如卿者，朕甚嘉之。"璆顿首谢曰："此非臣所为，是臣从子陈留尉揆所为。"

乃下诏召揆，时揆寓宿于怀远坊卢氏姑之舍，子弟闻召，且未敢出。及知上意欲以推择，遂出。既见，乃宣命宰臣试文词。时陈黄门为题目三篇，其一曰《紫丝盛露囊赋》，二曰《答吐蕃书》，三曰《代南越献白孔雀表》。揆自午及酉而成，既封，请曰："前二首无所遗限，后一首或有所疑，愿得详之。"乃许拆其缄，涂八字，旁注两句。既进，翌日授左拾遗。旬余，乃发王生之缄视之，三篇个叫王生的人善于抽签算命，他便前去让他测算自己的前程。王生每算一卦便要收取五百文钱，但是前来找他算卦的人仍然很多，每天从辰时开始算到酉时，仍然有排不到号而空跑一趟的。李揆当时拿着一匹细纱很早就赶过去了，王生为他开卦测算后说道："您是问凭您的文章能选授什么官职吗？我算得您应当能得到河南道的一个县尉之职。"李揆自负才华出众，不应当只能担任这样的小官，神色郁怒准备离开。王生又对他说道："您不要不高兴。几个月之后，你应当出任左拾遗，前途真是不可限量啊。"李揆听后余怒未消。王生又对他说道："将来如果与我所说的一样，希望您能再来一趟。"

后来李揆果然因为答卷没能被判及格，补缺被派到汴州担任陈留县尉。这时他才发觉王生的话得到了验证，之后他便再次前往拜访王生。王生从几案下面取出一封封好的信，大约有十几张纸那么厚，将它交给李揆说："您升迁为左拾遗时，可以拆开这封信，不然你会有大祸。"李揆接过信收了起来，随后便赶回了陈留。这时采访使倪若冰因为李揆很有才华且出身名门望族，留他暂且在府中帮忙。正赶上郡府有事需要向朝廷请示，想找一个与朝中大臣有交往的人，没有找到比李揆更合适的，于是便派他去了。

唐玄宗开元年间中期，各郡府所有李姓官员都上报文书，请求先拜见宗正。当时李璆是宗长，正逢朝廷百官为皇上选取尊号。李揆拜见了李璆。李璆素来听说李揆有才华，因此请他代为起草三封表书上报给皇帝，并要求一表一表依次向上呈报。上表后皇上召见李璆说："百官上呈的奏表，没有比你写得更好的，朕非常欣赏。"李璆磕头谢恩道："这三篇表不是我写的，是我的侄子陈留尉李揆代写的。"

于是皇上下诏召见了李揆。当时李揆正寄居在怀远坊一卢姓姑姑家，听说皇上召见自己，李揆不敢出来。当他知道是皇上想要选拔重用他时，他才去面见皇上。面见皇上后，皇上便下令由宰臣来考核他的文章诗词。当时陈黄门出了三道考题，第一个是《紫丝盛露囊赋》，第二个是《答吐蕃书》，第三个是《代南越献白孔雀表》。李揆从午时开始做，到酉时完成。封好答题后，李揆请示说："前两题没有什么遗漏的地方，但后一道题或许还有一些疑问的地方，我希

皆在其中，而涂注者亦如之。遽命驾往宣平坊访王生，则竟不复见矣。（出《前定录》）

道 昭

永泰中，有沙门道昭，自云兰州人，俗姓康氏。少时因得疾不救，忽寤云：“冥司见善恶报应之事。”遂出家。住太行山四十年，戒行精苦，往往言人将来之事。初若隐晦，后皆明验。

尝有二客来，一曰姚邈，举明经，其二曰张氏，以资荫，不记名。僧谓张曰：“君授官四政，慎不可食禄范阳。四月八日得疾，当不可救。”次谓邈曰：“君不利簪笏，如能从戎，亦当三十年无乏。有疾勿令胡人疗之。”

其年，张授官于襄邓间。后累选，常求南州，亦皆得之。后又赴选，果授虢州卢氏县令。到任两日而卒。卒之日，果四月八日也。后方悟范阳即卢氏望也。邈后举不第，从所知于容州。假军守之名，三十年累转右职。后因别娶妇求为傧者，因得疾，服妪黄氏之药而终。后访黄氏本末，乃洞主所放出婢，是胡女也。（出《前定录》）

望能写得再详细一点。”当允许李揆折封再答时，他涂改了八个字，在两句话旁边加了注释。三篇答题呈给了皇上，第二天便被授予了左拾遗。十多天后，李揆拆开了王生给他的信，发现自己写的三篇应试文章都记在里面，而且连涂改加注的地方也完全一样。于是他立即让人驾车赶往宣平坊去拜访王生，而王生却已不知去向。（出《前定录》）

道昭

唐代宗永泰年间，有个叫道昭的和尚自称是兰州人，俗家姓康。少年时得了病无法医治，一天睡醒后他忽然说道：“我在阴间看到了善恶报应的事。”于是出家做了和尚。他在太行山上居住了四十年，苦苦恪守佛家的戒律操行，经常讲述别人将来发生的事。刚开始都说得比较隐晦，但后来都得到了验证。

曾经有两位客人来访，一个叫姚邈，通过明经考取了功名；一个姓张，因为世袭获得了官职，但不知道叫什么名字。道昭和尚对张氏说：“您将被授予四任官职，但是千万不能去范阳做官。否则您会在四月八日得病，将无药可治。”接着他又对姚邈说：“您不适合做文官，如果能够投军，也应当有三十年的时间不用忧愁。生病了千万不要找胡人医治。”

当年，张氏便被授官主管襄邓一带，后来多次迁调。曾要求到南州一带做官，也都如愿以偿。后来又被选中，真的做了虢州卢氏县的县令，到任两天后就死了。死的那天，果然是四月八日。以后才明白范阳就是卢氏县的名门望族。姚邈后来参加科举考试没能考中，于是跟随一个认识的人到了容州，暂且做一名军守，三十年间不断升迁担任了重要官职。后来因为另外娶媳妇要寻找迎宾之人，因而得了病，服用了一位黄姓老太太的药后去世了。后来有人查访黄氏的来历，原来是个被外族洞主放逐的婢女，是个胡女。（出《前定录》）

卷第一百五十一　定数六

李稜　豆卢署　孟君　卢常师　韩滉　李頔　崔造　薛邕

李稜

故殿中侍御史李稜，贞元二年擢第。有别业在江宁，其家居焉。是岁浑太师瑊镇蒲津，请稜为管记从事。稜乃曰："公所欲稜者，然奈某不闲检束。夙好蓝田山水，据使衔合得畿尉。虽考秩浅，如公勋望崇重，特为某奏请，必谐矣。某得此官，江南迎老亲，以及寸禄，即某之愿毕矣。"浑遂表荐之，德宗令中书商量，当从浑之奏。稜闻桑道茂先生言事神中，因往诣焉，问所求成败。茂曰："公求何官？"稜具以本末言之。

对曰："从此二十年，方合授此官，如今则不得。"稜未甚信。经月余，稜诣执政，谓曰："足下资历浅，未合入畿尉。如何凭浑之功高，求侥幸耳？"遂检吏部格上。时帝方留意万机，所奏遂寝。稜归江南，果丁家艰。已近七八年，又忽得躄疾，殆将一纪。元和元年冬，始入选，吏曹果注得蓝田县尉。一唱，忻而授之。乃具说于交友。（出《续定命录》）

李稜

曾经担任过殿中侍御史的李稜，在贞观二年中榜。他在江宁有别产，他的家属居住在这里。这一年，太师浑瑊镇守蒲津关，请李稜担任管记从事的职务。李稜对浑瑊说："我知道您想留用我，但是无奈鄙人无暇检点约束自己，向来喜好蓝田的山水，只想在京城周边的地方做个县尉。虽然我担任的官职微不足道，但是有像您这样功勋卓著、声名显赫的人，只要您上书向皇帝为我请求官职，就一定会办成了。我如果当了这个官，我就可以回到江南将年迈的父母接来，用我这微薄的俸禄来奉养他们。这样我平生的愿望也就满足了。"于是浑瑊上表向皇帝推荐了李稜，唐德宗命令中书省商议这件事如何处理。李稜听说桑道茂先生料事如神，于是前往拜见他。向他询问自己求官的事能否成功。桑道茂问他说："您所求的是什么官职？"李稜便讲了这件事的来龙去脉。

桑道茂回答说："从现在算起二十年，您才能被授予这个职位，现在却很难得到。"李稜不太相信。一个多月后，李稜去拜见主管此事的人，这个人对李稜说："您的资历尚浅，没有达到担任畿尉的标准，怎么可以因为浑瑊的功劳很大就怀有侥幸呢？"他随即把李稜的名字写在吏部的表格上。当时皇帝正在关心朝政，浑瑊推荐李稜的奏章就被搁置了。李稜回到江南，果真因为父母去世服丧耽搁了任职，应验了桑道茂先生的预言。将近七八年后李稜又忽然得了腿疾，差不多瘸了十二年。一直到元和元年冬天，才被选中任职，在下达的命书上，当年那个官员果然为李稜登记的是蓝田县尉。使者宣读旨意后，李稜欣然接受此衔，于是李稜将这件事详细地告诉了身边交往的朋友。（出《续定命录》）

豆卢署

豆卢署，本名辅真。贞元六年，举进士下第。将游信安，以文谒郡守郑武瞻。瞻甚礼之，馆给数日，稍狎，因谓署曰："子复姓，不宜两字为名。将改之，何如？"署因起谢，且求其所改。式瞻书数字，若著者、助者、署者，曰："吾虑子宗从中有同者，故书数字，当自择之。"其夕宿于馆，梦一老人谓署曰："闻使君与子更名，子当四举成名，四者甚佳。后二十年，为此郡守。因指郡隙地曰，此可以建亭台。"既寤思之，四者署字也，遂以为名。

既二年，又下第，以为梦无征。知者或诮之。后二年，果登第。盖自更名后四举也。大和九年，署自秘书少监为衢州刺史。既至，周览郡内，得梦中所指隙地，遂构一亭，因名之曰"征梦亭"矣。（出《前定录》）

孟 君

贞元中，有孟员外者，少时应进士举，久不中第，将罢举，又无所归。托于亲丈人省郎殷君宅，为殷氏贱厌，近至不容。染瘴疟日甚。乃白于丈人曰："某贫薄，疾病必不可数。恐污丈人华宇，愿委运，乞待尽他所。"殷氏亦不与语，赠三百文。出门不知所适。

豆卢署

豆卢署，原名辅真。贞元六年，考进士落榜。豆卢署随即去信安交游，并且拿着自己的文章拜见当地郡守郑武（《前定录》武作式）瞻。郑武瞻对豆卢署非常礼遇，并且留豆卢署住了几天，郑武瞻和豆卢署关系比较亲密了之后，郑武瞻于是对豆卢署说："您的姓是复姓，不适合用两个字的名，不如把它改换掉，怎么样？" 豆卢署于是起身致谢，并且请郑武瞻为他改名。郑武瞻写了几个字，有著、助、署字，然后说："我考虑为了避免同你宗亲的人重名，所以写了好几个字，请您在其中选一个字做名字。"当天晚上豆卢署在馆驿住所睡觉，梦见一位老人对他说："我听说郡守郑武瞻为您改名，您大概再考四次就能中榜了，第四个字最好。再过二十年，您会当上此地的太守。接着老人又手指郡内的一块空地说：'这块地可以用来建一座亭子或者一座台阁。'"豆卢署醒来后想到刚才的梦，第四个字就是"署"啊，于是就将自己的名字改成了署。

两年后，豆卢署又没中榜。豆卢署便认为自己做的这个梦不准。知道这件事的人中有人就笑话豆卢署。又过了两年果然考中了进士。从改名后果然考了四次才考中。大和九年，豆卢署由秘书监出任衢州刺史。豆卢署到任衢州后在郡内周游，找到了梦中老人所指的那块空地，豆卢署就派人在那里建了一个亭子，并因此把这个亭子命名为"征梦亭"。（出《前定录》）

孟　君

贞元年间，有一个姓孟的员外，孟员外年轻时想要考进士，但是考了很长时间没有考中，此时孟员外就萌生了弃考的想法。但是又没有落脚的地方。就寄居在他的一位当时在中枢诸省做官的殷姓长辈家里，但是此时的孟君被殷姓的亲戚轻视厌恶，几乎到了不能相容的地步。就在这时孟君又得了瘴疟，并且一天比一天严重。就告诉长辈殷大人说："我贫苦微贱，染了这个病一定难以救治了。我只怕弄脏了您老人家精美的房子，我愿听凭上天的安排，请让我离开您家死街西有善卜者，每以清旦决卦，昼后则闭肆下帘。孟君乃谒之，具陈羁蹇，将填沟壑，尽以所得三镮为卜资。卜人遂留宿，及时为决一卦。封成惊曰："郎君更十日，合处重职，俸入七十千钱，何得言贫贱？"卜人遂留厚供给。已至九日，并无消息。又却往殷君宅，殷氏见，甚薄之，亦不留连，寄宿马厩。

至明，有敕以禁兵将为贼境观察使，其人与殷友善，驰扣殷氏之门。武人都不知书，云："便须一谢表，兼镇抚寇戮。事故颇多，公有亲故文士，颇能相助否？"殷良久思之，无可应者。忽记得孟君久曾应举，可以充事。遽引见之，令草一表，词甚精敏。因请为军中职事，知表奏。数日授官，月俸正七十千。乃卜后十日也。（出《逸史》）

卢常师

秘书少监卢常师，进士擢第。性淡薄，不乐轩冕。于世利蔑然，弃官之东洛。谓所亲曰："某浙西鱼尚书故旧，旬日看去。"又曰："某前生是僧，座禅处犹在会稽，亦拟自访遗迹。"家人亦怪其欲远行而不备舟楫。不逾旬遂殁矣。（出《逸史》）

在其他地方。”殷氏也不出言挽留他，就只给了他三百文钱。孟君出门后不知道该在哪里落脚。

大街西边有一个善于占卜的人，每天在早晨出摊给人算卦，算完卦后就放下帘子收摊。孟君就去拜见他，将自己坎坷的经历以及现在染病将死的现状详细地告诉了这位算卦的人，并且将身上仅有的三百文钱作为微薄的算卦钱。算卦的人于是留孟君住了一晚上，等到时候给孟君算一卦。卦象出来后算卦的人惊叹道：“您再过十天就会在此地被任命重要的职位，每月的俸禄就有七十千钱，您为什么还说自己贫贱呢？”算卦的人于是很热情地招待他。已经到了第九天了，但是孟君没有得到消息。孟君又回到了殷氏的府上，殷氏又见到孟君就更加鄙薄他，殷氏也不挽留孟君，就让孟君睡在马厩里。

等到第二天早晨，有一位由皇帝任命担任贼境观察使的禁军将领，这个人是殷氏的好朋友，飞驰前来拜见殷氏，并对他说：“我身为武将不怎么通文墨，我需要给皇帝写一个感谢皇帝的奏章，还需要帮助我安抚兵匪祸乱。还有其他挺多事情，您手下有没有亲近的文人门客能助我一臂之力？”殷氏思考良久，没有想到合适的人选。忽然记起孟君曾经多次应试，可以充当这个差事。殷氏立即把孟君引荐给这位将军，并让他起草一篇表章，文辞十分精美。于是请孟氏到军中任职，并让孟君管理上奏表章的事情。几天后孟君被授予官职，每个月的俸禄正好七十千钱。孟君命运出现转机正好在占卜后的第十天。（出《逸史》）

卢常师

秘书少监卢常师是进士出身。生性淡泊名利，不喜欢官场，很蔑视地对待世间的利禄，辞官来到洛阳。卢常师对他要好的亲朋说：“我是浙西某渔夫的故交，过几天我要去看望他。”卢常师又说：“我上辈子是和尚，坐禅修行的地方还在会稽，我也打算亲自去探访一下前世的足迹。”家里人也奇怪卢常师想要出远门却为什么不预备船只。但是没过十天卢常师就去世了。（出《逸史》）

韩滉

韩晋公滉在中书，尝召一吏。不时而至，公怒将挞。吏曰："某有所属，不得遽至，乞宽其罪。"晋公曰："宰相之吏，更属何人？"吏曰："某不幸兼属阴司。"晋公以为不诚，乃曰："既属阴司，有何所主？"吏曰："某主三品已上食料。"晋公曰："若然，某明日当以何食？"吏曰："此非细事，不可显之。请疏于纸，过后为验。"乃恕之而系其吏。

明旦，遽有诏命，既对，适遇太官进食，有糕糜一器，上以一半赐晋公。食之美，又赐之。既退而腹胀，归私第，召医者视之曰："食物所壅，宜服少橘皮汤。至夜，可啖浆水粥。"明旦疾愈。思前夕吏言，召之，视其书，则皆如其说云。因复问："人间之食，皆有籍耶？"答曰："三品已上日支，五品已上而有权位者旬支，凡六品至于九品者季支，其有不食禄者岁支。"（出《前定录》）

李顾

贞元中，有举人李顾，方就举，声价极振。忽梦一人紫衣云："当礼部侍郎顾少连下及第。"寐觉，省中朝并无姓顾者。及顷，有人通刺，称进士顾少连谒。顾惊而见之，具述当为门生。顾曰："某才到场中，必无此事。"来年，顾果落第。自此不入试，罢归。

韩 滉

晋公韩滉在中书省的时候，曾经召见一名官员。这位官员没有按时赶到，韩滉十分生气，想要命人鞭打他。迟到的官员解释说：“我是有从属的，不能立刻前来，请您原谅我迟到的罪行。” 韩滉说：“你是宰相的手下，你还从属什么人呢？”官员说：“我不幸还被阴间管理。”韩滉认为他没说真话，于是问道：“你既然从属阴间，那你都管些什么？”官员回答说：“我主要管理三品以上官员的饮食。”韩滉说：“如果这样，那我明天都会吃些什么啊？”官员说：“这可不是小事，不能随便公开出来，请让我分条写在纸上，过后请您对验。”于是韩滉饶恕了这位官员，但是把他关了起来。

第二天早晨，皇帝突然召见韩滉。召见后，正好碰上太官向皇帝进奉食物，其中有一盘糕点，皇帝将其中一半赏赐给了韩滉。君臣觉得味道很美，皇帝又赏赐给韩滉一部分。韩滉退下后感觉到肚子胀，等到回家后找医生瞧病，医生说：“有食物堵塞在里面，您应该喝一点橘皮汤。”到晚上，韩滉就可以喝浆水粥了，第二天早上就痊愈了。韩滉想起前天那个人说的话，于是召见他，并且验看他在纸上写的东西，果然韩滉吃到的和官员在纸上写的一模一样。于是又问那个官员说：“人间的饮食，都会有记录吗？”官员回答说：“三品以上的官员，他们的饮食一天一安排；五品以上有地位的官员，他们的饮食十天一安排；凡是六品到九品的官员，他们的饮食一个季度一安排；如果是不领俸禄的百姓，他们的饮食就一年一安排。” （出《前定录》）

李 顾

贞元年间，有一位举人叫李顾。李顾刚刚参加科举考试的时候，名誉和身价都相当显扬。到晚上李顾忽然梦到一个紫衣人对他说：“您应该是在礼部侍郎顾少连主考下考中进士。”李顾醒来后，想到朝中并没有姓顾的官员。过了一会儿，有人出示名片前来拜会李顾，来拜访的人自称是进士顾少连。李顾惊讶地会见了顾少连，并把自己梦中做了顾少连门生这件事的原委告诉了他。顾少连说：“我刚到考至贞元九年，顾少连自户部侍郎权知贡举，颃犹未第，因潜往造焉。临放榜，时相特嘱一人，颃又落，但泣而已。来年秋，少连拜礼部侍郎，颃乃登第。（出《感定录》）

崔 造

崔丞相造，布衣时，江左士人号为白衣夔。时有四人，一是卢东美，其余亡姓字。崔左迁在洪州，州帅曹王将辟为倅。时德宗在兴元，以曹王有功且亲，奏无不允。

时有赵山人言事多中。崔问之曰："地主奏某为副使，且得过无？"对曰："不过。"崔诘曰："以时以事，必合得时。"山人曰："却得一刺史，不久敕到，更远于此。"崔不信，再问："必定耳，州名某亦知之，不可先言。"且曰："今月某日敕到，必先吊而后贺。"崔心惧久之，盖言其日，即崔之忌日也。即便呼赵生谓曰："山人言中，奉百千；不中则轻挞五下，可乎？"山人哂曰："且某不合得崔员外百千，只合得崔员外起一间竹屋。"其语益奇。崔乃问之："且我有宰相分否？"曰："有。"即远近，曰："只隔一两政官，不致三矣。"

又某日私忌，同僚诸公皆知其说。其日夕矣，悉至江亭，将试的地方，一定不会发生这事。”第二年，李颀果然没有考中。李頎从此以后不入场考试，于是就放弃科举回归故里了。

直到贞元九年，顾少连以户部侍郎的身份暂时管理科举考试。李颀仍未考中。于是他私下拜见顾少连请求他通融一下。临放榜前，当时的丞相特地嘱咐要关照一个人，李颀再次落榜，他无奈地哭了。来年秋天，顾少连被任命为吏部侍郎，李颀才考中。（出《感定录》）

崔造

丞相崔造还是百姓时，江左的文人们都管他称作“白衣夔”。当时有四个人，其中有一位叫卢东美，其余两位的姓名失载。当时崔造被贬官到洪州，洪州主帅曹王想要聘用崔造做副使。当时正好是唐德宗兴元年间，曹王凭借着功勋以及亲贵的身份，所上奏的没有不被答应的。

当时有一位赵山人，预事很准。崔造便问赵山人说：“当地的主帅曹王上奏表章让我做副使，能通过皇帝的批准吗？”赵山人回答说：“通过不了。”崔造质问说：“凭借时机成事，一定会逢合时辰吗？”赵山人回答说：“您能被任命为一州刺史，公文不久就会到，所到任地方比这里还要远。”崔造不太相信，于是又问了一次。赵山人依旧回答说：“事情一定是这个样子，您要去的州名我也知道，但是我不能说出来。”赵山人接着说道：“这个月的哪一天公文就能抵达，并且您一定是先吊唁，然后再庆贺。”崔造心中忧虑良久，因为赵山人所说的这个日子，正是他亲人的忌日。于是他对赵山人说：“您如果说对了，我就给您一百千钱，说的不对，我就用鞭子轻轻打您五下，可以吗？”赵山人微笑着说：“我不值得崔员外给我一百千钱，只想崔员外给我造一间竹屋。”赵山人说的话越发奇怪。崔造接着问：“你看我有没有当宰相的命？”赵山人回答说：“您有。”崔造又问自己当上宰相大概需要多长时间。赵山人回答说：“时间不长，不会超过几任的。”

到了崔造家里忌日这一天，崔造的同僚们都知道赵山人的预言慰崔忌。众皆北望人信。至酉时，见一人从北岸入舟，袒而招舟甚急。使人遥问之，乃曰：“州之脚力。”将及岸，问曰：“有何除政？且有崔员外奏副使过否？”曰：“不过。”却得虔州刺史敕牒在兹。诸公惊笑。其暮果先慰而后贺焉。

崔明日说于曹王，曹王与赵山人镪百千，不受。崔与起竹屋一间，欣然徙居之。又谓崔曰：“到虔州后，须经大段惊惧，即必得入京也。”既而崔舅源休与朱泚为宰相，忧闷，堂帖追入，甚忧惕。时故人窦参作相，拜兵部郎中，俄迁给事中、平章事，与齐映相公同制。（出《嘉话录》）

薛邕

薛邕侍郎，有宰相望。时有张山人善相。崔造方为兵部郎中，与前进士姜公辅同在薛侍郎坐中。薛问张山人：“且坐中有宰相否？”心在己身多矣。张答云：“有。”薛曰：“几人？”曰：“有两人。”薛意其一人即己也。曰：“何人？”曰：“崔姜二公必宰相也，同时耳。”薛讶忿之，默然不悦。既而崔郎中徐问张曰：“何以同时？”意谓姜公今披褐，我已正郎，势不相近也。张曰：“命合如此，事须同时，仍郎中在姜之后。”

了。等到太阳偏西的时候，他们一同来到江边的亭子里安慰崔造。然后所有人一齐注视北方等候消息。直到酉时，众人看到有一个人从北岸划船过来，划船的人袒胸十分迅疾地渡船向南岸驶来。崔造派人远远地问他，那人回答说是州里来送信的。等到船快要靠岸了，崔造他们又问："有什么官员任免的消息吗？崔员外做副使的奏章批准了吗？"那人回答说："没有。"但是有任命崔造上任虔州去做刺史的文书在这里。大家惊奇地笑了。当天晚上果然是先劝慰而后庆贺。

第二天，崔造将这件事告诉了曹王，曹王给赵山人一百千钱。算命的人不要。崔造为赵山人建造了一间竹屋，赵山人很高兴地搬进去住了。并且又对崔造说："您上任虔州后，你必须经过一段长时间的惊吓，然后才可以进京城做官。"后来由于崔造的舅舅源休给反贼朱泚做宰相，崔造害怕受牵连，内心焦虑，又碰上宰相签发的文书下达，崔造的内心更加焦虑。当时正好是崔造的老朋友窦参做宰相，任命崔造担任兵部郎中，不久又升任事中平章事，也就是宰相，和同时期的宰相齐映地位等同。（出《嘉话录》）

薛邕

侍郎薛邕，一直有做宰相的愿望。当时有一位张山人擅长相面。一天，兵部郎中崔造和前科进士姜公辅在薛邕那里同席做客。薛邕问张山人说："我们在座的几位有没有以后能当丞相的人？"薛邕心想如果有的话，大概率会是自己。张山人回答说："有。"薛邕问道："有几个人？"张山人回答说："有两位。"薛邕料想其中一人肯定是自己，又问："哪两位？"张山人回答说："崔姜两位一定会当上宰相，而且是同时当上。"薛邕惊讶中带着不满，很不高兴，在一旁默不作声。不久崔造缓缓地问张山人说："怎么样解释同时当上宰相？"崔造的意思是说姜公辅现在没有官衔，而自己做到了兵部郎中，地位并不是很接近。张山人回答说："这是命中注定的事啊，事情发生在同时，但崔郎中您当宰相还是在姜公辅之后。"

后姜为京兆功曹，充翰林学士。时众知泾将姚令言入城取朱泚，泚曾帅泾，得军人心。姜乃上疏请察之。疏入十日，德宗幸奉天，悔不纳姜言，遂于行在擢姜为给事中平章事。崔后姜半年，以夕郎拜相，果同时而在姜后。薛竟终于列曹。始知前辈不可忽后辈。（出《嘉话录》）

后来姜公辅担任京兆功曹一职，并且充任翰林学士。当时众人得知泾州的将军姚令言要进城捉拿朱泚这件事，朱泚曾经在泾州当过主帅，深受当地驻军爱戴。姜公辅上书请求皇帝调查此事，奏疏上报十天后，唐德宗亲临奉天，唐德宗后悔没有采纳姜公辅的对策，于是在行宫提拔姜公辅担任给事中平章事。崔造在姜公辅担任宰相半年后，凭借给事中的身份拜相。薛邕最后只当上了六部属官。这便是前辈不可以轻视后辈的道理啊。（出《嘉话录》）

卷第一百五十二　定数七

郑德璘　赵 璟　卢 迈　赵 璟　包 谊　薛少殷　袁孝叔

郑德璘

贞元中，湘潭尉郑德璘家居长沙。有亲表居江夏，每岁一往省焉。中间涉洞庭，历湘潭，多遇老叟棹舟而鬻菱芡，虽白发而有少容。德璘与语，多及玄解。诘曰："舟无糗粮，何以为食？"叟曰："菱芡耳。"德璘好酒，长挈松醪春过江夏，遇叟无不饮之，叟饮亦不甚愧荷。

德璘抵江夏，将返长沙。驻舟于黄鹤楼下，傍有鹾贾韦生者，乘巨舟，亦抵于湘潭。其夜与邻舟告别饮酒。韦生有女，居于舟之柁橹。邻女亦来访别，二女同处笑语。夜将半，闻江中有秀才吟诗曰："物触轻舟心自知，风恬浪静月光微。夜深江上解愁思，拾得红蕖香惹衣。"邻舟女善笔札，因睹韦氏妆奁中，有红笺一幅，取而题所闻之句。亦吟哦良久，然莫晓谁人所制也。及时，东西而去。德璘舟与韦氏舟，同离鄂渚信宿。及暮又同宿。

至洞庭之畔，与韦生舟楫颇以相近。韦氏美而艳，琼英腻云，莲蕊莹波，露濯蕣姿，月鲜珠彩。于水窗中垂钩。德璘因窥见之，甚悦。遂以红绡一尺，上题诗曰："纤手垂钩对水窗，红蕖秋色艳长江。既能解佩投交甫，更有明珠乞一双。"强以红绡惹其钩，女因收得。

郑德璘

贞元年间，有一位住在长沙的湘潭县尉叫郑德璘。郑德璘有亲戚住在江夏，郑德璘每年都去探望一次。途中需要游涉洞庭湖，还要路过湘潭，途中经常遇到一位鹤发童颜的老人在划船卖菱角和芡实。郑德璘跟老人谈话，老人的回答多为深奥。郑德璘质问这位老人说：“我看您的船上没有预备干粮，那您用什么充饥呢？”老人回答说：“我用菱角和芡实就足够了。”郑德璘喜欢喝酒，每回都拿着松醪春这种酒去江夏，每次遇到老人，郑德璘都邀请他一起喝酒，但是老人喝完酒也不在意。

郑德璘到达江夏后，将要返回长沙，船停泊在黄鹤楼下，旁边有个叫韦生的盐商乘坐着大船也要去湘潭。当天晚上郑德璘与旁边船上的人饮酒告别。盐商韦生有个女儿，坐在船的后舱，邻船人家的女儿也去拜访告别。两位女子相谈得十分愉悦。到半夜了，两位女子听到有一位秀才吟诗道：“物触轻舟心自知，风恬浪静月光微。夜深江上解愁思，拾得红蕖香惹衣。”邻船人家的女儿喜好文章笔墨，正好看到韦生女儿梳妆的镜匣里有一张红色笺纸，于是就拿过来在上面写上听到的诗句。邻船人家的女儿吟诵了好久，但是不知道是谁作的诗。等到分别的时候，大家便各奔东西了。郑德璘的船只与韦生的船只，同时离开鄂州岸边两晚后，到了第三天晚上两条船又停泊在一起。

到了洞庭湖岸边，两条船挨得很近。韦生的女儿长得很漂亮，只生的是鬓云秀发、明眸皓齿、风姿绰约、楚楚可人。韦生的女儿坐在临水的窗户旁垂钓。郑德璘正好看到这一幕，十分心动。于是在一块红布上面题诗一首：“纤手垂钩对水窗，红蕖秋色艳长江。既能解佩投交甫，更有明珠乞一双。”并且尽力把红布抛出去碰她鱼竿上的吟玩久之，然虽讽读，即不能晓其义。女不工刀札，又耻无所报，遂以钩丝而投夜来邻舟女所题红笺者。德璘谓女所制，凝思颇悦，喜畅可知。然莫晓诗之意义，亦无计遂其款曲。由是女以所得红绡系臂，自爱惜之。明月清风，韦舟遽张帆而去。风势将紧，波涛恐人。德璘小舟，不敢同越。然意殊恨恨。将暮，有渔人语德璘曰："向者贾客巨舟，已全家殁于洞庭耳。"德璘大骇。神思恍惚，悲婉久之，不能排抑。

将夜，为《吊江姝》诗二首曰："湖面狂风且莫吹，浪花初绽月光微。沉潜暗想横波泪，得共鲛人相对垂。"又曰："洞庭风软荻花秋，新没青蛾细浪愁。泪滴白苹君不见，月明江上有轻鸥。"诗成，酹而投之。精贯神祇，至诚感应，遂感水神，持诣水府，府君览之，召溺者数辈曰："谁是郑生所爱？"而韦氏亦不能晓其来由。有主者搜臂，见红绡而语府君，曰："德璘异日是吾邑之明宰，况曩有义相及，不可不曲活尔命。"因召主者，携韦氏送郑生。

韦氏视府君，乃一老叟也，逐主者疾趋而无所碍。道将尽，睹一大池，碧水汪然，遂为主者推堕其中。或沉或浮，亦甚困苦。时已三更，德璘未寝，但吟红笺之诗，悲而益苦。忽觉有物触舟。然舟人已寝，德璘遂秉炬照之，见衣服彩绣，似是人物。惊而拯之，钩线，韦生的女儿顺势把红布钓了起来。

韦生的女儿吟诵玩味郑德璘这首诗良久，但是也仅仅是诵读大概，不能推晓其中的含义。韦生的女儿不太通晓文章笔墨，又羞于无所回赠，就用钩线把那天晚上邻船女所抄录的红色笺纸投给郑德璘。郑德璘还以为是韦生的女儿所作的诗，他注视着诗句十分高兴，愉悦的心情洋溢在脸上。然而郑德璘也没能明白诗中的含义，可惜不能向韦生的女儿问明心声。当天晚上明月清风做伴，天气很好，韦生的大船即刻扬帆离岸。不久湖上的风势越来越大，湖面的波浪也逐渐吓人。郑德璘行驶的是一条小舟，不敢和韦生的大船一同涉入其中。郑德璘心里感到十分遗憾。快到第二天傍晚时分，有一位打鱼人告诉郑德璘说："刚才有个商贾的大船翻了，船上一家人都淹死在湖里了。"郑德璘大为震惊，神思恍惚，悲伤惋惜良久犹不能排遣。

将要到夜晚了，为了悼念韦生的女儿，郑德璘作了两首诗。其中一首诗写的是："湖面狂风且莫吹，浪花初绽月光微。沉潜暗想横波泪，得共鲛人相对垂。"另一首写的是："洞庭风软荻花秋，新没青蛾细浪愁。泪滴白苹君不见，月明江上有轻鸥。"郑德璘写完诗后祭奠一番，接着就把诗扔到了湖里。郑德璘的精神感动了上苍，他极其诚恳的内心被水神所感应到，于是水神拿着郑德璘的这两首诗来到事发的洞庭湖的水神府，洞庭湖的水神看过诗后，将溺水者召集起来问道："你们其中谁是郑德璘所爱的人？"但是韦生的女儿不知道怎么回事。有个管事的人搜查到韦生的女儿系在胳膊上有郑德璘题诗的红绫，洞庭湖的水神见状说："郑德璘以后会是我们这里的地方官，况且他之前又这么重情义，我们无论如何也要救你的命啊！"于是洞庭湖的水神叫来刚才管事的人带着韦生的女儿去见郑德璘。

韦生的女儿恰巧看见洞庭湖的水神是个老头，她跟着管事的人一路急速行进没有遇到阻碍。快要走到道路尽头了，韦生的女儿看见一片巨大的池塘，十分澄澈，于是她就被推进里面了。一会儿沉下，一会儿浮起，韦生的女儿觉得十分痛苦。当时已经是三更天了，郑德璘仍然没有睡觉，只在船边读着红色笺纸上的诗句，不禁越发悲乃韦氏也，系臂红绡尚在。德璘喜骤。良久，女苏息。及晓，方能言。乃说府君感君而活我命。德璘曰："府君何人也？"终不省悟。遂纳为室，感其异也，将归长沙。

后三年，德璘常调选，欲谋醴陵令。韦氏曰："不过作巴陵耳。"德璘曰："子何以知？"韦氏曰："向者水府君言是吾邑之明宰，洞庭乃属巴陵，此可验矣。"德璘志之。选果得巴陵令。及至巴陵县，使人迎韦氏。舟楫至洞庭侧，值逆风不进。德璘使佣篙工者五人而迎之，内一老叟，挽舟若不为意，韦氏怒而唾之。叟回顾曰："我昔水府活汝性命，不以为德，今反生怒。"韦氏乃悟，恐悸，召叟登舟，拜而进酒果，叩头曰："吾之父母，当在水府，可省觐否？"曰："可。"

须臾，舟楫似没于波，然无所苦。俄到往时之水府，大小倚舟号恸。访其父母，父母居止俨然，第舍与人世无异。韦氏询其所须，父母曰："所溺之物，皆能至此。但无火化，所食唯菱芡耳。"持白金器数事而遗女曰："吾此无用处，可以赠尔。不得久停。"促其相别。韦氏遂哀恸别其父母。叟以笔大书韦氏巾曰："昔日江头菱芡人，蒙君数饮松醪春。活君家室以为报，珍重长沙郑德璘。"书讫，叟遂为仆侍数百辈，自舟迎归府舍。俄顷，舟却出于恸。忽然觉得有什么东西触碰到了船底，但是船夫已经睡着了。郑德璘拿着蜡烛上前照看，看见了光鲜亮丽的衣服浮起来，他感觉像是人。郑德璘为之一惊地把那人救了上来，竟然是韦生的女儿，系在胳膊上的红绫还在上面。郑德璘顿时大喜。过了好久，韦生的女儿才苏醒过来。等到天色拂晓，韦生的女儿才能说话。韦生的女儿说是洞庭湖的水神为了感激郑德璘才救了她自己的命。郑德璘问道："洞庭湖的水神是谁？"韦生的女儿始终没能想起来。于是郑德璘就把韦生的女儿娶进了家门，虽然他还是觉得这件事蹊跷，但最终还是回到了长沙。

过了三年，郑德璘的任期满了即将离任，他想着去担任醴陵令。韦氏说："您应该是去做巴陵令。"郑德璘问道："你怎么知道的？"韦氏说："之前，洞庭湖当地的水神说您以后会是他们那里的地方官，洞庭湖正好是巴陵的管辖地，这正好能对应上。"郑德璘暗自记下。后来果然被选为巴陵令。郑德璘到任巴陵县后，便派人去把韦氏接来。船只行驶到洞庭湖旁，正值逆风，船只难以前进。郑德璘雇佣了五位掌篙的船工去接韦氏，其中有一位老船工划船很不用心，韦氏生气地唾骂这位老船工。老船工回头对韦氏说："我当年在此地的水神府救过你的命，你不但不感激我反而迁怒于我。"韦氏恍然大悟，心里十分恐惧害怕，把这位老船工让进了船舱里，韦氏拜见老船工之后，又亲自奉上美酒和水果，并且向老人磕头说："我的父母应该还在此地的水神庙里，我能否去拜见他们二位？"老船工说："可以。"

没过多久，船只像是被淹没在水中，然而这回却没有一丝感觉。不久，韦氏就到了水神府，众多亡魂在船只旁边号啕放悲。韦氏去拜访她的父母。韦氏的父母举止动作和往常一样，住的地方也和人间没什么区别，韦氏问她的父母这里还缺什么。韦氏的父母回答说："船倾覆到湖中的东西都能到这里。只是没办法生火，吃的只有菱角和芡实罢了。"韦氏的父母又拿了几件金银器给韦氏，接着又说："这些东西放在这里没用，你就拿走吧，你别在这儿待得太久。"韦氏的父母让韦氏尽早离开此地。韦氏悲伤地跟她的父母告别。临行之际，湖畔。一舟之人，咸有所睹。

德璘详诗意，方悟水府老叟，乃昔日鬻菱芡者。岁余，有秀才崔希周投诗卷于德璘，内有《江上夜拾得芙蓉》诗，即韦氏所投德璘红笺诗也。德璘疑诗，乃诘希周。对曰：“数年前，泊轻舟于鄂渚，江上月明，时当未寝，有微物触舟，芳馨袭鼻。取而视之，乃一束芙蓉也。因而制诗既成，讽咏良久，敢以实对。”德璘叹曰：“命也。”然后更不敢越洞庭。德璘官至刺史。（出《德璘传》）

赵璟 卢迈

赵璟、卢迈二相国皆吉州人，旅众呼为赵七、卢三。赵相自微而著，盖为是姚旷女婿，姚与独孤问俗善，因托之，得湖南判官，累奏官至监察。萧相复代问俗为潭州，有人又荐于萧，萧留为判官，至侍御史。萧入，主留务，有美声，闻于德宗，遂兼中丞，为湖南廉使。及李泌入相，不知之。俄而以李元素知璟湖南留务事，而诏璟归阙。

老船工用笔在韦氏的手绢上写了一首诗："昔日江头菱芡人，蒙君数饮松醪春。活君家室以为报，珍重长沙郑德璘。"书写完毕后，老船工便率领奴仆和侍从数百人，从船只旁边回到了水府。不一会儿，船只完整地浮出水面，船上的人都目睹了整件事的发生。

韦氏回到家后，郑德璘揣测这首诗想表达的含义，忽然想到了在水府的老人是谁，那位在水府的老人正是之前卖菱角和芡实的老人。一年多以后，有个叫崔希周的人向郑德璘投递自己的文章引荐自己，文章里有一首诗叫《江上夜拾得芙蓉诗》，即韦氏给郑德璘那张红色笺纸上写的诗。郑德璘见到此诗后有所怀疑，就质问崔希周。崔希周回答道："几年前，我驾一叶轻舟途径鄂州岸边，看到江上的月亮十分漂亮，正好当时我还未入睡，又觉得有什么东西碰到了船，一股香气直扑鼻边。我于是伸手去捞寻，捞上来一看才知道是一朵芙蓉花。我因此情此景作了诗一首，自己沉醉其中诵读许久。"郑德璘听完不禁感叹道："这就是天命啊。"从此以后就不敢途径洞庭湖了。郑德璘后来官至刺史。（出《德璘传》，《类说》三二引作《传奇》）

赵璟　卢迈

赵璟、卢迈两位宰相都是吉州人，当地百姓都称呼他们作赵七卢三。赵璟从寒门到门庭显赫，全靠着他是姚旷的女婿。姚旷与独孤问俗交好，姚旷择机嘱咐独孤问俗照顾一下赵璟。独孤问俗一开始举荐赵璟担任湖南判官，之后又不断上书保荐赵璟，提任赵璟担任监察一职。萧复接任独孤问俗担任潭州的地方官，又有人向萧复举荐赵璟，然而萧复留任赵璟做判官，一直做到侍御史。萧复进京后，赵璟主持当地的政务，赵璟政绩突出，唐德宗听说了这件事，于是任命赵璟兼任中丞一职，并且提拔赵璟担任湖南廉使（"使"原作"史"，据许本改）。等到李泌入朝拜相后，就不知道这些事了。不久，皇帝让李元素掌管赵璟在湖南当地的事宜，而后下诏书让赵璟入朝做官。

璟居京，慕静，深巷杜门不出。元素访之甚频。元素乃泌相之从弟。璟因访别元素于青龙寺，谓之曰："赵璟亦自合有官职，誓不敢怨人。诚非偶然耳，盖得于日者。"仍密问元素年命。曰："据此年命，亦合富贵人也。"元素因自负，亦不言泌相兄也。顷之，德宗忽记得璟，赐对，拜给事中。泌相不测其由。会有和戎使事，出新相关播为大使，张荐、张或为判官。泌因判奏璟为副使。未至蕃，右丞有缺，宰相上名。德宗曰："赵璟堪为此官。"追赴拜右丞。不数月，迁尚书左丞平章事。作相五年，薨于位。（出《嘉话录》）

赵璟

赵相璟之为入蕃副使，谓二张判官曰："前几里合有河，河之边有柳树，树下合有一官人，着惨服立。"既而悉然，官人置顿官也。二张问之，赵曰："某年三十前，已梦此行，所以不怨他时相。"赵相将薨之时，长安诸城门金吾家，见一小儿，豹犊鼻，携五色绳子，觅赵相其人。见者知异。不经数日，赵薨。（出《嘉话录》）

包谊

唐包谊者，江东人也，有文词。初与计偕，至京师，赴试期等到赵璟居住在京城后，喜欢清净，住在深巷子里闭门不出。李元素是宰相李泌的从弟，李元素曾多次来拜访赵璟。一次，李元素来拜访赵璟后二人在青龙寺分别，赵璟对李元素说："我赵璟在京城里也应该是有个职位的，但我不敢怨天尤人，目前这种状况不是偶然才发生的，这全是听凭造化啊。"于是赵璟悄悄地问起了李元素的生辰八字，赵璟得知后说道："根据您的生辰八字，我推测您也是大富大贵之人啊。"李元素由于自负，也没有跟赵璟谈及自己的兄长是李泌。没过多久，唐德宗忽然想起了赵璟这个人，于是赏赐嘉奖，让赵璟担任给事中一职。宰相李泌不知道其中的原因。恰巧遇到与戎人和亲的事，新任的宰相关播担任出访和亲的大使，任命张荐、张或担任掌管和亲事宜的判官。李泌趁机上书让赵璟担任副使。还未等到达要出使的国家，右丞相的位置出了空缺，宰相上奏候选人名单。唐德宗说："赵璟可以担任右丞相的职位。"派人前去追赶赵璟，拜赵璟为宰相。几个月后，赵璟升至左丞平章事，于任上去世。（出《嘉话录》）

赵 璟

丞相赵璟当出使邻国的副使时，对两个姓张的判官说："前面几里地远应该有一条河，河边有一棵柳树，树下站着一名官员。这名官员会穿着丧服站在那里。"走了一会儿，见到的景物果然同赵璟所说的一样，那位官员正是安置他们住宿的官员。两位张判官问赵璟是怎么知道这些事的。赵璟回答说："我三十年前就梦到这次出行了，所以我也不怨恨让我出使的宰相。"赵璟去世的前几天，长安城各城门的守卫都看见一个小孩儿。只见小孩长了一个像豹又像牛的鼻子，手上拿着一个五彩的绳子寻找赵璟丞相。看见的人觉得这件事不吉利。没过几天，丞相赵璟就去世了。（出《嘉话录》）

包 谊

唐朝有位叫包谊的人，家住江东，很有文才。最初他进京赶考，不及。宗人祭酒佶怜之，馆于私第。谊多游佛寺。无何，搪突中书舍人刘太真。太真睹其色目，即举人也。命一价询之，谊勃然曰：“进士包谊，素不相识，何劳致问？”太真甚衔之。以至专访其人于佶。佶闻谊所为，大怒，因诘责，遣徙他舍。谊亦无怍色。

明年，太真主文，志在致其永弃，故过杂文，俟终场明遣之。既而自悔曰：“此子既忤我，从而报之，是我为浅丈夫也。但能永废其人，何必在此。”于是放入策。太真将放榜，先呈宰相。榜中有姓朱人及第。时宰以泚近为大逆，未欲以此姓及第，亟遣易之。太真错谔趋出，不记他人，唯记谊。及谊谢恩，方悟己所恶也，因明言。乃知得丧非人力也，盖假手而已。（出《摭言》）

薛少殷

河东薛少殷举进士。忽一日，暴卒于长安崇义里。有一使持牒，云：“大使追。”引入府门。既入，见官府，即鲜于叔明也。少殷欲有所诉。叔明曰：“寒食将至，何为镂鸡子食也？”东面有一僧，手持宝塔。扇双开，少殷已在其中。叔明曰：“日某方欲上事，和尚何为救此人？”乃迫而出，令引少殷见判官。

到达京城后，发现自己没能赶得上指定考期，所以没能考上。祭酒包佶是包谊的同宗，很替包谊惋惜，于是包佶就让包谊住到自己家里。包谊经常去佛寺里游玩，无意间冲撞了中书舍人刘太真。刘太真一打量他的面相，就立刻算到他现在是举人的身份。刘太真想要问问他的生辰八字，包谊愤怒地说：“我是进士包谊，我们素不相识，何必劳烦你问这么多？”刘太真心里十分记恨。以至于专门派人到包佶那里查访包谊。包佶听闻包谊的所作所为后十分愤怒，因而责备包谊，让包谊到别的地方去住。包谊也没有表现出惭愧。

等到第二年，刘太真担任主考，他想永远废掉包谊的前程，故意给包谊出了很难的文章，等到考完后当面谴责包谊。刘太真事后又非常自责地说：“这个人虽然顶撞我，我因此怀恨在心想报复他，这是我有失做人的水准啊。如果真想废掉一个人的前程，何必采用这种手段？”于是刘太真将包谊的卷子判了合格。刘太真将要放榜之前，先把名单送给宰相过目。榜单中有个姓朱的人，当时宰相认为姓朱的人可能跟反贼朱泚有关系，就不想有姓朱的人在榜单之上，急忙让刘太真换个人。刘太真来得仓促没做准备，因而没有记住别人，只记住了包谊。等到包谊前来向刘太真谢恩，刘太真这时才反应过来，之前临时说出来的人名原来是被自己所厌恶的人啊。于是就跟包谊说明了事情的来龙去脉。这就是命运得失并不是人所能控制的，只是人们经手干预罢了。（出《摭言》）

薛少殷

河东有个叫薛少殷的人去考进士。有一天忽然暴毙在长安的崇义里。有一个使者拿着公牒说：“大使召见。”使节把他接了进来。薛少殷进去后看见一位官员，这位官员叫作鲜于叔明。薛少殷想说些什么。鲜于叔明说道：“寒食节快到了，你为什么烧鸡给自己吃？”这时候在东面有一个僧人，手拿着宝塔。宝塔的门忽然打开，把薛少殷装了进去。鲜于叔明说：“我正想处理这件事，你为什么把薛少殷救了下来？”僧人被迫把薛少殷放了出来，并且让薛少殷去见判官。

及出门之西院，阍者入白。逡巡，闻命素服乃入。所见乃亡兄也。叙泣良久，曰：“吾以汝未成名，欲荐汝于此，分主公事。故假追来，非他也。”少殷时新婚，恳不愿住。兄曰：“吾同院有王判官，职居西曹。汝既来此，可以一谒而去。”乃命少殷于西院见之，接待甚厚。俄闻备馔，海陆毕备。未食，王判官忽起，顾见向者持塔僧。僧曰：“不可食，食之则无由归矣。”少殷曰：“饥甚，奈何？”僧曰：“唯蜜煎姜可食。”乃取食之。而王判官竟不至。僧曰：“可去矣。”少殷复出，诣兄泣，且请去。兄知不可留，乃入白官府，许之。少殷曰：“既得归人间，愿知当为何官？”兄曰：“此甚难言，亦何用知之？”恳请，乃召一吏，取籍寻阅，不令见之。曰：“汝后年方成名，初任当极西得之，次历畿赤簿尉，又一官极南。此外吾不得知。”临别，兄曰：“吾旧使祇承人李俊，令随汝去。有危急，即可念之。”既去，每遇危际，皆见其僧前引。少殷曰：“弟子素不相识，和尚何乃见护如此？”僧曰：“吾为汝持《金刚经》，故相护尔。”

既醒，具述其事。后年春，果及第。未几，授秘书省正字，充和蕃判官。及回，改同官主簿。秩满，遇赵昌为安南节度，少殷与等到薛少般出门走到了西院，看门的人进去通禀。没过多久，便让薛少般穿上丧服进来。薛少般看见的人竟然是他已故的哥哥。二人对泣许久，薛少般的哥哥说："我看到你现在还没有功名，想要推荐你来这里，帮助我分担公务，所以派人将你请到这里，没有别的意思。"薛少般当时刚完婚，他跟他的哥哥说不想留在这里。薛少般的哥哥说："和我同院的有位姓王的判官，他担任过西曹掾。你既然都已经来到这里了，可以见一见他再走。"于是薛少般的哥哥让薛少般去西院拜见王判官，王判官十分热情地接待了薛少般。没过多久王判官就让传菜，山珍海味全都具备。未等开席，王判官忽然起身，看见了薛少般身后的拿着宝塔的僧人。僧人说："不可以吃这些，吃了这些就没办法回到人间了。"薛少般说："我太饿了，那该怎么办？"僧人说："这里只有蜜煎姜可以吃。"薛少般把蜜煎姜拿过来吃了。然而王判官却无所顾忌地在吃喝。僧人对薛少般说："可以走了。"薛少般走出来又去拜见他的哥哥，见到他的哥哥后，薛少般又哭了并且又一次求他的哥哥让他离开这里。薛少般的哥哥自知留不住薛少般了，就向鲜于叔明禀告，鲜于叔明同意了薛少般的请求。薛少般说："我既然能回人间，我想知道我将来会担任什么职务。"薛少般的哥哥说："这个说起来话就长了，你又何必知道呢？"薛少般恳求哥哥，想让哥哥告诉他。薛少般的哥哥叫来一名小吏去找与薛少般对应的簿子查看，但是不能让薛少般看到。薛少般的哥哥说："你后年才能考中功名，一开始任命的地方会在很远的西方，而后会调任京城主簿。然后你又会去很远的南方任职，再往后我就不知道了。"临分别时，薛少般的哥哥说："我原来的侍者有位叫李俊的，我会让他跟你一同离开，有危急的时候，你叨念他就可以了。"薛少般告别哥哥离开后，每当遇到危难之时，就看见那个和尚在前面保护着薛少般。薛少般对僧人说："我与您素不相识，您为什么要这么保护着我？"僧人说："我是您的侍者啊，因而来保护您啊。"

薛少般苏醒过来后，跟别人把这件事详细地说了一遍。后年春天，薛少般果然考中了进士。没过多久就被授予了秘书省正字的官职，并且让他充任和蕃判官。等到薛少般回来后，改任为秘书省主之有旧，求为从事，欲厌极南之官。昌许之，曰："乘递之镇，未暇有表。至江陵，当以表请。"及表至，少殷寻以丁母忧。服除，选授万年县尉。时青淄卒吏与驸马家僮斗死，京兆府不时奏。德宗赫怒，时少殷主贼曹一日，乃贬高州雷泽县尉。十余年备历艰苦，而李俊常有所护。及顺宗嗣位，有诏收录贬官，少殷移至桂阳，与贬官李定同行，过水勒马，与一从人言，即李俊也。云："某月日已足。"拜别而去。少殷曰："吾兄言官止于此，李俊复去，将不久矣。"李定惊惨其事，因问，具以告之。数日而卒。（出《前定录》）

袁孝叔

袁孝叔者，陈郡人也。少孤，事母以孝闻。母尝得疾恍惚，逾日不痊。孝叔忽梦一老父谓曰："子母疾可治。"孝叔问其名居，不告，曰："明旦迎吾于石坛之上，当有药授子。"及觉，乃周览四境，所居之十里，有废观古石坛，而见老父在焉。孝叔喜，拜迎至于家。即于囊中取九灵丹一丸，以新汲水服之，即日而瘳。

孝叔德之，欲有所答，皆不受。或累月一来，然不详其所止。孝叔意其能历算爵禄，常欲发问，而未敢言。后一旦来而谓孝叔簿。任期满后，正好赵昌被任命为安南节度使，薛少殷和赵昌有过交往，赵昌请求薛少殷担任手下的从事，薛少殷不想去很南的地方做官，赵昌答应说："办理交接的时候，我还没有时间起草报告，等我到了江陵，我一定为你请示求情。"等到表章呈上后不久，薛少殷又因母亲过世要服丧。等到服完丧后，薛少殷被选为万年县尉。后来，青淄的兵丁将驸马家的童仆打死了，京兆府没能来得及上奏。唐德宗勃然大怒，当时那天正好是薛少殷管理缉拿贼人的部门。薛少殷就被贬官为高州雷泽县尉。十多年备受艰辛困苦，而李俊常在薛少殷身旁守护着。等到唐顺宗登基后，唐顺宗下达诏书登记录用被贬的官员。薛少殷被调往桂阳，与另一名被贬的官员李定同路。过一条河的时候，薛少殷勒住丝缰跟一名随从说话，那人正是李俊。李俊说："我跟随您的日期已满。"李俊随后拜别而去。薛少殷得知后说道："我的兄长说我的官就做到这里了，李俊又走了，我也快到生命尽头了。"李定闻听后十分惊讶，于是上前询问缘由，薛少殷把这件事告诉了李定，没过多久薛少殷就去世了。（出《前定录》）

袁孝叔

袁孝叔是陈郡人，年幼丧父，他对待母亲十分孝顺，远近闻名。之前，袁孝叔的母亲突然得了一种病，过了好几天都没有痊愈。袁孝叔晚上睡觉的时候忽然梦到一个老人对他说："你母亲的病可以医治。"袁孝叔问了老人的名字和住所，老人没有告诉他，老人说："明天早晨，你在石坛上等我，我会给你一剂方药。"等袁孝叔醒来后，他在家周围探索，在距离家十里的一个地方有一座废弃的道观，道观里面正好有一个古石坛，而且袁孝叔看到老人就在那上面。袁孝叔十分高兴，上前参拜老人并把老人接到家里面。老人在包袱里拿出一颗九灵丹，用新打上来的水送药服下，当天袁孝叔的母亲就痊愈了。

袁孝叔十分感激老人，想要报答老人，老人一并没有接受。之后老人每个月都来一次，然而袁孝叔还是不知道他住在什么地方。

曰："吾将有他适，当与子别。"于怀中出一编书以遗之。曰："君之寿与位，尽具于此。事以前定，非智力所及也。今之躁求者，适足徒劳耳。君藏吾此书，慎勿预视。但受一命，即开一幅。不尔，当有所损。"孝叔跪受而别。

后孝叔寝疾，殆将不救。其家或问后事。孝叔曰："吾为神人授书一编，未曾开卷，何遽以后事问乎？"旬余，其疾果愈。后孝叔以门荫调授密州诸城县尉，五转蒲州临晋县令。每之任，辄视神人之书，时日无差谬。后秩满，归阌乡别墅，因晨起，欲就中栉，忽有物坠于镜中，类蛇而有四足。孝叔惊仆于地，因不语，数日而卒。后逾月，其妻因阅其笥，得老父所留之书，犹余半轴。因叹曰："神人之言，亦有诬矣。书尚未尽，而人已亡。"乃开视之，其后唯有空纸数幅，画一蛇盘镜中。（出《前定录》）

袁孝叔猜测老人能算官运，经常想问问老人，但是他不敢跟老人说这件事。后天早晨，老人前来对袁孝叔说：“我快要搬到别的地方去了，应当跟你告别了。”老人从怀中拿出一本书给袁孝叔，又说：“您的寿命与爵位都在这上面。命运早已安排好了，并非能由人力来干涉的。如今这些急于求成的人，只会是白用功罢了。您得到我给您的这本书后，切记不要提前翻看。每得到一次任命，就打开一页，不然的话就会对你不利了。”袁孝叔跪着接过书，而后二人就此分别了。

后来袁孝叔卧病在床，几乎没有救治的可能了。家里人来问袁孝叔如何准备后事。袁孝叔说：“我有一本神仙给我的命书，我还没有翻看过，何必着急问死后的事呢？”十多天后，袁孝叔的病果然痊愈了。之后，袁孝叔凭借门第影响被派往密州做县尉，经过五次调动，做了蒲州临晋县令。袁孝叔每次接受新的任命，总是看一看神仙留下的书，书中所写的时日和实际毫无差错。后来袁孝叔任期满了，就回到阌乡的别墅居住。一天早晨起床，袁孝叔刚要梳头，忽然有一个东西掉到镜子上，像是一条有四只脚的蛇，袁孝叔受惊吓摔倒在地上。之后袁孝叔就不说话了，没过几天就死了。过了一个月，袁孝叔的妻子整理他的遗物，找到了老人留下的书，袁孝叔的妻子发现这本书还有半卷没有翻看过，因而感叹地说：“神仙说的话，也有不准的时候。书还没看完，然而人就死了。”于是袁孝叔的妻子翻开书看了看，看到余下部分的书都是一张张白纸，上面只画着一条盘在镜子上的蛇而已。（出《前定录》）

卷第一百五十三　定数八

李公　李宗回　崔朴　李藩　韦执谊　袁滋　裴度
张辕　赵昌时

李公

唐贞元中，万年县捕贼官李公，春月与所知街西官亭子置鲙。一客偶至，淹然不去，气色甚傲。众问所能，曰："某善知人食料。"李公曰："且看今日鲙，坐中有人不得吃者否？"客微笑曰："唯足下不得吃。"李公怒曰："某为主人，故置此鲙，安有不得吃之理？此事若中，奉五千，若是妄语，当遭契阔。请坐中为证。"因促吃。将就，有一人走马来云："京兆尹召。"李公奔马去，适会有公事，李公惧晚，使报诸客但餐，恐鲙不可停。语庖人："但留我两楪。"欲破术人之言。诸客甚讶。

良久，走马来，诸人已餐毕，独所留鲙在焉。李公脱衫就座，执箸而骂。术士颜色不动，曰："某所见不错，未知何故？"李公曰："鲙见在此，尚敢大言。前约已定，安知某不能忽忽酬酢？"言未了，官亭子仰泥土壤，方数尺，堕落，食器粉碎，鲙并杂于粪埃。李公惊异，问厨者更有鲙否？曰："尽矣。"乃厚谢术士，以钱五千与之。（出《逸史》）

李宗回

李宗回者，有文词，应进士举，曾与一客自洛至关。客云："吾

李　公

唐德宗贞元年间，万年县的捕头李公，在一年的春天和朋友准备在街西边的官亭子里喝酒吃鱼。偶然间来了一个人，在亭子里不走，而且神色很傲慢。大家问他有什么本领，那人说："我能知道人们每天都吃些什么。"李公说："你看今天的菜，在座的人有吃不着的吗？"那人笑着说："唯独您吃不着。"李公生气地说："我是今天的主人，所以安排了酒菜，哪有我吃不着的道理！你如果说对了，我给你五千文钱。如果你是胡说，当心遭报应，请在座的各位做证人。"于是让大家赶紧吃饭。李公刚要入席，就在这时，忽然有人骑着马跑来说："京兆尹召见。"李公只好上马前去，因为有公事，李公怕回来得晚，便告诉客人们现在就开席，怕鱼放久了不好吃。又对厨师说："给我留两碟鱼就行。"想要破了那个人的预言。大家都非常惊讶。

过了很长一段时间，李公骑马回来了。但是大家都已经吃完了，只剩下李公事先留好的两碟鱼。李公脱去外衣坐下，拿起筷子就骂。但是术士面不改色地说："我猜想的应该没有错，我不知道是什么原因。"李公说："鱼就在我面前，你还敢说大话。事先已经约定了，你怎么知道我不能吃上这鱼？"话没说完，亭子顶上抹的一大片足有好几尺见方的泥土忽然掉了下来，盛鱼的盘子被砸得粉碎，剩下的两碟鱼也掺杂在泥土之中。李公很惊异，问厨师还有鱼吗，厨师回答说："没有了。"于是李公重谢那人，给了他五千文钱。（出《逸史》）

李宗回

李宗回这个人很有文才，去考进士的时候，他与另一个人一同能先知人饮馔，毫厘不失。”临正旦，一日将往华阴县。县令与李公旧知，先遣书报。李公谓客曰：“岁节人家皆有异馔，况县令与我旧知。看明日到，何物吃？”客抚掌曰：“大哥与公各饮一盏椒葱酒，食五般馄饨，不得饭吃。”李公亦未信。

及到华阴县，县令传语，遣鞍马驮乘，店中安下，请二人就县。相见喜曰：“二贤冲寒，且速暖两大盏酒来，着椒葱。”良久台盘到，有一小奴与县令耳语。令曰：“总煮来。”谓二客曰：“某有一女子，年七八岁，常言何不令我勾当家事？某昨恼渠，遣检校作岁饭食。适来云，有五般馄饨，问煮那般，某云，总煮来。”逡巡，以大碗盛，二客食尽。忽有佐吏从外走云：“敕使到。”旧例合迎。县令惊，忙揖二客，鞭马而去，客遂出。欲就店终餐，其仆者已归，结束先发，已行数里。二人大笑，相与登途，竟不得饮吃。异哉！饮啄之分也。（出《逸史》）

崔朴

唐渭北节判崔朴，故荥阳太守祝之兄也。常会客夜宿，有言及宦途通塞，则曰：“崔琯及第后，五任不离释褐，令狐相七考河东廷评，六年太常博士。”尝自赋诗，嗟其蹇滞曰：“何日肩三署，终年尾百僚。”其后出入清要，张宿遭遇，除谏议大夫，宣慰山从洛阳前往关中。这个人说："我能预先知道人每天吃什么喝什么，不会出现一点纰漏。"快到正月初一，这一天他们赶往华阴县。华阴县令和李宗回是老朋友，李宗回事先捎去了书信。李宗回问同行的那个人说："过年的时候，每户人家都有好吃的，况且县令和我是老朋友，你猜我们明天吃什么？"同行的那个人拍手说："大哥，你我会各饮一杯椒葱酒，吃到五种馄饨，但是吃不着饭。"李宗回不太相信。

等到了华阴县，县令先派人骑马迎接帮他们拿东西，然后传话让他们先在店房中安顿好，然后再请他们到县衙去。县令见到他们高兴地说："二位路上冒着寒冷，快热两大杯酒来，里面要加上椒葱。"过了好长时间才把酒端了上来。这时有一位奴仆在县令的耳边说了几句悄悄话，县令说："一起煮了。"接着县令对他们说："我有一个七八岁的女儿，经常向我抱怨说为什么不让她料理家里的事情。昨天我被她缠得实在没有办法，于是就让她检查校对过年用的食物。刚才那位奴仆前来禀报说正好还有五种馅的馄饨，问要煮哪一种，我告诉她每样都煮一点送过来。"不一会儿，手下人用大碗将馄饨盛了上来。两个人刚吃完，这时忽然有一个下属从外面跑进来通禀县令说："传达圣旨的使者到了。"按照惯例县令应该前去迎接。县令听闻后十分惊讶，向二人拱手告辞，接着县令连忙上马前去迎接来使，二人于是就离开了县衙。二人回到店房后想再吃点饭，但是店房里负责做饭的人已经回家去了。于是他俩结账上路了，走出了几里地后，两人一同大笑了起来。一起赶路，竟然吃不着饭。神奇啊，这就是上天对饮食的安排吧。（出《逸史》）

崔朴

唐朝的渭北节判崔朴，是之前曾担任过荥阳太守的崔祝的哥哥。崔朴经常出去串门住在别人家里，有一次崔朴与人谈话的时候谈到仕途的通达或阻塞的话题。崔朴说："崔琯考中进士后，连续做了五任地方官。令狐相公曾经在河东担任大理寺评事历经七次考东。宪宗面许，回日与相。至东洛都亭驿暴卒。崔元章在举场无成，为执权者所叹。主司要约，必与及第。入试日中风，不得一名如此。

朴因话家世曾经之事：朴父清，故平阳太守。建中初，任蓝田尉。时德宗初即位，用法严峻。是月，三日之内，大臣出贬者七，中途赐死者三，刘晏、黎幹，皆是其数。户部侍郎杨炎贬道州司户参军，自朝受责，驰驿出城，不得归第。炎妻先病，至是炎虑耗达，妻闻惊，必至不起。其日，炎夕次蓝田，清方主邮务。炎才下马，屈崔少府相见。便曰："某出城时，妻病绵缀。闻某得罪，事情可知。欲奉烦为申辞疾，请假一日，发一急脚附书，宽两处相忧，以候其来耗，便当首路，可乎？"清许之，邮知事吕华进而言曰："此故不可，敕命严迅。"清谓吕华："杨侍郎迫切，不然，申府以阙马，可乎？"华久而对曰："此即可矣。"清于是以此闻于京府，又自出俸钱二十千，买细毡，令选毡舁，顾夫直诣炎宅，取炎夫人。夫人扶病登舁，仍戒其丁勤夜行。旦日达蓝田，时炎行李简约，妻亦病稍愈，便与炎偕往。炎执清之手，问第行，清对曰："某第十八。"清又率俸钱数千，具商于已来山程之费。至韩公驿，执清之袂，令妻出见曰："此崔十八，死生不相忘，无复多言矣。"炎至商於洛源驿，马乏，驿仆王新送骡一头。又逢道州司仓参军李全方挽运入奏，全方辄倾囊以济炎行李。

核，后来又做了六年太常博士。”令狐相公曾经给自己写了两句诗以感叹仕途的艰难：“何日肩三署，终年尾百僚。”最后令狐相公才担任地位显贵、职司重要的官职。张宣曾经官至谏议大夫，被皇帝派往山东视察民情。唐宪宗当面允诺，等张宣回来后任命他为宰相。然而张宣才走到东洛都亭就猝死了。崔元章在考场上失利，被当时掌权的官员们所怜惜。主考官同崔元章在考试前约定好，一定让崔元章考中。结果崔元章考试当天患上了中风，这样的事情不只崔元章一个人啊。”

崔朴于是又讲述起了他们家的经历：崔朴的父亲崔清，曾经担任过平阳太守，建中初年，被任命为蓝田县尉。当时唐德宗刚刚即位，对官员依法要求十分严厉。唐德宗即位那个月的三天里，有七位大臣被贬官外放，被贬途中其中有三位大臣又被皇帝赐死。刘晏、黎干这些人都在这其中。户部侍郎杨炎被贬到道州做司户参军，自从他在朝中受到责备被贬官，而后骑马离开京城，其间杨炎都没能回家看一眼。杨炎的妻子很早之前就已经身染疾病。杨炎考虑如果自己获罪被贬官的坏消息让妻子知道了，妻子的病情必然加重。当天，杨炎到达蓝田，崔清正好在这里主持驿站上的公务，杨炎下马请求崔清会面。杨炎对崔清说：“我出京城时，妻子病得很严重，如果我的妻子知道我获罪，其后果不堪设想。我想麻烦您尽快为我请一天病假，我好写一封信送去，以消除两方的忧虑，以防妻子突然接到我被贬官的坏消息，信送达后我就出发，您看这样可以吗？”崔清同意了。邮知事吕华上前对崔清说：“这件事一定不能办，皇帝的命令是要求快行。”崔清对吕华说：“杨侍郎事情迫在眉睫，向上司报告说我们这里没有马匹了，这样可以吗？”吕华考虑许久说：“这样可以。”于是崔清向在京城的上司禀报了情况，又拿出自己的俸禄二十千钱买来细毛毡，令人用毡子把车围起来。带人驾车直接赶到杨炎家里去接杨炎的妻子。杨炎的妻子带病上车，崔清又叮嘱车夫要连夜快行，第二天白天就到达了蓝田，杨炎的行李非常简单，杨炎妻子的病也好了一点，便同杨炎一起上路。杨炎握着崔清的手问崔清在家族里排行第几。崔清回答说：“我排行十八。”崔清又从自己后二年秋，炎自江华除中书侍郎，入相，还至京兆界，问驿使："崔十八郎在否？"驿吏答曰："在。"炎喜甚。顷之，清迎谒于前。炎便止之曰："崔十八郎，不合如此相待。今日生还，乃是子之恩也。"仍连镳而行，话湘楚气候。因曰："足下之才，何适不可？老夫今日可以力致。柏台谏署，唯所选择。"清因逊让，无敢希侥幸意。炎又曰："勿疑，但言之。"清曰："小谏闲且贵，敢怀是望？"炎曰："吾闻命矣，无虑参差。"及炎之发蓝田，谓清曰："前言当一月有期。"

炎居相位十日，追洛源驿王新为中书主事，仍奏授鄂州唐年县尉李全方监察御史，仍知商州洛源监。清之所约沉然。清罢职，特就炎第谒之。初见则甚喜。留坐久之，但饮数杯而已，并不及前事。逾旬，清又往焉。炎则已有怠色，清从此退居，不复措意。后二年，再贬崖州，至蓝田，喟然太息若负者。使人召清，清辞疾不往。乃自咎曰："杨炎可以死矣，竟不还他崔清官。"（出《续定命录》）

的俸禄里资助了杨炎几千文钱，算作杨炎出京后的路费。等到了韩公驿站，杨炎扯着崔清的衣袖让妻子出来见崔清，说："这就是崔十八郎，我们这辈子也不能忘了他，我也不需要多说些什么了。"杨炎走到洛源驿站，马匹跑不动了，驿站的仆人王新送给杨炎一头骡子。正巧又遇到了道州司仓参军李全方押运贡品去京城，李全方将身上带的钱全都送给了杨炎，以帮助杨炎添置行李。

第二年秋天，杨炎在江华被任命为中书侍郎，要返回京城担任宰相。杨炎回到京城边的驿站后问驿使说："崔十八郎在这里吗？"驿使回答说："在。"杨炎十分高兴。不一会儿，崔清出来迎接并且拜见杨炎。杨炎制止崔清说："崔十八郎，我们两个不应该这么相处，我今天能活着回来，全是因为您的恩情啊！"于是杨炎仍旧和崔清骑马同行，杨炎对崔清谈论着湘楚一带的风土人情。杨炎趁机说道："依仗您的才华，做什么不行？我现在可以极力地向上推荐您，御史或是谏官，随您选择。"崔清听完后谦虚退让，没有抱着侥幸升官的想法。杨炎又说："您不要迟疑，有什么想法尽管对我说。"崔清说："当一个小小的谏官很清闲而且显要，我可以有这个期望吗？"杨炎说："我知道您的意思了，您不要考虑会出什么差错，我一定满足您的意愿。"等到杨炎从蓝田出发后，杨炎又对崔清说："我答应您的事，大概一个月内就会有消息。"

杨炎当丞相十天，提拔洛源驿站的王新担任中书主事，并且请求皇帝委派鄂州唐年县尉李全方担任监察御史，依旧掌管商州洛源监。只有杨炎与崔清所约定的事情没有消息。崔清离职后，特意到杨炎府上去拜见杨炎。杨炎刚见到崔清很高兴，留崔清坐了很久，但是也仅仅是喝了几杯茶而已，杨炎却没有提及举荐崔清的事。过了十多天，崔清又前往杨炎府上，杨炎已经显露出些许怠慢的神色。崔清从此以后再也不去拜访，退居在家，不再暗示自己的心意。又过了两年，杨炎被贬到崖州。经过蓝田的时候，感叹自己对不住崔清，于是派人去请崔清，崔清托病不去。杨炎自责地说："杨炎该死，竟没有如约给崔清他想要的官职。"（出《续定命录》）

李藩

李相藩，尝寓东洛。年近三十，未有宦名。夫人即崔构庶子之女。李公寄托崔氏，待之不甚厚。时中桥胡芦生者善卜，闻人声，即知贵贱。李公患脑疮，又欲挈家居扬州，甚愁闷。及与崔氏弟兄访胡芦生，芦生好饮酒，人诣之，必携一壶，故谓为胡芦生。李公与崔氏各携钱三百。生倚蒲团，已半酣。崔氏弟兄先至，胡芦生不为之起，但伸手请坐。李公以疾后至，胡芦生曰："有贵人来。"乃命侍者扫地，既毕，李公已到，未下驴，胡芦生笑迎执手曰："郎君贵人也。"李公曰："某贫且病，又欲以家往数千里外，何有贵哉？"芦生曰："纱笼中人，岂畏迍厄。"李公请问纱笼之事，终不说。

遂往扬州。居于参佐桥，使院中有一高员外，与藩往还甚熟。一旦来诣藩，既去，际晚又至，李公甚讶之。既相见，高曰："朝来拜候，却归困甚。昼寝，梦有一人，召出城外，于荆棘中行，见旧使庄户，卒已十年，谓某曰：'员外不合至此，为物所诱，且便须回，某送员外去。'却引至城门。某谓之曰：'汝安得在此？'云：'我为小吏，差与李三郎当直。'某曰：'何外李三郎？'曰：'住参佐桥之员外。与李三郎往还，故此祇候。'某曰：'三郎安得如此？'曰：'是纱笼中人。'诘之不肯言。因曰：'某饥，员外能与少酒饭钱财否？子城不敢入，请与城外置之。'某谓曰：'就三郎宅中得否？'曰：'若如此，是杀某也。'遂觉。已令于城外与置酒食，且奉报好消息。"李公微笑。

李藩

宰相李藩，曾经居住在洛阳，三十岁的时候，还没有被任命职位。李藩的夫人是崔构庶子的女儿。李藩于是委身在崔家，崔家对待李藩也不怎么重视。当时，中桥有个算命的人叫胡芦生。胡芦生这个人只要听到人说话的声音，就能判断此人的贵贱。李藩患脑疮，又想携带家眷搬到扬州去住，心情很不好。等到有一天李藩和崔家兄弟约好去拜访胡芦生。胡芦生喜欢喝酒，有人想要找他算命，必须先拿一壶酒，所以人们管他叫作胡芦生。李藩和崔家兄弟各带了三百文钱。胡芦生靠在蒲团上，已经半醉了。崔家兄弟先到了，胡芦生也不站起来，只打个手势，请他们坐下来。李藩抱病，所以走在后面。胡芦生说："有贵人要来。"于是叫仆人扫地。刚扫完地，李藩就到了。还没等李藩下驴，胡芦生就笑着拱手来迎接他说："您是贵人啊！"李藩说："我很穷又有病，并且全家要搬到几千里之外的地方去，您为什么说我是贵人呢？"胡芦生说："纱笼中人，怎么能怕挫折呢？"李藩请教胡芦生什么是纱笼，胡芦生一直不肯说明。

后来李藩搬到看扬州的参佐桥。节度使的官署里有一位高员外，与李藩来往十分密切。一天早上高员外来看望李藩，高员外走后，当天晚上又来了，李藩感到十分奇怪。高员外解释说："我早晨看望你回家后觉得很困，于是就在白天睡了一觉。我梦到一个人将我领到城外，在荆棘中穿梭。忽然看见了过去我手下的田客，这个人已经去世十多年了。这位田客对我说：'员外不应该来这里，是被什么东西诱惑住了，您应该马上回去，就让我送员外回去。'于是田客将我领到城门外。我问田客：'你怎么会在这里？'田客回答说：'我是衙役，被分配到李三郎处当差。'我接着又问道：'李三郎住在什么地方？'田客回答说：'他住在参佐桥。我知道员外您和李三郎来往密切，所以我在这里等候。'我紧接着又问道：'李三郎为什么会这个样子？'田客回答说：'因为是纱笼中人。'我再追问，田客就不肯说了。之后田客又对我说：'我饿了，不知道员外您能不能给我一点买酒买菜的钱？你们的城里我不敢进，我只能在城外等着。'我对田客说：'你数年，张建封仆射镇扬州，奏李公为巡官校书郎。会有新罗僧，能相人，且言张公不得为宰相。甚怀快，因令于使院中，看郎官有得为宰相者否。遍视良久，曰："并无。"张公尤不乐，曰："莫有郎官未入院否？"报云："李巡官未入。"便令促召，逡巡至，僧降阶迎，谓张公曰："巡官是纱笼中人，仆射且不及。"张公大喜，因问纱笼中之事。僧曰："宰相冥司必潜纱笼护之，恐为异物所扰，余官即不得也。"方悟胡芦生及高所说，李公竟为宰相也。信哉！人之贵贱分定矣。（出《逸史》）

韦执谊

韦执谊自相座贬太子宾客，又贬崖州司马。执谊前为职方员外，所司呈诸州图。每至岭南州图，必速令将去，未尝省之。及为相，北壁有图。经数日，试往阅焉，乃崖州图矣。意甚恶之。至是，果贬崖州。二年死于海上。（出《感定录》）

袁 滋

复州清溪山，焕丽无比。袁相公滋未达时，复郢间居止。因晴日，登临此山。行数里，幽小，渐奇险，阻绝无踪。有儒生以卖就到李三郎家里取，行不行？’田客说：‘要真是这样的话，就相当于杀了我一样。’然后我就醒了，我已经派人去城外摆一桌酒席，并且前来告诉你这个好消息。”李藩笑而不语。

几年后，张建以仆射的身份镇守扬州。他请示朝廷让李藩担任巡官校书郎。恰巧有个新罗来的僧人来到扬州，这位僧人很会看相。僧人说张建没有当宰相的命，张建听说后很不高兴，便叫新罗来的僧人看一看张建官署里的官员有没有能当宰相的人。僧人看了半天说：“这里面没有人能当宰相。”张建听完后更加不高兴了，于是问道：“还有官员没在院子里？”有人上前报告说：“李巡官还没来。”张建于是叫人急忙去找，不一会儿李藩就到了。僧人见到李藩后即刻走下台阶去迎接，僧人对张建说：“李巡官是纱笼中的人，就算是仆射您也赶不上他。”张建十分高兴，于是请教僧人什么叫作纱笼中人。僧人说：“如果一个人有当宰相的命的话，阴间一定会派人用纱笼守护着他，怕当宰相的人被异物所侵袭，其余所有的官员是没有这种待遇的。”这时李藩才知道胡芦生所说的那番话，原来指的是李藩有当宰相的命啊！这是令人信服的啊！人的贵贱上天早就安排好了啊。（出《逸史》）

韦执谊

韦执谊从丞相被贬为太子宾客，又从太子宾客被贬为崖州司马。韦执谊之前担任职方员外的时候，手下的官员向他呈交各州所绘的地图，每当手下送上岭南的州县地图时，韦执谊一定会叫人赶紧拿走，一次也没有看过。等到他当了宰相后，北墙上挂了一张图，过了几天后，走过去一看，正是崖州的地图，韦执谊心中非常厌恶。最后，韦执谊果然被贬到崖州，第二年死在了海上。（出《感定录》）

袁滋

复州有座青溪山，风景秀丽无比。丞相袁滋在没有发达的时候，曾经在复州、郢州一带居住。一天袁滋趁着天气晴朗，想要登上药为业，宇于山下。袁公与语，甚相狎，因留宿。袁公曰：“此处合有灵仙隐士。”儒生曰：“有道者五六人，每三两日即一来，不知居处。与其虽熟，即不肯细言。”袁公曰：“求修谒得否？”曰：“彼甚恶人，然颇好酒。足下但得美酒一榼，可相见也。”

袁公辞归。后携酒再往，经数宿，五人果来。或鹿巾纱帽，杖藜草履，遥相与通寒温，大笑，乃临涧濯足，戏弄儒生。儒生为列席致酒，五人睹甚喜。曰：“何处得此物？且各三五盏。”儒生曰：“非某所能致，有客携来，愿谒先生。”乃引袁公出，历拜，五人相顾失色，悔饮其酒，并怒儒生曰：“不合以外人相扰。”儒生曰：“此人志诚可赏，且是道流。稍从容，亦何伤也？”意遂渐解。见袁公谦恭甚，及时与笑语，目袁生曰：“座。”袁公再拜就席。少顷酒酣，乃注视袁公，谓曰：“此人大似西华坐禅和尚。”良久云：“直是。”便屈指数，此僧亡来四十七年。问袁公之岁，正四十七。抚掌曰：“须求官职，福禄已至。”遂与袁公握手言别。前过洞，上山头，扪萝跳跃，翩翻如鸟飞去，逡巡不见。袁公果拜相，为西川节度使。（出《逸史》）

青溪山。袁滋走了几里地以后，发现前面道路越来越窄，越来越险，慢慢地就找不到登山的路径了。恰巧遇到一个书生在这里以卖药为生，儒生的家就住在山脚下。袁滋与儒生交谈了一番，二人攀谈得十分亲切，这位儒生因此便邀请袁滋在他家住了一晚。袁滋说："这里应该会有隐士和神仙吧。"儒生说："这里有五六位道士，每隔三两天就来一次，但是我不知道他们住在什么地方。我与他们即使很熟悉了，也没听他们详细地介绍过自己。"袁滋说："能不能让我拜见一下他们？"书生说："他们非常厌恶世俗之人，但是很喜欢喝酒。您如果准备一坛上好的美酒，我想您就可以与他们见面了。"

袁滋告辞回家后，取来了美酒。过了几天，五位道士果然来了。他们有的带着道巾，有的穿着草鞋，有的拿着藜杖，很远就互相打招呼，嘘寒问暖。五位道士笑得十分开心。他们用山涧的溪水洗脚，又拿书生开玩笑。书生为他们摆席，斟上酒。五位道士见了非常高兴，于是问儒生说："从什么地方弄来的这美酒？"每位道士喝了几杯。儒生说："这酒不是我敬献的，是有位客人拿来的，他想拜见先生们。"于是儒生将袁滋叫出来，让袁滋一一拜见诸位道士。五位道士相顾失色，后悔喝了袁滋的酒，并且很生气地对儒生说："你不应该让外人来打扰我们的！"儒生说："这个人的诚心难能可贵，并且也信奉道教，稍稍大方热情一点，有什么坏处呢？"五位道士闻听后，不满的神色也逐渐缓和了下来。他们看见袁滋对他们十分谦逊恭敬，便不时同他笑着说几句话，看着袁滋说："坐吧！"袁滋拜了两拜后才入座。过了一会儿，大家酒喝得很高兴畅快，一位道士注视着袁滋对他说："这人很像在西华坐禅的那位和尚。"其余的道士们观察了很久又说道："真的挺像。"于是道士们掐指计算说道："那和尚从去世到如今已经有四十七年了。"然后道士们又问了问袁滋的年龄。袁滋回答说他今年正好是四十七岁，道士们拍手大笑说："你应该去求功名，你的福禄都已经降临了。"于是五位道士纷纷与袁滋握手告别。一个个经过前面的山洞后，又攀上山头，道士们扯着藤萝跳跃，像飞鸟一样飞上天空，一会儿就不见了踪影。后来，袁滋果然当上了宰相，并且还当上了西川节度使。（出《逸史》）

裴度

故中书令晋国公裴度，自进士及第，博学宏词制策三科，官途二十余载。从事浙右，为河南掾。至宪宗朝，声闻隆赫，历官三署，拜御史中丞。上意推重，人情翕然。明年夏六月，东平帅李师道包藏不轨，畏朝廷忠臣，有贼杀宰辅意。密遣人由京师靖安东门禁街，候相国武元衡，仍暗中传声大呼云："往驿坊，取中丞裴某头。"

是时京师始重扬州毡帽。前一日，广陵师献公新样者一枚，公玩而服之。将朝，烛下既栉，及取其盖张焉。导马出坊之东门。贼奄至，唱杀甚厉。贼遂挥刀中帽，坠马。贼为公已丧元矣，掠地求其坠颇急。驺乘王义遽回鞚，以身蔽公。贼知公全，再以刀击义，断臂且死。度赖帽子顶厚，经刀处，微伤如线数寸，旬余如平常。及升台衮，讨淮西，立大勋，出入六朝，登庸授钺。门馆僚吏，云布四方。其始终遐永也如此。（出《续定命录》）

张辕

吴郡张辕，自奉天尉将调集。时李庶人锜在浙西，兼榷管。辕与之有旧，将往谒，具求资粮。未至，梦一人将官诰至，云："张辕可知袁州新喻县令。"辕梦中已曾为赤尉，不宜为此，固不肯受。其人曰："两季之俸，支牒已行，不受何为？"遂委之而去。辕觉，甚恶之。及见锜，具言将选，告以乏困。锜留之数日，将辞去。

裴度

已故的中书令晋国公裴度，考中进士后，又考了三次博学鸿词科，做官二十多年。裴度曾经担任过任浙右从事，当过河南的掾史。等到唐宪宗即位后，声望逐渐显赫，于是裴度被调往中央任职，当上了御史中丞。皇帝非常器重裴度，裴度的人缘也很好。第二年夏季六月，东平帅李师道暗藏谋反之心，但李师道害怕朝廷里的忠臣抵抗自己，于是萌生了杀害皇帝手下辅政大臣们的意图。于是李师道秘密派人在京城的靖安东门戒严，暗中等候，试图刺杀宰相武元衡，同时暗中派兵前往驿坊，大喊道："取姓裴的那个御史中丞的人头！"

京城正流行扬州的毡帽。就在事发的前一天，广陵师送给裴度一顶扬州新式的毡帽，裴度把玩之后戴在了头上。今天准备入朝见皇帝的时候，裴度在灯下梳头后，又将新得的毡帽取过来戴在头上，乘马出了驿坊的东门。这时李师道派来的贼兵忽然杀了过来，贼兵的喊杀声很响。其中一名贼兵挥刀砍中了裴度的毡帽，裴度翻身落马。贼将以为砍掉了裴度的脑袋，急忙催马过来寻找裴度的头颅，跟随裴度的侍从王义立刻拨转马头用身体挡住裴度，贼兵知道裴度还没死，于是用刀去砍王义，王义被砍掉胳膊而且几乎被砍死。所幸裴度凭借着帽子顶部厚，被刀砍到的地方，只伤了一处几寸长像一条线一样的口子，过了十几天就痊愈了。等到裴度升任宰相后，率兵征讨淮西，立下了汗马功劳，成为六代以来的名臣。被裴度授予的文武官职、门生、下属遍布全国各地，裴度上台后从始至终都保持这个样子。（出《续定命录》）

张辕

吴郡有个人叫张辕，张辕从奉天县尉的职位上将被调走，当时有一位庶人叫李锜，李锜在浙西兼任盐铁等物实行专管专卖的事宜，张辕同李锜有交情，张辕想要去拜访李锜，以便求得李锜资助粮食。还没到达李锜所在的地方，这天晚上张辕忽然梦见一个人拿着任命官员的公文来找他说："张辕你可以担任袁州新喻县令。"张锜因谓曰："足下选限犹远，且能为一职乎？亦可资桂玉之费。"镶不敢让，因署毗陵郡盐铁场官。镶以职虽卑而利厚，遂受之。

既至所职，及视其簿书所用印，乃袁州新喻废印也。镶以四月领务，九月而罢。两季之俸，皆如其言。（出《前定录》）

赵昌时

元和十二年，宪宗平淮西。赵昌时为吴元济裨将，属张伯良。于青陵城与李愬九月二十七日战，项后中刀，堕马死。至夜四更，忽如睡觉。闻将家点阅兵姓名声，呼某乙，即闻唱喏应声。如是可点千余人。赵生专听之，将谓点名姓。及点竟，不闻呼之。俄而天明，赵生渐醒，乃强起，视左右死者，皆是夜来闻呼名字者也。乃知冥中点阅耳。赵生方知身不死。行归，月余疮愈。方知战死者亦有宿命耳。（出《博异志》）

辕因为在梦中曾当过京城周边的县尉，认为这样不妥，所以坚决地没有接受这个调令。梦中的人又说：“你能拿到两个季度的俸禄，支出俸禄的公文已经发出，不接受你还想干什么？”这个人硬是把公文递给张辕就走了。张辕睡醒后觉得非常不高兴，等见到了李锜，张辕就把他自己将要被调走的事情告诉了李锜，并且说自己很穷困想要得到李锜的资助。李锜留张辕住了几天，张辕想要离开这里，李锜说：“距离您调任的期限还有很长时间，您看能不能在我这里屈身先担任一个职务，您还可以用这钱补贴家用。”张辕没有推辞，所代任的职务是管理毗陵郡盐铁场。虽然张辕在这里的职务比较低，但是这里的油水很厚，所以就接受了。

等到张辕上任后，看到所使用的账簿文书上所用的印鉴，竟然是袁州新喻县作废的印鉴。张辕从四月开始代理职务，一直到九月结束。拿到了两个季度的俸禄，正如梦中之人所说的那样。（出《前定录》）

赵昌时

元和十二年，唐宪宗平叛淮西，当时是赵昌时担任吴元济的副将，赵昌时又隶属于张伯良部。九月二十七日那天部队在青陵城与李诉的部队激战，赵昌时脖子后面中刀，掉下马昏死过去了。到晚上四更天的时候，赵昌时忽然觉得像刚睡醒一样。赵昌时听到了将军点名的声音。正在叫某一个人，赵昌时就听到这个人的应答声，就这样大概点了一千多号人。赵昌时专注地听着将军什么时候点自己的名字，等到将军点完名后，也没听到将军叫他自己。不一会儿天亮了，赵昌时渐渐苏醒，尽力站起身来，看见左右阵亡的士兵原来都是在夜里听到被点到名字的人。赵昌时这才意识到昨天晚上听到的是阴间的点名。才反应过来自己没有死。回去一个多月后，脖后的刀伤就痊愈了。赵昌时这时候才意识到，原来打仗战死的人也是命中注定的。（出《博异志》）

卷第一百五十四　定数九

李顾言

唐监察御史李顾言，贞元末，应进士举，甚有名称。岁暮，自京西客游回，诣南省，访知己郎官。适至，日已晚，省吏告郎官尽出。顾言竦辔而东，见省东南北街中，有一人挈小囊，以乌纱蒙首北去，徐吟诗曰："放榜只应三月暮，登科又校一年迟。"又稍朗吟，若令顾言闻。顾言策马逼之，于省北有惊尘起，遂失其人所在。

明年，京师自冬雨雪甚，畿内不稔，停举。贞元二十一年春，德宗皇帝晏驾，果三月下旬放进士榜。顾言元和元年及第。（出《续定命录》）

元和二相

元和中，宰相武元衡与李吉甫齐年，又同日为相。及出镇，又分领扬益。至吉甫再入，元衡亦还。吉甫前一年，以元衡生月卒。元衡以吉甫生月遇害，年五十八。先长安忽有童谣云："打麦，麦打，三三三。"既而旋其袖曰："舞了也。"解者曰："以为打麦刈麦时也，麦打谓暗中突击也，三三三谓六月三日也，舞了谓元衡卒也。"至元和六月，盗杀元衡，批其颅骨而去。元衡初从蜀归，荧惑犯上相星，云："三相皆不利，始轻末重。"月余，李绛以足疾免，明年十月，李吉甫暴卒，又一年，元衡遇害。（出《感定录》）

李顾言

唐朝有位叫李顾言的监察御史，贞元末年去考进士，他考中进士的呼声特别高。年末，李顾言从京西面玩回来后，又前往南省，准备去看望一个做郎官的知己。李顾言到达南省后，天色已经很晚了，省署的差官告诉李顾言说官员们都出去了。李顾言于是骑马向东走去。李顾言在省署东南面的北街看见有一个人提着个小口袋，头戴乌纱帽向北走去。这个人一边走，一边缓缓地朗诵一句诗道："放榜只应三月暮，登科又校一年迟。"这个人又重复吟诵了几遍，似乎就是想要让李顾言听到。李顾言于是催马前去追赶这个人，就在这时省署北边突然扬起一片尘土，随后这个人的踪影便消失在其中了。

第二年，京城附近从冬天开始雨雪就十分频繁，导致京城周边的庄稼歉收，因此朝廷暂停了这一年的科举考试。贞元二十一年春天，唐德宗皇帝驾崩。朝廷果然在三月下旬才公布了进士榜单，李顾言终于在元和元年中榜成为进士。（出《续定命录》）

元和二相

元和年间的宰相武元衡和李吉甫是同一年出生，又在同一天被封为宰相。武元衡、李吉甫二人出任地方官时，分别被派往益州和扬州。等到李吉甫回京赴任的时候，武元衡也回到了京城。李吉甫在武元衡去世的前一年去世，李吉甫去世的月份正好是武元衡出生的月份。恰巧武元衡去世的月份也正好是李吉甫出生的月份。武元衡、李吉甫都是在五十八岁那年去世的。最开始长安城里忽然冒出一首童谣说："打麦，麦打，三三三。"唱完这句又要甩甩袖子继续唱道："舞了也。"有人猜测这首童谣的意思说道："这是用'打麦'代指收

李 源

李源，洛城北惠林寺住。以其父憕为禄山所害，誓不履人事，不婚，不役僮仆。暮春之际，荫树独处。有一少年，挟弹而至。源爱其风秀，与之驯狎。问其氏行，但曰武十三。甚依阿，不甚显扬。讯其所居，或东、或西、或南、或北不定。源叔父为福建观察使，源修觐礼，武生亦云，有事东去，同舟共载。行及宋之谷熟桥，携手登岸。武曰："与子诀矣。"源惊讯之，即曰："某非世人也。为国掌阴兵百有余年，凝结此形。今夕，托质于张氏为男子。十五得明经，后终邑令。"又云："子之禄亦薄。年登八十，朝廷当以谏议大夫征。后二年当卒矣。我后七年，复与君相见。"言讫，抵村户，执手分袂。既而张氏举家惊喜，新妇诞一男。

源累载放迹闽南，及还，省前事，复诣村户。见一童儿形貌麦子的时候；‘麦打’指的是从暗处偷袭；‘三三三’指的是六月初三这一天；‘舞了’应该是说武元衡快死了啊。”到了这一年六月，有贼人杀死了宰相武元衡，并且砍下武元衡的脑袋逃走了。之前武元衡从益州回来的时候，正好当晚星象是火星侵犯了相星。观星的人说：“这种星象对三位宰相都不好，而且一位比一位惨。”一个多月后，李绛因为足部有病免官，第二年十月李吉甫暴毙身亡，又过了一年后，武元衡被刺身亡。（出《感定录》）

李源

李源住在洛阳城北的惠林寺。因为李源的父亲李憕被安禄山杀害，于是李源发誓不再出仕、不结婚并且不雇佣奴仆。这一年晚春的时候，李源一个人在树荫下乘凉，忽然有一位少年拿着弹弓经过。李源见到少年风度翩翩，所以十分喜欢这位少年，李源上前和少年亲近。李源问少年姓什么、在家里排行第几。少年只是回答说：“我姓武，排行十三。”少年十分乖巧，也不张扬。李源又询问少年住在哪里，少年回答说我也可能住在东边、我也可能住在西边、我也可能住在南边、我也可能住在北边。但是少年不太确定。当时李源的叔父官至福建观察使，李源要去拜见叔父，武十三也说有事要往东去，于是武十三和李源同乘一条船向东行。二人行至宋之谷熟桥携手登岸后，武十三说：“我要和您告别了。”李源闻听后很惊讶，武十三对李源解释说：“我不是阳间的人。我替国家掌管阴间里的兵马已经有一百多年了，所以修炼成了人形。今天晚上我会托生到一户姓张的人家。我十五岁会考上明经，最后会死在县令的任上。”武十三接着说道：“您的福禄会比较浅。您八十岁的时候会做官，朝廷会让您担任谏议大夫。任命下达后再过两年您就去世了。我出生后的第七年，还会和您见面。”武十三说完，就到了他投胎的地方了，李源和武十三就此分别了。紧接着村里张家全家都为新媳妇诞下一男孩感到高兴。

李源几经周折终于到了闽南。等到回来的时候，李源思考之前类武者，乃呼曰："武十三相识耶？"答曰："李七健乎？"其后宪宗读国史，感叹李憕、卢奕之事，有荐源名，遂以谏议大夫征，不起。明年，源卒于惠林寺。张终于宣州广德县令。（出《独异志》）

郑 权

初有日者，梦沧州衙门署榜，皆作权字。以告程执恭，遂奏请改名。未几，朝命郑权代之。时人深异其事。（出《广德神异录》）

樊阳源

唐山南节判、殿中侍御史樊阳源，元和中入奏。岐下诸公携乐，于岐郊漆方亭饯饮。从事中有监察陈庶、独孤乾礼皆在幕中六七年，各叹淹滞。阳源乃曰："人之出处，无非命也。某初名源阳，及第年，有人言至西府与取事。某时闲居洛下。约八月间，至其年七月，有表兄任密县令，使人招某骤到密县。某不得已遂出去。"

永通门宿。夜梦见一高冢，上一著麻衣人，似欲乡饮之礼。顾视左右，又有四人。冢上其人，乃以手招阳源，阳源不乐去。次一人从阳源前而上，又一人蹑后而上，左右四人皆上，阳源意忽亦愿去，遂继陟之。比及五人，见冢上袖一文书，是河南府送举解，第六人有樊阳源。时无樊源阳矣。及觉，甚异之。

所发生的事情，又到访了与武十三分别的那个村子，李源看见一个男孩长得十分像武十三，于是叫那个孩子说：“你认识武十三吗？”男孩回答说：“李七还安好吗？”后来唐宪宗翻阅本朝旧事的时候，十分感慨李憕、卢奕的身事。朝中大臣也有人向皇帝举荐李源，唐宪宗于是让李源担任谏议大夫一职，然而李源没有赴任。第二年，李源在惠林寺内去世。武十三托生的那位姓张的男子也在宣州广德县令的任上去世。（出《独异志》）

郑权

有一天早晨，有个人梦到沧州衙门张榜示人，只见榜文上面写的都是“权”字。于是这个人就把梦到的事情上奏给程执恭并且想让程执恭改名。没过多久，朝廷就任命郑权取代程执恭在沧州的位置，当时人们对这件事都感到非常奇怪。（出《广德神异录》）

樊阳源

唐代有位山南节判殿中侍御史叫樊阳源，元和年间樊阳源有事进京上书给皇帝。岐地的诸位乡绅带着樊阳源一起游玩，他们在岐地郊外的漆方亭为樊阳源设宴饯行。前来饯行的人有监察陈庶、独孤乾礼，这两个人都在樊阳源手下做了六七年幕僚了，都各自在感叹仕途的艰难阻塞。樊阳源于是宽慰两个人说道：“人的安排，无非是造化弄人罢了。我一开始叫樊源阳，我考中进士那年，有人跟我说我会被安排在西府任职。当时我安闲地居住在洛阳，大概住了八个月。到了这一年的七月，我有一位表兄被任命为密县县令，派人叫我即刻动身前往密县，我迫不得已地前去。”

当天晚上我在永通门住下，夜里做梦看见了一座高高的坟墓，坟墓上面有一位穿着麻衣的人，这个人似乎想要行乡饮酒礼。我观察周围又看见了四个人。在坟墓上的那个人正向一个叫阳源的人招手，阳源并不是很乐意前去。排在阳源后面的人从阳源前面跟了上去，紧接着又有一个人跟了上去，周围四个人都上去了，然而此时阳源不日到密县，便患痢疾。联绵一月，困惫甚。稍间，径归洛中，谓表兄曰："两府取解，旧例先须申。某或恐西府不得，兄当与首送密宰矣。"曰："不可处。"但令密县海送，固不在托。及到洛中，已九月半。洛中还往，乃劝不如东府取解。已与西府所期违矣。阳源心初未决。忽见密县解申府，阳源作第六人，不得源阳。处士石洪曰："阳源实胜源阳。"遂话梦于洪，洪曰："此梦固往冢者丘也，岂非登冢为丘徒哉！于此大振，亦未可知。况县申名第，一如梦中，未必不为祥也。"是岁许孟容为川守，又谑阳源："密县第六人，某已处分试官更升三两路。"比府榜出，阳源依县申第六人。孟容怒，责试官，阳源具以梦告。明年，权侍郎不及第。（出《续定命录》）

吴少诚

吴少诚，贫贱时为官健，逃去，至上蔡，冻馁，求丐于侪辈。上蔡县猎师数人，于中山得鹿。本法获巨兽者，先取其腑脏祭山神，祭毕，猎人方欲聚食。忽闻空中有言曰："待吴尚书。"众人惊骇，遂止。良久欲食，又闻曰："尚书即到，何不且住。"逡巡，又一改变主意也愿意跟上去了，于是阳源也跟了上去。等到这五个人凑到了一起，看到坟墓上面藏了一封文书，这是河南府推荐的进士名单，其中的第六位写的正是樊阳源的名字。当时的那个名单里却没有樊源阳的名字。等到我醒来后，我觉得这件事十分离奇。

不久我就到了密县，然而我在密县患上了痢疾。我大概病了有一个月，身体十分疲惫。我稍微休息了几天就返回了洛阳，我对我的表兄说道："东西两府在各地名单里取进士按照旧例应该提前需要申请。我害怕我在西府担任不了职务，我希望兄长您事先暗自跟宰相沟通一下。"我的兄长告诉我说："这样不行。"兄长在密县的名单上把我加了进去，坚定地不答应找丞相的事情。等我到达洛阳后，九月已经过去一半了。当时我在洛阳城内来往奔波，我的兄长劝我还不如去东府任职。这时候已经过了西府选官的时间了。我当时心里犹豫不决，忽然闻听密县的名单送到了，其中的第六个人的名字正好叫作阳源，名单里没有源阳的名字。当时一位叫石洪的隐士对我说："叫阳源比叫源阳实在是强不少。"石洪晚上托梦对我说："你之前做的那个在坟墓的梦，难道不是在用登上坟墓来暗示你要高升吗？你从今声名大振也犹未可知啊。况且密县申报的次序和你梦到的一样，这未必是不祥的征兆啊。"这一年许孟容担任掌管水路的官吏，许孟容又拿阳源排在密县名单第六位的事情开玩笑。我当时已经跟试官交代清楚了，试官想提拔提拔我。等到东府录用的名单公布了出来，我的名字按照密县递交名单的顺序排在第六个。许孟容生气地指责试官，我把我所梦见的事情告诉了许孟容。第二年，我就在权侍郎门下中榜了。（出《续定命录》）

吴少诚

吴少诚当年贫贱的时候曾经被官府应征去当兵，吴少诚中途逃跑到了上蔡县，途中忍饥挨饿，只得向同辈人求助。上蔡县有几位猎人在山中猎到一头鹿。按照当地的风俗，每当打到猎物的时候都应该先剖取动物的内脏来祭奠山神，等到祭奠完毕，猎人们才可以人是脚力，携小襆过，见猎者，揖而坐。问之姓吴，众皆惊。食毕，猎人起贺曰："公即当贵，幸记某等姓名。"具述本末，少诚曰："某辈军健儿，苟免擒获，效一卒之用则足矣，安有富贵之事？"大笑执别而去。后数年为节度使，兼工部尚书。使人求猎者，皆厚以钱帛赍之。（出《续定命录》）

陈彦博

陈彦博与谢楚同为大学广文生。彦博将取解，忽梦至都堂，见陈设甚盛，若行大礼然。庭中帏幄，饰以锦绣。中设一榻，陈列几案。上有尺牍，望之照耀如金字。彦博私问主事曰："此何礼也？"答曰："明年进士人名，将送上界官司阅视之所。"彦博惊喜，因求一见。其人引至案榜，有一紫衣，执象简。彦博见之，敛衽而退。紫衣曰："公有名矣，可以视之。"遂前，见有三十二，彦博名在焉。从上二人皆姓李，而无谢楚。既悟独喜，不以告人。

分食猎物。就在此时，猎人们忽然听到空中传来一句话：“你们要等一个姓吴的人来。”在场的众位猎人大为震惊，就在原地等待。过了许久，众位猎人并没有看见任何人来，他们准备分食这头鹿。这时候，空中又传来一句话：“尚书大人就要到了，你们赶紧停下来。”不一会儿，众位猎人看到一个像是做脚夫的人拿着一个小包袱走了过来，这个人看到猎人们后，他先向众位猎人施礼然后坐了下来。众位猎人问他姓什么，这个人对猎人们说他姓吴，众位猎人闻听后大吃一惊。众位猎人与这个人分食完鹿肉后，猎人们纷纷向这个人道喜说：“您马上要大富大贵了，但愿您还能记着我们。”猎人们把刚才所遭遇的事详细地跟这个人说了，吴少诚说：“我就是个逃兵罢了，我侥幸自己没有被抓回去。我能有一份当兵的口粮就不错了，哪里还能大富大贵呢？”吴少诚仰天大笑向他们告别。过了几年吴少诚当上了节度使并且兼任兵部尚书。他派人去寻找当初请他吃鹿肉的猎人们，赏给每位猎人不少钱财。（出《续定命录》）

陈彦博

陈彦博和谢楚同在太学做广文生。陈彦博将被选去考进士，有一天忽然梦到自己来到了六部里办公的地方。看见厅堂内的装饰摆设十分盛大，好像要在这里举办重大礼仪似的。厅堂正中间围着幔帐，幔帐上面的绣功十分华丽，幔帐之中又摆了一张桌子，桌子上面有一张尺牍，望去耀眼夺人，像是镶嵌了金子一般。陈彦博私底下问管事的人说道：“这是要举办什么大礼？”管事的人回答说：“来年进士的名单在这里面，这是要提前送到神仙那里查阅一番。”陈彦博闻听后十分惊喜，就想翻看名单。管事的人把陈彦博领到桌子前面，陈彦博这时看到一位身着紫色朝服拿着象牙朝笏的高官。陈彦博见状后，整饬衣襟以示恭敬地告退了。这位官员对陈彦博说：“您榜上有名，可以先看一看。”陈彦博上前查看那份尺牍，看到尺牍上一共有三十二个人，陈彦博的名字也在其中。在陈彦博前面的两个人都姓李，其中却没有谢楚的名字。陈彦博醒来后独自欣喜，没有把这个梦告诉给别人。

及与楚同策试，有自中书见名者，密以告楚，而不言彦博。彦博闻之，不食而泣。楚乃谕曰："君之能岂后于我。设使一年未利，何若是乎？"彦博方言其梦，且曰："若果无验，吾恐终无成矣。"大学诸生曰："诚如说，事未可知。"明旦视榜，即果如梦中焉。彦博以元和五年崔枢侍郎及第，上二人李顾行、李仍叔。谢楚明年于尹躬下擢第。（出《前定录》）

陆宾虞

陆宾虞举进士，在京师。常有一僧曰惟瑛者，善声色，兼知术数。宾虞与之往来。每言小事，无不必验。至宝历二年春，宾虞欲罢举归吴，告惟瑛以行计。瑛留止一宿。明旦，谓宾虞曰："若来岁成名，不必归矣。但取京兆荐送，必在高等。"宾虞曰："某曾三就京兆，未始得事。今岁之事，尤觉甚难。"瑛曰："不然，君之成名，不以京兆荐送，他处不可也。至七月六日，若食水族，则殊等与及第必矣。"宾虞乃书于晋昌里之牖，日省之。

数月后，因于靖恭北门候一郎官。适遇朝客，遂回憩于从孙闻礼之舍。既入，闻礼喜迎曰："向有人惠双鲤鱼，方欲候翁而烹之。"宾虞素嗜鱼，便令作羹，至者辄尽。后日因视牖间所书字，则七月六日也。遽命驾诣惟瑛，且绐之曰："将游蒲关，故以访别。"瑛笑曰："水族已食矣，游蒲关何为？"宾虞深信之，因取荐京兆府，果得殊等。

等到陈彦博和谢楚一同参加策试的时候，有人在中书舍人那里看到了录取名单前来私下告诉谢楚，却没有人通知陈彦博录取的事情。陈彦博闻听后，也不吃饭就一味地哭泣。谢楚安慰陈彦博说：“以您的才华怎么能落在我的身后？即使今年没有考中，又何必这个样子呢？”陈彦博对谢楚说了自己所梦到的事情。在太学的众位生员说道：“要是向您所说的那样，事情的结果还犹未可知啊！”第二天早晨，陈彦博去查看考中的名单，果然像自己在梦中见到的那样。元和五年陈彦博在侍郎崔枢主持的考试中中榜，榜单上陈彦博前面两个人的名字分别是李顾行、李仍叔。一年后谢楚在尹躬主持的考试中中榜。（出《前定录》）

陆宾虞

陆宾虞考进士的时候居住在京城里。当时有一位名叫惟瑛的僧人，擅长相面而且会算命。陆宾虞认识惟瑛之后，惟瑛每说一件小事就一定能说中。到了宝历二年春天，陆宾虞想要放弃考试返回吴地，就把他自己的计划告诉了惟瑛。惟瑛留陆宾虞住了一晚上。第二天早上惟瑛对陆宾虞说：“您来年就能功成名就，不用现在回去。只需要等京兆尹把名单递交上去就可以了，您一定能高中。”陆宾虞说：“我已经三次来京城应试了，但是我都没有考中。今年这一次我也觉得十分艰难。”惟瑛说：“话不能这么说，您若是想要功成名就，必须要经京兆府推荐才可以，别的路行不通。到七月六日，要是能吃到水产，就不像过去一样了，您这一次就一定能中榜了。”陆宾虞便把这件事写在他所住的晋昌里的窗子上，每天都看一看。

几个月以后，陆宾虞在北门恭敬地等候一名官员，恰巧这位官员正在会客。陆宾虞便到自己的侄孙闻礼家休息。闻礼高兴地出来迎接陆宾虞说：“之前有人送来两条鲤鱼，我正等着您来吃呢。”陆宾虞向来就很喜欢吃鱼，他便叫人把这两条鲤鱼做成鱼羹，鱼羹端上来没过多久就吃完了。回去后陆宾虞看见在窗子上自己写的字，想到今天正好是七月六日。于是即刻让人驾车带着他去拜见惟瑛，见面明年入省试毕，又访惟瑛。瑛曰："君已登第，名籍不甚高，当在十五人之外。状元姓李，名合曳脚。"时有广文生朱俅者，时议当及第。监司所送之名未登科。宾虞因问："其非姓朱乎？"瑛曰："三十三人无姓朱者。"时正月二十四日，宾虞言于从弟符，符与石贺书壁。后月余放榜，状头李郃，宾虞名在十六，即三十人也。惟瑛又谓宾虞曰："君成名后，当食禄于吴越之分，有一事甚速疾。"宾虞后从事于越，半年而暴终。（出《前定录》）

王璠

王璠以元和五年登科，梦为河南尹，平旦视事，有二客来谒，一衣紫而东坐，一衣绯而西坐。绯者谓紫者曰："仑邦如何处置？"曰："已决二十，递出界讫。"觉，乃书于告牒之后别纸上。

后二十年，果除河南尹。既上，洛阳令与分司郎官皆故人，从容宴语。郎官谓令曰："仑邦如何处置？"令曰："已决二十，递出界。"璠闻之，遽起还内，良久不出。二客甚讶曰："吾等向者对答率易，王尹得非怒耶？"顷之，璠持告牒所记，出示二客。徐征其人，乃郎官家奴，窃财而遁，擒获送县，县为断之如此。（出《续定命录》）

后陆宾虞哄骗惟瑛说："我将要去蒲关游玩，所以我亲自到府上告别。"惟瑛笑着说："水产都已经吃完了，您还去蒲关干什么？"这下陆宾虞相信了惟瑛之前所说的话。陆宾虞请京兆府把自己的名字写在考进士的名单上，他果然位列特等。

第二年，陆宾虞参加完尚书省主持的考试后，又去拜访惟瑛。惟瑛说："您已经中榜了，但是名次不算太好，应当是在十五名之后，状元姓李，名叫合曳脚。"当时还有个姓朱的，都说他能中榜，但监司所初选的名单没有他。陆宾虞问中榜者有没有姓朱的。惟瑛说："三十三个人里没有姓朱的。"这天正是正月二十四日，陆宾虞将好消息告诉堂弟符，符与石贺书壁。一个多月后发榜，状元叫李郃，陆宾虞排在第十六名，一共三十名，惟瑛对陆宾虞说："你考中成名以后，将在吴越一带做官，还有一点就是很快会得一场急病。"陆宾虞后来在越地，也就是今天浙江绍兴一带做官，半年后突然暴病身亡。（出《前定录》）

王　播

元和五年，王播考中了进士，这一天王播做梦梦到自己当了河南尹。白天处理政务的时候，有两个客人来访，一位客人身穿紫衣服坐在东边，一位客人穿着红衣服坐在西边。穿红衣服的客人问穿紫衣服的客人说："怎么处置仓邦？"穿紫衣服的人回答说："责打二十下，然后驱逐出界。"话说完，王播就醒来了，王播将梦到的事情记录在告状文书的背面。

二十年后，王播果然当上了河南尹。王播上任后，洛阳令和分司郎官是旧交，二人谈话的时候非常融洽。分司郎官问洛阳令说："怎么处置仓邦？"洛阳令回答说："责打二十下，然后驱逐出界。"王播听完这番话后，立即转身回到里屋，过了许久也没有出来。两位客人惊讶地解释说："我们两个人刚才说的话太随便了，是不是惹王大人生气了？"不一会儿，王播拿着告状文书走了出来，将自己当年写在背面的记录给二人观看。这时候王播才知道那个人是分司郎官家

崔玄亮

元和十一年，监察御史段文昌，与崔植同前入台。先是御史崔玄亮，察院之长。每以二监察后至，不由科名，接待间多所脱略。段与崔深衔之。元和十五年春，穆宗皇帝龙飞，命二公入相。段自翰长中书舍人拜，植自御史中丞拜。同在中书。时玄亮罢密州刺史，谒宰相。二相相顾，掏玄亮名曰："此人不久往他役，而有心求官。"时门下侍郎萧俛亦在长安，因问二相。二相具以事对。萧相曰："若如此，且令此汉闲三五年可矣。"

不数日，宣州奏歙州刺史阙。其日印在段相宅，便除歙州刺史。明日，段入朝，都忘前事，到中书大怒，责吏房主事阳述云："威权在君，更须致宰相。必是此贼纳贿除官，若不是人吏取钱，崔玄亮何由得歙州刺史？"述惶怖谢罪云："文书都不到本房，昨日是相公手书拟名进黄。"及检勘，翻省述忘，实是自书。植欲改拟覆奏。段曰："安知不是天与假吾手耳。"遂放敕下。（出《续定命录》）

的奴仆，原来是这位奴仆偷了分司郎官家的财物跑了，等把这位奴仆抓到县衙后，洛阳令根据奴仆的罪行才下这样的判决。（出《续定命录》）

崔玄亮

元和十一年，监察御史段文昌和崔植同时到御史台任职。前任御史崔玄亮是监察院的长官。崔玄亮每每因为崔植和段文昌是后来的，又不是科举出身，所以接待他们时总是略有怠慢。段文昌和崔植十分记恨崔玄亮。元和十五年春天，唐穆宗即位。唐穆宗任命崔植和段文昌二人为宰相。段文昌从翰长中书舍人的位置升到拜相，崔植从御史中丞的位置被提拔为宰相，二人一同入职中书省。恰巧这时崔玄亮被罢免了密州刺史的职务，来京城拜见宰相。两位宰相互看看，指着崔玄亮的名字说："这个人用不了多久就得把他调走，还想来到京城里任职。"当时门下侍郎萧俯也在长安，上前询问崔植、段文昌两位宰相。崔植和段文昌两位宰相就把事情的经过详细地跟萧俯说明了。萧俯说："如果这样，那就让他闲个三年五载。"

没过几天，宣州当地官员上奏说歙州刺史的位置出现了空缺。当天相印在段文昌的府上，段文昌就随手任命了崔玄亮担任歙州刺史。第二天，段文昌上朝，将之前的事全忘了。段文昌来到中书省后大发雷霆，责问吏房主事阳述说："你手中有这样的权力，那还需要宰相干什么？必然是崔玄亮这个贼子给你行贿才被安排职务，要不是你这个当官的收了钱，崔玄亮怎么能当得上歙州刺史？"阳述十分惶恐地谢罪说："公文本来是不经过本房的，这是昨天您亲笔写的推荐人的文书让人送过来的。"等到段文昌检查核对后，发现这的确像阳述说的那样是自己写的任命，这时候段文昌才想起来昨天的事情。崔植想向皇帝请示要更改人选，段文昌说："这怎么知道不是上天假借我手任命的呢？"于是就把任命的文书下发出去了。（出《续定命录》）

韦贯之

武元衡与韦贯之同年及第。武拜门下侍郎，韦罢长安尉，赴选，元衡以为万年丞。过堂日，元衡谢曰："某与先辈同年及第，元衡遭逢，滥居此地。使先辈未离尘土，元衡之罪也。"贯之呜咽流涕而退。后数月，除补阙。是年，元衡帅西川，三年后入相。与贯之同日宣制。(出《续定命录》)

韦贯之

武元衡和韦贯之是在同一年考中进士的，武元衡被任命为门下侍郎的时候，韦贯之被免除长安尉，重新听候任用。武元衡任命韦贯之担任万年丞。在官员们互通姓名拜见丞相的日子里，武元衡对韦贯之说："我与前辈您是在同一年考中的进士，我侥幸担任了门下侍郎，这是我德不配位，却让前辈您久居人下，这都是我武元衡的罪过呀！"韦贯之听到这番话后痛哭着告退。几个月以后韦贯之被任命为补阙。这一年，武元衡镇守西川，三年后入朝当了宰相，与韦贯之同一天赴任。（出《续定命录》）

卷第一百五十五　定数十

卫次公　李固言　杨 收　郑 朗　段文昌　崔 从　郭八郎
张 宣　韩 皋

卫次公

唐吏部侍郎卫次公，早负耿介清直之誉。宪宗皇帝将欲相之久矣。忽夜召翰林学士王涯草麻，内两句褒美云："鸡树之徒老风烟，凤池之空淹岁月。"诘旦，将宣麻。案出，忽有飘风坠地，左右收之未竟，上意中辍，令中使止其事。仍云，麻已出，即放下，未出即止。由此遂不拜。终于淮南节度。（出《续定命录》）

李固言

相国李固言，元和六年下第游蜀。遇一姥，言："郎君明年芙蓉镜下及第，后二纪拜相，当镇蜀土，某此不复见郎君出将之荣也，愿以季女为托。"明年，果状头及第。诗赋有人镜芙蓉之目。

后二十年，李公登庸。其姥来谒，李公忘之。姥通曰："蜀民老姥，尝嘱李氏者。"李公省前事，具公服谢之，延入中堂，见其女。坐定又曰："出将入相定矣。"李公为设盛馔，不食。唯饮酒数杯，便请别。李固留不得，但言乞庇我女。因赠金皂襦帼，并不受，唯取其妻牙梳一枚，题字记之。李公从至门，不复见。

卫次公

唐代的吏部侍郎卫次公，早年间就负有清介耿直的名声。当时的皇帝唐宪宗很久就想拜卫次公做宰相。有一天夜里皇帝召见翰林学士王涯起草诏书，其中有两句赞美卫次公的话说：“鸡树之徒老风烟，凤池之空淹岁月。”第二天早上将要宣读诏书的时候，唐宪宗拿起诏书时忽然一阵风将诏书吹到了地上，左右的侍从想捡起来但是被风吹走了没有捡到。唐宪宗就放弃了拜卫次公做宰相的意愿，唐宪宗命令手下太监不要再去捡诏书了。皇帝说道：“诏书刚拿出来就被搁置了，还没等着宣读诏书就被吹跑了。”因为这件事唐宪宗就再也没有想过拜卫次公做宰相，卫次公最后在淮南节度使的位置上去世。（出《续定命录》）

李固言

宰相李固言，在元和六年，考完进士后去蜀地游玩。李固言途中遇到一位老妇人对他说：“您明年会在芙蓉镜下考中进士，再过二十四年您会当上宰相，会被派来镇守蜀地，但是我再也没有见到您的荣幸了。”第二年李固言果然考中了状元，所考诗赋的题目正是有人镜芙蓉。

又过了二十年，李固言被皇帝授予重任。这位老妇人又来拜见李固言，但是李固言忘记了她是谁。老妇人回禀说：“我是蜀地的那位老妇人，我曾经嘱托过李固言。”李固言想起了之前的事，穿着朝服会见这位老妇人，把老妇人请到正厅，又会见了老妇人的女儿。几个人坐下来后，老妇人说：“您一定会官居高位的。”李固言设宴款待这位老妇人。老妇人并没有吃什么，只是喝了几杯酒，就跟李固言及李公镇蜀日，卢氏外孙子，九龄不语，忽弄笔砚。李戏曰：“尔竟不语，何用笔砚为？”忽曰：“但庇成都老姥爱女，何愁笔砚无用耶？”李公惊悟，即遣使分访之。有巫董氏者，事金天神，即姥之女。言能语此儿，请祈华岳三郎。李公如巫所说，是儿忽能言。因是蜀人敬董如神，祈无不应。富积数百金，怙势用事，莫敢言者。洎相国崔郸来镇蜀，遽毁其庙，投土偶于江，仍判事金天王董氏杖背，递出西界。寻在贝州，李公婿卢生舍于家，其灵歇矣。（出《酉阳杂俎》）

又

李固言初未第时，过洛。有胡卢先生者，知神灵间事，曾诣而问命。先生曰：“纱笼中人，勿复相问。”及在长安，寓归德里。人言圣寿寺中有僧，善术数。乃往诣之，僧又谓曰：“子纱笼中人。”是岁元和七年，许孟容以兵部侍郎知举。固言访中表间人在场屋之近事者，问以求知游谒之所。斯人且以固言文章甚有声称，必取甲科。因绐之曰：“吾子须首谒主文，仍要求见。”

告辞了。李固言想要挽留老妇人但是老妇人执意要走，临走前只是跟李固言说要照顾一下她的女儿。李固言赠给她女儿金银衣物，老妇人的女儿并没有收下，只是拿了李固言妻子的一个梳子并让李固言在上面签上字。李固言把她们送走后就再也没见过她们了。

等到李固言去镇守蜀地的时候，他的外孙子已经九岁但是还不能说话。这一天李固言的外孙子在玩弄毛笔和砚台。李固言逗外孙子说："你还不会说话呢，你玩弄毛笔和砚台做什么？"外孙子这时候突然开口说话道："您只要照顾成都老妇人的女儿，何愁我用不上毛笔和砚台？"李固言大吃一惊，幡然醒悟，立即四下派人去寻找老妇人的女儿。当时有一位姓董的巫女，称自己是事金天神，这个人就是老妇人的女儿。巫女说能让李固言的外孙子开口说话，但是需要参拜华岳三郎才可以。李固言听从了巫女的建议后，李固言的外孙子一下子就会说话了。所以蜀地的百姓敬畏姓董的这位巫女犹如神仙一般，姓董的这位巫女每次作法都一定会应验。她借此积累了许多财产，依仗她的能力为所欲为，没有人敢有怨言。等到宰相崔郸前来镇守蜀地的时候，崔郸立刻派人拆毁董巫女的庙宇，把她的泥塑扔进了江里，还用脊杖责打了事金天王董巫女，并且把她驱逐出了蜀地。董巫女被驱逐不久后来到了贝州，李固言的女婿卢某把她收留了下来，同时她的灵气也耗尽了。（出《酉阳杂俎》）

又

李固言原先还没有考中进士的时候途径洛阳，洛阳城里有位胡卢先生能通晓神灵。李固言曾经拜访过胡卢先生并且向胡卢先生问了问自己的前程。胡卢先生说："您是纱笼中的人，其余的您就不要再问了。"等到李固言回到长安，住在归德里。当地的百姓都说圣寿寺中有位僧人擅长算命。李固言闻听后就前去拜访，僧人也跟李固言说："您是纱笼中的人。"这一年是元和七年，许孟容以兵部侍郎的身份管理科举，李固言找到表亲中参加科场考试的人询问考试前应做什么准备。这个人知道李固言的文章写得非常好，一定会考中甲固言不知其误之，则以所业径谒孟容。孟容见其著述甚丽，乃密令从者延之，谓曰："举人不合相见，必有嫉才者。"使诘之，固言遂以实对。孟容许第固言于榜首，而落其教者姓名。乃遣秘焉。既第，再谒圣寿寺，问纱笼中之事。僧曰："吾常于阴府往来，有为相者，皆以形貌，用碧纱笼于庑下。故所以知。"固言竟出入将相，皆验焉。（出《蒲录记传》）

又

元和初，进士李固言就举。忽梦去看榜，见李固言第二人上第。及放榜，自是顾言，亦第二人。固言其年又落。至七年，许孟容下状头登第。（出《感定录》）

杨收

唐国相杨收，江州人。祖为本州都押衙，父维直，兰溪县主簿，生四子：发、嘏、收、严，皆登进士第。收即大拜。发已下皆至丞郎。发以春为义，其房子以柷、以乘为名；嘏以夏为义，其房子以照为名；收以秋为义，其房子以钜、鏻、鑑为名；严以冬为义，其房子以注、涉、洞为名。尽有文学，登高第，号曰修行杨家。与静恭诸杨，比于华盛。

科。于是就借机哄骗李固言说："我们必须要拜见主考，无论如何一定要求见他。"

李固言不知道这个人在骗自己，就带着自己的文章直接去找许孟容。许孟容见到李固言的文章十分优美，秘密地派人把李固言请了进来。许孟容对李固言说道："举子考试前是不能和主考官见面的，一定是有嫉妒你的人让你前来的。"许孟容盘问李固言。李固言把实情告诉了许孟容。许孟容答应李固言让他位居榜首，并把教唆李固言的人的名字划掉。许孟容又把李固言秘密送出去了。李固言中榜后又前往圣寿寺询问僧人纱笼的事情，僧人回答说："我经常来往阴间与人间，我看到凡是能当宰相的人，他的身体都会被一层碧纱笼罩着，我是凭借这个判断出来的。"李固言后来果然身居高位，僧人的话都得以应验了。（出《蒲录记传》）

又

元和初年，进士李固言参加科举考试，这天李固言梦见自己去查看榜单，李固言看见自己考中了第二名。等到真正发榜的时候，李固言看见的却是李顾言中榜了，并且也是考中了第二名。这一年李固言又没有考中。直到元和第七年，李固言才在许孟容主持的考试下中榜，考中了状元。（出《感定录》）

杨收

唐代的宰相杨收是江州人，杨收的父亲叫杨维直，膝下有四个儿子名字分别叫杨发、杨嘏、杨收、杨严，他们全都考中了进士。杨收还身居高位，杨发和另外两个弟弟都做到了丞郎的位置。杨发名字的含义是代表着春天，杨发的儿子们分别叫作杨柷和杨乘。杨嘏名字的含义是代表着夏天，杨嘏的儿子叫作杨照。杨收名字的含义是代表着秋天，杨收的儿子们分别叫作杨巨、杨鏻、杨鉴。杨严名字的含义是代表着冬天，杨严的儿子们分别叫作杨注、杨涉、杨洞。他们全都很有文才，而且身上有功名，人们称杨家叫作"修行杨家"。此时的杨家声名已然十分显赫。

收少年，于庐山修业。一日，寻幽至深隐之地，遇一道者谓曰：“子若学道，即有仙分；若必作官，位至三公，终焉有祸。能从我学道乎？”收持疑，坚进取之心，忽其道人之语。他日虽登廊庙，竟罹南荒之殛。（出《北梦琐言》）

郑朗

长庆中，青龙寺僧善知人之术。知名之士，靡不造焉。进士郑朗特谒，了不与语。及放榜，朗首登第焉。朗未之信也。累日，内索重试，朗果落。后却谒青龙僧，怡然相接，礼过前时。朗诘之，僧曰：“前时以朗君无名，若中第，却不嘉。自此位极人臣。”其后果历台铉。（出《感定录》）

段文昌

故西川节帅段文昌，字景初。父锷，为支江宰，后任江陵令。文昌少好蜀文。长自渚宫，困于尘土，客游成都，谒韦南康皋。皋与奏释褐。道不甚行，每以事业自负，与游皆高士之名。遂去南康之府。金吾将军裴邠之镇梁川，辟为从事，转假廷评。裴公府罢，因抵兴元之西四十里，有驿曰鹄鸣，滨汉江，前倚巴山。有清僧依其隈，不知何许人也，常嘿其词。忽复一言，未尝不中。

杨收还在少年的时候，在庐山读书。一天杨收在探寻清净隐秘的地方的时候，正好遇到一个道士。这位道士对杨收说："你如果学道，你就有成仙的机会，如果你坚持要做官，能够位极人臣，但是最终会招致祸患。所以你愿意跟我学道吗？"杨收迟疑了一下，但还是坚定了考取功名去做官的决心。杨收没有理睬道士的话，虽然后来杨收身居高位，但是最后获罪死在了南荒。（出《北梦琐言》）

郑朗

长庆年间，青龙寺有一位僧人擅长算命。当时的有名之士没有谁不去拜访他。进士郑朗特地去拜访这位僧人，僧人却没有和郑朗说话。等到放榜后，郑朗以第一的位次中榜，当时郑朗还不敢相信。过了几天，朝廷重新组织考试，郑朗果然没有考中。郑朗又去青龙寺拜见那位僧人，僧人热情地接待了郑朗，郑朗所受到的礼遇远远地超过上一回。郑朗询问僧人这么做的原因。僧人回答说："上一次是因为您还没有名气，如果真的中了榜，反而不好。您以后肯定能位极人臣。"后来郑朗果然成为支撑国家社稷的辅政大臣。（出《感定录》

段文昌

原来的西川节度使段文昌，字景初。段文昌的父亲叫段锷，曾经担任过支江宰，后来被任命为江陵令。段文昌少年时喜爱蜀地的文章，段文昌出生在他的老家。段文昌生活在平民百姓之中，后来去成都游学，去拜见韦南的康皋。康皋为段文昌上书求职，但是没有被批准。段文昌凭借自己的才学而自负，他所交往的人都是很有学识的名士。后来段文昌又去了南康府，当时的金吾将军裴邠之在镇守梁川，裴邠之想要聘任段文昌担任从事，推荐段文昌参加朝廷对人事的审查录用。裴邠之离任后，段文昌来到兴元以西四十里地有个叫作鹄鸣的驿站，驿站在汉江江边，驿站前面倚靠巴山。当时有位高僧在山上修行，但是人们不知道这位僧人是哪里的人。僧人常常感叹一声，忽然就冒出一句预言，没有不被应验的。

公自府游，闻清僧之异，径诣清公求宿，愿知前去之事。自夕达旦，曾无词。忽问蜀中闻极盛旌旆而至者谁，公曰："岂非高崇文乎？"对曰："非也，更言之。"公曰："代崇文者，武黄门也。"清曰："十九郎不日即为此人，更盛更盛。"公寻征之，便曰："害风妄语，阿师不知。"因大笑而已。由是颇亦自负。户部员外韦处厚，出开州刺史。段公时任都官员外，判盐铁案。公送出都门，处厚素深于释氏，洎到鹄鸣，失访之，清喜而迎处厚。处厚因问还期，曰："一年半岁，一年半岁。"又问终止何官，对曰："宰相，须江边得。"又问终止何处，僧遂不答。又问段十九郎何如，答曰："已说矣，近也近也。"及处厚之归朝，正三岁，重言一年半岁之验。

长庆初，段公自相位节制西川，果符清师之言。处厚唯不喻江边得宰相，广求智者解焉。或有旁征义者，谓处厚必除浙西、夏口，从是而入拜相。及文宗皇帝践祚自江邸，首命处厚为相。至是方验。与邹平公同发帅修清公塔，因刻石记其事焉。又赵宗儒节制兴元日，问其移勤。遂命纸作两句诗云："梨花初发杏花初，甸邑南来庆有余。"宗儒遂考之。清公但云："害风阿师取次语。"明年二月，除检校右仆射。郑余庆代其位。（出《定命录》）

当时段文昌在此地游学，听说这位僧人的事迹后，就直接去拜访这位僧人，并且想要在僧人这里住宿。段文昌想向僧人请教自己的前途会如何。二人从晚上到早晨竟然都没说一句话，僧人忽然问段文昌说："蜀地中地位最高的人是谁？"段文昌说："莫非是高崇文吗？"僧人回答说："不是他，你再想想。"段文昌说："除了高崇文之外就是武黄门了。"僧人却说："十九郎过不了几天就会位同此人了，甚至比武黄门更加显赫。"段文昌询问缘由，僧人却说："我只是疯癫胡说罢了。我也不知道是因为什么。"段文昌听到这番话后只是仰天大笑。从此段文昌变得更加自负。户部员外郎韦处厚出任开州刺史。这时段文昌被任命为都官员外，掌管相关盐铁的公务。段文昌特意将韦处厚送出官署大门。韦处厚向来精通佛学，就乘船来到鹄鸣驿站来拜访那位高僧，但是没有见到那位高僧。没过多久，那位高僧高兴地来迎接韦处厚。韦处厚问僧人自己什么时候能回朝，僧人回答说："一年半又一年半。"韦处厚又问僧人自己最后能做到什么位置，僧人回答说："宰相，您会在江边接到任命。"韦处厚又问僧人自己会死在什么地方，僧人没有回答。韦处厚问僧人段文昌未来会怎么样。僧人回答说："我已经跟他说过了，快了，快了！"等到韦处厚调回京时，正好过了三年。应验了僧人的一年半又一年半的预言。

长庆初年，段文昌以宰相的身份镇守西川，果然应验了僧人的预言。但是韦处厚还是弄不明白在江边得到宰相任命的这句话的意思，因而到处请人为他解惑。有人从字面上解释说韦处厚一定是先在浙西夏口被任职，会从这里入朝担任宰相。等到唐文宗在长江边上的行宫即位的时候，第一个任命的就是让韦处厚担任宰相，到这时高僧的预言才完全得到应验。韦处厚与邹平共同请命修建清公塔，并刻石记录了高僧的事情。还有赵宗儒掌管兴元的时候，曾经向高僧问自己今后的仕途会怎么样。高僧拿来一张纸，在纸上写了两句诗："梨花初发杏花初，旬邑南来庆有余。"赵儒宗问僧人这两句诗的含义，高僧说："这是我胡说的。"第二年二月，赵宗儒被任命为检校右仆射，郑余庆取代赵宗儒管理兴元。（出《定命录》）

崔从

宝历二年，崔从镇淮南。五月三日，瓜步镇申浙右试竞渡船十艘，其三船平没于金山下，一百五十人俱溺死。从见申纸叹愤。时军司马皇甫曙入启事，与从同异之。座有宋生归儒者语曰：“彼之祸不及怪也。此亦有之，人数相类，但其死不同耳。”浃日，有大宴，陈于广场，百戏俱呈。俄暴风雨，庭前戏者并马数百匹，系在庑下。迅雷一震，马皆惊奔，大庑数十间平塌，凡居其下者俱压死。公令较其数，与浙右无一人差焉。（出《独异志》）

郭八郎

河中少尹郑复礼始应进士举，十上不第，困厄且甚。千福寺僧弘道者，人言昼闭关以寐，夕则视事于阴府。十祈叩者，八九拒之。复礼方蹇踬愤惋，乃择日斋沐候焉。道颇温容之，且曰：“某未尝妄泄于人。今茂才抱积薪之叹且久，不能忍耳。勉旃进取，终成美名。然其事类异，不可言也。”郑拜请其期，道曰：“唯君期，须四事相就，然后遂志。四缺其一，则复负冤。如是者骨肉相继三榜。三榜之前，犹梯天之难。三榜之后，则反掌之易也。”郑愕视不可喻，则又拜请四事之目。道持疑良久，则曰：“慎勿言于人，君之成名，其事有四，亦可以为异矣。其一，须国家改元之第二年；其二，须是礼部侍郎再知贡举；其三，须是第二人姓张；其四，同年须有郭八郎。四者阙一，则功亏一篑矣。如是者贤弟侄三榜，率须依此。”郑虽大疑其说，郁郁不乐，以为无复望也，敬谢而退。

崔从

宝历二年，崔从被派去镇守淮南。五月三日，瓜步镇报告浙右正在赛船的十艘船中有三艘沉没在金山脚下的江里，船上的一百五十人全部被淹死。崔从看到报告后既感叹又悲愤。就在这时，军司马皇甫儒进来禀报，他得知这件事后和崔从一样十分诧异。在座的有位叫宋归儒的书生说道："那里的灾祸不算奇怪，这里也会发生灾祸，死的人数会相同，只是死因不同罢了！"十天后，有人在广阔的场地上举办了一场盛大的宴会，宴会上表演了各种戏剧，就在这时一场暴风雨忽然降临，演戏的人和几百匹马都挤在旁边的房屋下面。这时忽然响了一声雷，马匹全都受到了惊吓而后狂奔起来，飞驰的马匹撞倒了几十间房子，凡是房屋下避雨的人都被压死了。崔从叫人清点死亡人数，竟与浙右因翻船死亡的人数一样，一个人都不差。（出《独异志》）

郭八郎

河中少尹郑复礼最开始考进士的时候，连考了十次都没有考中，郑复礼陷入了艰难窘迫的境地。千福寺有一位叫弘道的僧人，人们说他白天关门睡觉，晚上去阴间办事。十个人找弘道算命，有八九个被他拒绝。郑复礼正在悲伤发愁的时候，便挑选了一个黄道吉日，吃斋沐浴后前往千福寺等候。弘道对待郑复礼的态度很温和，并且对郑复礼说："我从来都没有将天机泄露给别人，现如今您屡考不中的愤懑长时间积压在心中，我于心不忍只好破例，你只要继续努力，就一定能功成名就。但是你的事情很特殊，我不能随便说出来啊！"郑复礼向僧人施礼问自己何时能考中。弘道回答说："您中榜的日期，必须有四件事作为条件，然后才可以遂了你的心愿。这四件事，缺少一件也不行。你的亲戚也会相继出现三榜之中。你若是没在这三榜之中，你要想中榜难如登天，你若是在这三榜之中，你要想中榜易如反掌。"郑复礼惊呆了，缓了一会儿又施一礼询问僧人具体是哪四件事。弘道迟疑了很久才说："你千万不能对别人说，你要成名，长庆二年，人有导其名姓于主文者，郑以且非再知贡举，意甚疑之，果不中第。直至改元宝历二年，新昌杨公再司文柄，乃私喜其事，未敢泄言。来春果登第。第二人姓张，名知实，同年郭八郎，名言杨。郑奇叹且久，因纪于小书之抄。私自谓曰：“道言三榜率须如此，一之已异，其可至于再乎？至于三乎？”次至故尚书右丞韩宪应举。大和二年，颇有籍甚之誉。以主文非再知举，试日果有期周之恤。尔后应大和九年举，败于垂成。直至改元开成二年，高锴再司文柄，右辖私异事，明年果登上第。二人姓张，名棠；同年郭八郎，名植。因又附于小书之末。三榜虽欠其一，两榜且无小差。闺门之内，私相谓曰：“岂其然乎？”时僧弘道已不知所往矣。次至故驸马都尉颢应举，时誉转洽。至改元会昌之二年，礼部柳侍郎璟再司文柄，都尉以状头及第。第二人姓张，名潜；同年郭八郎，名京。弘道所说无差焉。（出《野史》）

有四个条件，所以说很特殊。第一件事：必须是国家改变年号的第二年；第二件：必须是礼部侍郎再次主持科举考试；第三件：考中第二名的必须姓张；第四件：同年参加考试的必须有排行第八的姓郭的举子。这四件事其中要是少了一件，便功亏一篑，不能成功。你和你的亲戚会遇到三次这样的榜单，而且都会达到条件。”郑复礼虽然很怀疑僧人的说法，但是心情依旧十分沉重，他认为自己想要考中进士已经没有希望了，就礼貌地表示感谢之后回去了。

长庆二年，有人将郑复礼的名字推荐给主考官。郑复礼因为主考官不是第二次主持考试，对结果没有信心，他果然没有考中。直至国号改为宝历的第二年，这一回是杨新昌第二次担任主考官，郑复礼暗自高兴，没敢对别人提及这件事。第二年春天就中榜了，第二名果然姓张，叫张知实。同时参加考试的有一位郭八郎，叫郭言杨。郑复礼感叹良久，并将这件事秘密记录了下来，自言道：“僧人弘道所说的三次榜单的顺序果真是这样，能言中一榜已经足够神奇的了。怎么能再言中一次，而且还能言中第三次呢？”下一次轮到后来官至尚书右丞的韩宪参加考试。大和二年，科举考试的规模非常大，因为主考官不是第二次主持考试，考试那天韩宪因为要服丧所以没能考上。后来韩宪又参加大和九年的科举考试，差一点就考上了。直到改国号为开成的第二年，高锴再次担任主考官，时任右丞本应担任主考但是临时有别的事。第二年韩宪果然高中。榜中的第二名叫张棠，同时参加科举的人里面其中有一位郭八郎叫郭植。郑复礼又将这件事记录在上次记录的下面暗想：三次榜单虽然还差一榜，但两次都被弘道说对了。郑复礼在自家馆室里说：“难道真像弘道说的一样吗？”这时僧人弘道已经不知道上哪里去了。下次该轮到曾任驸马都尉的某颢参加科举考试了。时机非常巧合，恰巧到了改国号为会昌的第二年，礼部侍郎璟再次主持科举考试。某颢考中了状元。榜中的第二名叫张潜，同时参加考试的有位郭八郎叫郭京。正如弘道和尚所说的，一点也不差。（出《野史》）

张 宣

杭州临安县令张宣，宝历中，自越府户曹掾调授本官。以家在浙东，意求萧山宰。去唱已前三日，忽梦一女子年二十余，修刺来谒。宣素真介，梦中不与女子见。女子云：“某是明年邑中之客，安得不相见耶？”宣遂见之，礼貌甚肃。曰：“妾有十一口，依在贵境，有年数矣。今闻明府将至，故来拜谒。”宣因问县名，竟不对。宣告其族人曰：“且志之。”及后补湖州安吉县令，宣以家事不便，将退之。其族人曰：“不然，前夕所梦女子，非‘安’字乎？十一口非吉字乎？此阴骘已定，退亦何益。”宣悟且笑曰：“若然，固应有定。”遂受之。

及秩满，数年又将选。时江淮水歉，宣移家河南，固求宋亳一官，将引家往。又梦前时女子，颜貌如旧，曰：“明府又当宰邑，妾之邑也。”宣曰：“某前已为夫人之邑，今岂再授乎？”女子曰：“妾自明府罢秩，当即迁之居。今之所止，非旧地。然往者家属，凋丧略尽，今唯三口为累耳。明府到后数月，亦当辞去。”言讫，似若凄怆，宣亦未谕。及唱官，乃得杭州临安县令。宣叹曰：“三口临（臨）字也。数月而去，吾其忧乎？”到任半年而卒。（出《前定录》）

张宣

杭州临安县令张宣在宝历年间从越府户曹掾调任现职。因为张宣的家在浙东，所以张宣想出任萧山县令。朝廷公布任命的前三天，张宣忽然梦见一位二十多岁的女子投递名帖来见张宣。张宣历来严肃谨慎，在梦里张宣不接见这位女子。女子说："我是您管辖地的百姓，您怎么能不见我呢？"于是，张宣很庄重礼貌地接见了这位女子。这位女子说："我们家有十一口人，住在贵县已经许多年了。今天听说大人您要来，所以前来拜见。"张宣问这位女子所说的是什么县，这位女子并没有回答。张宣醒来后，告诉族人说："要记住这件事。"后来张宣因为要补缺被任命为湖州安吉县令，因为觉得离家乡太远不方便，所以张宣上报朝廷想调换这个职务。张宣的族人说："以前你梦里那个女子，不是个安字吗？十一口合起来不就是个吉字吗？说明这是命中注定的，即使调换又能有什么好处？"张宣明白过来然后笑着说："确实，真是命中注定的。"于是张宣接受了任命。

等到任期满了，张宣又将被重新任命。这时江淮一带发生旱灾，张宣将家搬到了河南，所以他想就近在宋亳一带谋求一个官职，以便照顾家里。这天晚上张宣又梦见了上一次那位女子，女子容颜依旧。那位女子说："您又要当县令了，又是到我所住的县。"张宣说："我已经当了一任您家乡的县令，我这次怎么能再去呢？"那位女子说："我自从您任职期满，就搬家了，现在住的已经不是原来的地方了。但是，现在我们家已经衰败殆尽了，只剩下三口人了。您去后几个月，也必然会离开了。"那位女子说完就流露出很悲伤的样子，张宣也没有弄清梦到底那位女子所说的是什么意思。等到朝廷公布任命后，张宣当上了杭州临安县令。张宣感叹道："三口是个临字啊，那位女子所说的几个月后我就会离开正是我所忧虑的。"结果张宣上任半年就去世了。（出《前定录》）

韩皋

昌黎韩皋，故晋公滉之支孙。博通经史。太和五年，自大理丞调选，平判入第。名第既不绝高，又非驰逐而致，为后辈所谑。时太常丞冯芫除岳州刺史，因说人事固有前定。德皇之末，芫任太常寺奉礼，于时与皋同官。其年前进士时元佐，任协律郎。三人同约上丁日释奠武成王庙行事。芫住常乐，皋任亲仁，元佐任安邑。芫鼓动，拉二官同之太平兴道西南角。元佐忽云："某适马上与二贤作一善梦，足下二人皆判入等，何也？请记之。"芫固书之，纪于箧中。

宪宗六年，芫判入等，授兴平县尉。皋实无心望于科第，此后二十七八年，皋方判入等，皆不差忒。芫临发岳阳，召皋，特说当时之事，并取箧中所记以示之，曰："诸公何足为谑，命使之然。"皋亦云："未尝暂忘，则仆与公，何前后相悬如此？"皋其年授大理正。（出《续定命录》）

韩皋

昌黎人韩皋，是已故晋公韩滉的族孙。韩皋精通文史。在太和五年，韩皋从大理寺丞的职位上被调离，在朝廷考查录用的官员中被选中，韩皋名次既不是很高，功名也不是科举考试得来的，因此被后生们所耻笑。当时的太常丞冯芫被任命为岳州刺史，冯芫就劝慰韩皋说人世间的事情是命中提前注定好的。德宗末年，冯芫担任太常寺奉礼，与韩皋成为同僚。进士元佐时任协律郎。三个人约定在月初的丁日一同去武成王庙游玩。冯芫住长乐，韩皋在亲仁上班，当时元佐在安邑上班，冯芫再三拉着两个人走到太平兴道的西南角，冯芫忽然说："我刚才在马上为你们两个人做了一个好梦，你们二位都被朝廷录用做官，请你们记住今天的事。"冯芫坚持将这件事记录在纸上，放到箱子里。

唐宪宗六年，冯芫被朝廷录用，被授予官平县尉的职务，韩皋没有心思做官，直到二十七八年后，才被录用。这时冯芫所做的梦全都应验了，丝毫没有差错。冯芫在去岳阳之前想把韩皋找来，特意讲了当年的事情，并将箱子里的记录拿给韩皋看，并且说："大家不要以为这是偶然的，这是命运使然啊。"韩皋也说："我也记着这件事。为什么我和您所记的遭遇前后相差如此之大？"韩皋就在这一年被任命为大理正。（出《续定命录》）

卷第一百五十六　定数十一

庞　严

唐京兆尹庞严为衢州刺史，到郡数月，忽梦二僧入寝门。严不信释氏，梦中呵之。僧曰："使君莫怒，余有先知，故来相告耳。"严喜闻之，乃问曰："余为相乎？"曰："无"。"有节制乎？"曰："无"。"然则当为何官？"曰："类廉察而无兵权，有土地而不出畿内。过此已往，非吾所知也。"曰："然寿几何？"曰："惜哉，所乏者寿。向使有寿，则何求不可。"曰："何日当去此？"曰："来年五月二十二日及明年春有除替。先以状请于廉使，愿得使下相待。时廉使元稹素与严善，必就谓得请。行有日矣。"其月晦日，因宴，元公复书云："请俟交割。"严发书曰："吾固知未可以去。"具言其梦于座中。竟以五月二十二日发。其后为京兆尹而卒。（出《前定录》）

张正矩

秘书监刘禹锡，其子咸允，久在举场无成。禹锡愤惋宦途，又爱咸允甚切，比归阙，以情诉于朝贤。太和四年，故吏部崔群与禹锡深于素分。见禹锡蹭蹬如此，尤欲推挽咸允。其秋，群门生张正謩充京兆府试官，群特为禹锡召正謩，面以咸允托之，觊首选

庞严

唐朝京兆尹庞严曾经出任衢州刺史，几个月后，一天晚上庞严忽然梦见两位僧人走进他寝室的门，庞严不信佛教，在梦里呵斥两位僧人。僧人解释说道："希望您先不要动怒，我能预测未来，所以前来指点您的前程。"庞严高兴地问二位僧人道："我能当宰相吗？"僧人回答说："您不能。"庞严又问："我能当上节度使吗？"和尚回答道："您也不能。"庞严接着问道："那么我能当什么官呢？"僧人说道："类似于观察使的职位但是您没有兵权，掌管的范围不会出京城的范围。从这往后，我就不知道了。"庞严又问僧人说："那我的寿命有多长呢？"僧人说："可惜！你的寿命不长。假使你会长寿，你也就没什么想追求的了。"庞严又问僧人说："我什么时候能离开这里？"僧人回答说："明年的五月二十二日这一天，也就是明年春天官员调动的时候。"庞严先给观察使写过申请，请求观察使帮忙把自己收到他的门下。当时的观察使元稹与庞严的关系很好，所以毫无疑问地答应了庞严的请求。这个月月末，庞严高兴地摆下了酒宴。元稹来信说："你要等着办交接。"庞严写信说："我已经知道我赴不了您那里的任了。"庞严在回信中写了所做的梦。果然庞严在五月二十二日才被调任，后来庞严在京兆尹的任上去世。（出《前定录》）

张正矩

秘书监刘禹锡的儿子刘咸允，多次参加科举也未能考中。刘禹锡对儿子的前程感到悲愤惋惜，又太疼爱自己的儿子刘咸允了。等到他上朝的时候，就将自己的心事讲给同朝为官的大臣们听。太和四年，曾担任过吏部侍郎的崔群与刘禹锡的交情很深，崔群看见刘禹焉。及榜出，咸允名甚居下。群怒之，戒门人曰：“张正謩来，更不要通。”

正謩兄正矩，前河中参军，应书判拔萃。其时群总科目人，考官糊名考讫，群读正矩判，心窃推许。又谓是故工部尚书正甫之弟，断意便与奏。及敕下，正矩与科目人谢主司。独正矩启叙，前致词曰：“某杀身无地以报相公深恩。一门之内，兄弟二人，俱受科名拔擢。粉骨腐肉，无以上答。”方泣下。语未终，群忽悟是正謩之兄弟。勃然曰：“公是张正謩之兄，尔贤弟大无良，把群贩名，岂有如此事，与贼何异？公之登科命也，非某本意，更谢何为。”（出《续定命录》）

刘遵古

故刑部尚书沛国刘遵古，大和四年，节度东蜀军。先是蜀人有富蓄群书。刘既至，尝假其数百篇，然未尽详阅。明年夏，涪江大泛，突入壁垒，溃里中庐舍。历数日，水势始平。而刘之图书器玩，尽为暴水濡污。刘始命列于庭以曝之。后数日，刘于群书中，得《周易正义》一轴，笔势奇妙，字体稍古，盖非近代之书也。其卷末有题云：“上元二年三月十一日，因读《周易》，著此正义。从兹易号十二三，岁至一人八千口，当有大水漂溺，因得舒转晒曝。衡阳道士李德初。”

锡如此焦急，非常想向朝廷推荐刘咸允。这一年秋天，崔群的学生张正謩来到京兆府担任考官，崔群特意为了刘禹锡的事情召见了张正謩，当面将刘咸允的事情托付给张正謩，希望张正謩能将刘咸允选拔上。等到放榜时，刘咸允的名次排在很后面。崔群大怒，告诉把门的人说："从此以后张正謩要是来了，就不要替他通禀。"

张正謩的哥哥张正矩之前担任过河中参军，在考试时出类拔萃。这时崔群是主考官，考官将考完封好的考卷交给主考官，崔群在批阅张正矩的试卷时，心里暗自十分赞许，又觉得张正矩是曾经担任过兵部尚书的张正甫的弟弟，所以便决心选拔上报。等到皇帝的旨意下达后，张正矩和考官前来拜谢主考官崔群。大家让张正矩做代表，上前向崔群致辞说："就算杀了我，我也无法报答您的大恩，我们一家兄弟两个人，都得到您的推荐选拔，我们就算是粉身碎骨也无法报答您啊。"张正矩痛哭流涕，话还没有说完，崔群忽然想到张正矩是张正謩的哥哥，就忽然变了脸色说："你是张正謩的哥哥吧，你的弟弟太没有良心了，他主持考试的时候贩卖功名。他怎么能做出这样的事呢，这么做事和贼有什么两样？你考中进士是你的命运决定的，这并不是我的本意，为什么谢我？"（出《续定命录》）

刘遵古

已故的刑部尚书刘遵古在大和四年出任东蜀军节度使。最初当地有个人收藏了很多图书。刘遵古到这里以后，曾经向他借过几百本书看，然而刘遵古并没有能够仔细阅读。第二年夏天，涪江发大水，江水漫过堤岸，淹没了许多房屋。过了许多天后，洪水才退下去，而刘遵古借来的图书和器物，全都让洪水浸泡了。刘遵古令人将借来的图书器物摆在院子里晾晒。几天后，刘遵古在图书里发现一本《周易》，字体奇妙古朴，绝不是当代的书。书的上面有批注，内容是："上元二年三月十一日，因为阅读《周易》，撰写此《注释》。更改十二三个年号，到一人八千口的年间，这时将会有洪水泛滥，这本书也会被展开晾晒。衡阳道士李德初。"

刘阅其题，叹且久，穷其所自，乃蜀人所蓄之书也。于是召宾掾以视之，所谓易号十二三，岁至一人八千口者，一人八千口，盖“大和”字也。自上元历宝应、广德、永泰、大历、建中、兴元、贞元、永贞、元和、长庆、宝历至大和。凡更号十有三矣，与其记果相契。然不知李德初何人耳，抑非假其名以示于后乎？（出《宣室志》）

舒元舆

李太尉在中书，舒元舆自侍御史辞归东都迁奉。太尉言：“近有僧自东来，云有一地，葬之必至极位。何妨取此？”元舆辞以家贫，不办别觅，遂归启护。他日，僧又经过，复谓太尉曰：“前时地，已有人用之矣。”询之，乃元舆也。元舆自刑部侍郎平章事。（出《感定录》）

李德裕

李德裕自润州，年五十四除扬州，五十八再入相，皆及吉甫之年。缙绅荣之。（出《感定录》）

德裕为太子少傅，分司东都时，尝闻一僧，善知人祸福，因召之。僧曰：“公灾未已，当南行万里。”德裕甚不乐。明日，复召之，僧且曰：“虑言之未审，请结坛三日。”又曰：“公南行之期定矣。”德裕曰：“师言以何为验？”僧即指其地，此下有石函。即命发之，果得焉。然启无所睹。德裕重之，且问：“南行还乎？”曰：“公食羊万口，有五百未满，必当还矣。”德裕叹曰：“师实至人，我于元和中，为北都从事，尝梦行至晋山，尽目皆羊。有牧者数十，刘遵古看完批注后，感叹了很久，清点查看以后，才知道这本书还是蜀人所收藏的。于是刘遵古召集手下官员研究这段批注。有人认为“一人八千口”是“大和”两个字，自上元年间开始，历经了宝应、广德、永泰、大历、建中、兴元、贞元、永贞、元和、长庆、宝历到大和，正好更改了十三个年号，与上面的批注所说的果然相符合。然而大家还是不知道李德初是什么人，莫非是那个人假借这个名字来启示后人？（出《宣室志》）

舒元舆

李太尉主持中书省工作，侍御史舒元舆要辞职回洛阳迁坟。李太尉说：“最近有位僧人会从东方过来，僧人说有一块土地用来做坟地子孙必定能位极人臣，你不妨就把坟迁到那块地上。”舒元舆推辞说自己家贫穷就不再置办其余的墓地。于是就启程回家办理迁坟的事情去了。过了一段时间，僧人又经过这里，对李太尉说：“上一次我提到过的坟地，已经有人使用了。”李太尉询问事情经过，这才知道原来是舒元舆占用了。后来舒元舆果然当上了刑部侍郎平章事，相当于宰相的职衔。（出《感定录》）

李德裕

李德裕五十四岁的时候从润州调到扬州，五十八岁的时候当了宰相，李德裕的职衔地位都可以与他的父亲李吉甫相比肩。真是做官的人少有的幸运和荣耀。（出《感定录》）

李德裕担任太子少傅在洛阳任职的时候，曾经听说城中有一位僧人能预测人的吉凶祸福，李德裕便将僧人请来，僧人说：“你的灾祸还没有根除，你一定会往南走很远很远。”李德裕闻听后很不高兴。第二天李德裕又将僧人请来。僧人说：“我恐怕是昨天没把话说明白，请你筑坛祭祀神灵三天。”僧人又说：“你南行的日期已经确定下来了。”李德裕问道：“您说的话怎么能确定是真的呢？”僧人指着脚下的土地说：“这块地底下有一个用石头做的匣子。”李德裕命令谓我曰：‘此侍御食羊也。’尝志此梦，不泄于人。今知冥数，固不诬矣。”

后旬余，灵武帅送米暨馈羊五百。大惊，召僧告其事，且欲还之。僧曰：“羊至此，是已为相国有矣，还之无益。南行其不返乎？”俄相次贬降，至崖州掾，竟终于贬所，时年六十三。（出《补录记传》）

李 言

有进士李岳（嶽），连举不第。夜梦人谓曰：“头上有山，何以得上第？”及觉，不可名“狱”，遂更名“言”。果中第。（出《感定录》）

王 沐

王沐者，涯之再从弟也。家于江南，老且穷。以涯执相权，遂跨蹇驴而至京师，索米僦舍。住三十日，始得一见涯于门屏。所望不过一簿一尉耳。而涯见沐潦倒，无雁序情。大和九年秋，沐方说涯之嬖奴，以导所欲。涯始一召，拟许以微官处焉。自是旦夕造涯之门，以俟其命。及涯就诛，仇士良收捕家人，时沐方在涯私第，谓其王氏之党，遂不免于腰领。（出《杜阳杂编》）

人挖掘，果然挖到了一个用石头做的匣子，但是匣子里面没有东西。李德裕重视起了僧人的话，又问僧人去南方后还能回来吗。和尚回答说："你应该吃一万只羊，现在还差五百只没有吃完，所以你一定能够回来。"李德裕感叹说："这位僧人的确是位神人。我在元和年间，担任过北部从事，曾经做梦来到晋山，看见满山都是羊群。又看到几十个牧羊人对我说：'这是给侍御吃的羊啊！'我一直记着这个梦，没有告诉过别人，今天才知道冥冥之中自有天意这句话不是瞎说的啊！"

过了十多天，镇守灵武的主帅给李德裕送来粮食和五百只羊。李德裕非常吃惊，于是请来僧人并且把这件事告诉了僧人，同时李德裕想把羊送回去。僧人说："羊已经送到你这里来了，说明羊已经是归你所有了，送回去也没有什么好处。你前往南方的日子可能要来了。"不久李德裕接连被贬，一直被贬为崖州掾，最后在崖州去世，去世的时候六十三岁。（出《补录记传》）

李言

进士李岳（嶽）当初连续参加科举都没有考中，这一天晚上李岳梦见有一个人对他说："岳（嶽）字头上有座山，你怎么能够考得上呢？"李岳醒了以后，知道自己的名字不能再叫李岳了，于是改名叫李言。改名李言后再参加科举，果然考中了。（出《感定录》）

王沐

王沐是王涯的远房从弟。王沐住在江南，他家又破又穷。等到王涯当上宰相后，王沐就骑着一头瘸着腿的驴来到了京城。王沐在京城忍饥挨饿地待了三十天，才在大门口见到王涯一面。只不过是想在王涯手下当个小小的尉官和簿官。然而王涯看到王沐如此穷困潦倒，而且和自己又不是亲生手足，王涯觉得没有搭理王沐的情分。大和九年这一年的秋天，王沐才说服了王涯身边的奴仆，想让这位奴仆帮自己劝劝王涯。王涯这才召见了王沐，王涯准备让王沐担任

舒元谦

舒元谦，元舆之族。聪敏慧悟，富有春秋，元舆礼遇颇至。十年，元舆处之犹子，荐取明经第，官历校书郎。及持相印，许为曹郎命之。

无何，忽以非过怒谦，至朔旦伏谒，顿不能见。由是日加谴责，为僮仆轻易。谦既不自安，遂置书于门下，辞往江表，而元舆亦不问。翌日，办装出长安，咨嗟蹇分，惆怅自失，即驻马回望，涕泗涟如。及昭应，闻元舆之祸，方始释然。是时于宰相宅收捕家口，不问亲疏，并皆诛戮之。当时论者，以王舒祸福之异，定分焉。（出《杜阳杂编》）

杜悰外生

杜悰与李德裕同在中书。他日，德裕谓悰曰："公家有异人，何不遣一相访？"悰曰："无。"德裕曰："试思之。"曰："但有外生，自远来求官尔。"德裕曰："此是也。"及归，遣谒德裕。德裕问之，对曰："太尉位极人臣，何须问也。凡人细微尚有定分，况功勋爵禄乎？且明日午时，有白兽自南逾屋而来，有小童丱角衣紫，年七岁，执竹竿，长五尺九节，驱兽，兽复南往。小童非宅内人一个小官。从此以后，王沐从早到晚都到访王涯的府上，听候王涯的调遣。等到王涯获罪被杀后，仇士良奉命捉拿王涯的家人，当时王沐正好在王涯的府上，于是仇士良认为王沐与王涯是一党，于是王沐也获罪被杀了。（出《杜阳杂编》）

舒元谦

舒元谦是舒元舆的同族，聪明伶俐，颇有城府，舒元舆对舒元谦关怀招待得很周到。十年里，舒元舆对待舒元谦像对待自己的儿子一样，舒元舆推荐舒元谦考取明经，舒元谦官至校书郎。等到舒元舆当上了宰相后，舒元舆许愿舒元谦让他出任曹官和郎官。

可过了不久，舒元舆忽然无缘无故地怪罪起舒元谦。直到大年初一拜见长辈的时候，舒元舆仍然拒不相见。从此以后舒元舆经常责备舒元谦，以至于仆人都敢怠慢舒元谦。舒元谦心中非常难受，就写了一封信放在舒元舆府上的大门下面，舒元谦向舒元舆告辞前往江表，就算这样舒元舆也没有多过问。第二天，舒元谦收拾好行装后骑马怅然若失地走出了长安。舒元谦勒住马回头望向长安，不禁泪流满面。等到后来舒元谦听说舒元舆遭到灾祸，心情才平定下来（这时官军在舒元舆府上抓捕舒元舆的亲人，无论是否与舒元舆亲密疏远，凡是在舒元舆府上的人全都被杀了）。人们当时议论说王沐和舒元谦的祸福不同，是由两个人的命运所决定的。（出《杜阳杂编》）

杜悰外生

杜悰和李德裕二人都在中书省任职。一天，李德裕对杜悰说：“你们家有个不寻常的人，为什么不请来让我见一见？”杜悰说：“没有这人啊。”李德裕说：“你再好好想一想。”杜悰说：“我只有一位外甥，从远方来向我谋求官职。”李德裕说：“那就是他了。”等到杜悰回家后，杜悰让外甥去拜见李德裕。李德裕向杜悰的外甥询问自己的前程，杜悰的外甥说：“您当了太尉，已经位极人臣了，您还也，试伺之。”翌日及午，果有白猫，自南逾屋而来，有丱角小童衣紫，逐之，猫复南去。乃召问之，曰：“年七岁。”数其所执竹，长五尺而九节。童乃宅外元从之子也。略无毫发差谬。事无大小，皆前定矣。（出《闻其录》）

石雄

石雄初与康诜同为徐州帅王智兴首校。王公忌二人骁勇，奏守本官，雄则许州司马也。寻授石州刺史。有李弘约者，以石使君许下之日，曾负弘约资货，累自窘索。后诣石州，求其本物。既入石州境，弘约迟疑，恐石怒。遇里有神祠，祈享皆谓其灵。弘约乃虔启于神。神祝父子俱称神下，索纸笔，命弘约书之。又不识文字，求得村童，口占之曰：“石使君此去，当有重臣抽擢，而立武功。合为河阳凤翔节度，复有一官失望。所以此事须秘密，不得异耳闻之。”弘约以巫祝之言，先白石君。石君相见甚悦。

寻以潞州刘从谏背叛，朝廷议欲讨伐。李德裕为宰相，而亟有什么可问的？平常的人很细小的事情都是命中注定的，何况功名利禄这样的大事呢？明天午时有只白色的动物从南面的墙上爬到房屋上，又会有个七岁的小孩，头扎两个像角一样的辫子，穿着紫色的衣服，手拿一根竹竿，竹竿长五尺，一共有九节，小孩会追赶这个白色的动物，这只白色的动物接着又会回到南面去了。小孩不是您家里的人。您等着验看我说的对不对。”第二天中午，果然有一只白猫从南面的墙上爬到房屋上，有个头扎两个像角一样的辫子、穿着紫色衣服的小孩在追赶着白猫。白猫又向南面跑了回去。李德裕将小孩叫过来询问，小孩说：“我今年七岁。”李德裕又数了数小孩手里拿的竹竿，正好有五尺长，竹竿一共有九节。小孩是宅子外面元从家的儿子。杜悰的外甥所说的丝毫不差，这真是事情无大小，都是上天早已安排好了的。（出《闻其录》）

石雄

石雄当初和康诜都是镇守徐州的元帅王智兴手下的得力干将。王智兴忌妒他们两个人骁勇善战，就上书朝廷奏请康诜官居原位，任命石雄担任许州司马。不久石雄被提拔为石州刺史。当时有个叫李弘约的人，在石雄接到任命之前，石雄曾经欠了李弘约一些东西。后来李弘约因为生活窘迫，迫于无奈前往石州想要向石雄要回欠自己的东西。李弘约进入石州地界后有些迟疑，他害怕石雄不高兴。正好这时候路过一座神庙，进去祈祷许过愿的人都说这座庙灵验。李弘约便虔诚地进庙去祈求神灵保佑。恰巧此时人们都说神仙下界来了，神仙让李弘约拿来纸和笔写下来。但是李弘约不会写字，于是他求助于村子里的小孩代替他书写。神灵说：“石雄这一去，一定会被大官推荐重用，之后会建立战功，所以石雄能当上河阳和凤翔节度使，但石雄想当的另一个官职却当不上。所以这件事必须要保密，不能让别人知道。”李弘约将神灵说的话告诉给了石雄，石雄得知后很高兴。

后来潞州的刘从谏起兵造反，朝廷研究决定平叛。这时正好是用雄。雄奋武力，夺得天井关。后共刘振又破黑山诸蕃部落，走南单于，迎公主归国，皆雄之效也。然是鹰犬之功，非良宰不能驱驰者。及李公以太子少保分洛。石仆射诣中书论官曰："雄立天井关及黑山之功，以两地之劳，更希一镇养老。"相府曰："仆射潞州之功，国家已酬河阳节度使，西塞之绩，又拜凤翔。在两镇之重，岂不为酬赏也？"石乃复为左右统军，不惬其望。悉如巫者之方。德裕谪潮州，有客复陈石雄神祇之验，明其盛衰有数，稍抑其一郁矣。（出《云溪友议》）

又

会昌四年，刘稹败。当从谏时，有一人称："石雄七千人至。"从谏戮之。至是石雄果七千人入潞州。（出《感定录》）

贾岛

贾岛字浪仙，元和中，元白尚轻浅，岛独变格入僻，以矫艳。虽行坐寝食，吟咏不辍。尝跨驴张盖，横截天街。时秋风正厉，黄叶可扫。岛忽吟曰："落叶满长安。"求联句不可得，因搪突大京兆刘栖楚，被系一夕而释之。

李德裕担任宰相，李德裕极力推荐石雄带兵出征。石雄奋勇拼杀，夺下了天井关。后来又和刘振共同攻破平定了黑山各个蕃王的部落。并且赶跑了南单于，又迎接公主回到京城。这些都是石雄出的力。然而这一切都是武将的本分，如果不是宰相会用人，石雄就没有立功的机会。等到李德裕以太子少保的身份镇守洛阳的时候，已经身居仆射的石雄递交了一份公文为自己争取官位说："我石雄立下了攻破天井关和平定黑山各蕃王的大功，然而现如今朝廷只是让我镇守两个地方，我希望能再得到一个更大的地盘来养老。"丞相李德裕回复石雄说："仆射您攻破天井关收复潞州的功劳，朝廷已经封赏给您了，让您当了河阳节度使。您击败各个蕃王，平定西部边塞的功劳，朝廷又任命您为凤翔节度使。您镇守这两个重要的地方，这难道不是朝廷对您的酬谢和奖赏吗？"于是石雄只是出任了河阳与凤翔两地的节度使，并没有满足他再求封赏的愿望。这些事情都和神灵当初说的一样。后来李德裕被贬官来到潮州的时候，有客人对李德裕讲了石雄应验神灵的事。李德裕才明白一个人的兴盛和衰败都是命中注定的，便稍稍抑制了自己被贬官而忧郁的心情。（出《云溪友议》）

又

会昌四年，刘稹战败。朝廷平叛刘从谏时，有一个人忽然说："石雄带领七千人杀进来了。"刘稹就将这个人杀了。后来石雄果然率领七千人杀进了潞州。（出《感定录》）

贾岛

贾岛，字浪仙，在元和年间，当时元稹和白居易对诗追求通俗易懂，而贾岛独自追求诗的变化和奇绝，贾岛想让诗句达到惊艳的效果。所以贾岛不论是行走坐卧还是吃饭饮水，干什么都在吟诵诗句。曾经有一次，贾岛骑着驴打着伞横在京城的天街上。当时秋风瑟瑟，满地都是被吹落的黄叶，这时贾岛忽然吟出一句诗来："落叶满长

又尝遇武宗皇帝于定水精舍，岛尤肆侮慢，上讶之。他日有中旨，令与一官谪去，特授长江县尉，稍迁普州司仓而终。（出《摭言》）

崔 洁

太府卿崔公名洁在长安，与进士陈彤同往街西寻亲故。陈君有他见知，崔公不信。将出，陈君曰：“当与足下于裴令公亭飧鲙。”崔公不信之，笑不应。过天门街，偶逢卖鱼甚鲜。崔公都忘陈君之言，曰：“此去亦是闲人事，何如吃鲙。”遂令从者取钱买鱼，得十斤。曰：“何处去得？”左右曰：“裴令公亭子甚近。”乃先遣人计会，及升亭下马，方悟陈君之说，崔公大惊曰：“何处得人斫鲙？”陈君曰：“但假刀砧之类。当有第一部乐人来。”

俄顷，紫衣三四人，至亭子游看。一人见鱼曰：“极是珍鲜，二君莫欲作鲙否？某善此艺，与郎君设手。”诘之，乃梨园第一部乐徒也。余者悉去，此人遂解衣操刀，极能敏妙。鲙将办，陈君曰：“此鲙与崔兄飧，紫衣不得鲙也。”既毕，忽有使人呼曰：“驾幸龙首池，唤第一部音声。”切者携衫带，望门而走，亦不暇言别。崔公甚叹异之。

两人既飧，陈君又曰：“少顷，有东南三千里外九品官来此，安。”贾岛因为急切地想要对出下句没有看路，所以忘记了让路，因而冲撞了大京兆刘栖楚的队伍，被抓起来关了一天。

还有一次，贾岛曾经在定水精舍遇到了皇帝唐武宗，贾岛对唐武宗十分怠慢放肆，唐武宗非常惊讶。后来有一天唐武宗下旨将贾岛贬官。因而贾岛被贬为长江县尉，过了不久又改任普州司仓，最后在普州司仓的任上去世。（出《摭言》）

崔洁

太府卿崔洁在长安和进士陈彤一起去街西会朋友，陈彤有预知事物的本领，崔洁不相信。临出发的时候陈彤说：“我和你将在裴令公亭吃鱼。”崔洁不信，笑着不说话。走到天门街的时候，偶然碰到一位鱼贩子，鱼贩子所卖的鱼非常新鲜。崔洁忘了之前陈彤说过的话，对陈彤说：“咱们去街西边也没什么事，不如买点鱼吃吧。”崔洁就叫随从拿钱买了十斤鱼。然后崔洁问手下说：“我们去什么地方做鱼？”随从的人说：“裴令公亭离这儿很近。”就派人先去安排。等二人到了裴令公亭前下马的时候，崔洁才想起陈彤所说过的话，大吃一惊地说：“我们上哪儿去找人做鱼啊？”陈彤说：“只要借菜刀和砧板就行了。一会儿有一队乐师过来给我们做鱼。”

过了一会儿，果然有三四个身穿紫色衣服的人来到裴令公亭游玩。其中一个人看到鱼后说：“这鱼真是新鲜珍贵啊！您二位想做鱼吃吗？我很会做鱼，一会儿就让我替你们加工吧。”二人上前询问，才知道他们是梨园第一部的乐师。等其他的几个乐师走了以后，这个人便脱去外衣拿起刀来，敏捷熟练地做起鱼来。就在这个人快要做好的时候，陈彤说：“这鱼我和崔兄能吃，但是这位穿紫色衣服的乐师吃不着。”鱼刚刚做好，忽然有个使者来送信，对那个穿紫色衣服做鱼的乐师大喊道：“皇帝到了龙首池，要叫第一部乐师演奏！”做鱼的那个紫衣人拿起衣服就往外走，甚至都没有时间打招呼告别。崔洁深感奇怪。

就在两个人吃鱼时，陈彤又说：“没过多久，就会有一位东南得半碗清羹吃。”语未讫，延陵县尉李耿至，将赴任，与崔公中外亲旧，探知在裴令公亭子，故来告辞。方吃食羹次，崔公曰：“有鲙否？”左右报已尽，只有清羹少许。公大笑曰：“令取来，与少府啜。”乃吃清羹半碗而去。延陵尉乃九品官也。食物之微，冥路已定，况大者乎？（出《逸史》）

方向三千里地以外的九品官来这里，他能喝到半碗鱼汤。”话还没说完，延陵县的县尉李耿就来了。他就要去上任，因为和崔洁是姑表亲戚，李耿得知崔洁在裴令公亭后，特地赶来向崔洁辞行，正好赶上崔洁他们在喝鱼汤。崔洁问：“还有鱼肉吗？”手下人报告说鱼肉都已经吃完了，只剩下了一点鱼汤。崔洁笑着说：“快盛上来给县尉尝尝。”于是李耿喝了半碗鱼汤就告辞了。延陵县尉正好是九品官。吃东西这件事都是命中早已注定了，更何况比它大的事呢？（出《逸史》）

卷第一百五十七　定数十二

李景让　李敏求　李　君　马　举　郑延济　李　生

李景让

唐宣宗将命相，必采中外人情合为相者三两人姓名，捻之致案上，以碗覆之。宰相阙，必添香虔祝，探丸以命草麻，上切于命。故李孝公景让，竟探名不著，有以见其命也。（出《卢氏杂记》）

李敏求

李敏求应进士举，凡十有余上，不得第。海内无家，终鲜兄弟姻属。栖栖丐食，殆无生意。大和初，长安旅舍中，因暮夜，愁惋而坐。忽觉形魂相离，其身飘飘，如云气而游。渐涉丘墟，荒野之外，山川草木，无异人间。但不知是何处。良久，望见一城壁，即趋就之，复见人物甚众，呵呼往来，车马繁闹。俄有白衣人走来，拜敏求。敏求曰："尔非我旧佣保耶？"其人曰："小人即二郎十年前所使张岸也。是时随从二郎泾州岸，不幸身先犬马耳。"又问曰："尔何所事？"岸对曰："自到此来，便事柳十八郎，甚蒙驱使。柳十八郎今见在太山府君判官，非常贵盛。每日判决繁多，造次不可得见。二郎岂不共柳十八郎是往来，今事须见他，岸请先入启白。"

须臾，张岸复出，引敏求入大衙门。正北有大厅屋，丹楹粉壁，壮丽穷极。又过西庑下一横门，门外多是著黄衫惨绿衫人。又

李景让

唐宣宗要任命宰相之前，一定会把朝廷内外普遍认为可以胜任宰相的二三个人的姓名写在纸上，并且放在书桌上把纸揉成团，用碗盖上，再点燃香虔诚地祈祷，然后伸手从碗下抓阄决定谁担任宰相，以便顺应天命。已故的孝公李景让竟然没有被抓中，由此可见李景让的命运怎么样了。（出《卢氏杂记》）

李敏求

李敏求参加科举一共有十多次了，但是始终没有被录取。他无家可归，又没有兄弟可以投靠，已经快落魄到要饭吃的地步了，李敏求几乎不想活下去了。大和初年的一天夜晚，李敏求一个人坐在旅店的床上发愁，这时忽然感觉到灵魂和身体分离，全身轻飘飘的，像云气一样飘荡。（李敏求）渐渐来到荒郊野外，所看见的山川草木和人间的一个样，只是不知道自己身在什么地方。过了很久，眼前出现一座城镇，李敏求见状便走了进去。看见街道上人来人往，车水马龙的。忽然有一个身穿白衣服的人走过来给他行了一个礼。李敏求问这个人："你莫非是我以前的仆人？"那个人说："小人就是二郎您十年前所雇用的张岸，那时我跟随您去泾州河边，我不幸在您生前离开人世了。"李敏求又问："那你现在干什么呢？"张岸回答："自从来到这里，我就跟随柳十八郎了，小人一直为他效力。柳十八郎现在当太山府君判官，非常尊贵显赫，柳十八郎每天所需要审理判决的公务十分繁忙，一般人轻易见不着他。您和柳十八郎之前并不认识，今天您的事必须见他，容我先进去通报。"

不一会儿，张岸走了出来，带领李敏求走进官署大门。（李敏求）看见院子正北有座大厅，红柱子白粉墙，极为壮丽，又见西面一见著绯紫端简而伫立者；披白衫露髻而倚墙者；有被枷锁，牵制于人而俟命者；有抱持文案，窥觑门中而将入者。如丛约数百人。敏求将入门，张岸挥手于其众曰：“官客来。”其人一时俯首开路。俄然谒者揖敏求入见，著紫衣官人具公服，立于阶下。敏求趋拜讫，仰视之，即故柳澥秀才也。

澥熟顾敏求，大惊：“未合与足下相见。”乃揖登席，绸缪叙话，不异平生。澥曰：“幽显殊途，今日吾人此来，大是非意事，莫有所由妄相追摄否？仆幸居此处，当为吾人理之。”敏求曰：“所以至此者，非有人呼也。”澥沉吟良久曰：“此固有定分，然宜速返。”敏求曰：“受生苦穷薄，故人当要路，不能相发挥乎？”澥曰：“假使公在世间作官职，岂可将他公事，从其私欲乎？苟有此图，谪罚无容逃逭矣。然要知禄命，乍可施力。”因命左右一黄衫吏曰：“引二郎至曹司，略示三数年行止之事。”

敏求即随吏却出。过大厅东，别入一院。院有四合大屋，约六七间，窗户尽启，满屋唯是大书架，置黄白纸书簿，各题签榜，行列不知纪极。其吏止于一架，抽出一卷文，以手叶却数十纸，即反卷十余行，命敏求读之。其文曰：“李敏求至大和二年罢举。其年五月，得钱二百四十贯。”侧注朱字：“其钱以伊宰卖庄钱充。又至三年得官，食禄张平子。”读至此，吏复掩之。敏求恳请见其余，吏固不许，即被引出。又过一门，门扇斜开，敏求倾首窥之，见四合大屋，屋内尽有床榻，上各有铜印数百颗，杂以赤斑蛇，大小排房子有一扇门，门外有许多穿黄衣服和深绿衣服的人；还有一些人穿着紫红色的衣服，手里拿着申诉状纸站着；还有一些人穿着白衣露出发髻倚着墙站着；还有一些人戴着木枷和锁链，被人挟制着等候提审；还有人怀抱着公文案卷窥视门里准备进去，一共大约有几百号人。李敏求就要进去了，张岸挥手对其他人说："有客人来了！"里面马上走过来一个人低着头为他们带路。不一会儿，又有一个人走过来向李敏求作揖，请他进里面去。李敏求看到一个身穿紫衣服的官员站在台阶下，李敏求急忙上前行礼参拜。李敏求行完礼后抬头一看，这才发现原来是已故的秀才柳澥。

柳澥仔细一看发现原来是李敏求，不由得大吃一惊，而后说："我没想到会在这里和您见面。"于是柳澥立刻请李敏求进屋坐下，亲切地同李敏求谈论起了往事。柳澥说："阴间和阳间是不相同的，今天您来这里，真是出乎意料的事。是不是有人错误地把您的魂魄摄来了？幸好我在这里，我会为您安排好的。"李敏求说："我是自己来到这里的，并没有人传呼我。"柳澥沉吟一会说："那这就是命中注定该到此，但是您还是应该快点回去。"李敏求说："我穷困潦倒，您在这里执掌大权，您能不能帮助我改变一下命运？"柳澥说："假如您在阳间当官，难道可以假公济私吗？如果您在人世间有这样的企图，被处罚贬官是不能逃避的。但是您如果想要知道自己的命运，我倒可以帮您的忙。"于是柳澥命令旁边一个穿黄衣服的官员说："带领李二郎去曹司，简单给他看一下三年的情况。"

李敏求跟随穿黄衣服的官员走出去，走过大厅东面，二人走进另一个院子里。院子四面都有厢房，大约有六七间，窗户全都开着，满屋都是大书架，书架上放满黄纸或白纸的书和账簿，每个上面都有标签，也不知道一共有多少册。穿黄衣服的官员走到一个书架前，抽出一册账簿，翻到一面，反折过去，只漏出十几行字让李敏求看。上面写的是："李敏求到大和二年，不再参加科举考试，这一年五月，得到两百四十贯钱。"旁边还注着红字，内容是："这笔钱是伊宰卖庄院所得的钱。又过三年得官，任职的地点是张平子。"李敏求看到这里，穿黄衣服的官员就将账簿合上了。李敏求恳求把其余的部分数百余，更无他物。敏求问吏："用此何为？"吏笑而不答。

遂却至柳判官处。柳谓敏求曰："非故人莫能致此，更欲奉留，恐误足下归计。"握手叙别。又谓敏求曰："此间甚难得扬州毡帽子，他日请致一枚。"即顾谓张岸："可将一两个了事手力，兼所乘鞍马，送二郎归。不得妄引经过，恐动他生人。"敏求出至府署外，即乘所借马。马疾如风，二人引头，张岸控辔，须臾到一处，天地漆黑。张岸曰："二郎珍重。"似被推落大坑中，即如梦觉。于时向曙，身乃在昨宵愁坐之所。敏求从此遂不复有举心。

后数月，穷饥益不堪。敏求数年前，曾被伊慎诸子求为妹婿，时方以修进为己任，不然纳之。至是有人复语敏求，敏求即欣然欲之。不旬，遂成姻娶。伊氏有五女，其四皆已适人，敏求妻其小者。其兄宰，方货城南一庄，得钱一千贯，悉将分给五妹为资装。敏求既成婚，即时领二百千。其姊四人曰："某娘最小，李郎又贫，盍各率十千以助焉。"由是敏求获钱二百四十贯无差矣。敏求先有别色身名，久不得调。其年，乃用此钱参选。三年春，授邓州向城尉。任官数月，间步县城外，坏垣蓁莽之中，见一古碑，文字磨灭不可识。敏求偶令涤去苔藓，细辨其题篆，云："晋张衡碑。"因悟食禄张平子，何其昭昭欤？（出《河东记》）

看完，穿黄衣服的官员不同意，将他领了出来。他们经过一个大门，门扇半开，李敏求伸头往里看，见也是四面有厢房，屋子里都有大桌案，桌案上面有铜印数百枚，并且夹杂着长着红色斑点的蛇，大大小小有几百条，剩下就没有别的东西了。李敏求问穿黄衣服的官员说：“这些东西是干什么用的？”穿黄衣服的官员笑着没说话。

回到柳澥那里后，柳澥对李敏求说：“要不是好朋友我不能让你看到这些，我真想留你多待一会儿，又怕耽误了你回去的大事。”柳澥同李敏求握手告别，又对李敏求说：“这里很难得到扬州的毡帽，回去后请你送给我一顶。”然后柳澥对张岸说：“你带一两个人，骑马送李二郎回去，不许随便乱走乱看，以免惊动他不认识的人。”李敏求走出官署的大门，骑上借来的马，驱马如风，有两个人在前带路，张岸指引方向，一会儿就跑到了一个地方，天地一片漆黑，张岸说：“二郎您多保重。”李敏求觉得似乎被推落到大坑里面，随即便醒了。过一会儿天亮了，李敏求自己仍然在昨天晚上坐着发愁的旅店里。(李敏求)从此不再有考取功名的想法。

几个月以后，李敏求的处境更加窘迫。几年前，伊慎的几个儿子曾经请求李敏求做他们的妹夫。当时李敏求考取功名心切，所以没有同意。这时又有人对他提出这件事，李敏求很痛快地答应了，不出十几天就结婚了。伊家有五个女儿，四个早已嫁人，李敏求的妻子是最小的那个。她的哥哥伊宰刚刚把城南的一个宅院卖了，得了一千贯钱，全都分给了五个妹妹。李敏求已经结婚，便领了两百贯。四个姐姐说：“妹妹最小，李郎又穷，我们每人再拿十贯资助你们。”于是李敏求正好得到了两百四十贯钱。李敏求当过一段时间小官，发现自己长时间得不到升迁，这一年，李敏求就用这笔钱来打点参加上司的选拔。第二年春天，李敏求被任命为邓州向城县尉。到任几个月后的一天，李敏求闲来无事到县城外游玩，在一片残垣废墟和荆棘丛生的地方，发现了一座石碑，文字磨损得看不清了。李敏求叫人把上面的青苔除掉，仔细辨认，看出上面刻的篆字是“晋张衡碑”，因此明白了“任职的地方是张平子”这句话的含义，这是多么准确啊！(出《河东记》)

又一说：李敏求暴卒，见二黄衣人追去。至大府署，求窥之，见马植在内，披一短褐，于地铺坐吃饭，四隅尽是文书架。马公早登科名，与敏求情善。遽入曰：“公安得在此？”马公惊甚，且不欲与之相见，回面向壁。敏求曰：“必无事。”乃坐从容。敏求曰：“此主何事？”曰：“人所得钱物，遂岁支足。”敏求曰：“今既得见，乃是天意，切要知一年所得如何。”马公乃为检一大叶子簿，黄纸签标，书曰：“卢弘宣年支二千贯。”开数幅，至敏求，以朱书曰：“年支三百贯，以伊宰卖宅钱充。”敏求曰：“某乙之钱簿已多矣，幸逢君子，窃欲侥求。”马公曰：“三二十千即可，多即不得。”以笔注之曰：“更三十千，以某甲等四人钱充。”

复见老姥年六十余，乃敏求姨氏之乳母，家在江淮。见敏求喜曰：“某亦得回，知郎君与判官故旧，必为李奶看年支。”敏求婴儿时，为李乳养，不得已却入，具言于马公。令左右曰：“速检来。”大贴文书曰：“阿李年支七百。”敏求趋出，见老奶告知，嗟怨垂泪。使者促李公去，行数十里，却至壕城，见一坑深黑，使者自后推之，遂觉。

妻子家人，围绕啼泣，云卒已两日。少顷方言，乃索纸笔细纪。敏求即伊慎之婿也。妻兄伊宰为军使，卖伊公宅，得钱二百千。至岁尽，望可益三十千，亦无望焉。偶于街中，遇亲丈人赴选，自江南至。相见大喜，邀食。与乡里三人，皆以敏求情厚者，同赠钱三十千，一如簿中之数。卢弘宣在城，有人知者，为卢公话之，还有一种说法是，李敏求暴毙身亡，被两个穿黄衣服的人带走，到了一座很大的官署，他悄悄往里面一看，看见马植在里面，穿着一件短衣服，坐在地上吃饭，屋子周围全是书架。马植很早就考中进士了，马植和李敏求的关系很好。李敏求突然进去说："你怎么在这里？"马植非常惊讶，不愿和李敏求相认，回转过头面向墙壁。李敏求说："没什么事。"马植才坐得自然了。李敏求问："你在这里是管什么事的？"马植说："人们应得的钱物，我会按年支付给他们。"李敏求说："今天你我既然在这里见面了，这就是天意，我想知道我一年能收入多少钱。"马植便找到一大本账簿，黄色的纸张，上面贴有标签，打开一看，上面写着"卢弘宣每年两千贯"，翻过几张找到李敏求，上面用朱笔写着："年三百贯，是用伊宰卖宅院的钱支付。"李敏求说："刚才那个人的钱就挺多的了，我如今幸好碰到你，你也给我添一点。"马植说："二三十千还可以，再多了就办不到了。"马植便用笔在旁边标注说："加三十千，以某某人等四个人的钱支付。"

李敏求又碰到一位六十多岁的老太太，这位老太太正是李敏求姨妈家的奶妈，老太太家住在汇淮。她看见李敏求高兴地说："我也要回去了，我知道你和判官是好朋友，你一定要替我看一看一年的收入啊。"李敏求小时候，是吃她的奶长大的，李敏求没有办法又走进屋把情况讲给马植。马植命令左右的人说："快去找来查看。"管理账簿的文书说："李奶每年七百贯。"李敏求听完后立刻走了出去，把事情告诉了奶妈李氏，奶妈李氏流泪叹息。这时差人催促李敏求回去，走了几十里地，来到城外的壕沟边上，坑里一片漆黑，差人在后面往前一推李敏求，李敏求就醒了。

李敏求看见妻子和家里的人正围着他哭，说他已经死了两天了。过了一会儿，李敏求才能说话，便叫人拿来纸和笔将梦中的情节详细记录下来。李敏求就是伊慎的女婿，大舅哥伊宰在军中做官，伊宰卖伊家的一处宅院得了两百千钱。到了年底，李敏求应得的三十千钱还没有着落。偶然在街上碰到一位同乡长辈在等候任职，二人见了面非常高兴，共同去酒楼吃饭。恰巧这时又来了另外三个人，这三卢公计其俸禄，并知留后使所得钱，毕二千贯无余。李奶已流落，不在姨母之家，乞食于路。七百之数，故当箕敛，方可致焉。（出《逸史》）

李 君

江陵副使李君尝自洛赴进士举，至华阴。见白衣人在店，李君与语，围炉饮啜甚洽。同行至昭应，曰："某隐居，饮西岳，甚荷郎君相厚之意。有故，明旦先径往城中，不得奉陪也。莫要知向后事否？"君再拜恳请，乃命纸笔，于月下凡书三封，次第缄题之："甚急则开之。"乃去。

五六举下第，欲归无粮食。将住，求容足之地不得，曰："此为穷矣。仙兄书可以开也。"遂沐浴，清旦焚香启之，曰："某年月日，以困迫无资用，开一封。可青龙寺门前坐。"见讫遂往。到已晚矣，望至昏时，不敢归。心自笑曰："此处坐，可得钱乎？"少顷，寺主僧领行者至，将闭门，见李君曰："何人？"曰："某驴弱居远，前去不得，将寄宿于此。"僧曰："门外风寒不可，且向院中。"遂邀入，牵驴随之。具馔烹茶。夜艾，熟视李君，低头不语者良久。乃曰："郎君何姓？"曰："姓李。"僧惊曰："松滋李长官识否？"李君起嚬蹙曰："某先人也。"僧垂泣曰："某久故旧，适觉郎君酷似长官。然奉求已多日矣，今乃遇。"李君涕流被面。因曰："郎君甚贫，长官比将钱物到求官。至此狼狈。有钱二千贯，寄在某处。自是以来，如有重负。今得郎君分付，老僧此生无事矣。明日留一个人都是李敏求要好的同乡朋友，他们一共凑了三十千钱送给了李敏求。这和账簿上所写的数字完全一样。卢弘宣当时也住在城里，有人将李敏求做梦的事告诉他。卢弘宣计算自己已经收入的钱，就知道到年底自己还能得多少钱了，不多不少正好两千贯。奶妈李氏已经流落街头，不在李敏求的姨妈家里了，在街上乞讨，每年只有七百贯的收入，但是也要一点一点地积攒才能攒够。（出《逸史》）

李君

江陵副使李君当初自洛阳赶赴京城去考取进士，李君来到华阴，在旅店里碰到一个穿白衣服的人。李君围坐在炉子旁边喝茶，二人交谈得非常融洽。他们一路同行来到了昭应，白衣人说："我隐居在西岳华山，我非常感谢你对我的情意。因为我有事，明天早上要直接到城里去，不能奉陪你了。你想知道自己今后的命运吗？"李君想知道并且对白衣人拜了两拜表示感谢。白衣人拿过纸笔，在月光下写了三封书信，并一一封好，然后在每一封信皮上写上："在非常困难和危急的时候才可以打开。"写完就走了。

李君连续参加了五六次科举考试都没有考中，想要回家但是身上没有钱，想要住下去但是找不到立足之处。李君自言自语道："现在就是危急时刻，神仙哥哥的信可以打开了。"于是沐浴更衣，在早晨点燃香后，将第一封信拆开。信上写的是："某年某月某日，你遇到困难没有钱用，拆开第一封信，然后可以到青龙寺门前静坐等候。"李君看完信后立即赶往青龙寺，在庙门口一直坐到黄昏也不敢离开，心中暗自发笑说："就在这儿坐着，能得到钱吗？"一会儿，庙里的方丈领着行者来关门，看见李君问："你是什么人？"李君说："我的驴很瘦弱，我居住的地方又很远，我无法动身，想在您这里过夜。"方丈说："门外的风太寒冷了，请您到院里来吧。"李君牵着驴跟着方丈走了进去。方丈请李君坐下喝茶，夜深了。方丈反复观察李君，又低头沉思很久，突然问道："您姓什么？"李君回答："我姓李。"方丈惊讶地又问："李松滋李大人你认识吗？"李君站起来悲伤地说："那是我去世的父亲。"方丈流着泪说："他是我的老朋友，我文书，便可挈去。”李君悲喜。及旦，遂载镪而去。鬻宅安居，遽为富室。

又三数年不第，尘土困悴，欲罢去，思曰：“乃一生之事，仙兄第二缄可以发也。”又沐浴，清旦启之，曰：“某年月日，以将罢举，可开第二封，可西市秋辔行头坐。”见讫复往。至即登楼饮酒，闻其下有人言：“交他郎君平明即到此，无钱。”即道：“元是不要钱及第。”李君惊而问之，客曰：“侍郎郎君有切故，要钱一千贯，致及第。昨有共某期不至者，今欲去耳。”李君问曰：“此事虚实？”客曰：“郎君见在楼上房内。”李君曰：“某是举人，亦有钱，郎君可一谒否？”曰：“实如此，何故不可。”乃却上，果见之，话言饮酒。曰：“侍郎郎君也。”云：“主司是亲叔父。”乃面定约束，明年果及第。

后官至殿中江陵副使，患心痛，少顷数绝，危迫颇甚。谓妻曰：“仙师第三封可以开矣。”妻遂灌洗，开视之云：“某年月日，江陵副使忽患心痛，可处置家事。”更两日卒。（出《逸史》）

刚才看你长得很像李大人，我找你已经很长时间了，恰巧今天碰到你。”李君闻听后泪流满面。方丈又说：“我看你现在十分落魄，你的父亲李大人那时拿钱到这里谋求官职，后来出了事，将两千贯钱寄存在我这里，你父亲去世后这两千贯钱我感到很沉重。今天我能够将钱交付给你，老僧我这一生就再没有什么值得去牵挂的事了。明天你只要写个收条留下，就可以将钱取走。”李君悲喜交加，第二天早晨就带着钱回去了。回去后李君买了处住宅住了下来，成为当地的一个富户。

从这以后，李君又考了三年，仍然没有被录取，他感到疲惫绝望，不想再考下去了。这时李君想：考取功名是一个人一辈子的大事，神仙哥哥给我留的第二封信也可以打开了。于是李君又一次沐浴，第二天清晨把信拆开，上面写着：“某年某月某日，不想再参加科举考试，可以拆开第二封了。你可以去西市场马鞍具行旁边的酒楼。”看完后，李君立即赶到西市，登上酒楼喝酒。听到楼下有人说：“叫他明天早晨把钱送来，现在没有钱。”又一人说道：“原先考取进士是不要钱的。”李君惊奇地问对面的人这是怎么回事。对面那人说：“侍郎的公子想做笔买卖，只要谁给他一千贯钱，保证他考中进士。昨天有个到约定时间没来送钱的，今天要将他的名字勾去。”李君问：“这件事是真的还是假的？”那人说：“侍郎的公子就在楼上房间内。”李君说：“我是举人，我身上有足够的钱，能让我见一见公子吗？”那人说：“要真是这样，有什么不可以。”于是这个人带着李君去拜见侍郎的公子。见面后他们坐下来一起喝酒。李君问：“您是侍郎的公子吗？”公子说：“主考官是我的亲叔父。”于是他们当面说定，做了这笔交易。第二年，李君果然考中了进士。

后来李君做官一直做到江陵副使。一天，李君突然心口痛，一会儿工夫就昏迷了好几次，病情非常危险。李君对妻子说：“神仙给我留的第三封信可以拆开了。”妻子立即沐浴更衣，然后将第三封信拆开了。李君的妻子见上面写的是：“某年某月某日，你出任江陵副使患心痛病，你可以交代遗嘱处理后事了。”两天后李君在任上去世了。（出《逸史》）

马 举

淮南节度使马举讨庞勋，为诸道行营都虞侯。遇大阵，有将在皂旗下，望之不入贼，使二骑斩之，骑回云：“大郎君也。”举曰：“但斩其慢将，岂顾吾子。”再遣斩之，传首阵上，不移时而败贼。后大军小衄，举落马，坠桥下而死。夜深复苏，见百余人至，云：“马仆射在此。”一人云：“仆射左胁一骨折。”又一人云：“速换之。”又曰：“无以换之。”又令取柳木换，遂换之。须臾便晓，所损乃痊，并无所苦。及镇扬州，检校左仆射。（出《闻奇录》）

郑延济

宰相堂饭，常人多不敢食。郑延昌在相位，一日，本厅欲食次，其弟延济来，遂与之同食。延济手秉馎饦，餐及数口，碗自手中坠地。遂中风痹，一夕而卒。（出《中朝故事》）

李 生

契贞先生李义范，住北邙山玄元观。咸通末，已数年矣，每入洛城徽安门内，必改服歇辔焉。有李生者，不知何许人，年貌可五十余，与先生叙宗从之礼，揖诣其所居。有学童十数辈，生有一女一男。其居甚贫窭，日不暇给。自此先生往来，多止其学中，异常款狎。

马举

淮南节度使马举讨伐庞勋，马举被朝廷封为诸道行营都虞候。一天马举遭遇一场大仗，他看见有一名将军立马在皂色的旗帜下面，一直不向前攻入贼兵的队伍，于是马举命令两员骑马的侍卫去杀了他。两名侍卫去了后又返了回来，对马举说："那是大公子呀！"马举说："我只是叫你们斩杀临阵退缩的将军，不管他是不是我的儿子。"于是又派这两人返回去，杀了那位畏首畏尾的军官，然后马举下令将头颅在阵前传示以儆效尤，不多时部队就将贼兵打败了。后来大军遇到了小的挫败，马举落马掉到桥下晕死过去了。半夜时马举苏醒过来，看见来了一百多个人，其中一个人说："马仆射在这里。"又一人说："仆射左肋下断了一根肋骨。"另一人说："快给仆射把骨头换了。"那人回答说："没有可以替换骨头的东西了。"另一个人让人取柳树枝给马举换上。于是这些人给马举换上柳枝作为肋骨。一会儿天亮了，马举受的伤也已经痊愈了，并且丝毫察觉不到疼痛。等到马举镇守扬州时，被朝廷任命为检校左仆射。（出《闻奇录》）

郑延济

宰相的工作餐，一般人都不敢跟着吃。郑延昌当宰相时，一天在办公的地点刚要吃中午饭，这时候恰巧郑延昌的弟弟郑延济来了，于是便跟着郑延昌一块吃饭。郑延济手里拿着汤饼还没吃上几口，手中的碗突然掉到地上，郑延济一下子得了中风病，没撑过一晚上就去世了。（出《中朝故事》）

李生

道士李义范的道号叫契贞，住在北邙山的玄云观。到了咸通末年，已经有许多年了，李义范每次进入洛阳城的徽安门内，都必须下马更衣。有个叫李生的人，不知道他原来是什么地方的人。李生年龄有五十多岁，与李义范交谈认了堂兄弟的关系，李生请李义范到他的家里。李生那里有十多个年幼的学生，他自己有一男一女两个忽一夕，诣邙山，与先生为别。拥炉夜话，问其将何适也，生曰："某此别辞世矣，非远适也。某受命于冥曹，主给一城内户口逐日所用之水。今月限既毕，不可久住。后三日死矣。五日，妻男葬某于此山之下，所阙者顾送终之人。比少一千钱，托道只贷之，故此相嘱，兼告别矣。"因曰："人世用水，不过日用三五升，过此必有减福折算，切宜慎之。"问其身后生计，生曰："妻聘执丧役夫姓王，某男后当为僧。然其僧在江南，二年外方至，名行成。未至间，且寄食观中也。"先生曰："使令入道可乎？"生曰："伊是僧材，不可为道。非人力所能遣，此并阴骘品定。"言讫，及晓告去。

自是累阻寒雪，不入洛城。且五日矣，初霁，李生之妻与数辈诣先生，云："李生谢世，今早葬于山下，欠一千钱，云尝托先生助之，故来取耳。仍将男寄先生院。"后江南僧行成果至，宿于先生室，因以李生之男委之，行成欣然携去。云："既承有约，当教以事业，度之为僧。"二岁余，行成复至，已为僧矣。诵《法华经》甚精熟焉。初先生以道经授之，经年不能记一纸。人之定分，信有之焉。（出《录异记》）

孩子，所住的房子非常简陋，吃了上顿没下顿。从此李义范经常来做客，李生经常到他开的学堂里，二人关系处得非常融洽。

忽然有一天，李生来到邙山，与李义范告别，夜里二人对坐在炉子旁边谈话，李义范问李生要去什么地方，李生说："我这次告别是要离开人间，并不是出远门。我要去阴曹地府做事，我负责管理供应城里每户人家每天所用的水，这个月我在人间的阳寿就满了，不能久住人间了，三天后我就会死。五天后我的妻子会把我葬在这山下，但是我缺少一位帮我料理后事的人，我还欠了别人一千钱，我只好拜托您帮我偿还上了，所以我今日前来跟您交代一下，外加上跟您告别。"李生又说："人间的水，一天使用不应超过三五升，超过了必然减福折寿，一定要注意。"李义范又问李生死后谁来照顾家里的生活。李生说："妻子再嫁的人家是执丧的役夫，他姓王，儿子长大以后会出家当和尚。然而我儿子的师父在江南，两年后才能来到这里，师父的法号叫行成。行成没来的这段时间，我的孩子会寄居在您的观里。"李义范说："那我便叫他学道可以吗？"李生说："这孩子是当和尚的命，不是人力所能决定的，这是早已在阴间安排好了的。"第二天早上，李生就告辞走了。

从这天起，李义范被风雪所阻碍，五天没有去洛阳城。下雪后刚放晴，李生的妻子和几个学生来找李义范说："李生去世了，今天早晨刚刚葬在山下。李生生前欠了一千钱，说是曾经拜托先生您来帮助偿还，所以我前来取钱，他希望能将儿子寄养在您的道观里。"后来江南的行成和尚果然来了，行成和尚同李义范住在一起。李义范便将李生的儿子托付给了行成和尚，行成和尚很高兴地同意了，行成和尚说："既然他父亲生前和您有过约定，我一定教他学习经文佛法，剃度他为和尚。"两年以后，行成和尚又来了，此时李生的儿子已经成为一名和尚，李生的儿子背诵《法华经》已经非常精通熟练了。当初李义范教李生的儿子道家经文时，李生的儿子一年也记不住一页。人的命运是有定数的，这的确能让人信服了。（出《录异记》）

卷第一百五十八　定数十三

成汭

唐天祐中，淮师围武昌，杜洪中令乞师于梁王。梁与荆方睦，乃讽成中令汭帅兵援之。汭欲往亲征，乃力造巨舰一艘，三年而成，号曰“和州载”。舰上列厅宇洎司局，有若衙府之制。又有齐山截海之名。其余华壮，即可知也。饰非拒谏，断自其意。幕寮俯仰，不措一辞。唯孔目吏杨厚赞成之。舟次破军山下，为吴师纵燎而焚之，汭竟溺死，兵士溃散。先是改名曰“汭”，字即“水内”也。水内之死，岂前兆乎？湖南及朗州军入江陵，俘载军民、职掌伎巧、僧道伶官并归长沙，改汭之名。和州之说，前定矣。（出《北梦琐言》）

杨蔚

唐杨蔚使君典洋源。道者陈休复每到州，多止于紫极宫。弘农甚思一见，而颍川辄便他适。乃谓诸道士曰：“此度更来，便须申报。”或一日再至，遽令申白。俄而州将拥旆而至，遂披揖。杨公曰：“向风久矣，幸获祗奉。敢以将来禄算为请，勿讶造次。”颍川呼人为卿，乃谓州牧曰：“卿三为刺史，了更无言。”杨不怿，以其曾典两郡，至此三也。自是常以见任为终焉之所。迩后秩满无恙，不谕其言。无何又授此州，亦终考限。罢后又除是郡，凡三

成 汭

唐朝天祐年间，淮南的军队围攻武昌，杜洪中派人向梁王求救。当时梁王和荆王刚刚和好，派中书令成汭带兵前去救援，成汭想要亲自出征，便出力造了一艘大船，三年造成了这艘船，起名字叫“和州载”。船上有各种管理机构，和府衙体制相近，有“齐山截海”的称号。这艘船没有描述的那样华丽、雄壮，也可以从中管窥。成汭无视自己造船消耗的财力、物力、人力，拒绝别人的劝谏。他的幕僚无论如何议论，成汭也不置一词，只有孔目吏杨厚赞成成汭的做法。后来和州载一船停在了破军山下，被吴军纵火烧毁，成汭最后被淹死，士兵们也都四散而逃。之前成汭改名叫汭，就是水、内二字合并。恐怕成汭死在水里，这不就是先兆吗？湖南和朗州军进入江陵，俘获了很多军士、百姓、官员、艺伎、百工、僧人、道士、优伶，把他们载回了长沙。无论是成汭改名，还是和州载的说法，都是先前注定好的。（出《北梦琐言》）

杨 蔚

唐朝有一位官员叫杨蔚，杨蔚被任命到洋源掌管职务。道士陈休复每次到洋州都住在紫极宫。杨蔚很想见见陈休复，然而陈休复总是到别处去游玩。于是杨蔚对众道士说：“下次陈休复回来的时候，一定要报告给我。”这一天陈休复回来了，道士们立即报告给杨蔚。一会儿，州里的兵马举着旗帜仪仗护送着杨蔚来到观外。杨蔚和陈休复见面后互相行礼问候。杨蔚说：“久闻道长您的大名，今日我有幸见到道长。我希望您能给我讲讲我以后的仕途会怎么样。”陈休复称杨蔚为卿，接着陈休复对杨蔚说：“你将三次出任刺史。”

任，竟殒于是邦。即三为刺史之说，果在于此乎？杨公季弟玭，为愚话之。（出《北梦琐言》）

欧阳澥

欧阳澥者，四门之孙也。薄善词赋，出入场中，近二十年。善和韦中令在阁下，澥则行卷及门。凡十余载，未尝一面，而澥庆吊不亏。韦公虽不言，而意甚怜之。中和初，公随驾至西川，命相。时澥寓居汉南，公访知行止，以私书令襄帅刘巨容俾澥计偕。巨容得书大喜，待以厚礼，首荐之外，资以千余缗，复大宴于府幕。既而撰日遵路。无何，一夕心病而卒。巨容因籍澥答书，呈于公。公览之抚然，因曰："十年不见，灼然不错。"（出《摭言》）

伊 璠

黄巢污践宫阙，与安朱之乱不侔。其间尤异，各为好事传记。轩裳农贾，挈妻孥潜迹而出者，不可胜记。至有积月陷寇，终日逃避，竟不睹贼锋者。独前泾阳令伊璠，为戎所得，屡脱命于刃下。其后血属相失，村服晦行，及蓝关，为猛兽搏而食之。患祸之来，其可苟免？（出《唐阙史》）

陈休复说完就没再说什么了。杨蔚有些不太高兴，因为杨蔚已经担任了两个地方的刺史，现在所任的正是第三个地方。自此以后，杨蔚常常认为扬州将作为自己终老的地方。后来任期满了，杨蔚也没有患上什么病，所以杨蔚以为陈休复说的不准。过了不久朝廷又任命杨蔚继续充任本州刺史，任期满后又被朝廷任命一次，连任了三次。最后杨蔚在任上去世。陈休复所说的“任三次刺史”的话果然应验了，以上这些事情是杨蔚的小弟弟杨玭跟我说的。（出《北梦琐言》）

欧阳澥

欧阳澥是欧阳四门的孙子。欧阳澥稍稍见长于吟诗作赋，他参加科举考试将近二十年。欧阳澥想要讨好韦中令，所以拿着自己的文章登门求教，只是十多年也没有见到韦中令一面，然而欧阳澥不论韦家婚丧嫁娶都上门请安送礼，无论怎样都未曾间断。韦中令虽然没说什么，但心中对欧阳澥很是可怜惋惜。中和初年，韦中令跟随皇帝去西川，被皇帝任命为宰相。当时欧阳澥寄居在汉南，韦宰相知道了以后，写了一封信给襄阳大帅巨容。让巨容推荐欧阳澥做官。巨容得到信后非常高兴，对待欧阳澥如上宾一样，巨容推荐欧阳澥做官以后，又送给欧阳澥上千贯钱，并在官署设宴款待欧阳澥。之后巨容选择日期送欧阳澥去上任，然而这天晚上欧阳澥突然发作心脏病猝死了。巨容将欧阳澥写给宰相的感谢信送给韦宰相看，韦宰相看完书信感叹道：“欧阳澥十年里都没有见到我的面，这次也没当上官，看来命运的安排果然没有什么差错。”（出《摭言》）

伊　璠

黄巢攻入京城，与先前的安禄山和朱泚的叛乱不同。特别是叛乱期间发生的事情尤其不一样，被一些好事的人记录流传。黄巢攻入长安后，当时的官员、商人、农民、手工艺人带着妻子儿女偷偷逃出城外的多得没法计算。其中有的人在贼兵占据好几个月的情况下，终日逃避，竟侥幸躲过贼兵的追杀。只有前泾阳县令伊璠被贼兵抓

顾彦朗

东川顾彦朗，以蔡叔向为副使。感微时之恩，惟为戎倅而尝加敬。其弟彦晖嗣袭，酷好洁净，尝嫌人臭，左右薰香而备给使。幕寮皆中朝子弟，亦涉轻薄。韦太尉照度，收复蜀城，以彦晖为招讨副使。在军中，每旦率幕官同谒掌武，而蜀先主预焉，共轻忽之，虽昭度亦嫌其不恭。彦晖袭兄位，尔后为蜀主所破，手刃一家，郎官温术等毙焉，先是蔡叔向职居元寮，乃顾氏之心膂，与所辟朝士，优游樽俎，不相侔矣。小顾既是尊崇，嫌其掣肘。王先生因其隙，宣言以间之。且曰："拈却蔡中丞，看尔得否？"由是叔向辞职闲居，王乃举军而伐之。

在蜀，有术士朱洽者，常谓人曰："二顾虽位尊方镇，生无第宅，死无坟墓。"人莫谕之。或曰："二顾自天德军小将，际会立功，便除东川，弟兄迭据。大顾相薨，遗命焚骸，归葬丰州，会多事未果。至小顾狼狈之日，送终之礼又阙焉。"即朱氏言，于斯验矣。（出《北梦琐言》）

住，但是伊播屡次在刀下逃脱。后来伊播和家人失散了，换上村民百姓的衣服，偷偷逃到蓝关，最后竟被猛兽吃了。真是灾祸来了，想躲又怎么能躲掉呢！（出《唐阙史》）

顾彦朗

东川人顾彦朗任了蔡叔向为副手，顾彦朗这么做是为了报答在未发达时蔡叔向对他照顾的恩情。虽然二人是上下级的关系，但是二人互相都很尊敬。后来顾彦朗的弟弟顾颜晖承袭了他哥哥的官职。顾彦晖有洁癖，总是嫌弃别人身上的味道，顾彦晖的仆人每天都备着薰香以备顾彦晖随时用。顾彦晖手下的门客也大都是朝中勋贵的子弟，他们只顾着轻浮享乐。太尉韦昭度带兵收复成都后，任用顾彦晖为招讨副使。在行军作战中，顾彦晖每天早晨率领门下幕僚去拜见太尉，看见蜀先主的时候，在场的顾彦晖一干人等都十分傲慢，就连太尉韦昭度也觉得顾彦晖太狂妄了。顾彦晖是承袭他兄长的爵位，后来被蜀主击败后，蜀主杀了顾彦晖全家。郎官温术等人也被蜀主杀了。最开始蔡叔向担任大官的时候，是顾家的亲信骨干。和顾彦晖门下的那些勋贵子弟只顾吃喝玩乐不问军务完全不同。顾彦晖对蔡叔向又敬又怕，嫌蔡叔向掣肘碍事。蜀先主趁他们关系有隔阂，就派人散布流言说："顾家离开蔡叔向，看他顾彦晖还能干成什么事。"结果蔡叔向被逼得只好辞职回家赋闲。蜀主乘机出兵讨伐顾彦晖。

蜀地有个叫朱洽的术士经常对别人说："顾彦明和顾彦晖虽然镇守一方，官高位尊，但是他们二位都活着没有房宅，死了没有坟墓。"当时人们都不能理解。朱洽还说："顾彦朗和顾彦晖是从天德军中的小将遇到机会立了战功，才得到了镇守东川的职位，而且顾彦朗和顾彦晖是交替掌管东川的。"顾彦朗临死的时候嘱咐手下将他火化，以便将来把他的骨灰带回家乡丰州安葬，但是因为当时事情太多没办成。等到顾彦晖死的时候更加狼狈，甚至给他送终的人都没有。顾彦朗和顾彦晖的结局完全应验了朱洽所说的话。（出《北梦琐言》）

李甲

唐天祐初，有李甲，本常山人。逢岁饥馑，徙家邢台西南山谷中。樵采鬻薪，以给朝夕。曾夜至大明山下，值风雨暴至，遂入神祠以避之。俄及中宵，雷雨方息。甲即寝于庙宇之间，松柏之下。须臾有呵殿之音，自远而至。见旌旗闪闪，车马阗阗，或擐甲胄者，或执矛戟者，或危冠大履者，或朝衣端简者，揖让升阶，列坐于堂上者十数辈，方且命酒进食。

欢语良久，其东榻之长，即大明山神也，体貌魁梧，气岸高迈。其西榻之首，即黄泽之神也，其状疏而瘦，其音清而朗。更其次者，云是漳河之伯。余即不知其名。坐谈论，商榷幽明之事。其一曰："禀命玉皇，受符金阙。太行之面，清漳之湄，数百里间，幸为人主，不敢逸豫怠惰也，不敢曲法而徇私也，不敢恃尊而害下也。兢兢惕惕，以承上帝，用治一方。故岁有丰登之报，民无扎瘥之疾。我之所治，今兹若是。"其一曰："清泠之域，泱漭之区，西聚大巅，东渐巨浸，连陂凑泽，千里而遥。余奉帝符，宅兹民庶，虽雷电之作由己也，风波之起由己也，鼓怒驰骤，人罔能制予。予亦非其诏命，不敢有为也；非其时会，不敢沿溯也。正而御之，静而守之，遂致草木茂焉，鱼鳖蕃焉，咸卤磊块而滋殖，萑蒲蓊郁而发生。上天降鉴，亦幸无横沴尔。"又一曰："岑崟之地，岝崿之都，分块圠之一隅，总飞驰之众类。熊罴虎豹，乌鹊雕鹗。动止咸若，罔敢害民。此故予之所职耳，何假乎备言。"座上佥曰："唯唯。"

李甲

唐朝天祐初年，有个常山人叫李甲。因为遇到了灾荒年景，将全家搬到邢台西南的山谷中居住，每天依靠打柴维持生活。有一次他夜里来到大明山下，正赶上暴风雨，李甲于是躲进神庙里面避雨。雷雨一直下到半夜才停。李甲只好睡在庙里的松柏树下。过了一会儿，忽然听到有官员出行时前呼后拥的声音，声音由远慢慢临近。随即又看见旌旗招展，听到车马行进的声音。来的人中有的身披盔甲的武将，有的拿着长矛，有的戴着高高的帽子、穿着宽大的靴子，还有的穿着官服、拿着象牙朝笏，他们互相谦让着登上台阶，按顺序坐在堂上，有十多个人。他们坐下之后，摆上酒宴。

笑谈畅饮，坐在东面的第一个人是大明山神，他身材高大魁梧，气宇轩昂。坐在西面的第一个人是黄泽水神，他瘦小干瘪，但说话的声音却清晰洪亮。黄泽水神旁边坐的是漳河河伯，其余的就不知道是谁了。他们谈论探讨着阴间和人世间的事。其中的一位神仙说：“我在天宫接受玉皇大帝的任命，管理太行山一侧到清河和漳河岸边方圆数百里的地区，虽然我受命主持一切，但我不敢懒惰懈怠，贪图安乐；不敢贪赃枉法，徇私舞弊；不敢倚仗地位，欺压下属和百姓，我希望我能兢兢业业，认真治理这一方土地上的一切，以便报答天帝对我的知遇之恩。所以我的辖区年年有丰收的喜报，百姓安居乐业，没有瘟疫流行，我所治理的这个地方，如今就达到了这个程度。”另一位神仙接着说：“我治理的地方人烟稀少，区域辽阔，西靠大山，东临大海，湖泊连着沼泽，有千里之遥。我秉承天帝的旨意，管理这广大的区域和民众，打雷下雨由我做主，刮风掀浪由我指挥，人们是不能干涉我的行动的。但我若没有接到上天的命令，我也不敢私自做任何事情。不是季节应该变化的时候，我不敢违反常规去随便安排，我只得尽职尽责地治理守护这一方土地，让这里的草木茂盛，鱼鳖繁衍，水土滋润，芦苇蒲草生长得郁郁葱葱。更加庆幸的是上天派来巡视检查的官员，也没有随意干涉和胡乱指挥。”又有一位神仙说：“我所管理的地方崇山峻岭，沟壑纵横，高低不平，有各大明之神，忽扬目盱衡，咄嗟长叹而谓众宾曰："诸公镇抚方隅，公理疆野，或水或陆，各有所长。然而天地运行之数，生灵厄会之期，巨盗将兴，大难方作。虽群公之善理，其奈之何？"众咸问："言何谓也？"大明曰："余昨上朝帝所，窃闻众圣论将来之事，三十年间，兵戎大起。黄河之北，沧海之右，合屠害人民六十余万人。当是时也，若非积善累仁，忠孝纯至者，莫能免焉。兼西北方有华胥遮毗二国，待兹人众，用实彼土焉。岂此生民寡祐，当其杀戮乎？"众皆嚬蹙相视曰："非所知也。"食既毕，天亦将曙，诸客各登车而去。大明之神，亦不知所在。

及平旦，李甲神思恍然，有若梦中所遇。既归，具以始末书而志之。言于邻里之贤者，自后三十余载，庄皇与梁朝对垒河岸，战阵相寻。及晋宋，戎虏乱华，干戈不息，被其涂炭者，何啻乎六十万焉。今详李生所说，殆天意乎？非人事乎？（出《刘氏耳目记》）

房知温

故青帅房公知温，少年与外弟徐裀为盗于兖郓之境，昼则匿于古冢。一夕遇雨未出间，二鬼至。一鬼曰："此有节度上主，宜缓之。"与外弟俱闻之。二人相问曰："适闻外面语否？"徐曰："然。"房曰："吾与汝未知孰是？来宵汝当宿于他所，吾独在此以验之。"迨夕，二鬼又至。一鬼复曰："昨夜贵人尚在矣。"房闻之喜。后果节制数镇，官至太师中书令东平王。则知《晋书》说魏种飞禽走兽生长出没，熊狮虎豹，鹰雕乌鸦，让它们的一举一动不伤害到百姓是我的职责所在，我就不必再多说了。”大家都点头称是。

这时大明山神忽然举目扬眉，唉声叹气地对众人说：“大家镇守一方，管理万物，或是在湖泊，或是在陆地，各有所长，然而天地运行的法则所决定，人类生灵的厄运即将来临，那时候盗贼兴起作乱，灾难降临。虽然大家善于治理，但也无可奈何。”大家一齐问他：“你根据什么这样说呢？”大明山神说：“我昨天上天去朝拜玉皇大帝，偷偷听到了众位上仙在议论将来的事情。他们说以后三十年里，战乱会不断发生，死伤的平民会有六十多万人。到时候，如果不是仁义行善、忠孝两全的至诚君子，都不能幸免。再加上西北方向的华胥和遮毗两个国家，会乘机侵犯中原领土。难道老百姓就无法保护，就应该遭受屠杀吗？”大家听了，都皱着眉头，互相看着说：“这些我们都不知道。”大家吃喝完毕后，天已拂晓，便各自登车而去。大明山神也不知道上哪里去了。

等到天亮以后，李甲精神恍惚，好像是在做梦，回到家里以后，李甲将遇到的事情详细记录下来，并告诉了邻居中有学识、有威望的人。从这以后三十多年，庄皇与梁朝各自守在黄河岸边，找机会攻击对方，等到后晋和宋韩，西边的番邦也借机侵犯中原，华夏刀兵四起，战乱不断，被战争杀害的老百姓不止六十万人。今天我们详细地看到了李甲所记载的事情，这难道真是上天的意思？这难道不是人为的因素吗？（出《刘氏耳目记》）

房知温

已故的青州节度使房知温，年轻的时候和表弟徐裀在兖州和郓城一带当盗贼。白天藏身在古墓里面。有一天晚上下雨，他们没有走出古墓，这时候有两个鬼走了出来。其中一个鬼说：“有节度使大人在这里，我们应该慢慢走别冲撞到他。”房知温和他的表弟都听到了。他们互相问对方说：“刚才外面说的话你听到了吗？”徐裀说：“听到了。”房知温说：“那人说的节度使不知道在你我之间指

阳元闻鬼以三公呼之，为不谬矣。（出《玉堂闲话》）

窦梦徵

朱梁翰林窦学士梦徵，以文学称于世。时两浙钱尚父有元帅之命。窦以钱公无功于本朝，僻在一方，坐邀渥泽，不称是命，乃抱麻哭于朝。翌日，窦谪掾于东州。及失意被谴，尝郁郁不乐。曾梦有人谓曰："君无自苦，不久当复故职，然将来慎勿为丞相。苟有是命，当万计避之。"其后窦复居禁职。有顷，迁工部侍郎。窦忽忆梦中所言，深恶其事。然已受命，不能逊避，未几果卒。（出《玉堂闲话》）

许 生

汴州都押衙朱仁忠家有门客许生，暴卒，随使者入冥。经历之处，皆如郡城。忽见地堆粟千石，中植一牌曰："金吾将军朱仁忠食禄。"生极讶之。洎至公署，使者引入一曹司。主吏按其簿曰："此人乃误追之矣。"谓生曰："汝可止此，吾将白于阴君。然慎忽窥吾簿。"吏既出，生潜目架上有签牌曰："人间食料簿。"生潜忆主人朱仁忠不食酱，可知其由。遂披簿求之，多不晓其文。

代的是谁，明天晚上你到别的地方去睡，我自己在这里验证一下。”等到第二天晚上，那两个鬼又来了，其中一个鬼又说：“昨天晚上的贵人还在。”房知温听了很高兴，后来房知温果然镇守许多地方，最后当上了太师和中书令，还被封为东平王。由此可知《晋书》中记载的魏阳元听到有一位鬼称他当上三公的记载，并不是假的。（出《玉堂闲话》）

窦梦徵

翰林学士窦梦徵是朱梁人，在当时的文坛负有盛名。当时朝廷将任命两浙的钱尚父为元帅。窦梦徵认为钱尚父没为朝廷立下什么功劳，却独自镇守一方，坐享朝廷的恩惠，很不称职，就在上朝的时候手捧着奏章哭着对这件事来发表自己的看法。第二天，窦梦徵就被贬到了东州。窦梦徵从遭到谴责被贬官开始，心中就一直不高兴。有一天他梦到一个人对他说：“你不要不高兴，不久就会官复原职，但是将来注意不要当丞相。如果皇帝想任命你为丞相，你一定要千方百计地推辞。”后来窦梦徵果然官复原职，不久又升任工部侍郎，就是宰相的职衔之一。窦梦徵忽然想起梦中那人所说过的话，所以非常厌恶，当宰相这件事，可是窦梦徵已经接受了任命，就没有办法推辞掉了，果然没过多久窦梦徵就在任上去世了。（出《玉堂闲话》）

许　生

汴州都押衙朱仁忠门下的幕僚许生突然去世，跟随着阴间派来的使者来到了阴间，许生经过的地方和人间的城镇一样。许生看到地上堆着几千石粮食，中间插着一个木牌写着：“金吾将军朱仁忠的俸禄粮食。”许生非常惊讶。等把许生带到目的地后，使者将许生领到一间公堂之上。主事官员按着账簿说：“这个人抓错了。”主事的官员又对许生说：“你可以等在这里，我去跟阴君说明情况。你记着不要翻看我的账簿。”主事官员说完就出去了。许生偷偷地看到架上有一个标签写着：“人间食物簿。”许生想到自己的主公朱仁忠不吃酱，逡巡，主吏大怒。已知其不慎，瞋目责之。生恐惧谢过，告吏曰："某乙平生受朱仁忠恩，知其人性不食酱，是敢窃食簿验之。愿恕其罪。"吏怒稍解，自取食簿，于仁忠名下，注大豆三合。吏遂遣前使者引出放还。其径路微细，随使者而行。

忽见一妇女，形容憔悴，衣服褴褛，抱一孩子，拜于道傍。谓生曰："妾是朱仁忠亡妻，顷年因产而死，竟未得受生。饥寒尤甚，希君济以资缗数千贯。"生以无钱辞之。妇曰："所求者楮货也。君还魂后，可致而焚之。兼望仁忠与写《金光明经》一部忏之，可指生路也。"既而先行，直抵相国寺，将逾其阈，为使者所推，踣地而寤。

仁忠既悲喜，问其冥间之事。生曰："君非久，必任金吾将军。"言其牌粟之事，又话见君亡妻，言其形实无差。后与仁忠同食，乃言自君亡后，忽觉酱香，今嗜之颇甚，乃是注大豆三合之验也。自尔朱写经毕，许生燔纸数千。其妇于寐中辞谢而去。朱果为金吾将军。显晦之事，不差毫厘矣。（出《玉堂闲话》）

杨鼎夫

进士杨鼎夫富于词学，为时所称。顷岁，会游青城山。过皂想要知道其原因，便将那本账簿拿下来翻阅，但是他看不懂上面的文字。

不一会儿，主事官员回来了。（主事官员）发现许生偷看账簿后非常生气，瞪着眼睛责备许生。许生非常害怕，向主事官员承认自己的错误，对主事官员说："我平时受到朱仁忠的恩惠，我知道他不吃酱，所以我想偷看账簿知道其中的原因，请您原谅我的罪过。"主事官员的怒气消了一点，拿过来那本《人间食物簿》，在朱仁忠的名字下批注："加大豆三合。"然后命令先前那个使者带领许生回去。他们走的是一条小路，许生跟着使者走着。

忽然遇到一个妇女，面容憔悴，衣衫褴褛，还抱着一个小孩，在道旁对他们行礼，那位妇女对许生说："妾身是朱仁忠死去的妻子，那一年因为难产而死，竟没有得到转世投生。我现在饥寒交迫，希望您能资助我几千贯钱。"许生以身上没带那么多钱为理由推辞了。那位妇女说："我想要的是纸钱，你只要将纸钱焚烧给我就可以了。另外你还要告诉朱仁忠为我抄写一部《金光明经》表示忏悔，这样可以为我求得一条超生的路。"许生他们继续往前走，来到了相国寺。许生刚要跨过门槛，使者在后面一推，许生跌倒在地上后在阳间醒了。

朱仁忠又悲又喜向许生询问阴间的事情。许生说："您不久能当金吾将军。"许生又将看到朱仁忠的俸禄牌和见到朱仁忠死去的妻子的事说了，许生所描述的长相一点不差。后来许生和朱仁忠一起吃饭，朱仁忠说："自从你死以后，我忽然觉得吃酱很香，现在吃得很多，这就是那位主事官员在账簿上批注'加大豆三合'的验证吧。"朱仁忠抄写完《金光明经》后，许生又烧了几千贯纸钱，朱仁忠的妻子在梦中表示感谢后告辞而去。后来朱仁忠果然当上了金吾将军。许生在阴间所得到的预示，同人世间所发生的真实情况分毫不差。（出《玉堂闲话》）

杨鼎夫

进士杨鼎夫擅长吟诗作词，被当时的人们所称赞。这年，杨鼎夫江，同舟者约五十余人。至于中流，遇暴风漂荡，其船抵巨石，倾覆于洪涛间。同济之流，尽沉没底。独鼎夫似有物扶助，既达岸，亦困顿矣。遽有老人以杖接引，且笑云："元是盐里人，本非水中物。"鼎夫未及致谢，旋失老人所之。因作诗以记。后归成都，话与知己，终莫究盐里人之义。

后为权臣安思谦幕吏，判榷盐院事，遇疾暴亡。男文则，以属分料盐百余斤裹束，将上蜀郊营葬。至是盐里之词方验。鼎夫旧记诗曰："青城山峭皂江寒，欲度当时作等闲。棹逆狂风趋近岸，舟逢怪石碎前湾。手携弱杖仓皇处，命出洪涛顷刻间。今日深恩无以报，令人差记雀衔环。"（出《北梦琐言》）

牛希济

蜀御史中丞牛希济，文学繁赡，超于时辈。自云：早年未出学院，以词科可以俯拾。或梦一人介金曰："郎君分无科名，四十五已上，方有官禄。"觉而异之。旋遇丧乱，流寓于蜀，依季父也。仍以气直嗜酒，为季父所责。旅寄巴南，旋聆开国，不预劝进。又以时辈所排，十年不调。为先主所知，召对，除起居郎，累加至宪长。是知向者之梦，何其神也。（出《北梦琐言》）

与别人一同去青城山游玩，同船的五十多人一同横渡皂江。船到江心后突然遇到大风被吹跑，不幸撞到了巨石上面。顷刻之间船只便沉没在波涛之中。同船的人都沉到江底淹死了，唯独杨鼎夫感觉似乎是有什么东西托着并把他送到了岸边，这时他已经没有力气了。岸边突然走来了一位老人，老人用拐杖将杨鼎夫拉上岸，并笑着对杨鼎夫说："你应该是盐里的人，你本来就不是水中的东西。"杨鼎夫上岸后还没来得及致谢，就找不到了老人的踪影。因而杨鼎夫作了一首诗作为纪念。杨鼎夫回到成都后，将这段经历告诉自己的知心朋友，但是谁也不明白老人所说的"盐里人"的意思。

后来杨鼎夫当上了有权势的大臣安思谦的参谋，专门处理食盐买卖的事宜，这时杨鼎夫突然得病身亡。天热尸体有气味，手下用一百多斤粗盐将杨鼎夫裹束起来运到蜀地的郊外给埋葬了。到这时老人所说的"盐里人"才得以应验。杨鼎夫当时所作的诗是："青城山峭皂江寒，欲渡当时作等闲。棹逆狂风趋近岸，舟逢怪石碎前湾。手携弱杖仓皇处，命出洪涛顷刻间。今日深恩无以报，令人羞记雀衔环。"（出《北梦琐言》）

牛希济

蜀地的御史中丞牛希济，文章写得很好，远远超过了当时的同辈人。牛希济自己说："早几年我还在学校里学习的时候，如果考文章诗词我就可以轻易地被录取。"有一天牛希济做了一个梦，梦中有一个披着金甲的人对牛希济说："你命中没有考取功名的福分，你到四十五岁以上才能当上官。"牛希济醒了以后感到非常奇怪。随后牛希济便遇上了战乱，逃到了蜀郡，寄居在叔父家里。牛希济因为自己心情不好，所以经常喝酒。小叔父得知这件事后，斥责了他一顿。牛希济又来到巴南，正碰上当地开邦立国，他想要进身做官但是没能成功。又被同龄的人所排挤，十年内牛希济都没有得到升迁。这件事被蜀先主得知后，将牛希济找来考查。后来牛希济被任命为居郎，职位逐渐升到宪长。这时候牛希济才知道当时做的梦是多么灵验。（出《北梦琐言》）

阴君文字

顷岁有一士人，尝于寝寐间若被官司追摄，因随使者而去。行经一城，云是镇州，其间人物稀少。又经一城，云是幽州，其间人物众广。士人乃询使者曰：“镇州萧疏，幽州繁盛，何其异乎？”使者曰：“镇州虽然少人，不日亦当似幽州矣。”有顷至一处，有若公府。中有一大官，见士人至前，即曰：“误追此人来，宜速放去。”士人知是阴司，乃前启阴官曰：“某虽蒙放还，愿知平生官爵所至。”阴官命取纸一幅，以笔墨画纸，作九个围子。别取青笔，于第一个围子中，点一点而与之。士人置诸怀袖，拜谢而退。

及寤，其阴君所赐文字，则宛然在怀袖间，士人收藏甚秘。其后镇州兵士，相继杀伤甚众。故知阴间镇州，即日人众，当不谬耳。其士人官至冀州录事参军，褴褛而卒。阴官画九围子者，乃九州也，冀州为九州之第一，故点之；其点青者，言士人只止于录事参军，绿袍也。（出《玉堂闲话》）

贫 妇

谚云：一饮一啄，系之于分。斯言虽小，亦不徒然。常见前张宾客澄言，顷任镇州判官日，部内有一民家妇，贫且老，平生未尝获一完全衣。或有哀其穷贱，形体袒露，遗一单衣。其妇得之，披展之际，而未及体，若有人自后掣之者，举手已不知衣所在。此盖为鬼所夺也。（出《玉堂闲话》）

阴君文字

近年来有一个男子，曾经在睡觉做梦的时候被官差追捕，被抓后尾随官差而去。经过一座城镇，官差说是镇州，城里人很稀少。二人又经过一座城镇，官差说这里是幽州，城里十分热闹。男子问官差说：“镇州人少，而幽州人多热闹，这两个地方相差大？”官差说：“镇州虽然人少，但不久也会像幽州一样。”一会儿，到了一个地方，这里有座官府，里面有个大官。看到男子走过来，大官说：“这个人抓错了，应该立刻放回去。”男子这才知道这里是阴间，走上前去向大官请求说：“我虽然被放回去了，但是还想知道我这辈子能当上什么官！”那位大官叫人拿来一张纸，大官拿起笔在纸上画了九个圆圈，又拿起一支绿笔，在第一个圆圈里点了一笔，然后把它交给男子。男子小心地放在怀里，表示感谢后告退了。

男子睡醒后阴间大官给他的那张写上字的纸还在怀里，他秘密地收藏了起来。后来镇州的军队互相残杀，伤亡很多，男子这才知道了阴间官差所提到的在阴间的镇州不久人就会多起来的话不是随便说的。后来男子当上了冀州录事参军，最终在任上去世。阴间的那位大官所画的九个圆圈，就是指九州，因为冀州是九州之首，所以点了一个点。点上的点是绿色的，是暗示男子最终只能做到录事参军，所配的官服只能穿绿色袍子。（出《玉堂闲话》）

贫 妇

民间谚语说：“一饮一啄，系之于分。”意思是说，人们的吃穿，都是命运所决定的。这话虽然精简但是其中蕴含的道理却不是看起来那么简单。听从前的客人张澄说过，他之前出任镇州判官的时候，看见街上一位百姓家的妇女，又老又穷，她一辈子都没穿过一件完整的衣服。有的人可怜她太穷了，她身上的破衣服甚至掩盖不全身体，有人便给她一件单衣。她将衣服拿到手里后，正往身上披但还没等碰到身体的时候，好像有人从后面夺了过去，顷刻之间衣服就不知道哪里去了。这大概是让鬼给夺去了。（出《玉堂闲话》）

支戬

江左有支戬者，余干人，世为小吏，至戬，独好学为文，窃自称秀才。会正月望夜，时俗取饭箕，衣之衣服，插箸为嘴，使画盘粉以卜。戬见家人为之，即戏祝曰："请卜支秀才他日至何官。"乃画粉宛成司空字。又戬尝梦至地府，尽阅名簿，至己籍云："至司空，年五十余。"他人籍不可记，唯记其友人郑元枢云："贫贱无官，年四十八。"元枢后居浙西，廉使徐知谏宾礼之，将荐于执政，行有日矣，暴疾而卒，实年四十八。戬后为金陵观察判官，检校司空。恒以此事话于亲友，竟卒于任，年五十一。（出《稽神录》）

支戬

江左有个余干人叫支戬，世世代代都是做小吏的。传到支戬这一辈，却偏偏喜欢文章，并暗自称自己为秀才。每当正月十五，按照当地的风俗是取一个筛米的簸箕，在簸箕上面盖一件衣服，上面插一根筷子作嘴，筛动簸箕使得筷子在里面的面粉上写字来预测吉凶。支戬见家里人都在忙着预测自己的吉凶，于是他走过去开玩笑说："请预测支秀才将来能当什么官。"只见筷子在面粉上写了两个字，好像是"司空"。支戬还曾经做梦到阴曹地府，将地府花名册都翻阅了一遍。看到自己那一页上写着："官到司空，阳寿有五十多岁。"但是关于别人的支戬都记不清了，只记得朋友郑元枢是"贫贱不能当官，寿命只有四十八岁"。郑元枢后来搬迁到浙西，地方官徐知谦对郑元枢很好，于是把郑元枢推荐给朝廷。请示的公文已经发出好几天了，郑元枢忽然暴病身亡了，去世时正好是四十八岁。支戬后来当上了金陵观察判官、检校司空。经常把这些事说给亲戚朋友听。最后支戬死在任职期间，去世的时候是五十一岁。（出《稽神录》）

卷第一百五十九　定数十四婚姻

定婚店　崔元综　卢承业女　琴台子　武 殷　卢 生　郑还古

定婚店

杜陵韦固，少孤，思早娶妇，多歧，求婚不成。贞观二年，将游清河，旅次宋城南店。客有以前清河司马潘昉女为议者，来旦期于店西龙兴寺门。固以求之意切，旦往焉。

斜月尚明，有老人倚巾囊，坐于阶上，向月检书。觇之，不识其字。固问曰："老父所寻者何书？固少小苦学，字书无不识者。西国梵字，亦能读之。唯此书目所未觌，如何？"老人笑曰："此非世间书，君因得见。"固曰："然则何书也？"曰："幽冥之书。"固曰："幽冥之人，何以到此？"曰："君行自早，非某不当来也。凡幽吏皆主人生之事，主人可不行其中乎？今道途之行，人鬼各半，自不辨耳。"固曰："然则君何主？"曰："天下之婚牍耳。"固喜曰："固少孤，尝愿早娶，以广后嗣。尔来十年，多方求之，竟不遂意。今者人有期此，与议潘司马女，可以成乎？"曰："未也，君之妇适三岁矣。年十七，当入君门。"因问囊中何物？曰："赤绳子耳，以系夫妇之足，及其坐则潜用相系。虽仇敌之家，贵贱悬隔，天涯从宦，吴楚异乡，此绳一系，终不可逭。君之脚已系于彼矣，他求何益。"曰："固妻安在？其家何为？"曰："此店北卖菜家妪女耳。"固曰："可见乎？"曰："陈尝抱之来，卖菜于是。能随我行，当示君。"

定婚店

杜陵的韦固从小就失去了父母，韦固想要早一点成家立业，但是进展不顺利，好多次求亲都没有成功。贞观二年，韦固前去清河交游，途中住在宋城中以南的旅店。旅客中有一个人为韦固提亲，女方是以前的清河司马潘昉的女儿，这位旅客便让韦固第二天清早去店西的龙兴寺门前同潘家的人见面。韦固为提亲的事很积极，第二天很早就赶去了。

到了庙门前，月亮还在天上高高地挂着。韦固看见一个老人倚着行囊坐在台阶上，借着月光看书。韦固也在旁边看，却不认识书上的字，韦固问老人说："老先生您看的这是什么书啊？我从小就用功学习，书上没有不认识的字，哪怕是西方的梵文我也能看懂，但是这本书上的字我从来没有见过，您看的这是什么书啊？"老人笑着说："这不是人世间的书，你怎么会见过。"韦固又问："那这本书是哪里的书啊？"老人说："阴间的书。"韦固问："您若是阴间的人，您怎么会到这里？"老人说："你来的太早，不是我不应该来，凡是阴间的官员都管阳间的事，管理人间的事，那我怎么能不在人间行走呢？"韦固问："那么您掌管什么事情啊？"老人说："天下所有人的婚姻大事。"韦固心中暗喜，问老人："我从小父母相继离世，所以我想早一点结婚，以便多生儿女，传宗接代。这十多年来，我多方求亲，但是没有如愿。今天有人到这里来给我向潘司马的女儿提亲，您觉得这件婚事能够成功吗？"老人回答："不能成功，你的媳妇刚刚三岁，等到十七岁才能嫁给你。"韦固又问老人口袋里装的是什么东西，老人回答说："这是红绳啊！用这个绳子来系夫妻两个人的脚，等到冥间为他们定下了婚姻，我就偷偷地把红绳系在他们的脚上。不管这两家是仇敌，还是贫富相差悬殊，或者是相隔千山万水，只要红绳一系，及明，所期不至，老人卷书揭囊而行，固逐之入菜市。有眇妪，抱三岁女来，弊陋亦甚。老人指曰："此君之妻也。"固怒曰："杀之可乎？"老人曰："此人命当食大禄，因子而食邑，庸可杀乎？"老人遂隐。固磨一小刀，付其奴曰："汝素干事，能为我杀彼女，赐汝万钱。"奴曰："诺。"明日，袖刀入菜肆中，于众中刺之而走。一市纷扰，奔走获免。问奴曰："所刺中否？"曰："初刺其心，不幸才中眉间。"尔后求婚，终不遂。

又十四年，以父荫参相州军，刺史王泰俾摄司户掾，专鞫狱，以为能，因妻以女。可年十六七，容色华丽，固称惬之极。然其眉间常贴一花钿，虽沐浴闲处，未尝暂去。岁余，固逼问之，妻潸然曰："妾郡守之犹子也，非其女也。畴昔父曾宰宋城，终其官。时妾在襁褓，母兄次殁。唯一庄在宋城南，与乳母陈氏居，去店近，鬻蔬以给朝夕。陈氏怜小，不忍暂弃。三岁时，抱行市中，为狂贼所刺。刀痕尚在，故以花子覆之。七八年间，叔从事卢龙，遂得在左右，以为女嫁君耳。"固曰："陈氏眇乎？"曰："然，何以知之？"固曰："所刺者固也。"乃曰奇也。因尽言之，相敬愈极。后生男鲲，为雁门太守，封太原郡太夫人。知阴骘之定，不可变也。宋城宰闻之，题其店曰"定婚店"。(出《续幽怪录》)

再也逃不掉了。你的脚已经和她的脚系在一起了，你再找别的人有什么好处呢？”韦固问老人说：“我的媳妇是谁？家在哪里？”老人回答说：“旅店北面那个卖菜的老太太家的女孩。”韦固又问老人说：“那我能去看一看吗？”老人说：“老太太经常抱着她卖菜，你跟着我走，我指给你看。”

等到天亮了，韦固等的人没有来。老人卷起书，背起包袱就走。韦固跟着老人来到菜市场，二人看见了一位一只眼睛失明的老太太，正抱着一个三岁的女孩，看起来非常肮脏丑陋。老人指着女孩对韦固说：“这位就是你的妻子。”韦固生气地问：“那我杀了她行不行？”老人说：“这女孩命中注定能大富大贵，还要跟着你享福呢，你怎么杀得了呢？”老人说完就不见了。韦固回去后磨了一把刀子，交给仆人说：“你历来办事干练，如果为我杀了那个女孩，我就赏赐给你一万钱。”仆人说：“是，明白了。”仆人将刀藏到袖子里来到菜市场，趁着人多混乱的时候，刺了女孩一刀就跑，市场里的人见到此景乱作一团，仆人趁机逃脱。韦固问仆人：“刺没刺中？”仆人说：“一开始我想刺她的心脏，可是没刺准，刺到了眉间。”韦固后来求婚，一直没有成功。

又过了十四年，韦固靠父亲的恩荫，到相州参军刺史王泰手下任职，专门负责审讯囚犯。王泰看韦固很干练，因而有意将女儿许配给他。韦固的媳妇才十六七岁正值年华，长得也很美丽，韦固心中十分满意。但是韦固发现妻子的眉间总是贴着一个小纸花，无论是洗澡还有闲处，从来都没有掉过。一年多以后，韦固质问妻子，妻子哭着解释说：“我是郡守大人的侄女，不是他的亲生女儿。我的父亲生前在宋城做县令，在任上去世。当时我还在襁褓之中，母亲和哥哥也相继去世了。家里在城南剩下一座宅院，当时是乳母陈氏带着我居住，每天依靠卖菜度日。陈氏看我太小了容易出事，所以总把我带在她身边，三岁的时候乳母陈氏抱着我到菜市场里卖菜，被一个狂徒用刀刺中眉心，留下了伤疤，所以用纸花盖上。七八年以后，叔叔来到卢龙任职，我便跟在叔叔身边了，并以我叔叔女儿的名义嫁给你。”韦固问：“陈氏是不是一只眼睛失明？”妻子回答说：“没错，你

崔元综

崔元综任益州参军日，欲娶妇，吉日已定。忽假寐，见人云：“此家女非君之妇，君妇今日始生。”乃梦中相随，向东京履信坊十字街西道北有一家，入宅内东行屋下，正见一妇人生一女子，云：“此是君妇。”崔公惊寤，殊不信之。俄而所平章女，忽然暴亡。自此后官至四品，年五十八，乃婚侍郎韦陟堂妹，年始十九。虽嫌崔公之年，竟嫁之。乃于履信坊韦家宅上成亲，果在东行屋下居住。寻勘岁月，正是所梦之日，其妻适生。崔公至三品，年九十。韦夫人与之偕老，向四十年，食其贵禄也。（出《定命录》）

卢承业女

户部尚书范阳卢承庆，有兄子，将笄而嫁之，谓弟尚书左丞承业曰：“吾为此女择得一婿，乃曰裴居道。其相位极人臣，然恐其非命破家，不可嫁也。”承业曰：“不知此女相命，终他富贵否？”因呼其侄女出，兄弟熟视之。承业又曰：“裴即位至郎官，其女即合丧逝，纵后遭事，不相及也。”卒嫁与之。居道官至郎中，其妻果殁。后居道竟拜中书令，被诛籍没，久而方雪。”（出《定怎么知道的？”韦固说：“刺伤你的人就是我派去的。”韦固听完妻子的话后啧啧称奇，便将事情详细的经过都跟妻子说了。从此夫妻更加恩爱相敬如宾，后来生了个男孩叫韦鲲，当了雁门太宗。母亲被封为太原郡左夫人。这才知道命中注定的事，是不会因人力而改变的。宋城县官听说了这件事，将那家旅店题名为“定婚店”。（出《续幽怪录》）

崔元综

崔元综出任益州参军后，想要成亲，娶亲的日期已经定了下来，这天崔元综忽然做了一个梦，梦中有个人对崔元综说：“这家的女子不是你的妻子，你的妻子今天才出生。”崔元综便在梦中跟着这个人来到东京履信坊十字街西道北的一户人家，进到院子里的东屋，看到一个妇女正好生了一个女儿。领他来的那个人对崔元综说：“这才是你的妻子。”崔元综从梦中惊醒，但他不相信梦中的事。没过多久，崔元综没过门的媳妇突然暴病身亡。从这以后崔元综做官一直做到四品，此时的他已经五十八岁了，才同侍郎韦陟的堂妹结婚。新娘子才十九岁。虽然韦家觉得崔元综的年龄大了一些，但还是把女儿嫁给了他。婚礼是在履信坊韦家的宅院里举办的，新娘子原来正是住在东屋。推算她出生的年月，正好是崔元综做梦的那一天，崔元综后来又升为三品官，活到九十岁。韦夫人与崔元综白头偕老，共同生活四十年，享尽了荣华富贵。（出《定命录》）

卢承业女

在户部做官的卢承庆是范阳人，卢承庆的兄长有个刚满十六岁的女儿，卢承庆想找户人家把这位姑娘嫁出去，他对弟弟尚书左丞卢承业说：“我为这姑娘找了个女婿叫裴居道，我看裴居道的面相以后能当上丞相，但是我恐怕他后来遭厄运家破人亡，所以不能嫁给裴居道。”卢承业说：“我不知道这个姑娘的面相能不能同他享受富贵到底。”于是卢承业将侄女叫了出来，兄弟两个人仔细端详了一会

命录》）

琴台子

赵郡李希仲，天宝初，宰偃师。有女曰闲仪，生九岁，嬉戏于廨署之花栏内。忽有人遽招闲仪曰：“鄙有悬诚，愿托贤淑，幸毕词，勿甚惊骇。”乃曰：“鄙为崔氏妻，有二男一女。男名琴台子，鄙尤钟念。生六十日，鄙则谢去。夫人当为崔之继室，敢以念子为托。实仁悯之。”因悲恸怨咽，俄失所在。闲仪亦沉迷无所觉知矣。家人善养之，旬日无恙。希仲秩满，因家洛京。

天宝末，幽蓟起戎，希仲则挈家东迈，以避兵乱。行至临淮，谒县尹崔祈。既相见，情款依然。各叙祖姻，崔乃内外三从之昆仲也。时崔丧妻半岁，中馈无主，幼稚零丁，因求娶于希仲。希仲家贫时危，方为远适，女况成立，遂许成亲。女既有归，将谋南度。偃师故事，初不省记。一日，忽闻崔氏中堂，沉痛大哭。即令询问，乃闲仪耳。希仲遇自询问，则出一年孤孩曰：“此花栏所谓琴台子者也。”因是倍加抚育，名之灵遇，及长，官至陈郡太守。（出《续玄怪录》）

儿，卢承业又说："裴居道当上郎官后，这个姑娘大概就会去世了，纵然裴居道以后会遭遇变故，也和侄女没有关系了。"于是他们将姑娘嫁给了裴居道。裴居道官做到郎中，他的妻子果然去世了。后来裴居道又当上了中书令，之后被诛杀抄家，很久以后才被平反昭雪。（出《定命录》）

琴台子

赵郡人李希仲在天宝初年当上了偃师县令，李希仲有个女儿叫李闲仪，刚刚年满九岁。一天，李闲仪在花栏里玩耍，忽然有一个人招呼她，对她说："我有一个恳求，想托付给你一件事，你听了我说的话不要惊慌害怕。"然后这个人又说："我是崔家的媳妇，生有两个男孩，一个女孩。最小的男孩，小名叫琴台子，尤其使我挂念。他刚生下来六十天，我就死了。你以后会成为崔家的续弦妻子。我把孩子托付给你，你就发慈悲可怜可怜他吧。"这个人说完悲伤地哽咽着，一转身就没有踪影了。李闲仪也昏倒了，家里人在妥善地照顾李闲仪，十多天以后她就好了。李希仲任期满了之后，举家搬往洛阳。

天宝末年，幽州和蓟州先后兴起战事，李希仲带领全家往东迁移以逃避战乱。走到临淮的时候，李希仲去拜见县尹崔祈，二人见面后交谈得十分融洽，各自叙述自己的祖宗家谱，李希仲得知了崔祈还是自己的远亲。这时崔祈丧妻才半年，家里没有女人主持饮食家务，孩子又年幼无人照顾，崔祈恳求李希仲将女儿嫁给他。李希仲正在逃难，全家又要远行，又想到女儿已经长大，就同意了这门亲事。女儿有了归宿，李希仲他们一家又继续准备往南走。李闲仪对幼时在偃师所遇到的事情一开始已经不记得了。这一天李希仲忽然听到崔祈的正屋有人大哭，他立马派人过去问，原来是李闲仪在哭。李希仲赶忙过去询问女儿怎么回事，李闲仪领出来一个一岁的男孩说："这就是我小时候在花栏中遇到的那个人所提及的琴台子。"于是从这以后，李闲仪对琴台子倍加爱护，为他起个名字，叫"灵遇"。崔灵遇长大以后，做了陈郡太守。（出《续玄怪录》）

武殷

武殷者，邺郡人也。尝欲娶同郡郑氏，则殷从母之女。姿色绝世，雅有令德，殷甚悦慕，女意亦愿从之。因求为婿，有诚约矣。无何，迫于知己所荐，将举进士。期以三年，从母许之。

至洛阳，闻勾龙生善相人，兼好饮酒，时特造焉。生极喜，与之竟夕。因为殷曰："子之禄与寿甚厚，然而晚遇，未至七十而有小厄。"殷曰："今日之虑，未暇于此。请以近事言之。"生曰："君言近事，非名与婚乎？"殷曰："然。"生曰："自此三年，必成大名。如婚娶，殊未有兆。"殷曰："约有所娶，何言无兆？"生笑曰："君之娶郑氏乎？"曰："然。"生曰："此固非君之妻也。君当娶韦氏，后二年始生，生十七年而君娶之。"时当官，未逾年而韦氏卒。殷异其言，固问郑氏之夫，曰："即同郡郭子元也。子元娶五年而卒。然将嫁之夕，君其梦之。"

既二年，殷下第，有内黄人郭绍，家富于财，闻郑氏美，纳赂以求其婚。郑氏之母聚族谋曰："女年既笄，殷未成事。吾老矣，且愿见有所适。今有郭绍者求娶，吾欲许之，何如？"诸子曰："唯命。"郑氏闻之泣恚，将断发为尼者数四。及嫁之夕，忽得疾昏眩，若将不救。时殷在京师，其夕梦一女，呜咽流涕，似有所诉。视之即郑氏也，乃惊问。久之言曰："某尝慕君子之德，亦知君之意，且曾许事君矣。今不幸为尊长所逼，将适他氏。没身之叹，知复何言。"言讫，相对而泣。因惊觉悲惋，且异其事。乃发使验之，

武殷

武殷是邺郡人，想要娶同郡的郑氏做妻子。郑氏是他姨母的女儿，长得非常美丽，并且知书识礼，武殷对她非常爱慕。郑氏也愿意嫁给武殷，武殷向郑氏求婚，两家订了婚约。由于知心朋友的推荐，武殷准备进京考取进士，跟郑氏约好需要三年的时间，姨母同意了。

武殷来到洛阳，听说当地人勾龙生很会给人看相算命，而且勾龙生很喜欢喝酒，武殷便带了好酒前去拜访勾龙生。勾龙生非常高兴，与武殷谈到深夜，勾龙生对武殷说："你未来的官运和寿命看起来都很好，然而你结婚会很晚，你快到七十岁的时候会遇到一点小的灾难。"武殷说："我现在并不需要考虑那么远的事情，我想请你说一说最近发生的事情。"勾龙生说："你想知道近期的事，莫非是你的功名和婚姻吗？"武殷说："没错。"勾龙生说："从现在起三年之内，你必然取得功名。但如果说婚姻，我却看不出来有什么进展。"武殷说："我身上有婚约，你怎么能说没有进展？"勾龙生笑着说："你要迎娶的人是郑氏吗？"武殷说："没错。"勾龙生说："她并不是你的妻子，你娶的人应该是韦氏。两年后她才出生，韦氏十七岁那年你才能娶她。那时你还做官，但是你迎娶韦氏后不到一年韦氏就会去世。"武殷对勾龙生的话感到很诧异，又问郑氏未来的丈夫会是谁。勾龙生说："郑氏的丈夫是你们同郡的郭子元，郭子元结婚五年后就会死去。郑氏将要嫁给郭子元的前一天你会梦到她的。"

武殷连续参加两年科举都没有考中。就在这时有个非常有钱的内黄县人叫郭绍，郭绍听说郑氏长得美丽，便送重礼到郑氏家求婚。郑氏的母亲召集家里的人商量说："女儿已经长大了，武殷还没有功名，我老了，但我又想看到女儿结婚，现在郭绍前来求婚，我打算将女儿嫁给他，你们认为怎么样？"大家说："就按您的意思办。"郑氏知道以后非常气愤，整天埋头哭泣，郑氏四次想要剪掉头发出去当尼姑。郑氏在将要出嫁的头一天晚上，忽然得病昏迷，看起来无法救治了。这时武殷正在京城，这天晚上武殷梦到一个女子哭着要对他说什么，他仔细一看发现原来是郑氏，武殷吃惊地问她有什么则果适人。问其姓氏，则郭绍也。殷数日，思勾龙生言颇验，然疑其名之异耳。及肃宗在储名绍，遂改为子元也。

殷明年擢第。更二年而子元卒。后十余年，历位清显。每求娶，辄不应。后自尚书郎谪官韶阳，郡守韦安贞固以女妻之。殷念勾龙生之言，恳辞不免，娶数月而韦氏亡矣。其后皆验，如勾龙生之言尔。（出《前定录》）

卢生

弘农令之女既笄，适卢生。卜吉之日，女巫有来者。李氏之母问曰："小女今夕适人，卢郎常来，巫当屡见，其人官禄厚薄？"巫者曰："所言卢郎，非长髯者乎？"曰："然。""然则非夫人之子婿也。夫人之婿，中形而白，且无须也。"夫人惊曰："吾之女今夕适人，得乎？"巫曰："得"。夫人曰："既得适人，又何以云非卢郎乎？"曰："不知其由，则卢终非夫人之子婿也。"俄而卢纳采，夫人怒巫而示之。巫曰："事在今夕，安敢妄言。"其家大怒，共唾而逐之。

事，过了一会郑氏说：“我爱慕公子的学识品德，也知道公子对我的情义，并且我已经与公子订下婚约。可是我不幸被长辈逼迫，就要嫁给别人了。这是我终身的遗憾，我不知道该怎么表达了！”说完，二人相对着哭泣。武般醒了以后非常悲伤，又感到这事很奇怪，便派人回去打探消息加以验证。结果郑氏确实已经嫁给别人了。武殷又打听郑氏的丈夫叫什么名字，结果正是郭绍。过了几天，武殷想起勾龙生的话，觉得勾龙生预测得很准，可是又觉得郑氏丈夫的名字和勾龙生说的不一样。等到唐肃宗当上太子的时候，唐肃宗的名字也是一个“绍”字，郭绍只好将自己的名字改为“子元”。

武殷来年考中了进士。又过了两年，郭子元去世了。在之后的十多年里，武殷的官越做越大，武殷多次想要结婚，但是都没有成功。后来武殷从尚书郎被贬官到韶阳，郡守韦安贞要将女儿嫁给武殷。武殷想起了勾龙生说过的话，恳切地想要推辞但没能推辞掉。武殷成婚后几个月，妻子韦氏就去世了。后来发生的事果然都像勾龙生所说的那样。

卢生

弘农县令的女儿长大成人后许配给了卢生。约定出嫁的这一天忽然来了一个女巫，李氏的母亲问女巫说：“我的女儿今天嫁人，女婿卢生经常来，你应当见过面，你看他的仕途富贵会怎么样？”女巫问道：“您说的卢生，是不是长着长长的胡子的那个人？”李氏的母亲回答说：“没错。”女巫说：“可是他不是您的女婿，您的女婿中等身材，面孔白皙，并且没有胡子。”李氏的母亲吃惊地说：“我女儿今天嫁人，那还能办成吗？”女巫说：“能够办成。”李氏的母亲说：“既然我女儿今天嫁人，那你怎么又说女婿不是卢生呢？”女巫说：“我也不知道什么原因，但是卢生确实不是您的女婿。”一会儿，卢生来送求亲的聘礼。李氏的母亲生气地将卢生指给女巫看。女巫说：“事情就在今天晚上，我怎么敢胡说呢？”李氏全家都非常生气，共同将女巫骂着赶走了。

及卢乘轩车来，展亲迎之礼。宾主礼具，解佩约花，卢生忽惊而奔出，乘马而遁，众宾追之不返。主人素负气，不胜其愤。且恃其女之容，邀容皆入，呼女出拜。其貌之丽，天下罕敌。指之曰："此女岂惊人者耶？令而不出，人其以为兽形也。"众人莫不愤叹。主人曰："此女已奉见，宾客中有能聘者，愿赴今夕。"时郑某官某，为卢之傧，在坐起拜曰："愿事门馆。"于是奉书择相，登车成礼。巫言之貌宛然。乃知巫之有知也。

后数年，郑任于京，逢卢问其事。卢曰："两眼赤，且大如朱盏，牙长数寸，出口之两角。得无惊奔乎？"郑素与卢相善，骤出其妻以示之，卢大惭而退。乃知结缡之亲，命固前定，不可苟而求之也。（出《续玄怪录》）

郑还古

太学博士郑还古，婚刑部尚书刘公之女。纳吉礼后，与道士寇璋宿昭应县。夜梦乘车过小三桥，至一寺后人家，就与婚姻，主人姓房。惊觉，与寇君细言，以纸笔记其事。寇君曰："新婚偶为此梦，不足怪也。"刘氏寻卒。后数年，向东洛，再娶李氏。于昭城寺后假宅拜席日，正三桥，宅主姓韩。时房直温为东洛少尹，是妻家旧，筵馔之类，皆房公所主。还古乃悟昔年之梦，话于宾客，无不叹焉。（出《逸史》）

等到卢生坐着官员乘坐的那种车子前来举行迎亲仪式，宾主双方礼毕后，卢生和李氏互相交换礼玉佩戴花的时候，卢生忽然大叫一声，逃出厅堂跑了出去，随后骑上一匹马就跑走了。参加庆贺的客人们前去追赶喊卢生回来，卢生也没回来。李氏的父母历来重视脸面，非常生气，恃仗着女儿的容貌，将客人们都请进屋里，然后将女儿叫出来，拜见大家。李氏长得非常好看，普天之下也很难挑出如此标致的模样。李氏的父母指着女儿李氏说："我的女儿长得吓人吗？今天如果不让她出来，大家还以为她长得像个怪兽呢。"大家都非常气愤而又叹息。李氏的父母又说："我的女儿大家都看见了，客人中间如果有愿意求婚的，今天就可以结婚。"客人中有一个姓郑的官员，是卢生请来的伴郎，他从座位上站起来说："我愿意娶您的女儿。"于是填写聘书，举行迎亲仪式，姓郑的这位官员将李氏接到车上。这些都和女巫说的完全一样，这时候李家才知道女巫能预测未来。

几年后，姓郑的官员调到京城任职，碰到卢生后询问当时那么做的原因。卢生说："那李氏的两只眼睛通红，大得像两盏灯笼，而且李氏的牙有好几寸长，从两边嘴角中伸了出来，要是你，你能不害怕逃跑吗？"姓郑的官员历来和卢生的关系很好，就立马将自己的妻子叫出来让卢生见一见。卢生非常惭愧地告辞了。这才知道，挑选结婚的对象，都是命中已然注定的，并不是能够强求而来的。（出《续玄怪录》）

郑还古

太学博士郑还古与刑部尚书刘公的女儿订亲。两家选定婚期之后，郑还古当晚与道士寇璋住在昭应县。郑还古梦见坐车经过三座小桥，来到庙后面的一户人家，和一个姑娘结婚，婚礼的主持人姓房。郑还古惊醒后将梦中的情节详细地讲给寇璋听，并拿出纸笔将这件事记录了下来。寇璋说："要结婚的时候偶然做这样的梦，也没有什么可奇怪的。"郑还古的妻子刘氏去世之后，过了几年，郑还古又娶了洛阳的李氏，在昭应县城庙后面借了一户宅院举行婚礼。举

办婚礼当天，郑还古正好路过了三座桥，所借的那户人家的主人姓韩。当时房直温正担任东洛少尹，房直温是李氏家的老朋友，宴席仪式等都由房直温所主持。郑还古这时明白了，当年所做的那个梦就是预示着今天的婚姻。于是郑还古将这件事讲给大家听，在场的客人没有不感叹的。（出《逸史》）

卷第一百六十　定数十五婚姻

秀师言记　李行脩　灌园婴女　朱显　侯继图

秀师言记

唐崔晤、李仁钧二人中外弟兄，崔年长于李。在建中末，偕来京师调集。时荐福寺有僧神秀，晓阴阳术，得供奉禁中。会一日，崔李同诣秀师。师泛叙寒温而已，更不开一语。别揖李于门扇后曰："九郎能惠然独赐一宿否？小僧有情曲欲陈露左右。"李曰："唯唯。"后李特赴宿约。馔且丰洁，礼甚谨敬。及夜半，师曰："九郎今合选得江南县令，甚称意。从此后更六年，摄本府纠曹。斯乃小僧就刑之日，监刑官人即九郎耳。小僧是吴儿，酷好瓦棺寺后松林中一段地，最高敞处。上元佳境，尽在其间。死后乞九郎作窣堵坡梵语浮图。于此，为小师藏骸骨之所。"李徐曰："斯言不谬，违之如皎日。"秀泫然流涕者良久。又谓李曰："为余寄谢崔家郎君，且崔只有此一政官，家事零落，飘寓江徼。崔之孤，终得九郎殊力。九郎终为崔家女婿。秘之秘之。"李诘旦归旅舍，见崔，唯说秀师云，某说终为兄之女婿。崔曰："我女纵薄命死，且何能嫁与田舍老翁作妇？"李曰："比昭君出降单于，犹是生活。"二人相顾大笑。

后李补南昌令，到官有能称，罢摄本府纠曹。有驿递流人至州，坐泄宫内密事者。迟明宣诏书，宜付府笞死。流人解衣就刑

秀师言记

唐朝的崔晤和李仁钧是表兄弟，崔晤比李仁钧的年纪大。在建中末年，兄弟两个人一同来到京城准备接受新的任命。当时荐福寺有一位僧人叫神秀，这位僧人精通阴阳学，所以能够得到朝廷的供奉。恰巧有一天，崔晤和李仁钧一同来拜见神秀。神秀只和他们寒暄了几句，并没有和他们谈得很深。僧人神秀趁崔晤不注意的时候，在门后偷偷地向李仁钧拱手说："九郎你能找时间同我单独谈一天话吗？我有重要的事情同你说。"李仁钧说："行，行！"后来李仁钧特意来赴神秀的约会，神秀准备的晚餐非常丰盛洁净，神秀对李仁钧非常尊敬。二人谈到半夜，神秀说："九郎你注定能当江南一带的县令，十分符合你的心意。六年以后你会当上这里的纠曹，那时候正是小僧奔赴刑场的时候，而监刑官就是九郎你。小僧是吴地人氏，我看好了瓦棺寺后面松树林中的那一块地方，那块地方在最高最宽敞之处，上元县的风景全貌都能看见。我死后乞求九郎你将我埋在那里，建一座塔，作为小僧的埋葬之地。"李仁钧缓缓地说："如果你说的是真的，我一定照办。"神秀对李仁钧哭泣了好长时间，接着又对李仁钧说："你要替我感谢崔晤，可惜他只能当一任官职，他的家庭会衰败四散，崔晤的女儿会流落寄居在亲戚家里。崔晤留下的孤女，最终还得由你来照顾，你最终会成为崔家的女婿，但是要注意保密不要跟别人提起。"李仁钧回到旅店后见到崔晤，对崔晤说："神秀说我最终会成为您的女婿。"崔晤说："我的女儿即使命再低贱，也不会嫁给种田的老农做媳妇的。"李仁钧说："像王昭君远嫁匈奴，那不也是一样能够生活的嘛！"两个人相视大笑。

不久，李仁钧补缺当了南昌县令，任职后得到称赞，过了一段时间李仁钧又被任命为本府的纠曹。有一位官差押着一名罪犯来到州次，熟视监刑官，果李纠也。流人即神秀也，大呼曰：“瓦棺松林之请，子勿食言。”秀既死，乃掩泣请告，捐俸赁扁舟，择干事小吏，送尸柩于上元县。买瓦棺寺松林中地，垒浮图以葬之。

时崔令即弃世已数年矣。崔之异母弟晔，携孤幼来于高安。晔落拓者，好远游。惟小妻殷氏独在，殷氏号太乘，又号九天仙也。殷就学秦筝于常守坚，尽传其妙。护食孤女，甚有恩意。会南昌军伶能筝者，求丐高安，亦守坚之弟子，故殷得见之。谓军伶曰：“崔家小娘子，容德无比，年已及笄，供奉与他取家状。到府日，求秦晋之匹可乎？”军伶依其请。至府，以家状历抵士人门，曾无影响。后因谒盐铁李侍御，即李仁钧也。出家状于怀袖中，铺张几案上。李悯然曰：“余有妻丧，已大期矣。侍余饥饱寒燠者，顽童老媪而已。徒增余孤生半死之恨，蚤夜往来于心。矧崔之孤女，实余之表侄女也。余视之，等于女弟矣。彼亦视余犹兄焉。征曩秀师之言，信如符契。纳为继室，余固崔兄之夙眷也。”遂定婚崔氏。（出《异闻录》）

李行脩

故谏议大夫李行脩娶江西廉使王仲舒女。贞懿贤淑，行脩敬之如宾。王氏有幼妹，尝挈以自随。行修亦深所鞠爱，如己之同气。元和中，有名公与淮南节度李公鄘论亲，诸族人在洛下。时行府，这个罪人犯的是泄露朝廷机密的大罪，朝廷的公文命令州府将罪犯用棍子打死。罪犯在脱下衣服受刑之前，仔细辨认监刑官，罪犯见监刑官果然是李仁钧，而这位罪犯正是神秀。神秀大喊："瓦棺寺后面那片松林的请求，您千万不要食言啊。"神秀死了以后，李仁钧痛哭一场，他拿出自己的薪俸雇了一条小船，派遣得力差人将神秀的尸体送到上元县，让差人买下了瓦棺寺后面松树林中的那块地方，将神秀的尸体埋葬在这里，并在上面盖了一座塔。

这时崔晤已经死了好几年了。崔晤同父异母的弟弟崔晔带着崔晤的女儿来到高安。崔晔当时浪荡逍遥，喜欢出门远游。崔晔出门一般只留老婆殷氏在家。殷氏自号太乘，又称为九天仙。殷氏曾经跟着常守坚学习过秦筝的演奏技巧，尽得常守坚的真传，殷氏对待崔晤的女儿很好。恰巧这时有个演奏秦筝的乐师从南昌的军中来到高安卖艺，他也是常守坚的弟子，所以殷氏把他找来并对他说："崔家的小姑娘容貌和品德都异常出色，已经长大成人了，你拿着记述有关崔家履历、三代、乡贯、年貌等的表状，等你去大户人家的时候，给这女儿找一个好人家！"乐师按照殷氏的话，拿着表格多次来访问士大夫之门都没有回音。一次乐师拜见盐铁侍御李仁钧，拿出有关崔家女儿的表状放到茶几上。李仁钧怜悯地说："我的妻子去世很长时间了，为我烧水做饭侍候我的只是一位老太太和一位小书童而已，这只让我后半生更加孤独凄凉。况且崔家的孤女，实际上算是我的表侄女。我对她就像对待妹妹一样。她对待我也应该会是像对待哥哥一样吧。这正好也应验了僧人神秀的那番话，和神秀预言的丝毫不差。我娶了她让她成了续弦夫人。这也是我兄长崔晤平生的夙愿啊。"于是李仁钧就和崔家小女儿订婚了。（出《异闻录》）

李行脩

已故的谏议大夫李行脩娶了江西廉使王仲舒的女儿做妻子，王氏贞洁贤惠，夫妻之间相敬如宾。王氏有个小妹妹，经常到他们家来玩，李行脩也很喜欢她，对待她就像自己的亲妹妹一样。元和中脩罢宣州从事，寓居东洛。李家吉期有日，固请行脩为傧。是夜礼竟，行脩昏然而寐。梦己之再娶，其妇即王氏之幼妹。行脩惊觉，甚恶，遽命驾而归。入门，见王氏晨兴，拥膝而泣。行脩家有旧使苍头，性颇凶横，往往忤王氏意。其时行脩意王氏为苍头所忤，乃骂曰："还是此老奴。"欲杖之，寻究其由，家人皆曰："老奴于厨中自说，五更作梦，梦阿郎再娶王家小娘子。"行脩以符己之梦，尤恶其事，乃强喻王氏曰："此老奴梦，安足信？"无何，王氏果以疾终。

时仲舒出牧吴兴，及凶问至，王公悲恸且极。遂有书疏，意托行脩续亲。行脩伤悼未忘，固阻王公之请。有秘书卫随者，即故江陵尹伯玉之子，有知人之鉴，言事屡中。忽谓行脩曰："侍御何怀亡夫人之深乎？如侍御要见夫人，奚不问稠桑王老。"

后二三年，王公屡讽行脩，托以小女，行脩坚不纳。及行脩除东台御史，是岁，汴人李介逐其帅，诏征徐泗兵讨之。道路使者星驰，又大掠马。行脩缓辔出关，程次稠桑驿。已闻敕使数人先至，遂取稠桑店宿。至是日迨曛暝，往逆旅间，有老人自东而过。店之南北，争牵衣请驻。行脩讯其由，店人曰："王老善录命书，为乡里所敬。"行脩忽悟卫秘书之言，密令召之，遂说所怀之事。老人曰："十一郎欲见亡夫人，今夜可也。"乃引行脩，使去左右。屣屦，由一径入土山中。又陟一坡，近数仞，坡侧隐隐若见丛林。老人止于路隅，谓行脩曰："十一郎但于林下呼妙子，必有人应。应即答云，'传语九娘子，今夜暂将妙子同看亡妻。'"

年，有个官宦人家与淮南节度使李鄘商量筹备两家结亲的事情，两家的亲属都住在洛阳，这时李行脩刚刚解除宣州从事的职务，也住在洛阳。李鄘家挑了个吉利日子定了下来，执意要请李行脩做伴郎。当天晚上婚礼举行完毕后，李行脩疲惫地睡着了，他梦见自己又结婚了，新娶的妻子就是王氏的小妹妹。李行脩惊醒后，心中非常厌恶这个梦，急忙带人回家。一进门，李行脩看见王氏已经起床了，正抱着双膝啜泣。李行脩家有个雇佣多年的老仆役，性格非常倔强，办事经常违背王氏的意思。李行脩以为王氏又再生老仆人的气，便骂道："又是这个老奴！"李行脩想叫人用棍子打这个老仆人，并质问老仆人是怎么把王氏弄哭的。家里的人都说："老仆人在厨房中说自己五更天做梦，梦见李行脩又娶了王家的小姑娘。"李行脩一听和自己做的梦一样，就更加讨厌这件事，便对王氏说："这个老奴仆做的梦，怎么能够相信呢？"然而过了不久，王氏果然得病死了。

当时王仲舒在吴兴出差，听到这个消息非常悲伤，回去后又写信来，意思是要把小女儿嫁给他，李行脩悲伤难以平复，谢绝了王仲舒的请求。王仲舒有个秘书叫卫随，是已故的江陵尹卫伯玉的儿子，有预测人未来的能力，所预言的事情大多都很准。一天卫随忽然对李行脩说："您不是非常怀念死去的夫人吗？如果您想见夫人，为什么不去问稠桑的王老？"

从这以后的两三年里，王仲舒多次劝说李行脩，想把小女儿托付给他，李行脩坚决不同意。这一年，等到李行脩担任东台御史后，汴人李介篡夺军权，自封为元帅，朝廷命令徐州、泗州的兵讨伐李介。道路上有很多飞驰来往传递军情的使者，李行脩骑着马慢慢地出关。准备当晚赶到稠桑的驿站休息，但是听说已经有一些送信的使者在他前面赶到驿站了，于是决定住在稠桑旅店。黄昏的时候李行脩来到旅店，看见有一位老人从东面走过去，旅店附近有很多人走上前去拉着老人的衣服请他停留下来。李行脩询问人们这么做的原因，旅店的仆人说："王老会算命，被乡里的人们所敬仰。"李行脩忽然想起卫秘书的话，秘密地派人将王老请来。李行脩向王老诉说了自己的心境。王老说："李十一郎你想见去世的夫人，今天晚上就行脩如王老教，呼于林间。果有人应，仍以老人语传入。有顷，一女子出，行年十五，便云："九娘子遣随十一郎去。"其女子言讫，便折竹一枝跨焉。行脩观之，迅疾如马。须臾，与行脩折一竹枝，亦令行脩跨，与女子并驰，依依如抵。西南行约数十里，忽到一处。城阙壮丽，前经一大宫，宫有门。仍云："但循西廊直北，从南第二院，则贤夫人所居。内有所睹，必趋而过，慎勿怪。"行修心记之。循西廊，见朱里缇幕下灯明，其内有横眸寸余数百。行脩一如女子之言，趋至北廊。及院，果见行脩十数年前亡者一青衣出焉，迎行脩前拜，乃赍一榻云："十一郎且坐，娘子续出。"行脩比苦肺疾，王氏尝与行脩备治疾皂荚子汤。自王氏之亡也，此汤少得。至是青衣持汤，令行脩啜焉，即宛是王氏手煎之味。言未竟，夫人遽出，涕泣相见。行脩方欲申离恨之久，王氏固止之曰："今与君幽显异途，深不愿如此，贻某之患。苟不忘平生，但得纳小妹鞠养，即于某之道尽矣。所要相见，奉托如此。"言讫，已闻门外女子叫："李十一郎速出！"声甚切，行脩食卒而出。其女子且怒且责："措大不别头脑，宜速返。"依前跨竹枝同行。

可以见到了。”王老叫李行脩屏退左右的随从人员，领着他快步从一条小路走到一座小土山里，登上一个坡，可以看见一片若隐若现的树林，老人停在路旁，对李行脩说：“十一郎你去树林旁边喊妙子，一定会有人答应，有人答应你就说：‘给九娘子带个话，今夜我要同妙子一同去看死去的妻子。’”

李行脩按照王老说的去做，去树林旁呼喊，果然有人应答，他用老人教的话回答。不一会儿，从树林里走出一个十五岁左右的女孩，对李行脩说道：“九娘子叫十一郎跟我走。”女孩说完后折了一根竹枝当马骑，李行脩在旁边观瞧，只见她骑着竹枝像骑马一样迅速。一会女孩跑回来给李行脩又折了一根竹枝，女孩也让李行脩骑上竹枝随她而来。两个人并驾齐驱，向西南方向行驶了九十里地，二人来到一座壮丽的城镇，进去以后前面有一座很大的宫殿，宫殿有座大门。女孩对李行脩说：“你沿着西边走廊向北走，从南数第二个院子，那个就是你夫人居住的地方，无论看到什么，你必须快步走过，不要吃惊。”李行脩将她的话记在心里，沿着西边的走廊往前走，看见旁边的柱子是红色的，还有橘红色的帐幕，这里面有几百只横着有一寸多长的大眼睛向外看。李行脩记住妙子的话，急步走到北廊，进到院子里，果然看见一位十多年前死去的女仆走了出来迎接他。女仆向李行脩行礼，接着递给李行脩一个坐榻说：“十一郎请坐，夫人马上就出来。”李行脩患有肺病，王氏经常给他煎皂荚子汤治病。自从王氏死了以后，李行脩再也没有喝过这种汤。这时女仆端出一碗皂荚子汤让李行脩喝，他喝起来觉得还是王氏煎出来的汤的味道。这时夫人王氏突然走了出来哭着来见李行脩。李行脩刚要向她讲述离别之后的悲伤思念的心情，王氏阻止他说：“如今你我阴阳两隔，走的不再是一条路，我不愿意看见你因为我而悲伤。如果你忘不了我，就请你娶了我的小妹妹亲自照顾她一生，你就算对我尽了心了。我之所以和你见面，就是为了托付你这件事。”王氏刚说完，就听到妙子在门外喊：“李十一郎快出来！”声调显得非常着急。李行脩急忙走了出来，妙子生气地责备他说：“你这么穷酸，这么不懂规矩，你快回去吧。”李行脩又和来的时候一样，骑着竹枝和妙子一同往回走。

有顷，却至旧所，老人枕块而寐。闻行脩至，遽起云：“岂不如意乎？”行脩答曰：“然。”老人曰：“须谢九娘子，遣人相送。”行脩亦如其教。行脩困惫甚，因问老人曰：“此等何哉？”老人曰：“此原上有灵应九子母祠耳。”老人行，引行脩却至逆旅，壁釭荧荧，枥马啖刍如故，仆夫等昏惫熟寐。老人因辞而去。行脩心愦然一呕，所饮皂荚子汤出焉。时王公亡，移镇江西矣。从是行脩续王氏之婚，后官至谏议大夫。（出《续定命录》）

灌园婴女

顷有一秀才，年及弱冠，切于婚娶。经数十处，托媒氏求间，竟未谐偶。乃诣善《易》者以决之，卜人曰：“伉俪之道，亦系宿缘。君之室，始生二岁矣。”又问：“当在何州县？是何姓氏？”卜人曰：“在滑州郭之南，其姓某氏。父母见灌园为业，只生一女，当为君嘉偶。”其秀才自以门第才望，方求华族。闻卜人之言，怀抱郁快，然未甚信也。

遂诣滑质其事，至则于滑郭之南寻访，果有一蔬圃。问老圃姓氏，与卜人同。又问有息否，则曰：“生一女，始二岁矣。”秀才愈不乐。一日，伺其女婴父母外出，遂就其家，诱引女婴使前，即以细针内于囟中而去。寻离滑台，谓其女婴之死矣。是时，女婴虽遇其酷，竟至无恙。生五六岁，父母俱丧。本乡县以孤女无主，申报廉使，廉使即养育之。一二年间，廉使怜其黠慧，育为己女，恩爱备至。

廉使移镇他州，女亦成长。其间卜秀才，已登科第，兼历簿不一会儿就又回到原来的地方了。王老正枕着土块睡觉，听到李行脩回来了，王老立刻起身说："实现你的愿望了吗？"李行脩回答："实现了。"王老说："你应该谢谢九娘子，是她派人来送你的。"李行脩按照王老的嘱咐去做，回来后感到非常疲劳，他问王老说："这是什么地方？"王老说："这里有个灵应九子母庙。"王老领着李行脩回到旅店，李行脩见店里墙上挂的油灯还亮着，马还在槽头吃草，人们都在熟睡，王老告辞而别。李行脩心中一阵难受，将刚才所喝的皂荚子汤都吐了出来。就在此时王仲舒已经死了，家也搬到了镇江西边。李行脩娶了王氏的小妹妹做了夫人，后来做官一直做到谏议大夫。（出《续定命录》）

灌园婴女

过去有一个二十多岁的秀才，急着找人结婚，秀才托媒人找了几十个对象，但都没有成功。秀才就去找一位算命先生为自己算上一卦。算命先生说："寻找配偶，凭借的是命中注定的缘分，你的妻子刚刚两岁。"秀才问算卦先生说："她在什么地方？姓什么？"算命先生对他说："在滑州城南，姓什么，女方父母是种菜的，只有这一个女儿，她就是你命中注定的另一半。"秀才认为自己的才学和家庭都不低，应该找一个大户人家的姑娘。听了算命的话后，心里很不高兴，并不太相信。

于是秀才便赶往滑州，到城南一带寻访，果然找到一个菜园。问种菜人的姓氏，和算命的说的一样，又问有没有孩子，回答说只有一个女儿，刚刚两岁，秀才更加不高兴了。一天，秀才趁女孩的父母外出，偷偷进入女孩的家里，将女孩叫到跟前，将一根细针插入女孩的脑袋里，然后逃跑了。他以为女孩一定死了。当时女孩虽然遭到秀才残酷的迫害，但是并没有死。长到五六岁的时候，女孩父母相继离世。当地的官员将她作为孤儿申报给地方官，地方官便将她收养下来。一两年后，地方官见她聪明懂事，就把她当作自己的亲女儿来抚养，对她非常好。

等到这位地方官调到别的州的时候，女孩已经长大了。这时当年官。与廉使素不相接，因行李经由，投刺谒廉使。一见慕其风采，甚加礼遇。问及婚娶，答以未婚。廉使知其衣冠子弟，且慕其为人，乃以幼女妻之。潜令道达其意，秀才欣然许之。未几成婚，廉使资送甚厚，其女亦有殊色。秀才深过所望，且忆卜者之言，颇有责其谬妄耳。其后每因天气阴晦，其妻辄患头痛，数年不止。为访名医。医者曰："病在顶脑间。"即以药封脑上，有顷，内溃出一针，其疾遂愈。因潜访廉使之亲旧，问女子之所出，方知圃者之女，信卜人之不谬也。襄州从事陆宪尝话此事。（出《玉堂闲话》）

朱显

射洪簿朱显，顷欲婚郫县令杜集女。甄定后，值前蜀选入宫中。后咸康归命，显作掾彭州，散求婚媾，得王氏之孙，亦宫中旧人。朱因与话："昔欲婚杜氏，尝记得有通婚回书云：'但惭南阮之贫，曷称东床之美。'"王氏孙乃长叹曰："某即杜氏，王氏冒称。自宫中出后，无所托，遂得王氏收某。"朱显悲喜，夫妻情义转重也。（出《玉溪编事》）

那位找人算卦的秀才考进士也考中了。如今当了一个管理文书的小官，和那位收养女儿的地方官没有接触。一次恰巧因为公务的需要，秀才递上名片拜见那位地方官。地方官见到秀才后很欣赏他的风度气质，地方官对秀才很客气。地方官询问秀才的婚姻状况，秀才回答说还没有婚娶。那位地方官知道秀才出身书香门第，又很欣赏秀才的学识。便有意把自己的小女儿许配给他，地方官派人去跟秀才表明心意，秀才很爽快地答应了。过了不久秀才和地方官的女儿就结了婚，地方官陪送了很多嫁妆，地方官的女儿长得十分好看，这些都超过了秀才的期望。这时候秀才想起了那位算命先生说过的话，认为那位算卦先生在胡说八道。结婚后，每到阴天，秀才的妻子总是头疼，好几年也没治好，秀才为她找来一位名医，医生说："您妻子的病在脑袋上。"然后医生拿药敷在了秀才妻子的脑袋上，过一会儿，医生从脑袋上取出一根针，秀才妻子的病就痊愈了。秀才暗中查访地方官的亲戚朋友，问地方官女儿的来历，才知道地方官的女儿正是那户种菜人家的女儿，这时候秀才相信了算命人所说的话。襄州从事陆宪曾经跟人们讲过这件事。（出《玉堂闲话》）

朱显

射洪簿朱显要与郫县县令杜集的女儿杜氏成婚，两家订婚以后，正值前蜀皇帝选秀，杜氏正好被选入宫中。后来王衍双归顺了朝廷。这时朱显到彭州做官，求大家帮忙找成婚的对象，于是朱显娶了王家的孙女，王家的孙女原来也是宫女。朱显得知后对她说："我当初本是与杜氏成亲，我还记得在回给我的订婚书上写着什么，我惭愧阮籍阮咸的贫困，我现在又怎么能担当得起东床快婿的美誉呢？"王氏的孙女长长地叹了口气说："我就是杜氏，王氏是我假冒的，我从宫中出来后，无处可去，是王家收留了我。"朱显悲喜交加，夫妻感情变得更加深厚了。（出《玉溪编事》）

侯继图

侯继图尚书本儒素之家，手不释卷，口不停吟。秋风四起，方倚槛于大慈寺楼。忽有木叶飘然而坠，上有诗曰："拭翠敛双蛾，为郁心中事。搦管下庭除，书成相思字。此字不书石，此字不书纸。书向秋叶上，愿逐秋风起。天下负心人，尽解相思死。"后贮巾箧，凡五六年。旋与任氏为婚，尝念此诗。任氏曰："此是书叶诗。时在左绵书，争得至此？"侯以今书辨验，与叶上无异也。（出《玉溪编事》）

侯继图

尚书侯继图出身于书香门第，成天手不释卷，嘴里不停地吟诵诗句。这一天秋风四起，侯继图正在大慈寺的楼上倚着栏杆站着，忽然飘落下来一片树叶，树叶上面题着一首诗："试翠敛双蛾，为郁心中事。搦管下庭秋，书成相思字。此字不书石，此字不书纸。书向秋叶上，愿逐秋风起。天下负心人，尽解相思死。"侯继图将这片题有诗句的树叶放到箱子里收藏起来。差不多五六年以后，侯继图和任氏成婚了。一天侯继图在吟诵那首题在树叶上的诗，任氏说："这是书叶诗，是我当初在左绵写的，怎么到了你的手里？"侯继图让妻子把这首诗写全，结果和侯继图保存的树叶上的诗完全一样。（出《玉溪编事》）